U0663285

大海港

王海平

—— 著 ——

中国言实出版社

图书在版编目(CIP)数据

大海港 / 王海平著 . -- 北京：中国言实出版社，
2023.9
ISBN 978-7-5171-4584-4

Ⅰ.①大… Ⅱ.①王… Ⅲ.①长篇小说—中国—当代
Ⅳ.① I247.5

中国国家版本馆 CIP 数据核字（2023）第 172992 号

大海港

责任编辑：王建玲　史会美
责任校对：张天杨

出版发行：中国言实出版社
　　　　地　　址：北京市朝阳区北苑路180号加利大厦5号楼105室
　　　　邮　　编：100101
　　　　编辑部：北京市海淀区花园路6号院B座6层
　　　　邮　　编：100088
　　　　电　　话：010-64924853（总编室）　010-64924716（发行部）
　　　　网　　址：www.zgyscbs.cn　电子邮箱：zgyscbs@263.net

经　　销：新华书店
印　　刷：徐州绪权印刷有限公司
版　　次：2023年9月第1版　2023年9月第1次印刷
规　　格：710毫米×1000毫米　1/16　35.75印张
字　　数：600千字

定　　价：88.00元
书　　号：ISBN 978-7-5171-4584-4

第一章

远洋商船上，孙跃民倚在围栏上远眺。

商船即将进入马六甲海峡最狭窄的几十公里通道，身边的船多起来了。船来船往，不时可以听到此起彼伏的汽笛声。

远远望去，成片的红树林在岸边织出一片斑斓，马六甲码头的轮廓若隐若现。

孙跃民已经多次在海上穿越马六甲海峡了，似乎是一样的海面、波浪，但他却隐约觉得有什么不同的感觉，往水下看去，不知是某种暗流在涌动，还是自己的主观感受。

"您在想我们必须在这里排队通过吗？"一个声音在他身后响起来。

孙跃民看到博海集团的工程师郭孟竑穿着运动服，魁梧的身材显得很结实。他说话时眼珠子骨碌碌乱转，一副精明相。

孙跃民：郭工，这趟欧洲采购，你觉得欧洲企业对我们的态度有变化吗？

郭孟竑：叫我小郭吧。有变化啊，德国鲁姆集团以前多牛啊，这次竟然愿意压价，他看到了中国市场。宁波、洋山、深圳，如果他们的起重机械价格适中，那一年得有多少订单啊！

孙跃民：还有海外工程，孟加拉国吉大港、锡卡汉班托塔港等，以后还会有达尔港。

郭孟竑：我的师哥黄道明已经被抽调到达尔港项目部去了，那个港口完全是从头开始，目前只有捕鱼船停靠。

孙跃民：这里要排十几个小时才可以通过。而且，如果有人一不高兴，完全可以封锁这条通道。

郭孟竑：大西国的第七舰队，一直在这里巡逻，挺横的。

孙跃民：也许，达尔港会让印度洋的格局发生些变化。这里的晚霞和日出都很美。

郭孟竑：我把印度洋的视频都发给我爱人了，她还以为这是海南呢。

孙跃民：你刚才说，叫你小锅巴，哈，你这么大个子。

郭孟竑：我爱人就叫我锅巴，哈，怪味食品。我去视频了。

黄昏降临，晚霞里，孙跃民倚在甲板的栏杆上，他眼前出现另一幅画面。孙跃民和前女友乔虹坐在鹿特丹港的防波堤上，看晚潮涌来，惊涛拍岸。

乔虹：想好了吗，去还是留？

孙跃民：是回！这里是很美，海上落日，闲情逸致。但我的心静不下来，加上国内天津大学，我学了七年。难道就在欧洲当个闲人？

乔虹：知道你有雄心壮志，可我们都快三十了。回去再找工作，安定下来，几年就过去了。别那么天真，以为你一工作就会一鸣惊人。

孙跃民：可你说的那个设计所，就是给别人打工，干点零碎活，我没有存在感。

乔虹：你可以去接国内的活，遇到大工程，照样有成就感。

孙跃民：回国去接大工程，不是更方便吗？

乔虹：我已经适应这里的环境，巴黎的这家事务所也想要熟悉中国的人，何必舍近求远！

孙跃民：哪是远哪是近？你的祖国、亲人、归属感，那才是近。你再熟悉这里，就算你进了设计事务所，也融不进主流社会。那滋味，不好受。毕竟不是我们的国家。何况，中国现在是全球第二大经济体，机会远远多于欧洲，我为什么要留在这里。

乔虹：好吧，既然说服不了你，咱们就各自为战，体验一下再说。

凌家卫海域，中国海军军舰在参加东盟论坛海上搜救演习。宽阔的甲板上，四架直升机在待命。

戴旭东在直升机驾驶室里接到命令，起飞，与其他三架直升机一起离开甲板。

从戴旭东这里看去，马六甲海峡入口处，各种商船络绎不绝。

四架直升机编队飞过海面，在空中进行搜救演习。

马六甲海峡深水通道，某国海军驱逐舰在海面上常规巡逻。驾驶舱，副舰长舒卡拉看到舵手操作时手忙脚乱。

舒卡拉：你好像在拳击台上，这是培训课程里要求的吗？

舵手：副舰长先生，这段通道的流速快，船只多，所以不仅要控制航向，还要控制航速。

舒卡拉：我还以为你是被东盟和中国人的军事演习吓住了。就要进入印度洋了。让副舵来控制航速，你专门控制航向，不能大意啊！

舵手：明白，马上执行。

舒卡拉离开驾驶室，走下舰桥时，遇到副舵边走边戴军帽，副舵慌忙间站正，向他行了个军礼。

舒卡拉走到甲板、舰桥旁边，士兵们在陪舰长文森特玩扑克牌。

舒卡拉：舰长，马六甲海峡这一段水流急，加了个副舵控制航速。

文森特做了个手势：OK。

驾驶室里，舵手和副舵看到前方不远处的中国商船正在往右前方行驶。

舵手：不好，它的速度和我们接近，有可能会撞上，我来操作速度吧，你来观测。

副舵：这里水流急，要带着点角度才能走直。这么近的距离，我们最好停下来，让它先过去。

舵手：凭什么！我把航向再调整就可以了。

中国商船，甲板上的孙跃民看到快速行驶的某国驱逐军舰，他觉得方向好像有点偏，立即警觉地跑向驾驶舱。

驾驶舱里，舵手悠闲地在观赏黄昏时的海景。商船是自动驾驶。

孙跃民闯进驾驶室：张大副，我觉得那艘军舰怪怪的，好像要和我们抢航道。

张大副：我这里是自动识别和调节系统控制驾驶。

虽然这么说，但张大副还是有点不放心地拿过望远镜，他看到军舰确实是在靠近"泰山号"。

张大副急忙启动人工调节系统，调整航向和速度，避免被撞。

孙跃民跑下舰桥。

他边跑边喊：快离开右舷！系上安全带。

某国军舰驾驶舱里，舵手看到不远处的中国商船"泰山号"正在转弯，他急忙调整航向。转头对副舵说：快关掉右后螺旋桨推进器。我们也转弯，离开它。

副舵：是。

但他的手伸向左螺旋桨控制按钮，他按错了控制按钮。

舰体不断向左偏。

舵手感到很奇怪，以为操作失灵。

舵手大喊：操作系统失灵了，快通知进入一级警戒状态。

空中鸟瞰，中国商船由北向南，正在转弯，进入航道；某国军舰正由西北向南，进入航道，但军舰似乎不断往商船靠近。

军舰和商船相撞，商船右舷被撞，部分集装箱被撞飞下海，也有人员飞向空中，掉入海中；军舰被撞成两截，士兵们被抛向空中，然后掉在甲板上和海里。

孙跃民被撞落在海里，他落水后迅速地沉下去。

郭孟兹正在睡铺上和爱人卞维明视频，被撞得头破血流，用手捂着脑袋。

空中执行演习任务的戴旭东，接到紧急命令。

"03 收到请回答。"

戴旭东：03 收到。

"马六甲深水通道有中国商船与某国军舰相撞，迅速前去营救落水人员。具体方位是：东经 101 度，北纬 2 度线附近海域。"

戴旭东：明白。

四架直升机迅速飞向出事海域。

正在演习的中国海军军舰驶向撞船海面。

孙跃民从海水里浮出来，他晃晃自己的脑袋，辨认方向。

远处是停滞在海面上的商船和军舰，似乎已经稳定下来。他向商船方向游去。

一条鲨鱼，在孙跃民身后数千米处悠闲地寻食，它似乎发现了孙跃民，摆动身子，往他的方向游来。

孙跃民游累了，改成仰泳的姿势，想休息会儿。突然，他看到远处的鲨鱼，急忙向最近的一块漂浮物游去，是个防碰撞的橡胶轮胎。

鲨鱼加快了速度。

孙跃民扑向橡胶轮胎，扑空了，他继续游向轮胎，再次去抓，抓着轮胎，潜水下去，把头从轮胎中伸出来。

鲨鱼逼近孙跃民，准备发动攻击。

孙跃民解下腰带，将铁卡部分系成个疙瘩。

鲨鱼冲过来，孙跃民甩动腰带，被鲨鱼咬住腰带的疙瘩。孙跃民划水往鲨鱼的侧面冲去。

鲨鱼触到轮胎，急速往前游去，数十米后再转身。

孙跃民急中生智，从上衣兜里掏出口哨吹起来。鲨鱼毫无反应。孙跃民看到另外一个漂浮物，是把椅子。他急忙向椅子划去。

戴旭东飞到撞船海域，看到商船已经稳定，军舰也没有下沉。中国军舰已经接近撞船区域。

他往外圈飞去，发现在水中游动的孙跃民，接着又发现他附近的鲨鱼。

戴旭东来不及琢磨，急速降低，几乎快贴近鲨鱼转身的水面。

直升机螺旋桨产生的声波和冲击波，传递给鲨鱼，它一个弓身，从孙跃民身边穿过，急速消失在波浪中。

戴旭东的直升机上垂下救援的绳索。

孙跃民游向绳索，抓住绳索，将绳索缠在腰上，向戴旭东挥手。

直升机飞离水面，孙跃民的裤子掉在水中，穿着短裤，很滑稽地被带向中国海军军舰。

视频里，孙跃民在向中国博海集团董事长刘清云汇报事故情况。他的声音显得很疲惫，透着些内疚的感觉。

孙跃民：是我没有及时和船长沟通，对航行的监控不力造成的。对不起您的信任。所幸的是，装起重机的集装箱没有落水。

刘清云一张方脸阴沉着，声音冷冰冰的：还所幸？什么叫所幸？中国博海集团的部门经理，光着屁股被人从海里救上来。为什么不沟通好，全程监控，加几个安全岗？

孙跃民：我有责任，请求组织给我处分。

刘清云：不仅仅是责任问题。大西国的军舰被撞，出了丑。他们现在说是遭受了黑客袭击。而我们的商船也出了丑，集装箱掉到海里，押运的人光着屁股被直升机救上来，你不觉得这些影响远远大于起重机设备吗？

孙跃民：我承认对这次航运的认识不到位，导致了事故的发生。但我也想说，凭什么他们的军舰就可以横冲直撞，和我们的商船抢道。他们被撞，活该！

刘清云：发什么牢骚，尽快把事故报告报到集团来。后面的航行绝不能再出任何差错了。

孙跃民：我会一直钉在驾驶舱的。

刘清云：好，相信你。骂你几句，别在意，挺过来才是男子汉。

孙跃民：谢谢您！

孙跃民的电话又响起来，是乔虹的电话。

乔虹：我看新闻了，你没事吧？

孙跃民：谢谢，死里逃生，一场遭遇。

乔虹：你没事就好。马六甲是个事故多发地带，快成好望角了。你能从容地一次次通过，就已经很了不起了。

孙跃民：还需要继续通过，我们的重要设备都要经过这里。

乔虹：要是油轮你就没命了。

孙跃民：没那么邪乎，还是小概率事件。

乔虹：我在想，是不是该祝贺你，有了一次刺激的经历。

孙跃民：你不就是想说我喜欢冒险嘛。

乔虹：也许你会重新思考你的职业。

孙跃民：放心，我不会到巴黎抢你的饭碗的。

乔虹：晚安。你知道我在说什么。

孙跃民：谢谢你的电话，我没想更多的事。

宁波海滨一条街，分布着许多小酒馆、咖啡店。

报摊前，孙跃民让卖报的大姐给他拿一张小报。

小报的标题：大西国军舰马六甲被撞，中国商船集装箱落水。

他付钱后，拿着小报走进一家上岛咖啡。在靠窗户的卡座上落座，点了杯拿铁。

孙跃民摊开报纸，仔细阅读起来。

一身休闲装的戴旭东走进来，悄悄地朝孙跃民走过来，在他对面坐下。

孙跃民看完报纸，生气地扔在一边。发现戴旭东笑眯眯地坐在他对面。

孙跃民：对不起，您来点什么？

戴旭东：啤酒，今天放假。

孙跃民让服务生送来两杯啤酒。

孙跃民：感谢您，救命之恩！我险些喂了鲨鱼。

戴旭东：很巧，那天我们正在参加东盟论坛的演习。咱们有缘啊。现在网上炒得很凶。有西方媒体说我们搞电子干扰，攻击了他们的操作系统。实际是他们操作失误。大西国海军的一位朋友、维和机构时的伙伴告诉我，是他们的副舵按错了减速按钮。很可笑。

孙跃民：小报也有道听途说的，说是我们撞了他们的船，长了中国人的志气，但自己也受损失了。大西国的军舰一直那么横吗？

戴旭东：以前更凶。现在东盟论坛邀请中国海军参加演习，已经有变化了。不过，马六甲还是他们的天下。

孙跃民：我们的战略物资，石油等百分之八十要通过那里。有潜在的风险。

戴旭东：听说要另辟蹊径。

孙跃民：是达尔港吧。真能搞起来，我们就不会这么尴尬了。我也就不会这么狼狈，为此事做检查，估计还得挨个处分。

戴旭东：大难不死必有后福，现在国家需要你这样的人。也许我们还会相逢。我很快就退伍了，可能会去达尔港开个酒店，我爸爸就在土耳其开餐馆。

孙跃民：要是能和你一起做事，我会很放心。

戴旭东：会再见面的。

中国博海集团总部，董事长刘清云和副总陈可染、胡少峰一起研究项目。

刘清云：达尔港，在印度洋的扼要位置上，有良好的港湾条件，平均水深二十米以上，可以建大型码头和泊位。最关键的是，这里到喀什只有两千多公里。如果从这里运送石油，成本将会大大降低。而且，即使风云突变，巴布尔也是我们的可靠盟友。中央政府把这个项目交给我们，是对我们集团的信任，可能也了解我们的前期工作。

陈可染：不需要竞标，直接承接工程？

刘清云：不，具体方式，巴布尔还没有确定。

胡少峰：前期港湾集团曾经去做过项目调研和初步论证，他们的人还在那里。

刘清云：从巴布尔政府角度来说，他们愿意与我们合作，但考虑到各派势力和政见不同，他们会面向国际社会广泛招标，做比较选择。日本和欧洲，以及新加坡、伊朗都很关注这个地方。有点抢滩的意思。日本的三丰港务集团，已经拿出了初步方案。我们现在需要加强那里的力量，派个能干的角色去。

陈可染：熟悉南亚情况的，有个人，但也许现在不合适去。

胡少峰：孙跃民，他在处理锡卡海啸事件，有经验、有魄力。只是最近被媒体奚落，光屁股的船长。

刘清云：木桶效应，我们以前用人，实际是看短板，一只木桶装多少水，短板决定，用其所短。他主观武断，但脑子灵活，工作中有创新，敢担当，可以独当一面。我们给他个戴罪立功的机会，让他把达尔港的项目给我们拿到手，干起来！怎样？

陈可染：我赞同，他有压力会干得更起劲。

胡少峰：最近电视里演北宋大将狄青，被范仲淹拔于行伍，戴罪立功，征西夏、平南蛮，终成一代名将。刘总，历史上有无数成功案例的。

刘清云：那我们就这样决策了，中央政府对达尔港还有更长远的考虑，我们要派个能长期作战的人。

北京。孙跃民在公寓宿舍写检查，心潮起伏，他书桌的烟灰缸里，一堆烟头。

稿纸上一行清晰的大字：我对撞船事故的认识和检讨。

他眼前出现了乔虹的身影：知道你有雄心壮志，可我们都快三十了。回去再找工作，安定下来，几年就过去了。别那么天真，以为你一工作就会一鸣惊人。

他点燃一支香烟，走到窗前。

一轮明月高悬，银色的月光洒在公寓楼前的小花园里，一片静谧。

他在想：一鸣惊人，打了个臭炮。出师未捷身先死，长使英雄泪满襟。难道我就这样退却了吗，或者我不适合这份工作？

电话响了。是刘清云的来电。

刘清云：睡不着吧？明天上午到我办公室来一趟，九点。

孙跃民：需要我准备什么吗？

刘清云：哈，准备接受处理呀！

孙跃民接完电话，把桌子上的检查收好，装进文件包里。

他走进洗澡间，淋浴着肌肉凸显的胴体。

他接到刘清云的电话，反而踏实了，已经做好受处分的准备，但在心里，隐隐约约有些亢奋。

中国博海集团大楼，刘清云在办公室里和孙跃民谈话。

刘清云：你过来，看看地图。

孙跃民随刘清云走到一幅亚洲地图前。

刘清云指给他看：这里，巴布尔达尔港，你看到了什么？

孙跃民：西印度洋的腹心，红海和波斯湾两条石油通道的承接点。

刘清云略显诧异：哦？有备而来呀。

孙跃民：听国家发展改革委的同学说，中央政府已经在研究打通喀什到达尔港的通道。

刘清云：所以，达尔港，必须由我们和巴布尔一起开发建设。

孙跃民：这样，达尔港就变成了咽喉，马六甲就变成了盲肠。

刘清云：咽喉成立，盲肠不准确。马六甲仍然是咽喉，但可能会丧失呼吸道功能，不会让人窒息了。中央政府决定让我们去打这一仗，你觉得胜败几何？

孙跃民：死也得把它拿到手啊！要不然又是第二个马六甲。

刘清云：集团研究决定要你去，把前期的事接过来，创造性地开展工作，打赢这一仗！

孙跃民：我现在臭名远扬，败军之将，不宜出征吧？

刘清云：戴罪立功，到印度洋去洗掉自己的耻辱，为我们把项目夺回来。

孙跃民的眼泪夺眶而出：没想到，集团会这样处理我！我孙跃民就是赴汤蹈火，肝脑涂地，也要把项目夺回来，否则提头来见。

刘清云：好！有点像将军出征的感觉了。找投资部的同志了解一下情况吧，看看有多少粮草。

孙跃民：刘总，那我去准备了。

大西国某市咖啡厅里，舒卡拉很郁闷地在看报纸。

大西洋基金的负责人皮特走进来，看到舒卡拉，在他的对面坐下来。

舒卡拉移开报纸，礼貌地问：您就是皮特先生？

皮特：是的，你们的舰长向我们推荐了你。从你的履历表里，我们看到你在南亚的工作经历，还有你的部分亚洲血统，有点像那里的人。基金要在那里开展业务，想要你作为地区总代理，去和三丰港务集团合作。你愿意接受这份工作吗？

舒卡拉：我想问，你们为什么愿意用一个因为过失被撤销职务的人？

皮特：我们了解到你在事故中的表现，认定了你的专业素养和能力。我们需要对那个地区熟悉的人，恰好你又是海军退役的。

舒卡拉：年薪多少？

皮特：刚好三位数。

舒卡拉：好吧，哪儿报到？

皮特：负责亚洲事务的人会给你交代具体任务。

卡加奇机场候机大厅里，孙跃民拖着行李箱，在一个座位坐下。

候机大厅的大屏幕里正在播印度洋出现海啸的新闻。印尼、锡卡的海啸，掀起千层巨浪，咆哮着扑向岸边的建筑，吞噬了街道、人群。

画面切换到西印度洋，海面上波澜起伏，一浪高过一浪。

美丽的巴布尔新闻播报员用英语在播新闻。

受海啸影响，阿拉伯海巨浪滔天，巴布尔海域出现九级大风和大浪。

孙跃民看到新闻，警觉地站起来，走近屏幕。

屏幕里，新闻在继续播报。巴布尔北部出现暴雨，印度河河水在咆哮，一些地方出现山体滑坡。

字幕：巴布尔北部山区出现持续暴雨天气，气象部门预报，未来一周，暴雨将会覆盖整个巴布尔。

孙跃民眉头紧锁，满脸愁云。

飞机上，孙跃民在座位上翻看着资料，时而抬头凝思。

鹿特丹在他面前再度出现，孙跃民和前女友乔虹在防波堤上散步。

乔虹：你知道防波堤有多长？

孙跃民眨巴着眼睛：海浪多长，它就多长。

乔虹：那海有多深？

孙跃民：情有多深，它就有多深。

他不知道为什么又想起了乔虹，难道这就是所谓的思念吗？

孙跃民用逻辑思维在整理自己的情绪情感，更加茫然。

海面上波浪起伏，是中浪级别的感觉。

拉纳和几个渔民驾驶着渔船出海归来，看到达尔港出现漂浮着塑料球和绳索隔离的临港区。

中博集团达尔港项目部的副总黄道明带领着人马，正在搞勘测。

黄道明：听说新来的孙总和你熟悉？

郭孟竑：是的，我们一起押运过集装箱，被撞过。

黄道明：他是个什么样的人？

郭孟竑：有思路、有能力，但比较霸道，不像您这么温和。

黄道明：他是上面有人吧，出了撞船事故，不降级，反而重用了？

郭孟竑：这我就不清楚了。

黄道明在项目部主持工作近一年，没有扶正，集团给他派来个一把手，心里不是滋味，他想看看这个孙跃民，到底有什么本事。

拉纳不管不顾地把船开进隔离区域。

一阵海风骤起，海浪大起来。

拉纳的船在将要靠岸时，遇到黄道明的船也要靠岸。

黄道明的船在前，拉纳的船在后，眼看就要追尾。

拉纳急忙调整方向，船在行驶中倾斜，一不小心，自己从船上甩了出来。渔民甲急忙把住舵，避免了翻船。

拉纳在水里露出头来，迅速地游到岸边，爬上来。

拉纳咆哮着奔向黄道明，嘴里嚷嚷着，被旁边的人劝阻。

孙跃民在一边出现了，他走到拉纳跟前。

孙跃民：我是新来的项目部负责人孙跃民，你有什么事情对我说，我可以处理。

拉纳：我们一直在这里捕鱼，但今天为什么被你们圈了隔离区域，还差点撞翻我的船。

孙跃民：我刚到，需要了解一下情况，然后尽快答复你。

拉纳悻悻离去。

达尔港中国博海项目部门前，达尔渔村的数百名渔民聚集在项目部外，一些媒体记者在拍照，采访。

孙跃民和同事们在窗前冷静地观察着现场。

俾省的警察及时赶到，维持秩序，不让人群冲进中国博海集团项目部去。

示威人群里，拉纳看到媒体已经采访完毕，就吹了一声口哨。口哨声响过之后，渔民们陆续离去。

夜晚酒店客房里，莎拉在观看当地电视的新闻，白天达尔村渔民在中国博海项目部前示威的画面和莎拉采访渔民的对话出现。

莎拉换着电视频道，CNN、BBC、NHK等电视台都在播放这条新闻。

莎拉接到电话，她在倾听后回答：我看到渔民并不愤怒，他们回答了事先教给他们的话，我的任务完成了。接下来，我会去采访部落酋长，写一篇文字报道。但需要那个商会秘书长陪同，这里的环境很危险。

莎拉打完电话，把手机扔在一旁，点燃一支香烟，斜靠在沙发上，若有所思。

巴布尔北部印度河流域，暴雨倾盆，山谷里，万壑奔流。

印度河里洪水奔涌，洪峰扑向村庄，顷刻间就是一片汪洋。

洪水和暴雨中，惊慌失措的人们爬上屋顶、树木，聚集在山丘上。

达尔港中国博海集团项目部，孙跃民、黄道明、丁珂、郭孟竑、黄翔、陈莹等人在观看当地新闻。

丁珂：这个出镜记者是哪家媒体的？曲线很美啊。

陈莹：也不知道是美人鱼还是美女蛇。

孙跃民：她问的问题没什么破绽。虽然渔民今天和我们搞勘测的同志发生冲突，但这明显是一次事先策划的有组织示威，新闻媒体几乎是和示威者同时出现的。而且，他们也没有派代表和我们交涉，提具体要求。我想这是在给巴布尔政府施加压力，在国际社会造舆论。

黄道明：我检讨，是我安排得不够细致，本来应该给出海渔民专门通知的。

孙跃民：先不要忙着检讨，我们研究一下怎么应对未来的天气。从巴布尔官方报道看，北部暴雨和洪水已经造成两千多人失踪，数十万人受困。气象部门预测，这里将遇到百年不遇的洪水。但我想这也许是我们工作的机会。据我们在锡卡的经验判断，洪水造成的最大问题，一个是居住生活，一个是防疫。如果我们决定参与抗灾，就要立即申请救灾物资，并和医疗队取得联系。

丁珂：我还没有来得及报告，今天在网上出现了《大西洋时报》记者莎拉采访达尔部落酋长们的报道，他们攻击中国人在这里霸占港口和土地；另一家日本媒体披露了俾省一封匿名的公开信，要求对达尔港项目进行公投，近日将举行集会游行。

黄道明：我在北京时就已经看到前一条报道。

孙跃民：别无选择，这是一次战役。先和他们一起抗灾吧。我们立即向集团报告。

三丰港务集团项目部也笼罩在雨幕中，桥本和舒卡拉、小泉、松坂庆子、池田等人研究对策。

桥本：商会的信函已经送达巴布尔港口部，媒体已经把公投的信捅出来了，接着搞集会签名，就会形成影响力。这个雨，真讨厌。不过我们还可以借机会找找中国人的麻烦，他们的马克兰公路还正在提级改造，首当其冲，估计会全部坍塌，这是最好的工程质量差的证据。

小泉：豆腐渣工程走出国门，中国公司承建工程在洪水中坍塌无遗。这就是个新闻标题了。庆子，把这个意思扩展为一个新闻稿，迅速发给东日新闻。

松坂庆子：哈依。用坍塌无遗还是成片坍塌？

桥本：就说坍塌，更准确也更模糊。

舒卡拉：高明，也传给《大西洋时报》记者吧。

达尔酒店内，《大西洋时报》记者莎拉面对着窗外的暴雨，显得十分焦躁。

她在窗前走来走去，接着拿起电话：舒卡拉先生，我看到北部洪水的报道了，这些我完全可以回国处理。这场洪水会持续一个月的。我可不想在这里耗时间。请您明天把车子和报表安排好，我要先回卡加奇。在这里，我会被洪水淹成水老鼠的！

舒卡拉：我会尽快安排你去卡加奇，但建议你先不要回国，这里还有很重要的事件需要报道。你可以去报道一下马克兰公路塌陷吗？中国人正在现场抢修。

莎拉：我的任务已经完成，上司没有让我报道洪水。

舒卡拉：我给你传达的就是《大西洋时报》总编摩根先生的指示。他让我告诉你，你在这里的工作，由我来安排。别忘了，我是你们的股东和老板。当然，报社会增加你的报酬。

莎拉：那好吧，明天派车送我到塌方地点！

舒卡拉：还需要你联系其他熟悉的记者，费用由我们解决。

莎拉：知道了。

北京博海集团总部，董事长刘清云、副总经理陈可染和海外部的职员们聚集在工程地图前，研究灾情。

秘书过来报告，孙跃民要汇报最新情况。刘清云指示开通视频。

视频中出现孙跃民和达尔港项目部的其他成员。

孙跃民：我们这里遇到洪水，俾省的一些村庄被淹，包括达尔渔村。我们从巴布尔港口航运部得到正式信息，巴布尔将迎来史上最大洪水。我们这里也已经出现山体滑坡，淹没村庄，死亡数千人。气象部门预计暴雨和洪水将持续袭击南部和全巴布尔。所以，我们建议将工作重点暂时放到防灾和救灾上去。请求集团立即派队伍携带器械设备防灾，也申请在巴布尔的医疗队与我们直接联系。

刘清云：同意你们的意见。我们立即给你们派队伍。要真正和巴布尔人民同呼吸、共患难，建立互相信任的关系。

孙跃民：请求集团和派往巴布尔的渤海军区首长沟通，他们的第二医疗队离我们最近。我们请求他们派一支队伍来，以防止疟疾和腹泻为主。还有，需要懂乌尔都语的人。

刘清云：我们协调后通知你们。你们和巴布尔使馆保持密切联系，和巴布尔政府密切合作，和俾省的人一起渡过难关。树立中国企业的形象，也许你们会因此打开局面。

孙跃民：请领导放心，我们是身经百战的队伍，一定克服困难，完成使命。

雨夜，巴布尔港口航运部，部长阿萨德和司长赛义德，以及一些公务员，紧张地在搜集各地洪水泛滥的情况。

阿萨德：看来巴布尔要经受一次致命的打击。真是祸不单行，俾省的火刚刚被点起来，达尔港渔民的示威和有人煽动公投的消息这么快就被传遍全世界，一定是大西洋集团幕后策划的。现在洪水又来了，来势凶猛，北部省和印度河已经瘫痪，第一次洪峰七十二小时后将抵达俾省，而气象部门预报暴雨将持续袭击整个巴布尔和俾省。水火无情，让中国朋友回国吧，这个项目只能停下来了。灾害处理过后再说。

赛义德：我已经和中国博海的孙先生做过沟通，他们决定留下来，和我们一起抗灾。

阿萨德：噢！那好吧，只是项目的事暂时研究不了啦。

赛义德：他们根本就没提项目的事。

阿萨德竖起拇指。

北京，中央政府某部秦川副部长在和戴旭东会面。

秦川：你休假三个月，都去哪里玩了，气色不错啊。

戴旭东：普陀山，舟山群岛，宁波港，很有气魄，我在东海舰队学了一个月的炮艇驾驶。

秦川：你来是辞行的吧，去土耳其开餐馆，还是干别的什么？

戴旭东：我准备去伊斯坦布尔看父亲，但他说让我直接去巴布尔达尔港去，看看是否可以开个酒店，甚至搞个商务区。老爷子很敏锐，他说搞个万达模式，把手机网络、电影院、咖啡馆等这些都打包建到达尔港去，一定会赚钱。

秦川：有点舍不得你离开，继续和我们保持联系，到那里会开辟出新的天地的。如果有什么特殊的事，可以联系巴布尔政府的总统助理阿里夫，就是你在维和机构里的老相识。祝你财运亨通。

戴旭东：会的！谢谢首长关照。

秦川副部长欣赏地看着他敬了个军礼，麻利地离去。

北京博海集团总部刘清云约见张诗仪。

张诗仪身着标准的白领西服，有点像跨国公司的职员。

刘清云：海外部提议你去巴布尔协助孙跃民工作，集团党组经过研究，决定让你担任项目副总裁，对内是党委副书记。重点去做俾省民间的工作和政府的工作。巴布尔情况特殊，俾省情况复杂，需要你这样熟悉商务，有联合国机构工作经历的人。

张诗仪：感谢组织对我的信任。请问刘总，还有什么特殊的任务吗？

刘清云：这本身就是特殊的任务和使命。达尔港的战略地位决定了，在那里搞开发建设，就是一次复杂艰苦的战役。当然，其表现形式是商战和市场博弈。我们了解到的情况是，那里存在着多元经济和政治集团，许多复杂的事情交织在一起。所以，如果说有什么建议的话，就是要有创造性思维，创造性地开展工作。

张诗仪：我从商务部到博海集团已经挂职一年多，感觉这个团队有处理国际事务的能力，也有丰富的国际运作和开发项目能力。和他们一起工作，我有信心完成任务。

刘清云：相信你会和他们打成一片，祝你工作顺利。

张诗仪告辞离开。

疾风暴雨中，戴旭东的车子驶进达尔酒店。

戴旭东和玛雅像一对情人一样走进酒店大堂。

达尔港项目遇到了阻拦，巴布尔又遭受洪水，这一切似乎预示着，这是个必须经受疾风暴雨考验的工程和事业。

暴雨还在继续，酒店笼罩在雨雾中，好像一座孤岛。

戴旭东在酒店客房里煮开水，泡好两碗红烧牛肉面。

他整理一下自己的衣服，端上牛肉面，敲隔壁玛雅的房门。

玛雅应声开门，把戴旭东让进房间。她洗浴后换上丝质的睡袍，是中国的杭绣，古典的款式衬托得玛雅像汉唐的美人。

戴旭东：估计你很饿了，我泡了牛肉面，你来点，充充饥。

玛雅：谢谢，是饿了。我在北京语言大学时经常吃方便面，你呢？

戴旭东：还有一碗，我回去吃。

玛雅：一起吧，顺便聊聊。

戴旭东回房间，端来自己的牛肉面。两人边吃边聊。

玛雅：现在你可以告诉我到达尔港的目的了吧。

戴旭东：开餐馆，之后是建商务区。我感到未来这里会是巴布尔最繁华的城市。

玛雅：阿里夫表哥说，你是个雄心勃勃的人。开餐馆需要雄心吗？

戴旭东：任何事情都有个起点的。比如，今晚我们就需要餐馆，热腾腾的饭菜。气象部门预测，巴布尔将遇到有史以来最大的暴雨，我想如果我做速食面的生意，会迅速赚钱盈利。接着就在那些灾害发生点建立配送点和临时商店，布下我的商业网点。之后把临时商店扩展为综合服务商店，提供日用百货、手机服务、摩托车和电动自行车服务，大的人口聚集区变成一个 shopping mall。

戴旭东的电话响起来。

戴旭东做了个手势，接电话。

他妹妹戴娆电话里说：你要的即食面，没有那么多了。我就给达尔港和喀喇昆仑公路那里先送一些，之后再从大陆和台湾发货，十万箱。

戴旭东：还是有妹妹好啊，你把方逸轩和李世海也发动起来，让他们给我供货，溢价百分之十，但必须在十天内到货。

戴娆：我才不要李世海的货呢，让他自己玩去。

戴旭东：正是合作的机会。随你便，尽快给我提供货源。达尔港直接联系我，其他点让周学金去办。谢谢。

戴娆：你怎么不谈资金的问题呢？我一直在垫款！

戴旭东：好，你开发票吧，全部由我来付。

戴娆：这还差不多。

挂断电话，戴旭东目光炯炯地看着玛雅。

戴旭东：我妹妹戴娆的电话，她在雅伽堡开烤鸭店，快餐店，正忙着和对手争夺市场。这场暴雨也许会改变许多事情的走向，改变许多人的命运。

玛雅：你果然是个行动派，我知道阿里夫表哥为什么说你是个雄心勃勃的人了。但我的工作是什么呢？

戴旭东：翻译，乌尔都语翻译。如果你愿意，可以做我的助理，参与策划和管理我在达尔港的商务。第一年酬金三十六万美金，按周付，我知道巴布尔的习惯。第二年开始，你可以拥有股份，当然，需要你同意。

玛雅：好吧，我试试。明天我们做什么？

戴旭东：去找巴斯蒂安。

玛雅：暴雨中？

戴旭东：对，风雨无阻！晚安，睡个好觉。

戴旭东离开玛雅的房间，随手带走了两人吃过的方便面餐盒。

玛雅关上房门，躺在床上。

她关上灯，窗外依然电闪雷鸣。

黑暗中，玛雅的眼睛闪闪发光。

暴雨还在下，项目部里灯火通明。孙跃民带领着项目部里的人在研究抗灾方案。

孙跃民：这场雨会转移人们对达尔港的注意力，但对我们团队来说，是个考验。根据气象部门预报，七十二小时后，洪峰将抵达俾省。我们要立即行动起来。使用我们的探测船，转移达尔渔村的村民。还有，准备救灾物资，把储存的食品拿出来，再快速从国内运送些来，一定会有大量需求，就像我们在锡卡遇到海啸时一样。

去卡加奇接张诗仪的车子在暴雨中驶进项目部。

张诗仪直接来到会议室。

孙跃民：欢迎女神到来，给我们带来一场暴雨。

张诗仪：谢谢夸奖，是与风雨同行。我在途中和医疗队长何瑾联系，他们已经快到这里了。

孙跃民：已经开始工作了，那就麻烦带人去接她吧。

暴雨持续，达尔渔村的房屋在风雨中飘摇。

拉纳在门口看看外面，雨还在下着，他满面愁容。

拉纳的妻子曼扎拉在床上痛苦地呻吟着，渔村的接生婆在旁边忙得满头大汗。

曼扎拉难产。

接生婆来到外屋，和拉纳低语着，拉纳点点头，开始穿外衣。

接生婆和拉纳帮曼扎拉穿上雨衣，搀扶着她走出去。

拉纳发动摩托车，曼扎拉艰难地坐在后面，抱住拉纳的腰。

一阵马达声，拉纳夫妻驶向雨雾中。

暴雨持续着，马克兰公路上，张诗仪带领丁珂和保安四人，驶出达尔港项目部。张诗仪拨通了何瑾的电话。

张诗仪：何瑾队长，你们待在原地不要动，我带了修车师傅和保安来接应你们。

何瑾：我们离达尔港只有二十公里了。

何瑾医生率领的医疗队七人，焦急地等待在雨中。

司机在雨中修车，汗水和雨水从脸上流下。坏掉的车子后面两辆设备车在等候。

远处传来灯光，是一辆中型面包在雨夜出现。

何瑾迅速给张诗仪打电话。

何瑾：张总，前面是你们的车吗？

张诗仪的车子看到前面的车辆。

张诗仪：是的，我们马上会合。

张诗仪的车子开到。

张诗仪：何队长，你们太辛苦了！快把行李转移到我们车上。

何瑾：也好，留下两个人陪司机修车。

张诗仪：留两个保安，他们是政府警察部队派来的。

何瑾点点头。

医疗队的行李转移到张诗仪的车子上，一行人上车后，车子开动，带领两辆设备车继续行进。

拉纳的摩托车在雨中奔驰，曼扎拉似乎疼得更厉害了，她紧紧抱住拉纳的腰。

前面出现一段积水很深的路段，拉纳停下来，不敢冲过去。

张诗仪和何瑾的面包车也赶到积水路段，停了下来。

雨又大起来了。曼扎拉疲倦地从后座上滑下来，拉纳急忙下来搀扶她。

张诗仪关切地走过来，用乌尔都语打招呼。

张诗仪：先生，这位女士是临产了吧？

拉纳打量张诗仪和她身后的车队：是的，我们要去医院，这里的水太深了，你们有办法过去吗？

张诗仪：司机师傅说，不能过去，车子会在水里熄火，淹在水里的。我们车上有医生，可以为产妇诊断。

拉纳：不！我们要去医院，接生婆说不能再耽误了，她是难产，已经六个小时了。

张诗仪从车里找来何瑾。

何瑾走到曼扎拉面前，看到她苍白的脸色，快要坚持不下去了。

何瑾：要立即检查，采取措施，否则母子都会有生命危险。

张诗仪对拉纳和曼扎拉说：医生说，要立即检查，采取措施。六个小时了，胎儿和产妇会有生命危险。

拉纳无可奈何地同意了。

张诗仪让第一辆车上的人都下来，挤到后面的货车上去避雨。

何瑾和一名女护士留下来，一起把曼扎拉扶上面包车，让她躺在担架上。

曼扎拉看到何瑾穿起白大褂，戴上手套给她检查，脸上露出了笑容。

拉纳坚持要在车外等候，张诗仪只好拿来两把伞，陪他在雨中站着。

张诗仪：我们是中国博海集团达尔港项目部的，准备在这里承包达尔港项目开发和建设。医生是中国红十字会驻巴布尔医疗队的何瑾大夫，她是中国著名的妇女儿童病学专家，在非洲和东南亚治好了好多人。妇产科也是她的专业。

拉纳略显诧异：谢谢，我听说过中国医疗队的医术。但不知道六个小时难产，会不会遇到麻烦？

张诗仪：请放心，他们都是非常有经验的医生。

车里传来一阵响亮的婴儿哭声，一个男孩儿出生了。

何瑾在车子里用半个小时给曼扎拉做了手术，避免了一次婴儿胎死腹中的悲剧。

何瑾托着婴儿给曼扎拉看，曼扎拉绽开笑容，连声说着谢谢。

拉纳如释重负，一屁股坐在湿地上，激动得热泪盈眶。

达尔渔村还在暴雨中挣扎，洪峰到来，达尔渔村一片汪洋，洪水淹没了房屋、村庄。

孙跃民、黄翔、丁珂和几名员工驾驶着测量船在洪水中解救灾民。

一名儿童抱着大树在水里挣扎，孙跃民指挥将船靠近，伸出手来，把儿童拉上船来。

测量船驶往上游山坡，那里出现了几顶帐篷，已经有几十名村民在那里避雨。

达尔港三丰港务集团项目部，桥本在看窗外，俾省的雨还在下着，马克兰山脉的山谷里，洪水还在咆哮，上面漂浮着家具和木料等。

桥本、舒卡拉和小泉、松坂庆子、池田在商议如何应对巴布尔的洪灾。

舒卡拉：这场洪水缓解了对中国人的压力，但压力并没有解除。北部省份的山体滑坡和公路被淹，增加了巴布尔人对中国人的怀疑，中国工程的质量成为热门话题，我们需要把它转变为敌意。

小泉：舒卡拉先生，可现在是洪水期。我听说他们这些天已经成功地接近了达尔村民。

舒卡拉：我们发动的是整个俾省，中国人给他们带来了厄运，他们的利益将被侵占。还是要找巴斯蒂安和商会的人，从民间发动。

池田：商务区的项目可以独立进行，也可以作为港口项目的辅助项目。目的仍然是争取港口项目。

舒卡拉：好，砝码加重了。但真正会产生效果的还是人与人的较量。必须找巴斯蒂安，让拉赫里真正站在三丰港务集团一边。而且，民意测验和公投，仍然是重磅炸弹。

桥本：为了抵消中国人在洪灾中的影响力，我们应当直接给俾省一些救灾物资和资金。这就叫寸土必争。

小泉：那，我去找巴斯蒂安谈判。

桥本：谈交易，也是利益共同体。

松坂庆子：桥本先生，门外已经是一片沼泽了，他们还会有心思和我们谈商务区吗？

桥本：我们正好在屋子里谋划，你可以去酒店做做美容，让中国人去忙吧。我们派人去报道他们的失误。

暴雨中，戴旭东、玛雅和巴斯蒂安在酒店大堂会面。

戴旭东：巴斯蒂安先生，抱歉，大雨中还麻烦您。阿里夫先生让我来找您，请求帮助。这是我的助理玛雅女士。

巴斯蒂安礼貌地注目示意。

玛雅今天是一身西装。

戴旭东：我们公司的想法是在达尔港建立一个临港商务区。我想未来达尔港会成为一个繁忙的港口，从红海和波斯湾过来的石油，可以在这里加工，或者直接运到中国。别的物资也会在这里集散。这里的港口很快就会成为全球性的港口，需要配套的商务，比如通信、金融，还有船舶维修、陆路运输承接服务等。这里风景独特，很快也会成为旅游胜地，像伊斯坦布尔、迪拜一样，需要酒店、餐饮和商城，以及娱乐设施。

巴斯蒂安：是个令人兴奋的创意。但您准备好投资了吗？俾省和巴布尔资金短缺。

戴旭东：如果俾省能够给我划拨土地一百公顷，那我可以投十亿美金，第一期开发投五亿美金。这比当年福布斯整个港口建设的投资预算还多一千万美金。

巴斯蒂安有点吃惊：您看起来不是个夸夸其谈的人。

戴旭东：你们首先会看到我把商城和酒店建起来，把投资的企业引进来。如果把土地以低价或政府投入的方式交给我使用，我会尽快把道路、水电气热、互联网这些设施建起来。别的开发商会这么做吗？他们一般是要政府投资搞市政基础设施的。

巴斯蒂安：我拿这个条件与港口航运部和俾省的人谈谈看，您大概还要对我说点什么吧。

玛雅在他提到港口航运部时，目光炯炯地看着他。

戴旭东：我愿意和俾省的企业合作，或者和商会合作。给合作方股份，这在中国叫干股，百分之三到百分之五。我们成为利益共同体。

巴斯蒂安：您果然熟悉国际商务。这样我就好向拉赫里会长报告了。他的影响力还是很大的。

戴旭东：我捐给达尔港和俾省的第一批救灾物资和方便食品后天就到货，方便请跟我联系，送到达尔部落酋长那里去。

巴斯蒂安：好，愿意效劳。这雨也许还会更大。

洪峰过后，俾省出现大面积山体滑坡。塌方阻塞河道，形成堰塞湖，达尔河外溢，人们被困在山坡上。

孙跃民和黄道明带领工程队在搭便桥，项目部的船只在运送当地的居民。

戴娆带领着两辆车来到施工现场，她上前和孙跃民交涉。

戴娆：哎，你们这里管事的，能过来吗？我给你们送来了两车方便食品。

孙跃民走到她跟前：谢谢，怎么称呼您？

戴娆：戴高乐的戴，妖娆的娆。毛主席诗词，分外妖娆。这是免费给你们送的救灾物资。别人都在给受灾的难民送，我给你们送，是因为我觉得你们的工作很重要。请派人来卸货吧，搬到你们工棚里去。哎，又有送救灾物资的来了，看！

孙跃民看到一架直升机在雨中飞来，降落在堰塞湖边上。

一群灾民拥上去，以为是救灾物资。

从直升机里走出来几个新闻记者，有扛着摄像机的，还有带着大炮筒子照相机的。

莎拉也在其中，她似乎很不高兴。巴斯蒂安陪伴在她身边。

莎拉等人不理睬灾民，而是把镜头对准淹在水里的公路和矗立在水里的滑坡山体。

莎拉过来采访孙跃民。

莎拉：请问你是这里的项目总管吗？

孙跃民：是的。您有什么问题！

莎拉：这里出现山体滑坡，你们事先有预测吗？

孙跃民：没有，这属于不可抗力和自然灾害导致的。

莎拉：那你们的公路淹在水中，又作何解释？

孙跃民：不可抗力造成的，如同洪水、地震等自然灾害一样。

莎拉：也就是说，你们只管按照原来的设计施工，可以不管工程是否适合当地气候。

孙跃民：我没有这么说，遇到洪水、山体滑坡，我们正在积极研究改道方案。你也看到我们正在搭便桥，解决运送物资和方便行人。

孙跃民看到受灾的人拥向戴娆的货车和项目部的工棚，哄抢食品。

莎拉带领摄像人员赶过去，拍下哄抢方便食品的场面。

孙跃民：项目部的人，马上停止搬送食品，把剩余的都发给灾民！

戴娆吃惊地睁大眼睛，但接着就走向人群，用她那生涩的乌尔都语和英语交叉着说：这是我们戴氏商务送给你们的，还有送给项目公司的，他们也让给你们了。因为，中国人和巴布尔人是好朋友！

灾民们欢呼着：好朋友，朋友好。

洪水还在肆虐，四处泛滥，村落完全淹没在洪水中。几处露出水面的屋顶上，困着村民。河道两旁的山坡上，聚集着从洪水中逃出来的人。

萨巴德酋长的房子地势较高，没有被淹没，但水也灌进了屋子。萨巴德酋长坐在椅子上闭目祈祷，家族里的人聚集在他的身边。

萨巴德突然睁开眼睛：拉纳去哪里了？

桑巴：他的手机打不通。接生的大婶说，曼扎拉难产，他们可能在医院里。

萨巴德：联系首席部长，请求援助达尔村，我们需要帐篷和食品，劝大家暂时离开这里，到山坡上去吧。

桑巴：也联系不上，可能在救灾。

萨巴德：那个舒卡拉呢？

桑巴：不见踪影，也联系不上。

孙跃民和张诗仪、丁珂、黄翔带着救灾物资来到酋长的院子。周围的村民在旁边观望。

丁珂和张诗仪恭敬地走到酋长面前。

丁珂用乌尔都语问候：尊敬的酋长，我们是中国博海集团的职工，来给达尔村送一些生活用品，希望您能够同意接受。

萨巴德面若冰霜，没有回答。

张诗仪用乌尔都语问候：尊敬的酋长，恭喜您，您的儿媳妇曼扎拉生了个男孩。现在他们在中国医疗队的临时医院里，母子平安。

萨巴德脸上掠过一丝宽慰的暖意，但瞬间就消失了。他挥挥手，示意张诗仪她们离开。

拉纳出现在山坡上，他疲惫地来到父亲的帐篷里，看到孙跃民、黄翔守候在帐篷外面，张诗仪和丁珂从帐篷里沮丧地走出来。

拉纳认出了张诗仪，用感激的眼神看着她。

张诗仪看到拉纳，很兴奋地说：拉纳先生，曼扎拉和孩子都很好吧。

拉纳：谢谢您，是中国医疗队救了孩子的命。曼扎拉再过几天就可以回家了。可我们的家已经被洪水冲走了。

张诗仪：没关系，我们会帮你们把房子建好的。

拉纳：可她几天后就要回来了。

张诗仪：我们会运来一批临时工棚和房屋，在房子建好前居住在那里。这是我们的总经理孙跃民先生，他已经安排了这些。

拉纳略显尴尬地说：谢谢你们，可能酋长还不同意接受你们的帮助。我也不知道怎么办。你们先回去吧，我慢慢说服他，村里的人们没有地方住是最大的问题，别的事情以后再说吧。

孙跃民：我们会先建好一批房屋的。

孙跃民若有所思地走下山坡，他一言不发，张诗仪、丁珂等人跟在他后面。

戴旭东往山坡上走，他看到沉默的孙跃民，就停下脚步。

孙跃民快走到戴旭东面前时，戴旭东拦在他面前。

孙跃民抬头看到面带笑容的戴旭东，大吃一惊，一时愣在那里。

戴旭东走上前去，给了他一拳。

戴旭东：丢了魂了，是我，戴旭东。

孙跃民激动得上前拥抱戴旭东。

孙跃民：大救星，真的是你！

戴旭东示意身边有人：是我，我先去拜访酋长，回头去找你。

孙跃民向玛雅和巴斯蒂安致意后：那个老头子可不好对付，他对中国人有成见。

戴旭东嘿嘿一乐：没事，我带着法宝呢。

孙跃民：我晚上找你去！

戴旭东、玛雅在巴斯蒂安陪同下来见酋长。拉纳正在和萨巴德谈话。

巴斯蒂安：尊敬的酋长，戴氏集团的董事长戴旭东先生，送来一车牛肉面，请您接受。

萨巴德：我不愿意接受中国人的捐助，他们是有目的的。

戴旭东看到酋长萨巴德的神态和语气，明白了几分。

戴旭东用英语说：巴斯蒂安先生，告诉他我们是巴布尔政府派来救灾的，没有任何附加条件。

萨巴德：我们是遇到了灾害，我们接受人道主义援助。但我们不想和中国人做交易。他们现在希望我们同意他们来开发达尔港，把我们排除在外。我不想和他们打交道。

玛雅：戴先生和开发达尔港的不是一个集团，戴先生是来开餐馆的，渔民们出海归来在他这里可以吃到牛肉面、烤鸭。现在他带来的是免费的牛肉面。您的帐篷外面，许多孩子还饿着肚子，再不吃东西，就会得病，甚至死亡。政府的大批救灾物资暂时还到不了这里。

萨巴德打量着玛雅：看在巴斯蒂安先生的面子上，就让他们把食品留下吧。达尔部落的人不会因为受灾，就放弃立场。

戴旭东和巴斯蒂安、玛雅走出院子，拉纳送出来。

戴旭东：我非常敬佩萨巴德酋长，他是个真正热爱自己家乡的人。但我来开餐馆，他的家乡就更吸引人了，更有魅力了，为什么不同意呢？

巴斯蒂安：萨巴德酋长是个有原则的人，他需要看到您的做法，就是中国人说的实际行动。

拉纳看到戴旭东虔诚的态度，不由自主地说：我们现在最需要的是房子。

戴旭东：我会立即运来组合材料，搭建临时房屋，让村民们住进去。

回到房子里，拉纳质问父亲：您为什么不接受中国人的救助，山坡上的孩子们都要饿死了。您拒绝了就要到嘴里的食品，部落里的人会恨您的。

　　萨巴德：我也是没办法啊。之前，还是这个巴斯蒂安送来了东瀛集团给的救灾捐助，五十万美金。这个数目还是值得接受的。再说，我也觉得中国人光和联邦政府打交道，心里是没把我们这些人放在眼里的。可以猜到，他们得到开发权以后就更不会考虑我们的存在了。你看东瀛集团对我们就比较恭敬。

　　拉纳：可我听说他们是要利用我们阻拦中国人，并没有和我们长期合作的打算。

　　萨巴德：可他们送来的美金是货真价实的。

　　拉纳：五十万美金买到一个部落对他们的支持，接着还要达尔部落的人在民意测验中投他们的票，当然很值了。加上之前许诺的一百万，也不过是阿拉伯海里的一滴水。他们从达尔港项目中得到的更多。

　　萨巴德：可中国人不也一样从项目中获利吗，他们为什么不来找我们，不肯拿出美金来，让我看到他们的诚意？

　　拉纳：他们送来了食品、帐篷和日用品，接着还要给我们建临时房屋。

　　萨巴德：看来他们为曼扎拉接生，征服了你的心，你觉得他们是安拉的使者。

　　拉纳：至少说明他们没有那么功利，不是和我们交易。有些事情，我觉得要重新思考一下了。

　　萨巴德：好吧，我们让他们都来吧，看看谁对我们更有利。

　　拉纳：中国人很快就要在这里建临时房屋了，我们还是支持他们吧。

　　萨巴德沉默地看着拉纳，若有所思。

　　夜晚，孙跃民来达尔酒店见戴旭东。

　　孙跃民：真是有缘，我正发愁呢，你就出现了，救星！

　　戴旭东：但我现在的身份就是海外华人，来达尔港抢滩，做生意，搞商务区。我听朋友说，那个和你们撞船的副舰长，也被派到巴布尔来了，他是大西国籍的巴布尔人。

　　孙跃民：真有意思。他的任务是什么？

　　戴旭东：撞船，继续干扰你的航行，不让中国人得到达尔港的开发建设权。

　　孙跃民：霸道，也可笑。上次相撞的结果是我们损失了货物，我落水了，但他们的军舰解体了。是不是具有象征意义？

戴旭东：会是一场更激烈的较量。

孙跃民：我们怎么配合？

戴旭东：我要独立获得达尔港商务区的开发权，至少是一部分。

孙跃民：懂了，占领外围。如果我们联合提出方案，岂不是更有分量？

戴旭东：不，分进合击才有力量。

孙跃民：现在技术问题是次要的，关键是民意和人心。酋长先生给面子么？

戴旭东：半给半不给。

孙跃民：那也可以说是半推半就，成功了！这里的商会有好几个，比他难交涉。

戴旭东：只要功夫深，铁杵磨成针。

孙跃民：哈，豪气！有你，我就可以甩开膀子干了。

戴旭东：我也正在制定方案，技术部分是由法国的团队帮我设计的，马赛港，还有吉大港的商务区都是他们的作品。这个商务区的个性在于它的封面是为港口业务服务的，诸如金融、通信等，而封底是大物流的平台。

孙跃民：那是个南亚美女了。但她需要配偶，我希望她承接商务时，给加工制造业留出空间。这样，就是个完整的临港经济带了。一个港口，成长为一个城市，这是世界上许多城市的发展轨迹。

戴旭东：听说你在荷兰读过书。看来，我要请你做我的顾问了，可以给我的设计团队讲讲你的理念吗？

孙跃民：当然可以，我很希望合作者了解我们的意图。但不要什么头衔。

戴旭东：你觉得这个项目遇到的最大障碍是什么？

孙跃民：大西洋基金的干涉，东瀛基金的不规范操作。现在已经是超越项目本身的干扰和影响。他们和在这个地区的存在感挂起钩来了。

戴旭东：我知道这个地区的各派势力几乎都有后台，尤其是在制造事端。

孙跃民：我虽然是搞工程的，但对于这个地区的矛盾冲突的实质是有体会的。虽然没有提出重返太平洋的口号，但他们使用了更具体的说法，谋求地区再平衡。这个提法本身就很霸道，好像他们是印度洋地区的主宰。

戴旭东：哈哈，衰老的人总喜欢怀旧，大西国，夕阳！就是美丽的没落。那个德国的哲学家斯宾格勒，被称作历史先知，他就写过《西方的没落》。西方的文明已经过了他生命中的创造期和成熟期，现在只能守摊了。

孙跃民：从经济学角度来看，这是一种"损失厌恶"。欲罢不忍，欲进不能。

夕阳无限好，只是近黄昏。新生事物是不可战胜的，这也是哲学，历史哲学。新世纪，该我们登场了！

达尔渔村山坡上呈现繁忙的景象。

孙跃民、黄道明带领施工队在建临时房屋，拉纳带着一些村民开始给施工队帮忙。丁珂在旁边翻译，忙得不亦乐乎。

张诗仪和何瑾带领医疗队，在一个帐篷里给村民们义诊。村民们在医疗队的帐篷里出出进进，络绎不绝。

曼扎拉抱着孩子，从医疗队的车子里走出来，拉纳引导她走进一处临时房屋。她环顾临时房屋，觉得比想象中好，她把孩子放到床上，躺在旁边，哼起了歌谣。

拉纳见到黄道明，有点尴尬。孙跃民在观察两个人的表情。

黄道明大度地走上前去，伸出手来，拉纳也伸出右手。

黄道明：抱歉，那天是我考虑不周。

拉纳：是天气不好，海浪太大。

孙跃民走过来：拉纳先生，达尔港为什么没有防波堤呢？

拉纳：这里的风浪小，海水深，也没人愿意花这个钱。

孙跃民转头对黄道明：我们的方案里，这部分要加强，应当考虑到海啸的影响。

黄道明：是，我们正在进行海上测量，取得基本数据，会体现到方案中。

戴旭东和戴娆带领着厨师，在山坡上搭了个餐棚。一群孩子在旁边有滋有味地吃着牛肉面，脸上露出欢快的笑容。

他们在这里煮方便面，提供小食品。玛雅在旁边做着翻译。

戴旭东感觉自己似乎打开局面了，开始和玛雅、戴娆调侃。

戴旭东：玛雅女士，我很奇怪，咱们去见酋长，你说孩子们快饿死了，他就同意留下食品了。可他看着你，却说是看巴斯蒂安先生的面子。这不是很奇怪吗？

玛雅：酋长是部落的权威，他怎么会随便改变主意呢？但他也不能眼看着有人饿死，还在坚持不要你们的食品。

戴旭东：那你现在敢给他送一碗牛肉面，让他尝尝吗？你要不敢去，就让戴娆去试。戴娆的胆子大，但乌尔都语说得像浙江话，人家听不懂。

戴娆立刻就嚷嚷起来：哥哥，你怎么这么讨厌呢！我的乌尔都语至少比你强，你连夸奖玛雅都不会，说的像日语。

戴旭东呵呵笑起来：报复我。你敢去吗？或者你陪玛雅去。

戴娆：你到现在还没有付我这些货的款，我凭什么听你指挥！

玛雅：这就是激将法，我确实觉得酋长应该尝尝牛肉面的味道。走，老板，你陪我去。

戴旭东没想到玛雅会让他陪着，滑稽地说：十分荣幸。

玛雅端着牛肉面走进酋长的帐篷，戴旭东陪同着。

酋长坐在毡墩上，闭目养神。

玛雅用乌尔都语问候酋长：萨巴德先生，这是我们给村民提供的方便食品，您尝一下，这个味道符合达尔部落的口味吗？

酋长睁开眼睛，没有回话，突然站起身来，往屋子后面走去。

一股恶臭随风刮来，酋长似乎在腹泻。

片刻之后，酋长缓慢地回到毡墩上坐下，刚要开口说话，又一阵难受。他捂着肚子，又跑到帐篷后面。

看到如此情景，两人交换眼神。

戴旭东：是腹泻，应当送医院。

玛雅给丁珂打电话：小珂，你那里有医生吗？我们这里有人需要就诊。

丁珂：我们这里很忙，何瑾他们医疗队的大夫连吃饭的时间都没有。洪水之后，很多人患上了腹泻。就在山坡的这面，你把他送过来吧。

戴旭东：把医生请过来，酋长不可能去那里。

玛雅应声而去。

酋长有气无力地坐到毡墩上，虚弱地歪靠在毡墩上。

玛雅带着何瑾走进帐篷。

玛雅：酋长，我们请大夫来给您看看，可能是肠道感染。

酋长已经没有拒绝的力气，面色苍白，说不出话来。

穿着白大褂的何瑾上前给他测体温，玛雅在翻译何瑾的要求和询问。

何瑾用听诊器在酋长的胸前背后仔细地听着。

何瑾：肺部有啰音，并发症。

何瑾再看体温计：发烧，39℃，必须住院了。赶快送我们的临时医院。

戴旭东：我去开车！

拉纳急匆匆地赶到酋长的帐篷，戴旭东和手下的人已经把酋长抬上担架，正往戴旭东的车子走去。何瑾走在旁边。

拉纳友好地跟何瑾打招呼。

载着酋长的车子驶下山坡，奔向临时医院。

达尔港中国医疗队临时医院，酋长萨巴德躺在重症监护室里，从外面可以看到他在用呼吸机。

医疗队长何瑾在诊疗室查看他的病历，几名医生和护士聚集在他的周围。

何瑾：我们需要和北京的专家搞个远程会诊。

医生们点头同意。

何瑾和北京宣武医院呼吸科专家胡明清远程会诊。

何瑾：胡教授，病人的相关病历资料您已经看过了。请教您。我现在判断不了，他的肺部已经没有炎症了，可是仍然发烧，而且还在昏迷。

胡教授：我也为这个问题困惑过，但我想俾省正处于洪水期之后，人们大批出现腹泻，有时还会出现疟疾。从疟疾角度看，病情发展变化，可以得到合理的解释。您再斟酌一下。

何瑾：太感谢您了，我之前怎么没有想到。看来他出现的高烧不退和谵语等症状，与疟疾的临床症候相符。由于腹泻、贫血，免疫力下降，所以并发症出现，造成假象。我知道了，直接用青蒿琥酯制剂，这个药在非洲的临床效果很好。

胡教授：具体用药，还需要您在现场把握，要考虑到他的并发症。

何瑾：谢谢您，我会仔细安排医疗方案的。

孙跃民和张诗仪、丁珂来到医院，看望萨巴德。

何瑾正在给拉纳讲治疗方案。

何瑾：是疟疾引起的并发症，一般在洪灾后会出现的流行病。我们准备给酋长用我们中国研制的青蒿琥酯制剂，在非洲有很好的疗效。三天之后就可以脱离危险了。

拉纳：谢谢大夫。我信任中国的医术，但这种药是不是在巴布尔还没有用过。

何瑾：在巴布尔没有使用过，但在非洲疗效很明显。

拉纳：我知道你们在巴布尔治好过疟疾。他是年龄比较大的人了，还是用以前用过的药吧。这样，保险点。

何瑾：好吧，我们就保守点。不过您要有点耐心，不用青蒿琥酯，治疗周期会长些。

拉纳：谢谢。

何瑾和拉纳见到孙跃民、张诗仪、丁珂到来，结束他们的谈话。

孙跃民：何医生，我代表中国博海集团项目部向您表示感谢。在救灾中，给了我们很大的支持。拉纳先生，我们大家都很关心酋长的病情。情况怎样了？

何瑾：我刚和拉纳先生沟通过，萨巴德先生腹泻后出现并发症，在肺部形成炎症，甚至栓塞，不过很快就控制住，并且缓解了，但出现了谵语、昏迷和高烧不退的情况，我们和国内的专家远程会诊，初步确定是疟疾。如果用青蒿琥酯制剂，三天内就会见效。但拉纳先生提出来，这个药在巴布尔还没有用过，怕不保险。我们觉得有道理，就用以前用过的吧。保守疗法，稳妥些。

拉纳：谢谢何医生。如果不是爸爸年龄大，体质弱，我就不会有这种担心。

孙跃民：我也觉得慎重点好。俾省的人对我们有个了解过程，而且，现在有人希望看到我们的失败。他们借着洪水灾害，诋毁我们的工程质量，也会关注我们在这里的每一个动作，从中寻找薄弱环节。

张诗仪：酋长是个德高望重的人物，他的健康和生命关乎到达尔部落的兴盛和命运。我想还是稳妥点好。

孙跃民：我们希望能够负担酋长和所有达尔渔村人在洪灾中的全部医疗费用。拉纳先生，我想如果未来我们合作，可以考虑在达尔部落首先建立免费医疗制度。由开发建设达尔港的公司在这里设立基金，负责有关达尔港建设相关的医疗、养老保险和就业资助。

拉纳用诧异的眼神看着孙跃民，接着慢悠悠地说：谢谢您，部落的人们需要慢慢地了解你们，信任关系是在互相了解中建立的。

拉纳心里在纠结。他看到这些人实实在在地在帮他们建临时房屋，在给达尔渔村的人治病，没讲任何条件，心里觉得温暖；但萨巴德说的话又萦萦于心，中国人是为了和他们交易才这样做的。

三丰港务集团项目部，他们也在关心酋长的病情。

桥本：那个酋长住进了中国人的临时医院，不是为了躲避吧？

小泉：是真被传染上疟疾，生命垂危。

桥本：难道我们就没有办法影响到中国人的治疗结果吗？

小泉：没有特殊的手段，是绝对达不到目的的。

舒卡拉：看来光使用温和的手段，影响力是有限的。

巴斯蒂安：舒卡拉先生，我不赞成使用暴力手段，那样会把我们置于危险的境地。

桥本：您是担心中国人使用暴力吗？

巴斯蒂安：那倒不会，中国人不会自毁他们的国际形象。但如果一旦出现流血事件，竞争的性质就会发生根本变化，冲突升级，我们就无法控制局面，也谈不上影响结果了。

桥本：好吧，我们还是让俾省的各派力量发声吧，但力度要更大些。

巴斯蒂安告辞离开，三个人审视着他的背影。

桥本：这个巴斯蒂安，很谨慎啊。

舒卡拉：也许他是个鼹鼠。有很多人是双面人，他们游走在冲突地带，看风使舵，有趁火打劫的，也有顺手牵羊、投机取巧的。

小泉：不过还是可以利用。前面的事情，他还是帮了我们的忙。

桥本：舒卡拉先生，您知道三丰港务集团和东瀛基金说过不惜血本。为了酋长先生的病情好转，您可以先得到五十万到一百万行动经费。

舒卡拉：我知道了。

俾省马克兰山谷里，舒卡拉的车子开进拉姆的基地。

拉姆在自己屋子里看着监视器。监视器里显示，舒卡拉从一辆德国奔驰越野里出来，后面跟着一名随从。随从手里提个皮箱，身穿休闲西服，看上去像个商人。

穿过长长的甬道，卫兵把舒卡拉领进拉姆的客厅，随从则被留在客厅外面。

拉姆从屏风后面走出来，一言不发，看着舒卡拉。

舒卡拉上前握手，拉姆示意他坐下。

舒卡拉打开皮箱，是一箱子美元。

舒卡拉：这是三十万，事成后还有二十万。

拉姆：一百。

舒卡拉：六十。

拉姆：一百。

舒卡拉：八十！

拉姆：送客！

舒卡拉：好吧。雇主想要达尔部落酋长萨巴德的治疗出现意外。这是萨巴德和那家临时医院的照片。

舒卡拉从皮箱侧面袋子里拿出照片，给拉姆介绍。

拉姆：出现意外，不一定是死亡。

舒卡拉：是治疗失败的结果。

拉姆：下周，给这个账号再打五十万，事情公布后再付最后的二十万。

舒卡拉站起来：这是我们第一次合作，希望还有第二次。

拉姆：祝您好运。

桑巴来看望父亲萨巴德，他的病情略有好转，神志清醒了。护士暂时离开。

萨巴德：桑巴，是中国人在救我。他们没有计较之前我们给他们带来的麻烦，可我也没办法给他们提供帮助。

桑巴：这次大选中，达尔港开发仍然是个热门话题。除了三丰港务集团，背后好像还有人在策划针对中国人的活动。

萨巴德：有人出来闹一闹，让承包商多给地方些利益，也不是坏事。但千万不要使用暴力。现在许多团伙组织以绑架人质，收取赎金为职业，在边境地区出没。查皮和塔拉的军火生意很红火。大西洋的许多军火商在那里都有销售点。桑巴，你经常在边境做生意，可别陷到那里面去。我们部落是奉行真纳主义的。你必须要清楚，一旦进入他们的组织，全家族的生命就全交给他们了！

桑巴：我会小心的。您安心治疗吧。中国人的医术还是很高明的。

萨巴德：他们本来是要用青蒿琥酯的，但拉纳反对，因为以前在巴布尔没有用过。

桑巴：中国人在非洲治好了许多疟疾患者，好像就是用的这种药。但您现在明显好转了。配合他们治疗吧，会好的。真主保佑。

桑巴告别父亲，从临时医院出来。突然，他似乎看到一个背影有点像基纳的人在临时医院的板房后面闪过。

桑巴有一种异样的感觉，他悄悄地跟了过去。

达尔镇闹市，基纳走向一家药店，他不时地注意着身后是否有人跟踪。

桑巴不远不近地跟在基纳后面，他从背袋里掏出个帽子，戴在头上，遮住了半个脸。

基纳走进药店，他要售货员给他拿了一盒奎尼丁制剂。

奎尼丁的说明书上写着：用量如超过 6 微克，则会引起心率过速或休克。

基纳离开药店，沿着大街漫步。

桑巴仍然跟在后面。

基纳走进一家小酒店。

桑巴在酒店附近的报摊前坐下来，买了张巴布尔邮报，上面是美丽的达尔港湾，英文标题：达尔海湾景色宜人，俾省议员候选人呼吁保护生态环境。桑巴一边看报纸，一边注视着小酒店进出的人流。

达尔酒店商务会议室，孙跃民应邀给戴旭东的设计团队介绍达尔港开发建设的理念，他面前坐着戴旭东、玛雅、戴娆、方逸轩等。

法国设计团队在巴黎的一处设计室里收看视频。

孙跃民：感谢戴先生给我这个机会来介绍达尔港的建设理念。我想首先应当从达尔港的独特位置说起。

他在演示板上打开一张地图，开讲：达尔港在阿拉伯海的位置是很独特的，往西去是波斯湾、红海，石油运输的大通道。东边连接南亚的主要国家印度、斯里兰卡。再往北看，可以连接中国的西北地区。从喀什到达尔港只有两千多公里路程。如果达尔港建成，将会成为石油运输的主要通道，相应地，运往中国和东亚、中亚五国的物资将形成巨大的物流。为此，我们有理由相信达尔港会成为一个大港，也有可能成长为一个一千万人口的特大城市。那么，设计理念就应当是港口、经济贸易区和城市一体化的区域发展方案，而不是我们以往单独港口建设的设计理念。商务区是港口和城市之间的过渡和衔接地带。

孙跃民侃侃而谈时，不经意间发现法国巴黎设计所的人员里竟然有前女友乔虹，他稍停顿了一下，然后又接着讲述。

乔虹看到孙跃民神采飞扬的样子，心里的感觉很复杂，有点隐隐作痛的样子。

夜晚，中国医疗队临时医院里，何瑾来萨巴德的病房查房。萨巴德在昏睡。她看了看输液袋子里的液体，回头向主治大夫林科荣交代：今天初次用青蒿琥酯，目前的状况还比较理想，要按时间准时输完。拉纳的工作好不容易做通，我们要确保万无一失。酋长的病如果根本好转，将为我们赢得信任，打开在俾省的局面。

林科荣：何医生，您放心，这个药我在非洲用过，至少一千个成功的临床病例。

何瑾：好吧，病人输完液后，让他好好休息，也许明天就会出现转折性变化。

林科荣：好，我今晚值班，会不时来看看。

基纳悄悄潜入临时医院后面的仓库，他环顾四周无人，开始走向住院部。住院部走廊里亮着灯。

桑巴跟踪基纳，也悄悄潜入医院，他待在暗处，监视着基纳的行动。

突然，仓库附近一声巨响，仓库被炸塌一角。

临时医院的人被惊醒。何瑾和林科荣等人急忙前去查看被炸现场。保安也跟了过去。

基纳换上白大褂，急匆匆走向住院部。

桑巴听到爆炸声，再看到基纳换上白大褂走向住院部，似乎明白了几分，加快步伐跟了上去。

基纳快步走向萨巴德的病房。

桑巴远远看到是自己父亲所在的房间，飞快地跑过来，拔出手枪。

基纳快速地在萨巴德的输液袋里打进奎尼丁制剂。转身准备离开时，听到背后有人喊道：不许动，举起手来！

基纳慢慢举起手，突然身子一歪，撞倒衣服架。

桑巴连开两枪，但打偏了，基纳飞身跳出窗户。

基纳犹豫了一下，也飞身跃出。

基纳已经消失在黑暗中，暗夜里传来一阵摩托声。

桑巴正准备去追基纳，却被赶过来的保安、警察围住。

警察以为桑巴是制造爆破的嫌犯，缴了他的械。

桑巴气愤地吼叫着：我是追嫌犯的人！骑摩托车跑了的才是搞爆炸的人。

警察甲：你必须先跟我们走，会搞清楚的。

桑巴：你们这群废物、蠢货！快去救我爸爸，那个混蛋不知道在病房里干了什么。

何瑾跑过来，看到桑巴，略觉惊诧。

何瑾：桑巴先生，你怎么会在这里？

桑巴：我在追查嫌犯，却被当作嫌犯抓起来了。何医生，快去救我爸爸，不知道那个混蛋小子在病房里干了什么。

何瑾：我马上去。警察先生，他是酋长的儿子。

警察甲：好的，我们会审查清楚的。

酋长病房，何瑾和林科荣在检查萨巴德的身体，发现他呼吸急促，心跳加快，血压升高。

警察甲打来电话：桑巴说那个嫌犯，曾经去过药店。

何瑾：谢谢，知道了。

何瑾急忙拔掉萨巴德身上的输液管。她交代林科荣，拿去化验。

何瑾迅速安排急救，输入缓解症状的药物。

萨巴德的呼吸渐渐平稳。

抢救工作告一段落，何瑾长长地出了口气。

曙光初现，何瑾走出住院部。

一群记者拥上来，莎拉也在其中。

莎拉：请问爆炸造成多少伤亡？

何瑾（从容地）：没有伤亡，爆炸的原因正在调查中。

莎拉：请问达尔部落酋长萨巴德的病情如何？

何瑾：已经有明显好转，正在治疗中。

莎拉：听说你们使用了从未在巴布尔使用的中药制剂，萨巴德久治不愈，是否与你们的药物有关？

何瑾目光炯炯地看着她：我们是医疗队，使用的药品都是经过无数临床试验，同时经过国际权威医疗机构认定过的。因此，我觉得您提的问题是个伪问题，或者说，是个缺乏基本常识的问题。

巴布尔邮报记者：请问爆炸是不是你们的设备出现的技术事故？

何瑾：原因正在调查中，但我可以肯定地说，不是我们的设备造成的。我们从来没有出现过设备事故，发生爆炸的地方，没有任何设备。

中博达尔港项目部，孙跃民和张诗仪、黄道明、黄翔、郭孟竑、陈莹、丁珂在开紧急会议。

孙跃民：我们原来把注意力集中在项目部，但对手比我们想象的要高明。这次爆炸事件，乍看起来只是针对一般中国人的，但我已经看到了背后的那只手。

爆炸事件的发生点是医院，目标是酋长，我们与对手之间的竞争已经转化为对人心的争夺，达尔部落和俾省的人心已经成为竞争中的关键。所以我们要与医疗队紧密配合，把达尔部落的医疗问题彻底解决。也要与俾省的各种商会接触，宣传我们的开发建设理念。所以我想，我们不妨在这里举办一个中国博海集团海外工程展，和俾省那些商会一起举办。同时发布我们在其他国家和城市的项目意向，招募合作者。

张诗仪露出欣赏的目光：潜移默化，春风化雨，声东击西，很妙！

丁珂：孙总，您这是君子战术，可我们面对的是小人、敌人！他们可不管别的，现在都已经诉诸暴力了，您还在对他们布道，对牛弹琴。我建议增加保安力量，对中国在巴布尔的人员实施全天候的保卫。

孙跃民：有道理，我们应当就此与巴布尔政府再交涉。

黄道明：申请增加保安力量确实有必要，但那还不能从根本上扭转态势，是被动的方案。我们应当主动出击，我赞成孙总的方案，扩大宣传，让俾省的人了解我们的理念。把我们在苏丹、埃及、孟加拉国等的合作需求都披露一下，招募合作者本身就是对开发建设理念的深度宣传。

张诗仪：许多媒体已经报道了昨晚的爆炸事件。有的媒体居心不良，说爆炸事件是因为医患关系。因此，我建议尽快配合医疗队，再进达尔部落，帮助他们解决流行病问题。谣言自破。

孙跃民：我们冷静思考一下。针对医院的舆论和爆炸，目的是毁坏中国人的形象。而现在洪水后疟疾流行，他们是想借萨巴德酋长这个事件，给中国人身上泼脏水。我同意张总的分析，就请你带人去和何瑾他们配合，再进渔村。同时，我们积极筹备工程项目展和洽谈会，改变这种被动的局面。黄总，你尽快和使馆沟通一下我们办展会的事吧。小丁，也麻烦你给戴旭东那里通报一下我们的想法。

达尔地区警察署，总统特使阿里夫来到警察署，他和暂时羁押的桑巴密谈。

阿里夫：桑巴先生，请您理解，警察署是因为要对外保密，才把您留在这里的。

桑巴：他们没把我怎么样，只不过是一群糊涂虫。

阿里夫：您能告诉我，您看到的嫌犯是什么人吗？

桑巴：他们是被雇佣的匪帮，头目是边境地区的拉姆，来作案的人是基纳。本来我以为是要制造爆炸伤害事件的，但我看他去了药店，那就可能是别的目的。果然，爆炸后他穿上了白大褂，进了病房，没想到他们把目标对准了我爸爸。要不是我及时赶到，也许他们就得手了，我爸爸就会莫名其妙地死去。

阿里夫：您父亲被抢救过来了，很快就会出院。您确定基纳没有认出您来？

桑巴：没有看见我的脸。在他们那里，我只是个给他们搞物资的生意人，没有引起他的注意。您为什么提这个问题？

阿里夫：我希望您帮助我们完成一项任务，摸清他们的情况，找到他们与雇主交易的证据。

桑巴：这样我就彻底被卷进去了。

阿里夫：您已经被卷进去了。他们的谋害对象就是您爸爸萨巴德先生。

桑巴：好吧，我要好好准备一下。

阿里夫：我会要求他们所有人保密。同时制造个您在途中逃逸的事件，在媒体和网络上披露医院爆炸事件目击者逃逸的消息。

桑巴：我和您怎么联系？

阿里夫递给他一个纸条。

桑巴看过后装进口袋。

阿里夫：会给您带一些活动经费，祝好运。

桑巴：真主保佑。

三丰港务集团项目部，桥本和舒卡拉在密谈。

桥本手拿着巴布尔邮报。

桥本：这张报纸已经很会渲染了，但也只说是中国人的药物无效，而没有说后果。舒卡拉先生，八十万的成本没有带来效果，那后面的二十万我们就暂时不付了。看到进一步的效果再付如何？

舒卡拉：桥本先生，那就会得罪拉姆。对于他们来说，一次行动的酬金就是一百万。如果不兑现，他会把矛头对准三丰港务集团的。这些人，有奶就是娘，是职业的绑架和杀手组织。他们会以讨债的名义对付三丰港务集团，惹不起的！

桥本：那是否可以提出新的条件，让他们在中国总理来访前在达尔部落制造事件，真正让达尔部落的人仇恨中国人。具体的方案拿出来后，我立即付前面的款，也付下一次行动的定金。

舒卡拉：试试吧，不知道会不会激怒拉姆。这种东洋式钓鱼的做法不知道适不适合阿拉伯海。

桥本：那就感谢您了，您个人的酬金已经打到您在瑞士银行的账户上了。

舒卡拉：真主保佑。

　　一辆警车从街区穿过，往清真寺驶去，引起人们注意时，晨礼开始了。身穿格米兹、西里瓦尔的桑巴在清真寺里做早拜。几名警察守候在清真寺外。

　　当人们在清真寺里虔诚地跪拜时，一名和桑巴同样装束的男子来到他身后，跪拜在身边。桑巴悄然离开，从清真寺礼拜厅的侧门走出去。

　　晨礼结束，一名男子还跪拜在地上。警察走进去，把他拖起来，不是桑巴。警察大喊大叫，四处寻找。礼拜厅外，人们观看到这一幕，似乎猜到是有人逃逸。

　　桑巴急匆匆地行走在狭窄的达尔镇居民区里，头上缠上了棉布头巾。从后面看，已经认不出是桑巴。

　　中博项目部宿舍，孙跃民接到中博集团董事长刘清云的电话。

　　刘清云：看来对手的打法升级了。以前还是和平的，通过造谣惑众，误导民众，给政府施压。现在开始使用暴力。我已经给交通运输部和外交部、商务部领导汇报了情况，他们已经与巴布尔政府做了正式的沟通，巴布尔政府会专门给项目部增加警力和保安人员。我要告诉你的是个好消息。达尔港项目已经列入总理访问巴布尔的项目清单。所以你要准备好承接项目的一切准备。

　　孙跃民：太好了！谢谢集团领导。

　　刘清云：你个急猴子，还没说完呢。但是分析巴布尔目前的政治和国际关系，很有可能把项目分成两部分，求得某种表面的平衡。而且，关于达尔港未来的运营，他们在部长级会谈里，也没有明确的态度。所以你要积极开展工作，与当地商会和企业联手，争取更多的开发建设合作内容。集团支持你们在达尔地区搞展览和商务洽谈。这是一次争取合作对象的机会，你要像招亲一样对待，而不是一般的商务招募活动。

　　孙跃民：那可不可以把飞机场、电力电网项目也放到这个招商会上来？

　　刘清云：还不到那一步，总理会谈之后才可以提上日程，但你可以在你自己的开发理念里提到。这也是一种披露方式。集团考虑，由你来统筹在巴布尔的几个开发项目，成立项目领导小组，你任组长，把中巴经济走廊的公路项目、未来的机场项目、达尔港电力电网配套项目，统统整合在一起。关于这个领导体制和工作机制，我已经向交通运输部和国资委领导汇报，他们原则同意这个想法，指示可以开始做筹备工作。等总理出访巴布尔，敲定总体合作计划后就启动。我先给你下点毛毛雨。

孙跃民：感谢领导信任，我提出配套机场和电力电网，可不是要权力啊！

刘清云：没说你跑官要官。要高度重视安全问题，加强对员工的安全意识教育，明确有关安全的要求。

孙跃民：我们会逐条落实您的指示。

孙跃民走到窗前，思索着刘清云的话。电话铃声又响起。是乔虹的电话。

乔虹：跃民，昨天在视频里聆听了你的授课，受益匪浅啊！今天又看到达尔地区的爆炸事件，很为你担心。你还好吗？

孙跃民：我也看到你了，哈哈，世界小了，中国大了。我们还是在中国人的项目里相遇了。我讲的是达尔港的未来，有人不喜欢我描述的这个未来，就要破坏。没什么了不起的，我们不会被吓回去的。巴布尔警方已经专门加强了警力。

乔虹：你还是那么自信。不过现在中国的影响力确实不一样了，我们设计所听说是中国人的项目，立即就决定承接了。

孙跃民：会越来越有影响力的，因为我们这些人刚刚走进舞台中心。我们身经百战，还没有来得及施展呢。

乔虹：我也许要去达尔港实地踏勘。

孙跃民：欢迎你来啊，这里有很多中国人。

乔虹压低声音：保重，注意安全。

孙跃民：谢谢。

乔虹觉得孙跃民的情绪里有种兴奋劲儿，似乎环境越险恶，他反倒越亢奋。她觉得很失落，虽然两个人已经分手，但她仍然不想听到孙跃民那种缺少情感含量的语言。她越发想要到达尔港了。

第二章

　　达尔港的洪水似乎过去了，但另外一场风雨刚刚降临。

　　围绕着达尔港建设的较量以新的方式展开了。

　　达尔渔村临时栖居的山坡上，有几个人以俾省商会的名义在搞民意测验，他们的宣传横幅上用乌尔都语和英语写着：达尔港应当由谁来建？

　　零零散散地有人去领一份调查问卷，填完后投入他们的收件箱。

　　莎拉带领着摄像人员出现在他们面前。她身后是许多媒体记者。

　　莎拉拦住一个投完票的人，进行现场采访。

　　莎拉用英语询问：你能告诉我，你对开发达尔港的想法吗？

　　投票人：应当抓紧开发建设，早日投付使用，但应当由巴布尔人主导运营。

　　莎拉：那你愿意看到中国人来开发建设吗？

　　投票人：那要看他们的意图。

　　莎拉：你知道马克兰公路的山体滑坡事件吗？你怀疑中国公司的能力吗？

　　投票人：知道，巴布尔遇到历史上罕见的暴雨洪水，塌方和山体滑坡也比以前多了，但我们不知道是不是与破坏生态有关。中国公司需要向我们证明他们的能力。

　　莎拉：谢谢。

　　孙跃民在带领施工队帮助村民们搭建临时房屋。

　　俾省商会的人也出现在山坡上，他们按照原定计划发放调查问卷。

　　莎拉带领记者继续采访。

孙跃民看到眼前的情景，把丁珂叫到身旁，低声交代着。

丁珂走近商会的人，索要调查问卷，遭到拒绝。

丁珂用乌尔都语询问：为什么不给我问卷？我也是想发表意见的人。

商会职员甲：我们的问卷是征求当地人的意见，不需要外国人参与，更不需要中国人，你们是当事人。

丁珂：那你可以告诉我，你们代表谁呢？

商会职员甲：俾省商会。

丁珂微笑着离去。

丁珂把电话打给玛雅：玛雅，睡醒没？达尔渔村有人在发放问卷，是俾省商会的人组织的。

玛雅：我早就来到达尔渔村了。我们老板在和酋长的儿子拉纳交涉，他要先在渔村旁建个快餐馆和日用品商店，拉纳在讨价还价。

丁珂：你能过来看看吗？不远，山坡这面，三百米，看看他们问卷的内容。他们只对本地人发放问卷。

玛雅：好的。

孙跃民在给大使馆商务处张处长打电话。

孙跃民：张处，我有情况要向您报告，事情紧急就先电话报告，随后我们书面行文。我们了解到，有自称俾省商会的人，在达尔集镇上和达尔渔村针对达尔港建设在搞调查和民意测验。俾省有许多商会，我们不知他们的情况和官方背景，因此向您报告。因为俾省在大选之前，如果把达尔港建设作为竞选的主要话题，就会对我们的投标带来影响。特别向您报告。同时我还想就此事与发标单位——巴布尔港口航运部沟通，这样的举动是对正常招投标施加影响的非法行为。

张处长：哈哈，孙总，您好厉害啊，现在成了巴布尔通了。他们很重视法律，以干涉合法程序的名义申诉，会得到支持。我立即向大使报告，但我个人建议，由你们集团向发标单位申诉是比较合法的，可以沟通，我们配合协调。祝您好运。

玛雅来到丁珂身边，她向孙跃民微笑示意。

丁珂和玛雅耳语。

玛雅走向商会职员乙，要来一张调查问卷。

她拿过问卷，一边填写，一边给丁珂看。

英语和乌尔都语的问卷标题：你愿意把达尔港交给中国人吗？

下面是若干个问题。

玛雅把问卷投进山坡上的回收箱。

丁珂：你填写了什么？

玛雅微笑：我填了让中国博海集团和丁珂来建，你就放心吧。

丁珂：瞎说，你一定是说让戴氏集团来建，那个帅哥。

玛雅：我们老板是卖方便面的摊商，干不了这个，哈哈。

丁珂：他长得很像贝克汉姆，就是皮肤黑了些。

玛雅：皮肤比我表哥阿里夫白多了。不过，也许三丰港务集团更喜欢他。我偷听到那个巴斯蒂安似乎在约戴老板，要和什么小泉见面。

丁珂：你是想提醒我，三丰港务集团有新的动作了？

玛雅：各为其主，我不知道戴老板会怎么做，我是他的雇员啊。

丁珂：我请你吃法餐。

玛雅：我请你吃烤鸭，我们老板要在达尔港开烤鸭店。

丁珂：好啊，好久不吃烤鸭了。我更关心你是不是就是未来的老板娘。现在的中国男人是全世界最好的男人，尊重女性，知识丰富，有浪漫情怀，而且很专一执着。

玛雅：我们穆斯林的故事需要讲一千零一夜的，哈，慢慢讲着吧。

达尔渔村戴旭东的快餐点，戴旭东和拉纳在喝茶。

戴旭东：河边那块地方能够看见大海，达尔河从山丘下流过，平时这条河流还是很美、很温柔的。在这里就餐会增加食欲。

拉纳：戴先生，你很有眼光，那块地本来是我用来建酒店的，渔人酒店，名字都想好了。有点小麻烦，那块地的中心地块是我弟弟桑巴的。他现在不在渔村，所以要等他回来。

戴旭东：我可以先在您的地块开牛肉面馆和烤鸭店，别的地方先留着。您看，村民们多么需要我的方便食品和日用品。

拉纳：那么，戴先生，你一直没有说这块地的价格。

戴旭东：我本来想听听您的想法的，我的想法已经告诉您了。

拉纳：我的想法当然是和你一起开餐馆和酒店更好啊。

戴旭东：好啊！那您仍然是这块土地的主人，把使用权给我，五十年，大约一公顷，每年的租金十万美金。另外，您可以拥有百分之三十的股权，每年参加分红。租金我先付五年的。可以吗？

拉纳：就是说，这个餐馆和酒店是我们俩共同拥有的，我在开始能得到五十万租金？

戴旭东：是的，我们是合作者，餐馆和酒店的名字还叫渔人酒店，如何？

拉纳：好啊，等我爸爸出院了，我们就开始动工。

戴旭东：我们先签约，给您付第一笔订金。

巴斯蒂安和俾省工商商会会长拉赫里在商会见面。

巴斯蒂安：会长先生，我和三丰港务集团的人见过面了。他们是真的要在这里和中国博海集团展开竞争，争夺的主要地点就是达尔港，但看起来是对整个地区的争夺。之前我们已经配合他们做了很多事，但他们还有更进一步的想法。

拉赫里：他们还是不了解达尔港，谈何容易！当年大西国搞了个方案，独立的保安系统，信息平台，运作系统，还有军港。结果方案披露出去，军方和俾省的各方势力一起反对，泡汤了。不满足俾省各方的利益，寸步难行。我倒是希望中国人把事情搞成，把俾省的资源利用起来，中国人比日本人豁达些，也比大西国人好打交道，不会居高临下，盛气凌人。我们还是做观望派吧，真正的利益在于从达尔港获利，而不是让中国人离开。马克兰的意思就是食鱼人，钓鱼的人不是把鱼赶跑，而是让鱼上钩。先帮忙让中国人进来，就可以让中国人和联邦政府给更多的好处。但你得让人们知道，俾省商会是不可替代的。

巴斯蒂安：那是不是先支持三丰港务集团，抬高价码？

拉赫里：两边都支持，开不同的价码。

巴斯蒂安：好，我给三丰和中博的人都释放些信息。

巴布尔港口航运部，部长阿萨德和建设司长赛义德在研究达尔港的开发计划，一些职员们在做着记录，墙上挂着达尔港的地形图。

阿萨德：现在达尔港成为淘金的地方了。我们让东瀛基金和大西洋基金都兴奋起来了，中国朋友也会对我们更慷慨些。说说你们对外公开的方案为什么把建设和运营分开。

赛义德：这是为给我们留下余地。大西洋基金给总统施加了压力，不愿意让中国人得到这个项目。但他们也不愿意直接投资，伊朗的恰巴哈尔离这里只有一百多公里。当年伊朗国王和大西国蜜月时期，大西洋基金已经投资了恰巴哈尔港，他们认为这里形不成气候。后来大西国与伊朗形成新的关系，大西洋基金失去控制权。现在，看到中国人来开发达尔港，他们的判断还没有形成。一方面担心后来居上，这里的地位超过恰巴哈尔，也超过印度的港口。另一方面，他们又不能公开反对，影响大西国和巴布尔的关系。他们希望有大西洋基金和东瀛基金背景的集团进入，做有限的投入，先把达尔港圈下来再说。考虑到这样的情况，我们把建设和运营分开，有回旋余地。

阿萨德：从长远来看，我们是不能与大西洋基金和东瀛基金长期合作的，他们是从地缘政治角度出发考虑问题的。大西洋基金谋求的是地区平衡，本质上就是让大家都有限度地发展，互相制约。制约大于合作，制约是他们的战略目标。而中国人是出于自己的经济和发展需求，来谋求合作的。建设中巴经济走廊，寻求的是发展。合作发展是目标。我们的头脑要清醒，一个是平衡制约，一个是合作发展，哪个对巴布尔更有利？这是很简单也是很深刻的道理。当然，我们要更智慧一点，有策略地与各方打交道，为巴布尔争取最大的利益。我同意这个招标方案，给总理报告后对外公布，但要事先和俾省的首席部长沟通。

巴布尔港口航运部，孙跃民和张诗仪、丁珂来见阿萨德部长、赛义德司长。

孙跃民：尊敬的部长先生，我们来是反映达尔港项目竞标中出现了非法的干涉现象，构成了对程序和评价、决策的影响。俾省的某个商会在达尔镇和部落进行了针对中国竞标集团的民意测验，在测验问卷设计中具有明显的倾向性。也就是说，无论怎么回答，对我们集团都是不利的。这个测验结果，还会被别有用心的人利用。所以，我们恳请部长先生过问此事，能够与俾省有关方面沟通，消除不良影响。

阿萨德：谢谢你们给我们提供的情况，中国朋友总是能以诚相见，我会很快报告给总统的。中国的总理很快就要到巴布尔来访问，我们已经将这个项目列入总理会谈的名单中。如果事先部长级沟通顺利，我们就有可能重新考虑达尔港的开发建设模式。现在不利的因素在于，巴布尔正处于地方大选之前，俾省确有不同声音，希望您能理解。

孙跃民：部长先生，根据我们在俾省调研的情况看，真正底层的民众是欢迎中国人来一起开发搞建设的，问题出在一些有国外背景的地方势力上，他们的利益诉求很模糊，似乎受雇于某些大国集团，唯恐天下不乱。

阿萨德微笑：孙先生，您现在的口吻有点像外交官了。好吧，我们会高度关注的。哈哈。

孙跃民：谢谢，可惜我不能去参加俾省的竞选。我们期待着您的好消息。

达尔港中国项目部，孙跃民和张诗仪、黄道明、丁珂、黄翔、陈莹等人在研究竞标方案。

孙跃民：这将是一场恶战。我们的目标是说服巴布尔的港口航运部，说服俾省的政府和议会，还有部落酋长们，让他们支持中国博海集团的方案。我们方案的独特性和比较优势在于两个重点。第一，我们提供的是一个港口加产业，再加城市的港口引导地区发展的方案。我在荷兰学习时，深深地体会到鹿特丹港发展的历史，就是个港口引导了产业，促进了人口聚集和城市发展的过程。世界上许多港口城市都是这样的发展轨迹。法国的马赛、日本的横滨、韩国的釜山，还有我们自己的宁波、深圳。宁波在明朝时就是郑和下西洋的货物集散地。我们的深圳是个很好的例证，港口产业、城市，同步发展。这是一种迟发效应，发展模式创新，不是跨越式发展，而是综合式推进，协调发展。落实在我们的方案上，就是一个港口，两期工程，一百个泊位；一个临港产业带，聚集相关产业，比如炼油、修船等；一个商务服务型城市。三合一方案。第二，在建设模式上创新，采用BOT方式，建设、运营、转让。减轻业主的负担，少要，甚至不要巴布尔政府投资。这对于一个人均只有一千多美元的国家来说，很重要。大家看看，是不是这样表述更好？

黄道明：我很赞同孙总的这个表述，但我建议事先要和俾省的关键人物沟通，否则我们会遇到重重障碍。

张诗仪：我听说他们马上要大选，可能我们做工作的这些人，很快就下台了。

孙跃民：所以，从根本上解决问题，是要争取人心。让俾省的人知道、看到我们是和他们真诚合作，共同发展的。把他们的实际利益告诉他们。

巴布尔港口航运部，阿萨德部长和赛义德司长及几个部属一起研究达尔港的情况。

46

阿萨德：赛义德，你读过俾省这位首席部长的信函是什么感受？

赛义德：阿贾伊是在借题发挥。他的重点是说示威反映民意，达尔港的开发要考虑俾省的利益，强调要由俾省人建设自己的家乡，至少要参与。那如果要招标，他们参与，能保住密吗？全世界都会知道标底。哈哈，部长，您又多了个上级。他的口气，比总理还大，好像只有他代表俾省人民的利益，我们全是些没用的官僚。

阿萨德：达尔港的事比我们想象的要复杂，示威事件只是个开始。阿贾伊有利益诉求，也在迎合一部分人。这部分人是我们要注意动向的。今天是个示威事件，明天也许会是别的事件。

秘书走到阿萨德身边，递上一封信函。

阿萨德打开阅读，之后气愤地把信扔给赛义德。

阿萨德：这个老泥鳅拉赫里，竟提出如此荒唐的意见，要在俾省对达尔港项目公投！

赛义德迅速地阅读完拉赫里的信函。

赛义德：这是又一个出来搅局的。但为什么信函还没到我们这里，媒体就已经报道出去了。他们背后不知道是不是一个后台？

阿萨德：现在就看总统的决心了。巴布尔建国半个世纪了，经过无数次关乎国家命运的事件，应当能够看清楚谁是我们的敌人，谁是我们的朋友了，这是革命和建设的首要问题。东方巨人毛泽东的名言。请尽快帮我准备一下有关达尔港方案的基本材料，我去见总统。

达尔市广场，拉赫里在做竞选演讲，他的竞选团队在演讲台下给他助威。

新闻媒体的人聚集在台前，给他拍照，做现场报道。莎拉出现人群里，用笔在做记录。

拉赫里：各位选民，我希望你们给一位真正为俾省谋福利的人投一票。俾省的发展面临着重大的历史机遇，西方人、东方人都把目光集中在这里，看到了俾省地下的宝藏。我们的石油、天然气资源将成为第二个沙特，先知穆罕默德诞生的地方。但是，我们也面临着选择的困惑。如果我们只把权力交给那些只和联邦政府对话，把我们抛在一边的资本家，我们就会犯历史性的错误。现在，联邦政府提出了在东部建设一条与强大的中国连接的经济走廊方案。那样，西部的俾省就会被冷落，得不到各方面的重视，丧失发展的机会。所以，需要能代表俾省利益的人在议会里替西部讲话。这样，我们才会被重视，我们的生活才会改变，年轻人就业才会被列入计划。青年朋友们，你们需要我去告诉国会里的人这一切吗？

达尔广场上聚集的人越来越多，一些年轻人在呼应着拉赫里。

几个年轻人在呼喊着：需要你，拉赫里，去为俾省演讲吧，为西部去斗争吧！

莎拉走到一名年轻人身边，采访他。

莎拉：请问，你喜欢外国人在这里搞开发吗？

青年甲：不喜欢，我们应当自己干。

青年乙抢过话筒：喜欢他们来投资企业和基础设施，不喜欢他们来圈地。

伊加堡市马路上，阿萨德在车子上看新闻报道，TBC 广播中报道巴布尔全国各地大选的消息。

主持人：俾省的议员候选人拉赫里尖锐地批评目前巴布尔与中国合作的东线布局，呼吁为西部争取利益，改善西部的基础设施投入。拉赫里的人气指数在上升。但这个观点与他所说的由俾省人独立建设达尔港和开发石油燃气的说法相矛盾。他的竞争对手，也在攻击他的摇摆不定和投机性。俾省的大选形势变得复杂了。

阿萨德拨通电话：阿里夫先生，我是港口航运部阿萨德，需要就俾省大选中对达尔港的议论向总统报告情况。

阿里夫：我会立即报告，请您等待回复。

晴空如洗，太阳从海面上跳出来，达尔海湾金光万道。

一艘测量船上，莎拉在摄影，三丰港务集团的池田、松坂庆子陪同她。

莎拉使用长长的炮筒子相机，仔细地观看着自己的作品。

池田在听广播，似乎是乌尔都语。

广播里的声音：达尔市政广场天天都在举行集会，大选前竞选者都很活跃。他们似乎都有个共同的话题，那就是是否和中国人合作。许多年轻人在接受采访时表示反对外国资金和公司控制俾省的经济命脉。而达尔港的招投标似乎陷入两难的境地，不知该把项目交给日本人还是中国人。

松坂庆子看着远方的海面，陷入沉思。她的眼前掠过孩提时的画面。

　　酷似松坂庆子的日本女郎在沙滩上追逐一个四五岁的小女孩，终于追上，两人倒在沙滩上。小松坂庆子咯咯咯的笑声响彻海面。

　　莎拉看到松板庆子倚着船帮沉思的样子，好像一幅美丽的油画，她连续拍了好几张照片。

　　松坂庆子被咔嚓咔嚓的声音拉回现实。

　　莎拉：这样子很美，你是典型的东方美人。

　　松坂庆子：谢谢。我的工作是陪您来海上了解情况和业务。

　　莎拉：港口为什么需要个工业区呢？

　　松坂庆子：有些进出口的产品，在临港工业区加工甚至制造，会节省很多成本。

　　莎拉：那么，一般情况下，港口建设和临港工业区会是一家公司来做吗？

　　池田插进来：过去不是，但现在新开发的港口，都会统筹考虑，最好是一家公司来做。

　　松坂庆子：莎拉女士，您觉得达尔港真有前途吗？

　　莎拉：我不关心达尔港有没有前途，我只想知道这里的事情会不会搁浅。

　　松坂庆子：难道说大西洋基金不关心谁来开发建设达尔港，不希望达尔港成功建设和运营？

　　莎拉：大西洋基金几年后就会成为全球最大的石油出口实体，取代中东的地位。所以，根本不怕这里出现任何情况。哈哈，这个底，你们老板没有告诉你吧？桥本先生更大的利益在印度洋的另一个国家，这是大西洋基金给他的条件。

　　松坂庆子：那您的工作目标是什么？

　　莎拉：是告诉全世界，达尔港是个美丽的地方，建港口会破坏这里的生态和美丽。何况，离这里不到两百公里，就有一个恰巴哈尔港，那里可以承担整个波斯湾和红海石油的运输业务。

　　池田：我们是真的在争夺达尔港的开发建设权的。

　　莎拉：那和大西洋基金毫无关系，他们只是不想让中国人进来。

　　松坂庆子有点吃惊地看着莎拉。

　　莎拉接到舒卡拉的电话。

　　舒卡拉：如果晚上你在酒店，我们可以在酒吧见个面吗？

　　莎拉：正好我想起了香槟的味道。

伊加堡总统府,沙拉夫总统接见阿萨德部长。

沙拉夫:你这么着急要见我,一定是遇到特殊的情况了。本届政府的部长里,你是个老资格了。

阿萨德:我是觉得达尔港项目的竞争出现了异常情况,不得不向您报告。达尔港渔村在中国博海集团的项目部前示威,俾省的首席部长来函要求由当地人来建达尔港,俾省商会会长来函要对达尔港项目进行公投或由他们征询民众意见。拉赫里在竞选演说中攻击联邦政府。而另一些竞标的三丰港务集团等企业,并没有受到攻击。这说明是有人背后策划组织的。总统先生,我认为后台就是大西洋基金和东瀛基金,他们是从印度洋的地区战略考虑问题的。但目前的潜在危机是他们会借俾省的民意做文章,把地区开发项目与人权等这些问题挂钩,给他们干涉和插手找理由。所以,特向您报告,达尔港的建设,需要国家立场和国家策略。

沙拉夫:哈哈,你是个有责任心的阁员,敬佩!你看得很准,大西洋集团想把地区经济问题国际化,也会找理由把其他问题国际化。这样,大西洋集团就获得了合法的话语权,而不是干涉内政。我们的立场是坚定的,坚决依靠中国朋友来建设达尔港,打通中巴经济走廊,阿拉伯海和整个南亚的经济格局就会发生根本的变化。我这里得到的情报是,三丰港务集团给出的优惠条件是七十年无息贷款,而中国博海集团给出的条件是直接投资,之后交付给巴布尔经营使用,不用我们还款。这还不是很明显吗,中国人的方案对我们更有利啊。

阿萨德:那我们就有策略地给俾省的这两位代言人答复了。

沙拉夫:必须是有策略地,我们所有的出发点都是巴布尔的国家利益和俾省的民众利益,高举利益的旗子就会立于不败之地。但细节上注意,还是把建设和运营分开,这样更有回旋的余地。至于在竞选中哗众取宠,煽动盲目的民粹情绪,获得一些激进的年轻人的支持,实际上是比较陈旧的竞选伎俩了。你不妨透过这些招数,看看他们要的是什么?

阿萨德:我觉得是被雇用了。听说集会时有人给他们发钱,每次十美元。俾省的竞选不是我关心的重点,我担心的是达尔港的开发建设会受到影响。中国的总理就要来访了,我们这里发生的一切,立刻就会传到中国去。如果中国领导人得到的印象是俾省很不稳定,他们不会和我们合作的。

沙拉夫:大西洋基金是后台,你我都清楚。但我们为什么不可以不动声色地做事呢?也许,反对者的声音可以成为我们决策的前提条件,成为联邦政府主导达尔港项目的理由。

阿萨德：总统先生，如果民众被煽动，甚至被欺骗，会不顾大局的。

沙拉夫：这个当然要遏制。我会重视你的意见，正式找他们提要求。不能在竞选中发表可能影响国家利益和大局的言论。事实上，他们内心也明白，巴布尔和中国人合作是最佳选择。如果因为我们愚蠢的不负责任的言论，影响了两国的合作和发展的大局，就是历史的罪人。

阿萨德：那我们最好在中国的总理来访前就进行招投标的答辩会，之后我们就没有任何理由拒绝中国公司了。

沙拉夫：好像我们之前有过一个把港口建设和临港工业区分开的方案吧？

阿萨德：是的，也许最后的结果是这样的。

沙拉夫：平衡是门艺术。

巴布尔总统府，沙拉夫总统和俾省首席部长通话。

沙拉夫：阿贾伊先生，我想提醒您在俾省大选竞选中，有人在讨论达尔港的项目，还发表反对中国人的言论，反对联邦政府与中国政府合作的言论，煽动针对达尔港项目和中国公司的不满情绪。这是不恰当的。联邦政府与中国政府的合作是关乎巴布尔未来发展的大事，巴中兄弟般关系是我们的传统。很快中国的总理就要来访巴布尔，将研究两国合作的重点项目和计划。不要因为大选中个别人的不负责言论，或者是受人指使，损害巴中两国关系，影响我们的大局。

阿贾伊：总统先生，我赞成您的观点，不要因为竞选中的不当言论，影响巴中合作的大局。我会和俾省竞选人沟通。但俾省确实存在着长远利益问题，希望联邦政府考虑。中国的总理来，一定会就中巴经济通道建设和达尔港建设达成共识，希望考虑西部和西线的利益。总统先生，这是一次大的利益分配，引发新的不平衡会影响国家利益和重大项目实施进程的。

沙拉夫：昨天晚上发生了针对中国医疗队的爆炸事件，虽然没有造成人员伤亡，但有针对达尔港项目相关人的意图。我将派武警和你商谈加强保安措施。不能再出现影响大局的事件了。

达尔港建设指挥部，孙跃民接到乔虹的电话。

孙跃民：我知道你们设计事务所到达尔港了，怕你忙，就想过几天再联系你。

乔虹：我们的设计出了个初稿，已经提供给你们审看了。现在是等待状态。

不知你有没有时间，我们到海边走走。

达尔港海滨的黄昏。海面上，一碧万顷，海鸥飞翔，落日渐渐将海天涂染成红黄色，像一幅油画。

油画里，身穿白色风衣的乔虹在沙滩上漫步。海风徐来，吹动她的长发、蓝色的丝巾，勾勒出一种青春的韵致。

乔虹眼前不断掠过孙跃民神采飞扬的身影，耳边回响着他慷慨激昂的声音。

孙跃民：中国将迎来一个发展期，我堂堂男儿，七尺之躯，不回去干点什么，心里过不去，不甘心偏安异国他乡。

乔虹：我实在是累了，读了十五年的书。眼前就有不错的就业机会，会有很好的生活环境。我们该有自己的生活了。虽然是回国，但我觉得是漂泊，还在寻找、打拼，一时半会儿也安定不下来。转眼间就三十了，你真的就不珍惜两个人的世界！

孙跃民：留在这里，我会神魂不安。这样吧，我先回去感觉一下，安顿下来，你再回去。

乔虹：不，我要你陪着我，我受不了孤独。

孙跃民：留在这里才是孤独，才是漂泊！你有归属感吗？

乔虹：我真的累了，就想停下来，轻松地生活。

孙跃民：宝贝，灵魂不轻松！

乔虹在等待着孙跃民，心中五味杂陈。从大学到研究生，他们相处六年，本以为会相携相伴，白头偕老，可在选择人生的旅途时，出现了分歧。乔虹向往恬淡、闲适，从容而雅致的活法，而孙跃民则需要挑战、激情、奋斗与成功。一个要留在欧洲，一个要回到祖国。事实上，现在，乔虹不知道要跟孙跃民说些什么。

孙跃民匆匆赶来，他走近乔虹时像一阵风，吹破了宁静，把沉思中的乔虹拉回现实。

孙跃民：对不起，让你久等了。感觉怎么样？

乔虹打量着风尘仆仆的孙跃民。

乔虹：你是说我们的设计，还是别的？

孙跃民：我是说你习惯这里的环境吗？

乔虹：不习惯，很紧张，我已经松弛得太久了。

孙跃民：那不奇怪，法国的时钟都比这里慢一半。你看你们的同事马龙，几乎天天在钓鱼。

乔虹：跃民，说实话，你觉得累吗？

孙跃民：从体力消耗角度来说，是累的。但累不是我的主要状态，准确地说，是紧张和亢奋，就像你习惯了轻松一样，我习惯了挑战和应战，习惯了紧张和亢奋。

乔虹：你就没有放松的时候？

孙跃民：有啊，当夜深人静，躺下来会让思绪自由地飞一会儿。项目告一段落，会找一些书来读。比如，我现在在读《周易》《阴符经》。这宇宙相生相克的道理太深奥了，很有意思。以前只知道万物相生的道理，寻找有利条件和环境，读了《阴符经》知道了万物相克相生，相反相成的道理，从挑战中寻找机会，获得生机。金克木，木成器，火克金，金成型，简约而深刻，很有意思的。

乔虹：你就不想和异性相处？

孙跃民：哈哈，顾不上。和女性相处，是一门学问，系统工程。我的港口工程还忙不过来呢。对了，你到这里来，不担心你的法国骑士会去别人的窗外奏小夜曲吗？

乔虹：别提法国骑士。唉，真让我失望，你是彻底地变成了个斗士，不是凡人了。放心，我无意干扰你的事业，只是关心你的状态。那次撞船，对你有影响吗？

孙跃民：怎么说呢？我觉得是一次耻辱的经历。我到这里来，是憋着一股劲的。如果在我手里把达尔港建起来了，我将与达尔港一起载入史册。所以，虽然每天都在迎接挑战，但内心是充实恒定的。我想这里有许多业务，也许你们的设计事务所会在这里驻足的。

乔虹审视着孙跃民的眼神：这算是对我的挽留吗？

孙跃民：《周易》说，天行健，君子以自强不息。不知道这一条适合不适合女性。

乔虹：地势坤，君子以厚德载物。女人有女人的哲学。

孙跃民：我们回去吧，我不怎么懂女性的哲学。

孙跃民和乔虹从海滨一起走回来。

张诗仪在项目部的窗口里远望着，她几乎一动不动地看着他们。

夜晚，达尔酒店里，舒卡拉在酒吧里等待着莎拉，他先要了一杯白兰地。酒吧的乐队在奏曲子，是某种蓝调音乐。

舒卡拉叫过侍者，交给他两美金，让乐队为他演奏个曲子。

乐曲奏响了，是电影《泰坦尼克号》的音乐，冰海沉船后那忧伤的片段。

舒卡拉回想起军舰被撞的刹那，几十名士兵被撞向空中，落在船甲板上，落在深海中。舒卡拉眼看着军舰断裂，分成两截。

因为撞船事故责任，免去了舰长文森特和他副舰长的职务。

莎拉走路的声音，打断了他的回忆。

莎拉穿着宝蓝色的小礼服，裹着个白色的披肩走进来，优雅地在他身边坐下。她要了杯鸡尾酒。

舒卡拉：你适合去好莱坞，也许会取代朱莉娅·罗伯茨。

莎拉：这么夸人可不高明。

舒卡拉：唉，我是很笨。

莎拉：还是个倒霉蛋。

舒卡拉：你听说过我的事？

莎拉：记者，无冕之王，第二职业就是间谍。

舒卡拉：事实上，我要告诉你的就是，怎么做间谍。

莎拉：我先告诉你，我的前男友，就是在阿富汗和巴布尔边境消失的。

舒卡拉：如果有兴趣和黑道上的人打交道，也许会有意外的收获。

莎拉：我能先问个问题吗？

舒卡拉：当然。

莎拉：你到这里来工作，也有个人原因吗，还是为了薪水？

舒卡拉：两者都有。这里是我被免职的地方，需要重新振作。

莎拉：但恕我直言，你的工作目标似乎是破坏性的，会有荣誉感吗？

舒卡拉：在某种系统和领域里，那就是获得荣誉的依据。

莎拉：有意思。你可以给我交代任务了。

同样的夜晚，北京，郭孟竑的爱人卞维明和郭孟竑通视频电话。

卞维明：锅巴，达尔港还在下雨吗？我在电视里看到雨那么大，村庄都被淹了，好多人都趴在树上、屋顶，好惨啊。

郭孟竑：不下了，俾省比北部雨小些，但村庄也被淹了。真的是水深火热，饥寒交迫，好多人整夜整夜蹲在山坡上。我们正在为村民搭建活动板房。

卞维明：你也注意饮食，一般洪水后会有疾病流行，别被传染上。

郭孟竑：已经有发病的了，达尔部落的酋长腹泻、肺栓塞，正在医疗队的临时医院抢救。

卞维明：看看，说来就来。我有个想法，不知你同意不？咱们孩子已经上幼儿园了，我妈在带孩子。我想报名去支援巴布尔的医疗队，这次洪灾，我们医院好多人都去了。院长说，再派人就是去你们那里了。

郭孟竑：不要过来，这里的形势还不稳定。前些天还有人来我们项目部示威，背后有人在煽动闹事，不安全。我们不能都上前线。再说，一时半会儿也用不上做 CT 的。

卞维明：可我就是想你，担心你，怎么办？这几天巴布尔发洪水，我一有空就看网络上有什么消息。这样揪着心，还不如到你身边的医疗队去，那样感觉踏实些。

郭孟竑：宝贝，坚持坚持，孩子需要妈妈在身边。中标后，我们会有机会回去的。你快休息吧，我要准备明天展览会的文件了。

卞维明：那，你照顾好自己，有空给我发微信。

郭孟竑：好，晚安。

夜晚，北京黄道明家，黄道明的女儿黄韵秋在弹钢琴，是李斯特的《爱之梦》。琴声弥漫在客厅里。

黄道明的爱人朱浣把手机对着钢琴和女儿，好像摄影师。

朱浣：道明，看到了吗？

黄道明：我猜猜，这是《水边的阿狄丽娜》，很有味道啊！

黄韵秋弹完结尾，做了个潇洒的姿势。

黄韵秋欢快地在视频里嚷嚷起来：好土啊，黄老邪，我弹的是李斯特的《爱之梦》。知道李斯特吧？

黄道明：哈哈，爸爸土，本来就是土木工程师，修建港口的啊。小黄蓉有本事给爸爸创作一曲海港协奏曲。

黄韵秋：黄老邪，别为难我，等我参加完高考，给你创作一曲大海港协奏曲，震你一跟头。怎样？

朱浣：别跟爸爸贫嘴了。道明，你们那儿的洪水退了吗？

黄道明：退了，但这里的人们很可怜，无家可归。我们正在给他们建临时房屋。

朱浣：你只要安全就好，别担心家里。你看小黄蓉不是状态很好嘛。她这次摸底考试进入全年级第十名。

黄道明：我没事，我们在推演明天展览的方案，一会儿孙总从工地回来要研究。

朱浣：他真玩命，也没个人关心。他是不是还惦记着那个乔女士？

黄道明：那个女士的设计事务所恰好也来搞设计了，但似乎没有鸳梦重温。他现在就像巴顿，迷上了这场战争。你们快休息吧，小黄蓉，跟爸爸说晚安。

黄韵秋：黄老邪，做个好梦。

中博集团的展览会在举办，孙跃民、张诗仪、黄道明、丁珂等人活跃在会场。

孙跃民在港口建设的模型盘前向来宾和访客介绍开发建设理念。

孙跃民：我们中国博海集团港湾公司，已经在海内外建设了十个港口。在这里给大家展示的是个模板，代表我们开发建设的理念，就像经济学家和数学家建立模型一样。它反映我们的港口开发建设水平，已经到了可以提供标准的阶段。这是典型的开发型港口建设模型，包括港口、临港经济区、城市衔接部分三个区域，可以总体规划，分步实施，也可以三管齐下，同步推进。按照港口吞吐能力的不同，确定规模和吸纳就业的容量。

东日新闻记者突然发问：孙先生，你们这个模型是达尔港开发建设的模型吗？

孙跃民：我表达得很清楚啊，是我们开发建设的模型，可以适用于任何港口开发建设。

莎拉：那是否意味着你们要开发整个达尔地区和城市？

孙跃民：我没有说是由我们单独来开发整个地区，我只是说这是开发建设的模式。

莎拉：我看到你们其他展区在招聘港口机械和集装箱合作方，这是因为你们缺乏这方面的技术和设备吗？

孙跃民：我知道你是个非专业人士，提点幼稚的问题是可以理解的。我们使用的设备会根据不同的需要和地点来配置，包括自己生产的和世界各国生产的。当然，并不是所有的设备都要我们来生产，一个企业港口建设的水平，也不是由自己生产什么设备来决定的。我们所招聘的设备，不都是标志性的设备，比如重型起重机，它是一个系列。其中的一两台设备不代表总体水平。建议大家多看看。

黄道明在招聘苏禄港口商务区，三丰港务集团项目经理小泉来洽谈。

小泉：我们愿意和中国企业合作建设苏禄商务区，我们也愿意和中博集团一起来建设达尔港，比如在商务区建设项目上合作。

黄道明：我们没有招聘达尔港商务区的权利，但谢谢您的好意。

小泉：我们也可以提供系列起重机设备，我们的设备质量有的比德国水平还要高。

黄道明：那就请您留下相关资料和报价。

小泉如约在展会上接受莎拉的采访。

莎拉：请问，三丰港务集团在这个展览上有什么收获？

小泉：我们得知中国博海集团港湾公司的起重机设备不足，他们对于建港口临港工业区也缺乏经验，正在寻求合作者。我们是他们重点考虑的合作对象。

达尔港展览场外，化装后的基纳扮成一名清洁工，背着行囊走进离入口最近的垃圾箱。趁人不注意，他把一包垃圾似的东西丢进垃圾箱。然后，一边清扫，一边离开。

达尔港展览会外警车里，阿里夫和那瑟的特勤队守候在窃听装置前，队员们荷枪实弹。

窃听装置里出现舒卡拉的声音：咱们的约会地点就在展览会外面左侧，二十分钟后，十点整见面。

莎拉的声音：明白。

莎拉接到舒卡拉的电话，迅速离开展览会场地，走到右侧等待着。

那瑟：带上警犬，分四组到左侧搜查。

特种兵们跳下警车，四散开来，在展览会会场左侧周边搜查。

展览会场，孙跃民在给手下布置任务。

孙跃民：从今天上午的情况看，人们停留时间最长的是港口开发建设模型区，洽谈各个招标项目的人还不太多。

黄道明：今天三丰港务集团的项目经理小泉来谈苏禄港口商务区的合作意

向，他表示在达尔港也可以和我们合作建商务区。

展会墙上的时钟显示：9：58。

张诗仪：俾省商会的人，表示他们可以在达尔港的任何项目上和我们合作。这个人叫特拉，是穆斯林商会的秘书长。

孙跃民：这个情况很重要，要重点追踪，建立联系。

张诗仪：巴布尔港口航运部长、俾省首席部长、一些商会的会长下午会来参观，我们要做好准备。

展会外面警犬从左侧的垃圾箱边走过，直接奔台阶跑去。

莎拉在展会右侧等待着，不断看自己的手表。

警车内，阿里夫：那瑟警长，有发现吗？只剩下最后两分钟了！

那瑟在外面回答：还没有，我们再搜查一圈。

警犬从台阶上回来，看到一个参观者把一个白色垃圾袋扔进左侧的垃圾箱，它直接奔过去。一阵狂吠，从垃圾箱里拖出来另一个垃圾袋。

特警甲立即奔过去，拿到垃圾袋，飞快地跑出现场，跑到临近河边时，扔出垃圾袋。

垃圾袋在快要落地时，发出巨响，爆炸了。

展会内的人们听到巨响，慌乱地向出口拥去。

那瑟用话筒高喊：请安静，是河边传来的爆破声音，大家不要慌乱。

人们稍稍安定下来。

张诗仪引导着巴布尔官方媒体 TBV、中国媒体等来采访那瑟。

那瑟：爆炸声是从河边传来的，是我们及时发现并排除的一次爆炸事件，具体情况还在调查中。联邦政府和俾省警方有能力制止一切暴力恐怖行为。这里的投资环境总体是安全的。

TBV 记者提问：请问展会主办方，展会原定三天，发生爆炸事件，还继续吗？

孙跃民：我们没有理由停下来，俾省的业界和民众对我们的项目和展会内容表现出很大的热情和兴趣，我们应当满足大家的愿望。请大家继续参观，一切照旧。

三丰港务集团项目部，桥本、松坂庆子、池田在观看电视新闻。

莎拉报道：记者从展会了解到，中国博海集团缺乏港口重型起重机设备，同时他们也在邀请类似于三丰港务集团这样有经验的公司合作建设商务区和港口。

当地民众对中国人进入这个地区是持反对和怀疑态度的，上午十点钟发生了针对展会的爆炸，目前没有伤亡，也没有组织声明对此次爆炸负责，从爆炸技术的非专业来判断，应当是民间自发的抗议示威行动。

桥本脸上露出笑容，但接着看到 TBV 的报道，他的笑容慢慢凝固了。

TBV 女记者：中国博海集团在这里展示了他们的工程成就和技术水平，一些当地的企业表示愿意与他们合作。

拉赫里：我在这个展会上看到了俾省商会的机会，我们不仅可以在达尔港的项目上和中国企业合作，也可以在石油、天然气开发利用等诸多方面与他们合作。也许，随着中巴经济走廊的建设，西部会真正活跃起来。

俾省首席部长阿贾伊：看过这个展览，我对中国企业建设港口的能力有了了解，他们建好的港口有的已经成为全球吞吐量排名前十的港口，未来达尔港是有希望的。我唯一要强调的就是要有俾省的人参与，考虑俾省的就业和产业。

桥本：这又是一次失败的较量，莎拉说他们的企业技术不行，但下午的展会照常进行，阿贾伊、拉赫里做了公开表态。我们准备接受妥协的方案吧。这个舒卡拉，完全没用，我不会再理他了，还是我们自己开辟渠道吧。池田，你把你的通道提供给我吧。

池田：哈依。

达尔港展会，孙跃民、张诗仪、丁珂等陪同巴布尔港口航运部长阿萨德，建设司长赛义德参观各展区，俾省首席部长阿贾伊、俾省工商会长拉赫里、穆斯林商会会长一起参观。

阿萨德在港口开发建设沙盘模型前停下来，他仔细地观看各功能区的规划示意。

阿萨德：也许这就是未来的达尔港。

孙跃民：我们可以根据项目参数变化情况作出调整的。

阿萨德：明天我们就举行港口项目投标听证会，希望听到你们精彩的陈述。

达尔港展会，黄道明在招标区接待德国企业鲁姆集团总裁助理霍夫曼。

霍夫曼：我们有全球最好的门式起重机和所有的港口机械，只是我们的价格一直没有降低过。

黄道明：希望您能留下资料和报价。具体生产厂在哪里，哪个港口上货？

霍夫曼：在汉堡，具体价格和资料我都会留给你。

黄道明：谢谢，希望我们能合作。

戴娆和男友白逸轩来到黄道明面前。

戴娆：我是戴氏集团的戴娆，希望能够在商务区建设和开发项目上与你们合作。

黄道明略有迟疑：又是一个戴氏集团，您和戴旭东总裁是一家吗？

戴娆：他是我哥哥，但我们不是一家公司。我现在是戴氏集团中南亚公司总裁，他是戴氏集团的副总裁，我们各管各的事情。

黄道明看到戴娆快人快语，不禁笑了：那您是代表戴氏集团中南亚公司来和我们谈合作的了。

戴娆：是的，我拥有在土耳其伊斯坦布尔开餐馆的经验。他，我的男友白逸轩，是台北人，在马尔马拉大学任过管理学教授。我们还拥有雄厚的资金，戴氏集团会重点投资达尔港的项目。

白逸轩：黄先生，我的祖上在西安回民小吃街有三家牛肉馆和面馆。贾三灌汤小包子、老孙家牛羊肉泡馍，都是我们家的伙计开的。我的愿望就是把白家的饮食理念和文化继承弘扬。我觉得白家的饮食传统非常适合整个中亚、南亚，这里面一定隐藏着欧亚民族大迁徙和流动的历史与密码。我正在研究7世纪以来欧亚大迁徙的历史，一直到13世纪成吉思汗建立草原帝国。

戴娆：行了，大学者，你忘了人家是招聘合作伙伴的。黄先生，您要是敢给我们白教授提问，他会给你从史前讲到28世纪。一个下午交给他都不够。

黄道明：我也喜欢历史，有时间，我们一起深聊。

白逸轩：真的啊！没想到，现在大陆还有这么有内涵的企业家。我想在这里开个研究院，建个剧院，上演地中海的古希腊戏剧，意大利歌剧，波罗的海的俄罗斯舞剧，所有海洋的艺术都在这里荟萃，咱们好好合作一下，把这里变成艺术之都。这是我的联系方式，随时联络我，聊历史、艺术。您知道，找到个知音不是那么容易的。

白逸轩把自己的名片递给黄道明。

黄道明：谢谢。再联络。戴女士，白先生，我们会认真考虑你们的比较优势的，请把资料留下来。

戴娆拽着兴奋的白逸轩离开了展会。

中博集团达尔港项目部，孙跃民和黄道明、张诗仪、丁珂、黄翔、郭孟竑、陈莹等人在推演竞标方案。

孙跃民：这个方案，总体是可以的。但防波堤没有具体方案，这是不行的。黄总，这是怎么考虑的？

黄道明：这里是深水港，根据海浪和海底暗流测量的数据，自然海域不会影响轮船进港和停泊，所以没有具体设计防波堤。

孙跃民：什么时候的测量数据？

黄道明似乎明白了什么，迟缓地说出：是一个月前的最后测量。

孙跃民：你还记得和拉纳的冲突吗？海流的情况已经发生重大变化，海啸也许改变了整个海域的各种参数。所以，要最近的数据分析才行。何况，未来这里是要放置深水石油管道的。没有防波堤，行吗？

黄道明：现在的数据不是很稳定嘛。

孙跃民：我们去海上感受一下，要一下最近的数字。今天的推演就到这里。

达尔港海面，孙跃民和黄道明、郭孟竑、黄翔等人乘坐测量船来到测量点。

海面上波涛汹涌，无风三尺浪。

黄翔递过最新的数据：离水面十五米处，流速异常。

黄道明有些难堪：这确实与一个月前的数字不同。

孙跃民：一般情况，离水面三分之一的层面，流速最快。这里的水深二十米，应该流速较低。说明出现紊流现象。海啸对西印度洋的影响还没搞清楚。这样的情况，没有防波堤的方案是有缺陷的。

黄道明的脸色更难看了：我们马上补充，但造价可就上去了，对于竞标，这是不利的。

孙跃民：哎呀，人是活的。做出方案来，作为备件，不列入预算。既说明了方案的精准性，又不提高预算，不可以吗！

黄道明：我们马上落实。

三丰港务集团项目部，桥本、小泉、松坂庆子和池田等人在议事。

小泉：他们的方案似乎造价很低，不到两亿美元。

桥本：中国政府才是不惜血本的。他们在这个地区有战略需求。

池田：他们好像要按停靠军舰的要求来设计港湾，今天他们又去勘测了深海，大概是研究防波堤的长度。

桥本：把防波堤的事情透露给舒卡拉的朋友，那也许是个缺项。

达尔酒店会议室，赛义德在主持项目招标听证会。

三丰港务集团由小泉来阐述开发建设达尔港的方案。

小泉：在前面的陈述里，我们报告了方案的技术部分，我想各位专家一定看到了我们的优势在于有横坪港、吉布提港等诸多港口建设的经验，有全部成套的港口机械，还有熟练的专业队伍。在资金方面我们可以提供七十年千分之二低息贷款。另外，我们已经对海啸的影响做出分析和评估，将会根据海浪和海底暗流变化的情况设计防波堤。

赛义德：有防波堤的具体方案吗？

小泉：有个框架方案。根据需要，我们随时都会提交施工方案。

专家们交头接耳。

孙跃民陈述：前面的方案陈述里，我们讲述的仅仅是码头、泊位和领航区的建设。但我侧重要报告的是，我们判断这里将出现一个城市和产业聚集区，因此它的港口配套，应当按照城市发展的未来规模来规划，避免预留不足和规模过小而出现重复建设。重点是交通设施，要按照大型交通枢纽来考虑。修建吞吐能力在五千万人次左右的机场，一期工程不低于两千万人次。同时，需要大型电网和电站，一期至少按照一百亿千瓦小时来规划，远期应当按五百亿千瓦小时来考虑。

阿萨德：孙跃民先生，请问您为什么这么判断？

孙跃民：我主要是从中亚五国和中国的物流角度考虑的，中国石油进口的百分之八十要通过马六甲海峡，我相信这里会分担其中的一半以上，那里是一万两千公里海路，这里是两千三百七十五公里陆路，那将意味着至少降低中国石油进口百分之八十的运输成本。物流带动人流，何况达尔港还是个美丽的港湾，会成为旅游目的地。至于海啸的影响嘛，我们正在做精准的测量和分析，按要求设计防波堤和航道，已经有了个具体方案。

赛义德：今天三个投标公司的陈述就到这里，请投标公司退场，评委们要就投标方案讨论商议。

阿萨德：七个评委投票，五个投中国博海集团，两个投日本的三丰港务集团，从投票结果来看，应该给中国博海集团。可是，既然他们的方案里都提出了把港口建设和临港工业区分开，是否可以考虑一分为二呢？

赛义德：这样就实现了地区平衡，大西洋基金的人就满意了吗？我担心，三丰港务集团有大西洋基金做后台，会不合作，或者另搞一套。

阿萨德：你对日本人有成见啊，他们也不会在巴布尔损坏自己形象的。我们要给总统决策留有余地。

赛义德：可是达尔港是个成长中的港口，不精心培养是实现不了预期目标的。

阿萨德：要把阻力减到最小，往往就需要妥协、让步、平衡。就这样吧，把港口开发建设的项目交给中国人，把临港工业区交给日本人。当然，预留一部分产业用地，视投资情况再投放。要知道，目前这里的投资意向还是虚热，真正落实到投资，才是真的热岛效应。做好书面方案，直接报给总统。

赛义德：真主保佑，让我们的项目畅通顺利。

中国总理来访时表示，中国政府决定给达尔港直接投资一亿九千万美金，用来建设达尔港。中巴政府成立项目联席会议机制，协调有关建设事宜。巴布尔港口航运部的赛义德被任命为达尔港港务局的主席。俾省也成立了达尔港地区发展局，由俾省的官员萨贾德任主席。中方也成立了领导小组，孙跃民任执行组长。达尔港开发建设的序幕正式拉开了。

中国博海集团达尔港项目部，孙跃民的团队兴奋地聚集在一起，何瑾和武怀湘等几名医生前来祝贺。

孙跃民：同志们、战友们，我们经过几年的踏勘研究，几百天的投标应标工作，终于取得成功，获得了巴布尔政府的认可。他们向中国政府提出由中国政府承建达尔港工程。我们的总理代表政府和他们签署了投资一亿九千万美金建设达尔港的协议，巴布尔政府投资三千四百万美金，用于基础设施和配套、土地等。航路已经开通，航船已经起锚，我们的远航启程了！这使得我们更深刻地认识到强大的祖国是我们坚强的后盾，我们的使命是奋进、开拓。来，打开啤酒，为胜利，为未来干杯。

在场的人举杯欢呼。

戴旭东、玛雅还有乔虹也适时来到，他们带来了烤鸭。

戴旭东：事实证明，你们是中华儿女的杰出代表，21世纪中国的精英。我戴旭东愿意与你们一起在这里耕耘、劳作，播下未来和成功。

玛雅：我来给你们唱一首歌吧。

玛雅唱起了巴布尔电影插曲《你的风情》，歌曲带来一阵春风。

戴旭东走到玛雅身边，边歌边舞。

激动的人们随着节奏在拍手。项目部笼罩在一片欢快的气氛中。

乔虹端起酒杯，默默地走到孙跃民身边。

孙跃民举杯示意。

乔虹：这就是你追求的快感？

孙跃民：归属感。

张诗仪走到孙跃民身边，大声地说：祝贺孙总，我们的航程启航了！

孙跃民举起杯来，一饮而尽。

张诗仪举杯向乔虹示意，然后也一饮而尽。

黄道明有点沉闷，他走到郭孟兹身边。

黄道明：这个海上英雄，运气不错。

郭孟兹：他是有两把刷子，准备了防波堤的方案，比三丰港务集团显得成熟些。

黄道明：我不是嫉妒，只是觉得他说话的口气，有点咄咄逼人。

丁珂插上来：没看见你们给孙总敬酒啊！

黄道明：第一轮是女士。

丁珂：不对，是前女友和准女友。

郭孟兹：我怎么没看出来。

丁珂：女人的眼睛是雪亮的。

夜晚，三丰港务集团项目部，桥本、小泉、松坂庆子和池田一起议事。

桥本：这不是我们的失败，是日本政府的失败。巴布尔人开始就没有想把港口建设交给我们来建设，他们是智慧的。东瀛基金绝对不会在这里投巨资为中国人打开通往印度洋的通道，为他人作嫁衣裳。

小泉：我们也会拿到临港经济区的开发建设权，从资金回收来看，反而更合算。

松坂庆子：但是我们还没有得到最后授权，那个华人戴旭东，已经让法国的设计事务所编制商务区的规划方案了。

池田：俾省商会也在摇摆之间。

桥本：俾省哪个商会更有号召力？

小泉：穆斯林商会，它是由俾省首席部长家族的代表们组成的。拉赫里的商会是旁系。

桥本：舒卡拉因为个人利益才给我们推荐拉赫里的商会，他们在俾省没有多大的影响力！

小泉：他们在年轻人中有号召力，偏重于搞创意企业和新兴产业。

桥本：为了稳妥起见，我们再去找找穆斯林商会吧。还有，不择手段把戴旭东拉过来，这样就能稳操胜券。

小泉看看松坂庆子。

松坂庆子：我研究了他的资料，从细节开始吧。

小泉：我找他正面谈合作。

达尔港湾，黄道明、郭孟竑带领着挖掘港口土方的施工队开始施工。

黄道明头戴安全帽，身穿中国港湾工服，端正地站在指挥位置上。他吹响口哨，挥动小旗。

一架挖掘机轰隆隆地挖出第一铲土，驾驶室里坐着一名巴布尔机手，他熟练地操作着，工地响起一阵鞭炮声。

黄翔带领着疏浚航道的施工队登船，驶离海岸，开始疏浚航道的作业。

巴布尔 TVB 电视台的记者拍下了这历史性的场面。

达尔酒店，阿里夫和戴旭东在房间里相见。戴旭东给他递过一杯茶。

阿里夫：孙跃民他们获得了达尔港建设权，但暗流仍在涌动，可能还会更严峻。前几次都是因为事先得到情报，才化解了危险。问题的严重性在于幕后的雇主还存在，我们还没有有力的证据来处置他们。拉姆匪帮不断在边境线游弋，我们如果没有把握一网打尽，就不能轻举妄动。所以他们的处境实际比之前更危险。

戴旭东：你的意思是要我打进去？

阿里夫：是的，不然我们就不可能将他们挫败，每天都坐在火山口上，不知道它何时喷发。

戴旭东：我的生意做不成了。

阿里夫：一个退伍军人，不用请示汇报了，我知道你想干什么。

戴旭东：狡猾的家伙，我喜欢挑战性的工作，你的人要和我配合。好吧，守株待兔，还是撒网捕鱼？

阿里夫：是海上垂钓。

玛雅敲房门。戴卫东开门，三人相见。

阿里夫：亲爱的表妹，你已经变成了中国人。自从来到戴老板这里，你就忘了自己的表哥。知道表哥是多么想念你吗？

玛雅：花言巧语。你要不是有公务来，才不会出现。我爸爸说，你又立功了，总统在夸赞你。

阿里夫：哈，机灵鬼，不要太聪明了，那样就嫁不出去了，没人敢娶你。

玛雅：我才不稀罕，你看女强人都是单身。

戴旭东：真主保佑，女强人都很丑，你不合格。

玛雅：那个巴斯蒂安来了，带着三个日本人，还有个女的，很漂亮。我安排在商务会议室里见面了。

阿里夫：兔子来了。

戴旭东：我也插上两只长耳朵。

阿里夫：祝你成功。

送走阿里夫，戴旭东来到会议室。

戴旭东：终于等来了天外来客，我翘首以盼的合作伙伴。我猜到你们该来了。

小泉：我听说戴氏集团已经做了临港商务区的方案，我想我们沟通一下，就不要再为难巴布尔港口航运部了，咱们合作应标。我们负责工业区，包括各种汽车、电器组装等，你们负责服务区，酒店、餐饮、电信业务，还有各种服务。这样，巴布尔就没有理由拒绝了。

戴旭东：你们为什么要和我们合作？

小泉：我们判断巴布尔政府与中国政府关系更好些，但也不会把所有的项目都给中国人。所以，最好是我们联合，再加上俾省的商会，三强联手，必能获胜。

戴旭东：我听明白了。但我可不强，还有点自卑心理。所以，需要答应我在商务区里给我独立的开发建设权，我会满足整个商务区的功能性需求。在总体架构部分，戴氏集团需要清晰的股权比例和权益。因为我是小企业出身，需要有保护性条款。

巴斯蒂安：三丰港务集团已经有了方案，保证您的利益和权利。

小泉：在商务区总体股权结构里，给你三分之一的股权；其他部分，如土地、电力等也是三分之一。

戴旭东：就这样吧，你们起草合同，我同意这些原则条款。

玛雅：需要用四种文字，中文、日文、英文、乌尔都文的文本。

小泉：那当然。松坂庆子是商务区项目的具体负责人，以后请与她联络。

戴旭东轻松地看看松坂庆子：好啊。

松坂庆子一欠身：请多关照。

松坂庆子给戴旭东递上自己的名片。

戴旭东也把自己的名片送给每一个人，首先送的是松坂庆子。

玛雅和小泉都关注地看着他送给松坂庆子时的神态。他们只看到戴旭东礼节性的微笑。

俾省商会，巴斯蒂安带着小泉、池田来见拉赫里。

小泉：三丰港务集团达尔港项目部总裁小泉来拜见会长。我们准备给巴布尔政府提交开发建设临港工业区和商务区的报告，希望能够得到俾省商会的支持。在名义上我们将与商会联合，共同开发、建设、经营临港商务区。会长个人将得到百分之三的股份。

拉赫里：我始终支持你们，愿意和你们合作。而且我判断，联邦港口航运部会把临港经济区的开发权交给你们。但无论交给谁，都必须有我们的加入，否则俾省的民众就不会同意。

小泉：好吧，我们尽快签约。

拉赫里：在我的竞选纲领里，我将强调这一条，俾省的企业将参加达尔港的开发和建设，这是我们积极争取来的。

达尔某酒店，舒卡拉在咖啡厅里约见俾省穆斯林协会的特拉秘书长。

舒卡拉：我受三丰港务集团委托，前来和你谈合作的问题。他们判断巴布尔政府会把临港经济区甚至将来港口的运营权交给三丰港务集团，或者交给有大西洋基金背景的某个集团。如果有俾省企业的加入，就很容易获得联邦政府的批准。

特拉：这个前景我们早已预料到，但如果要是有中国企业的加盟，不是更容易获得联邦政府的支持吗？

舒卡拉：这个，三丰港务集团是有考虑的。

特拉：不知道您还有什么要告诉我的？

舒卡拉：您个人可以有百分之三的股份。

特拉：这并不重要，那都是很遥远的东西。

舒卡拉：我会去给您争取眼前利益。

特拉：好吧，那我告诉你，戴氏集团的女继承人戴娆，是个突破口。她的男友白逸轩是我在土耳其马尔马拉大学的同学，我们都是校友。他是个书生，为了穆斯林的文化，他可以放弃一切的。

舒卡拉：谢谢你的线索。我会给你满意的答复。

舒卡拉告别特拉，有点得意地走向自己的车子。突然，从旁边的车子后面转出两个人来，用枪逼着他。

化装后的基纳把他拉上旁边的一辆中型面包车。表情冷酷的拉姆正在冷冰冰地看着他。

舒卡拉：拉姆先生，不怪我，他们在拖延付款的时间。我会催促他们。

拉姆：实际上，我用不着和你当面谈。拉姆团队的任何一个人，只要向媒体披露你们的策划，你们的所有努力都白搭。巴布尔政府会将你们驱逐出境的。

舒卡拉：我会警告他们。但如果他们找别的团队来做事，同时又把之前你们做的事告诉中国人，你还会去找媒体披露吗？那样就两败俱伤了。

拉姆：你可以试试，看我会怎么做。

舒卡拉：我去催他们，陈说利害。你应当和他们再配合，他们很希望看到萨巴德失踪。

拉姆：上次的款还没付，我怎么可能再搞什么行动！

舒卡拉：我去催他们，先把上次的款付过，再谈下次行动。

拉姆：你想清楚了，在我面前耍花招是没用的。

舒卡拉：一定兑现！

达尔某酒店，舒卡拉约见白逸轩。酒店的咖啡厅里显得冷冷清清。

舒卡拉：白先生，特拉一定告诉过你我的来意了。

白逸轩：是告诉您要来，但所为何事，我是不清楚的。

舒卡拉：三丰港务集团希望和你们合作建设临港工业区，因为你们的目的不是挤走别人，而是合作共赢。

白逸轩：合作的事我不懂，但我可以告诉我们的总裁戴娆女士。她有经验，又有一个实力雄厚的爸爸。她的爸爸在海外四个国家有酒店和餐馆。

舒卡拉：我很快就促成与你们的合作。

戴娆走过来，她向舒卡拉伸出手来，握手问候。

舒卡拉：美丽的总裁女士，为您送上祝福，我带来的是份礼物。三丰港务集团愿意与您合作开发建设临港经济区。您将得到三分之一的土地和同样比例的股份。

戴娆：有这么好的事！他们为什么要和我合作？

舒卡拉：因为他们看到您在洪灾时的作为，是个有市场眼光的人。饥饿的灾民已经接收了您的食品，几个月下来，享用您的食品已经成为他们的生活习惯。用这样的方式开拓市场，是个智慧的做法。

戴娆：就这么简单？

舒卡拉：当然，三丰港务集团和中国人合作，就会让巴布尔政府有某种安全感。我们的项目更容易获得批准。

戴娆：这才是真话。我接受他们的条件。可你能代表他们吗？

舒卡拉：我会让三丰港务集团的人带着合作协议来见您。

戴娆：好啊。可我还是奇怪，您这么做的个人动机是什么？

舒卡拉：我会获得提成，一笔收入。

戴娆：也许您是个坦诚的人。那我们就等着合约了。

舒卡拉：您的搭档是个很聪明的人，他恰到好处地介绍了您。

戴娆：现在是他最笨的时候，因为他在恋爱。

舒卡拉：回见。

舒卡拉满意地离开了。

白逸轩：他是个掮客，专门做中介赚钱的。

戴娆：管他呢，我看到协议再说。

白逸轩：我听说他们也找了你哥哥。

戴娆：是你的同学特拉说的吗？

白逸轩：是的，他说三丰港务集团可能会找许多中国人来搞概念。

戴娆：多方投资的临港经济区？

白逸轩：和中国人合作的，巴布尔企业参与的临港经济区。

戴娆：他们不想再失败了。

白逸轩：可这样的合作是很困难的，谁说了算？九龙治水，管理大忌。

戴娆：书呆子，他只需要概念，不会让别人有实际的管理权。

白逸轩：那你还是退出吧，弄不好，会打起来的。

戴娆：我喜欢竞争。

白逸轩：可惜，达尔港施工的配送已经给你哥哥了。你哥哥和他们一起庆贺了投标获胜。

戴娆：我很奇怪，今天你怎么会有这么多消息。

白逸轩：真人不露相，是我的同学特拉告诉我的。

戴娆：他什么意思？

白逸轩：让我劝你，和他合作。他的后台是俾省的大家族。

戴娆：怎么合作？

白逸轩：让日本人上钩，然后你们把各自三分之一的股份合并，取得主导权。

戴娆：阴险，有意思！日本人那么笨吗？

白逸轩：也许特拉的后台厉害，能逼他们就范。

戴娆：好玩，那我哥哥在达尔港就输了！

白逸轩：戴氏集团的总裁就是女性了。

戴娆：你一下子变得这么聪明，我都不适应了。该不会是个大骗局吧？

白逸轩：我的智商不够，你自己判断吧。

戴娆：我喜欢冒险。

三丰港务集团项目部，桥本和舒卡拉密谈。

舒卡拉：新的布局完成了，您可以在拉赫里和特拉之间选择一个合作者，也可以在戴氏兄妹之间选择一个合作者。巴布尔港不会拒绝。

桥本：做两套方案交给他们。

舒卡拉：高明，志在必得。那您可以做那件事了，让萨巴德失踪，达尔部落的人愤怒地去阻止工程施工。

桥本：这个弯子绕得太大了，中国人已经把他们软化了。

舒卡拉：先礼后兵。拉姆在催最后的款，否则他就向媒体披露三丰港务集团是几次爆炸事件的主使。

桥本：这是真正的流氓、土匪！他们也答应了后面的事情？

舒卡拉：是的。等他们真正立功了，您再甩掉他们也来得及。

桥本：那我为什么不直接用别的团伙呢？

舒卡拉：那您就多了一个敌人。现在还招架不起，经不住他反水。

桥本：好吧，希望大西洋基金尽快给我兑现在印第安的承诺，我在这里成本太高了。

舒卡拉：好项目总是需要耐心的。

戴旭东的烤鸭店生意很红火，他今天特意邀请巴斯蒂安、小泉、松坂庆子和池田来吃饭。还有法国设计事务所的几个设计人员，首席设计师马龙，孙跃民的前女友乔虹也来了。玛雅今天特意穿了一身鲜艳的绿色裙袍，似乎有意要和松坂庆子比一比。而松坂庆子则意外地穿了南亚风格的纱丽，别有韵致。

戴旭东招待他们在包房里坐定，开始致祝酒词：

今天是合作伙伴的相聚，巴斯蒂安是俾省工商会的秘书长，还有小泉先生的团队，我们将是未来临港经济区的三方。而马龙先生是在欧洲享有盛誉的设计事务所的代表，他们正在为我的服务区规划设计。今天大家可以在这里体验一下未来商务区的服务理念。这里虽然是临时改造的，但我已经按照阿拉伯海周边的不同文化和生活习惯设立了不同区域和包间。听听包间的名字，你就会产生丰富的联想和食欲，比如，巴比伦、地中海，还有一千零一夜、阿旃陀，等等。我们这个包间叫三宝，是取意于15世纪中国明朝永乐年间三宝太监郑和下西洋的故事，他当时就来过阿拉伯海。我们的包间像一艘大船。来吧，举起杯来，风帆已经升起，我们启航吧！

戴旭东向大家举杯示意。玛雅也端起一杯红茶，加入其中。

小泉：戴先生，你的烤鸭店里有日本料理吗？

戴旭东：有啊，这里是达尔港，有食鱼人、石板客，等等。

池田：那也有清酒了？

戴旭东：对啊，你旁边的龙头里就可以放出来清酒，还有米酒。

马龙：我猜，也有路易十四了。

戴旭东：你好奢侈，今天有，平时要付费的。

戴旭东的客人们在融洽的气氛里交流着。

马龙和他的法国设计师们，特意向玛雅、松坂庆子表示赞美。

马龙来到玛雅面前：美丽的女士，我相信你就是《一千零一夜》里的公主。

玛雅：我知道你就是那个被国王杀掉的人。

他们的对话引起一阵哄笑。

戴旭东分别和大家碰杯。走到松坂庆子面前时，他低声说：没想到，你竟然也可以变成海上仙子。

松坂庆子：谢谢您的夸奖，您的妹妹戴娆如果在，她也会成为海上仙子的，这里的氛围让人飘飘欲仙。

戴旭东惊奇地问：你们见过面了？

松坂庆子：是小泉先生和她谈合作吧？

戴旭东：谢谢告知。

中国医疗队临时医院，拉纳带着一辆防弹的奔驰面包，和几个部落护卫一起接走了酋长萨巴德。何瑾站在门口向拉纳致意。

仓库门口，民工拉巴尔拿起了电话。

达尔河边，山坡丛林里，基纳带领一队匪帮埋伏在那里。从那里可以看见山坡下的公路和拐弯处的陷阱。

一处新土覆盖着苇草，下面是堑沟，堑沟通往悬崖下的河流。

达尔河边公路，拉纳和酋长乘坐的奔驰救护车在从容地行驶。

一辆大巴出现了，紧追拉纳的面包车。

大巴上是莎拉和一些海外记者。

中国医疗队临时医院，孙跃民和何瑾陪同萨巴德酋长从病房走出。俾省的警官拉农带领着几名警察在左右保护。他们走进一辆标有中国博海集团项目部的公务客车。

萨巴德酋长友好地向站立在门口的几名医生护士挥手告别。

仓库门口，拉巴尔隐蔽在墙角，诧异地看着又一个萨巴德出现。他立即转回墙壁的另一端，拿起电话。

达尔河岸丛林，匪首基纳接到电话，他脸色大变，回头看身后的丛林。之后，下命令让手下撤离。

丛林深处，阿里夫和那瑟带领特遣队，准备向基纳的匪帮发起进攻。

阿里夫突然接到桑巴的电话。

桑巴：船长，拉姆刚刚下令撤销了一次行动，让立即退出现场。

阿里夫：明白。

阿里夫对俾省警官那瑟说：出击吧，他们要跑。

那瑟：会拿不到证据。

阿里夫：抓着要口供。

那瑟给自己的部下挥挥手，几十名警察向基纳匪徒潜伏的地点摸去。

基纳的手下，很熟练地撤退，分散地奔向山谷里隐藏的车辆。

那瑟看到远处的匪徒四散开撤退，略微迟疑一下。

那瑟：直接抄到他们前面去，不要分散追击。

那瑟和警察们从丛林里奔向山谷出口，看到匪徒们陆续上了他们隐藏在山谷里的车子。一阵马达轰鸣，车子像箭一样冲了出去。

那瑟的队伍迟了半步，只好驱车在后面追赶。

那瑟：开枪，打坏他们的轮胎。

一阵阵枪声响起。

基纳在车子里组织还击。

临近陷阱的地方，基纳示意绕过去。

那瑟的车子继续追赶，到陷阱时，半边车子陷下去。车子急促地往下滑去，人们从车窗里跳出。

车子跌跌撞撞地滑向悬崖，最后掉入深渊。

拉纳乘坐的救护车驶过来，在陷阱前停下来。只有拉纳一人下车观看情况，与那瑟警官打招呼。

阿里夫赶到，急忙把拉纳扯到一边，低语几句。

拉纳上车，急匆匆地离开了。

莎拉等海外媒体记者乘坐的车子赶到，他们纷纷前去拍照。

莎拉采访那瑟警官：请问这起事故是否造成人员伤亡？

那瑟：我们正在调查中。

莎拉：据说达尔部落酋长萨巴德乘坐这辆车子返回部落，车子是中国医疗队的，你可以确认这个说法吗？

那瑟：不能确认，事故正在调查中。

三丰港务集团项目部，桥本和舒卡拉、小泉在密谈。

桥本：舒卡拉先生，这个拉姆能力很差啊，两次都没有实现目标。我后面的钱不能再付了。我们是否应该找个更好的合作伙伴。

舒卡拉：您知道的，不能得罪拉姆，他会直接把矛头指向我们，那就麻烦了。仔细分析这两次失利的原因，都是对手方面有准备，第二次实际是他们设的圈套。说明他们掌握了我们的信息。巴布尔警方一直在监控这些武装团伙，他们也许是窃听了他们的电话，当然也可能是内部有当地人走漏了消息。

小泉：我们的策划都过于精细，想要达到不露痕迹的效果，需要更专业的团队才能完成。这里的团队只能做些粗活。

桥本：舒卡拉先生分析得对，我们也应当尝试往他们内部渗透渗透。我的朋友研究了孙跃民和戴旭东的资料，认为应当从他们身边的人入手，影响他们的判断和决策。孙跃民的前女友乔虹在一家法国设计事务所工作，前不久还通过话。戴旭东的妹妹戴娆，暗中使劲，参与竞争戴氏集团总裁的争斗。她的男友白逸轩是个台湾人，很书生气。

小泉：我很快就和戴旭东谈合作的问题，他还是个喜欢充当护花使者的人，松坂庆子会去找他。至于那个台湾人嘛，我不知道有什么渠道。

舒卡拉：我们会有办法。

桥本：但这次车祸还是有文章做的，继续混淆视听。对于舆论来说，谁也不知道萨巴德是死是活。也许你可以让大家相信，活着的萨巴德是有人冒充的。

达尔港建设指挥部，阿里夫、赛义德、萨贾德、孙跃民、张诗仪、黄道明等在看戴旭东带来的初步规划方案。

戴旭东：这个方案具有延展性，可以扩展为加工区，旅游配套，基本商务都是一样的。

阿里夫：也就是说，你可以主导整个临港经济区。

戴旭东：是的。

赛义德：我要向部长报告一下。你可以正式提出申请报告和方案。估计三丰港务集团的报告也出手了。

孙跃民：赛义德主席，萨贾德主席，我觉得业主在选择时是要考虑平衡，但从达尔港发展角度看最重要。否则，在政治上是平衡的，但在建设和运营上是不协调的，最终会破坏政治上的平衡。港口和地区配套、发展应当是个有机体，尤其是不能让互相不信任的主体来操作。

萨贾德：哈哈，孙先生，知道你比较着急配套区功能问题，我们会把这个作为刚性要求提出来的，这是原则。但我们的地区发展局刚成立，需要熟悉一下情况。

赛义德：好吧，今天联席会议就到这里。我要回部里去报告了。

达尔港建设指挥部，散会之后，阿里夫和戴旭东、孙跃民留下来碰头。

阿里夫：戴老板，你知道你的妹妹也单独和三丰港务集团签了协议吗？

戴旭东：刚知道，她是个任性的孩子，以为我要和她竞争戴氏集团总裁位子呢。

阿里夫：但目前三丰港务集团很有可能选择和她合作，用她来抵制你的进入。女孩子，有时候会幼稚些。

戴旭东：不知道是不是她的男友白逸轩在影响她。我一直没搞清楚这个白逸轩的立场。他是戴娆马尔马拉大学的校友，是个热衷比较文化研究的人，不知道为什么也会到这里来。

阿里夫：他的同班同学特拉是俾省穆斯林商会的秘书长，他们已经见过面了。我们可以进一步观察，要么是大西洋基金的线人，要么确实是学痴式的人物。听其言而观其行。你们中国的《西游记》里说过，孙悟空有火眼金睛，还怕什么妖魔鬼怪。还有别的原因吗？

戴旭东：我们是同父异母，从小感情很好，但确实面临谁来接班的问题。可能她想多了，因此要独立作战。不能争取让她也有一定的空间吗？反正现在巴布尔需要投资，如果戴娆能说服我爸爸把投资重点转移到这里来，也是好事啊。

阿里夫：我试试。

巴布尔港口航运部，阿萨德和赛义德商议达尔港商务区决策意见。

阿萨德：俾省现在很活跃啊。穆斯林协会来函申请要和三丰港务集团合作，共同开发建设临港经济区；俾省工商会拉赫里也来函申请和三丰港务集团合作建设临港经济区。看来三丰港务集团做了不少工作，一定要把临港经济区的主导权拿走了。

赛义德：实际上，他们也都和中国人在合作。您知道总统助理阿里夫介绍的朋友戴旭东，已经在达尔港开了个酒店，以经营烤鸭为主，兼顾其他菜系。他想要独立地搞商务区。三丰港务集团也和他签了合作协议。同时也与他的妹妹戴娆签了合作意向。

阿萨德：这很有意思，我们的达尔港热起来了，让他们都来吧。划定若干个区域，都叫临港经济区或商务区。他们愿叫什么名字都行，只要是在巴布尔土地上投资就跑不了。我还是很佩服沙拉夫总统的一个设想、一个项目，盘活了整个西南部的经济。

赛义德：总统会批准建若干个小块的商务区吗？

阿萨德：统一规划，分区实施，各有功能，何乐而不为？！

赛义德：太好了，这也是中国人说的思想解放。让他们都提方案吧。

阿萨德：总体是开放的，但也要落在实际的投资主体上，不然就是天方夜谭。

赛义德：我去传达这样的意见。

巴布尔总统给萨巴德交了底，就是让大西洋基金背景的三丰港务集团进入，但同时也对其他投资主体开放。政府很轻松了，这些投资主体的竞争反而更激烈了，不仅是开发建设权的竞争，而且延伸到整个市场竞争的方方面面。

达尔港建设指挥部，黄道明在研究德国鲁姆公司发来的文件，他把各个起重机的图形都仔细比较，再三研究，之后伸伸懒腰。黄道明看看手表，打开视频电话。

北京黄道明家，黄韵秋接电话。

黄韵秋：黄老邪，怎么好久不来电话？我都忘了你长什么样了。嘻嘻。

黄道明：听你这口气，最近考试成绩不错吧。

黄韵秋：略有进步，前进四，就是几何拉了点分。一看那些空间图形，我就晕，像进入了太空。

黄道明：放松点，换几个角度看看就清楚了，看看我这张起重机图形，能识别是什么样的吗？提示一下，像门的叫门式，像塔的叫塔式。

朱浣：别给她出题了，她是先天性图盲，只能靠多做例题，万一碰上了，得几分就算了。

黄韵秋：妈妈才是图盲呢，遗传。

黄道明：妈妈说得对，多做题，思路就会打开些。

朱浣：道明，你们那里怎样，安全吗？

黄道明：总有些事，但工程在正常进行，没什么大问题。警力也增加了，外出都有警察跟随。这个工程确实是很了不起的，对巴布尔和中国的发展都意义重大，将来你们会为它自豪的。

朱浣：你感觉好，平平安安就行，我没有多少奢求。

黄韵秋：爸爸，抽时间给我发些海鸥的照片来，我喜欢海鸥。

黄道明：好的，保证完成任务。

夜晚，达尔港建设指挥部。

郭孟竑在整理资料，看工程进度表。

之后，打妻子卞维明的电话，没有应答。

微信发过来：我在值夜班，明天联系。

郭孟竑站起来，看向窗外。

达尔海港，惊涛拍岸，一轮明月当空，编织出美丽的夜月海景图。

郭孟竑突发奇想，找来一本信笺纸，给妻子写信。

> 维明：
>
> 　　电话没打通，不知怎么想给你写封信。
>
> 　　我的窗户外面是海上生明月，涛声中的寂静。
>
> 　　这十来年，我一直在奔波，没有更多时间陪伴你，你一个人照顾家，承受了许多人没有承受的压力和重负。可你从来没有怨言，甚至还要到达尔港来陪我。我真的很幸运，有你这么一个好妻子。
>
> 　　海外创业的人有个共同的缺憾，就是不能与家人朝夕相处。但由于你的深情与达观，我知道了什么叫真情和挚爱。"两情若是久长时，又岂在朝朝暮暮"，今天我才知道，这两句诗的韵味绵长。
>
> 　　哎呀，掉眼泪了，写不下去了，告诉儿子，他有个爱他的爸爸，虽然我每天都守在轰鸣的掘土机前，但我的心十分安静。明天再写吧！

郭孟竑不由得悲由情生，竟然伤感得不能再写下去了。

夜晚，乔虹来到达尔酒店美容间，她请服务生给她做面部保养。

服务生安排她躺下，忽然听到邻床躺着的人向她问好。

莎拉：晚上好，这里的面部保养很舒服，他们用的是巴厘岛采集的植物油。

乔虹：谢谢，我选择了和你一样的服务。

莎拉：一个人住在酒店里，很无聊，这里是个好地方。

乔虹：我也会在这里住一段时间。

莎拉：我是《大西洋时报》记者，听口音你是欧洲来的。

乔虹：巴黎，到这里来搞设计。

莎拉：是那个达尔港吧，一个无人问津的地方，竟然被关注了，可笑。

乔虹：我还没找到感觉。

莎拉：我们都是被流放到这里的人。哈哈。

达尔港公路，黄道明、郭孟竑等十二名工程师，一名警察开着中型奔驰面包，驶向港口施工工地。

车上，黄道明和司机坎汉大叔开玩笑。

黄道明：坎汉大叔，听说您星期天钓了条大鱼，陪着大鱼在水里游了两个小时，最后您把鱼放跑了。

坎汉：这是哪个大嘴鸭在呱呱乱叫？那是一条受伤的金枪鱼，可能是从大西洋游过来的。我就陪着它游了一个小时，最后它跑掉了，谁说是两个小时！

黄道明：那感觉好啊，是鱼在钓人啊。

马路拐角的地方，一辆铃木皮卡停放在那里。

不远处小楼里，基纳在注视着皮卡。他的手机鸣响。

标有达尔港施工的中型面包车出现了。经过马路上的减速坎。

基纳手机再次鸣响，面包车驶近铃木皮卡，他按下手边的遥控器。

一声巨响。铃木皮卡爆炸，爆炸形成的冲击波和碎片冲向中型面包车。

面包车被掀起在空中，翻转，重重地倾倒在地面，面包后部被炸开。

面包车上的人被炸得东倒西歪，血肉模糊。

四周的人们惊慌地溃逃，女人的惊叫声此起彼伏。

警察和救护车及时赶到，孙跃民和张诗仪等人在指挥抢救伤员，清理现场。

莎拉和许多记者出现在现场，拍照、采访。

莎拉看到几个血肉模糊的躯体被抬上担架，她不由得转过头去。

一会儿，莎拉走近爆炸车辆旁边，奔驰面包的后面有大片的血迹。莎拉抑制不住地走到一边，呕吐起来。

莎拉采访当地民众，采访鲁姆公司驻达尔港的总代理霍夫曼。

警察在做取证工作，他们在现场寻找到铃木车牌的碎片。那瑟警官小心翼翼地把几块车牌碎片用袋子装起来，交给身边的警察。

救护车鸣叫着离开现场。

中国医疗队临时医院，中国黄道明、郭孟竑等十二人及巴布尔一名警察、司机坎汉大叔在急诊室接受抢救。

何瑾带领武怀湘等医生急急忙忙地在为他们包扎，输血。

黄道明在说胡话，他和另外的两个工程师都戴着呼吸机。

孙跃民、张诗仪、丁珂等人焦急地等待在走廊里。

何瑾走出来，孙跃民迎上去。

何瑾：郭孟竑是当场死亡，送到这里已经没有生命体征。还有五人重伤，正在抢救，其他的几个也必须及时输血。这里的医疗条件和抢救力量不够。

孙跃民：我们已经向使馆报告，赛义德主席也已经拦截巴航的飞机，给我们一个小时的时间。我们能做好转移的准备吗？

张诗仪：使馆已经协调中方在巴的四航局中国医疗专家到卡加奇，巴方也已经协调海军医院的四名专家到卡加奇的医院等候。

何瑾：没问题，我们的人员全部进入应急工作状态了。只是有两名重伤员可能救治不了，颅骨粉碎性骨折，失血过多，完全没有自主呼吸。

孙跃民：竭尽全力吧，多救活一个人，就多一点安慰！感谢你们。诗仪，你留在这里，我要回工地，那里的海上浇筑工作还没完成。

张诗仪：您放心，我跟随到卡加奇。您也保重，要特别注意安全。

孙跃民向两位告别。

达尔港海滨公路，孙跃民乘坐着一辆越野工程指挥车奔向工地。

张诗仪的电话：孙总，那两名同志也停止了呼吸。何医生让我转告您，他们一定会保证剩余的同志安全抵达卡加奇。

孙跃民听完电话，眼前不知道怎么就出现了读本科时天津大学的课堂，须发斑白的老师在讲天大的历史。

老师：大家知道，我们这个学校是1894年甲午海战后，民族对耻辱反思后的产物。我们的船舶、港口建设远远落后于东洋。今天和明天，我们必将要面对海洋。昨天我们在海洋里失去的，要靠我们对海洋规律认识和征服海洋能力的提升找回来。昨天的北洋水师学堂，未来的海洋大学！在走向世界的道路上，尽管荆棘遍地，尽管波浪汹涌，但只要我们不放弃，就没有什么力量可以阻挡我们的脚步！

孙跃民闭上眼睛，让自己休息一会儿，但眼前不断闪现爆炸后的场景。

车窗外，波涛滚滚的大洋，掀起一阵阵巨浪，拍击着海岸。

孙跃民电话里给中博集团董事长刘清云汇报情况。

孙跃民：董事长，目前咱们已有三人死亡，另外三人重伤，六人轻伤，巴布尔一名司机和一名警察轻伤。巴方安排到卡加奇的医院救治，另外协调了海军医院的四名专家在医院等候。我们决定转移到卡加奇救治，这里的抢救力量不足。

刘清云：我们已经把情况报告给外交部、交通运输部、商务部和国资委的领导，有关事件处理的人员已经在途中了。驻巴布尔的张云逸大使已经在卡加奇等候。我已从欧洲直接转机到达尔港，上级指示要想尽一切办法抢救受伤人员，同时要求与巴方一起采取措施做好安全保卫工作。

孙跃民：我会和巴布尔警方一起研究强化措施，他们已经拘留了二十名嫌疑人员。董事长，我请示，我们要坚持施工，除了缺员的个别岗位，一律不停工！

刘清云：好样的，这就是中国博海集团人！威武不能屈，炸不倒，摧不垮！支持你们！

孙跃民：谢谢您。集团总部能抽出人去给家属通报一下情况吗，最好在今晚的《新闻联播》之前。

刘清云：我已经做了部署，你就安心在前方作战吧。后天我就会赶到你那里。

达尔港工地，孙跃民赶到港口，黄翔和陈莹在指挥浇筑码头地面混凝土，搅拌机和浇筑施工的工作在有条不紊地进行。

俾省的拉农警官走过来。

孙跃民：谢谢您，拉农警官。

拉农：我们加强了海上巡逻，陌生的船只不许靠近，确保施工现场的安全。

孙跃民：谢谢。我们要连夜施工，需要十五个小时的作业时间，还要辛苦您做安排。

拉农：请放心，我已经做了安排。

孙跃民和黄翔、陈莹碰头。

孙跃民：大家的情绪稳定吗？

黄翔：所有施工人员都要求继续施工，把码头浇铸工作做完再休息。

陈莹：没有一个人退缩。大家都让我们向您转达慰问，请您扛住，别被他们吓住，大家就在您身后。

孙跃民：为了这么好的伙伴和战友，我也不能退缩。我今夜会在这里与大家一起施工，迎接黎明。

夜晚，卡加奇阿拉汉医院，黄道明终于苏醒了，恢复了自主呼吸。他睁开眼睛，嘴里不断重复着一句话，阿拉汉的医生听不懂，找来张诗仪。

张诗仪来到黄道明面前。

黄道明发出微弱的声音：我没去码头，谁在盯着啊？

张诗仪的眼睛湿润了：你安心治伤，孙总在码头。

黄道明放心：那就好。

夜晚，北京郭孟竑家，郭孟竑的妻子卞维明在看微信——昨晚郭孟竑给她发的截图。

微信截图是那封未写完的信。

她似乎听到郭孟竑的声音：维明，电话没打通，不知怎么想给你写封信……

卞维明一遍一遍地看这封信，眼泪止不住地流下来。

妈妈走进来，静悄悄地坐在她身边。

卞维明趴在妈妈肩膀上，饮泣。

郭孟竑未曾想到这封未写完的信，竟成了绝笔。语言平实，却像重锤一样叩击着未亡人的心弦。无数海外创业的青年、有追求的中华儿女，就是这样用自己的脚印踏出了爱的旋律和时代的音符。

第三章

　　达尔酒店，乔虹在酒店外花园的长凳上呆坐着，面前扔了一地的烟头。爆炸事件揪着她的心，她担心事件严重，孙跃民这个倒霉蛋，又要挨处分了。不知道为什么，她依然这么关心他，很想去安慰他，或者至少是看看他。

　　突然，她的电话有信息通知的声音。

　　孙跃民的微信语音：别担心，有三人走了，别的人在抢救，他们会平安脱离危险的。我在工地上，浇筑码头平面。孙某人是吓不倒，炸不垮的！

　　乔虹连着听了两遍微信语音，站起来，走回酒店。

　　夜晚另一个不安的人是莎拉，她在酒吧里喝闷酒。眼前不断闪现白天看到的爆炸场面，抬着担架的人，奔驰面包后面的血迹。

　　莎拉又喝下一口酒，不经意间看到乔虹走了进来。今晚的乔虹竟然穿着十分性感的低胸裙服，头上扎着白花。她向乔虹招招手。

　　乔虹走到她面前，要了一杯白兰地。她举起杯来，向莎拉示意，之后一饮而尽。乔虹招手，侍者过来。她示意再来一杯。

　　乔虹：我以为，你又去做美容了。

　　莎拉：不想做，睡不着，眼前都是血迹。我从来不去报道战争。

　　乔虹：那你不该来这里，这里到处都是杀机。

　　莎拉：可我喜欢刺激，愿意到处走走。

　　乔虹：你觉得白天的爆炸是谁干的？

　　莎拉：当地黑帮，被人雇佣的吧。

　　乔虹：我注意到你的报道和以前不一样了。

莎拉：我可能要被解雇了，背离了立场。

乔虹：人性才是立场。真的没有纯粹客观的新闻吗？

莎拉：没有，你知道，法国也是一样的。所以有时候很痛苦。

乔虹：你的男友呢？这样的时候他应该和你在一起。

莎拉：他在喀布尔失踪了，是个痴迷阿拉伯历史的探险者。你的男友呢？看上去，你是个不缺男朋友的人。

乔虹：啊！他在塞纳河的左岸，画他的旷世之作，那是另一种痴迷。这个世界上的男人为什么都犯同样的病呢？难道女人不值得痴迷吗？

莎拉：我怎么觉得你有点像失恋呢？

乔虹：没有，就是觉得生命实际很短暂，应该多分配些时间给爱。

莎拉：有些人，并不珍惜生命。

拉姆基地的夜晚是在总结战果。拉姆和基纳在看新闻，是 CNN 的报道。

达尔港爆炸的画面，爆炸现场中慌乱的人群。

莎拉出镜的报道：这里发生了爆炸事件，一名中国工程师当场丧生，另外十三名受伤的人被送往当地医院救治。目前还没有组织声明对此次爆炸负责。

屏幕上，当地民众甲：我们反感这样的事情，让人们觉得达尔港是个危险的地方。我相信这不是达尔港人干的，这是在损害我们的形象和利益。

鲁姆集团驻达尔港总代理霍夫曼的镜头：无论是什么人干的，都是愚蠢的、反人性的，我们呼吁巴布尔尽快缉拿凶手，为投资者创造一个友好安全的环境。

基纳：这是在骂我们。

拉姆：和我们无关，我们只对雇主负责，不知道什么人性不人性的。以前 CNN 不是很不喜欢中国人吗？

基纳：这个莎拉很可能被中国人收买了，或者是国际刑警组织的卧底。以前每次行动，只要是事先告诉她的，全都失败了，警察早有准备。

拉姆：她应该是舒卡拉的人才对。难道变了？

基纳：我们不妨把她搞来，让舒卡拉破费一次，他一定截留了不少我们的佣金。

拉姆：有什么意义？没有订单的事不要做。舒卡拉说他们还有新的计划，我们不拒绝订单，就像男人不拒绝艳遇。

基纳小声地重复：男人不拒绝艳遇。

重庆的夜晚，洲际酒店，签约后的酒会上，戴旭东和嘉陵集团董事长江一鹤在举杯庆祝。

戴旭东：我们今天签署的不是个简单的合作协议，是开垦新的处女地的进军令。巴布尔是个路况很复杂的国度，达尔港的地形就像重庆，很适合电动摩托车之类的交通工具。但他们的人均购买力还很低。所以适合租赁摩托车使用。我们推出共享概念，应当很受欢迎。他们拥有近两亿人口，有几千万的潜在摩托车用户。因此，我说我们开始的是一项开疆辟土的征程。今天请大家来见证我们启航。请江总祝酒。

江一鹤：这些年，我们一直在海外开辟市场，但只赢得了中国制造，今天我们启航的是另外一种远航，中国品牌和经营理念。把共享的模式推向海外，在欧洲已经小有斩获，在南亚才刚刚开始。但我相信这种双赢和多赢的商业哲学，一定会深入人心，变为人们的消费理念和生活习惯，而习惯的力量是不可战胜的。为战胜之旅干杯！

人们举杯庆祝，玛雅在人群里显得格外出众。但她却旁若无人地把戴旭东叫到一旁。

玛雅：阿里夫，我表哥的电话。

戴旭东接过电话，离开人群，来到比较安静的走廊。

阿里夫：爆炸事件使我们陷入被动。侠客，该你出手了。

戴旭东：后天上午见。

同样的夜晚，酋长密宅，萨巴德和拉纳在议事。

拉纳：一定是拉姆的人干的，桑巴说基纳在基地消失很长时间了。

萨巴德：是针对中国人的示威性爆炸，我们应当站出来帮助中国朋友，达尔部落的长远利益只能寄希望于他们。

拉纳：文的，武的？

萨巴德：非暴力的方式更有影响力，游行示威。

拉纳：好，给俾省人树立点正面形象。

黎明，达尔港码头浇筑工地，曙光初现，搅拌机的声音渐渐小了，最后一斗混凝土已经平移到码头。达尔港的轮廓清晰可辨。

红日就要跃出海面，曙光里，孙跃民亲自驾驶混凝土翻斗机，等待着朝日。

朝日跃出海面的一刹那，翻斗倾斜，混凝土流出来，构成个美丽的剪影。

人们欢呼起来。

碾压机开过来，完成最后的工序，一个完整的码头在霞光里熠熠生辉。

孙跃民领着大家，来到海边，脱帽致哀。

致哀毕，孙跃民手捧一碗白酒，领着大家三鞠躬。

孙跃民：为什么达尔港海水越来越咸，是由于烈士的鲜血融入其间；为什么中巴友谊越来越深，是由于达尔港丰碑砥柱海天。战友们，放心吧，我们的脚步没有停下来，码头已经完成浇灌！放心吧，我们会坚定不移地建成这个港湾，因为有你们的灵魂相伴。中国港湾人，会将人字大写在天地间！

孙跃民泪流满面，把碗里的白酒，洒向海面。

全体施工人员，每个人都泪流满面。

伫立着的人群，在霞光中，像一组群雕。

达尔港大街，拉纳率领着数千人，挥舞旗子在大街上示威游行。一条横幅上英文标语：不要暴力！另一条横幅：严惩凶手！

参与到游行队伍的人越来越多。鲁姆公司总代理霍夫曼也出现在人群里，许多驻当地的商社和公司的人也加入其中。

莎拉和许多境外记者拍照、摄像、采访。

莎拉采访拉纳：你们是在抗议谁？

拉纳：那些藏在暗处，制造暴力事件的人，他们损坏了达尔港的形象。

TBV记者采访霍夫曼：你为什么参加游行？

霍夫曼：我们呼吁和平，呼吁彻底铲除黑恶势力，我们要在这里投资搞建设。

达尔港建设指挥部，刘清云董事长到来，他和巴布尔港口航运部长阿萨德联合召开高层会议，总统特别助理阿里夫、俾省首席部长阿贾伊、警察署那瑟警官、巴布尔海军陆战队负责人拉吉夫参加。

孙跃民汇报情况：码头施工始终没有停止，今天早上全部浇筑完毕，一个新码头的轮廓已经出现。我们已实现全面复工。建议在每个工点加强保卫力量，我们会按计划完成工程进度。

阿萨德：我们的总统和总理要我向你们表示慰问和敬意，总统已经安排海军专门负责港口区域的安全保卫，俾省的警察部队也已经抽调专门力量负责施工队伍的一切活动。我们会消除你们的后顾之忧。

俾省首席部长阿贾伊：我首先表示歉意，在俾省发生这样的事情，给你们带来了伤害和损失。我们会做好民众的工作，配合好施工，认真审查到工程务工的人员，不再出现什么漏洞。

阿里夫：总统指示，加强对各种武装组织的控制，部署反恐行动，抽调特种部队，打击境内黑恶势力。

刘清云：感谢部长先生和各位对我们的慰问和帮助。通过这件事，更加深了我们彼此的了解，我们不会因此而有丝毫的退却，会勇往直前，把达尔港建成世界上最好的港口。

夜晚，达尔港某私人会所，基纳在看新闻。

莎拉采访霍夫曼的场景。

基纳手握遥控器，把莎拉的镜头定格。

基纳的目光里，莎拉骨感的脖子、窈窕的身姿。他倒吸了口冷气，把手伸向自己的裤子里，发出呻吟的声音。

夜晚，达尔酒店，乔虹在房间里焦急地等待着孙跃民的到来。

敲门声。

乔虹打开房门，孙跃民拿着一卷图纸走进来。

乔虹：你受惊了，幸亏他们的目标不是你。但我实实在在地感觉到这里太恐怖了！我再一次劝你，离开这里，没必要把命搭在这里。

孙跃民：哦，你没受惊就好。警方正在调查，会搞清楚的。我现在更不会离开这里了。我的伙伴把自己的血洒在这里，我却卷起铺盖跑了，不能这么做人啊！

乔虹：为了异国他乡的工程，把自己的生命也贡献出来，到底值不值？

孙跃民：我心里也很难受，他们是我朝夕相处的同事，我没想过用生命来换什么，也没想过用自己同伴的生命来换什么。但我们遭遇了爆炸、暴力，就需要去面对。你觉得，我现在能离开这里吗？一个刚刚开工的港口，公司对我的信任，还有那些把血洒在这里的亡灵。

乔虹：可这里实在太危险了！你不会知道，什么时间，什么人，突然就会袭击你。

孙跃民：我已经没有选择的权利和自由。

乔虹：作为一个企业家，你让手下在随时都有可能丧命的环境里工作，合适吗？

孙跃民：我坚信这里的一切都会改变的，我需要职工敬业，但并不需要他们殉命。

乔虹：过度自信就是自负，等到再发生恶性事件，那时你不得不停下来，看你怎么向你的职工交代。

孙跃民坚定地说：不会的！如果你真的恐惧，可以向戴旭东申请离开。我是不会离开的。

乔虹：如果你想用这种方式证明你回国是正确的，离开我是正确的，真的挺愚蠢。

孙跃民：你跑题了，我只想证明我能有始有终地做好这个工程。现在，它的成功甚至比我的命更值钱。你不会理解这种情感的。当人们对自己从事工作的专注，达到忘我的程度，就是一种牺牲了。

乔虹：我越来越不懂你了。不要害怕，我不是想借机会让你回到我身边，我只是觉得不可思议，冒着生命危险在这里做事，有必要吗？

孙跃民：咱们换个话题吧，我是想问你，起重机械，鲁姆公司的质量确实很好吗？你在马赛用过。

乔虹掩饰着自己的眼泪：是很好。你继续奋斗吧。只是，别玩命！

孙跃民走到乔虹跟前，拥抱了一下她，坚定地离开了。

达尔港海滨，三丰港务集团举行隆重的开工仪式和商务区商务大楼的奠基仪式。

桥本在仪式上致辞：

我们在这里种下的是兴旺发达，必将收获繁荣与喜悦。总投资十亿美金。我们和欧亚戴氏集团合作，和南亚戴氏集团合作，特别要强调的是与俾省穆斯林商会、俾省工商会合作，我们将为当地提供五万个就业岗位。人们将会在这里看到造船、修船，各种港口机械和集装箱，乃至于运输车辆的维修组装厂子出现。实际上我们具备整个港口建设和运营的能力。三年之后，商务大楼也将正式运营，金融、电信、酒店等一应俱全。

达尔港海滨，戴旭东和玛雅在达尔港烤鸭店外举行发放共享摩托车的仪式。

拉纳和达尔渔村的十个小伙子骑在嘉陵摩托车上，等待着戴旭东的口令。

TBV 记者在最近的地方拍下这历史性的一刻。

莎拉和诸多媒体记者在采访。

随着戴旭东的一声哨声，拉纳等十骑在轰鸣的马达声中驶出，周围一片欢呼声。

达尔港商务区的展示厅，戴娆和白逸轩、小泉、特拉一起在举行小米手机服务平台启动仪式。

莎拉、TBV 记者、诸多海外媒体记者在拍照采访。

拉纳的妻子曼扎拉、拉巴尔的妻子阿尼亚和达尔渔村的妇女们从戴娆等嘉宾手里接过第一批免费试用的手机，脸上展开了灿烂的笑容。

展示厅里是许多手机的 LOGO，华为、苹果、三星、小米等。

戴娆在接受 TBV 记者的采访：我们将在这里提供手机服务业务，还有电脑上网业务。未来这里是年轻人聚集的城市，肯定是使用电脑、手机人口最多的城市。所以，我搭了个平台，他们就都来了。

达尔渔村，拉巴尔和妻子阿尼亚在一起吃饭。

拉巴尔：现在中国人走家串户，告诉我们要搬到河口的新居去，但那里的房子还没完全建好，我们可能要在临时房屋里居住一年。而且，联邦政府给的补偿也许不够购买新房，我还要去打工。

阿尼亚：曼扎拉给我们算过账，给的补偿款够买新房，还会有点剩余。

拉巴尔：不要相信她的话，他们家已经被中国人收买了。可能她是按照给他们的钱来算的。中国人给每一家的钱都是不一样的。

阿尼亚：每一家占地不一样啊。是联邦政府给补偿，中国人只是为我们建搬迁房。

拉巴尔：女人不懂这些。他们早就和中国人做了交易，牺牲村民的利益，降低他们建设的成本。你知道吗，酋长躲起来了，就是怕不好给大家交代。

阿尼亚：曼扎拉说酋长在生病。

拉巴尔：不能让他们再欺骗村民了，要让大家知道，我们被出卖了。

阿尼亚：不要得罪酋长，也许不是这样的。

拉巴尔：你不要管，我不能违背良心。何况，俾省有人给我们做主的。

　　达尔部落赛牛大会，两头公牛被固定在一个木架子里，它们身后是骑手拉纳，站在金属板上，手握绳子，驾驭公牛。他旁边，是一组组人牛组合，虎视眈眈，等待着开赛的哨音，正准备开跑。

　　达尔部落和邻近马克兰部落的人群在赛场旁边观看，莎拉和许多境外媒体记者在赛场旁边拍摄、报道。

　　一辆中型面包正奔驰在通往赛场的路上，车里是身着盛装的酋长萨巴德，他在部落卫兵的保护下，去参加赛牛大会。

　　停靠在离赛场不远的一辆伪装的警车里，基纳和匪徒们等待着来自赛场的消息。

　　赛场里，几辆警车在担任保卫任务。阿里夫和那瑟坐在一辆警车里，监听着基纳、拉巴尔、舒卡拉和莎拉的电话。

　　拉巴尔：赛牛开始，酋长将出席活动，并给获胜者颁奖。

　　基纳：知道了。

　　莎拉：舒先生，活动什么时候开始？

　　舒卡拉：改变计划，颁奖前开始。

　　莎拉：那我们去哪里采访？

　　舒卡拉：随便，你知道该采访什么。

　　警车里，阿里夫：颁奖前？快，迎着酋长的车去！

　　那瑟：出发。

　　几辆警车迅速开往通往赛场的路。

　　基纳的警车等候在一个交叉路口，他和匪徒们换上俾省警察的衣服。

　　酋长的车子驶近交叉路口，被一辆警车拦下。

　　基纳带着人上车，几个部落护卫来不及询问就被控制起来。基纳把酋长萨巴德带到自己车上，迅速离开。

　　阿里夫和那瑟的警车开到交叉路口，迅速包围酋长乘坐的车子。

　　那瑟带人冲上面包车，只看到几个被捆绑的部落护卫。

　　哨声吹响。一阵狂野的奔跑，在赛场内掀起一股尘土。拉纳和另外一名骑手遥遥领先，最后获胜。

　　在人们的欢呼声中拉纳和另一名骑手走向礼宾台前，等待着领奖。

　　一阵沉寂，人们看到一辆警车来到赛场。

那瑟走到主持人面前低语着。

拉巴尔接到基纳电话：按原计划行动。

主持人宣布：酋长由于身体原因，不能出席，请我向大家致意并颁奖。

主持人开始颁奖。

拉巴尔冲向礼宾台，开始发表演讲：乡亲们，我们被骗了。几个月来，我们一直被当局和中国人欺骗。他们想让我们离开自己的村庄和土地，以很低的价格获得一切。他们收买了官员们和酋长家族，但酋长不敢露面，无法面对乡亲们。结果，他就被中国人用药给搞成了植物人，现在还不知去向。我们要向他们讨回自己的土地补偿款，而不是可怜的一点福利。

人群里也有事先串通好的几个人起哄：我们要见酋长！拉纳，你爸爸在哪里，别在这里演戏了。

拉纳一时摸不着头脑，被几个人推来操去。他很恼火，一把推开围在自己身边的人，大喊一声：我也不知道！说完转身走向自己的摩托车，飞身上车，绝尘而去。

莎拉和境外媒体记者在紧张地拍照。

莎拉走近拉巴尔采访：请问，你为什么说受中国人和当局欺骗？

拉巴尔：我们的土地已经被征用了，他们的推土机在上面轰鸣。但我们没有得到足够的土地补偿款。所以，我们要见酋长，但酋长自从去了中国医疗队的医院，就再也没有露过面。我们什么都不知道，但我们已经没有家了。

巴布尔电视台记者：请问你有什么证据证明酋长变成了植物人？

拉巴尔：他一直没露面，我猜他是失踪了，或者已经没有语言能力。

日本新闻记者：请问你们要获得什么补偿？

拉巴尔：我们要获得征地方和我们协商后的价格，不要那些自称代表我们的人代理。

拉姆基地，桑巴接到阿里夫的电话。

阿里夫：情况紧急。基纳临时改变了计划，他们把酋长劫持了，不知去向，基纳的手机已经扔掉，监控失去目标，你要想尽一切办法搞清情况。

桑巴：知道了。

桑巴的又一个手机振动，他接到拉纳的电话。

拉纳气急败坏地说：你在哪里？爸爸被劫持了，一定是拉姆干的，你知道他们会去哪里吗?

桑巴:他们向我下手了,那我就不客气了。你先去马克兰部落基纳家里,实在找不到,就让他老婆和儿子找他。

马克兰公路上,拉纳与戴旭东通电话。

拉纳:我本来今天要去见你的,但我爸爸被劫持了,我要去找人救他。

戴旭东:我已经知道了,在山口那里等着我,咱们一起去。

拉纳骑着摩托车奔向马克兰山谷深处。

达尔港某酒店,舒卡拉在酒店客房里听电话。

一个居高临下的声音:中国的总理到巴布尔之后,大西洋基金决定改变计划。遏制为主,放弃合作。但还需要日本人在前台跳舞,必要时可以毁掉舞台。

舒卡拉:明白,基金推荐哪个武装组织给我们?

对方的声音:会有人找你的。

夜晚,达尔港警察署,阿里夫、那瑟在研究酋长被劫事件。

阿里夫:还是拉姆匪帮干的,但他们临时改变了行动计划,前期获取的情报,是要在现场制造混乱,之后劫持酋长。

那瑟:会不会是事先设计好的,因为后面那个拉巴尔的煽动演讲,是事先准备好的,他首先说是酋长失踪。说明此次行动,核心是让酋长失踪,然后煽动村民闹事。

阿里夫:有道理,他们的警服也是事先准备好的。

那瑟:那个拉巴尔,之前在医疗队临时医院看过仓库,那次爆炸事件和奎尼丁事件也可能就是他做的内线。

阿里夫:全天候监控拉巴尔和所有拉姆匪帮的信息,还有相关人的信息。

达尔港松坂庆子的公寓,收拾整齐的松坂庆子,拎着包准备出门上班,看到门口有一束花,花束中有一个小纸条,上面用英文写着:提前祝生日快乐!明天晚上可否到达尔港烤鸭店京都屋。署名是烤鸭。

松坂庆子看到纸条,先是惊喜,接着是轻松地微笑。

三丰港务集团项目部，小泉交给松坂庆子一个账号。

小泉：用瑞士银行的账户给这个账户打六十万美金，让国内的财务办。

松坂庆子：哈依。

小泉看看她，觉得她的神态似乎有点怪，一种轻快的眼神和语气。

达尔港口工地，拉巴尔带领稀稀拉拉的几十人，在推土机前静坐。

张诗仪和丁珂来到拉巴尔等人面前，询问他们的要求。

张诗仪：你们谁是代表？我们谈谈。

丁珂翻译给拉巴尔。

拉巴尔翻翻眼皮：是我。你们为什么还不给我们全部补偿费。

张诗仪：土地补偿的事是你们政府负责的，包括发放。我们是和政府签的开发建设协议。

拉巴尔：那你知道我们得到了多少补偿吗？

张诗仪：抱歉，不知道。

拉巴尔：那你们根据什么替我们建造搬迁房屋？

张诗仪：根据政府给我们的标准和造价标准。业主是政府，我们只负责建造房屋，不负责标准制定。

拉巴尔：如果是你们的亲人，你会不问吗？我们现在也不知道那么多事情，我们只知道没得到应有的土地补偿，我们就不让你们施工，否则没人关心我们的利益。

张诗仪：我们会与俾省政府研究这个问题，你最好不要阻挠施工，这是违法的。

拉巴尔：你去报告吧，我们要得到答复才会离开。

达尔港建设指挥部，孙跃民、张诗仪和赛义德在指挥部研究对策。

孙跃民：必须请俾省的官员出面才行，征地是由他们负责的。

赛义德：阿贾伊正在路上，他一会儿就到。之前他们提出了服务费的问题，阿萨德部长不同意。巴布尔没有遇到过类似问题，我们把土地补偿款拨付给俾省，工作就结束了。俾省的服务费是个新问题，本来做村民的工作就是他们的义务。

俾省首席部长阿贾伊和达尔港地区发展局主席萨贾德走进指挥部。他在走廊窗户里看看远处阻挡施工的人，然后走进办公室。

阿贾伊：对不起，给你们添麻烦了。他们的诉求是什么？

赛义德：是土地补偿，没有提具体数目，只是说得到的太少。俾省没有把所有土地补偿发放给他们吧？

阿贾伊：是的，因为我们还在申请 2.5% 的服务费用，如果联邦政府不给我们服务费，我们就要从补偿款里面扣除这 2.5% 的服务费。

赛义德：难怪他们有借口要闹事。我已经请示过部长，好像总统也发表了意见。联邦政府不会再给俾省服务费补贴。总统认为，协助完成项目，是你们的义务和职责，请你们谅解，做好工作，不要影响大局。

阿贾伊：我们正在大选，这个时候是最难调动人员的。

孙跃民：部长先生，如果俾省政府拿到 2.5% 的服务费，就可以做通这些村民的工作吗？

阿贾伊：孙总，我想是可以的。那就没有别的理由影响正常的征地程序了，毕竟也有人来做工作了。这些工作，也不能就理解为是完全的义务和分内的职责。

孙跃民：那好吧，我们公司来承担这 2.5% 的服务费，算作我们对搬迁补偿工作的劳务。这样是否就可以让村民离开工地了？

阿贾伊：好吧，谢谢你的理解。我去做工作。

阿贾伊在孙跃民、赛义德、萨贾德的陪同下来见村民。

莎拉和一群记者拥上来。

莎拉：请问部长先生，中国公司为什么拖欠土地补偿款？

阿贾伊：这和中国公司无关。已经协调解决，我会向村民解释清楚。

阿贾伊：达尔村的公民们，明天你们就会收到另外一半土地占用补偿费。之前是因为我们在救灾，耽误了时间。

拉巴尔：部长先生，我们的土地补偿款买不起新房。

阿贾伊：这是不可能的。我们是根据最低补偿和不同补偿规划设计的户型，不会存在购买不起的问题。请回吧，如果你们提的问题已经得到答复，还继续滞留此地，就是违法行为，我们有权利拘留你们。

拉巴尔挥挥手，人们随着他离开了。

夜晚，马克兰山区，一座山丘下，林木遮蔽的洞口。

从洞口进去，是长长的石洞，之后渐渐宽阔起来，是几处相对隔离的洞穴。洞穴里有简单的床和桌椅。

萨巴德被囚禁在一处封闭的石室里，他沉默不语。

基纳走过来：你可以给家人说几句话或写封信吗？

萨巴德用鄙视的眼光看着他：是谁收买了你们？

基纳：你以为我会给你说吗！

萨巴德：我年轻的时候，也会像你这样被别人雇佣，做一些糊涂事。

基纳：别教训我，我们知道自己在干什么。

萨巴德：三丰港务集团利用完你们，就该雇佣别人灭你们的口了。给自己留点后路吧。

夜晚，通往边境的公路上，换了装束的戴旭东驱车狂奔，拉纳坐在他身边。

戴旭东：基纳的家人会转移吗？

拉纳：会的，但也许会打听出来。

与此同时，阿里夫和警官那瑟带着车队也在往拉姆基地奔驰。

那瑟：我们不会扑空吧，拉姆很狡猾的。他只要闻到味道就会逃出边境，已经很多次了。

阿里夫：我们动作快点，目前他们还在基地。

拉姆基地，拉姆暴跳如雷，匪徒甲、乙小心翼翼地在一旁伺候。

拉姆：我们的劳务还有尾款未付啊，提醒你。

舒卡拉：很快就付，请换个账户吧。

拉姆：别耍花招，明天会有人送给你。

舒卡拉：他知道怎么给我吗？

拉姆：我随时都可以让我的人出现在你面前。

舒卡拉：好吧，佩服。如果我们还有下一个订单，你还会感兴趣吗？

拉姆：先付了这笔尾款再说。

汽车声中，拉姆的手下打开大门。桑巴驾着货车进入基地，把车直接开往仓库，他旁边坐着一位匪徒。

桑巴卸完货，走向自己平时睡觉的房间。路过匪徒们的宿舍，他看到人们在收拾行装。

桑巴放慢脚步，隐身在一旁。

匪徒们在发牢骚。

匪徒甲：老大又要转移，像只兔子。也不多发钱。

匪徒乙：他还是很厉害的，每次都逃脱了。

匪徒甲：他担心基纳出卖了他，我觉得完全不可能。基纳不会去送死。

匪徒丙：说什么也没用，先睡会儿吧。

匪徒甲走出宿舍，来到黑暗处撒尿。之后，看到附近没人，他掏出电话，给基纳拨通电话。

基纳：兄弟，有情况？

匪徒甲：拉姆怀疑你出卖他了，千万别回来。

基纳：明白。

桑巴等到匪徒甲离开，才从隐身处走出来，回到房间，给阿里夫发短信。

公路上行驶的警车里，阿里夫接到渔夫的短信：他要转移。

阿里夫回复：想办法安上追踪器。

桑巴：明白。

桑巴悄悄溜出房间，把追踪器放到防弹车的底盘下面，悄然离开。

拉姆在一间屋子里的窗户前，仔细地观看着桑巴的动作。他的脸上露出狡黠的微笑。

凌晨，拉姆和匪徒们乘车离开基地，桑巴的货车装满了物品，被他们夹在中间。桑巴的副驾驶位子上，坐着个匪徒。

拉姆的车子驶出基地，他回身按下自爆装置，基地里爆炸声此起彼伏，一片火海。

阿里夫和那瑟的车队听到爆炸声，加速前进，但看到监视器里，拉姆的车子驶向边境方向。

那瑟立即下令，掉转车头，抄近道到边境去堵截。

拉姆到达边境检查站，隐约感觉到前面有堵截。他让把车子停下来。

拉姆走到桑巴的车子前，示意桑巴和另外一名匪徒下车坐上他的车子，驶向边境。他自己则上了桑巴的货车，指挥匪徒把车开往另一个方向。

边境检查站，那瑟带领警察等候在检查站一边，在车里做好开火的准备。

桑巴和另一名匪徒被请下车，完全是普通的生意人，检查站警察上越野车检查，车上装的是几台家用电视机和冰箱。

阿里夫在警车里看到这一幕，自嘲地笑了。

桑巴和匪徒上车，离开。

桑巴：拉姆事先准备好的？

匪徒：他的习惯。当然，他防备着你。

桑巴：你为什么事先不告诉我？

匪徒：不敢，他会杀了我和我的家人。我们所有人的家人都在他的控制范围，一不小心就会送命。

桑巴：那你为什么现在告诉我？

匪徒：可怜你。你的家人也在他控制范围内。

桑巴：我都不敢和家人联系，我爸爸老出海。

匪徒：别傻了，他早就知道你是酋长的儿子。

桑巴：那他为什么不问我？

匪徒：也许他有什么企图。我劝你还是早点逃跑吧，免得死在这里。

桑巴：不用，我想看看拉姆到底怎么对待我。

匪徒看看他：好吧，也许你会让他良心发现。

黎明，戴旭东和拉纳的车子驶近基纳的村子，在一座有栅栏的院子外停下来。

车里的拉纳示意，不要下车。

门开了，出来个老者。

拉纳自己下车，走向老人。

拉纳：大叔，基纳的朋友让我带个信回来，老板在找他。

老者：我不知道他去哪里了。

拉纳：那就麻烦转告他的妻子，谢谢您。事情挺急的。

老者：我也不知道他妻子去哪里了，他们总是不在家。我只是过来看看。

拉纳：好的，您知道老板急着找他就行了。

拉纳回到车上，示意戴旭东离开院子。

拉纳让戴旭东把车子停在树丛里，他下车在村外等待着。

过了一会儿，老者出现了，他环顾左右无人，就大步流星地走向一处小路。

拉纳在后面躲躲闪闪，跟随老者来到一个只有几户人家的山村。

老者走向一户人家，敲门。基纳的妻子从里面出来开门。

拉纳迅速地冲上去，持枪把老者和女人同时逼进屋里。

基纳的儿子被惊醒，他惊恐地看着拉纳。

拉纳：告诉基纳，老板在找他。让他把酋长放了。

女人哆嗦着：我们不知道他电话，都是他打过来。

拉纳：把电话拿过来。

女人把电话拿过来。拉纳在上面翻看着。

拉纳打通一个电话，没有开机，接着又拨通一个电话，通了。

拉纳把电话递给基纳的儿子。

萨姆：爸爸，你在哪里？这个叔叔要带我去找你。

基纳：萨姆，你在哪里？

萨姆：在咱们家。

基纳：你妈妈呢？

萨姆：在旁边。

基纳：让你妈妈听电话。

拉纳示意可以听电话。

基纳妻子：这位先生让你把酋长放了，否则他会带走萨姆。

基纳：他是谁？

基纳妻子：不知道，他说两天内要是不放人，你就再也见不到萨姆了。

基纳妻子说着哭起来，电话挂断。

萨巴德听到电话，哈哈大笑。

基纳走过来，一拳把萨巴德打倒在地。萨巴德嘴角渗出血来。

萨巴德爬起来，那渗出血的嘴角仍然带着嘲讽的笑。

边境公路，阿里夫和那瑟在听基纳和妻儿的对话。

阿里夫：这是拉纳的电话，他打给了桑巴。这样我们就准确地知道了拉姆的位置，也知道了基纳羁押萨巴德的位置。兵分两路，一路去迎接萨巴德，一路继续追击拉姆。

那瑟：再派一路人，堵在边境，防止他们流窜出境。

老者走出基纳妻子隐居的小山村，掏出手机，拨通一个电话。

对方：有什么情况？

老者：刚才有人逼基纳的妻子找到了他。

对方：看起来是谁的人？

老者：好像是基纳认识的人，他一直没和基纳说话。

对方：继续盯着。

公路上，戴旭东和拉纳驶向基纳藏身的山区。

戴旭东拨通阿里夫的电话：关注发给你的号码，我已经出发，快到那里时，我再联系他。

阿里夫：我这里已经扑空了，他们不会那么老实的，都是惯匪。现在就该联系。

戴旭东：好的，让车队后面跟来。

戴旭东：拉纳，怎么办，我联系他，还是你？

拉纳：你联系他，他不知道底细。

戴旭东换用基纳妻子的电话，拨通了基纳的电话。

基纳在山洞里走来走去，他似乎想明白了。

基纳把电话打给拉姆。

基纳：老板，我不能打电话，他们已经监听了相关人的电话，我听到汽车队的声音，似乎是警察，必须往边境转移了。

拉姆：抓紧，走之前撕票，免得留下证据。

基纳：我们就去办，脱身后再联系。

基纳命令手下的几人撤离，自己独自走到萨巴德跟前。他拿起电话，交给萨巴德。

基纳：让你儿子放了萨姆，否则我就崩了你。

萨巴德拿起电话：孩子，做得对，不要管我，做自己该做的事。

拉纳：我会来救你，他的家人在我手里。

基纳把萨巴德捆在柱子上，用毛巾堵住他嘴巴，将自己的手机放在一边，然后迅速离去。

阿里夫和那瑟带着一队警车，驶往羁押酋长萨巴德的山洞。

闪耀的车灯在夜空划过，像一道道闪电。

车队按照卫星定位，逼近山洞。

突击队员进入山洞，给萨巴德松绑。

阿里夫和那瑟随后也进入山洞。

阿里夫：酋长先生，你受苦了。

萨巴德：快去追匪帮，他们没走远。

那瑟：我们有安排，谢谢。

基纳和手下把车停在丛林里，听到警车沿着山路驶过，才开始活动。

匪徒甲请示：我们去哪里？

基纳：扔掉所有手机，返回达尔港。

匪徒甲瞪大眼睛：回去！

基纳：出其不意，人群里最安全。

基纳发动汽车，朝着与警车相反的方向驶去，渐渐在暗夜里消失。

达尔港烤鸭店，戴旭东在京都包房里为松坂庆子庆贺生日，玛雅、戴娆和白逸轩一起参加。

松坂庆子穿着精致的紫罗兰裙服，头发做成马尾式。玛雅身着鲜艳的孔雀绿裙袍，头上裹着白色的纱巾。戴娆则穿着白底蓝花的旗袍。白逸轩是方巾道袍。戴旭东很别致地穿着日本寺庙里和尚的服装。

他们几个人走进包间时，互相打量，接着是戴娆和玛雅忍不住地笑起来。他们指着戴旭东的僧袍，咯咯笑个不停。

戴旭东：今天是松坂庆子女士的生日，我特意选了一件日本金阁寺的僧袍，代表僧俗两界的人共祈吉祥。

松坂庆子没有觉得滑稽，反而感动得泪光盈盈。

白逸轩：松坂庆子女士，今天是你的生日，给我们讲讲你的故事吧。

玛雅：你的爸爸妈妈一定也在为你祈福。

松坂庆子：我从生下来就没有见过爸爸，我妈妈很早就去世了，外公在寺院里，就像戴先生一样，穿着僧袍把我养大。

戴娆：那你为什么不寻找自己的爸爸呢？你妈妈应该告诉了你他的去向。

松坂庆子：我爸爸和妈妈是在苏联读书时认识的，他们很快相爱，随后就生了我。爸爸是中国人，他要把我带回中国，但妈妈舍不得，就把我带回了日本。不久妈妈就去世了，是外公把我养大的。

戴旭东：你外公是个了不起的人。

松坂庆子：外公是二战时的俘虏，他厌恶战争，回国后受到歧视，就一头扎进了寺院。

戴娆：现在通信网络这么发达，发个详细的情况，一定能找到自己的亲生父亲。

松坂庆子：我会那么做的。

戴旭东：祝你如愿。今天都是朋友，请你切蛋糕吧。

大家为松坂庆子唱起了生日快乐的歌曲，松坂庆子沉浸在欢乐之中。

松坂庆子把蛋糕一一分给大家。她走近戴旭东时，塞给他一个纸条。

戴旭东把纸条装进僧袍的内袋里。

戴娆走到身边和戴旭东耳语：我还是配合你的，可你是爱上她了吗？

戴旭东：还没有，只是同情她的处境。

戴娆：小心，她只是个诱饵。那个玛雅才真正爱你。

戴旭东：她说过，穆斯林的故事要讲一千零一夜的。

达尔港警察署，阿里夫和那瑟在研究匪情。

阿里夫：基纳的信息断线了，说明他潜往某地了，这意味着更大的危险。

那瑟：我们把酋长保护起来，重新利用一下拉纳的线索。

阿里夫：狗急跳墙，那会激发事态恶性发展的。我们需要一网打尽，抓着幕后人物的证据。

那瑟：实际关键人物是舒卡拉，抓着他的证据就抓住了一切。

阿里夫：目前掌握得还不够，需要进一步收集。

那瑟：可他逍遥一天就存在一天的危险。

阿里夫：他的后台是大西洋基金，证据不足就动手，他们会干涉的。我们还是从基纳突破，抓住他，顺藤摸瓜。

阿里夫的电话响了，是戴旭东的来电。

戴旭东：关注这个账户的往来。

阿里夫：明白。

达尔渔村临时房屋，张诗仪、何瑾带领黄翔、陈莹在招工。登记桌子前，聚集了一些年轻人，包括女人。

张诗仪：我们这次主要是招推土机手和医院的护工，搬迁户和占地户优先。

不远处，拉巴尔和几个人在窃窃私语。

拉巴尔：酋长现在下落不明，很可能已经是植物人了，你们怎么还敢去这样的医院。

几个村民有点犹豫，走到自己的家属面前，低语着。几个女人接着离开了招工现场。

曼扎拉带着几个女人来到招工现场。

村妇甲：曼扎拉，酋长在哪里，他的病怎么样了？

曼扎拉：酋长在北部的温泉疗养，他向大家问好，身体基本康复了。

拉巴尔插进来：那他为什么不回来和我们大家见面，难道他不管这里的事情了？

曼扎拉：你不是说酋长被收买了吗？我看也许是别人被收买了。

拉巴尔：那只是传言，第二笔补偿款已经发给我们了，我道歉。可是你不觉得酋长应当和我们大家见见面吗？

曼扎拉：见不见面是酋长的安排，但酋长是不是植物人我还是知道的，不是你拉巴尔在赛牛大会上说的那样，他不是植物人，他的身体在康复中。他回来会和你见面的。

阿尼亚来到招工现场，叫走了拉巴尔，说警察有一些事情需要调查。

警察甲：我们依照俾省和联邦法律对你进行司法调查。请问，你认识基纳这个人吗？

拉巴尔眼珠子转了几转：不认识。

警察乙：那么怎么解释你和他之间的通话记录。

拉巴尔有点慌乱：我不知道他叫基纳。

警察甲：那你认为他是谁？

拉巴尔：是桑巴的朋友，我们一起认识他的。他告诉我们的名字是吉姆，让我们给他采购过一些海产品。

警察乙：那你为什么要告诉他酋长在哪个医院。

拉巴尔更加惊慌：也许他会来看望他。

警察乙：那天酋长出院时，为什么告诉他真正的酋长刚出现。

拉巴尔惶恐：是他要我告诉的，我觉得好奇。

警察甲：这就够了，协同作案。对不起，你必须跟我们走一趟了，要进一步核实。

拉巴尔：我没违法。

警察乙：配合调查。

阿尼亚：请你们原谅他，他是个胆小的人。

警察甲：会查清楚的。

警察带走了拉巴尔，阿尼亚在哭泣。

达尔港建设指挥部，孙跃民和张诗仪、丁珂、黄翔、陈莹在研究工程进度。

孙跃民：目前招工情况顺利吧？

张诗仪：还算顺利，有个拉巴尔出来捣乱，被曼扎拉遏制了一下，后面就顺利了。

黄翔：我们已经安排了培训，明天就开始。

张诗仪：何瑾医生那里也已经安排了上岗培训。

陈莹：德国鲁姆集团总裁助理霍夫曼来函咨询，问我们是否要采购他们的重型起重机。

孙跃民：你们的意见呢？

陈莹：我们觉得应该采购一部分，同时大批量采购我们国产的重型起重机。但都需要一段时间才能运到这里。

孙跃民：那就抓紧签合同订货，不要影响施工进度。

张诗仪：鉴于目前的安全形势，我建议不要对外披露我们的采购计划。搞展览会时，境外记者故意渲染过我们缺乏必要的设备。

孙跃民：是要注意，我们的采购计划，内部掌握，作为秘密对待。对手一丝一毫也没有放弃对我们的进攻，还是要提高警惕。至于德国的设备，我自己去押运。

张诗仪：阿里夫先生让我们注意人员安全，他说对手已经完全诉诸暴力了。孙总，这种时候，您离开合适吗？

孙跃民：不是离开，是前往。这套设备几年前我曾经采购过，在押运过程中有过一番遭遇。我预感到，不会一帆风顺的，所以，我要亲自去押运。上货和途中有什么问题，也好处理。

张诗仪：我们员工的思想情绪还需要进一步稳定呀。

孙跃民：我建议就这次爆炸后的思想情绪，开一次民主生活会。关键的时候，要发挥党组织的作用。

另外，请给各部门再明确一条纪律，所有人外出必须结伴而行，同时要请假。所有的工程作业上岗，必须乘坐有当地保安人员参加的车辆。要给大家反复强调，我们的人身安全，已经不是个人安危问题，关系到中国企业的海外事业和形象。在一定意义上，我们已经没有牺牲个人的权利，因此，要珍惜这些属于中国整个海外事业的生命安危。

孙跃民关于人身安全的一番话，让在场的每个人，都获得了某种神圣的感觉。但隐隐约约，也增添了些许不安。

达尔港警察署，那瑟在突审拉巴尔。

那瑟：拉巴尔，你要知道，我们不掌握情况是不会找你来的。你的态度将会影响对你的处理。

拉巴尔：我没有参与基纳的任何暴力活动，请不要冤枉好人。

那瑟：你给他们提供了有关酋长住院出院地点时间的情报。

拉巴尔：我并不知道基纳的计划，只是朋友间的聊天。

那瑟：但你为什么要告诉基纳第二个酋长又出现了？

拉巴尔：是他要问的。

那瑟：你在那天连续打了两个电话，告诉基纳酋长的动向。你是否接受过他的经费？要说老实话。

拉巴尔：他给过我两千美金，要我为他买些海货。

那瑟：你还不肯配合，那我就实话告诉你，据可靠情报，他们已经制订了杀人灭口的计划，你的家人随时都处于危险之中。如果你不给我们提供真实情况，我们就不能有效地保护你。

拉巴尔的汗珠子从头上淌下来：这个基纳，真是毒辣，是他给我钱，要我给他打听酋长住院情况的。我不知道他是要加害酋长。后来爆炸事件后，我才知道他们是针对酋长的。但我已被他控制，只要不给他提供情报，按他的要求做事，他就要加害我的家人。我好糊涂呀，被他们套住了。

那瑟：这才是实话。现在有个立功的机会，你想办法和基纳取得联系，告诉他你一切平安，并且已经被达尔港工程招来做工，看他有什么要求，及时告诉我们。

拉巴尔：我做了这些，就不再问我的罪了吗？

那瑟：对，只要积极配合我们，提供信息，就免你的罪。

北京中国博海集团宿舍，小区里，满园的银杏、五角枫五颜六色。几个老人带着孩子在树丛间嬉戏。

黄道明拄着拐杖，站在窗户前面，欣赏着这和谐的画面。

他试着在屋子里走了几步，似乎不疼了。

黄道明兴奋地给孙跃民打电话，没有接通。他把电话打给丁珂。

黄道明：小珂，我是黄道明，你好吗？

丁珂：嗬，大难不死，必有后福，祝贺您。

黄道明：很想念你们，我想回去了。

丁珂：快回来吧，我们每天忙得鬼催似的。我们的海上英雄，现在因祸得福，还老受领导表扬呢。

黄道明：他压力很大，这个项目关注度太高了。

丁珂：你比张诗仪还讲政治。回来我给你接风。

黄道明把电话打给张诗仪。

黄道明：张总，我是黄道明，向你报告，我已经完全康复，申请归队。

张诗仪：太好了！工程启动后工点多了，人手都不够。孙总可能去渔村了，我会向他报告。

黄道明迫切地想返回项目部，他很想知道爆炸的内幕，想知道工程的命运，还想知道孙跃民的状态，他十分真切地感受到，达尔港项目已经是自己的情感所系。

达尔渔村，一片临时房屋错落分布在达尔河两岸的山坡上，一条土路蜿蜒其间。

孙跃民和丁珂去看望坎汉大叔。

坎汉大叔已经出院在家康复，他的妻子贝娜伺候他的起居。

孙跃民和丁珂走进来，丁珂用乌尔都语向他们表示问候。

孙跃民：坎汉大叔，我代表公司来看望您，您身体看起来恢复得不错。

坎汉：真主保佑，我捡回了一条命。住院期间，张诗仪老总已经代表公司来看过我，我很感激。再过些日子，我就可以自己行走了，只是我的肋骨断了几根，以后不能干重活了。

孙跃民：我们的项目已经全面开工，需要的工种工人很多，您不用发愁，还是好好养伤吧。

坎汉：也许我可以去操作码头上的搬运车辆，我不会被爆炸吓跑。

坎汉的妻子贝娜欲言又止。

孙跃民：我们首先要招推土机手。

坎汉的妻子贝娜：孙先生，坎汉不让我说，但我觉得您是好人，还是说真话吧。先前村民不愿到你们那里去工作，是因为要争取补偿款。现在是不敢去，怕有人会针对你们的工程再有袭击，人们会像坎汉这样受害。

坎汉：别说了，我不是受害！

孙跃民：谢谢您，我理解，大家担心还有恐怖事件。爆炸事件后，联邦政府已经加强了保安力量。听达尔港港务局主席赛义德先生说，很快就要成立特遣队，专门保卫达尔港相关项目。

坎汉：我是相信你们的，也相信一切都会好起来的，真主保佑，做好事的人应该得到保护。

北京中博集团总部，刘清云和陈可染、胡少峰在研究达尔港的事件。

胡少峰：我们接到匿名举报孙跃民独断专行，光抓进度和业绩，不注意抓安全措施和制度建设，工作中存在许多漏洞，使爆炸得逞，造成人员伤亡的举报信。

陈可染：我也接到了，主要是反映他之前就已经有过过失，爆炸事件再一次证明他不具备领导素质，使国家遭受重大损失，产生恶劣影响，应当给予严肃处理。

刘清云：我也接到了同样内容的信。如果是出于公心，向组织反映问题，用不着这样满世界发信。这已经不是单纯地反映问题，而是一种制造影响的做法了。

胡少峰：按照规定，是应当对爆炸事件进行责任调查的。我们要对交通运输部和国资委党组正式报告整个事件的调查结果和处理意见。

刘清云：有关事故处理的报告已经形成，可以先报出。关于责任追究，请少峰带领几名同志，代表集团党组，去进行调查，提出意见。但要注意，不要影响项目的进展，既要从严要求，执纪执法，又要保护干部的积极性，他们在国外，环境复杂，条件艰苦，要给予充分理解。

胡少峰：我们会注意方法，把握好工作分寸，力争促进和保障项目正常运转。

达尔港建设指挥部，办公区的灯光逐渐暗下来，大多数人已经返回宿舍。只有孙跃民办公室的灯还亮着。

孙跃民坐在办公桌前的椅子上，张诗仪隔着桌子，坐在他对面，两人正在谈话。

张诗仪尽量让自己的语气显得很平静：今天接到集团的通知，胡少峰副总带领联合调查组，将于明天到达达尔港，对爆炸事件进行责任调查。他让我通知你。我想，这是例行公事，孙总，你别有太大压力。

孙跃民：我本来就是负罪之身，这次，又死伤这么多人，影响了项目的进展，我心里很不好受！我当然是有责任的，背个处分，心里反而好受些。

张诗仪的眼神看起来很忧郁：这次爆炸的背景，比你想象的要复杂得多。大西洋集团一直不愿看到中国人在这里出现。可能他们的战略目标已经做了重大调整，已经由争夺变为毁灭。我们的项目只是个攻击点而已。

孙跃民：我们现在是最困难的时期。不能被恐怖袭击吓倒。工程展开后，需要更多的人到现场来，这就要鼓起一股劲来。我们的生活会，就以振作和鼓劲为主题吧。

张诗仪：调查组的人要参加。现在是海上作业、疏浚航道那部分最需要人，应当在那里成立个党员突击队。

孙跃民：我赞成，可能会有提振精神作用。

达尔港建设指挥部小会议室里，项目统筹部的人在张诗仪的主持下开生活会。胡少峰和调查组的几个人列席会议。

孙跃民：我想借这个机会，表达我内心里的无限忏悔和歉意。党组织把达尔港项目这么重要的任务交给我，但我没能完成好开工后的工作，顾此失彼，忽视了安全形势分析，也没有及时和巴布尔政府有关部门沟通，更没有积极主动取得国内安全部门的支持。因此，酿成灾难性后果，给企业和国家造成重大损失。我心里很痛苦，我申请接受组织对我的处理。但我还想继续留在这里，为这个我们流过汗，伙伴们流过血的工程出力，直到它建成，投付使用。

黄翔：我不认为这是孙总的责任，这是一次有计划有预谋的袭击，完全是敌对势力针对中国人的恐怖行动。对于一个企业来讲，这就是不可抗力，在性质上，和战争、地震、洪水等灾害是一样的。

陈莹：我也赞同黄翔的观点。特别是，爆炸事件发生后，我们的抢救和善后工作是及时的，而且，生产也没受影响。我倒觉得，我们比以前更坚定了，更懂得这个工程的意义了。我觉得我们应该受表扬，这些面对着死亡威胁的人，还在忘我地工作着。

丁珂：我不赞成受表扬，如果说出了伤亡事故，无论什么原因，我们没受到谴责，反而被表扬，那样就很滑稽。从内心里，我也觉得对不起那些牺牲的同伴。

张诗仪：我们今天这个会，主题是怎么面对爆炸事件带来的影响，希望把话题收回来。

丁珂：虽然大家没有明说，但还是有一种恐惧情绪存在的。国内的一家工程队宁愿接受毁约罚金也不愿再到这里来施工。这里的招工，挺受影响的。人们以为针对中国人的恐怖袭击会接二连三出现，谁也不愿来冒险。

张诗仪：但我昨天接到黄道明的电话，他已经基本康复，非常迫切地要回到这里来，和我们一起战斗。因为他对这个项目有深厚的感情。所以，我建议，在目前最艰苦和危险的海上作业队、疏浚航道工程中，成立党员突击队。让共产党员到最危险的工作面去，以此激发人们的斗志。同时，把爆炸事件发生当天，我们仍然在浇筑码头的感人故事，把黄道明脱离危险后第一句话是"谁在盯工程"，康复后，立即要求归队的故事告诉大家、告诉国内和媒体，我相信人们会到这里来的。

丁珂不解地看着张诗仪，她似乎觉得张诗仪是在唱高调，内心里觉得张诗仪是为了取悦孙跃民，才说这些豪言壮语的。丁珂自己也不知道为什么，张诗仪只要为孙跃民说好话，她就不由得想唱反调。调查组的到来，使得孙跃民和他的团队，心情变得复杂起来，孙跃民承受了空前的压力。

夜晚，达尔港海滨，胡少峰和孙跃民在散步。

胡少峰：跃民，刘总让我告诉你，一定要经受得住考验。出了爆炸事故，必须要有个责任调查和分析，这样对内外都有个交代。但我们的目的不是追究责任，而是要树立中国企业的国际形象。要让国际社会看到，我们的企业是成熟的，制度是健全的，职责也是明确的。你能够主动承担责任，说明了境界、觉悟，集团党组没有要你离开这里的意思，你不要有任何的松懈，要把项目的事仔细全面地抓起来，不要出现新的事态。

孙跃民：胡总，我内心有愧。我本来就是戴罪之身，组织信任我，才把我放到这么重要的项目上来，但没想到这里的情况这么复杂，我真的力不从心，顾此失彼了。可我对这里已经割舍不下，哪怕降级降职，我也愿意在这里工作。

胡少峰：不要过多考虑处理的问题，还是把注意力放在怎么杜绝类似事件的发生上，至少在内部做好我们应该做的。政府层面，有关部门已经和巴方深入研究过了。

孙跃民：如果从杜绝隐患来看，我觉得有件事值得高度重视。我们港口工程从德国购买的系列港口机械，特别是重型起重机，要经过亚丁湾，那里海盗出没，很容易被袭击。根据目前敌对势力已经诉诸暴力的情况看，他们完全有可能在索马里袭扰我们。如果港口机械不能到达，那将会严重影响我们的施工进度。

胡少峰：采取什么办法能解决问题？

孙跃民：正式申请海军护航，武装押运商船，这样才能确保万无一失。所以，我申请亲自去押运。黄道明来电话要归队，我想他可以先去和海军护航部队接触，配合行动，介绍情况。

胡少峰：严格说起来，你还在接受组织审查期间。但为了大局，我向刘总报告，请求他批准你前往。可你考虑过吗，如果再出现一点闪失，你都经受不起啊！

孙跃民：相对于重型机械运输而言，我宁可自己去冒风险，也不想让不熟悉的同志去，请您支持！

两人在谈话时，涨潮时的海浪一浪高过一浪，拍击着海岸，像是在衬托着紧张的气氛。

夜晚，职工宿舍，丁珂在宿舍里给黄道明打电话。

丁珂：你快回来吧，孙跃民大概要被调走了。他本来在马六甲事件中就已经是犯过错误的了，刘总考虑这里需要熟悉工程的人，他又有一些经验，就把他调来了。他今天在生活会上做了检查，检查组不会饶了他的。

黄道明：我马上回去，但说实在的，我可不想去接替孙跃民。现在这个项目，国内外都关注，稍有闪失，境外媒体会玩命炒作的。但我对这个项目有感情，还是想看到它建成的那一天。

丁珂：我怎么觉得你说话越来越像张诗仪，好像不食人间烟火的感觉。难道真的不考虑个人的升迁，机会来了，真的无动于衷？

黄道明：我怎么觉得你和张诗仪有什么过节似的。

丁珂：没有，我就是觉得她有点装着。

黄道明：你不是因为她太靠近孙跃民了？

丁珂：别给我下套，我才不管他们的事呢！

黄道明：哈哈，后天见。

夜晚，桥本的酒店公寓，桥本和舒卡拉在密谈。

舒卡拉：爆炸事件后，人们不敢去中国企业应聘了，这就是效果。

桥本：但我觉得还不够致命。他们的工程还干得很来劲。

舒卡拉：中国博海集团已经派人来调查事故，可能要按照中国的习惯，追究他的责任。孙跃民要是被处分，那就构成心理恐慌了，这不是致命的吗？

桥本：他们会换一个人来接着干，我们的目标是夺回达尔港的建设权，或者毁掉一切。

舒卡拉：有时候，我觉得中国人挺弱智的，爆炸事件，明明是来自外部的，他们却在内部搞什么调查、分析，南辕北辙。就凭他们这样的智商和见识，怎么是我们的对手？！你不久就会看到致命一击的，只是，要及时打款。

夜晚，刘清云家，刘清云在和胡少峰通话。

刘清云：这个孙跃民，真是一根筋。上次在马六甲，光屁股被救上来，这次又要去红海，如果再遇到索马里海盗，岂不就麻烦了。他现在已经经不起再出事了。

胡少峰：我建议批准他，别的人不如他熟悉航运业务，而且确实需要海军护航。希望集团尽快和军方联系，按照有可能遭受海盗袭击来制定方案。

刘清云：好吧，要把情况在内部讲清楚，避免产生误解。

夜晚，达尔酒店，乔虹在做梦，孙跃民出现在她的梦境里。

孙跃民驾驶着万吨巨轮在海上航行，甲板上装着集装箱。陡然间，海上波涛汹涌，海啸出现。万丈海浪，霎时便吞没了孙跃民驾驶的万吨巨轮。

孙跃民在海里沉浮，他游向一个防撞橡皮胎。一群鲨鱼看见孙跃民，它们游过去，顷刻间，把孙跃民撕成碎片。

乔虹突然惊醒，大喊一声：孙跃民！

她坐起来，看看时间，凌晨一点。实在憋不住，她拨通了孙跃民的电话。

孙跃民正在宿舍写情况说明。

乔虹：对不起，我做了个噩梦，梦见你被鲨鱼吞噬了。心里很恐慌，就打给你了。你没事吧？抱歉。

孙跃民：我还没睡，正在写爆炸事件的情况说明。我没事，你睡吧。

乔虹：我听戴旭东说，你们集团派来个调查组，正在调查事件起因，要追究责任了。

孙跃民：没那么严重。首先需要定性的是爆炸是否是不可抗力，如同地震、洪水和战争等。这样，就不会随意把责任强加于人。

乔虹：你不觉得寒心吗？你把身心都献给了中国博海集团的事业，爆炸的当天，还在码头上浇筑地面。这些领导层都视而不见，却来追究你的责任。这就是没娘的孩子，有人打，没人疼。

孙跃民：这并不意味着我失去了信任，我还在工作。我对这个工程，已经有了深厚的感情，不可能离开了。

乔虹：好吧，你感觉好就行。

胡少峰带领的调查组，在找项目部的人谈话，气氛显得有点紧张，整个达尔港建设指挥部笼罩在沉闷的气氛里。

胡少峰、调查组员甲和张诗仪谈话。

胡少峰：诗仪同志，请你给我们谈谈爆炸事件中，孙跃民的责任。

张诗仪：胡总，我觉得，我们班子成员都有责任。我们对于巴布尔错综复杂的形势估计不足，尤其是对敌对势力采取暴力手段认识不足。在这里，已经不是一般的企业竞争，早就演变为特殊的战争了，这确实是境外企业遇到的崭新课题。所以，我认为，如果要追究责任，班子成员都有责任，不是孙跃民个人的责任。

胡少峰：孙跃民是班长，当然要首先承担责任啊。他对于可能出现的爆炸和恐怖袭击有过研究分析和具体预防措施吗？

张诗仪：当然有啊，我们采取了一个企业所能采取的所有措施，诸如安全教育，工点和工作面的保安措施，指挥部和职工宿舍的安保人员配备，等等。但爆炸发生在上班路上，它已经超出了一个企业所能控制的范围。胡总，作为一名共产党员，我如实地汇报我个人的想法，我认为不应当追究孙跃民的个人责任！

胡少峰：你不要激动，组织上会考虑这个事件的特殊性。但我们制度的严肃性必须维护，中国企业在海外的形象要维护，这是大局。

检查组的另外两名同志在和丁珂谈话。

调查组乙：丁珂同志，你谈谈孙跃民在爆炸事件中的责任。

丁珂：我觉得这确实是个特殊的事件。孙跃民作为主要负责人当然有责任啊。我觉得他对整个安全形势，就没有个准确的判断，在接二连三发生针对项目的恐怖事件后，仍然没有引起足够的重视，还按照常规安排施工程序。事件发生后，没有亲自主持救治工作，而是去了工地。特别让人难以理解，我感觉这里面似乎有个对同志的感情问题，我们当时都非常难受。

调查组丙：你认为孙跃民应当承担什么责任？

丁珂有点含糊：我只是在说自己的感受，我并不知道具体是什么责任。我觉得应该让他检查、反思自己的错误，特别是对同志的感情、态度。但我建议不要给他什么大处分，毕竟我们都很难受的。

调查组乙微笑着：你觉得自己前后的意见是否矛盾呢？

丁珂有点窘：我并不负责给人家定什么罪，我就是觉得他有点无情。

调查组丙：那你觉得孙跃民还适合继续担任项目负责人吗？

丁珂：啊！不不不，我可不想发表什么意见，这都是组织上决定的事，要论业务能力，没人比得过他呀。

夜晚，项目部办公室，孙跃民在写报告，张诗仪给他发来微信：孙总，建议您再慎重考虑去德国押运起重机的事，现在项目部的气氛很压抑，人们议论纷纷。这种时候，主帅离位，对稳定人心不利啊！请三思。

孙跃民眼前闪过张诗仪忧郁的眼神：这次爆炸的背景，比你想象的要复杂得多。

孙跃民回复张诗仪：保障起重机的安全运输，和这里的稳定同样重要，这是我的逻辑！这里的事情，拜托你多操点心吧。我会说服黄道明，先去配合海军护航。

张诗仪回复：佩服，真够犟的。

丁珂也给孙跃民发了微信：孙总，我今天可能说了错话。他们问我你是否有责任，我说了你有责任。没想到他们后面竟然问，你还适合不适合继续担任这里的负责人，我觉得挺恐怖的。你不能离开这里！

孙跃民眼前掠过丁珂在生活会上的发言。

孙跃民再看一遍丁珂的微信，然后把手机放在一边，继续写报告。

丁珂躺在宿舍的床上，拿着手机，看了一遍又一遍，还是没有孙跃民的回复。她自言自语：生气就生气，没啥了不起的！

丁珂把手机扔在一边，倒头睡下了。

孙跃民看看表，接通黄道明的电话。

孙跃民：道明啊，几次都没通成话，你身体怎么样了？

黄道明：我身体完全好了，张诗仪没有给您报告吗，我明天就启程，返回项目部。

孙跃民：道明，需要你改变一下行程，先去集团总部见陈总，和他一起去海军护航，配合海军的行动。

黄道明：哎呀，我刚知道，没有思想准备啊。

孙跃民：对不起，忘了早告诉你了。目前看，我们的项目被特别关注了，对方已经不惜制造流血事件来阻止我们，那么他们一定会在我们的设备运送和采购上做文章。我已经给集团领导报告过了，我去押运，你去护航，这样便于海军了解情况。你要辛苦些了。

黄道明：好吧，既然已经定了，我就去了，祝您顺利。

朱浣在一旁听着黄道明和孙跃民的对话。

朱浣：那就是说，你要去配合海军护航了。

黄道明：是啊，这里确实需要人，但也不该完全不打招呼就决定，让人接受起来有点别扭。

朱浣：你们这个老总，是不是资格很老，有点霸道啊？

黄道明：他确实经验丰富，锡卡工程就是他主持的，但还没完成，那也不算什么政绩啊。

朱浣：他上面有人吧，要不然不会这么使用他，屡战屡败的。

黄道明：也未见得，这次还不知他能否顺利过关。

德国埃姆登港，船来船往，码头上一片繁忙。

孙跃民和黄翔出现在码头上，鲁姆集团总裁助理霍夫曼陪同他们去看货物装箱。

一艘巨轮，悬挂着中国国旗，停泊在埃姆登港。

船上的门式起重机正在吊装集装箱。

孙跃民、黄翔和霍夫曼登上巨轮，查验货物。

孙跃民和黄翔逐一打开集装箱货柜门，检查装箱后的货物。黄翔在货单上做着标记。

埃姆登港海关，三丰港务集团的池田带领着助理宫本在申请报关。

池田请海关职员帮助他查询报关的手续。

池田：是十台码头起重机，鲁姆集团的产品，是否已经通关？

海关职员：是的，中国商船"青岛号"，正装船。

池田：何时启航？我们说好要搭乘的。

海关职员：这上面的日期是没用的，要看天气风向。

池田：我们去找他们，也许还有空箱。谢谢。

埃姆登港口码头，池田和宫本穿过货物堆积的港口，在深水码头前寻找到一个合适的观测角度。

池田拿过宫本递给他的望远镜，里面显示出孙跃民和黄翔、霍夫曼在开箱查验货物的情景以及中国远洋"青岛号"的船徽和标识。

池田拨通舒卡拉的电话。

池田：是中国远洋集团的"青岛号"。

舒卡拉：明白。

夜晚，亚丁湾外塔提岛，一辆黑色雪豹越野，急速地驶进月光兔俱乐部。

越野车停下来，从车里走出来身穿白色休闲装的舒卡拉。

月光兔俱乐部的夜晚异常热闹，舒卡拉走进大厅，一名肤色黝黑的彪形大汉走进来，他用法语在询问舒卡拉有什么需求。

舒卡拉：我想见见夫人。

彪形大汉：有预约吗？

舒卡拉：有，你告诉她，新订单来了。

彪形大汉走进去，片刻，他出来带领舒卡拉上了二楼。

巨大的卧室兼客厅里，肥胖的萨莉夫人在看油画，那是复制的高更油画《塔希提妇女》。

舒卡拉走进来，注意到桌子上有一尊猫头鹰座钟，嘀嗒作响。

萨莉夫人回过身来，上下打量着舒卡拉。

萨莉夫人：第一次来吗？

舒卡拉：来过，不是为订单。

萨莉夫人：多大的面额？

舒卡拉：两百万美金。

萨莉夫人：那就去找水鬼吧，他会在午夜时出现。

舒卡拉：好啊，您的安排当然是最合理的。

萨莉夫人：还有两个小时，你可以去看看表演或者去看看姑娘们。

舒卡拉：好啊，先看看表演。

舒卡拉随彪形大汉来到楼顶的露天酒吧。

海岛很静谧，但露天阳台上却很热闹。若明若暗的灯光下，半裸的侍女穿梭在形形色色的游客间，给人们送来充满各种激素的饮品、酒精。舒卡拉找个角落坐下来，让侍者给送来一杯鸡尾酒。

草裙舞的音乐从人们脚下升起来，弥漫在阳台上。一群混血的马加女郎摇摆着出现了。一阵抒情的音乐之后，出现了急促的鼓声，节奏鲜明的草裙舞旋律中，女郎们扭动腰肢，掀起一阵热浪。

午夜时分，阳台上在表演钢管舞，来自欧洲的女郎像蛇一样在钢管上盘旋。

萨莉夫人的办公室里，女秘书递给她一份资料。

萨莉夫人翻看着舒卡拉的简历。

大西国海军太平洋舰队某舰艇大副，因撞船事件被免职。

萨莉夫人看过资料，按铃让彪形大汉进来。

萨莉夫人：带他去见水鬼。

阳台上，一名女郎正在钢管上盘旋。彪形大汉走近舒卡拉低语，舒卡拉随他离去。

紫红色的灯光里，一张巨大的床上，水鬼哈桑左拥右抱着月光兔女郎，两个妓女在给他服务。

舒卡拉走进来，在一边的沙发上坐下来。

哈桑坐起来，挥挥手让妓女们离开。

哈桑：听萨莉大婶说，你有事要办。

舒卡拉递过一张航海图，上面标有航道航线。

舒卡拉：几天后，中国商船"青岛号"将在这里出现，集装箱里是系列起重机的装件，雇主希望看到它粉碎的样子或者沉没。

哈桑：萨莉大婶告诉你付款的方式了吗？

舒卡拉：是的，第一笔款会在三天内到账。

哈桑：成交。在这里睡个好觉吧，这里的女郎挺会让客人消除疲劳的。

中国博海集团副总裁陈可染出现在中国海军保障基地——吉布提海军保障基地，海外部经理叶成修和康复后的黄道明与他一起来见海军护航部队司令肖剑雄，并和他们一起研究护航方案。

海军护航部队司令部里，作战部的参谋们把陈可染他们带到巨大的沙盘前。

沙盘显示了阿拉伯海和整个印度洋的航道和海图。

作战参谋甲介绍：我们分析，一般索马里海盗出没的地方是亚丁湾这段最窄的海域，只有三十七公里。但目前人们并不能准确掌握海盗船的行踪。所以，给护航增加了难度。我们的方案目前是按照商船的要求制定的。

陈可染：道明，你来介绍一下货物的情况。

黄道明：我们的集装箱从德国埃姆登港起锚，经过地中海、苏伊士运河、红海，然后到达达尔港。我想我们的护航应当从红海开始，经过亚丁湾，然后经阿拉伯海到达目的地达尔港。

陈可染：这批集装箱货物是我们港口机械的一部分，安装之后，就可以交付运营了。请首长理解我们。

肖剑雄：好的，情况说清楚了。我们以驱逐舰为核心组成护航编队，从苏丹港开始经亚丁湾到达尔港。请陈副总裁和黄道明副总指挥、叶成修部长登驱逐舰参与指挥。

戴氏烤鸭店总裁办公室里，戴旭东和阿里夫在谈话。

阿里夫接过戴旭东递来的一杯红茶。

阿里夫：那个账号，是注册在迪拜的一个公司，国际刑警组织提供的咨询报告披露，这是个国际贩毒或者是索马里海盗的代理公司。因此，三丰港务集团一定是给了这个组织新的订单。

戴旭东：那就对上号了，孙跃民告诉我，他去德国押运港口机械了。看来，他们要对这批货物下手。

阿里夫：我们目前对索马里海盗还没有有效的办法。中国海军已经和巴布尔军方联系，他们护航到卡加奇和达尔港的海域后，就把护航任务转交给巴布尔海军，这样，看起来是安全的。

戴旭东：我们不能直接去做做索马里海盗的工作吗？

阿里夫：与虎谋皮，没干过。

戴旭东：我听说，日本有个寿司店老板木树清和他们有合作，也许木树清可以和他们谈谈条件。

阿里夫：大胆的想法。你觉得木树清会和你合作吗？

戴旭东：会的，有利益就有合作者，对于日本人来说，更是如此啊。

阿里夫：那还来得及吗？

戴旭东：双管齐下，一方面直接找舒卡拉，一方面去见木树清，摸索马里海盗的线索。

阿里夫：好吧，我派个便衣小分队配合你。

戴旭东：不，咱们一起去。

阿里夫：好吧。

戴氏商务中心，戴旭东出现在手机展卖和网络服务中心，他来到手机柜台前。

售货员是巴布尔女郎，她微笑着走过来。

售货员：我能为您做点什么？

戴旭东幽默地说：有可以在月球上用的手机吗？

售货员莞尔一笑：有在海底用的，OPPO10。

戴旭东：好吧，来一款，在红海附近用，配置和当地的网络相容吗？

售货员：没问题，他们那里的网络是我们帮助建立的。苏丹、也门、索马里等，吉布提有个大的发射枢纽。

戴旭东：好，就这款，OPPO10。多少钱？

售货员：一百九十八美元。

戴旭东：好贵。

戴娆在经理室里无意间看见戴旭东在OPPO柜台前购买手机，就下楼来见他。

戴娆悄无声息地走到他身边。

戴旭东装好手机，一转身看见戴娆，做了个鬼脸。

戴娆：玩什么呢？

戴旭东：帮你做做市场推销，准备带到非洲去。

戴娆：走，看看我的总控室。

总控室里，戴旭东看到各个柜台的场景。

戴旭东：你的摄像头很厉害啊，可以代替人的监视。

戴娆：什么时候还我的钱，救灾给你垫的款。

戴旭东：哈，我以为你都忘了呢，你让你们的财务把清单给我吧。

戴娆：不许再耍赖。你买手机干什么？

戴旭东：我试试你的手机功能，准备在海上用。

戴娆：那可不行，那需要海事电话的，你在维和机构干过，不可能不知道，又逗我。

戴旭东：你可以帮我约约舒卡拉吗？他能帮我联系通用电气吗？这里需要大容量的空调和冰箱。

戴娆：你为什么不用海尔和三菱？

戴旭东：巴布尔官方愿意要美国货。

戴娆：我这就联系。

舒卡拉的电话无人接听，听筒里出现了法语的提示。

戴旭东：在法国，那就等你消息吧。

戴娆：咱们合作。

戴旭东：可以，你提方案。

戴娆：我百分之五十一，怎样？

戴旭东：可以，谁叫我是哥哥呢！

夜晚，心神不安的松坂庆子回到公寓，换上睡衣，坐在沙发上发呆。

一阵若隐若现的音乐飘过来，似乎是柴可夫斯基的《第五交响曲》。

服务生敲门，松坂庆子开门。

服务生推进来一台安装好的音响，正在播放柴可夫斯基的《第五交响曲》。

音响上插着个便签，一行英文写的留言：送给你一段音乐，也许是父辈的记忆。

松坂庆子接到戴旭东的电话：谢谢您的音乐，您回达尔港了吗？

戴旭东：回来了，方便拜访您吗？

松坂庆子：当然，您可以随时过来。

敲门的声音。

松坂庆子开门，戴旭东出现在她的面前。

松坂庆子喜出望外，但压抑着，羞涩地把戴旭东让进来。

松坂庆子：您终于出现了，前几天，这里发生了爆炸事件，人心惶惶的。

戴旭东：是桥本指使的吧？那个账户是一家瑞士银行的，我的朋友说，国际刑警组织调查，他是个国际贩毒或者索马里海盗的代理机构。

松坂庆子：我一直不愿接受他们在搞暴力的事实，心里不是恐惧，而是厌恶。好可怕，难道非要这样吗？

戴旭东：所以，善良的人需要防止这种罪恶的发生。你的任务是什么？

松坂庆子：三丰港务集团的公关，联络戴老板的专员。

戴旭东：具体任务？

松坂庆子：让你和我们合作，也获得内部信息，他们知道你是总统助理推荐来的。

戴旭东：你可以帮我联系木树清吗？那个在索马里捕鱼的日本人。

松坂庆子：当然可以，你要找他做什么？

戴旭东：我要把他引到这里来，开寿司店。

松坂庆子：这个消息可以告诉桥本吗？

戴旭东：当然可以，我和日本人合作，他会高兴的。

松坂庆子：那我是否可以有个正当理由和你去索马里？

戴旭东：当然，你可以说我邀请你去帮我联络木树清。

松坂庆子：我们之间可以相互信任吗？

戴旭东：因为你的身世，我应该信任你，可现实的动机是什么？我拿什么相信你？

松坂庆子：女人只相信自己的感觉。本来我只是为了博取你们的同情，接受我，取得信任，这也是三丰港务集团的要求。但我觉得他们有点走得太远了，无论什么样的暴力都是灭绝人性的。

戴旭东：听起来似乎是真实的感受，你觉得一个男人会这么简单地相信一个女人？

松坂庆子有点愠怒：男人都是多疑的，这也正常，难道我提供的账户是假的？

戴旭东笑了：我宁可相信你的眼神。

松坂庆子羞涩地低头，悄声说：我们听听柴可夫斯基的《第五交响曲》吧。

戴旭东与松坂庆子坐在沙发上，静静地倾听柴可夫斯基的《第五交响曲》。

两个人渐渐依偎在一起。

三丰港务集团项目部，松坂庆子在给小泉和桥本汇报情况。

松坂庆子：戴旭东让我联络木树清，他要和木树清合作，把他的寿司店引到达尔港来，请您指教，可以帮他联系吗？

小泉和桥本交换一下眼色：你觉得他的真实目的是干什么？

松坂庆子：我想他是要接近索马里海盗吧。

桥本：嗯，你很聪明。难道他有什么业务吗？

松坂庆子急速地思考着怎么回答，她当然不能说是为了了解三丰港务集团的行踪，可他的业务是什么？他说出来的是开餐馆，真实的目的确实不知道啊！

松坂庆子：他说是引进木树清开餐馆，他是好奇心很强的人，但还有什么业务，我确实没搞清楚。

桥本：我们和戴旭东是合作伙伴，你陪同他去联系业务是合情合理的。我只是觉得你应该搞清楚他的目的，这是你的任务。

松坂庆子：哈依。

松坂庆子谦卑地退了出去。

桥本：你觉得这个松坂庆子忠诚吗？

小泉：她是董事会推荐的人。董事会说她是忠于职守的人，业务还是很娴熟的，但内心怎样，还需要深入考察。

桥本：她现在了解的情况已经超出了我们对她的了解程度了，公司以外的那些业务，还是要注意保密的。

小泉：是的，即使她是忠诚可靠的人，有的业务还是不能让女人参与的，毕竟女人容易变化。

桥本：你是说，她最近有什么不对劲吗？

小泉：她最近在公司里变得活跃了，好像对那个戴旭东很有好感。女人如果动了情，很危险。

桥本：先让她去吧，再观察一下，对松井会长也有个交代。索马里的事情只有舒卡拉知道。

亚丁湾，一个中型的渔船码头，大大小小的渔船进进出出，卸下一筐筐鲔鱼。木树清坐在一艘游轮的甲板上，叼着雪茄，欣赏着眼前的画面。

戴旭东和松坂庆子来到游轮上。

松坂庆子走近木树清行礼，问候。木树清起身还礼。

松坂庆子：松井会长让我来拜访您，请多关照。这是我的合作伙伴戴旭东先生。

戴旭东：久仰您的大名，特来拜访。

木树清：不要客气，既然是松井会长介绍来的，就请直说吧，需要我帮什么忙？

戴旭东：那我就不客气了。我的朋友有一批货物要经过亚丁湾，但有人要抢劫这批货物，他们雇用了这里的海盗团队。目前我不知道这个团队是谁，可不可以通融通融，让他们手下留情。

木树清：这个事情难度太大了，索马里海盗也是有自己的规矩的，他们接了别人的单，就要想办法兑现，没有特殊的理由，很难做他们的工作。何况，他们还要躲避官方的围剿。

戴旭东：如果给他们足够的利益，他们会改变计划吗？

木树清：他们会权衡的。

戴旭东：你方便告诉我去找谁联络吗？

木树清：这个当然可以。去马加找萨莉夫人，她会帮你联系到相关人的。

戴旭东：谢谢。顺便问问，您有兴趣到达尔港开寿司店吗？我可以给您提供商铺。

木树清：好啊，过了渔汛期，我去巴布尔找您具体协商。

戴旭东告辞离去。

木树清拨通松井会长的电话：松坂庆子带来的一位姓戴的，来找索马里的船帮，我让他去找莎莉夫人了。

松井会长：好的，有情况及时通报给我。

索马里国际刑警办公室。

阿里夫带着行动小组的人来见索马里国际刑警的负责人迪马。

迪马：欢迎您到来。我接到通知，配合你们采取行动，这股海盗，是我们追踪很长时间的一伙惯匪。但他们总是到处流窜。平时在境外，作案在公海，所以一直没有追捕归案。

阿里夫：我们的兵力有限，不能采取围剿基地的做法，只能采取擒拿首领的做法。

迪马：如果是在索马里境内，我们会配备足够的警力，请您放心。

夜晚，月光兔俱乐部，戴旭东来到酒店大堂，彪形大汉走过来询问。

戴旭东：我找萨莉夫人。

彪形大汉：有预约吗？

戴旭东：你告诉他，新订单。

彪形大汉：您在这里等会儿，我去报告。

片刻工夫，彪形大汉带领戴旭东来到萨莉夫人的客厅，她正在用纸牌算命。看到戴旭东走进来，她示意戴旭东先坐下。

萨莉夫人摆完手里的最后一张牌，拍拍手，走过来坐下。

戴旭东在屋子里扫了一眼，觉得桌子上的猫头鹰造型很独特，好像是个座钟，但猫头鹰的眼睛闪闪发光。

萨莉夫人：什么订单？

戴旭东：我有个朋友的货要经过亚丁湾，听说他的仇家在这里找了人，要截留这批货物。我们想把这个订单买回来。

萨莉夫人：你是说替他付钱，让他们别动手。

戴旭东：是的。

萨莉夫人：这会坏了规矩。

戴旭东：有别的办法吗？

萨莉夫人：既然你是木树清介绍来的人，我想你应该去见见那些捕鱼的人，也许能有个办法。你朋友的货物什么时间过来？

戴旭东：下月初，大约6号，中国商船"青岛号"经过亚丁湾。

萨莉夫人：不太记得了，你去见见水鬼吧，他午夜时来。

戴旭东告辞离去，彪形大汉带他来到顶层的露天舞场，那里正表演草裙舞。

萨莉夫人拍拍手，女秘书走进来。

萨莉夫人指指猫头鹰座钟。

女秘书从猫头鹰座钟后面，拿走一个盒子。

酒店房间，松坂庆子在和小泉通话。

松坂庆子：他确实是见了木树清，但他是为了找海盗来通融什么事情。现在，他可能去马加岛的月光兔俱乐部找萨莉夫人了。我在这里等他回来。

小泉：除了木树清，还见什么人没有？

松坂庆子：没有，有情况我及时报告。

萨莉夫人办公室。

女秘书给萨莉夫人递过戴旭东的资料。

萨莉夫人看到戴旭东的简历，发现只有在浙江和土耳其读大学的经历，后面没有经商的记录，她心里一团疑云。

萨莉夫人让秘书接通舒卡拉的电话。

萨莉夫人：你可知道有个姓戴的人，他和你的业务有关吗？

舒卡拉：是对手方的，小心。

萨莉夫人：知道了。

萨莉夫人：找水鬼来。

水鬼来见萨莉夫人。

萨莉夫人：我们遇到了危险，一名华裔商人找来要谈生意。但奇怪的是日本的右翼商会会长介绍来的。你可能要准备一个躲避的方案。

水鬼：我们直接做掉他不就省事了。

萨莉夫人：可能他背后还有人，你随机应变吧。小心是国际刑警的圈套。

午夜，彪形大汉来到顶层露天演出场，走到戴旭东跟前，低语。

戴旭东随他来到楼下，彪形大汉引导他来到停车场一辆雪豹越野车前，彪形大汉嘱咐司机把戴旭东送到水鬼那里去。

停车场内一辆奔驰里，阿里夫和行动小组的人紧紧盯着雪豹越野。

雪豹越野发动，离开停车场，驶向暗夜中。

阿里夫的奔驰也发动，在后面跟随着雪豹越野。

雪豹越野开往码头，穿梭在芭蕉树林的公路上，小岛的夜色很美。

阿里夫的奔驰在后面紧紧跟随。

水鬼接到舒卡拉的电话。

舒卡拉：船长，放弃诱饵，赶快撤离。

水鬼：为什么，我直接做掉他。

舒卡拉：他可能是国际刑警组织的人，会招来大规模围剿，那就破坏了我们的计划。

水鬼：行，饶他一命。

雪豹越野司机接到水鬼的电话，是索马里的土语。

司机接完电话，把车开往一条岔道，逐渐离开公路。

阿里夫的奔驰继续跟随。

雪豹越野司机把车停在一片芭蕉林前。

司机用法语说：就在这里，前面有人在等你。

戴旭东走下车来，眺望远处。

雪豹越野司机转头开走了。

戴旭东朝前面走去，月光下一片寂静。

水鬼哈桑接到雪豹越野司机的电话，听说戴旭东被扔到芭蕉林了，他不禁哈哈大笑。

月色下，戴旭东狼狈地离开芭蕉林，一步一步地往公路走去。

阿里夫的奔驰越野来到他面前。

阿里夫打开车门，奚落戴旭东：芭蕉林的夜色很迷人吧？

戴旭东：你的小组怎么才来呢！

红海，中国商船"青岛号"驶过苏丹港，出现在洋面上。

商船上堆放着集装箱，孙跃民和黄翔再次查看起重机货箱。

黄翔：孙总，船上不会出什么问题，只要驶过亚丁湾，就应当风平浪静了。

孙跃民：不能大意啊！当年，我也是从欧洲押运商船，过了亚丁湾，平安无事，谁知道在凌家卫，马六甲海峡与军舰相撞。我从甲板上被撞到空中，掉到水里，差点喂了鲨鱼。正好南海舰队的海军参加东盟论坛的联合演习，他们派直升机搜救，才把我从鲨鱼嘴里夺回来。

黄翔：大难不死，必有后福。我们这次有海军护航，应当没事。

孙跃民：还是要做好各种准备。戴旭东说，他们已经确切地知道，我们的竞争对手雇用了索马里海盗，外号叫水鬼的海盗团伙准备在亚丁湾实施抢劫计划。他们前期准备采取措施围剿这个团伙，但反而被他们给耍了，很狡猾的。

黄翔：戴旭东的真实身份是国际刑警还是国家安全局的人？

孙跃民：都不是，他最初是国家安全局的外围人员，后来因为自愿到联合国维和机构工作，被我们有关部门吸收为编内人员。现在，只是个退伍军人，喜欢冒险。因为他父亲常年在国外经营餐馆，他自己又在土耳其马尔马拉大学读过书，所以经常派他到海外做事。

黄翔：我发现他很机灵、幽默，女孩子们都喜欢他。

孙跃民：是啊，多情种子，好像和谁都是倾心相爱的样子。不过，确实是好人，那次在凌家卫，要不是他及时赶到，我真就没命了。

黄翔：孙总，我问您个私人问题，如果这次调查组要给您处分，您还愿意继续在这里干吗？

孙跃民：当然会有想法了，但我确实不想放弃啊。最困难的阶段我们都熬过去了，这批设备安装上，我们工程离竣工就不远了，能够在这里迎来港口运营的日子，那多来劲！

黄翔：我听丁珂和陈莹说，调查组这几天一直在问，您是否还适合继续任职。

孙跃民：任职和去留不是一回事，不任职也可以留下来啊。

黄翔：要不是和您在一起工作这段时间，我会觉得您这是唱高调。您是个性情中人，冒犯您一句，容易感情用事。

孙跃民：我在锡卡工作，刚把项目拿下来，就被抽回集团，在海外部没干多长时间就被派到这里，打一枪换一个地方，很缺乏成就感。你想想，这里好不容易见到曙光了，我再离开，心里啥感觉！

黄翔：我们都不想让您离开。经过这一次次的事情，大家在一起就好像一家人一样了，谁离开心里都难受。丁珂给我来电话，说着说着还哭了。她说她没心没肺，看着张诗仪别扭，就故意说些牢骚话，别人还以为她对您有意见呢。

孙跃民：唉，我比较粗心，没看出来她们之间的不和谐。

黄翔：黄总就比您细心，他早看出来她们之间不对付。

孙跃民愣了一下：女同志在一起很难完全和谐。

第四章

亚丁湾，从海上看去，风平浪静。

它位于阿拉伯半岛的南部，北纬12度至17度，东经42度至52度。这片水域，连接着阿拉伯海和索马里海，面积约220万平方公里。北部与红海相连，南部则通往印度洋。

中国海军护航舰队在苏丹港外的红海海域等待护航。由三艘舰艇组成护航编队。驱逐舰居中，两艘护卫舰分列左右。

中国商船青岛号在红海海域出现。

驱逐舰指挥室里，肖剑雄、陈可染、叶成修、黄道明等在看屏幕显示。

肖剑雄：给"青岛号"信号，让他们不要偏离主航道，直接驶入护航编队。

作战参谋：是！

中国商船"青岛号"驾驶舱。

船长和孙跃民、黄翔接到海军驱逐舰信号，船长接通海事卫星电话。

船长：肖司令，"青岛号"接到信号，我们已经过了苏丹港，正按照坐标航行。

驱逐舰上，肖剑雄：好的，呼叫系统开通，随时联络。

亚丁湾一个私人捕鱼码头上，水鬼哈桑团队的首领们在碰头。

一艘改装的渔船，四艘快艇停泊在码头，准备出发。

水鬼哈桑给他们交代任务：

鲨鱼，你们的快艇去吸引护航舰，把他们引开些，然后掉头返回，让他们以为是要去冲击商船，如果它们掉头了，你就回来靠岸。

上尉，你的船稍后点出发，直接去冲击商船，发射火箭筒，燃烧弹。击中目

125

标后立即返回靠岸。

我会驾驶大船去完成重打击。

鲨鱼和上尉看看水鬼哈桑，点点头，拿起火箭筒，跳上自己的快艇。

五艘海盗船驶向公海。

索马里海港码头，戴旭东、阿里夫和索马里国际刑警负责人迪马在一艘炮艇上出现，他们周围一共三艘海上巡逻舰，每艘舰上都配备着一百五十毫米的大口径远程火炮，射程在二十海里以上。

炮艇正驶向公海。

迪马上校：我们这次也许能够咬住他们，前几次都被他们溜走了。

戴旭东：上校，我想提醒您，阻挡他们毁坏商船上的货物是我们的重点。

迪马上校：当然，我们会先动手的。

亚丁湾海域，海军护航编队三艘舰艇把"青岛号"围在中间，呈矩阵在海上移动。

海盗船只出现了，先是匪徒鲨鱼的快艇。

鲨鱼的快艇上一共六个人，一名在驾驶快艇，另两名把火箭筒扛在肩上，随时准备发射，还有两名机枪手。鲨鱼本人则拿着一把特制的弩箭，上面带着绳索。

驱逐舰指挥舱里，肖剑雄和陈可染等人看到一艘快艇向护航舰队驶来。

肖剑雄拿过高倍望远镜。

望远镜里清晰地显示出几名海盗的身形、武器。

肖剑雄下令：发射爆震弹，近距离进行威慑。直升机起飞，直接飞抵海盗快艇上空做震慑式飞行，同时用索马里语和法语喊话，逼退他们。

作战参谋：是！

驱逐舰上，两架直升机轰鸣着升空，飞向鲨鱼的快艇。

鲨鱼的快艇掉转方向，向商船的行驶方向逃窜。

驱逐舰发出爆震弹来，爆震弹在鲨鱼的快艇后面掀起一阵波浪，快艇继续往前逃窜。

两架直升机跟随在后，交替用索马里语和法语喊话，驱逐舰也向快艇驶去。

海盗上尉的快艇开始是正常速度接近主航道，看见直升机和驱逐舰追击鲨鱼的快艇，他突然改变方向，加速冲向商船。

肖剑雄看到上尉的快艇冲过来，他下命令直接向上尉的快艇发射爆震弹。爆震弹在上尉的快艇周围掀起一轮轮波浪，但上尉的快艇仍然很熟练地躲避着，继续冲向商船。

肖剑雄命令：护卫一号，拦住左舷的快艇，警告之后，如果不停止，就击沉它。

护卫一号驾驶舱，舰长回答：一号明白，立即执行。

水鬼哈桑的渔船上悬挂着吉布提的国旗，他在船上指挥渔船加速靠近商船。

水鬼哈桑在船上看到青岛号已经进入射程，他给身边的几个匪徒下达命令：对准甲板上的集装箱，发射燃烧弹，追击炮同时发射，对准同一目标。第一轮射击后，我们会加速离开，再准备第二轮射击，对准追击我们的护卫舰发射，之后向中国舰艇行驶的反方向撤退。

水鬼哈桑的渔船不断逼近商船。

驱逐舰上，肖剑雄命令直升机返回，直接压迫水鬼的渔船。

肖剑雄：驱逐舰掉转炮口方向，准备向渔船射击。

作战参谋：明白。

各炮位：明白。

直升机飞抵水鬼哈桑的改装渔船，交替用索马里语和法语喊话。

直升机喊话的声音响彻海天：我们是中华人民共和国海军护航舰队，严正警告你们，赶快离开我们的商船，不要干扰船队的航行，否则后果自负。

青岛号上，孙跃民要求船长尽快准备好灭火器，预防海盗发射燃烧弹。

船长下令，船员们紧急地准备着。

迪马上校的海上巡逻艇出现在离海盗船不远的海域，他有点兴奋。

迪马：我们就堵在他们逃跑的海域，等待他们遭受中国海军一轮打击之后，我们再去包抄他们。

戴旭东：上校，我请求您先发制人，先派出一艘炮艇去阻挡海盗船，护航舰转向不灵活，射击有死角，也许挡不住他们。

迪马嘿嘿一笑：商船上一定是你的弟弟，好的。

他拿过对讲机：巡逻三号，三号听着，直接出击，逼近改装的渔船，阻挡他们逼近中国商船，必要时开炮射击，击沉他们。

巡逻三号回答：明白。

中国海军护航编队周围出现了交织的画面，水鬼哈桑的渔船在逼近主航道上的中国商船，左前方是鲨鱼的快艇，左舷方向是上尉的快艇。外面一圈，是索马里国际刑警的海上巡逻艇，三艘巡逻艇构成个扇形，右侧的巡逻艇加速往前，似乎是在追击水鬼哈桑的渔船。

水鬼哈桑下令：开火！

改装渔船上发射出迫击炮弹、燃烧弹和火箭弹。

驱逐舰上，肖剑雄下令：开火！

驱逐舰上的大口径火炮射向改装渔船，护卫舰上的火炮射向上尉的快艇。

商船青岛号上，集装箱着火，孙跃民带着黄翔和几名水手，抱着灭火器，冲向甲板。手里的灭火器喷射着水雾，集装箱的火焰被遏制。

驱逐舰的火炮击中了水鬼哈桑的改装渔船，船右舷出现一个大洞。

水鬼哈桑下令急速撤退。

海盗上尉的快艇险些被击沉，他让手下集中火力对准商船青岛号再来一轮扫射。

商船青岛号上，孙跃民被上尉快艇的子弹射穿右腿，倒在甲板上。他咬着牙坐起来，扯掉上衣的袖子简单包扎止血，接着又抱起灭火器灭火。黄翔和几个水手们一起扑灭了最后的火点。黄翔发现孙跃民疲惫地瘫坐在甲板上，他关切地走到他面前，发现地上的血迹和孙跃民腿上的伤。

黄翔：孙总，我送您上医务室，要对伤口做处理。

孙跃民：是要处理一下。但你要记住，绝对保密！如果你说我受伤了，我就会被送回北京治疗，没有几个月是回不来的。可现在，工程多缺人啊！我要是现在就走，心里放不下，心不甘呀！好兄弟！

黄翔：好吧，我会保密，但现在您听我的，到医务室去。

黄翔背起孙跃民，将他送下甲板。商船的随船医生急忙给孙跃民做伤口处理、止血包扎。

海盗上尉快艇被护卫舰击穿，他们放弃抵抗，扔掉武器，等待救援。

海盗鲨鱼快艇逃离公海，迪马上校的二号巡逻艇咬住不放，不断在他周围发射爆震弹，掀起一轮轮波浪。但鲨鱼的快艇还是不停下来。

迪马在望远镜里看到鲨鱼的快艇在波浪中挣扎，就下令：二号听令，开炮击沉你前方的快艇，在水中抓捕匪徒。

二号巡逻艇长回答：是，立即执行。

驱逐舰不断向水鬼的改装渔船发射火炮，水鬼的渔船加速逃窜。

迪马带领的两艘巡逻艇迎头拦截。

水鬼哈桑下令：集中火力，打开一条通道。

水鬼哈桑的武装渔船和迪马的巡逻艇对射一阵，没有见到明显的效果，双方僵持着。

驱逐舰上，肖剑雄对陈可染说：以往我们把他们赶出公海，只要没对我们造成伤害，就收手了。但今天他们对我们的商船造成了伤害，我们就不能轻饶他们了。你看，索马里的巡逻艇拿他们这种改装的武装渔船没办法，没有致命的武器。看看我们的吧。

肖剑雄：驱逐舰导弹就位，瞄准目标，对左舷后方悬挂吉布提国旗的武装渔船，实施击沉式打击。

话筒里传来：准备完毕。

肖剑雄再次看看望远镜里的水鬼渔船：发射。

一连串的数字倒数：5，4，3，2，发射！

导弹带着蓝色的火焰，飞向海空，划过一道美丽的彩虹，击中水鬼的渔船。

渔船被炸得四分五裂，逐渐在海水里下沉。

迪马的巡逻艇赶过去，抓捕在海水里挣扎的海盗。

商船医务室里，随船医生在给孙跃民处理伤口，酒精的刺激让他疼得龇牙咧嘴。

船长到医务室来看他的伤情。

船长：怎么样，没伤着骨头吧？

医生：还好，子弹穿堂而过，因为打断了动脉，所以血流不止。已经包扎处理过了。别的地方倒没有明显的伤势。

孙跃民：船长，一定要保密，千万不能让我们集团上级知道，他们会让我离开达尔港的。可我现在不能离开，工程不能停摆。

船长：哎呀，糟了！我刚才已经给护航海军司令汇报过你的伤情，你们集团好像有人在他们舰艇上。

孙跃民：拜托，您方便和我一起给司令汇报一下吧。

孙跃民和船长、黄翔一起回到驾驶舱。

孙跃民：报告首长，经过检查，集装箱的货物没有大的损害，也没有重大的人员伤亡。

肖剑雄：祝福你们。我们会一直把你们送到达尔港的。

陈可染：跃民，我们又经历了一次考验，值得祝贺，等靠岸后，我请你们喝酒。但我要提醒你，危机并没有过去，幕后的黑手还没有斩断。刚才说你受伤了，没事吧？

孙跃民：谢谢，轻伤，擦破点皮。我建议和巴布尔警方合作，一定要找出背后的黑手，绳之以法！

中国海军护航舰队把抓获的海盗，鲨鱼和五个部下移交给索马里国际刑警组织迪马上校。

鲨鱼不服气地举着双手走上迪马的巡逻艇。

鲨鱼对着迪马说：要不是中国海军的导弹，你们追得上我们吗！

迪马微笑着：反正你现在是我的俘虏。

巡逻舰底舱里，水鬼哈桑蜷缩在角落，他看到鲨鱼走进来，自嘲地笑笑。

索马里警署，迪马、阿里夫和戴旭东在商议案情。

戴旭东：我建议突审水鬼哈桑，从他的回答中找到线索。

阿里夫：会很艰难，能不能有个办法，买通其中的一个人，然后突破。

迪马：他们还期待着这次作案的酬金呢，所以不会主动交代的，也不容易买通。只能想个别的办法。

戴旭东：我可以去试试吗？

迪马和阿里夫表示同意。

索马里酒店，松坂庆子焦急地在房间里走来走去，她过一会儿就给戴旭东打一个电话，只听到忙音。

松坂庆子给小泉通电话：小泉先生，戴旭东几天前就消失了，我和他联系不上。他不会是怀疑我，故意躲开的吧？

小泉：回来吧，已经不需要了。

松坂庆子挂掉电话，喃喃自语：他不会是遇难了吧？

松坂庆子心里很不是滋味，她觉得戴旭东完全不信任她，而小泉他们究竟在做什么，她也不是很清楚，内心里的孤独感油然而生。但她又牵挂着戴旭东，得不到他的消息，她心中十分不安。

达尔港，汽笛长鸣，中国海军护航舰队护卫着商船"青岛号"进入达尔港海域，巴布尔海军在达尔港迎接。中国商船"青岛号"进入临时码头，那瑟警长带领特遣队在码头上布置了警戒线。

孙跃民和黄翔从商船上走下来。

陈可染、叶成修、黄道明从驱逐舰上走下来。

胡少峰、张诗仪、丁珂、陈莹等几个人在临时码头迎接。

装卸队迅速登上"青岛号"，启动吊车和船上的起重机，开始卸货。

胡少峰和孙跃民紧紧拥抱。

胡少峰摇晃着他的肩膀：跃民，你又闯过一关！

孙跃民泪光盈盈：胡总，谢谢集团对我的鼎力支持！

孙跃民走向陈可染、叶成修、黄道明，默默拥抱。

孙跃民走向张诗仪，他拉过向他伸出手来的张诗仪，轻轻拥抱。

张诗仪有点窘，眼里含着泪水。

张诗仪轻声说：九死一生，好不容易！

孙跃民感慨地说：惊涛骇浪，苍天保佑！

丁珂看到孙跃民和张诗仪动情地拥抱，心里不是滋味，她转身离开，走向停车场。

人们离开码头，走向停车场。

孙跃民腿部疼痛，他咬牙坚持着，头上渗出汗珠。

黄翔看着他的腿部，上前想要扶着他，被孙跃民瞪眼制止。

细心的张诗仪注意到孙跃民和黄翔间的互动，她觉得似乎哪里有些异样。

中国博海集团，刘清云召开党组会议，专门研究对孙跃民的处理问题。

胡少峰汇报情况：调查组查阅了有关会议和工作记录，走访了当地合作方，重点听取了项目部同志的意见。多数人认为，此次爆炸事件是外部突发因素造成的，孙跃民不应当负领导责任，他并不负责达尔港的整体社会治安。但也存在着对安全形势判断不准，防范意识不强，安全措施针对性不够强的问题。但这些问题是中国海外公司在新时期，要适应境外工作，改变领导和管理方式的普遍问题。因此我们建议对孙跃民同志进行批评教育，不追究责任。

刘清云：大家看看，这个处理意见合适吗？

陈可染：我同意。这次去配合护航，更充分地理解了海外兵团创业的艰难，应当保护和调动大家的积极性。

其余的同志也都表态，同意胡少峰的意见。

胡少峰：刘总，我建议成立印度洋项目安全工作小组，专门研究、协调和配合各部门维护项目安全，包括就国际和外交事务做沟通、交涉等。

刘清云：我看可以，就由少峰来做组长吧，你尽快拿出个方案来。

三丰港务集团总部，桥本和舒卡拉、小泉在一起密谋。

桥本：舒卡拉先生，这轮较量，我们仍然是落败者。看来我们还是不太懂中国人的套路。

舒卡拉：还是要让他们的管理层陷入混乱，这样比我们的爆炸更有用。

小泉：上次的告状信就很管用，但还不足以让达尔港项目停摆。

舒卡拉：大西洋基金的上司告诉我们，中国国资委已经开始对海外项目进行审计，我们可以有所作为。

小泉：达尔港的副总裁黄道明，确实伤愈回来了。本来，他曾经在这里主持过一段项目，但孙跃民取而代之，上一次，我们利用的就是这个矛盾心理。他回来了，这个潜在的矛盾依然有效。那些人做梦都不会想到，替黄道明攻击竞争对手的人在哪里。

舒卡拉：大西洋基金指示我们，要采取各种办法遏制中国在印度洋的发展。日本人有效地策划了舆论战，把珍珠链的帽子给中国人戴上了，他们的海军就比较谨慎。你看，舆论的力量还是可怕的，胜过航母导弹。但如果我们不能让中国人把印度洋视为死海，就无法让他们真正停下脚步。

索马里监狱，戴旭东衣衫褴褛，满面憔悴，他像个痨病鬼似的蜷缩在牢房角落的囚床上。

两个贩毒犯和他关在一起，他们凑过来，用索马里语和他交流，戴旭东没有反应。毒贩甲开始用法语和他交流：你是中国人？

戴旭东：日本人。

毒贩甲：为什么被抓？

戴旭东：因为捕鱼。

毒贩乙：射杀鲸鱼？

戴旭东：鲨鱼。

哐当一声，牢门打开，水鬼哈桑被关了进来。

他傲慢地看看牢房内的摆设，走向戴旭东旁边的囚床。

戴旭东依然蜷缩在囚床上。

牢房里的灯光渐渐暗下来，水鬼哈桑在囚床上辗转反侧，他的毒瘾发作。

达尔港海滨，落日的余晖把达尔港海面涂染得一片金红，海风撩动人们的衣裙，风吹到脸上，一阵湿润凉爽的感觉。远景是五彩缤纷的秋色，大榕树、五角枫、黄栌交相辉映。

乔虹和孙跃民在海滨散步，孙跃民掩饰着腿痛，在一株大榕树下，他提议坐下来。

乔虹注意到他的脸色有些苍白，发际有细密的汗珠子渗出。

乔虹：你怎么啦？好像要虚脱。

孙跃民：太累了，押运时不适应远航，晕船了。

乔虹：不是因为对你的调查吗？

孙跃民：我没有压力，该承担什么责任就承担什么责任。

乔虹：听说这次调查，是因为有人告你的状。你不觉得陷入这种钩心斗角、尔虞我诈，很无聊吗？难道这不是浪费生命？

孙跃民：任何地方都有矛盾，越这样，我就越舍不得离开这个地方！你听谁说的是有人告状？

乔虹：丁珂，她说有人想整你。

孙跃民：这有点意思了，她一直对我有意见。

孙跃民的手机发出微信的提示音。他翻看了一下：你的腿受伤了，别硬撑着，应当卧床休息。

孙跃民不由自主地看看远处。

达尔港建设指挥部二层的窗户里，张诗仪一动不动地站着，她在关注着滨海路上孙跃民和乔虹的举动。

乔虹看到孙跃民注意力不集中，有点不满意，但还是保持着平心静气：你在海上经历生死考验，却还要防备明枪暗箭，你觉得还有什么可留恋的！

孙跃民：姓孙的就喜欢挑战！毛泽东讲过，与天奋斗，其乐无穷；与地奋斗，其乐无穷；与人奋斗，其乐无穷。我今天刚体会到其中的含义。

乔虹：内斗毫无意义。莎拉告诉我，大西洋基金绝对不会让中国企业顺利地建成达尔港的，他们不想退出印度洋，更不愿看到中国人实际控制这里，宁可毁坏这里的一切。你斗得过他们吗？

孙跃民：莎拉是《大西洋时报》的记者，她不会理解中国人的想法。我已经在这里付出了，绝不能半途而废，这辈子，百事无成才是最大的悲哀。至于说大西洋基金的想法，不是我考虑的问题，自然有决策层研究在印度洋的战略，我就是个执行者。

乔虹讽刺道：孙行者！好啊，当年孙悟空就是在这里取的经。祝你成功、成佛！我不会再劝你了。

孙跃民乐了：我倒是想劝你，就在这里干吧。戴旭东自己就可以成立个设计事务所，这里的业务一天天多起来了。让你的法国王子也来吧，他一定会喜欢这里的晚霞。

乔虹：你现在比以前幽默多了，很会扫兴，拜拜。

孙跃民从树下站起来，突然觉得大腿像撕裂一样疼起来。他咬牙往前走了两步，疼得走不动了。

乔虹看到孙跃民的裤腿里有鲜血渗出，吓了一跳。

乔虹大喊：跃民，你受伤了！

一阵眩晕，孙跃民倒在地上，伤口破裂，血流如注。

乔虹急忙呼叫救护车，但一时不能到来。她手忙脚乱，想把孙跃民的裤子解开，包扎伤口，但半天也解不开裤子。

张诗仪在窗户里看到孙跃民倒地，猜想到出了问题，急忙叫了值班车，迅速开往海滨大榕树下。

值班车来到孙跃民身边，张诗仪从车里跳下，跑到孙跃民身边，要乔虹帮忙，和司机一起把孙跃民抬上值班车。

值班车飞速朝医院奔去。

车里，张诗仪成功解开孙跃民的裤子，把裤子往下扯了扯，发现是大腿的伤口破裂，血还在朝外流。她着急地扯下自己的纱巾，给孙跃民包扎。

乔虹在一旁看到张诗仪熟练地给孙跃民包扎，略微松了口气。但看到孙跃民脸色苍白，昏迷不醒的样子，不禁潸然泪下。

张诗仪包扎好之后，和乔虹一起守候着孙跃民，两人相对无言，略显尴尬。

还是乔虹先开了口，她试探着问：张总，孙跃民会受处分吗？

张诗仪：我觉得不会。爆炸事件是不可控的，不可抗力，我们并不是地区治安的责任人，不负领导和管理责任。相反，我们是受害者，应当被同情和保护。现在的中国企业，不会不通情达理的。

乔虹：那就好，我只是出于一个老同学的友谊才关心的。之前我听说是有人告他的状，才派人调查的。

张诗仪：事情也比想象中复杂，为什么会针对中国企业，屡屡采取极端手段？这绝对不是偶然的。背后有一股势力在密谋策划，妄想把中国企业挤出去，或者吓回去。

乔虹：那岂不是更凶险，会不断有人流血、倒下。在和平时期，难道会有人愿意在这里经受生死考验？

张诗仪：开始谁也没有想到会这么残酷、危险，后来暴力事件发生，我们也没有办法逃避，只有积极应对了。狭隘点说，我们和幕后的黑手结怨了，此仇不报，心中不甘！

乔虹：我懂了，难怪我劝他半天，他反而火了，越说越激动。他为什么不告诉别人他受伤呢？

张诗仪：他怕让他离开这里，现在正是达尔港建设的关键时期，他放不下心。

乔虹：看来你比我了解他。孙跃民能有理解他的同事，是件幸事。

张诗仪：我们才有幸呢。他是个有能力、有思想、讲情义的领导，和他在一起工作很愉快，尽管有时候他会因为业务问题咄咄逼人，让人下不来台。

乔虹目光炯炯地看着张诗仪。

乔虹听到张诗仪对孙跃民的评价，感觉到眼前的这个女人似乎已经爱上孙跃民了，心里涌起阵阵波浪。原来孙跃民一直坚持在这里，是因为有这样的红颜知己在身边。乔虹心里很不是滋味。

中国博海集团总部，刘清云在看举报孙跃民的信。他点起一支烟，思索着。

刘清云拿起电话：少峰，你来一趟吧。

胡少峰敲门走进来。

刘清云把举报信递给胡少峰。

胡少峰看完举报信：刘总，是从达尔港发来的吗？

刘清云：是的，你有什么想法？

胡少峰：根据我在那里调查的情况分析，项目部内部没有特别的矛盾。孙跃民本人有工作方式的问题，但没有经济问题。

刘清云：你觉得是什么人在告状？

胡少峰：想不出来。黄道明对孙跃民有意见，是因为孙跃民在业务上主观、霸道，有时候让别人下不来台。但黄道明的人品好，不至于去搞诬告，写这样的举报信。还有个翻译丁珂也有意见，但似乎是不满意孙跃民不重视她，重视张诗仪。一个单身男人当领导，女人之间的关系就微妙了。她也不可能写这样的信。

刘清云微笑道：你在部队是管女兵的吧，这么了解女性。那你说这信是谁写的？

胡少峰：刘总，我真的判断不出来。不管是谁写的，就信的内容来看，该怎么处理？

刘清云：那就只有按要求去核查，再派调查组进驻。这样会产生什么影响？

胡少峰：孙跃民会承受更大的压力，但也不得不做啊！

刘清云：那就还派你去调查，做好孙跃民的工作，保护前方干部的积极性。如果这是大西洋集团和某某情报局的计策，我们就是被牵着鼻子走了。

胡少峰：大西洋集团不可能这么了解我们的情况，知道什么是敏感问题。

刘清云：但这里涉及和戴旭东集团的勾结，谋取私利，私占股份，恐怕就不能排除更复杂的背景了。我们应该重新思考我们的海外战略了，对手已经变了，我们不变，就会处处被动挨打。你去巴布尔，和安全部门的人沟通一下，也搞点对手的情报回来，我们要在几条战线上作战。

胡少峰：我会用心的，您放心。

索马里监狱，戴旭东被提审，牢房里剩下两个毒贩和哈桑。

毒贩交换一下眼色，走到哈桑身边，两人一起动手，把哈桑举起来，然后摔向地上。

哈桑没有反抗，就在要落地的刹那，一个鲤鱼翻身，稳稳地站在地上。

哈桑扑向毒贩甲，毒贩甲正准备招架时，却看到哈桑的腿踢向毒贩乙，一脚就把毒贩乙踹倒在地。接着，他又逼向毒贩甲，使用日式摔跤的手法，一个大背跨，将其摔倒在地。

两个毒贩在地上疼得哇哇乱叫。

哈桑回到自己的囚床，躺下。

戴旭东被送回牢房，他的表情好像轻松了许多，嘴里打着口哨。

哈桑突然从床上坐起来，向戴旭东招手。

戴旭东慢腾腾地走过去。

哈桑用法语发问：你是日本人还是中国人？

戴旭东：日本人。

哈桑：认识木树清吗？

戴旭东：对手，他捕鲔鱼，我捕鲨鱼。他买通了官方，没收了我的船，把我关在这里。

哈桑：哈哈，你还能活着出去的。

戴旭东：我的手下正在跟警方申诉。你为什么进来？

哈桑：走私象牙，捕象。

戴旭东：你赚的是大钱，犯的是重罪。我还看到你毒瘾发作，那一定是贩那个的。

哈桑：他们两个是贩那个的，估计会死在牢里。你想不想赚钱？

戴旭东狡黠一笑：当然，钱可没那么好赚。

哈桑：我有一笔货款未结，如果你能帮我要回来，就分给你一半，然后让我的家人来赎我。

戴旭东：你关进来，家人不知道吗？

哈桑：不知道，他们也不知道谁欠我的货款。

戴旭东：你怎么敢相信我？

哈桑：赌！

戴旭东：如果我拿着那笔钱消失了呢？

哈桑：你不会直接得到，只能在为我做事后得到，这是我的付款方式。

戴旭东：那就没问题了，难怪你敢托付给我。

哈桑低声：出去到月光兔俱乐部找萨莉夫人，就说水鬼哈桑有笔尾款未结，让她帮着要回来。

戴旭东：那她凭什么相信我？

哈桑：你就说是 9 月 10 日的订单。她会知道你是谁的。

戴旭东：你可不许把我供出去，成交。咱们还不能让旁边这两个家伙看出来，咱们两个打一架给他们看，不过你要让着我，挨几拳啊。

哈桑：哈哈，真打！

哈桑大声骂道：混蛋，敢骗老子。

戴旭东嘿嘿笑着躲开。

哈桑扑过来，一拳击向戴旭东的下颌。

戴旭东身子往后倾斜，哈桑的拳头落空，他顺势抓住哈桑的手臂，往前拉动哈桑的身体，一个兔子蹬鹰，把哈桑摔了个跟头。

　　哈桑被摔，来了情绪，抖擞精神，使用日本摔跤的办法，上前缠住戴旭东。

　　戴旭东只在他身旁游走。

　　哈桑不耐烦地再次扑过来。

　　戴旭东还是借力打力，把哈桑再次摔倒。

　　如是三次，哈桑被摔得鼻青脸肿。

　　松井家宅，茶室里，墙角上方，一只鱼篓上插着菊花，正面的壁上悬挂着弯刀。须发斑白的松井身着和服坐在茶几前，松坂庆子坐在他的对面，她在奉茶。

　　松井：桥本说，你陪同的人失踪了，他要解雇你。我想问问你的想法。

　　松坂庆子：我不知道桥本先生在做什么，他给我的任务都很奇怪，不太像是业务需要，所以，我很害怕。

　　松井：你没有喜欢上那个中国人吧？姓戴的。

　　松坂庆子掩饰道：那怎么可能！我不想重复妈妈的命运。

　　松井：是你的和尚姥爷告诉你的身世的吗？

　　松坂庆子：是啊，他说我的父亲是中国人，我妈妈是在苏联生的我。

　　松井冷笑一声：这个老家伙，他在害自己的外孙女。告诉你，他在骗你。

　　松坂庆子很惊诧：怎么可能！

　　松井：你姥爷确实是俘虏，但你的父亲不是中国人，他是出生在香港的日本人。他和你妈妈确实是在苏联认识的，也是在那里生的你。但你爸爸是因为拍摄731纪录片，被人追杀，后来就失踪了。你妈妈死于抑郁症。

　　松坂庆子：那姥爷为什么要说假话？

　　松井：他想要你离开日本，是我把你留下来的，我们都不想让你带着仇恨走进生活。但也不愿让你以为自己是中国人，中国也不会接受你这样的人。说到底，你还是个日本人。

　　松坂庆子：可是你了解桥本先生吗？

　　松井：了解，他想和中国人争个高低。我这样的人也不喜欢看到中国人趾高气扬。

　　松坂庆子：您不是说不要带着仇恨吗？

　　松井：不要带着仇恨并不是不要雄心、不要斗争。日本人和中国人的斗争是由来已久的，还会持续一百年。

松坂庆子：那我该怎么办？

松井：回三丰港务集团去，他们很快就要在锡卡开展业务，你可以先到那里去工作。躲开那个姓戴的，他是个危险的人。

京都金阁寺，绿色的湖水，缤纷的落叶，金黄色的树木映衬着金光闪烁的金阁寺。

黄昏时分，游人稀少，松坂庆子徜徉在金阁寺的小径上，她在追寻童年的记忆，历历在目。

妈妈带着小松坂庆子来见出家的外公。着僧装的外公怜爱地摸摸小松坂庆子的头。

妈妈躺在卧榻上，弥留之际，着僧装的外公带走了小松坂庆子。

外公弥留之际，少女松坂庆子给外公喂水喝。

外公气息奄奄：你的爸爸是中国人，他讨厌好战的日本。

心潮起伏的松坂庆子在金阁寺的落叶中来回走动着。听了松井会长一番话，她真不知道该相信谁了。童年的记忆里，外公告诉过她，父亲是中国人。而今天松井竟然说她父亲是出生在香港的日本人，但他也说了，她父亲是为了拍摄细菌实验专题片被右翼追杀的。难道，他还会活着吗？

靖国神社内烟雾萦绕。

桥本和小泉前来参拜。

桥本回忆着：少年桥本由妈妈带领来靖国神社参拜，他的妈妈泪流满面，却是一副凶相。

小桥本：妈妈，你为什么流泪？

妈妈：因为我的爸爸被杀了。

桥本从小就被灌输仇恨。他妈妈告诉他，他的姥爷、爷爷都是很勇敢的军人，但一个死在中国黄河边上，一个战后作为战犯被判死刑。很自然的，桥本就成为右翼的活跃分子。

夜晚，松井家宅，同样的茶室，墙角上方的鱼篓里插着菊花，墙壁上悬挂着弯刀。

桥本坐在松井面前。

松井：你可以派松坂庆子到锡卡去工作，我要对得起她的姥爷啊，毕竟我们是一起扛过枪的人。

桥本：大西洋基金真给我们创造条件了吗？

松井：他们答应帮助你拿下印度和印尼的高铁项目，但条件是必须要去锡卡和中国人争夺港口项目，在巴布尔继续争夺运营权。

桥本：好吧。那个舒卡拉靠谱吗？

松井：他是大西洋基金的人，他们的舰长是老板，你要和他好好合作。

医院里，孙跃民苏醒了，何瑾在检查输液的瓶子。

孙跃民：我怎么会在这里？

何瑾：你伤口撕裂，虚脱了，需要静养一段时间，倒没有别的问题，休息吧。

何瑾走出病房，乔虹和张诗仪走进来。

孙跃民对二人微笑着。

乔虹：我太粗心了，没看出你受伤了。

孙跃民：不严重，没伤着骨头。你去忙吧，大夫说，没什么大事的。

乔虹感觉到孙跃民似乎是在轰她走，有点生气地说：那好吧，反正你也不需要我！保重吧，再见。

乔虹没等孙跃民说什么，转身就离开了病房。孙跃民没有觉察到乔虹情绪上的变化，有点不解地看着转身离去的乔虹。

张诗仪却完全听出了乔虹的弦外之音，她只是默默地看着乔虹离开的背影。

孙跃民：你怎么会在这里？

张诗仪：我发现你晕倒在榕树下，就带值班车赶了过去，我们一起把你送到这里。她一直守候着你。

孙跃民：唉，我把事情搞复杂了，她和我之间只剩下友情了，她的男朋友每天都和她视频通话。

张诗仪：孙总，我没有权利过问你们之间的事情，我只是关心你的身体。实际上，你没必要这么瞒着伤情。即使你的身体很健康，也不会妨碍有人继续中伤诽谤你。刚才总部来电话，胡少峰副总要再次带领调查组，审核项目财务，调查有关问题。

孙跃民听出来张诗仪似乎对他解释他和乔虹的关系不满意，但更让他觉得意外的是，集团竟然要再次派调查组进驻。

孙跃民有点不理解：看来我做得太差了，竟然让集团领导如此担心，如此不信任，如此怀疑！

张诗仪本来对孙跃民和乔虹之间的藕断丝连不满，但看到他再次被调查，那种备受委屈和屈辱的样子，倒没什么情绪了。

张诗仪关切地说：你可千万别抱怨，这一定是有人不放过你，暗箭伤人。而且，这次是冲着经济问题来的。我倒是觉得很正常，来查查账，更能说明你的清白。身正不怕影子歪，你完全不用生气。

孙跃民：我刚才听你跟我说话像外交官一样，这会儿怎么又像哥们儿了。佩服，真是心理大师。

张诗仪：你为什么不想想是谁老这么对你呢？

孙跃民：管他娘的呢！再说，你想错了，岂不是更糟糕，再来个对着风车作战，堂吉诃德再现，那就更热闹了。你觉得孙某人会那么弱智吗？

张诗仪：你不要阿Q，鸵鸟方针。我觉得你首先应当分析会对团队产生什么影响，这种时候你又躺在医院，岂不是更具备悬疑剧色彩。

孙跃民：那我就在病房里先开个会议，打打预防针？

张诗仪：我出个馊主意，不妨来个非正式的打招呼。

孙跃民：好吧，你确定不会产生副作用？

张诗仪：不会！

孙跃民病房。黄道明、黄翔、丁珂、陈莹和张诗仪一起来看望孙跃民，孙跃民给大家交代工作。

孙跃民：不好意思，我本来觉得没伤着骨头，自己养养就好了，没想到伤口破裂了。何瑾大夫说要半个月才能下床，只好让大家来这里了。我觉得当前我们要尽快把泊位浇筑的任务完成，航道疏通任务完成，再把必需的港口机械安装到位，就可以考虑竣工交付使用了。

黄道明：孙总，您安心养伤吧，我们几个分分工，保证完成任务。

孙跃民：就在这里说吧，黄翔去盯泊位，陈莹去盯航道疏浚，道明，你去盯一下安装港口机械。还有，请张诗仪牵头研究接管运营的方案。

丁珂不满：怎么没有我的任务？

孙跃民笑了笑：请你给集团写竣工报告，提出下一步工作建议来。

丁珂：我可提不出下一步工作建议来。再说，您不是对下一步工作已经作了安排吗，研究接管运营的方案。

孙跃民：分工都是相对的，每件事都是大家集体智慧的结晶，也都必须共同负责，相互配合。那工作建议部分就由诗仪来写吧。

张诗仪：好吧，我会先听大家的想法，再提出初步方案来。

孙跃民：因为要准备竣工，需要把工程预算执行的情况清理一下，大家都配合一下张总，这个内容要放在下一步工作建议里体现。还有什么问题吗？

大家摇头，告辞离开了。

达尔酒店，玛雅和阿里夫在咖啡厅会面。

玛雅：你把戴旭东搞到哪里去了？我都联系不上他。

阿里夫：啊哈，这口气，好像家庭主妇一样。

玛雅：他到底去哪了，不是和你一起走的吗？

阿里夫：现在告诉你，他去执行一项特殊任务，靠他本人已经完不成了，特意让我来请你帮忙。

玛雅：我才不帮忙呢，走那么长时间，也不告诉我。现在需要我了，才想起来找我，太不把我当回事了。他戴旭东，还有你，凭什么这么对待我！你们以为我是个巴布尔的老妇吗，就该听任何男人摆布吗！

阿里夫笑了：女权主义者，了不起。那就别管他了，不理他，让他另请高明吧。

阿里夫做出要离开的样子。

玛雅有点着慌：算了吧，不跟他计较了，要我干什么？

阿里夫：我记得你的法语好像还不错。

玛雅：是的。

阿里夫：那就陪我去一趟索马里吧。

夜晚的月光兔俱乐部依然神秘迷人，乔装的玛雅来到俱乐部酒店，她的装束很像索马里女人，印在大披巾上的芭蕉叶图案鲜艳夺目，她窈窕的身姿裹在紧身的袍子里。

酒店一层，彪形大汉走过来。

玛雅用法语说：我找萨莉夫人，水鬼哈桑要我来的。

彪形大汉打量一下她：你在大堂等着，我去问问萨莉夫人在不在。

月光兔俱乐部外的树丛中，戴旭东和阿里夫、迪马守候在伪装的车里。

监听器里能够清晰地听到玛雅和彪形大汉的对话。

彪形大汉来到大厅，引导玛雅去见莎莉夫人。

宽敞的房间里，萨莉夫人在抽雪茄，她似乎很悠闲的样子。

玛雅：我是水鬼哈桑的女人，他让我来讨一笔债，9月10日订单的尾款。

萨莉夫人：哈桑在哪里？

玛雅：在牢里，我需要钱来赎他出来。

萨莉夫人：我已经找不到那个雇主了。

玛雅：哈桑说过，没有萨莉夫人找不到的人。

萨莉夫人：可是哈桑没有做成订单要求的事啊，那艘商船青岛号安然无恙，他自己的船倒是被导弹击沉了。这样的效果还要钱，很滑稽。

玛雅：夫人的意思是不给了，或者说是被夫人截留了？

萨莉夫人：人家就没给啊，我也没办法。

玛雅：哈桑传信出来说，如果不给钱，就把那个人的照片和谈话录音发到互联网上去，当然还有夫人的谈话录音。

萨莉夫人：竟然敢到这里威胁我，我先让你尝尝厉害。

玛雅：你不觉得你的俱乐部有客人进来了吗？

萨莉夫人：哈，我什么也没做。

玛雅：需要我放录音给你听吗？

萨莉夫人：你是什么人？

玛雅：国际刑警！

萨莉夫人：我都是跟你开玩笑的，我可不知道那些事。

玛雅从袍子里拿出手枪对准萨莉。

萨莉夫人不理睬。

玛雅看到萨莉夫人的椅子正在往下沉。

玛雅急忙冲上前去，萨莉夫人按下座椅上的按钮，发出枪声，玛雅的右肩被击中。

戴旭东、迪马带着警察冲进来，一阵枪声。

戴旭东飞快地冲进萨莉夫人的房间，玛雅受伤倒地，萨莉夫人已经不知去向。

戴旭东扶起玛雅，扯掉她头上的纱巾，给她包扎。

玛雅有些羞涩，但还是让戴旭东解开袍子，露出肩膀，包扎好伤口。她的头有点眩晕，不自觉地靠在戴旭东怀里。

索马里监狱，迪马提审水鬼哈桑。

问讯室里，迪马和阿里夫坐在桌子的一侧。

哈桑大模大样地走进来，坐下。

迪马开始放录音。

萨莉夫人：可是哈桑没有做成订单要求的事啊，那艘商船"青岛号"安然无恙，他自己的船倒是被导弹击沉了。这样的效果还要钱，很滑稽。

玛雅：夫人的意思是不给了，或者说是被夫人截留了？

萨莉夫人：人家就没给啊，我也没办法。

哈桑听到录音，大吃一惊，接着就又平静了下来。

迪马：有这个录音就可以判你死罪，但如果你愿意配合破案，还有活下来的机会。

哈桑：我不怕死，别想威胁我。

迪马：那就再给你放一段录音。

一个孩子的声音：爸爸，我是拉扎尔，我和妈妈都很想你，快回来吧。

哈桑愤怒地说：混蛋，我儿子在哪里？

迪马：他很安全，你只要配合我们，他们就不会有事。

哈桑慢慢软下来：好吧，就是一名西方人，没有披露姓名，我们也不会去问。他花两百万要我们打掉中国商船"青岛号"，至少是炸毁集装箱里的货物。后来的事情你们都知道了。

迪马：他怎么给你付款？

哈桑：从瑞士银行转过来的，付的定金百分之十。

迪马：打哪个账户了？

哈桑：我专门设有接收货款的账户。

迪马：在谁那里，提供给我们吧。

哈桑：我妻子那里有备份。

迪马：好吧，你的态度还算配合。今天就到这里。

哈桑：我这也算是立功表现吧，希望你们不要杀我，我还有妻子、儿女。

迪马：会考虑的。

哈桑激动起来：你们不能骗人！我配合了。

达尔港建设指挥部，胡少峰再次带队进驻项目部，他带领着五人小组和项目部的管理层见面，孙跃民因为住院没有出席。

会议桌前，气氛显得很凝重，人们很安静地等待胡少峰讲话。

胡少峰：调查组再次来到达尔港建设项目部，是奉集团领导之命，对于预算执行情况进行审查，项目马上就要竣工了，这是制度要求。因为孙跃民同志受伤住院，这里的工作暂时由黄道明来主持，请张诗仪同志协助。

丁珂和陈莹两个人开完会回到办公室，默默地坐下来。

丁珂打破沉默：陈莹，你觉得这次调查的目的是什么？

陈莹：你比我懂啊，我看不出来。

丁珂：怪不得前几天孙总在医院里开会，布置总结预算执行情况呢，他一定是听到了风声。

陈莹：那倒未必，他是为了写竣工报告安排的吧。

丁珂：你不觉得这次调查比上次的事情更严重吗？上次说的是事故责任认定，这次直奔经济问题去了。

陈莹：我怎么觉得你很期待似的。

丁珂：瞎说，我可不希望我们团结战斗的集体出现裂缝。

陈莹：群众的眼睛是雪亮的，你是不是因为孙总欣赏张诗仪，就对他有意见？

丁珂掩饰道：越说越没边了！孙总欣赏谁是他的自由，跟我有什么关系！我一点都不关心孙总的癖好。

陈莹狡黠一笑：还说不在乎呢，连癖好这样的词都出来了，这心里头得有多少醋意呢！

丁珂：你这人怎么喜欢强加于人呢，是不是你自己吃醋了，就要找个同伴呢！

陈莹：我要是有你那份姿色，当仁不让。说实话，我是觉得你看孙总的眼神不对，既恨又怨的。

丁珂：别拿我开涮了，你说这么折腾，会不会把孙总调走呢？

陈莹：怎么样，原形毕露了吧。还是你更关心孙总的去留。我要不是看穿了你的心思，还以为是你写信告状呢。

丁珂：我怎么会干那缺德事呢，人家孙总堂堂正正的。

陈莹：你该说冰清玉洁了吧，哈哈。

丁珂：好人一生平安。

巴布尔港口航运部，阿萨德和赛义德等人在研究达尔港建设进度。

赛义德：目前所有码头、泊位、道路浇筑、铺设已经完成，航道疏浚已接近尾声，码头吊装机械等的安装三个月之内就会完成。所以，确定运营团队的问题就会提出来。这是需要总统先生尽快明确的。

阿萨德：你的意见是什么？

赛义德：中国博海集团能接过来是最方便的，他们熟悉港口的一切。我们港务局的团队和他们配合得也很好。

阿萨德：另外的方案呢？

赛义德：是总统的意见吗？

阿萨德：我们必须给总统两个方案。

赛义德：那就要明确，无论谁运营，必须尽快达到设计的吞吐量，近期至少五千万吨。

阿萨德：要做好两手准备，你知道，我们需要多元投资，多方合作。

赛义德：孙跃民说过，如果让别人来操作，很可能达不到预期目标。他们对形势的判断还是有前瞻性的。

阿萨德：很可能是印度洋的某个港口公司接过去。

赛义德：那就有个竞争问题了，他们原来的港口运营会受到影响的。

阿萨德：也可以开辟新的通道，提升吞吐量啊。如果通往喀什的通道打通，中国大陆的业务就可以蜂拥而至，他们不见得就不看好呀。

赛义德：如果是马六甲通道的港口，他们为什么要鼓励开辟另外的通道呢？即使是缅甸、孟加拉国，他们也不愿看到达尔港的繁荣啊。

阿萨德：缅甸实兑港、孟加拉国吉大港和达尔港不矛盾，他们是中国的西南通道，达尔港是中国的西北通道。

赛义德：中国人为什么必须走西北通道呢？他们的海外业务需求量最大的在长江沿线和南中国，走西南很便利。而且，从红海、波斯湾过来的船只，完全可以在科伦坡或者汉班托塔补给。您不觉得我们面临着失去机会吗？

阿萨德：你果然是个有智慧的人。中国的西部是能源基地啊，发展的战略空间很大。当然，我会向总统报告，陈明利害。但你必须准备好两个方案，什么事情都会发生。

赛义德：那现在还发标吗？竞标并不重要。

阿萨德：依法办事，竞标既是法律也是政治、外交。

赛义德：单单不是经济。

阿萨德：年轻人，不要讲怪话，巴布尔需要策略和智慧。

赛义德：平衡是暂时的，发展才是永久的。

阿萨德：去发标吧，再过几年你就可以去竞选总统了。

戴氏烤鸭店办公区，胡少峰带着两个调查小组的人来见戴旭东，核实有关举报的内容。

胡少峰：戴总，打扰您了。我们是中国博海集团总部的，我是集团副总胡少峰，这两位是我的同事。我们是奉集团领导之命，前来核实有关事情的，请您理解。

戴旭东：没问题，什么事情？

胡少峰：在巴布尔洪灾期间，孙跃民是否从你这里购买过一批食品？

戴旭东：是啊，他给达尔渔村人送过食品。当时那些孩子们饿得快虚脱了。

胡少峰：您是否给他返回过一笔款？

戴旭东：是啊，我妹妹公司给返还的，我们觉得也有义务给灾民捐献，就没有全要他们的款。

胡少峰：孙跃民个人在这里有没有拿钱？

戴旭东吃惊地说：什么！他个人拿钱？天方夜谭。

胡少峰：抱歉，请您正面回答好吗？

戴旭东：他没有拿过我一分回扣，他是个很自律的人！

胡少峰：您还有什么情况要告诉我们，请理解。

戴旭东：没有了。可以告诉我，是谁在诋毁这个团队吗？

胡少峰：是有人在写信告状，他们说得非常具体，组织上是需要搞清楚的。

戴旭东：对不起，我只是感觉这些人做的事和那些制造流血事件的人，有异曲同工之妙。请您相信，一个可以把生命置之度外，投身事业的人，是不会犯低级错误的。他们应当被尊重、爱护。

胡少峰：搞清楚问题，还干部以清白，也是爱护。

送走胡少峰，戴旭东在思考是什么人在告孙跃民的状。他在回忆付款的细节。

戴娆：你为什么不给我及时付款，那些灾民和巴布尔政府知道是戴氏兄妹捐助的，却不知道你并没有用自己的钱。

戴旭东：不是啊，我给你付过部分钱了，转账过去的啊。

戴娆：那是孙跃民公司付的，购买了方便食品。可我给人家返还了一部分，没让你出钱，不算是抵销了吗？

戴旭东：你只返还了部分，怎么就算是抵销了。

戴娆：你把我说糊涂了，反正你没出钱。

戴旭东：我会把剩余的钱给你的，凡是给我供的货，我都买单，这是说清楚的。

戴娆：别再拖着了。

戴旭东拿起电话，拨通戴娆的手机。

戴旭东：戴娆，问你个事，上次咱们说给孙跃民公司返还购买救灾食品款，有别人知道吗？

戴娆：你还差我尾款没给呢，你出去时答应给的，怎么又扯到孙跃民身上了。我不记得了！

戴旭东：好好想想，有麻烦了。

戴娆：别吓我。我想想，那次在烤鸭店聚会，好像我给巴斯蒂安说过，你的日本知己松坂庆子也在场。怎么啦？

戴旭东：有人告孙跃民的状，说他拿了回扣。可能也要你给提供票据。

戴娆：讨厌。我不怕。告诉你，爸爸要到这里来，他让我保密，给你个惊喜。

戴旭东：是给你授衔吧？

戴娆：别讽刺我，本公司在这里的电信和网络业务，日进斗金，而且是两位数增长。你的电动单车业务怎样，听说被对手都扔进海里去了。还不如交给我呢。

戴旭东：好的，等爸爸来了再说。

戴旭东拿起电话。

戴旭东：玛雅，你在吗？来一下。

玛雅敲门进来，在戴旭东办公桌前坐下。

戴旭东：玛雅，我想了解一下，共享电动单车运营的情况。

玛雅：我去拿一下资料。

玛雅到自己的办公室拿来一份资料，递给戴旭东。

戴旭东仔细翻看资料。

少顷，他抬起头来：谢谢你，没想到你总结得如此清楚。你的意见是要继续投放单车，同时增加巡视服务员，覆盖整个业务领域？

玛雅：是的，但今天我不想和你讨论这个问题。

戴旭东：那你想讨论什么问题？

玛雅：我想讨论我们之间的信任和工作方式的问题。

戴旭东：我们之间很信任啊，你很出色地完成了特殊的任务。工作方式嘛，你有什么不满就直说。

玛雅：你离开公司，我应不应该知道？

戴旭东：一般情况下应该通知你。这次，离开时间紧，电话里不好说，我让你表哥阿里夫当面告诉你了，他没有说吗？

玛雅：你这不是耍赖，是不诚实。我不想在你这里工作了。

戴旭东：尊敬的玛雅女士，我正式向你道歉，以前有过不尊重助理和合作伙伴的情况，以后不会出现了。你是我最信任的女性，比我妹妹还信任。我们出去的情况，不要告诉她。

玛雅：那个日本美女呢，不是和你一起出去的吗？

戴旭东：唉，女人面前没有秘密。我是个退伍军人，和阿里夫达成协议，去参加国际刑警组织的工作，你应该感觉到了。松坂庆子是个鼹鼠，三丰港务集团想要她给我提供些假情报，并且掌握我的行踪。所以我就将计就计，扰乱对方的视听。

玛雅：好吧，别说了。我们巴布尔男人可以有四个妻子，何况只是个女伴，没什么了不起的。

戴旭东开心地笑了：你不是说是《一千零一夜》的故事吗，提前了！我太荣幸了。

玛雅：讨厌！我可没说嫁给你，别自作多情。给我加薪吧，增加担惊受怕补贴。

戴旭东：哈，好。不过，我们还是认真研究一下共享单车的方案吧。

玛雅安静地坐下来，两个人开始研究应对措施。

医院病房，张诗仪来看望孙跃民，她显得很忧郁。

张诗仪：胡总让我告诉你，你这段时间安心养伤，指挥部的工作暂时由黄道明主管。

她停顿了一下，看看孙跃民。

孙跃民面无表情地在倾听。

张诗仪：你受伤了，在养伤期间，工作由黄道明先主管一段，是正常的。本来，我上次就该提醒你，由黄道明暂时主持，那就比现在主动些。

孙跃民有点恼火：工作由谁主持，不是个人行为，是组织决定。你不用安慰我，在组织调查期间，停职观察是很正常的。你代表胡总，代表组织来通知我，我正式表态，服从组织决定，你可以回去向他报告了！

张诗仪觉得很委屈，眼泪一下子就涌出眼眶。

张诗仪：你怎么这样，怎么这样对待我？

孙跃民觉察到自己失态。

孙跃民：抱歉，我，我也觉得自己不知道该怎么想，莫名其妙。对不起，你一直是理解我、支持我的。

张诗仪不由得掩面抽泣起来。

孙跃民给张诗仪递过纸巾，张诗仪把他的手推到一边去。

孙跃民：诗仪，求你了，别哭了，我的心都乱了。告诉我，到底说我有什么问题。

张诗仪慢慢抬起头来：是和戴旭东关联交易，拿回扣。

孙跃民：放屁！孙某人犯一万个错误也不会去拿回扣。真阴险、卑鄙！

张诗仪：你觉得是谁干的？

孙跃民拉张诗仪的手：你不生气了吧。

张诗仪推开他的手：你太容易误解人了。我认为是了解内情的人，不然不会说这么详细。

孙跃民：我想象不出是什么人做这样的事情，我没得罪过什么人，更没有做过这样的事情。

张诗仪：别去想它了，自然会水落石出，真相大白的。集团领导始终是信任你的，咬牙挺过去，天塌不下来的。

孙跃民眼泪夺眶而出，他忘情地拉住张诗仪的手。

大西国某市咖啡厅，坐在角落的文森特看到风尘仆仆的舒卡拉走进来，向他招了招手。

文森特：你看上去很疲惫，可能需要休假了。

舒卡拉：船长有什么建议？

文森特：索马里警署搞到了水鬼哈桑的口供，提供了有人雇佣他们袭击中国商船"青岛号"的证据。这对于大西洋基金在巴布尔的业务是不利的。

舒卡拉：通常的做法是让他消失，证据就失去了意义。

文森特：你不用担心，有人去做，你需要离开巴布尔一段时间。我们的目标是控制印度洋。即使中国人建成了达尔港，也不能让他们来运营。这件事，会有人去和巴布尔政府沟通。现在，同样紧迫的是锡卡，中国人已经深度介入他们的十年重建计划，到处都是中国的工程。你应该清楚，这意味着什么。

舒卡拉：船长的意思是要我到那里去休假？

文森特：基金原来答应给三丰港务集团的利益，一部分在印第安，高铁项目；一部分在锡卡，海上安全设施，但现在看，中国人似乎说服了他们。中国人在印度洋打的是基础设施建设牌，孟加拉国的吉大港、缅甸的仰光、锡卡的科伦坡和汉班的托塔港。他们虽然赢得工程，但不一定会赢得好感。获取人心是很重要的。

舒卡拉：船长的意思是说，我们并不想过多去投资，而是靠舆论引导？

文森特：两手都要有，手段是为目标服务的，目标就是一切。譬如，猛虎组织实际上一直挺讨厌中国人，如果有人以他们的名义给中国人制造点麻烦，是合逻辑的。而且锡卡人很想得到几艘巡逻舰。

舒卡拉：经费呢？

文森特：基金会提供，三丰港务集团获得利益后，他们也会反哺的。

舒卡拉：我知道了。

文森特：南印度洋的海滩更迷人。

舒卡拉：谢谢。

索马里监狱，毒贩甲的毒瘾发作，哈欠连天，面部抽搐，在囚床上打滚。

毒贩乙悄悄走到角落，从一个砖缝里抽出个纸包来，走到毒贩甲身边，打开纸包，把粉末放在毒贩甲鼻孔，毒贩甲吸后，立即就安静了。

水鬼哈桑不动声色地看到这一幕，从囚床上下来，走到墙角，从砖缝里往外抠东西，一无所获。再仔细地看，还是空空如也。

水鬼哈桑走到毒贩乙身边，伸出手来。

毒贩乙摇头：没有了，只有等送饭时才能有机会。

水鬼哈桑一把推倒毒贩乙。

达尔渔村，乔装的舒卡拉来到临时房屋前，等待着拉巴尔出现。

拉巴尔准备出海，扛着渔网。

舒卡拉悄声走到他面前，拦住拉巴尔的去路。

拉巴尔有点诧异：你是谁？

舒卡拉：基纳的朋友。

拉巴尔看看周围，把他拉到一边。

拉巴尔：你是三丰港务集团的人吗？

舒卡拉：大西洋基金。

拉巴尔：找我有什么事？

舒卡拉：帮我找基纳，他失踪了。

拉巴尔：那一定是为了躲开拉姆，我也找不到他。

舒卡拉：别人都说你知道他躲藏在哪里。

拉巴尔：我有什么好处？

舒卡拉：你一定不反对得到两万美金。

拉巴尔：好吧，我试试。

舒卡拉和他低语着——

达尔港捕鱼码头，俾省警察署那瑟警长穿着便衣等待在渔船码头。

拉巴尔的小船靠岸，他把捕来的鱼装进筐里，然后装在电动单车上，准备离开。那瑟出现在他的面前。

拉巴尔认出是那瑟警长，有些紧张。

那瑟：还记得你给我说的话吗？

拉巴尔：记得，我正要向您报告，有个基纳的朋友来找我，让我联系基纳。

那瑟：你还算诚实。你准备怎么办？

拉巴尔：我试着找找他，可能会在某个女人那里。

那瑟：你带着我的追踪器。

拉巴尔：他会发现的，基纳是个兔子。

那瑟：这是最新款的，贴在鞋底下就行，不会测出来的。

拉巴尔：好吧。

那瑟：如果立功，也是有奖励的。你不会拒绝两万美金吧。

拉巴尔：我会用心的。

索马里监狱。监狱看守送饭来，毒贩甲和毒贩乙交换个眼色，凑到跟前。毒贩甲先把哈桑的饭端给他。

毒贩乙盯着看守的眼神，他在送饭的篮子底下，抽出个荷叶卷来，急忙放到自己的囚衣口袋里。

毒贩甲过来端走了自己的饭。

监狱看守转身离开他们的囚室。

哈桑扑过来，一把揪住毒贩乙。

他狞笑着伸出手来。

毒贩乙挣扎着，哈桑一拳打过去，毒贩乙的鼻子和脸上立刻流出血来。

毒贩乙战战兢兢地从衣袋里掏出荷叶卷，交给哈桑。

哈桑打开荷叶卷，闻到一股异香味，贪婪地放在鼻孔里吸起来。

哈桑觉得舒服至极，躺在囚床上享受着。突然间，一阵抽搐，哈桑翻腾几下，不动了。

毒贩甲和毒贩乙急忙起身，走到哈桑身边。

毒贩甲用手在他鼻孔上试试，已经没有呼吸，他向毒贩乙做个动作。

毒贩乙拿起荷叶卷，装进自己衣袋里。然后摇铃招来看守，示意自己要大便。

毒贩乙在看守的监视下去厕所，一阵哗啦啦的冲水声之后，他走回囚室。

囚室里复归宁静。

夜幕降临，囚室里更昏暗了。监狱长带着人来查房，叮叮当当的不断响声中，他们囚室的门被打开。

监狱长带着几名看守，捅捅毒贩甲、毒贩乙，他们各自翻身坐起，揉着睡眼。

看守甲在捅哈桑，没有反应；再捅，还是没有反应。急忙俯下身来检查，发现他已经没有呼吸。

看守甲：监狱长，这个家伙，怎么死了！

监狱长过来检查，翻开眼睛，瞳孔已经放大。

监狱长：报告警长，保护现场，先让法医和拍照的过来。

法医和警署刑侦科的人分别来到现场，拍照、取证。

夜晚，拉巴尔的电动单车行驶在巴布尔的边境，那瑟的警车紧随其后。

电动单车停在一个私人渔船码头，码头上灯火若隐若现。

拉巴尔走上一艘机动渔船，进入底舱。

底舱里，基纳和几个渔民打扮的人在喝酒。旁边几个袒胸露臂的混血女郎在陪伴着他们。

拉巴尔走进来，基纳向他招招手。

拉巴尔：大西洋基金的舒卡拉找你，他想要你搞个船队。

基纳狐疑：船队？

拉巴尔：捕"鱼"，专门捕中国鱼。

基纳会意：经费呢？

拉巴尔从自己的行囊里拿出一捆美金。

拉巴尔：这是开始给的，后面他会和你面谈。

索马里渔船码头，舒卡拉在渔船码头上寻找着，他看到木树清的豪华游轮。

木树清在游轮上研究一幅地图，舒卡拉走上游轮，静悄悄来到他的身边。

木树清抬起头来：您就是舒卡拉先生？

舒卡拉：特来拜访阿拉伯海的渔王。

木树清：桥本先生说您要建立一支船队。

舒卡拉：到锡卡和马尔代夫的金枪鱼渔场去。

木树清：我不想租船，有可能赔本。

舒卡拉：买船，桥本先生会付给您第一笔款。

木树清：要几只船？

舒卡拉：一艘大型改装渔船，还有几艘快艇。

木树清：好的，让他们到恰巴哈尔接船吧。

舒卡拉：可以打您的海事卫星电话吗？

木树清：随时。

木树清递给舒卡拉一张名片。

舒卡拉：水鬼哈桑在牢房里吸毒过多，没醒过来。

木树清：莎莉夫人正在马尔代夫的无人岛上为你的船员们准备丰盛的夜宵，僧伽罗人和泰米尔人都喜欢夜宵。我们也许会在那里见面。

舒卡拉：谢谢。

木树清：祝你好运。

达尔港加工区，运送货物的车辆来来往往，大型厂房的轮廓已经清晰可见。

桥本、小泉、池田在陪同巴布尔港口航运部长阿萨德、赛义德和俾省首席部长阿贾伊、俾省工商会会长拉赫里、俾省商会秘书长特拉视察他的港口加工区。

桥本引导大家到修船厂码头，他有点得意地在介绍：一个港口，它的吞吐能力不仅取决于硬件、码头和巷道，更重要的是他的服务能力，装卸货物的机械水平，还有对船舶的维修水平。我们在这里先建了这个修船厂，比孟加拉国的吉大港、锡卡的汉班托塔港、伊朗的恰巴哈尔港，印度的孟买港的修船厂都要大，这里每天都可以接待几十艘船只来维修。

阿萨德：比新加坡的呢？

桥本：那可能要小些，他们承接着马六甲的业务。

阿萨德：你对这里未来的业务如何判断？

桥本：近期吞吐量一百万标箱，远期五百万标箱。

阿萨德：不知道能不能在你们的标书里看到更让人兴奋的数字。

桥本：追逐鹿的猎人是看不见山的。

阿萨德：哈，这里是渔场，要看见海。

医院病房，黄道明来看望孙跃民，他满面的疲惫，但似乎很诚恳。

黄道明：孙总，一直没能抽出工夫来看你。你知道，调查组挺认真的，把我们几年来的财务账目都普查了一遍。我想他们大概该撤了。我去问了何瑾大夫，她说你是因为失血过多，伤口撕裂感染造成的休克，不碍事的，你很快就能康复，快点把我解放出来吧。你知道这些日子把我压得快趴下了，我是个抓不住重点的人，什么事都操心，不像你，就抓大事。

孙跃民看到黄道明也觉得很亲切，他听完黄道明一番话，似乎觉得他说的是真话。

孙跃民：道明，谢谢你来看我。我知道我们项目部，又经受了一次考验。我虽然问心无愧，但我预感到我不会再在这里工作了。港口建设接近尾声，下一步的主要工作是运营了。我想和你说的是，你现在要把主要精力集中在竞标上。我觉得竞争达尔港的运营权，是焦点。三丰港务集团和大西洋基金绝不会放弃的，他们仍然会像建设阶段一样，千方百计把中国企业挤出去。我现在比以往任何时候都能够体会到经济就是政治，竞争就是战争的道理。在印度洋的广阔海域里，惊涛骇浪里，谁能坚持到底，谁就是胜者。我这阵子卧床，又读了一遍海明威的《老人与海》，那个第八十五天钓到大鱼，与鲨鱼做斗争的老渔夫圣地亚哥的影子老在我眼前晃，他说过，你只能毁灭我，但不能战败我。

黄道明：孙总，我真的觉得你身上有股劲，但你更像《夸父逐日》里的夸父，挑战太阳的人。

孙跃民：哈，《精卫填海》吧，我们都是把自己奉献给海洋的人，管他娘的什么狂风巨浪呢！

黄道明：孙总，你好好养伤，我们等着你一起迎接港口运营的那一天。

孙跃民紧握住黄道明的手，然后又挥挥手。

锡卡西南部城市汉班托塔。

海啸后重建的汉班托塔，出现了许多全新的建筑，道路焕然一新。

松坂庆子出现在写字楼里，她依然一身职业女装，白色的衬衣烘托出她的优雅，她给木树清在讲解他们新做的沙盘。

池田在一旁陪同。

松坂庆子：这里是著名的锡卡和马尔代夫金枪鱼渔场，跨越十个纬度的海域。但这里也是海盗出没的地方。而且，海啸后，锡卡政府军与猛虎组织短暂和平后又开战了，现在迫切需要增强海上控制力。

池田：他们非常想得到东瀛集团的支持，提升海上的控制力和打击力。

木树清：是的，现在索马里和印度洋海盗的装备都比一些小国好。东瀛基金应该和锡卡政府谈谈条件了。

锡卡汉班托塔港，樯桅林立，渔船来来往往。

陈可染和叶成修带领考察小组来到码头，锡卡港口航运部长拉帕伊辛哈带领建设司长卡拉瓦在这里等待着他们。

拉帕伊辛哈：欢迎您，副总先生，欢迎你们的团队。

陈可染：感谢您，我们只是一次普通的业务调查和论证，没想到受到你们这么高规格的接待。

拉帕伊辛哈：我们的总统非常重视你们的市场调查和论证，他要我向你们表示，锡卡非常希望中国公司支持和参与到我们的十年重建计划中来。感谢你们为我们修复的帕纳杜拉、贝鲁沃勒和库达维拉三个渔港，还希望你们能给我们修建更多的港口。我们的合作政策比你们改革开放之初还要优惠，你们可以在这里大胆投资。

陈可染：部长先生，我们需要港口航运部提供一些汉班托塔港海啸前的运营数据，还有科伦坡的数据。

卡拉瓦：我们已经把资料整理出来，会交给你们专家组的。

陈可染、叶成修等人告别拉帕伊辛哈和卡瓦拉，登上考察船。

考察船离开海岸，在海面上航行。

叶成修：这里是印度洋的中心地带，据我们之前的资料，汉班托塔港每天停靠三百艘左右的轮船，从大西洋、地中海和太平洋过往的船只，都可以在这里补给。这里完全可以建成印度洋的航运中心、商务中心。这里还是印度洋著名的金枪鱼渔场，横跨十个纬度的海域。只是，海上秩序比较混乱，经常有海盗出没。所以他们需要提升海上安全防卫能力。

陈可染：他们现在受某些大国的制约，想要摆脱也不是很容易，关键是经济基础，经济上不独立，政治、军事都不会独立。

叶成修：陈总，我提个幼稚的问题，是不是有些国家并不希望锡卡稳定，这里的内战对他们控制印度洋有好处呢？

陈可染：很深刻，但如果有一个拥有雄厚实力的政府，恐怕内战早就结束了。锡卡只有六万平方公里，如果内战不休，谁也不会来投资。现在的总统就很睿智，他倡导和平，发展经济，正是我们投资的好时机。

叶成修：陈总，上次我们提出的方案就是锡卡一揽子投资建设的方案，包括科伦坡的港口城。

陈可染：日本人也在这里投资，他们的重点是海上防卫能力，有点想控制这里的意思，当海上巡警。

叶成修：许多人把这里当作不沉的航空母舰，想在这里驻扎他们的舰队。

陈可染：我们不管那些，真正的航母是人心。我们在这里和他们一起搞建设、创造就业机会，我就不信他们不欢迎中国人，会去相信那些专门说大话，不做实事的人。抓紧把方案做出来，一周内汇报。

医院病房，胡少峰和一名调查组成员来核实有关情况。

胡少峰：孙跃民同志，我们调查组奉集团领导之命，前来了解有关情况，请你理解并配合。

孙跃民：没问题，我会如实提供情况。

胡少峰：你是否决定公司从戴旭东手里购买过一批救灾食品？

孙跃民：是的，捐赠给达尔渔村的灾民，他们的村庄被淹了。

胡少峰：具体多少钱款？

孙跃民：记不清了，财务应该有详细的账目往来。

胡少峰：你是否接受了戴旭东的部分退款？

孙跃民：等等，我们项目部是接受了部分退款，而且是戴旭东的妹妹退回来的，财务应该有具体的记录。我个人，没有接受任何退款。

胡少峰：你是一名党员领导干部，应当知道我们的海外形象是多么重要。在全球化进程中，中国企业还处于创业阶段，我们只有坚忍不拔地奋斗，才可以获得更大的发展空间和市场，否则我们就是个暴发户，小富即安，稍富即贪，走不了多远的。戴旭东是个特例，但在和别的企业和不同背景的商人交往过程中，一定要保持清醒的头脑，我们的价值观和商业伦理与资本家是截然不同的。要像爱护自己的眼珠一样爱护企业的形象。

孙跃民：谢谢您的教诲，我们会注意和形形色色人的交往的，请领导放心。

达尔港商务区，在尚未启用的戴氏商务酒店的顶层，通透的玻璃长廊里，戴鸿业在戴旭东、戴娆、玛雅、白逸轩、乔虹、马龙的陪同下视察酒店工程。

须发斑白的戴鸿业身着丝质的中式衣服，他精神抖擞地听乔虹和马龙在介绍酒店的设计。

乔虹：这是个融合东西方文化的构造，因为地处南亚地区，我们普遍采用了南亚的廊坊样式，在建筑主体外延伸了遮阳避雨的屋檐，而主体建筑的色调是阿拉伯白色蓝色组合的，而造型则照顾了地中海建筑围合式的特点，整个酒店是个建筑群。

马龙：这是我们设计事务所的一个创新，首先成为达尔港和巴布尔的地标，之后会在南亚地区被复制、流传。

戴鸿业：哦，听起来看起来都不错。小东，娆娆，这个酒店的思维就是大商业思维。要有锡卡、马来西亚的遮阳外廊，也要有阿拉伯的白蓝色调，还要有地中海。我们的商务就是要这样布局才对。当年我在罗马开了第一个中餐馆，接着在巴黎开了第二个，在土耳其开了第三个。那时是随着中国游客的脚步走的。现在，你们要随着中国的船队走，到港口城市去搞商业城才对。

戴旭东：爸爸，您是有备而来啊，您就说您的想法吧。

戴娆：爸爸，我猜您是想把总部迁到这里来吧？

戴鸿业：我老了，要靠儿女了。总部要和小女儿在一起，就迁到这里来，这里未来的业务也会更多些。

戴旭东：那您是希望我去欧洲了？

戴鸿业：你不会比妹妹差这么多吧，连基本判断都做不出来。去锡卡、孟加拉国，开疆辟土！

戴旭东：啊呀，老爸，好狠心哇！我们在那里没有任何条件。

戴鸿业：锡卡未来会很繁荣，那里会变成航运中心，当然也就是商务中心了。把这里留给戴娆，我拨付一亿美金给你去锡卡投资。

戴娆：老爸！您还是偏向哥哥。

戴鸿业：傻丫头，这里的地产在增值。不过，你和重庆嘉陵集团的合作，要全部交给戴娆，包括股权。

戴旭东：哈哈。还有竞争对手，有人在这里卖摩托车，就要把电动单车挤出去。

戴鸿业：不过，烤鸭店嘛，还是由小东来经营好些吧？我想听听玛雅女士的想法。

玛雅大方地说：谢谢戴先生。我认为，烤鸭店不仅要在巴布尔做，而且要到锡卡、孟加拉国、马尔代夫、整个印度洋都去做，凡是有港口的地方，就有烤鸭店，凡有烤鸭店的地方，就有戴氏商务酒店。

戴鸿业：谢谢，很有见地！如果我任命你为戴氏集团锡卡公司的副总裁，你不反对吧？

玛雅略觉惊诧，看看戴旭东后：我非常感谢您的信任和任命。那是否意味着我还要在戴旭东先生麾下工作？

戴鸿业：是的，他将担任锡卡公司的总裁和董事长。

玛雅：谢谢，我一直是他的助理。

戴鸿业：那么我也想听听白逸轩先生的高见。

白逸轩：戴老先生格局在胸，南亚这盘棋已经排兵布阵完成。我只是想提个建议，如果在每个港口都搞商务区，商务酒店是否和商务区二位一体更好呢？

戴鸿业：锡卡的餐饮和巴布尔的有何不同，两者的商务又有何不同？

白逸轩：锡卡是僧伽罗人和泰米尔人为主，信佛教，巴布尔是信伊斯兰教，餐饮当然不同了。但中华饮食包罗万象，完全可以适应两地特点。所以锡卡和巴布尔不同也同。不同在各具特色，同在可以互通有无。同样的道理，对于商务也是合适的。锡卡将会是印度洋的补给中心，商务应以对海事服务为主，而达尔港则是依托南亚次大陆的大码头，商务兼有辐射巴布尔的特点，应当更为综合……

戴娆打断白逸轩的话：白博士，扯远了，简单些！

白逸轩：哈哈，就是说，商务应当按大区域来搞市场分析。

戴鸿业：很好，听说你是西安回民街的后裔，那你觉得要是把西安的回民街小吃搬到锡卡和这里，会怎样？

白逸轩：会红火，中国游客光顾的地方，就会出现繁荣，商务区就能建起来。

戴鸿业：好的，就请你来担任我的顾问吧，不知你意下如何？

白逸轩：愿意效劳，不过，我可是个江湖散人，不会到任何公司去上班。

戴鸿业：感谢你能应聘。

戴娆以欣赏的眼神看着白逸轩。

北京中国博海集团总部，刘清云和胡少峰在谈话。

胡少峰：刘总，我们调查的结果证明孙跃民没有吃回扣的情况存在，我们查了戴氏南亚集团的账目，和戴氏兄妹进行了核实，找孙跃民本人也核实了情况，查了他的资产和银行账户，确实没有异常情况出现。

刘清云：那你分析是谁在写告状信呢？

胡少峰：我们谈话过程中，项目部的人没有一个怀疑孙跃民会吃回扣。黄道明应当是对他最有意见的人，当时他主持过几个月的工作，集团却任命了孙跃民，他内心是有想法的。孙跃民对他也没有足够的尊重，在业务上还批评过他。这对于黄道明来说，是可以构成怨恨心理的。但我们谈话时，黄道明对孙跃民是很肯定的，他斩钉截铁地说，孙跃民不可能吃回扣。如果是他告状，他应当说含糊一些的话。所以，我们分析不出来是谁在告状。

刘清云：竞争对手呢？

胡少峰：他们会了解那么多细节？

刘清云：不能过低估计对手的能力和灵活性，以假乱真更能产生效果呀。

胡少峰：我们的意见是让孙跃民继续工作，支持他们干到底。

刘清云：不，把他调出来，派到锡卡去。这也是一种重用。孙跃民这个人经历了达尔港的锻炼，可以说是成熟了。锡卡的复杂程度不会亚于巴布尔，目前集团范围内，适合开疆辟土的，他最合适。当年安排他到达尔港项目部去，也是因为需要开拓型的人。现在，达尔港工程即将竣工，更需要黄道明这样稳重老成的，所以可以让他来接替孙跃民。

胡少峰：我同意您的意见，这样可能对孙跃民这样的干部也是个保护。对于黄道明这样的干部，也是个恰当地使用。

胡少峰：项目部另外一个人也对孙跃民有意见，就是丁珂。但项目部的同志分析，她实际上内心里是欣赏孙跃民的，但在表面上似乎总在和孙跃民唱对台戏。那个陈莹，她认为丁珂是因为孙跃民对张诗仪更好才有怨气的。哈哈，这恐怕不能视为不团结吧？

刘清云：这个孙跃民，现在还单身，听说他的前女友也在达尔港，搞得很热闹。我们得当当月老了，把张诗仪也调到锡卡去，估计就不会有这几角关系了。这方面，我们还是要提醒孙跃民的，不能太浪漫了。

胡少峰：我赞成。确实要找孙跃民谈话提醒，虽然他们的爆炸事故有复杂的背景，是敌对势力有预谋、有计划的恐怖行为，但他也应当增强安全防范意识，避免给对手以可乘之机。

刘清云：我们在整个印度洋的安全，都需要整体谋划。从这些恐怖事件看，确实是有某种势力在遏制我们在海外的发展。我们在印度洋，在锡卡、巴基斯坦、马尔代夫、孟加拉国和缅甸等都有一些合作，参与到这些国家的基础设施建设中，我们的业务领域会扩展，但这些国家是受益国啊。我们参与到锡卡的灾后重建计划中，直接垫资、投资，锡卡的基础设施建设周期将缩短，经济就会复苏、发展。从长远利益来看，我们和印度洋是利益共同体。所以我认为印度洋的恐怖活动，充其量也就是些非法的活动，我们可以通过合法的手段来打击他们，制裁他们。

胡少峰：刘总，我们已经按照您的指示研究了印度洋的安全方案。调研小组还研究了本世纪以来印度洋所有恐怖事件，同时也研究了二战后各种势力此消彼长的历史。基本结论就是，目前海上恐怖活动主要是各种势力支持的海盗行为。这些海盗活动，除了属于一些小毛贼的行径之外，就是有特殊背景的海盗行为，针对中国人的海盗行为，就是这种性质的。我们目前的问题是，在海上没有维护治安的力量。中国海军的护航还仅限于若干特殊海域，比如亚丁湾。但在南印度洋，锡卡、马尔代夫之间，存在巨大的金枪鱼渔场，在锡卡北部是印度洋的主航道，这些地方都没有海上警卫力量。一些商船和渔船开始雇佣保安护航。所以迫切需要，根据印度洋国际合作和海上业务增加的趋势，协调国际刑警组织，协调各国政府，建立印度洋的治安机制。

刘清云：你的分析很透彻，这是国家层面的事情，我们会给有关方面提出建议。我要听你关于我们企业的保卫方案。

胡少峰：我们目前提出的方案是请求项目所在国政府派出专门的力量，对项目施工现场和宿舍实施封闭式保卫。对人员进行安全培训，不允许单独活动。

刘清云：这还是过去的方式，只能保障施工，不能保障人员安全。达尔港发生的事件就是专门针对工程技术人员的，爆炸发生的地点就不在你刚才所说的保卫防护范围。

胡少峰：那您的意思是要主动出击吗？

刘清云：是统筹全局，争取主动。我们和当地政府协调的不仅仅是保护工地，而是要综合分析当地针对中国人的敌对行为，掌握敌对方面的活动特点，把对中国企业构成威胁的因素，事先给予制约或打击，消除在萌芽状态。

胡少峰：那可难了，您这哪是企业行为，这是国家外交、国际刑警组织的业务！

刘清云：你不觉得现在我们的海外企业必须这样工作吗？

胡少峰：那就必须依靠大使馆和领事馆，加上公安部国际刑警组织共同配合才行啊。

刘清云：你前面做的工作很到位，我现在提出的是下一步的工作要求。我们要给交通运输部和国资委写一个印度洋海港工作建议，建议成立一个安全协调小组，由外交部、公安部、商务部、交通运输部派员参加，专门就印度洋的海上和港口安全采取措施。我们的对手比我们想象的要高明，也更狡猾。

三丰港务集团项目部，新加坡三丰港务集团总裁白逸秋和舒卡拉、桥本、小泉等人在研究达尔港运营竞标方案。

白逸秋：我们的运营方案，最重要的是运营经验丰富，在吞吐量方面提出了中国人无法想象的目标，还有我们已经联系了俾省商会，他们愿意以证券公司的名义与我们一起合作。

桥本：你说的是俾省工商会的拉赫里吧？

白逸秋：是的，他们出面和我们谈判的是巴斯蒂安。

舒卡拉：这是非常关键的一步，我们联合了西部的利益集团和政治力量，这在巴布尔政府就拥有了同盟军和话语权。我已经把大西洋基金的意图告诉了巴布尔政府的朋友，相信他们会施加影响的。

桥本：白先生，我想了解，港口运营我们占多少股份？

白逸秋：舒卡拉先生告诉我的是你们出全资，我们只是负责经营。这个没有在标书里体现，只是我们之间的商务秘密，要签署协议的。

桥本：舒卡拉先生，我希望大西洋基金能够出资百分之四十九，否则，这个不能受益的项目里，我们的损失就太大了。

舒卡拉：对不起，你不要忘记，在锡卡的海上，还有孟加拉国的科尔索纳，印度的高铁项目里，你将得到巨大的利益。

桥本：锡卡的海上项目，短期内看不到任何收益。别的地方也没有太优惠的条件。我还是希望大西洋基金能够考虑我的建议，否则，三丰港务集团只好退出了。

舒卡拉：好吧，我需要请示后才能答复你。

医院病房，黄道明带领陈莹、黄翔、丁珂、张诗仪等人来见孙跃民，一起研究达尔港运营竞标方案。

黄道明诚恳地说：孙总，我今天带领团队的人来向您汇报达尔港运营竞标方案。这个项目倾注了您的心血，现在到了关键时期，大家都非常想听听您的意见。

张诗仪深情地看着孙跃民，丁珂在注意张诗仪和孙跃民之间的眼神交流。而黄翔和陈莹则关切地看着孙跃民的脸色。

孙跃民：感谢黄总和大家对我的信任，但我必须声明，我们今天是私人聚会。组织上已经宣布在我养伤期间由道明主持工作，那我就不能再听取任何汇报了。但我确实对这个项目充满了感情，在梦里我都常常跑到工地去。现在即将竣工，面临着争夺运营权，我真想表达自己的想法。道明、伙伴们，太感谢你们了，以这种特殊的方式来慰问我。

张诗仪听得泪光盈盈，黄翔也在擦拭眼泪，丁珂则噙着泪水。

黄道明：形式并不重要。孙总，我们是真的想听听您的思路。

孙跃民：道明，我这些天，躺在这里想来想去，把这个项目经历的事都捋了一遍。我觉得，争夺运营权的关键在于巴布尔港口航运部的意见。港务局的赛义德是个有责任心，并且一直对华友好的官员，他不会提出反对意见。但阿萨德是有政治前途的人，他一定会事先听取总统的意见。目前沙拉夫总统面临着多重压力，"9·11"之后，美国一直要求他配合反恐，但西部俾省又存在着分裂势力，他们背后也是大西洋基金。我们在这里修建港口，国际上是大西洋基金反对，内部是西部势力，他们认为我们会剥夺他们对当地石油和天然气的开发权。所以无论他们怎么掩饰，背后的黑手就是大西洋基金和分裂势力控制下的黑帮。

丁珂憋不住：沙拉夫不理他们就是了，中国会全力支持他。

孙跃民：没那么简单，他想得到大西洋基金的三十亿美金，想得到大西洋基金对他在政治上的支持，就不得不妥协，搞平衡，多元政治，多元外交。

黄道明：这么说来，我们没有胜算啊。

张诗仪：我觉得需要集团尽快向中央政府汇报，在政府层面去协调。

孙跃民：是的，项目部应该尽快向集团正式汇报，同时去见孙大使，把具体方案呈上，以便协调。

俾省工商会，拉赫里和巴斯蒂安会见新加坡三丰港务集团总裁白逸秋，小泉作陪。

拉赫里：我看过你们的竞标方案了，是个很有竞争力的方案。但我还关心俾省工商会的证券公司在未来的运营中占多少股权？

白逸秋：按照国际惯例，我们根据出资多少确定股权，对于不出资的，一般不超过百分之二十的股权。

巴斯蒂安：拉赫里先生曾经让我转达过的意见是，要体现在每年的利润分红上。目前在方案中没有看到。

白逸秋：这个我们会在补充协议中体现。

小泉：关于股份构成比例，还需要大西洋基金的正式意见，您要耐心等一等。

拉赫里：别的工作，我们已经开展起来，联邦政府里的朋友们会把我们的意见报告给总统，当然也会告诉巴布尔港口航运部。

巴布尔港口航运部，阿萨德和赛义德等人在研究中国博海集团的运营竞标方案、新加坡三丰港务集团的运营竞标方案。

阿萨德：赛义德，你告诉我们中国人的方案和新加坡人的方案有什么本质的区别。

赛义德：新加坡人的方案出价很高，是中国人的十倍。但他们对未来吞吐量没有量化的指标和承诺。中国人的方案出价较低，但对未来的吞吐量有指标和承诺。近期内标箱吞吐量达到二百万标箱，远期一千万标箱，二期工程后货物吞吐量达到一亿吨。

阿萨德：近期是什么概念？二期何时实施？

赛义德：近期十年，二期十年内开工。目前是三个码头，四点五公里航道，若干临时码头。二期后是十个专用码头。

阿萨德：你的意见呢？

赛义德：我的意见是采用中国方案。因为他们虽然目前出价低，但未来运营目标明确。而且，未来这个港口最大的潜力在于对接中国西部喀什，连接中亚，输送天然气和石油。这里离波斯湾只有四百公里，据说中国人将要在波斯湾租用油库，增加这里的运输量。新加坡的方案虽然政府暂时可以得到些实惠，但长远看，他们不会让这个港口过于繁忙，那会抢了他们在马六甲海峡的生意。

阿萨德：你分析得很透彻。我常常为有你这样出色的部下感到自豪和欣慰。你再回答我一个问题。中国人会因为没有得到这个港口的运营权而放弃在巴布尔的投资和合作吗？

赛义德：当然不会，但他们会把出海口选到孟加拉国的科尔索纳、吉大港，或者选到缅甸的仰光，抑或会增加对锡卡科伦坡和汉班托塔港的投入。他们的生意经是《周易》的智慧——变通。那样，我们这个地方的利用价值就会下降，发展的前景就不会和中国挂上钩，搭不上人家的快车了！

阿萨德：哈哈，你是个超级爱国的官员。好吧，今天就讨论到这里。

中国驻巴布尔大使馆，孙大使和商务处长在听取黄道明的竞标汇报。

孙大使：你们的方案很专业，也很有针对性。目前我了解到的情况是，巴布尔政府只会在中国博海集团的竞标方案和新加坡三丰港务集团的方案中选一个。如果沙拉夫总统需要向大西洋基金妥协，同时又要在短期内增加政府的财政收入，他就会选择新加坡。如果从长远考虑，他就会选择中国。

商务处张处长：目前大西洋基金就此事已经和巴布尔政府交涉过多次。

黄道明：新加坡的方案中，虽然有俾省工商会的参与，但俾省在新加坡和中国企业之间并没有偏向。他们会得到同样的利益。地方上闭关锁国，不愿国外资金进入的声音仍然存在，尤其在大西洋基金干预、背后煽动下，他们会更倾向于新加坡的三丰港务集团。我们的难度还是很大的。

孙大使：这方面的背景，中央政府是了解的。我会迅速向中央政府报告目前的情况，请你们继续从达尔港建设的渠道做工作，不到最后一刻，决不放弃。

第五章

达尔港建成了，但谁来经营，成为国内外关注的重点。

北京博海集团总部，刘清云、陈可染、胡少峰、叶成修等人研究达尔港运营方案。

刘清云：中央政府领导对达尔港运营竞标很关心，不仅听取了我们的汇报，也请有关方面汇报了巴布尔国内目前的情况。领导指示，我们要竭尽全力去争取达尔港的运营权，把竞标的方案再做重大调整，满足巴布尔政府目前对此项目的要求。我们的目标是要和巴布尔共同发展，在喀什和达尔港之间建立起一条通道，让巴布尔的东部、西部和中国的西部都成为经济的繁荣地带。

陈可染：刘总，黄道明他们已经在调整竞标方案。但我们估计，巴布尔政府最后会选择新加坡三丰港务集团。新加坡给出的价格是我们没法预测的，而且目前巴布尔国内有人在给港口航运部施加压力。

胡少峰：我们从安全角度看，也觉得巴布尔会选择新加坡三丰港务集团。目前仍然有人在策划针对中国工程人员的恐怖活动，特别是他们借开发石油和燃气的名义给政府施加压力。

刘清云：不到最后一刻，决不能放弃。让孙跃民出面再去和港口航运部的人做最后的争取，项目竣工前再离开达尔港。

胡少峰：刘总，您真是太喜欢孙跃民了。我也同意让他再去做做巴布尔高层的工作，毕竟他熟些。

叶成修：他和戴旭东已经是生死之交。那个戴旭东，是个神通广大的家伙，和巴布尔总统的特别助理阿里夫是朋友，他们在维和机构一起工作过，也有国际刑警组织的背景，也许会发挥特殊作用。

黄道明来到孙跃民的病房，他来转达集团领导的指示。

黄道明：孙总，我接到集团通知，请您尽快安排出院，以达尔港建设指挥部执行指挥的身份再去巴布尔港口航运部做工作，争取夺标。我见过何瑾大夫了，她说您可以出院休假康复。就辛苦您了。

孙跃民略觉诧异：那就是说，集团领导要求我们不遗余力争取运营权？

孙跃民的电话响了，是刘清云的来电：跃民啊，你的腿伤怎么样了？现在到了关键的时候了。

孙跃民：刘总，医生说我可以出院了。

刘清云：那你就克服一下，尽快去做巴布尔港口航运部的工作，还有，通过戴旭东去做高层的工作。有关项目竣工的事情先不要管，集中精力去攻关。

孙跃民：谢谢您的信任，我立即行动。

孙跃民按铃呼叫护士。他同时转过头来对黄道明说：赶快把标书的简本准备三份交给我，明天我就去卡加奇。

黄道明：好的，您注意动作慢一些，我立即准备好。

黄道明离开后，等在一旁的张诗仪来到孙跃民的病房。孙跃民正在打电话。

孙跃民：老戴，我住院了你也不来看看我，想你了！

戴旭东：小病大养，有情绪啊。我这两天找你也有事。现在我在伊加堡，下午就回去见你。

张诗仪沉默地看着孙跃民。

孙跃民微笑着：你是来给我传达集团领导指示的吧？

张诗仪娇嗔：讨厌。这就叫得意忘形。

孙跃民：哈，没说我得志便猖狂就算开恩了。

张诗仪：想不想知道新加坡三丰港务集团的情况？

孙跃民立即就兴奋了：想啊！快说！

张诗仪：这是个新成立的集团，是东瀛三丰港务集团控股的公司，他的总裁白逸秋的父亲是从台北去新加坡的。说到这里，难道你没有点什么联想？

孙跃民想了想，摇摇头：想不起来，我这腿受伤后，影响记忆力了。

张诗仪乐了：你为什么不说小时候就这记性呢？你难道不记得戴旭东的妹妹戴娆，她的男朋友就叫白逸轩吗？

孙跃民恍然大悟：白逸秋，白逸轩，都是台北长大的，哈，没准是本家。

张诗仪：我从有关部门了解到，白逸秋是台北高层的后裔，是西安大雁塔下白家村人的后裔，白逸轩的祖父也是从那里走出来的。他们是本家，逸字辈儿的。而且，更重要的是，他们之间还有联系。你说，难道不值得关注和思考吗？

孙跃民：你难道是有特殊身份的人，这些内幕，一般人是了解不到的。

张诗仪：不是，我的朋友为了支持我们的业务告诉我的，我是在协助你工作。

孙跃民：白逸秋在帮着竞争对手做事，恐怕不好统战。

张诗仪：白逸秋的立场是清晰的，他是被聘用的新加坡三丰港务集团高管。但白逸轩目前的立场是不清晰的。由于他和戴娆的关系，我们现在也不能怀疑他就是来做卧底的。

孙跃民：不管三七二十一，我先让戴旭东做白逸轩的工作，让他去帮我们策反，也许会有作用。最不济，也可以摸清楚白逸秋的情况。通过这件事，也能测试白逸轩什么态度。

张诗仪：那就预祝你成功了。还有，我判断，集团会让你去新的地方。

孙跃民：你是听到什么消息了，还是凭感觉？

张诗仪：是感觉。前几天，我们商务部里的人告诉我，可能在抽一批人去锡卡工作。

孙跃民：这两者有关系吗？

张诗仪：援建锡卡的重点是港口，你说有联系吗？

孙跃民：算了，不想他了，我们先把这仗打完再说！

伊加堡，费萨尔清真寺白色的轮廓衬托得天空十分晴朗。大街上人们从容地来来往往。咖啡馆里，阿里夫和戴旭东在谈话。

戴旭东：既然总统已经了解到大西洋基金的态度，为什么不支持中国企业拿到达尔港的运营权？

阿里夫：事情比较复杂，如果目前不理会大西洋基金的态度，不仅得不到三十亿美金的军事援助，而且会被制裁。他们会找各种理由的。

戴旭东：这么搞平衡就会避免被制裁吗？他们也在搞平衡，你们的邻国不希望看到你们的港口繁忙起来。平衡的结果对你们的发展是个制约，但你们的目标却是发展。我担心，错过了发展的最佳时机，最后又不得不回到发展的轨道上来。

阿里夫：我再去敲敲边鼓。你再去和孙跃民谈谈，港口航运部的意见也是很重要的。

戴旭东：你不方便和阿萨德先生探讨一下吗？

阿里夫：那可不行，我必须按照总统的意见去沟通。

戴旭东：你觉得阿萨德先生会受谁的影响？

阿里夫：他还想做总理呢！所以，他不会听任何人的意见，只是发表符合巴布尔政治需要的意见。

戴旭东：他不爱自己的女儿吗？

阿里夫：当然爱啦。他同意玛雅到你身边工作，就说明他判断未来中国会和巴布尔密切合作，当年玛雅出国留学时，他也很坚定地选了中国的语言大学。

戴旭东：好吧，我还是想听到来自你的好消息。

玛雅开着车子在咖啡馆外面停下来，她轻轻地按了几下喇叭。

戴旭东拉着阿里夫一起去吃饭。

两个人上了玛雅的车子，阿里夫开始和自己的表妹开玩笑。

阿里夫：魅力无比的玛雅小表妹，听说你上次从索马里回来得到一笔补助。要不是表哥让你参与行动，你不是什么也得不到吗！所以，你的担惊受怕补贴应该分给表哥一半才对。

玛雅：我已经给你准备好一个礼物，等你说服总统后再送给你。

阿里夫：好可怕，我的表妹，现在竟然成了中国人。

戴旭东：玛雅，我也准备了一份礼物给你，等到你说服了阿萨德先生，我就送给你。

玛雅：我不要你的礼物，我爸爸也不用我去说服，他有自己的判断。不过，我确实需要回家去看看，他今天刚从卡加奇回来。老板，那我明天再回达尔港了。

戴旭东：好吧，也许我们该去对付那些偷车党了。

达尔港商务区，戴娆和白逸轩一起在看共享电动单车停放区的情况。

戴娆：我哥哥增加了电动单车巡逻管理人员，但看来效果不明显啊，你看，这车子还是少了呀。

白逸轩：我觉得这种管理方式已经很落后了，像老农民在看谷子地，看得住地，看不住麻雀和谷子。

戴娆：你别乱发议论，说个绝招来。

白逸轩：给电动单车装上个追踪器就可以了，然后智能化管理。无论它丢在哪里，我都会把它找回来。

戴娆：这倒是个好主意，但会增加成本。

　

达尔港戴氏烤鸭店，戴旭东匆匆走进烤鸭店，进入自己的办公室，接起一个电话。

对方的声音：您了解的情况已核实，大西洋基金在印度洋的总代理舒卡拉，就是几年前被撞军舰的大副，他的上级文森特现在大西洋基金供职。目前显示的记录是他在两个月之内，来往于索马里、锡卡和巴布尔之间多次。

戴旭东：谢谢，方便的话再帮我了解一下新加坡三丰港务集团的白逸秋，还有台北的白逸轩，曾经在土耳其马尔马拉大学读书。

孙跃民在服务生的带领下，走进戴旭东的办公室。

戴旭东微笑着看着他：你这个孙猴子，历经九九八十一难，也没取到真经。怎么自己跑出来了，我还准备去医院看你呢。

孙跃民：没事，大夫说可以出院了。情况紧急，我们集团得到消息说，新加坡三丰港务集团为了竞标，出价很高，担心巴布尔港口航运部会答应他们的要求，指示我们竭尽全力疏通各方面的关系，做最后的努力。我来向你请教，是否可以通过阿里夫做做总统的工作。还有，玛雅是否可以做做她爸爸的工作，港口航运部的意见至关紧要。

戴旭东：你什么时候开的窍，变得这么灵活了。我上午刚去见过阿里夫，从他的态度看，大概巴布尔高层已经就此事达成了默契，那就是把达尔港运营权交给新加坡三丰港务集团。总统先生担心向中国一边倒，会受到大西洋基金的制裁。而且，他更担心大西洋基金扶持反对派，颠覆他的政权。至于阿萨德先生嘛，玛雅也不见得能够影响到他。

孙跃民：难道对阿萨德先生就没有个利害关系存在吗？

戴旭东：如果现在的政府倒台，阿萨德这个部长也会被免职，所以，他会支持总统。

孙跃民：如果我们的大使出面，告诉他，不把这个项目交给中国运营，我们就会停止与之相关的一切建设和投资，包括机场、电站、公路等，这也是事实。我们不能拿着国家的资产去挥霍，做对中国没有好处和长远利益的事情。

戴旭东：大概这还可以构成个砝码，孙大使当然是会有礼有节的。你别耽误了，快去吧。

孙跃民：我还想告诉你，新加坡三丰港务集团的总裁叫白逸秋，是从台北过来的，他可能和你妹妹的未婚夫白逸轩有什么关系吧？他也是从台北出来的。

戴旭东：哈哈，说明你也有特别助理。无论怎样，我们也要试探他一下。

孙跃民：让他去做做白逸秋的工作，从长远看，我们的港口业务会越来越多，他用不着给东瀛或者大西洋基金打工。我们的宁波港、上海港、深圳港、青岛港等都在迅猛发展，他完全可以有自己的用武之地。过不了几年，我们的港口吞吐量就会超过新加坡。让他有点眼光吧。

戴旭东：对头，釜底抽薪。我试试吧。

夜晚，阿萨德家里，玛雅和父亲阿萨德、母亲在聊天。

玛雅：爸爸，听说你们要把达尔港的运营权交给新加坡三丰港务集团，这是不是个愚蠢的选择呢？

阿萨德妻子：玛雅，请注意对爸爸说话要讲礼貌。

阿萨德微笑着：你有什么智慧的见解？

玛雅：大西洋基金不会让这个港口繁忙起来的，他们怕失去控制。巴布尔的政客们会利用这种心理。港口运营不好，他们会指责当局；运营得好，会指责把运营权交给了外国人。但我想如果是新加坡的港务集团来运营，绝对不可能好，因为他们怕抢了马六甲的生意。而他们运营，就得不到中国人的支持。这岂不是必败无疑？

阿萨德：你现在成熟了。但你忘了，大西洋基金完全可以借这个题目做文章，颠覆现政府，制裁巴布尔。

玛雅：如果中国政府因此撤走所有援建项目，划算吗？

阿萨德：我怎么觉得我的女儿变成了中国人呢。厉害！我还真的要替总统想想，不然，那个，中国话说的是，鸡飞蛋打。

巴布尔总统府，孙大使来见巴布尔总统。

巴布尔总统：亲爱的孙先生，咱们是老朋友了，我想您一定是为了达尔港运营而来，我们可以开诚布公地谈谈。

孙向东：尊敬的总统先生，感谢您抽时间来接见我。我是想来陈述中国政府关于达尔港运营权的意见。您是这个项目的策划者，一定记得，当时是为了在巴布尔和中国西部建立一条通道才要投巨资建设达尔港的。当时中国政府投资 1.94 亿美金来建设港口，同时在这几年还陆续投资机场、电站、公路等，完全是为了共同发展的需要。如果巴布尔政府把这个港口的运营权交给新加坡人，我们就会失去投资的理由。他们不会去为了巴布尔和中国的利益牺牲他们的比较优势。为了保住马六甲的传统地位，他们也不会真的在这里开辟另一条通道，那会损害他们的业务。

沙拉夫：孙先生，您表述得非常准确，原则上我也同意您的分析。但咱们毕竟是老朋友了，请您理解我们的苦衷。如果在他们出价很高，政府当下就可以得到实惠的情况下，我们拒绝了，国内反对的声音就会像海啸一样发作。我们可以约定，由我们来督促达尔港运营集团，衔接有关业务，保障我们发展巴中之间经济的构想不落空。如果在规定的期限内，新加坡三丰港务集团或者和记黄埔没有达到预期运营目标，我们就坚决收回它，交给中国公司运营。中国话说，亲不见外，我就实话实说了。

孙向东：谢谢您如此坦诚，我会向上级领导转达您的意见。我们在巴布尔的商务和项目还很多，希望您继续关心，同时也希望能够在安全方面加强力量。

沙拉夫：我们的特遣部队已经成立，在达尔港竣工之前就会到位，他们会被派遣到所有中国的在建项目去。

孙东来：谢谢您。

达尔酒店，戴旭东约见白逸轩。

白逸轩走进房间，看到戴旭东穿着一身运动服，笑眯眯地看着他。

白逸轩向戴旭东作揖。

戴旭东突然冲过来，一个擒拿的姿势，白逸轩毫无反应，被戴旭东摔倒在地。

白逸轩揉揉自己的胳膊，茫然地看看戴旭东：戴老板，您这是演的哪出戏？

戴旭东：我想求你帮我做件事，试试你的功夫。

白逸轩：我们白家祖上是武行的，后来也有从军的，但主要是在回民街开餐馆。我呢，不喜欢舞枪弄棒，喜欢舞文弄墨。我在台北出生，喜欢比较文化，所以我到这里来是想了解西印度洋什么时候变成了阿拉伯海。我觉得西印度洋很有意思，既有缅甸、锡卡这样的佛教国家，又有巴基斯坦、孟加拉国、马尔代夫这样的伊斯兰国家。

戴旭东打断他：你为什么不问我是什么事？

白逸轩：哎呀，我还没讲到呢！新加坡则是个例外，他实际上是多元文化。新加坡的企业成功地成了坐商，所有印度洋、太平洋的船只都可以在这里交易和补给，留下过路钱。他们不想看到达尔港的繁荣，千方百计要拿到运营权，控制所有印度洋的港口。所以，您大概是要问我这次来达尔港竞标的白逸秋和我有什么关系吧？

戴旭东：你还是很聪明的，那你就说说和他的关系吧。

白逸轩：他确实是陕西西安白家村的后代，我们是本家。但我和他多年没联系。也许对你有用的是，当年他的曾祖父，也就是我的曾叔祖，1914 年曾经和美孚石油公司的人有过交往，他们给袁世凯的政府借款是以垄断陕西的石油开发为条件的。他们的交往一直到 20 世纪 30 年代，后来和大西洋基金也许有联系。所以，白逸秋这次来竞标，大概还有关于石油和天然气方面的业务，不单纯是港口业务。你和孙跃民都是很聪明的人，为什么一直没注意他们和俾省商会、俾省工商会的合作，没注意到他们和地方势力的联系呢？

戴旭东：你看起来还比较坦诚。但我还是想通过你去做白逸秋的工作，为了戴娆。戴娆的商务区如果要是白逸秋来操作，她就没有什么市场可做。白逸秋不会背叛主子，让达尔港去瓜分新加坡的市场。实际上，他们实在是没有看破其中的玄机，达尔港繁忙起来，绝不意味着新加坡业务的减少，从一个大的时间段落来看，肯定是多方受益的。如果他们有石油和天然气方面的业务，完全可以和中国企业合作啊，当年美孚石油不就是看中了中国的市场吗？白逸秋弃暗投明，回来为强大的祖国做事，会名利双收。但他如果为大西洋基金做事，在达尔港一定会名声扫地，最后只能成为一个失败的、无能的经营者。何去何从，难道不是很简单的道理吗？

白逸轩：我只能去试试，不知道能不能说动他。

巴布尔港口航运部，孙跃民、黄道明、张诗仪、丁珂一起来见阿萨德部长，赛义德参加会见，还有一些港口航运部的职员参加，气氛显得有些严肃。

孙跃民：尊敬的部长先生，感谢您接见我们。我想关于达尔港运营竞标的文件您一定审读过了。我们还想就一些标书未能涉及的问题向您当面陈述。

173

阿萨德微笑着：我们是老朋友了，我也想就达尔港竞标和您交换意见。

孙跃民：我们是在为达尔港的未来担忧啊！如果巴布尔选择了新加坡三丰港务集团，那就意味着达尔港的发展搁浅了。新加坡三丰港务集团绝对不会扶持达尔港来分自己的蛋糕。而且，更重要的是，达尔港本来是中巴系列合作的有机组成部分，把它割裂出来，其他的合作项目会受到影响的，比如机场、电站，连接中亚和中国喀什的公路、铁路。我希望部长先生能够慎重考虑这些问题。

阿萨德：谢谢您的坦诚。目前新加坡三丰港务集团给达尔港的出价又很高。政府财政会尽快得到实惠。他们在国际上确实享有港口运营的声誉，也拥有大批专业人才。这种情况下，要直接把运营权交给你们会有风险。希望你们能理解我们的苦衷。但我们可以监督他们的运营，如果达不到运营的目标，我们会坚决地收回来，交给你们。中国朋友不是常说，前途是光明的，道路是曲折的。至于在建项目，我觉得反而应该加快进度，不给别人找借口的机会。

孙跃民：阿萨德先生，谢谢您的坦诚。您刚才讲的一番道理，希望给我们的大使也说说，不知道他是什么感受。也就是说，无论我们怎么真诚地合作，最终还是大西洋基金来控制局面。

赛义德：孙指挥，部长先生只是说了政府的苦衷，并不是说这是最后的决定。如果中国博海集团的出价高于新加坡三丰港务集团，我们连拒绝你们的借口都没有。

孙跃民：现在的情况是和记黄埔和新加坡港务都在竞争，还有迪拜等，和记黄埔在香港拥有更久远的港口经营经验，这也应该是个选择。

阿萨德：孙先生，我们会很认真地考虑你们的意见，并且正式向总统提出我们的建议，我衷心地希望你们能够理解我们面临的复杂情况。但达尔港的运营方选择不会是个政治选择，而是个经济和发展选择。我想再一次强调，我们和中国朋友的合作和友谊，绝不会因为一个项目上的复杂性而受到影响，我们之间的天地很广阔，前途很远大，即使遇到一点困难，也是会最终取得成功的。

孙跃民：谢谢您，我会向集团领导汇报。

新加坡港口炼油中心，运油的船只来来往往，庞大的港口储油库和炼油中心矗立在港区。

白逸轩和戴娆来到新加坡储油仓库和炼油中心考察。

白逸轩：你看，石油输送、仓储业务是马六甲的重点。你在达尔港搞商务区，把重点放在轻工产品上容易很快运营起来，但大生意还是石油和天然气。你不觉得，白逸秋他们也是想伸手俾省的石油和天然气吗？

戴娆：那我们就应当和俾省的穆斯林商会和工商会合作，拿到一部分开采权。

白逸轩：你觉得靠我们和俾省商界的脆弱关系就能够影响白逸秋吗？当年他爷爷可是和美孚石油公司的人合作过的。他们当年是要从袁世凯政府手里要整个陕西的石油开采权的。

戴娆：那你说怎么说服他？

白逸轩：我只能劝他和我们合作，与俾省商界的人一起搞炼油厂和石油运输，否则，俾省的人如果听说他们醉翁之意不在酒，想借机开采石油、天然气，会把他们撕成碎片的。在巴布尔，任何事情的成功，都必须和当地人合作，让他们首先获得利益。所以，我很佩服中国博海集团的气魄和胸襟，他们一直在给巴布尔人修路、建房、建港口，让他们获利，最后，巴布尔就离不开他们了。这实在是高而又高的策略了。

戴娆：我们就采取这样的策略？我可垫不起！他们背后是中国政府，实力雄厚，全球第二大经济体。我充其量只能拿出两亿人民币来。

白逸轩：那也管用，投资一个炼油厂，给白逸秋百分之四十的股份，一起合作，你看他动不动心！

戴娆：你可够有气魄的，拿姑奶奶的股份当诱饵，打水漂了怎么办？

白逸轩：不见兔子不撒鹰，他不给你土地、运营权，你就不投啊。

戴娆：试试吧，你们白家兄弟，不知道谁更鬼些？

新加坡三丰港务集团总部，白逸秋、桥本、小泉与大西洋基金南亚和印度洋地区总裁文森特、地区总代理舒卡拉在商议达尔港运营的竞标。

白逸秋：目前是和记黄埔最有竞争力，但由于我们提高了出价，还有大西洋基金的关注、协调，我们最终有可能获得运营权。

文森特：我关心的是你们怎么运营？

白逸秋：我们会首先发展达尔港的相关商务和产业。桥本先生已经和俾省地方商会建立合作关系，并且正在洽谈把合作业务扩展到石油、天然气开发项目上去。

舒卡拉：俾省的情况很复杂，商会的话语权是有限的，其中影响力最大的是那些地方武装组织。只有和他们建立了合作关系，才可能实际推进项目。

桥本：我想着不用太过操心，只要分别给他们不同利益，就可以实际拿到开采权。

文森特：没那么简单，我祖父当年在美孚石油，曾经在中国和北洋政府合作，本来是借款给袁世凯的，但因为和陕西石油开采权挂钩，就搞黄了。

白逸秋：文森特先生，很荣幸，我祖父当年就是美孚石油公司在中国陕西的代办，没想到，他们的后人在这里又重逢了。能源开发的历史在海上又重演了。

文森特：基金会研究了你们的意见，我们会成功的，关键在于给那些武装力量利益，他们当下就缺钱。

桥本：我真不知道我们在这里还要投入多少，何时盈利？您现在可以明确大西洋基金投资多少了吧？

文森特：您在锡卡、印度，也已经获利，您的资产账目表很好看啊！但我们为了减轻您的压力，也会在炼油厂、修船厂这样的项目上投入，总体上也会占到一半左右。但这些都不必体现在合同里，大西洋基金的承诺从来都是自觉兑现的。

桥本：但我们还是需要个投资计划和时间表，东瀛基金会会长松山先生指示我，要定期核算，否则就亏本了。我们不得不执行他的指示。

文森特：那就从白先生的公司进驻达尔港开始吧，具体的计划是由舒卡拉先生负责的。

新加坡三丰港务集团，白逸轩来见白逸秋。宽大的办公室里摆放着整个印度洋的沙盘模型。

白逸轩：我想我不用重复之前给你的介绍了，我们祖上从西安到台北，从台北到海外，历经沧桑，但也成就了一番事业。我们在高雄、花莲和基隆等港口有业务，在新加坡、锡卡、孟加拉国也有业务。我想了解你为什么会放弃白家的生意，应聘到这个新成立的公司？

白逸秋：您是叔祖家的堂兄，虽然我们没有见过面，但知道您在研究学问，逸秋心里好敬仰的。我们这些做不了学问的，只能做些俗事了。白家的港口公司有我叔叔在主持，我想到海外来历练历练。

白逸轩：就这么简单？那你可知道，这个三丰港务集团，实际上开展不了真正的港口业务，你们的股东在谋求别的利益。

白逸秋：我会逐渐了解内情。事在人为，难道我们不可以影响他们，让达尔港繁荣起来吗？

白逸轩：但你的风险在于，股东让这个港闲置起来，只开展石油、天然气等业务。而这些业务，没有一家是说了算的，你们和谁联合都是有反对派的，会受到打击。

白逸秋：我觉得整个印度洋都是这样的情况，大同小异，难道我们就什么也不做了吗？我的判断是，他们很可能最后不得不把这里的业务搞起来，因为这里连接中亚五国，而且中国大陆的市场太诱人了。如果能够在这里搞个桥头堡，何乐而不为。

白逸轩：等到这些业务都开展起来了，白家还能够进入吗？

白逸秋微笑着：逸秋进入了，不就是白家进入了吗？

白逸轩：你要么是个枭雄，要么就是个书生。没那么简单，白家历史上和美孚石油公司合作过，想要拿到陕西的石油开采权，结果是一场梦。时代已经变了，靠资本输出占领市场、垄断资源的方式已经行不通了。不让人家港口运转，只要人家资源，肯定会失败的。你在这里耗五年，在业界的名誉扫地，何谈什么白家事业！

白逸秋：谢谢堂兄的忠告。您是戴氏集团还是中国博海集团的代言人？

白逸轩：我是白家的后裔！但我可以明确地说，五年后，这个港口一定会交给中国大陆的企业来经营！巴布尔绝不会牺牲自己的长远利益，放弃和中国大陆的合作，那些机场、公路、铁路项目是真金白银，它会把巴布尔的发展周期提前二十年的。小弟，你可能现在已经不能轻松退出，但我希望五年之后，你能够做出明智的选择。

白逸秋：堂兄，谢谢您的教诲。我也预祝您在戴氏集团的成功。

北京中国博海集团总部，刘清云、陈可染、胡少峰、叶成修在研究达尔港的形势。

刘清云：孙跃民、孙大使、戴旭东、白逸轩等人已经竭尽全力做巴布尔和对手的工作，但我们的竞标方案没有入围。从长计议吧。是不是可以这样判断，几年后，我们将要从新加坡人手里接过一个闲置的死港呢？

陈可染：您这是个乐观的判断，他们的目的是要我们绝望，放弃和巴布尔的合作。

胡少峰：目前，巴布尔俾省有几股势力，他们和地方的资源——石油、天然气的开采捆绑在一起，武装反对外来的合作者，而且背后有境外的力量在支持。所以，巴布尔的长治久安是个艰巨的课题。但如果达尔港交给新加坡的三丰港务集团，必然久乱不治。

刘清云：所以，我们必须有进有退，不放弃和巴布尔合作的项目，如机场、公路、电站、铁路等，这样才会使巴布尔更多的人们认识到，只有和我们合作，才能真正促进巴布尔的发展。失之东隅，收之桑榆。最终的成功在于获得人心。

叶成修：达尔港竣工在即，黄道明他们已经在筹备竣工仪式了，他们请示集团领导，谁出席？

刘清云：我去，关键是要请交通运输部领导参加。无论如何，竣工是一件大事。我们需要向国际社会表明，中国企业是有能力有胸襟的。我们不在乎一城一池的得失，我们的事业是整个印度洋，整个大海洋。

陈可染：锡卡的事情已经很紧迫了，是否让孙跃民尽快到任？

刘清云：可以，你和他好好谈谈，把他直接送到汉班托塔港去。还有，和中联部沟通一下，把那个张诗仪也调过去，就说我们很需要熟悉国际事务的人去开辟新领域。

胡少峰：我去沟通吧，我和他们的领导更熟悉些。

刘清云：好，给孙跃民创造点条件吧。

达尔港海滨大榕树下，又是黄昏，晚霞映照的海面似乎是一片金红色的巨毯，大榕树的枝叶在海风中摇曳。

乔虹穿着那件白色的风衣来到大榕树下，孙跃民悄然来到，他没有打扰她，等待她转身时才打招呼。

孙跃民：对不起，让你久等了。

乔虹：反正你从来也没有早到过。

孙跃民：抱歉，我是来告别的。集团通知我，要我到锡卡去工作。锡卡制定了灾后十年重建计划，邀请中国企业在那里给他们建港口。

乔虹：谢谢你告诉我，本来我不想来的，但不知为什么，还是想来见你一面，我也要回巴黎了。

孙跃民：无论怎么说，我们在这里留下的都是一段难忘的记忆。

乔虹：也许，我的收获在于，在这里我才算真正了解了你。如果从社会角度看，你是个敢作敢为，勇于奉献的人，是无私的。但从感情生活角度看，你只顾自己的感受，就算有追求，也是为了实现自身价值，忽视或无视对方的诉求，这又是自私的。

孙跃民冷笑着：你永远都不明白什么叫志同道合。一个男人有自己对事业的理解，或者叫追求，这并没有错。错误在于如果他强求女友服从他，或放弃或改变自己对事业的理解和努力，这都是软弱的。这也就叫活着，不是生活。一个男人要沦落到这地步，就真的没救了。

乔虹：你不觉得你一直是个大男子主义吗！你的自尊和追求带着那么浓厚的封建色彩。男女之间对事业的理解能完全一样吗，志同道合本身就是个伪命题。我并不想再和你讨论你我的关系，我就是告诉你，我要回巴黎了。老同学！

孙跃民微笑：好吧，祝你顺利、快乐。

乔虹：我还想再问一句，你这么个爱国、干大事的人，希望我回国参加你们的项目吗？

孙跃民：那当然欢迎啊！带着你的法国骑士，多多益善，我们需要有东西方文化背景的专业人士。我就要到锡卡去了，估计那里的设计任务更重，你可以在那里成立个设计事务所。

乔虹：说起港口来，你就滔滔不绝。我可不想到锡卡去，听莎拉说那里的海盗更猖狂，她在那里报道过海啸。她说大西洋基金还是要她去，而且给她加了薪。

孙跃民：这是你今天讲的最有用的话。

乔虹：情报！真俗！我回巴黎后还可以跟你视频吗？

孙跃民：可以啊，只要不是上班时间。

乔虹：万一哪个红颜知己在，会让别人误会的。

孙跃民坏笑着：你已经升华到很高的量级了，没人会误会你什么了。

乔虹：也就是说，你和那个张女士已经海誓山盟，不会动摇了呗。

孙跃民继续坏笑着：你的中文确实退步了，你自己已经变得不会引起别人注意，不会再有人把你作为假想情敌，你身上能够引起别人误会的那些因素，已经荡然无存。你不觉得这是很高的评价吗？

乔虹：我认真地告诉你，你真的很讨厌！我回巴黎了。

孙跃民微笑着看着她：锡卡欢迎你。

北京中国博海集团总部，孙跃民来见刘清云，他惴惴不安。

刘清云：让你去锡卡，有什么想法吗？

孙跃民：是不是我们在巴布尔撤兵了？

刘清云：退是为了进。是在印度洋的进。

孙跃民：锡卡的形势同样严峻，他们和周边的关系更微妙，还不如巴布尔明朗。海啸之后，恢复重建是需要巨额投资的。他们现在的定位是南印度洋的补给中心、商务中心和金融中心。我们准备投入多少？

刘清云：你我都需要提高认识，中国的海洋时代，是要靠与海洋国家建立互利共赢的合作关系来开辟的。所以，要转变观念，可以按照百年大计来考虑在锡卡的投入和回报问题。锡卡正在十年建设恢复期，需要重建基础设施和城市。他们的政府是有远见的。这个十年规划，是着眼于锡卡在整个印度洋格局中的定位来制定的。在某种意义上，正是我们的机遇，锡卡的格局将重新确定。

孙跃民：刘总，我明白了。那里的项目部怎么建立？

刘清云：不是项目部，是指挥部，你来招兵买马，但管理层要集团选派。需要几天？那里很急迫了。

孙跃民：一周，周六出发。

刘清云：好样的，雷厉风行。人员可以先出发，后办人事手续。

孙跃民：谢谢您的支持，保证圆满完成任务！

刘清云：先别吹牛，有问题及时沟通。

锡卡港口航运部，部长卡瓦拉在召开部务会议，港务局长阿贝在报告情况。

阿贝：目前，各国投资蜂拥而来，但各有目的。东瀛基金想投入海上环保和安全项目，我觉得这与他们争夺海上地位有关系，他们国内正在酝酿修改宪法，让自卫队获得合法的发展海军的权力，他们对印度洋进行战略投资。外交部和军方说，他们一直承诺要给我们购买巡逻舰的。而我们的邻国拿不出资金来支持我们的建设，但又不愿意我们接受中国人的援助，他们担心自己的影响力下降。所以，他们给中国人扣了个帽子——珍珠链战略，指责中国人在印度洋投资搞包围战术，把在巴布尔、孟加拉国、缅甸等国和对锡卡的投资都说成是建立海军基地。当然，千方百计，都是在阻止中国人的进入。

卡瓦拉：我们的总统很明确地阐述过，锡卡不会成为任何一个国家的附庸国，我们的外交也是多元外交。何况中国政府和我们都一再声明我们的港口建设不用于军事目的。难道我们不发展，他们才会满意吗？

阿贝：我们经过慎重研究，建议和中国企业达成协议，把重点放在科伦坡，说服他们投资为我们建一个港口城，包括吞吐量在三百万标箱以上的港口，还有商务中心、金融中心。总投资在十亿美金左右。

卡瓦拉：这么大的一次性投资，中国人接受得了吗？

阿贝：部长先生，他们每年在海外的投资接近一百亿美金，关键在于我们的项目是否打动了他们。我之前和他们的大使易北峰，还有商务参赞张吉林一起讨论过，由于印度洋周边国家的发展，亚太地区的经济增长，印度洋的海上航道显得更繁忙了。根据过去若干年的数据分析，锡卡完全可以成为南印度洋的海上交通枢纽。中国企业在这里投资，可以获得长远的利益，我们可以成为战略合作伙伴。

卡瓦拉：我们是私有制国家，港口建设和商务中心的用地问题怎么解决？

阿贝：这就是要向您重点汇报的，填海造田。

卡瓦拉：那会增加成本。

阿贝：别无选择。

卡瓦拉：我向总统报告过再和中国人谈。他们新来的地区事务经理孙跃民是个什么样的人？

阿贝：经验丰富的港口工程师，以前在锡卡工作过，后来主持达尔港的建设，据说是个出了名的孙大胆。

卡瓦拉：好啊。锡卡需要大胆的人。

孙跃民带着他的人马乘坐"泰山号"邮轮驶往锡卡。天上，万里无云；海上，万顷碧波，印度洋面显得很宁静。

张诗仪凭栏远眺，她旁边是丁珂，两人在低语着什么。

黄翔在拍照，洋面上看到鲸鱼群出没，黄翔兴奋地喊起来。

鲸鱼群在邮轮前方数百米的地方出现，它们在海上喷出巨大的水花，然后优美地入水。

孙跃民坐在甲板上的矮桌前，查看着锡卡的地图和相关的资料。

黄翔过足了拍摄瘾，从客舱里抱来一箱啤酒。

丁珂别出心裁地打开海事卫星视频。

视频里，达尔港竣工仪式正在进行。

中国政府特使李盛林：达尔港是中巴合作的龙头项目，五年以来，历尽艰辛，我们如期完成了任务……

听到李盛林部长的讲话，每个人眼里都闪烁着泪花。

黄翔：孙总，我们好遗憾，在达尔港竣工前离开巴布尔，没赶上这个仪式。

张诗仪皱皱眉头看看他，又转向泪光盈盈的孙跃民。

张诗仪：孙总，达尔港在你的工作档案里会被记录为：曾经在达尔港建设项目部工作过。

孙跃民揉揉眼睛：你们干吗这么阴阳怪气的，竣工不是好事吗？

丁珂：我很奇怪集团为什么不让我们几个参加完竣工仪式再到这里来？

张诗仪：缺憾也是一种美。

黄翔：也许将来我们还会杀回去的。

孙跃民：这里的竣工仪式会更气派。你们事先研究了这儿的资料了吗？

丁珂：不就是老一套，港口工程承包竞标吗？

孙跃民：诗仪，你看了吗？

张诗仪：你这不像是聊天，是在考试啊！锡卡政府提出了大西部省的发展计划，他们要在科伦坡规划建设一个港口城。但土地短缺问题突出，所以提出填海造田设想。这是驻锡卡大使馆商务参赞张吉林告诉我的。

黄翔：事先集团陈总带着叶成修他们来考察过，汉班托塔港更适合建大型港口，吞吐量在千万标箱以上。而且，那里距主航道只有几海里，非常适合作为中转港。对于远洋运输来说，在汉班托塔停留中转和在新加坡是一样的，何况锡卡洋面宽阔，不用像在马六甲那里，水面狭窄，排队拥挤。这里的潜力很大，我们应当主投汉班托塔港。

孙跃民：好！我们提出个一揽子投资计划来。小丁，你还有什么要说的，听听黄翔这一套，还是不是你说的那老一套呢？

丁珂微嗔：我本来就不愿跟您在一起工作，老呲儿人。干吗非把我要过来呢！

孙跃民微笑：那你这个意见应该给张总提，是她点名把你要过来的。

张诗仪调侃道：没你来，谁会说泰米尔语呢？何况，谁敢给孙总提意见呢？孙总要是使起性子来，谁敢和他叫板呢？哈哈。

丁珂半开玩笑地说：居心不良。凭什么开始就把我列入刺头的行列，好陪衬你们的和谐、温顺、贤惠呢？再说，孙总有那么大肚量吗，能容纳不同意见！我可没什么意见。

孙跃民：不过，你的泰米尔语到底怎样？

丁珂调皮地说：仅次于汉语。

孙跃民：那比乌尔都语呢？

丁珂：乌尔都语是我自学的，泰米尔语是必修的。

黄翔：那遇到猛虎组织，你就往前冲啊。

丁珂：这里的海盗可不一定是猛虎组织的，我的同学在驻锡卡使馆工作，印度洋的海盗完全是国际犯罪组织，哪儿的人都有。

孙跃民：沧海茫茫，我们的对手又会是谁呢？

达尔港渔船码头，俾省警察署长那瑟在跟踪拉巴尔。

拉巴尔故意等着那瑟和他的行动小组，他手里拎着一个渔网，慢腾腾地走上等在渔船码头的改装渔船。但他在走上渔船后，作势向远处招招手。

那瑟看到拉巴尔的手势，命令行动小组等待着新的目标出现。

突然，改装渔船启动，很快地加速，离开码头，驶向远方。

那瑟赶紧跳上一艘快艇，行动小组也飞速登上快艇，他们开足马力，去追改装渔船。

远处，改装渔船的速度越来越快，把快艇甩在后面，渐渐地消失在汪洋之中。

改装渔船上，基纳和几个匪徒看到那瑟警长的快艇被甩掉，兴奋地狂呼乱叫。基纳一把扯过拉巴尔，撕开他的衣服，然后扯下来，狂笑着扔进大海。

赤裸裸的拉巴尔一脸狐疑地看看基纳。

基纳：你这个乌贼，也不放点烟雾保护一下自己。为什么警察会跟在你屁股后面？

拉巴尔：不知道啊，我是来陪你们做生意的。

基纳：哈，事先没有告诉你，我们要去锡卡和马尔代夫的金枪鱼渔场。

拉巴尔诧异：我可什么也没带！先给我件衣服穿。

基纳：换上我们的水手服，很帅气的。

那瑟警长的快艇停靠在岸边，他没有急着上岸。

警察甲向他报告：拉巴尔身上的追踪器停留在海上，只是在缓慢地移动，可能被扔在海里了。

锡卡和马尔代夫的金枪鱼渔场，戴旭东的改装渔船上，拉纳和几个渔民在拉网捕鱼。

玛雅竟然也是一身渔娘的装束。但她拿着航海望远镜，不时看看远方。

拉纳：戴先生，金枪鱼渔场里没有人维持秩序，经常有人被欺负、驱赶，甚至绑架。

戴旭东：你来过这里吗？

拉纳：曾经来过一次，但很快就回到巴布尔了。如果没有武装保护，这里是很危险的，海盗经常出没。

戴旭东：我们自己持枪，不就变成武装自卫了吗？

拉纳：那还不如没有武器，海盗装备都很精良，还配备了卫星定位、自动搜索等，也有重武器，一般的武装不是他们的对手。不反抗可能还有活下来的希望，一反抗反而会丧命。

戴旭东：应该有人来管管这里的事。

玛雅：快看，远处是中国渔船在捕鱼！

戴旭东接过望远镜，仔细观望，嘴里喃喃着：是福建的渔船，"福远号"，几十人呢。

中国渔船"福远号"在紧张地捕鱼。

船长刘海强看到货舱里堆满了金枪鱼，很兴奋。

刘海强：弟兄们，收网啦，晚上餐厅上酒！

夜幕降临，餐厅里，刘海强和几十个弟兄在喝酒，慢慢地人们酒酣耳热，一片喧闹声之后，归于平静。

莎拉手持话筒在报道，背后是达尔港竣工仪式的现场。

莎拉：达尔港历经五年竣工了，但巴布尔政府在诸多的竞标者中选择了新加坡三丰港务集团，因为他们较之中国企业，更富有港口运营的经验和专业的团队。运营者称，他们未来将使达尔港的吞吐量达到百万标箱。

基纳把屏幕定格在莎拉骨感的脖子上。突然，他的海事卫星电话响了：可以行动了，他们的船上有明显的中文标志。

基纳：明白。

夜晚，吉布提海军护航舰队基地办公室里，肖剑雄接到司令部的电话：首长

184

让我告诉你，锡卡情报部门截获情报，有不明背景的改装渔船在锡卡和马尔代夫之间的渔场活动，他们配有重武器和快艇。从通话情况分析，有说乌尔都语的，也有说泰米尔语的，还有说索马里语的，所以很可能是受雇佣临时组织起来的。锡卡情报部门告诉我们有人正在策划针对中国渔船的袭击，这里的金枪鱼渔场有许多中国捕捞船队，所以请求海军护航舰队尽快将锡卡洋面列入护航计划。

肖剑雄：我们已经接到命令，护航舰队已经出发，我们大约需要二十个小时到达锡卡洋面。你们可以随时联系锡卡的警察部队，他们的联系方式、联系人，以及海事卫星呼叫已经提供给你们的作战室。

肖剑雄：好的，随时联系。

凌晨，锡卡洋面上，基纳和匪徒们开始行动，改装渔船趁夜驶向"福远号"。

"福远号"上，一片呼噜声，人们酒后纷纷进入梦乡。

船长刘海强起身，来到驾驶舱，突然发现远处有船只往"福远号"驶来。

刘海强警觉地拿过望远镜，看到一艘改装过的海盗船，船上设有炮塔。刘海强急忙拉响警报。

一发炮弹打过来，打在船帮上，船体裂开。接着是第二发、第三发、第四发，炮弹击中船的不同部位。

船体开始下沉。刘海强和水手们穿着救生衣跳海。

改装渔船上，基纳看到"福远号"下沉。

基纳：一号、二号，各带一艘快艇去打扫战场。

一号、二号匪徒各带领四个人，驾驶快艇去查看沉船情况。

拉巴尔在海盗船上看到这惊人的一幕，趁着基纳不注意，悄悄地拿过海事卫星电话，溜出指挥舱，拨通巴布尔俾省匪警电话。

拉巴尔：请立即联系那瑟警长，基纳纠集了一些匪徒，在锡卡洋面袭击中国渔船，好像是有人雇佣他。定位这个地方，就是事件发生地。快联系人来营救！

巴布尔俾省匪警值班电话室，值班员把这段录音报告给那瑟警长。

海盗船上，拉巴尔打完电话，把电话扔进水里，然后钻到底舱去睡觉了。

"福远号"沉船旁边，刘海强和几个水手在水中漂浮。

海盗一号和二号快艇分别绕到沉船左右侧，他们用灯光搜索，发现有中国水手还活着，就开枪击毙。

刘海强急忙扔掉救生圈，潜入水中。

海盗一号、二号搜寻一番，驾驶着快艇离去。

刘海强浮出水面，听听动静，向一艘救生筏游去。几个活着的水手陆续爬上刘海强的救生筏。他们奋力地朝海岸划去。

凌晨，锡卡海上，驾驶舱里，戴旭东督促拉纳驾驶改装渔船全速往出事海域赶去。

玛雅：那瑟警长传来的消息是在东经 76.2 度、北纬 7.3 度海域发生的。消息的来源是达尔村的线人拉巴尔，他说匪首叫基纳，以前是拉姆帮的小头目。

戴旭东：拉纳，拉巴尔在基纳的船上，我们还是要想办法找到基纳的妻子，以便追踪他。

拉纳在驾驶渔船，没有回头：我会让桑巴去找。

海面上发现救生筏，戴旭东拿过望远镜，看到刘海强等人在救生筏上奋力划桨。

戴旭东：拉纳，靠近救生筏。

高音喇叭里传出戴旭东的喊话声：中国公民请注意了，我们是来营救你们的，请向我们靠拢。

刘海强等人听到喊话，半信半疑。

戴旭东看到他们还在犹豫，就从驾驶舱里拿出一面五星红旗，悬挂在船头。

刘海强等人看到五星红旗，泪流满面，急忙划动救生筏，向戴旭东的渔船靠拢。

拉纳的伙伴们抛下绳索，刘海强等人被吊上渔船。

刘海强和戴旭东紧紧拥抱。

中国海军护航舰队的三艘舰艇也赶到了，浑厚的汽笛声响彻在海上。戴旭东、刘海强等人向护航海军挥手致意。

科伦坡港，戴旭东的渔船靠岸，戴旭东和刘海强等被营救的渔民走下渔船，一群记者拥上来。

灯光闪闪，记者们围住刘海强。

戴旭东发现了莎拉，两个人的眼神相交，互相微笑致意。

刘海强在回答记者提问。

NHK 记者松田：请问是谁袭击了"福远号"？

刘海强：海盗，拥有火炮，但不知是哪来的。

松田：他们为什么袭击中国渔船，是不是因为你们过度捕捞，侵犯了他们的利益？

刘海强：我们是一支受过培训的捕捞队伍，熟知公海作业的一切业务，包括法律。我们捕捞金枪鱼，是按国际规范和惯例操作的，不存在侵犯别人利益的问题。

松田：一共有多少人死亡？

刘海强：失踪十八人，目前只有我们七人生还。

莎拉走上前去提问：请问船长，你们没有还击吗？

刘海强：没有还击，我们是在睡眠时间被四发火炮袭击的。

莎拉：你们渔船有武器吗？

刘海强：没有武器，大多数渔船是没有武器的。

刘海强随着戴旭东离开人群，中国驻锡卡使馆的参赞张吉林走向前来。

张吉林：戴先生，我是驻锡卡张吉林，我负责来接"福远号"的人员。

戴旭东：谢谢您。

刘海强转过身来，走向戴旭东，他给戴旭东深深鞠了一躬。

刘海强：救命恩人，永世不忘。

莎拉走近戴旭东，向戴旭东伸出手来。

戴旭东略迟疑一下，也伸出手来。

莎拉：我们又见面了。

戴旭东狐疑道：难道你采访过我？

莎拉：报道过你们的活动啊。达尔港商务区，你的电动单车启动仪式上。

戴旭东：啊哈，有缘千里来相会，我的酒店建成后你可以来做客。

莎拉递过自己的名片，戴旭东接过来，两人挥手告别。

玛雅在一旁用审视的目光看着莎拉离去。

玛雅：老板，你要小心，糖衣炮弹、美人计。

戴旭东：哈哈，对我完全不起作用。不过，她也到这里来了，你不觉得奇怪吗？

玛雅：她是大西洋基金的人。阿里夫表哥要我提醒你，要和当地的国际刑警组织联系。

汉班托塔港，船来船往，但显得有些紊乱、拥挤。

孙跃民和他的团队在考察港口情况。

码头附近，孙跃民、张诗仪、黄翔、丁珂在观看运营情况。

孙跃民：黄翔，大数据分析结果，是锡卡北部航线好，还是南部航线好？

黄翔：航线差不多，南部洋面开阔，主航道离港口比较近，水深十七米，更适合大型船只停泊，这里的开发潜力更大些。

丁珂：而且，北部是在泰米尔猛虎组织控制下的，本来亭可马里是很好的海滩，但现在几乎无人问津。这次在北部发生了袭击中国渔船的事件。

张诗仪：没有人为此次事件负责，我们的情报部门也还在分析背后的黑手是谁。

孙跃民：那还用分析，一定是大西洋基金！一般的海盗团伙，不会干这种赔本买卖，一定是被雇佣的。我们应该正式给中央政府写报告，请求中国海军来护航，否则，不仅中国渔船不敢来这里，中国的企业也不敢来投资啊。

丁珂：海军来了，可是得到消息太晚了，吉布提离这里一千多海里呢！每小时三十节也要二十多小时呢。

黄翔：锡卡一直在强调汉班托塔不用于军事目标，可这里的海盗仍然如此猖狂，他们的海军也应该管这里的事情啊。

张诗仪：听使馆的朋友说，日本人要投资锡卡的海洋环保和安全项目。

孙跃民：我一直在思考，我们在这里投资建设会遇到什么障碍。按照海啸之前的分析是锡卡的邻国会感到不安，某些大国会考虑自己在印度洋的影响力下降，给锡卡政府施加压力。现在看，这个压力并没有消除，而且，还加上了来历不明的恐怖袭击。印度洋越来越成为大国博弈的角斗场了。

张诗仪：你为什么不去找你的老朋友聊聊呢？当年的港口航运部长，现在的政界要人。你们不是在应对海啸时患难与共嘛！情报部门提供的消息，东瀛基金和大西洋基金认为他们在巴布尔摘得了果实，拿下了达尔港的运营权，已经遏制住中国在巴布尔的发展势头，现在把重点放到锡卡来，继续遏制中国的发展。不知道你的老朋友现在是什么想法。但大西洋基金绝对会插手，他们会花样翻新的。

孙跃民：此一时彼一时，只有永远的利益，没有永远的朋友。老朋友身居高位，就更不能按常人对待，要看他需要什么。我们要接受教训，加强和当地政府的联系与沟通，包括认真分析政治形势，分析各种利益集团和政治力量的诉求，避免躺在那里中枪。当然，我们也应当学会打舆论战，主动和大使馆以及中国派驻锡卡的媒体取得联系，认真地分析舆情，把握动态，先声夺人，至少不被动挨打。

汉班托塔港木树清办公室，木树清、池田、松坂庆子和舒卡拉在一起议事。

木树清：舒卡拉先生，我们已经很准确地了解到，中国企业要在汉班托塔港投资，建立深水港，未来也可能用于军事目的。现在已经开始投资修建飞机场。

舒卡拉：根据我们在巴布尔的经验，我们没有必要在建设环节和他们竞争，只要拿下未来的运营权，不失去控制，就会高枕无忧。当然，最好在开发建设初期就让他们搁浅。炒热他们的珍珠链战略，让人们形成恐中症，我们的目的就达到了。

木树清：我们要在这里打一场没有硝烟的战争，舒卡拉先生，你们的那个明星记者莎拉可靠吗？

舒卡拉：她是忠于大西洋基金的。我倒是担心 NHK 的松田，他们一直是偏左的。

松坂庆子：松田的爷爷是太平洋战争的牺牲者，他确实不喜欢战争。

舒卡拉看看松坂庆子：没有人喜欢战争，但有时候为了和平和荣誉，不得不战。

松坂庆子：为了利益不得不战吧！

木树清：和平、利益和荣誉，此一时彼一时啊。

锡卡警察局，戴旭东和大使馆武官李亚明来见警察局的警长格兰。

格兰的办公桌上，国旗上黄色的狮子显得很威风，而格兰则是满面笑容。

戴旭东：格兰先生，我是事件的目击者，我们来向您汇报锡卡 5 月 12 日发生的袭击案。你们已经询问了刘海强等被袭击的渔民。但目前海盗船逃之夭夭，我想请求锡卡开始立案侦查，抓获罪犯。

李亚明：易北峰大使也让我来陈述中国政府的意见，请锡卡政府能够和国际刑警组织配合，侦破这起针对中国公民的犯罪事件。戴旭东先生曾经有过在维和机构工作的经历，他是我们政府信得过的退伍军人，自己在锡卡有业务，也有参与反恐的能力和经验。他可以协助你们执行反恐任务。

格兰警长：我们已经得到总统的明确指示，要全力以赴配合国际刑警组织侦破此案。总统指示我们要采取措施保护中国企业和中国工程技术人员，营造安全和平的投资环境，并特别指示在汉班托塔港要加强警力。

戴旭东：我的朋友巴布尔的总统特别助理阿里夫说，巴布尔警方提供的情报是，犯罪团伙来自西印度洋索马里、巴布尔，和锡卡海盗有联系，是某个集团雇佣的。

格兰警长：那就好办了，我们一起行动吧。

汉班托塔港，基纳、匪徒桑吉一起走下渔船，匪徒桑吉肩上扛着个带网眼的皮囊，里面十几条鱼还活着。

基纳旁若无人地走过熙熙攘攘的鲜鱼市场，他们来到一个修车的小作坊。

小作坊里面，阿努拉在修车，看到匪徒桑吉和基纳走进来，他放下手里的活计。

阿努拉：是新鲜的，多少？

桑吉：十四条。

阿努拉把他们带进里间。

桑吉拿出一条鱼来，他抓住鱼的尾巴，从鱼嘴里挖出一个塑料包。他打开塑料包，从里面拈出一点粉末来，放到阿努拉的鼻子跟前。

阿努拉嗅嗅，点点头。接着从一个旧衣服柜子里取出一打美金来，交给匪徒桑吉。

阿努拉：他又是谁？

桑吉：新来的船长，他要来踩踩点。

基纳：你们的货给谁？

阿努拉：我们有自己的销售网络，很安全。

基纳：你的网络可以卖军火吗？

阿努拉吃惊地看着基纳：没有卖过！

基纳微笑着看看他。

基纳和匪徒桑吉走出修车作坊。

基纳突然加快脚步，向前面一个女人的背影追去，匪徒桑吉紧跟在后面。

《大西洋时报》的记者莎拉在水果超市里闲逛，她穿着锡卡当地纱丽，显得别有韵致，身上的曲线很优美。

基纳不远不近地跟着莎拉。

莎拉拎着水果袋子走进停车场，打开一辆海蓝色的车子，然后开出停车场。

基纳和匪徒桑吉招手叫车，跟在莎拉后面。

莎拉的车子离开鱼市，在海边行驶。

莎拉的车子里响起了电影《泰坦尼克号》的音乐,莎拉的感觉像在驾驶一艘大船。

基纳和匪徒桑吉乘坐的出租车紧随其后。

莎拉的车子最终停在一栋公寓楼前。

莎拉把车子停好,走了进去。

基纳和匪徒桑吉下车来。基纳悄悄地跟随莎拉进门。

莎拉在开门,基纳躲在一旁,观看着她的门牌号。

莎拉开门进入自己的公寓。

基纳走出公寓楼,和匪徒桑吉一起乘出租车离去。

汉班托塔港中国博海集团项目部,孙跃民和自己的团队聚集在沙盘前,研究港口方案。

黄翔在介绍方案:根据这里浪小水深的特点,我们设计了两个十万吨级集装箱码头,两个十万吨级的石油码头,两个一万吨级的驳船码头以及一千米的航道。就工程量来看,和达尔港一期工程差不多,我们提出了工期三年的方案。

孙跃民:这里洋面开阔,未来可能业务量还会增加,所以,要把防波堤加长,包括这里所有的指标,都要以预防海啸再度袭击为参数。同时,要把港口和城市建设一并考虑,强调观赏性。

张诗仪:还有飞机场的建设,应该加在总体方案里的。

丁珂:我们又不负责修机场,加进去预算就更大,能通过吗?

张诗仪看看丁珂的眼睛,沉默着。

黄翔:应该写进去,这是政府间协商的项目,又不用竞标。

孙跃民宽厚地笑笑:把预算加进去,我们就准备给集团汇报吧。

巴布尔边境某小镇,基纳的妻子带着儿子在逛超市。

乔装的桑巴坐在一辆越野车里,远远地观察着他们的行踪。

那瑟警长在警车里关注着基纳妻子和儿子的行踪,他的座位旁边放着窃听器。

基纳的妻子从商场里走出来,推着购物车,走向一辆皮卡车。桑巴从越野车里出来,走到基纳妻子身边。

基纳妻子看着他恐惧地往后退。

桑巴：不用害怕，我曾经是拉姆的手下，基纳的朋友。基纳因为私自做主放走了我的父亲，拉姆要惩罚他，追杀他。现在，拉姆是基纳和我共同的敌人。但现在基纳单独行动，危险很大。我需要和他联手，共同对付拉姆，希望你转告他。

基纳妻子紧张：我不知道他在哪里，我们母子的生活费用都是他从不同地方寄来的。

桑巴：那好吧，你有他消息时我们再联系。我的电话拨给你，请记一下号码。

基纳妻子被迫拿出电话，桑巴使用她的手机给自己拨电话。

桑巴帮助她把货物放到皮卡上去，然后离开。他趁基纳妻子不注意，把一个微型追踪器贴在车后面。

基纳妻子和儿子开车离开，皮卡在公路上渐行渐远。

桑巴回到那瑟警长的车上。

那瑟：看来她知道基纳的下落。

桑巴：她可能暂时不会通话吧。

警车窃听装置里传出声音。

基纳妻子：基纳，酋长的儿子在找你，说要找拉姆报仇。

基纳：你赶快换地方，用下一个手机号联系。今天晚上就转到那边去居住，否则就会被抓了。

基纳妻子：你也保重。

那瑟和桑巴交换眼神之后，指挥身边警察甲：赶快给基纳的电话定位。

警察甲操作一番：是在锡卡汉班托塔港。

基纳放下电话，略有思索，急忙扔掉电话。

电话在海水里咕咚一声，沉了下去。

基纳：水手，开船！

水手甲：桑吉还没上船，他去买食品去了。

基纳蛮横地说：他妈的，逃命要紧！

汉班托塔港海边，一辆中型警车急速往码头奔来。

警车里是戴旭东和格兰警长带领的行动小组，十几名锡卡警察全副武装。

海上，基纳的改装渔船以每小时三十节的速度在行驶，他们正驶往南印度洋的无人岛。

格兰警长和戴旭东的警车在渔船码头停下来，他们跳上事先准备好的快艇，按照 GPS 定位，驶向基纳扔手机的海面。

几艘渔船被警察控制，格兰警长带领警察一一搜索，一无所获。

警车里，戴旭东和那瑟警长通话：他逃得很快，扔掉了手机。

那瑟：我们继续监视基纳的妻子，但真正的线索可能在舒卡拉或三丰港务集团的人那里。

戴旭东：我们分头行动。

汉班托塔港中国博海集团锡卡地区办公室，孙跃民在和刘清云通话。

刘清云：跃民，集团研究了你们提交的方案，总体看是可以的，但要对未来的发展留下足够的空间。我们的认识现在有点跟不上了。目前可以先就汉班托塔港建设提出方案，但走一步要看两步，你们要认真研究锡卡的十年发展计划，特别是西部科伦坡港口城、东北部亭可马里港口和南部港口在整个印度洋的功能定位。把我们的工程承包上升到整个项目的建设运营、系统推进的层面来。因此，要从战略高度来思考问题，把项目的运营和锡卡的长远利益与发展结合起来，这样才会得到支持、有竞争力。小伙子，加把油，我们期待着你在锡卡打开局面！

孙跃民：感谢刘总，我们正在领会集团领导关于海外企业经营的新理念。有了在巴布尔的经验教训，我们也一定会更全面有效地开展工作。刘总，我们的想法是先拿下汉班托塔港来，给锡卡人一个活生生的成功案例，一个繁荣的港口和就业岗位比所有的宣传都有说服力。我们一边建汉班托塔，一边做科伦坡的方案论证，但亭可马里的项目现在还不行，那是政府军和猛虎组织对峙的前沿地带，我们先观察。

刘清云：总体思路是对的，但汉班托塔港项目可不是简单的工程项目，你们要充分估计到这是在印度洋的腹心地带的争夺战，对汉班托塔港的争夺将是一场新形式的战争。要专门研究舆论和社会动态，针对敌对势力诬蔑我们的珍珠链战略等开展宣传、反击，在舆论战中争取主动、争取人心，这是锡卡竞争的显著特征，比你在巴布尔经历的那些还要惊心动魄和复杂，要有打一场特殊战争的思想准备。至于亭可马里，我想你很快就会看到战争的结束。5月3日袭击渔民事件发生后，没有人为此负责，但促使中央政府下决心在印度洋强化我们的安全措施，保护中国企业和中国人在海外的生命财产安全。

孙跃民：刘总，清楚了。感谢您的指点。运筹帷幄、决胜千里。我一定竭尽全力。不辜负您和组织的信任。

汉班托塔港中国博海集团指挥部，中国博海集团驻锡卡地区办公室和指挥部合署办公，租用的汉班托塔滨海的写字楼里，孙跃民的办公室是通体玻璃窗的，可以直接看到大海，汉班托塔港港口和海面就像铺设在孙跃民办公室的一幅大地图。

和刘清云通完电话，孙跃民心潮起伏，他在想锡卡汉班托塔港的方案，但注意力集中不起来。他回忆起之前在这里的遭遇。

回忆中，孙跃民带领施工人员在汉班托塔与码头建设施工现场浇筑码头，头戴安全帽的孙跃民手里摇动着小旗，在指挥混凝土浇筑。

遭遇海啸的记忆太深刻了。铺天盖地的海浪扑面而来，孙跃民和同事们站在大楼里，眼看着海浪淹没了海滨和整个小镇。

孙跃民带领工人们，开动推土机，运输车辆帮助锡卡政府清理海滩上的杂物、死者尸体。

孙跃民回忆他和时任港口航运部长拉迦帕克萨在汉班托塔泻湖的考察。

拉迦帕克萨：这里可以建成一个深水港，每天停靠几百艘船只，完全可以成为印度洋的中转中心、金融中心、商务中心。

敲门的声音打断他的回忆，张诗仪进来。

张诗仪：有关部门的情报显示，5月3日针对中国渔民的袭击事件是大西洋集团主使的，戴旭东已经和当地国际刑警组织取得联系，组成特别行动小组，全力侦破这起案件。

孙跃民：太好了，戴旭东一来我心里就踏实多了，我们的保护神就位了，我要请他喝酒！

张诗仪：但使馆的商务参赞说，大西洋集团在锡卡的打法不同了，他们打的是舆论战。他要咱们近日做好资料准备。

孙跃民：这些事你就一揽子管起来吧，我要腾出时间抓工程进度。

汉班托塔港渔船码头，舒卡拉和木树清在游轮上招待《大西洋时报》记者莎拉、NHK 记者松田等海外媒体记者。松坂庆子和池田在一旁服务。

游轮的餐厅里摆放着冷餐和鱼类食品，旁边是各种饮料和酒。

木树清：今天请你们各位来度个周末，我们体验一下来锡卡旅游的感觉。锡卡三丰置业也想借机会让大家了解一下我们的业务。我们目前的项目主要是着眼于改变海啸后的海洋环境而成立的，一方面净化海水，另一方面通过海水淡化提供饮用水。而且，我们净化海水将逐渐采用生物技术，通过食用微生物的鱼类来改变这里的海水，使用膜技术来实现海水淡化。所以，东瀛基金对于锡卡灾后重建的重点是环保和为锡卡居民提供饮用水，发展无污染的企业。

松田：但是我们听说，东瀛集团还将为这里添置几艘巡逻艇，请问木树清先生，这是出于什么目的。

木树清：这是锡卡政府要求的援助，还在洽谈中。如果说有什么目的的话，那就是为了驱逐海盗，大家知道，这里的海盗出没已经给正常的捕鱼活动和旅游带来了负面影响。

莎拉穿着休闲的白衣，是带点锡卡风格的无纽扣丝质上装，下身是打磨过的水洗牛仔，她轻松地在品尝着金枪鱼片。舒卡拉走到她身边低语。

莎拉略显不安，但还是拿过话筒提问：木树清先生，请您从专业角度告诉我们，目前中国人正在修建的航道和码头，是否可以停靠军舰？

木树清带点笑意看着莎拉，狡黠地回答：从专业角度来看，能够停靠十万吨级货物的码头，就可以停靠航母，美国的"尼米兹号"和"福特号"也只有十万吨排量。这里正在建五个十万吨级以上的码头，停靠一支舰队是没有问题的。

松田：您是否在说，汉班托塔港是用于军事目的的？

木树清：我没有这样说，我只是说，汉班托塔港建好后具备这样的能力。

汉班托塔港孙跃民办公室，孙跃民看到当地报纸上醒目的标题"中国在汉班托塔港建立五个重量级码头，将会停靠舰队和航母"。他眼前的电脑上也充满了类似的报道。

中国驻锡卡大使馆，大使易北峰在看一份《星岛日报》，繁体的中文标题"北京在印度洋实施珍珠链战略，汉班托塔港又下一城"。

易北峰接通孙跃民的电话。

易北峰：孙主任，我们需要组织一篇稿子说明我们的汉班托塔港是商务港，没有用于军事目的。使馆的张参赞会和您联系。另外，您是否方便请锡卡港务局的人出面来澄清事实。

孙跃民：谢谢易大使。我立即联系卡瓦拉部长，他的言语有说服力。另外，我们已经得到锡卡政府的批准，会立即开工。我们的想法是先在当地招工，再搞个开工仪式，让锡卡政府的人在仪式上帮我们讲讲话。这样是不是更有力量？

易北峰：想法很好，有没有一些工程可以加快进度，提前亮相？

孙跃民：我们争取！可能分两步更从容些。

汉班托塔港三丰置业办公楼，舒卡拉和木树清在观看当地报纸《每日新闻》，大幅英文标题映入眼帘"汉班托塔港是商业港口"。

舒卡拉：这个航运部长卡瓦拉被中国人买通了，在这里为中国人辩护。

木树清：我看是那个当上总统的人被收买了。舒卡拉先生，我对大西洋基金处理国际事务的能力始终是很崇拜的，但在印度洋的做法却让我摸不着头脑。本来的目标是寻求再平衡，但现在严重失衡。仅仅靠太平洋舰队在这里巡逻不解决根本问题。像锡卡、巴布尔这样的国家，不拿出真金白银来投资，他们怎么会听你的话呢？锡卡海啸几乎毁掉了所有沿海的基础设施，他们现在急着要恢复使用，政府要解决就业问题，就要上项目，中国人就是抓住了这样的机会。

舒卡拉：把机会给他们，等到关键的时候再拿回来，达尔港就是先例。

木树清：历史只是惊人地相似，但绝不是重复。我不是不尊重您之前发表的意见。这些天我一直在思考怎么办才最有效。冷战思维真的过时了，印度洋没有绝对的铁幕。我用一个生意人的脑袋思考问题，如果这些基础设施都是中国人建的，我们做不到再把运营权拿过来了，这里和达尔港不一样了。如果不出钱，要达到不损失话语权的目的，眼看就行不通了。锡卡政府把汉班托塔港的运营权也一揽子交给中国人了。如果我们不干涉，就必须让它搁浅。

舒卡拉：你似乎考虑得比较成熟了？

木树清：就是在买通这个词上做文章。部分亚洲政客，他们的死穴都在腐败上。因为亚洲人更重视血缘关系，重视家族利益，你去翻翻他家族的财产表，就一定能够找到我们需要的东西，之后让它发酵，这个家族就会丧失权力和声望。

舒卡拉：按照你的逻辑，换一个还是血亲思维，照样被买通。

木树清：那总会有个缓冲的时间，我们就可以有所作为。当然，我们也可以培植喜欢我们的人上台啊。

舒卡拉：你的政治学就这么简单！你以为是你在海上捕鱼呢，要么给诱饵，要么就撒网。对于鲸鱼和鲨鱼来讲，你的办法都会失灵，你只会捕金枪鱼。

木树清：舒卡拉先生，您不要生气。我是为了说明大西洋基金应该参与到经济建设中来，之前答应给锡卡的资金援助应该尽快到位，要不然人家就结成亲家了。

舒卡拉：我倒是觉得你的思路很好，我们要多种手段并用。也许你注意的是印度洋的鱼类，而我关注的是核潜艇。

木树清：那我们就各自行动吧。

汉班托塔港三丰置业，木树清召集松坂庆子、池田等人安排工作。

木树清：我们的捕鱼船队要扩大了，一共十支船队，每支船队五艘渔船，每艘渔船二十五人，需要一千多人，这在汉班托塔港是个受欢迎的岗位。

松坂庆子：劳务呢？

木树清：说明你动脑子了，你去打听清楚汉班托塔港码头建筑工人的收入，我们的劳务按照比他高百分之十来公布。但是我们的重点不是在劳务市场竞争，而是和当地产业工会取得联系，建立利益关系。

汉班托塔港劳务市场，张诗仪和黄翔、丁珂率领着项目部的人员在招工。

当地的渔民阿米拉出现在丁珂的摊位前。

丁珂用僧伽罗语问话：萨吧哈，你是来应聘的吗？

阿米拉用僧伽罗语回答：是的，但我想知道工资是多少再决定。

丁珂：每个月工资三百美金，是交过劳动保险之后的薪酬。每天工作八个小时。

阿米拉：那我的工作是什么？

丁珂：是推土机手，经过培训以后上岗。

阿米拉：谢谢，我报名了。

丁珂：那你就等通知吧，留下你的联系方式。

松坂庆子的办公间，一个说英语的男人声音：中国人给推土机手的工资是三百美金。

松坂庆子：谢谢，知道了。希望你的人能打入中国人的项目里去，我将给他双倍的工资。

夜晚，巴黎一所公寓内，乔虹在观看电视新闻，那是《大西洋时报》记者莎拉出镜的镜头。

她的男友索内尔在一幅油画上涂抹着，那是个森林和牛群的场景，还没有完成。

屏幕里，莎拉对着镜头，她身后是锡卡南部汉班托塔港。

莎拉：昨天，锡卡政府港务局和中国博海集团签署了建设汉班托塔港的合作协议，中国博海集团将垫资三亿六千万美元在三十九个月里兴建四个十万吨级码头，一千米航道。按照锡卡政府的说法是建立国际航运中心，但实际上这里是可以停靠军舰的码头。

乔虹关注地看着莎拉的报道。

乔虹：佐罗，你喜欢锡卡吗？

索内尔：喜欢啊，那里的海滩很漂亮，亭可马里的沙滩很迷人。只是，那里现在还在打仗，猛虎组织的子弹满天飞，一点也不浪漫。

乔虹：可是他们在汉班托塔港要建个深水港，那里是南部，主要是僧伽罗人，很安全的。深水港意味着需要商务区、加工区，商务酒店等，可能会有很多机会。

索内尔：我在工业区或商务区的氛围里一点灵感都没有，你还是先去体验一下再告诉我，我的作品还需要几个月完成。

乔虹：难道我没有带给你灵感吗？

索内尔看看乔虹，扔下笔来，走到沙发前，俯身亲吻乔虹，一边柔声地说：是带来激情。

索内尔越来越热烈地亲吻着乔虹的身体。

乔虹的眼前突然闪现出孙跃民在大榕树下伤病发作晕倒的场景。

索内尔停下来，看看乔虹的眼神，索性把她抱到床上去。

一阵阵喘息的声音后，索内尔下床来，走进浴室。

乔虹呆呆的眼神。

马尔代夫无人岛边，基纳的改装渔船停靠在无人岛边，匪徒们在海边洗澡。

拉巴尔在水里舒展着身体。

基纳在沙滩上和舒卡拉通电话。

基纳：我们在海上躲避一个月了，船上的食品和淡水都没有了。

舒卡拉：你们可以回来了，但不要在渔船码头靠岸，找个野码头，回到这里来，会有人和你们联系。

戴旭东和格兰警长的车子停留在舒卡拉那栋公寓楼旁的隐蔽处，车子里的窃听器清晰地传出舒卡拉和基纳的对话。

戴旭东：说明我们的判断是正确的，袭击中国渔船的海盗是大西洋基金雇佣的。如果抓住这个基纳，我们就会获得证据，揪出他背后的黑手。

格兰警长：我们现在就在汉班托塔的所有野码头布置力量，抓住他们就好办了，一定会有人提供口供的。

基纳向沙滩和海上的匪徒们吼叫：上船吧，我们要回去了。

拉巴尔和匪徒们纷纷上船。

改装渔船开足马力，驶向汉班托塔港。

汉班托塔港，戴旭东和格兰警长带着一队警察，埋伏在一处野码头。

指挥警车里，戴旭东和格兰警长守候在窃听装置前，可以清晰地听到基纳的手机里传来的声音。声音似乎越来越近了。

基纳的改装渔船上，匪徒们静坐在船舱里，等候着基纳的命令。

基纳走出驾驶舱站在船头，让海风吹着自己，他在紧张地思考着。

突然，他让匪徒甲把拉巴尔叫出来。

拉巴尔一副轻松无奈的样子。

基纳：你告诉我，应该在哪个码头靠岸？

拉巴尔：达尔港，我想回巴布尔。

基纳狞笑着：混蛋，在汉班托塔港靠岸！

拉巴尔：人越多越好。

基纳：看来不是你偷走了我的海事卫星电话。你就会见到亲人了。

基纳让匪徒把拉巴尔送回底舱，让几个小头目凑到他身边来，低声交代着。

戴旭东和格兰警长在警车里听不到基纳的声音，只有改装渔船似乎停下来的声音。

基纳的改装渔船在海面上停下来。几艘快艇放下来，匪徒们分别乘快艇离开改装渔船。

基纳离开改装渔船时，把与舒卡拉通过话的手机放在拉巴尔身边。同时，他走进机舱，把一包东西塞在主机旁。

拉巴尔被捆在一个救生圈上，塞着嘴。

戴旭东听到基纳手机里发出异常的声音，格兰警长也仔细辨认，似乎是挣扎的声音。

格兰警长：看来情况有变化，我们出动吧。

戴旭东：要做好交火的准备。

格兰警长发出命令：各小组注意，一组继续守候野码头，二组、三组随我上炮艇，立即行动！

锡卡警察迅速跃上炮艇，飞快地向目标驶去。

基纳的改装渔船上，一名舵手在驾驶着渔船向马尔代夫方向驶去。

底舱里，拉巴尔艰难地挣扎着，他拖着救生圈，移向底舱门，接近门把手，用门把手来撕扯嘴里的毛巾，终于扯出来了。接着，他把被捆绑的脚推向门把手，一次、两次、三次，终于把绳索套在门把手上，使劲地拉动着，脚脖子拉出了血，他咬牙继续，脚上的绳索好不容易解脱了。他站起身来，继续在门把手上拉自己手上的绳索，最后终于解脱。

拉巴尔长长地出了口气，他急忙拿过海事卫星电话，拨通了锡卡匪警电话。

拉巴尔：我是巴布尔公民，被海盗绑架，现在海盗船上，请赶快来搭救，匪徒可能已经离开海盗船了。

格兰警长在炮艇上接到警署的电话：是一位巴布尔公民报的警，他们在东经72.1度，北纬6.3度海面。

格兰警长和戴旭东交换了一下眼神。

戴旭东：赶快通知所有码头和野码头，搜查持枪登岸的人员。这是金蝉脱壳之计。

基纳的改装渔船上，拉巴尔来到驾驶室，拿起一把板斧，命令驾驶员改变方向，开往汉班托塔方向。

驾驶员答应着，但他突然转舵，船体猛烈摇晃了一下，拉巴尔站立不稳，摔倒在地板上。驾驶员趁机一脚踩在他拿板斧的手臂上，两人厮打起来。

格兰警长的炮艇接近基纳的改装渔船，开始喊话：我们是锡卡警察，奉命来检查嫌疑船只，请你们立即停下来，向我们靠拢。

拉巴尔和驾驶员听到喊话，停止了扭打，一起观看海面上炮艇的到来。

格兰警长看到基纳的渔船没有反应，就下令登船搜查。

炮艇接近基纳的改装渔船，突然一声巨响，改装渔船被底舱的炸弹炸得四分五裂，瞬间变成碎片。

炮艇在离渔船几十米的海面上停下来。

基纳从一艘快艇上走下来，穿着休闲的钓鱼服，悠闲地穿过渔港码头，他几个休闲打扮的匪徒给他拎着包裹。

基纳回过头来讽刺地看看大码头上，匆匆赶来的警察正在搜查过往行人。

汉班托塔酒店公寓，戴旭东和玛雅在商量锡卡的投资项目。

玛雅不怀好意地笑着：大英雄，你真是个扑空使者，一次次扑空、上当、被海盗玩得团团转，甩在荒山野地。他们一定以为你是故意把他们放走的，或者你是他们的同伙。哈哈。

戴旭东：你这么幸灾乐祸，倒有点像他们的同伙。我们在船上搜查，还看到毒品，说明这些人不是单纯靠杀人抢劫为生的，还有毒品生意。锡卡警署抓到一名在汉班托塔港码头大骂基纳的人，现在还在审问他，他说是捕鱼船上的，船老大也叫基纳。

玛雅：要是我，就把他放了，看他和谁联系，或者谁和他联系。

戴旭东惊诧：啊呀！真人不露相，没看出来你还这么会搞阴谋诡计呢。

玛雅：小菜一碟，我在中国时，看了所有金庸的武侠小说，受了不少启发。那里面男的一个比一个笨，女的一个比一个机灵。但你不像那里面的男人，你既不憨厚又不机灵，只会搞点花边新闻。没有我帮你，你一个案子也破不了。

戴旭东：甘拜下风，我就给格兰警长说说你的锦囊妙计。

玛雅：随你的便。我的注意力在提出商务计划上，我觉得你去一下无畏寺就知道在锡卡该发展什么产业了。

戴旭东：是法显大师修行取经的地方，你的意思是说发展旅游吗？

玛雅：你还没被恐怖组织搞傻。锡卡海啸后，百废待兴，但恢复起来会很慢，唯独旅游业，会很快恢复并且发展。你知道，在南部一直在流传佛像在海啸中毫发无损的故事，现在好多中国游客都去那里照相。你把酒店建起来，餐饮搞起来，名胜古迹参观连成一条线，一定是个大产业。

戴旭东：港口商务区里面建海景酒店，随之配套，把海洋旅游业搞起来。实际上，锡卡的旅游观光条件比马尔代夫好。马尔代夫的古迹就只有首都马累一处，只有三平方公里，其余全是自然景观。但他们把酒店建在各个岛上，反倒别有韵致。

玛雅：赶快请乔虹的设计所来吧，商务酒店是最迫切的。

戴旭东：我不反对用她，但她一来，孙跃民就乱了分寸，会影响他集中精力的。他们集团领导非常希望他快点和张诗仪结婚，不要再单身了，避免传出绯闻。

玛雅：你们中国人真有意思，连我们巴布尔这样的国家都不去过问别人的私生活，你们连孙跃民和谁结婚都管。我就不喜欢张诗仪，她老是那么冷静、理智，很难看出她的真情，可乔虹就不一样，她一出场，你就知道她爱的是孙跃民，眼睛火辣辣的。你喜欢她吗？

戴旭东笑了：我喜欢玛雅，全身都火辣辣的。

玛雅微嗔：别耍贫嘴，还记得吗，我们的故事要讲一千零一夜的。

汉班托塔港开工仪式，红色地毯前面，施工队伍聚集着，舞狮的队伍在锣鼓喧天中舞动起来。

中博集团驻锡卡地区总指挥孙跃民主持开工仪式。

鞭炮声中，推土机开始挖下第一铲土。

观看开工仪式的人山人海中，海外媒体在采访。

莎拉在采访孙跃民：请问，你从巴布尔的达尔港来到这里，有何感受？

孙跃民：海阔凭鱼跃，天高任鸟飞，印度洋需要我们来建设，锡卡与巴布尔一样，都欢迎合作共赢的伙伴。

莎拉：这个项目是通过政府间协商确定的，你觉得会产生腐败和贪污吗？

孙跃民：我们的项目是符合锡卡法律的，也是符合汉班托塔民众利益的，虽然是政府间协商确定的项目，但同样公开透明，所以不存在腐败和贪污的问题。

松田：这里的十万吨级码头，可以用来停靠军舰吗？

孙跃民：两个十万吨级集装箱码头和两个十万吨级石油码头都是专业的商务码头，完全没有停靠军舰的考虑。我们和锡卡政府的合作，完全没有附加政治条件。

人群里，基纳也在观看开工仪式。从基纳贼溜溜的眼神看，他的注意力似乎停留在莎拉身上。

施工现场，阿米拉驾驶推土机，在海滩上挖土。

巴黎乔虹公寓，乔虹和索内尔在进行着严肃的谈话。

乔虹：亲爱的，我必须到锡卡去搞设计了，那是我的专业，就像你的油画一样。谢谢你答应我先去看看。

索内尔：我的油画必须有巴黎这个大磁场的氛围，至少这幅作品的灵感是在这里获得的。如果转移到别处去，我不知道会怎么样。所以，还是你自己去看看。以后我再去体验一下。

乔虹：你是在说离开巴黎就没有灵感了吗？

索内尔：是的，这就是一种存在主义。

乔虹：凡·高离开巴黎，不照样画出向日葵吗？

索内尔：那恰好说明，灵感都是特定的。

乔虹：那么你和我在一起有灵感吗？

索内尔：有激情，爱的激情。

乔虹：别打乱逻辑，对于创作来说，是不是离不开我？

索内尔：你的存在对于创作是有帮助的。

乔虹：我想问的是，巴黎和我，哪个对于你的创作更重要？

索内尔：抱歉，当然是巴黎。这里是个艺术家聚集的场所，空气中都弥漫着色彩和旋律。

乔虹：但我的灵感在海边，也符合你的逻辑。

索内尔：好吧，去那里注意安全。

汉班托塔警署，被基纳丢弃在码头的匪徒桑吉被放出来，他晃晃自己的脑袋，然后漫无目的地走向海边。

一名便衣警察悄悄地跟着他。

桑吉似乎觉得自己已经不再受警察的注意，就下意识地往上次和基纳来过的修车作坊走去。

阿努拉照样放下手里的活计，把他引到里间来。

阿努拉：货呢？

桑吉：没有，我刚从监狱出来。

阿努拉：你被抓了？

桑吉：是的。上次从你这里离开后，回到船上没多久，在岸上买食品，被基纳丢弃在岸上。我当时很着急，就大骂他，被警察发现了。他们一直在审问我是否参与了 5 月 3 日的袭击案。

阿努拉大吃一惊：你赶快离开这里，他们一定在跟踪你，如果再问你，就说在这里修过车。

桑吉：我现在身无分文，难道你让我饿死吗？

阿努拉从旧衣柜里拿出几张锡卡卢比来，交给桑吉。

桑吉：这不够，我要住酒店。

阿努拉又拿出几张来交给他。

阿努拉：注意，近期别找熟人，避免被跟踪。

桑吉悻悻然离开修车作坊。便衣警察仍然跟着他。

戴旭东和玛雅来无畏寺参观，他看到这里香火很旺，从中国来的游客络绎不绝。

戴旭东：玛雅，如果我们要搞旅游，就要帮当地人整理一下资料，重塑金身，最好是编好故事，在国内去做宣传。

玛雅：我注意到中国青岛好像搞过一个舞剧，就叫《法显》，但别人看不懂，也没多大的影响。

戴旭东：我们可以拍一个电影，反映法显在此取经，在海上经历惊涛骇浪的历史，那会吸引更多的游客。

玛雅：那还不如拍个郑和下西洋的电影，郑和当年在这里遇到海啸、土匪，经过和平手段，战而胜之的故事。

戴旭东：你怎么说郑和遇到海啸呢！这有文字记载吗？

玛雅：大胆设想，小心求证。不是在说艺术创作吗？

玛雅突然发现戴旭东的眼睛一直在盯着前方。她顺着戴旭东的眼睛往前看去，竟然看见松坂庆子在大雄宝殿虔诚地念经。她穿着近似僧袍的裙服，嘴里念念有词。

玛雅：你都快灵魂出窍了。

戴旭东：我是在想，她来这里干什么？

玛雅：很简单，她在等你呀。

戴旭东：那我们是否该去和她打个招呼？

玛雅：我倒是觉得，不该打扰别人。如果是在等你，她会撵上来的。

戴旭东和玛雅悄悄地离去。

第六章

    远远看去，像巨大的伞盖一样的无畏寺佛殿已经两千多年历史，据说是东晋法显禅修的地方。

    佛殿前面，长长的甬道一侧，是一湾明净的溪水。

    松坂庆子从甬道上慢慢走来，她的衣服很别致，是改型后的锡卡裙服，宝蓝色的花裙显得很高贵，但不知怎么有点僧袍和和服的感觉。

    进入大殿内，松坂庆子虔诚地在蒲团上跪下。

    丝丝青烟在佛像前萦绕，牵动着松坂庆子的思绪，她想起自己的外公。

    穿着僧袍的外公牵着小松坂庆子的手，在金阁寺后面的林间玩耍。

    乡间别墅里，松井对她说，你爸爸是香港出生的日本人，因为拍摄731纪录片被右翼追杀。

    妈妈的声音：你爸爸是中国人。

    两个声音在她脑海里争吵起来：

    你爸爸是日本人。

    你爸爸是中国人。

    大殿里的当值僧人慢悠悠地在敲着木鱼，但他还是不由自主地看着松坂庆子，这个女施主在蒲团上待的时间太长了。

    一身休闲装的松田也在佛殿里出现，他走到佛像的侧边，仔细观看大佛的造型，似乎在研究锡卡的佛像造型和日本的有什么不同。

    松田的目光在大殿里游弋，不经意间，看到松坂庆子。一恍惚，好像是当年同事郭祥林君夫人惠理子的背影。

穿和服的惠理子剪影在松田的眼前掠过。

松田定神一看，眼前的女人似曾相识。松坂庆子在木树清的记者招待会上笑容可掬的样子在他面前闪过。

松坂庆子从蒲团上起身，见到松田。她一欠身，给松田行礼鞠躬。

松田：如果没记错，我们在你们的记者招待会上见过面。

松坂庆子：是的，我记得，您是 NHK 的松田君，提了好多重要的问题。

松田：刚才看到您在礼佛的样子，我忽然想到一个人。很冒昧，当年我的同事郭祥林君，他的妻子惠理子，您可曾知道？

松坂庆子：惠理子！那是我的妈妈呀，您当年见过她？

松田：难怪呢，这么像。我是你爸爸的同事呀。

小和尚走到松坂庆子身边，作揖。

小和尚：打扰您，居士，有人给您个字条。

小和尚把字条递给松坂庆子。

松坂庆子一看，立即问：他人哪里去了？

字条写着：方便时联系我，戴。一串数字显示的电话号码。

松坂庆子急匆匆地道：松田君，我们改天联系，我要去见一个人。

松坂庆子追出寺外，一边走，一边拨电话，电话里只听到忙音。她四顾左右，人流中不见戴旭东的踪影。

无畏寺里，老和尚明月在禅房诵经，他觉得心有所动，安静不下来。突然睁开双眼，站起来，走出禅房，往大殿方向走去。

松坂庆子和松田两人离去时，明月只看到他们的背影，他久久伫立在那里。

通往汉班托塔的公路上，戴旭东驾着越野车在奔腾，两边一片绿色，有鲜艳的花朵点缀其间。

玛雅感叹：锡卡果然是个旅游胜地，景色真美。

戴旭东没有回答，他在等电话。

刚才，戴旭东走出卫生间，悄悄向一名小和尚那里走去。他给小和尚低语着，指着大殿的方向。给那个穿宝蓝色裙服的松坂庆子送去个纸条，上面用英文写着在锡卡的联系方式。

戴旭东脸上露出满意的微笑，敷衍着玛雅：是很美，还有美人相伴。

玛雅娇嗔地拧了他一把。

松坂庆子在无畏寺外寻找戴旭东，茫然四顾，突然看到莎拉笑吟吟地出现在她面前。

莎拉：我猜猜，你一定是在等待哪个白马王子。

松坂庆子：抱歉，是有长者指点，要等一个人。

莎拉：这像是佛教的谶语，一切皆缘分，相逢即缘。我在东方待久了，也觉得有道理。在大佛面前，香烟萦绕，心中的顿悟也许会出现。你看，我们这些在达尔港相遇的人，又都到锡卡来了。那个半土半洋的孙跃民，还有花花公子戴旭东，性感迷人的玛雅，对了，孙跃民的前女友乔虹也来了。

松坂庆子听到戴旭东，禁不住问：你在哪里见到戴旭东先生了，我们有业务要找他。

莎拉狡黠地一笑：你被这个花花公子迷住了，他是个身份不明的神秘人物，他身边有性感迷人的玛雅公主，你最好离他远点。不过为了业务需要，你也许可以在汉班托塔港孙跃民那里找到他。当然，找到乔虹也就一定能找到他，因为乔虹是来给他设计酒店的。

松坂庆子听到消息，一阵喜悦：能告诉我乔虹在哪里吗，我联系她。

莎拉告诉她乔虹的联系方式。

松坂庆子急匆匆地告别莎拉。

莎拉看着离去的松坂庆子，不由得感叹：三丰港务集团又输了。

汉班托塔酒店，乔虹在咖啡厅里等待着松坂庆子，她在回忆。

孙跃民微笑的脸庞：欢迎与中国企业合作。

索内尔站在油画画板前，文雅但无情的声音：抱歉，当然是巴黎了，这里空气中都弥漫着色彩和旋律。

一阵窸窸窣窣的声音，身着锡卡风格裙服的松坂庆子来到乔虹面前。

松坂庆子依然是欠身鞠躬，礼貌但略显急迫地问：真高兴，在这里又见到您了。您可曾见到戴旭东先生？

乔虹：我也在等他，也许您可以给我讲讲锡卡的形势，这里安全吗？

松坂庆子：北部在打仗，南部相对安静些。僧伽罗人大多数信佛，心中比较平静。海啸后，总统提出了马欣达计划，这里的投资机会多起来了。

乔虹：可以告诉我，你们的业务是什么吗？

松坂庆子：是投资公司，在论证海上环境保护和污染物处理，还有船队。

乔虹：船队？戴先生也要搞船队，还要在这里建商务酒店，开辟旅游线路，他专门去无畏寺考察了。那里是公元5世纪时中国僧人法显整理佛经的地方，也许他会设计出一条适合中国市场的旅游线路来。

松坂庆子：我正要和他讨论有关旅游服务业的投资问题。您可以告诉我，他住在什么地方吗？

乔虹：我也不知道，通常都是他通知我在他的公司里相见，可在这里，我还没有接到通知。

松坂庆子：谢谢，我们还会再见的。

汉班托塔三丰置业公司，松坂庆子给木树清汇报情报。

松坂庆子：戴旭东正在这里规划适合中国人旅游的酒店，并且要建一些商务酒店。他已经去考察了中国东晋和尚法显在这里整理佛经的无畏寺。法国巴黎的设计所继续给他搞设计，那个中国人乔虹，已经到达汉班托塔，等待接到他的设计任务书。

木树清：你判断，戴旭东到锡卡来，纯粹是商业目的吗？

松坂庆子略微迟疑：如果从巴布尔和索马里的情况看，他似乎有特殊业务，在这里，还没有看出迹象。他不会是在走私吧？早先，很多中国商人习惯靠走私赚钱。

木树清盯住松坂庆子的眼睛看了半天，突然发问：你在索马里和他上过床吗？

松坂庆子羞恼：木树清先生，您怎么会提这么奇怪的问题，我是受桥本先生委派，与他去索马里和您谈餐饮、商务合作的。我们没有私人关系。

木树清：但我们知道他曾经给你过生日，也许你想从他那里打听你父亲的下落。

松坂庆子：松井会长告诉我，我父亲是香港出生的日本人，和戴先生这个中国商人，没有任何关系，我想都没有想过从他那里找。如果先生您不信任我，就请您告诉松井先生，辞退我。

木树清讪笑：不不不，松井先生很重视你，他还要你发挥更大作用的。如果不是松井先生关照，我会更愿意让你做我的私人秘书，那我就不会嫉妒戴旭东了。

松坂庆子：谢谢您，那我还要继续保持和戴旭东的联系吗？

木树清：当然，英雄难过美人关，你要搞清楚他在这里的主要任务是什么，最好是知道他所有的行踪。为了业务，有时候是需要献身的，我相信没有人会拒绝日本女人的温情。

松坂庆子悻悻然离去。

锡卡警察局，拉巴尔面前放着一堆照片，他在给格兰警长指认匪徒的照片。

警长助理给他一一看照片，他不断摇头。但他在看其中一张照片时停留了一下，那是匪徒桑吉。

拉巴尔想起来：船舱里，桑吉在往尼龙袋子里装鱼，他把鱼嘴用刀划开，把一包包冰毒放进去。拉巴尔恰好经过，桑吉冲着他挤眉弄眼。

基纳带着桑吉上岸，桑吉背着尼龙袋子。

格兰警长：他叫什么名字？

拉巴尔：桑吉，他带着基纳去和毒贩见面，后来被基纳甩在岸上了。

格兰警长：你确定，最后沉船时，没有看到过他？

拉巴尔：没有，船舱发生爆炸，爆炸点在主机舱，您只从海里救出我一个人。

格兰警长：好的，后面的事情会有人给你安排。

戴旭东一直在看格兰警长和拉巴尔的对话。

汉班托塔的废弃厂房，基纳和几名匪徒暂时躲藏在里面。

基纳使用新的手机，给舒卡拉的手机打电话，一直是忙音，似乎被拉黑了。他指使一名手下用英语留言，向舒卡拉索要尾款。

匪徒甲：老板，该还尾款了，我们就在你附近。如果十个小时之内没有回复，我们就会登门拜访。

夜晚，公寓里，舒卡拉站在窗户前，听到基纳的留言。他冷笑着，随手用英语发了个短信：请您提供付款方式，明天我会交给机主，我是他的保镖。

基纳看到短信，知道舒卡拉是在戏弄他。

基纳看看手表：走，找他去！

基纳和几名匪徒驾驶两辆越野，快速向汉班托塔中心区驶去。

公寓里，舒卡拉看看手机，没有任何反应，似乎意识到什么，立即收拾行装，快速离开公寓。

公路上，基纳和匪徒们风驰电掣，卷起一股尘土。

舒卡拉从侧门走出酒店公寓，看看四周没有人跟踪，招手叫了出租，快速离去。

基纳和几名匪徒便装进入，直接从安全通道上楼。轻轻敲门，没有回应。基纳身子往后一闪，一脚踹开房门。

几名匪徒冲进去，卧室、洗澡间、柜子、窗户外，一一搜查，空空如也。

基纳略加思索，一挥手，几名匪徒下楼，上车，奔向另一处所在。

汉班托塔酒店，莎拉和乔虹在做美容，两名肤色略黑的服务生在给她们做身体保养。

乔虹：你觉得这里的风浪是不是比达尔港要小些？

莎拉：你是说现在吗？还没有领教。这里可是发生过海啸的，而且北部还在打仗。

乔虹：僧伽罗人信佛，会不会没那么暴力。

莎拉：猛虎可不信佛，战争中，佛就被忘记了。几年前这里发生过爆炸事件，总统都差点丧命。

乔虹吐吐舌头：那还是小心点。

两人做完美容，各自回房间。

莎拉走回自己的房间，换上睡衣，准备睡觉。

敲门声响起。

莎拉起来：谁？

服务生：服务生，有您的包裹。

莎拉开门，基纳和几名匪徒闯进来。

基纳上前用一块手帕蒙上莎拉的口鼻，莎拉立即昏迷过去。

基纳和几名匪徒把莎拉搀扶出门，塞进越野车，绝尘而去。

夜晚，木树清的游艇上，舒卡拉半躺在豪华套间的沙发里，吸着雪茄。

手机短信声音。

舒卡拉拿过手机。

短信内容：莎拉在我们手里，拿五十万美金来赎人，我们在贾夫纳。

舒卡拉立即坐直了身子，他站起来，紧张地思索着。

夜晚，锡卡警察局，戴旭东和格兰警长在商议营救莎拉的方案。

格兰警长：根据卫星定位，匪徒的位置在贾夫纳交火地带，随时可能和反政府武装遭遇。

戴旭东：您怎么就会认为和反政府武装没关系呢？上次袭击中国渔船事件，到现在还没有找到幕后黑手啊。

格兰警长：猛虎现在自顾不暇，不可能搞什么绑架，倒有可能是小毛贼浑水摸鱼。

戴旭东：您排除了政治目的，难道不会是内讧的表现吗？

格兰警长：想象不出来，您觉得这是个重要线索？

戴旭东：莎拉一直是大西洋集团的雇佣记者，现在被绑架，一定与大西洋集团的关系人有关联。和那个舒卡拉有关，绑匪甚至就是威胁舒卡拉就范的。

格兰警长：我们的监控显示，舒卡拉和莎拉最近没有联系，和绑匪也没有联系。但他现在确实在木树清的游艇上，没有在公寓。

戴旭东：那很可能就是躲开了。我们现在应当把莎拉救出来，一切都会清楚的。

格兰警长：现在只能派小分队进入，不能大部队进入。

戴旭东：我和您一起行动。

戴旭东和格兰警长的防弹装甲车队，进入贾夫纳西北部的交火地区，隐约可以听到枪炮声。

格兰警长：据军方的消息，猛虎组织已经蜷缩在几十平方公里的圈子了，这大概是绑匪没有意识到的。我们突进去，就有可能遇到最猛烈的打击。

戴旭东：不进去，我们的线索就会消失。现在的莎拉已非昔日的莎拉，价值连城了。

格兰警长：要不是知道你的目的，还以为你爱上了她呢！

格兰警长拿过地图，和戴旭东研究起来。

格兰警长：他们很可能就在这几个村庄，或者是在学校、工厂这些地方，不会和当地武装会合。

警官甲报告：一小时前，在临近海边的村庄里发现匪帮信号，之后就消失了。

戴旭东：他们要逃亡海上。模拟舒卡拉的信号，和他们联系试试。

格兰警长：马上模拟，估计舒卡拉不会立即回应。

戴旭东：我们也可以模拟匪帮，牵动舒卡拉。

格兰警长：好主意。

警官甲：又发现匪帮信号在猛虎控制区一侧出现了。

格兰警长：立即通知封锁出海通道。我们向信号进发。

贾夫纳某村落房屋，莎拉被捆绑着，嘴里塞着毛巾。她慢慢苏醒过来，睁开眼睛，看到自己被捆绑在柱子上。

匪徒甲向基纳报告：舒卡拉回话了，他答应来赎人，让我们告诉他交赎金的地点。

基纳眼睛放光：看来这个娘儿们是她的心头肉。通知他到穆戈里神庙会面。

匪徒甲迟疑：那里是政府军的前沿。

基纳狡黠地：对，就是要这个效果。

匪徒甲操作手机。

基纳转向莎拉，目光聚焦在她骨感的脖子上。

基纳走上前去，扯出莎拉嘴里的毛巾。

基纳：美人，你已经听见，你的情人舒卡拉就要来和你会面了。也难怪，像你这样的美人，他是舍不得丢掉的。

莎拉不做任何回答，只是蔑视地看着基纳。

基纳心里燃起一股无名火，他扑向莎拉，撕开莎拉的上衣，接着拉掉莎拉的底裤。

莎拉发出疯狂的吼叫，基纳不顾一切地蹂躏着她的身体。一番激烈的肉体格斗之后，基纳起身鄙视着莎拉。

基纳：婊子，东方男人的味道怎么样？比你那个海军大副的鱼雷要来劲得多吧！

莎拉愤怒地看着基纳：你只是一头猪！蠢猪！

基纳恼羞成怒：弟兄们，过来，轮番上，尝尝这西洋婊子的味道。

匪徒甲、乙、丙、丁轮番在莎拉身上发泄着，莎拉不断发出怒骂的声音，最后力气耗尽，像一具尸体一样被折磨着。

黄昏，穆戈里神庙附近，匪徒甲在树丛里埋伏着，他身后是几个匪徒，荷枪实弹，随时准备射击。

格兰警长和戴旭东的两辆装甲车从他们面前驶过。

神庙周围，反政府武装盘踞在土包垒起的工事里。

距离神庙不远的丛林里，政府军做好冲锋的准备。

匪徒甲看到有警察标志的装甲车驶过，他联系模拟的舒卡拉电话。

匪徒甲用自己的电话联系：我们已经到达穆戈里神庙，就在神庙后面的丛林里，你们把钱送过来吧，只能过来一个人。

装甲车里，格兰警长下令：从神庙旁边穿过去。

警官甲：那里是交火地带，军方告诉我们，他们近期会发起总攻。

格兰警长看看戴旭东：先生，危险啊，我们会打乱军方的行动计划。

戴旭东：我们迂回到后面去行吗？

格兰点点头。

村落房屋里，基纳突然接到舒卡拉的消息。

短信显示：我的电话被模拟了，请你们尽快离开，我们到海上相会。

基纳立即打电话给匪徒甲：迅速撤回，警察正在包围你们，离开时向政府军开火，扰乱他们的视线。

丛林中，匪徒甲接到基纳的电话，他告诉手下：往神庙前面来几个点射，再往神庙方向来几个点射，然后我们就开溜。

匪徒乙往前移动几步，开始点射，引发了激烈的枪声。

匪徒乙往侧面移动几步，开始点射，引发反政府武装的激烈回应。

匪徒们从丛林中后退，悄悄地消失了。

格兰警长的装甲车遭遇到来自神庙和神庙对面政府军的双重袭击。

格兰警长：戴先生，我们上当了，他们让我们腹背受敌。

戴旭东：对不起，我们直接扑到村子里去。

装甲车很快退出交火区，驶向夜幕降临中的村庄。

夜晚，激烈的炮火声中，政府军以排山倒海之势扑向穆戈里神庙附近的工事。

猛虎军在做着最后的抵抗。

贾夫纳村落房屋里，基纳和匪徒们在吃冷食，收音机里在播放消息。

锡卡政府宣布，5月18日政府军在北部击毙了反政府武装的首领，收复了他们占领的每一寸土地。

基纳扔掉餐盘，匪徒们看着他。

基纳：快到海上去，这里已经被政府军占领了。

匪徒甲：那个女人呢？

基纳：逃命要紧，你去干掉她。

匪徒甲抽出腰刀，走向角落里的莎拉。

格兰警长和戴旭东，按照卫星定位，悄悄地包围了基纳匪徒所在的房屋。

角落里，匪徒甲拉起莎拉，走向里间，他贪婪地看着莎拉白皙的大腿，扑上去再作最后的发泄。莎拉歇斯底里地吼叫起来。

格兰警长听到屋里莎拉的吼声，一挥手，警察们冲上去。一阵枪声，门被打开。

基纳和几名匪徒在门口猛烈地还击一阵子，接着扔出几颗手雷，爆炸声中，他们从后门撤退。

爆炸声后，格兰警长和戴旭东破门而入，搜索着。

戴旭东发现里间衣不遮体的莎拉，被捆绑着双手。他解开捆绑莎拉的绳索，莎拉扑到戴旭东的怀里，放声大哭。

一阵马达声，基纳和匪徒们消失在夜幕中。

格兰警长的警车继续追踪。

夜晚，海边，惊涛拍岸，一艘改装渔船等候在岸边的野码头。

基纳匪徒的越野车看到路口有警察把守，下令冲过去。一阵枪声，基纳的越野车渐渐远去。

格兰警长的装甲车来到，关卡的警察给他指着方向。

基纳的越野车驶向野码头，人们急匆匆地上船离开了。

格兰警长的装甲车赶到野码头，只看到远去的改装渔船。

格兰警长：我们还是慢了一步。

海面上，基纳给舒卡拉发短信，得不到回应。

短信内容：如果在天亮前得不到你的赎金，莎拉就没命了，还是我以前的账号。

舒卡拉在木树清的游艇上，看到基纳的短信。

舒卡拉思索着，在船舱里踱步。之后，他回复：让莎拉和我视频通话。

基纳看到短信，急躁地给舒卡拉拨通电话。

基纳：莎拉现在睡觉。

他的话刚说完，对方就挂断了电话。

基纳恶狠狠地说：不给他点厉害的，就舍不得出钱。我就不信找不到他！立即返回汉班托塔。

泻湖别墅，戴旭东的越野车在别墅前停下来。

车门打开，莎拉疲惫地从车里走下来。

乔虹站在门口，她和莎拉紧紧拥抱在一起。

三人走进别墅，在沙发上坐下。

服务生送上咖啡。

戴旭东：这里很安静，曾经是某位要人的住处，莎拉就在这里休息一段时间吧。这里虽然很安全，但也没必要联系任何人，否则会打破宁静的。

莎拉：谢谢您，戴先生，我懂您的意思，我不会给舒卡拉和《大西洋时报》任何信息，他们不懂人性。

乔虹：我正在设计汉班托塔的商务酒店，你正好帮我提些风格和美学的建议。我的设计所同事们，缺乏点现代美学的眼光。

莎拉感激地握住乔虹的手。

孙跃民办公室，他在批阅关于锡卡投资形势分析报告。电话铃声响起。

男士的声音：您是孙跃民先生吗？

孙跃民：是的，我是孙跃民。

男士的声音：总统先生要和您通话。

总统：孙总啊，好久没见面了，很想念你哪。

孙跃民：哎呀，总统先生，太意外了。我也很想念你哪。

总统：不知道您周末是否有时间，请到我家来看看，搬了新家您还没有来过呢。

孙跃民：当然有时间。

总统：那就说好了，我会派人来接您，中国话说，不见不散。

孙跃民：谢谢您。

北京中国博海集团总部，刘清云、陈可染、胡少峰、叶成修等人在研究锡卡的形势。

刘清云：锡卡内战结束后，内部的形势发生重大变化，整个锡卡面临着大规模重建的局面。他们的马欣达愿景真正到了全面推进和实施的阶段。原来我们的重点是在南部，汉班托塔即将竣工。但现在，东北部的亭可马里，西北部的科伦坡，都有机会。中博集团应当抓住机遇。孙跃民刚才来电话说，锡卡总统邀请他去家里度周末，他分析可能是谈投资的问题。使馆的同志说，锡卡出现财政危机，原来的一些援建项目统统搁浅，总统先生很着急。孙跃民他们对科伦坡的投资做了个方案，希望集团有个态度，以便他掌握口径。海外部介绍一下吧。

叶成修：锡卡要把自己建成一个印度洋的转运中心、商务中心、金融中心。孙跃民他们重点做了科伦坡港口的研究，做了概念规划，就是利用吹沙造地的方式解决港口用地不足的问题。我们认为这个方案操作性很强，对锡卡是非常有利的。建议集团领导同意他们和锡卡高层做深度沟通。

陈可染：我赞成，这个定位是合理的，我们应当把投资重点放在几个大港口建设上。

胡少峰：可能需要回避军舰停靠的问题，这个问题很敏感。

刘清云：这个问题，锡卡政府会着重考虑的，我们在方案里说清楚就可以。整个锡卡的港口要做通盘考虑，但科伦坡的港口城是关键。具体怎么谈，让孙跃民自己决定。我们给他个明确意见吧。

孙跃民在视频里出现，他旁边是张诗仪、丁珂、黄翔。

刘清云：哈，我们的锡卡军团都在这里待命了。勇士们，又有新的仗要打了，兴奋不兴奋？

丁珂俏皮地嘟囔着：怎么不问辛苦不辛苦。

孙跃民：刘总，我们大家都觉得这是一次难得的机遇和挑战，当我们提出吹沙造地的方案时，大家都觉得很享受，有一种战前的亢奋。您这么问话，是不是代表着集团已经批准我们的方案了？

胡少峰：傻猴子，刘总不是说了，你们准备好了吗？

刘清云：希望你们和总统沟通后，尽快启动程序。

孙跃民的团队一起站起来，像宣誓似的：是！

夜晚，锡卡总统家，一场别致的晚宴在举行。长长的餐桌两旁，总统和他的家人坐在一边。孙跃民和张诗仪、丁珂、黄翔坐在对面。

总统穿着锡卡民族风格的长袍，他的夫人面带微笑，身着宝蓝色的裙服。三个儿子也是盛装。

张诗仪恰到好处地穿了件小礼服，是剪裁独特的白裙。

丁珂则与众不同，她直接穿了一套锡卡的紫红色裙服。

孙跃民和黄翔则是整洁的西装。

总统站起来致辞：亲爱的孙跃民先生以及您可爱的团队。我和夫人、家人很高兴在自己家里与新老朋友相聚。我和孙跃民先生是老朋友了，在海啸突发时，孙先生给了我有力的支持，可以说是患难之交。今天你们又在灾后重建项目上工作，我们将会成为几十年的合作伙伴。因此，我的家人都希望与你们成为天长地久的朋友。让我们为真诚的友谊干杯。

席间，总统和三个儿子频频举杯，表达着真诚和热情。

孙跃民受到总统如此款待，感到很自豪，他不断地回敬总统和家人，重复着同样的一句话：路遥知马力，日久见人心。

孙跃民很快就让自己激动起来了，他看到妩媚雅致的张诗仪，忘情地把手放在张诗仪的腰部，让张诗仪去给总统敬酒。

张诗仪娇嗔：听你的，醉猴。

敏感的丁珂看到孙跃民得意忘形，真情流露，不免心里难受，她走上前去，对孙跃民说：司令，我来！

丁珂豪迈地大杯和总统的儿子喝酒，不一会儿就醺醺然了。

总统很好地控制着晚宴的节奏和气氛，他拍拍手，一队舞娘出现在大厅，一个小乐队奏起民族特色浓郁的音乐，舞娘们翩翩起舞。

舞娘们载歌载舞之后，邀请中国客人和总统的三个儿子共舞。

欢快的音乐中，主人和孙跃民的团队放松地娱乐着。

孙跃民没有参加到舞蹈中去，他知道总统要和他单独谈话。

总统对孙跃民说：花园里的月色很迷人。

孙跃民：这让我想到几年前我们在泻湖时的情景。

两个人一边谈话，一边走往花园。

总统：我们共同的憧憬和梦想，正在变为现实。汉班托塔港已经竣工，它的价值会逐步显现出来。

孙跃民：目前运营状态很好，每天接待将近三百艘船只。

总统：锡卡建成印度洋的转运中心是完全可能的。我们还有很大的开发潜力，如科伦坡、亨克北里等，但我们现在很困难啊，前所未有的困难。西方国家在联合国发难，指责我们的人权状况，断了援助。当然，事情很复杂，可我们没有时间去做那些他们认为重要的事情。我们面临着前所未有的机遇期，亚太经济的繁荣使得印度洋的地位重要了，航运的业务增加了。内战结束后，大批印度、中国和亚洲的游客到这里来旅游，我们需要更好的酒店和旅游设施。但我们政府目前是拿不出资金来做这些事情的，如果中国企业肯支持，我们会给予最优惠的合作条件，保证双方的利益，这里的每一个项目都将有双赢的前景。

孙跃民：总统先生，不谋而合。关于加大对锡卡的投资力度，也是我们的想法。接到您的邀请后，我已经向集团领导作了汇报。集团领导专门开了锡卡的投资分析会，决定加大对锡卡基础设施的投入。

总统：患难见真情啊！大概会有多大的额度？不需要我们提供配套资金吧？

孙跃民：总统先生，中国博海集团的理念已经发生重大变化。几年前，我们是工程承包商，之后，我们变为投资者和工程承包人，而现在，我们不仅是出资人、建设者，而且也可以是运营商。所以，我们集团决策未来准备在锡卡投入一百五十亿美金。如果有宽松的政策保障，我们是不需要锡卡政府提供配套资金的。

总统高兴地拍拍孙跃民的肩膀：太好了，我们可以给你们企业最好的政策。

孙跃民：我们集团领导指示首先全力支持港口项目和相关的基础设施建设。几年前，我们研究了科伦坡的港口，也学习了总统先生的马欣达愿景计划，我想是时候启动科伦坡港口城项目了。我们可以采用吹沙造地的办法解决岸边土地不足的问题。您知道，我们的万吨挖泥船，马力很大的，完全可以在科伦坡造出几百公顷土地，建设一个新的港口城。

总统：我会安排港口航运部的人和你们具体协商合作方案。可能需要考虑的是对环境的影响问题，海啸之后，人们对环境问题更敏感了。

孙跃民：请总统放心，我们中国现在的环境意识在全球都是最强的，我们坚持生态、环保、低碳的发展方针，绝不以牺牲环境为代价换取经济增长。我们会找锡卡最好的莫拉图瓦大学的教授来领衔做环评，这是锡卡航运部长卡瓦拉先生推荐的。

总统：谢谢，没想到你们已经做了这么多准备工作。您一定能够感受到，我们的港口航运部是发自内心地支持你们投资建设港口城的。

孙跃民：总统先生，我们也感觉到，锡卡民间和商界是支持马欣达计划的，我们这个项目，将会提供八万个就业岗位。

总统用力地握了握孙跃民的手。

木树清的游艇上，舒卡拉和木树清密谈。

木树清：舒卡拉先生，您再一次得罪了基纳，这是不是有点冒险？

舒卡拉：他实际上没有完成上次的订单，中国渔船的船长安然无恙，说明活很粗啊。

木树清：但效果还是明显的，中国的船队不敢随便进入印度洋了，而且，到现在他们都以为是猛虎组织下的手呢。

舒卡拉：还有一个效果，就是让中国人横下一条心来帮助锡卡政府。我想是该让基纳消失的时候了，他知道的事情太多了。

木树清：我之前一直觉得很奇怪，您为什么一直要用基纳做事，原来您是准备毁掉以前的故事。

舒卡拉：多一个人知情就多一分危险啊。基纳在得到全部定金之前，是不会暴露我们的，这就是小赌徒的心理。

木树清：佩服，但莎拉肯定是被他们撕票了，怪可惜的，挺有味道的女人。

舒卡拉：也好，莎拉自从在达尔港看到流血之后，有一些变化，似乎在躲着我们。这下子，永远离开了。

松坂庆子敲门走进来。

木树清：有什么情况？

松坂庆子：使馆的人让我告诉您，昨天晚上，总统邀请了中国博海集团项目部的人去他家做客，可能谈了科伦坡港口的土地开发项目。之前，他们已经在研究科伦坡港口建设的方案，这个方案是锡卡的港口航运部人员和他们一起研究的。

舒卡拉：你能够告诉我，这个项目会触动什么人的利益吗？

松坂庆子：首先是地产商的利益，中国人一下子给市场提供二百多公顷的土地，锡卡土地价格就会降低，直接损害地产商的利益。

木树清：但现在无法阻拦中国人，不仅是总统支持，事实上别人也没有有效的办法阻挡他们，他们的技术方案是吹沙造地，没有占地问题，不需要和当地人打交道。

舒卡拉：以社会公正的名义，就会有当地人参与，特别是那些自以为是锡卡民族领袖的人物。

木树清：那要靠舒卡拉先生出面了。

舒卡拉：我们也应当去锡卡的莫拉图瓦大学物色个代言人。

松坂庆子：孙跃民的团队正在和莫拉图瓦大学的萨曼斯教授合作，让他们对科伦坡港口城项目做环评。

舒卡拉：真巧，莫拉图瓦大学的苏哈教授正在申请大西洋基金的一个基金资助项目，他也许会站在正义和社会利益的高度说几句话。至于地产商，木树清先生比我有办法。

木树清：谢谢，您真高明！苏哈教授就是研究交通经济的专家，我之前曾经请他分析过锡卡铁路的经济效益，他在这里是小有名气的。

舒卡拉：佩服，日本人就是敬业，了解得这么详细。

莫拉图瓦大学咖啡厅里，舒卡拉和苏哈教授会面。

舒卡拉：苏哈教授，久仰您的大名，我受大西洋基金的委托，专程通知您申请的交通与生态课题获得基金理事会的特别批准。但在拿到经费前，需要您就中国企业在锡卡的交通项目做出一个分析，理事长要看过之后，才能最后下达您的课题任务书。

苏哈略显不满，但表态时很温和：舒卡拉先生，我知道您是代表大西洋基金来下达任务的。我们接受基金对课题的经费支持，就有义务完成基金的任务，我会尽快提供有关交通基础设施建设的分析评估报告。

舒卡拉：大西洋基金向来是尊重事实、尊重第三方意见的。但我们并不是没有立场和利益诉求，我们在这里感受到了中国企业咄咄逼人的气势，感受到由于中国企业的大规模投资和大批吸纳人才、安置就业，这个地区很快就失去平衡，会成为变相的殖民。这对于锡卡的和平稳定是不利的。目前锡卡的投资快被中国人垄断了，锡卡政府饥不择食，会迁就中国企业的不合理需求，当然他们也会得到好处，如果官商勾结，很容易产生腐败，这是许多东方国家容易出现的问题。

苏哈眼睛放光，似乎被说动了：舒卡拉先生，感谢您的启发。锡卡在二战中没有被日本占领，今天也同样不会被中国占领，因为有我们这些爱国者！

舒卡拉心中得意，告辞离开。

莫拉图瓦大学，萨曼斯教授的实验室里，孙跃民和丁珂、黄翔前来拜访。

萨曼斯教授正在忙着看他玻璃试管里的液体。

孙跃民等人走进来，丁珂用僧伽罗语打招呼。

丁珂：萨曼斯教授，我们是中国博海集团项目部的，这是我们的总经理孙跃民先生。

萨曼斯用英语回答：欢迎，卡瓦拉部长告诉我你们要来，我特意让你们到我的实验室来，了解一下我的研究方式。我通常的做法是要对研究范围和对象做实证分析，不仅靠文献和大数据分析，也亲自取样，实际观察人类活动对海水的影响。科伦坡港口城建成后最大的污染在于船只排放，我这里做的就是排放物对海水的影响，还有填海工程对海域生态的影响等，一共涉及海事工程、水利工程、环境工程、生态学等若干研究，我已经邀请了锡卡顶尖大学的专家来参与，我们会做出科学的负责任的评估分析报告，经得起时间的检验。

孙跃民连连点头，他用征询的眼光看看黄翔。黄翔伸出大拇指。

孙跃民：感谢您，尊敬的萨曼斯教授，我们很欣赏您的研究方式。卡瓦拉部长告诉我们，您在联合国教科文组织的印度洋海啸风险评估协会里担任主席，说明您的研究和学术地位是国际专业领域信赖认可的。我们完全相信，由您来领衔做环评，一定是最权威的。我想我们就尽快签合同吧。谢谢您的介绍。

萨曼斯教授有点意外：这么快！你们就决定了？

丁珂：教授，这不是草率，这是果断。我们中国的企业家，现在都具备当机立断的能力，孙总是学习港口工程专业的，当然能理解您的研究方式了。

丁珂一边说着，一边讽刺地微笑，看着孙跃民略显尴尬的表情。

萨曼斯教授：谢谢，我决不会辜负你们的信任。

夜晚，汉班托塔酒店公寓，戴旭东一袭黑衣，悄悄溜进酒店公寓，他轻轻地敲门。

门开了，松坂庆子穿着睡衣，有点欣喜地把戴旭东让进房间。

戴旭东走进房间，松坂庆子深情地走过来，默默地依偎在他的胸前。

戴旭东有点感动，但眼前闪过玛雅的笑容。他控制着自己，也默默地拥抱着松坂庆子。

情绪平复后，两人在沙发上坐下来。

松坂庆子：我好担心你，出生入死的。

戴旭东：我现在是典型的敌我不分，黑白不辨。

松坂庆子：男人都是理性的、无情的冷血动物。人性有时候是很奇怪的，说不清是爱是恨，是恩是怨，只知道喜欢和讨厌的区别。

戴旭东：女人都是感性的了，你不会告诉我，木树清是个善人，胖乎乎的，很好玩，在帮我的忙吧！

松坂庆子：我想告诉你另外一件事。NHK 的松田君竟然是我爸爸的同事，我准备再去找他，搞清楚我的身世。但他这段时间好像回国了，他们在和右翼做斗争。

戴旭东：太好了，也许能够证明你爸爸确实是中国人。那你现在为三丰港务集团做的事，就是在背叛祖国，和父母之邦作对啊。

松坂庆子：我母亲是日本人，我的父母之邦怎么认定呢？

戴旭东：那你就白天认父，晚上认母，黑白分明。但黑白分明的意思是要分辨善恶。我们做的事如果违背人性就是恶，遵从人性就是善。在这里，做对于锡卡有利的事就是善，做对自己有利但对锡卡不利的事就是恶。中国企业在为锡卡投资搞建设就是善，反对和捣乱就是恶。

松坂庆子心有所动，温柔地点点头：你说得对，我经常很困惑。我的工作似乎只是为了企业利益在竞争，甚至不择手段，违背人性。你小心点，舒卡拉是个心狠手辣的家伙，莎拉被绑架，他竟然无动于衷，如此无情地对待一个为他工作的人，对待竞争对手会怎么样，可想而知。

戴旭东控制住自己，没有说出莎拉还活着，而是转了话题：但你还是要为他工作，为了谋生。可不可以换一种活法？

松坂庆子：嫁给你，做太太，随你四处漂泊？

戴旭东笑了：真东方！我是个典型的鲁滨孙、国际漂泊客，不宜娶妻。

松坂庆子有点痛苦：找理由，是因为你身边有玛雅，那个风情万种的尤物，你难以取舍吧？

戴旭东难堪：我也说不清楚，不要咄咄逼人嘛。

松坂庆子：想到玛雅，我就嫉妒她，可以每天和你厮守在一起。但我会恨你，不珍惜女人的真情。

戴旭东：你会在某一天杀了我？

松坂庆子：不，是希望死在你怀里。

戴旭东再次被感动，他拉过松坂庆子，紧紧依偎着，柔声说：我陪你去找爸爸。

松坂庆子享受着戴旭东的柔情，两人安静地依偎在一起。

松坂庆子：孙跃民是你的朋友吧，木树清在策划针对科伦坡港口城的阻拦行动，舒卡拉好像去找了莫拉图瓦大学的教授，让他们做代言人。

戴旭东警觉地听着，但没有改变姿势。

酒店公寓楼安静地矗立在夜色里，大小窗户灯火明灭。

黎明前，曙光初现，基纳和匪徒甲在车子里监督酒店公寓出出进进的人流。

匪徒甲：我们在这里已经三天了，一无所获，估计是搬到别的地方去了。

基纳：不会的，酒店前台说他并没有退房，行李还在公寓里呢。他也没有想到我们会杀个回马枪。不过天也亮了，我们可以换班了。

基纳刚准备离去，看到一辆丰田车，悄悄地驶进停车场，化了装的舒卡拉，像个网球运动员一样，潇洒地走出汽车。

基纳和匪徒甲从舒卡拉身后扑上去，舒卡拉觉察到不对，转身反抗。

一番格斗，舒卡拉被基纳打翻在地。

基纳和匪徒甲迅速地把舒卡拉塞进旧车里，离开酒店公寓。

改装渔船上，基纳愤怒地抽打舒卡拉，一边打着耳光，一边骂着。

基纳：混蛋杂种，你觉得你是大西洋基金的，就可以玩弄老子！告诉你，不是因为留着你有用，早在你身上穿一百个窟窿了。你以为我们不知道你安的什么心，卸磨杀驴，想灭口？哈哈。看我怎么收拾你。还有，你那个记者小情人，被我们的弟兄们睡了个遍，你心疼不心疼啊？

舒卡拉嘴角流着血：她还活着吗？

基纳：早死了，你为什么不赎她来？

舒卡拉：她已经没用了。你要多少赎金可以放过我？

基纳：一百万。谁会为你出这个钱呢？

舒卡拉：我来打电话。

基纳狐疑地看看舒卡拉，把电话递给他。

舒卡拉拨通木树清的电话：老总，我是舒卡拉。基纳请我在他的改装渔船上做客，请您带两百万卢比来赴宴。

木树清：他的渔船不如我的游艇宽敞舒适，还是到我的游艇上来吧。

舒卡拉看看基纳，基纳要过电话：木老板，我建议你还是放明白点。如果你是他的朋友，就到东经74度，北纬12度的海域来相见。到这里时，我们可以把舒卡拉送到你们船上。如果你是他的敌人，或者不想让他再出现，你可以做别的选择。

木树清：好吧，我们现在就出发。我的游艇可以以每小时二十五节的速度航行，估计很快就会到达。

木树清放下电话，把松坂庆子和池田找来，当面交代事情。

松坂庆子急急忙忙赶到游艇上。

木树清：美人，这可怎么办呢？舒卡拉被匪徒绑架了，要我们拿赎金去赎人，我们报警还是不报警？

松坂庆子：按说报警对舒卡拉先生有利，但如果万一抓着匪徒，会不会乱说呢？您决定吧。

木树清：好吧，我先不报警，你也不用去了，危险！你在办公室等着我们的消息，万一有什么紧急情况好做安排。

松坂庆子：哈依，那我就离开了，您注意安全。

锡卡警察局，戴旭东和格兰警长在监听舒卡拉、木树清、基纳的对话。

格兰警长：我们距基纳指定的地点还有二百海里，以每小时三十节的速度，还需要四个小时，估计很难一网打尽，他们逃得很快。

戴旭东：我们来个电子战，让基纳、木树清都感受到我们在围剿他们，而实际上只用在岸上等着他返航。重点传讯舒卡拉。

此时，戴旭东接到松坂庆子的电话。

松坂庆子：基纳绑架了舒卡拉，木树清去营救了。

戴旭东：知道了，谢谢。

格兰警长：我已经通知特战队，他们具体实施电子战方案。

基纳的改装渔船上，舒卡拉被绑在管子上，似乎在闭目养神。但实际上他内心里翻江倒海，思想集中不起来，眼前出现幻觉：

前妻带着女儿向他招手。

女儿嗫嚅着：爸爸，你又要去遥远的地方吗？干吗去？

基纳走过来打断他的思绪。

基纳：你有办法搞到最新款的MKV步枪吗？如果能搞到，就免你们一部分赎金。

舒卡拉眼睛放光：我可以试试，要多少支？

基纳：十支，免一半赎金。

舒卡拉：好的，半个月后给你交货。

海面，木树清的游艇以每小时二十五节的速度行驶着。

木树清和池田在商量对策。

木树清：只要舒卡拉先生离开他们的渔船，我们就可以开炮击沉它。

池田：他很狡猾的，绝对不会那么听话。

木树清：如果我们不给他钱，他会杀了舒卡拉先生吗？

池田：那倒不会，他现在唯一不敢得罪的，就是大西洋基金，他知道，如果杀了大西洋基金的人，那他在印度洋就没有藏身之地了。与大西洋基金为敌，就彻底没有生意了。

木树清：他的生意主要是贩毒、贩卖军火，做海盗不是他的特长。

池田：但要是我们一次灭不了他，就不要得罪他，免得找麻烦。

木树清：不知道松坂庆子的小情人那里，是不是举起了刀？

锡卡警方的巡逻艇上，戴旭东在协助格兰警长指挥电子战。

格兰警长：发射电子干扰信号。

警官甲：已经发射，测试干扰效应。

中国海军护航舰驱逐舰上，肖剑雄舰长接到报告。

军士甲：一艘改装渔船出现在东经 72 度、北纬 12 度的海面上。

军士乙：锡卡警方的巡逻舰出现在公海，而且在发射电子干扰信号。

肖剑雄：立即联系锡卡警方，沟通情况。

戴旭东在望远镜里发现中国海军的护航舰队，他立即与中国海军护航舰舰长肖剑雄通话。

戴旭东：肖司令，锡卡警方让我向您报告有关情况。我，戴旭东，曾经是维和部队的老兵，退伍后在锡卡做生意，自愿参加锡卡警方的反恐行动。我在锡卡警方的巡逻舰上。我们在锡卡外海的公海发现中国海军护航舰队，不知道可否申请支援我们打击海盗的行动？

肖剑雄：军委和海军司令部指示我们，在公海执行护航任务，处理一切突发事件，打击海盗和恐怖势力。我们已经发现改装的武装渔船，他们的船上有炮塔。请把你们掌握的情况提供给我们。

戴旭东：改装渔船可能是海盗船，他们绑架了大西洋基金在印度洋的总代理舒卡拉先生，向三丰港务集团索要赎金。没想到这三丰港务集团竟然没有报警，自己直接去赎人了。我们远离海盗船，估计还需要三个小时才能到他们交换人质的海面。

肖剑雄：海盗船在我们附近海面，我们可以和他们沟通，交还人质。你们的电子干扰信号太弱，用我们的吧。

印度洋面。木树清的游艇正在接近基纳的改装渔船。中国海军的护航舰队正在向他们逼近。

基纳的改装渔船上。

基纳：舒卡拉先生，咱们现在是合作关系了，我猜想那位木树清先生正在考虑，要不要付赎金救你。不救你，害怕得罪你的老板；如果救你，他要付出成本，又有些舍不得。你猜想他会怎么做？

舒卡拉：你不要怀疑他和我的友谊，他一定会来的。

基纳：你不要害怕，我留着你还有用的，我们一起做生意，赚点钱才是智慧的做法。我在想，木树清不是那么好对付的。

舒卡拉：我把你的生意介绍给他，他就不会有别的想法了，你在巴布尔和锡卡间的通道还是很有用的。

基纳：那要在你见到他之后。人心难测啊！

木树清的渔船上，木树清和池田在用望远镜观测。

望远镜里显示出基纳渔船的轮廓。

木树清：池田君，部署炮火，对准基纳的渔船，他们现在没有移动。等送舒卡拉的小船离开他们，听我的命令开火。

池田：做好准备了。

基纳也在望远镜里观测，他看到越来越近的渔船，让舒卡拉和木树清通话。

舒卡拉接通木树清的电话：老板，他们要求先把赎金送过来，然后才会送我过去，大船停在那里不能动。

木树清：好吧，我立即派人送过去。

木树清对池田：送赎金过去，之后立即把舒卡拉先生带回来。

池田：哈依。

匪徒甲向基纳报告：雷达扫描发现中国海军军舰，正在往这里驶来。

基纳大吃一惊：还有多远？

匪徒甲：二十多海里。

基纳略加思索：马上准备好快艇，收到赎金后，立即弃船。

匪徒甲：是。

海面快艇上，池田携带赎金靠近基纳的渔船。

匪徒甲用绳子把装着赎金的箱子吊上渔船。

舒卡拉顺着绳子溜下去，上了池田的小船。

匪徒乙报告：雷达干扰，不能收发信号。

基纳紧张得脸上流汗，他下令：立即弃船，中国海军的舰队有导弹。

木树清站在自己的游艇上，他在望远镜里看到舒卡拉上了池田的快艇。

木树清手下甲：发现中国海军舰艇，遇到电子干扰，雷达失灵。

木树清：他们的导弹很厉害的，我们放弃打击基纳，立即返回。

基纳和匪徒们登上快艇，飞速离开。

舒卡拉登上木树清的游艇，他和木树清拥抱。

舒卡拉：开炮，干掉他！

木树清：中国海军护航舰队就在附近，会有危险的。

舒卡拉：真可悲，印度洋如今成了中国人的天下。

木树清：没办法，他们护航是联合国安理会批准的呀！你可以告诉基纳，赶快逃离，中国海军的目标就是他们。

舒卡拉：东方人比较擅长离间计。

基纳在快艇上接到舒卡拉的电话。

舒卡拉：赶快离开，中国海军的驱逐舰上装有导弹，他们的目标就是你的改装船。

基纳：你还算讲情义，我会去找你谈生意。

科伦坡集装箱码头，孙跃民、张诗仪、黄翔、丁珂等人的测量船出现，码头显得很拥挤，不断有运输货物的车辆通过。

黄翔递给孙跃民一份资料，是施工示意图。上面有挖泥船在岸边喷出黄沙的图案。

孙跃民：这里水深多少？

黄翔：十九米。

孙跃民：那需要填些石料吧？

黄翔：离此四十七公里有采石场，可以取到成吨的大石块，储量充足。

张诗仪：黄翔的勘探做得很深入啊。

丁珂：说明孙总知人善任，调度有方啊！

张诗仪觉得丁珂的口气有点变化，她用探究的目光看着丁珂。

丁珂：张总，您看在您的熏陶下，我是不是能更深刻地领会孙总的深远谋略了？

张诗仪：哈，小丁现在是评论家、鉴赏家的水平了，我们要向您学习。

黄翔看到两个人互相嘲讽，急忙提议：孙总，今天您应该踏实了吧。

孙跃民：看来大家对这个项目都很有信心了，我们马上形成正式的方案，提交给锡卡政府和集团领导，正式启动。

丁珂：那孙总您是不是该犒劳犒劳大家了！

孙跃民：我请大家喝酒，就在我的公寓里。

孙跃民公寓房间，茶几上杯盘狼藉，放着些薯片、熟食、花生等，几个人兴奋地开怀畅饮。

孙跃民：风云际会，大旗高举，让我们勇往直前，为胜利干杯！

几个人横着脖子干掉一大杯红酒。

黄翔：风云际会，风云际会！干杯！

丁珂几杯酒下肚，有些伤感：同是天涯漂泊人，身在他乡为异客！干杯！

张诗仪：仰天大笑出海去，我辈都是弄潮儿！

孙跃民：好，好！都是弄潮儿！

丁珂故意挑衅，她问张诗仪：张总，请教您个问题。女人也要做弄潮儿吗？

张诗仪坏笑：不用，我们敲边鼓，做评论家就行，譬如给领导的决策打打分，写写评语唱唱赞歌就行。

丁珂：那您不觉得这样的女人很可爱吗？赐人以玫瑰，手有余香。

张诗仪：只是有点居高临下，赐人，不是赠人，这不是皇后的感觉吗？也对，我们的事业需要高瞻远瞩嘛，为皇后的感觉干杯！

丁珂：哟，我们这些小宫女，晋升了！

黄翔起哄：哎，我说丁珂同志，怎么把自己都弄到后宫去了！我们是前线。

孙跃民：开疆辟土，为了我们的祖国。

丁珂：孙总，冒昧地问您个问题，在您的眼里，谁是最可爱的人，最可爱的女人。

孙跃民喝多了，舌头有点发直：你真可爱，我回国后还没有人问过我这个问题呢。你吧，挺聪明，有智慧！而且还挺讲情义的。那次，你在生活会上反驳陈莹，说爆炸事件死了人，不应该受表扬。我就知道你是个讲义气、讲情义的人！来，为有情义的人干杯。

四个人举起杯来，一饮而尽。

丁珂：难得您理解我。别人以为我是对您有意见，特别是有人告状，诋毁您时，我成了暗箭伤人的小人了，冤枉啊！

丁珂说着流出了眼泪。张诗仪给她递过纸巾。

孙跃民感慨：路遥知马力，日久见人心。

张诗仪委婉地说：孙总知道您给调查组表态，达尔港项目离不开他。

黄翔继续起哄：孙总还没说完呢，谁是最可爱的女人。

孙跃民：丁珂可爱，是带刺的玫瑰。张诗仪也可爱，很温柔、细腻、敏感，是妩媚的山茶花。

张诗仪有点不满意，讽刺道：孙总酒后吐真言，说明自己是多么地善解人意，细腻、多情，既有激情澎湃，又有海纳百川。我们敬孙总吧，为多情的王子干杯。

孙跃民傻笑着举起杯来，一饮而尽。

别的几个人也干掉了杯中酒。

孙跃民：白马王子，我怎么能做白马王子呢？我多情？我怎么能不多情呢？可我怎么能有儿女私情呢？印度洋，我从和她见面起，就被她羞辱，押运集装箱时把我扔在海里。幸亏戴旭东把我救上来，要不早喂鲨鱼了。我必须是戴罪立功的人，集团不仅没处分我，还让我去主持达尔港的事情。在那里，我们经受了一切人间劫难，我们坚韧不拔地把达尔港初步建成，但离成功运营还差得远。而在这里，曙光刚刚出现。燕然未勒归无计，大功未成，怎敢言儿女私情？我孙跃民，只能爱大海港，大海港才是我的恋人。我不值得你们叫我白马王子。我用情不专，不值得女人付出真情。燕然未勒，何以家为？

孙跃民一番豪言壮语之后，就大杯喝酒，把自己彻底灌醉。其余的三人只好收兵，把他搀扶进房间。

张诗仪注意到他的手机一直在振动，是乔虹的电话。

夜晚，泻湖别墅，乔虹在自己房间的沙发上躺着，打孙跃民的电话打不通，她在胡思乱想。

她想到，达尔港海边大榕树下，孙跃民腿伤发作，张诗仪赶来救治，张诗仪关切的表情。

她和孙跃民告别时的对话。

孙跃民冷笑着：你永远都不明白什么叫志同道合。一个男人有自己对事业的理解，或者叫追求，这并没有错。错误在于如果他强求女友服从他，或放弃或改变自己对事业的理解和努力，这都是软弱的。这也就叫活着，不是生活。一个男人要沦落到这地步，就真的没救了。

乔虹烦躁不安，她走出房间，敲莎拉的门。

莎拉穿着睡衣开门，一脸的忧伤。

莎拉打开一瓶酒，倒在一个杯子里，递给乔虹。

乔虹接过杯子，两人举杯示意，慢慢地喝下一口。

乔虹：本来我是陪同你的，但我却安静不下来，心里好烦躁。

莎拉苦笑：幸福的滋味总是一样的，痛苦的感觉却千奇百怪。你一定是在被那个孙跃民先生折磨着。

乔虹有些伤感：是的，我已经和他分手了，可不知为什么还总牵挂他，想见到他。

莎拉：在我看来，他是个勇敢坚强的男人，值得爱。

乔虹：可他不懂得爱，不懂女人的心，不懂柔情。

莎拉：这世界上，有的男人是专门爱女人的，多情种子，风流倜傥。但也有的男人是专门让女人爱的，侠肝义胆，勇敢执着。你的孙跃民也许就是后者。咱们两个人是同样的命运啊！你爱上了一个事业狂，我爱上的是文化探险迷。

乔虹：你曾经说他在巴布尔和阿富汗边境失踪了。

莎拉：几年前他充满自信地踏上了那块土地，开始还每天通话，后来就到有信号的地方才能通话，之后就失踪了。你的男友是为事业放弃了感情，而马克是丢失了我，或者说是我丢失了他。他离开我时骄傲地说：我去巴米扬大佛那里寻找和揭示文化的秘密，会引起轰动的，不亚于你的重大独家新闻。

乔虹：这是你到巴布尔和东方来的原因？

莎拉：我想着，也许命运会让我在这里找到他。

乔虹：命运是神秘的，不可预测。

莎拉：命运是不可预测的，但人心、人性是可以识别的。舒卡拉，我的顶头上司，他在印度洋指导我们记者站的工作。但他的下属被绑架，他却没有任何实质的营救措施，反倒是中国人戴旭东救了我。太讽刺了，中国人和中国企业一直是我们负面报道的重点。我现在心里感到非常内疚！

乔虹：离开大西洋基金吧，那个组织是危险的策源地。

莎拉目光炯炯：我要留下来，把它的本来面目展示给世人。

夜晚，木树清的游艇上，舒卡拉、桥本、木树清和小泉聚集在一起，研究印度洋的形势。

木树清：这次在公海，我们本来有机会干掉基纳的，那样就会为舒卡拉先生出口气了。但被中国海军给搅了。

桥本阴沉沉地说：舒卡拉先生，您实际感受到了，现在连基纳这样的海盗和蟊贼都敢和大西洋基金叫板，我们还不知道印度洋是谁的天下吗？我想您应该向大西洋集团正式报告，他们的亚太再平衡，应该落实到实力分配和市场份额上。如果仅仅是军事上的平衡，是难以为继的。我强烈主张要在印度洋、锡卡加大投资，而不是目前的制约。再这样制约下去，锡卡就会彻底投入中国人的怀抱。

小泉：巴布尔的达尔港，投资本来是四亿美金的，也没有到位，而中国人却舍得为巴布尔花钱，再这样下去，我们就只能把达尔港拱手让给中国人！

舒卡拉：桥本先生，我同意您的观点，已经有人向基金正式提出这样的意见。可是您知道，我们在全球铺的摊子太大，顾不过来。何况，您是知道的，只有军火和石油才是财团感兴趣的，谁会为未来十年后才赚钱的事情投入呢？至少现在的大西洋基金没有这样的战略眼光和气度，人们的性子越来越急了！

木树清：我是觉得，如果我们不在巴布尔和锡卡、孟加拉国、缅甸等地遏制中国的发展，印度洋就真成了中国的内海，这是实实在在的珍珠链。要实现遏制，就必须舍得本钱，钓鱼还需要鱼饵呢！

舒卡拉：谈到鱼饵，我想你们东瀛基金就有个很好的备份——核电站。仔细研究一下锡卡的基础设施建设，中国人已经全方位进入，唯独能源项目还有很大的投资空间。如果你们能够把目光转到亭可马里去，拿出足以让锡卡人心动的方案来，这样我们既有阻拦的办法，也有投资的选择，以攻为守。

桥本：进攻和防守同样重要，防守成功可以打成平局。你们看足球比赛，防守、阻拦的作用是很明显的。但没有进攻就不会赢球！

木树清：那我们就拿出核电站和亭可马里方案来，也希望大西洋基金给予支持。

舒卡拉：很好，我们会去和锡卡政府以及它们的邻国协调的。亭可马里1957年之前是英国的海军基地，那里可以停靠军舰，又是个旅游度假的好地方。如果在那个方向布局核电站，就会和南亚形成呼应，中国人那个珍珠链就合不上了，只是个月牙，中看不中用。

木树清：投资呢？

舒卡拉：科伦坡的总投资是十四亿美金，但实际上他们一期只会投八个亿。

我想亭可马里和核电站的投资当然就是八个亿以上了。知道心理上的天平原理吗？足以让对方心动的，就是给他个很诱人的选择。而且，马上就是他们的大选，科伦坡项目的环评就是软肋。

桥本：巴布尔呢，就这么撤出吗？

舒卡拉：文森特先生说，大西洋基金正在与巴布尔政府和军方沟通，要他们同意和恰巴哈尔港联营，彼此之间距离只有不到二百海里。

桥本：也就是说，我们还要坚守阵地？但我们实在太困难了，没有任何有力的事实让我们说服巴布尔人继续与我们合作。试试这个联营的方案吧。

三丰置业公司，木树清和松坂庆子、池田在电视里观看锡卡总统视察科伦坡港的新闻报道。

视频里：两艘万吨挖泥船在吹沙造地，沙土在空中划出美丽的曲线，宛如一道彩虹。不远处，来来往往的工程车在海边倒下成吨重的大石块。

远处，施工队正在海面打桩，浇筑防波堤。

木树清：中国人又占领了有利地形，他们在科伦坡港口城项目上要投资几十个亿，可我们东瀛集团的大佬们，一直不舍得在这里花本钱，将来会失去的更多。我不知道，亭可马里的方案能否打动锡卡人。

池田：我们提交给锡卡港口航运部的投资方案已经半个月了。

木树清：是该和他们摊牌了，告诉他们打破平衡，会失去很多。

锡卡港口航运部，卡瓦拉部长和阿贝局长在接待木树清、松坂庆子、池田。

他们面前是亭可马里港口建设的图纸。

木树清：尊敬的卡瓦拉部长和阿贝局长，我们是来向你们报告东瀛基金投资意向的。东瀛基金考察了锡卡的港口，专家认为投资的重点可以放在亭可马里。我们知道，中国人给你们提出了科伦坡港口城的方案。但那个方案遇到的最大问题是要在海里造出一块地来。专家至今仍在研究海啸的成因和影响，印度洋还处于大的海底地震期，在人口密集的地方改变海底应力结构，不知道地层会做出什么反应。更为严重的是，会对海域环境产生影响，如水质、鱼类等。

卡瓦拉有点不以为然：木树清先生，您说的这些潜在的危险，亭可马里也会遇到啊。

木树清：亭可马里不同，我们的方案没有改变海域和海底应力结构的做法。而且，亭可马里的港口不单纯是个转运中心，还是个旅游枢纽和目的地。一个商务中心、金融中心，没有高端人群的到来，消费水平是上不去的。

阿贝：我们要考虑的是港口的运营，科伦坡是目前最大的港口，背后是全国的经济中心，近七十万人口。亭可马里只有十万人口。

池田：但亭可马里离印度、孟加拉国、缅甸、泰国、柬埔寨这些国家和新加坡港都比较近，作为转运中心更方便。常住人口少，旅游人口多，总体消费高。何况1957年之前就是英国的海军基地，整个港口的条件是很优越的。

木树清：最重要的，在这个总体规划里，我们提出了核电站的方案。它将为锡卡提供六十万千瓦的电力。

阿贝：我们会向能源部通报你们的投资项目，也会向总统和总理报告，认真地研究您的方案。

卡瓦拉：还需要了解一下，投资问题怎么解决？

木树清狡黠地说：哈，方案里有总预算，八点九亿美金。其中一部分由锡卡政府融资解决，也就是说，你们可以让多家投资进来，变成一个股份合作制的港口集团。

阿贝：那就是说，东瀛集团实际投入只有一部分了？

木树清：也不少啊，两亿多美金呢！

阿贝：谢谢您的投资意向，我们会报告所有的细节和投资比例，您一定会得到满意的回答。

锡卡某酒店，锡卡政府能源部举行新闻发布会，各国记者云集。

阿巴科部长对记者发布有关锡卡能源开发和建设的计划。

阿巴科：锡卡的马欣达愿景里，包括电力的开发和投资，我们需要建立若干个发电站，水力、火力，还有核电站。我们的经济要发展，应该有稳定的电力供应。总的原则是在六万平方公里土地上，以最节约的方式，解决我们的生活、生产用电问题。

松田：部长先生，之前有你们邻国和东亚的大国都曾经表示要给你们提供核反应堆。请问您对于合作伙伴有什么考虑？

阿巴科：我们原子能委员会的专家们会对合作伙伴的方案做出评估。但我们现在要做的工作，是对发展核电产业进行可行性论证，这个工作将在两年之内完成。

松田：这个过程会有合作伙伴参加吗？

阿巴科：会的，我们会听取他们的意见。

夜晚，公寓里，松坂庆子在窗户前张望，汉班托塔滨海大道灯火明灭，路上的行人稀少。她仔细地看着过往的每一辆车。

敲门声，她小心地打开门。

戴旭东穿着类似于服务生的衣服走进来。

松坂庆子觉得很滑稽。

戴旭东微笑着问：你说给我带来个好消息？

松坂庆子：松田先生说，今天锡卡的能源部长公开表示，要发展核电产业，正在进入可行性论证阶段。而三丰置业正在考虑把核电项目引进锡卡。

戴旭东：这为什么是个好消息呢？

松坂庆子：因为东瀛集团是把这个项目作为抗衡中国投资的重磅武器使用的，但据我所知，锡卡国内反对的声音很强大。

戴旭东：你的意思是说，这是三丰港务集团的软肋，但我更关心的是他们在亭可马里的旅游规划。

松坂庆子：那就算我没说，亭可马里同样需要投巨资才可以吸引海外游客，那里曾经是猛虎组织的地盘。

戴旭东：您能告诉我，三丰是来真的吗？实际投多少？

松坂庆子狡黠地说：这是商业秘密，不可泄露。

戴旭东坏笑着：如果是情侣之间，秘密就不存在了吧？

戴旭东上前搂住松坂庆子的腰。

戴旭东：多少投资？

松坂庆子推开戴旭东：你是否和那个玛雅小姐定终身了？

戴旭东：阿拉伯的浪漫故事要讲一千零一夜的，怎么可能定终身！

松坂庆子：男人天生就是多情种子，我明明知道你和她朝夕相处，互相信任、互相照顾，可还是放不下你，想念你。你知道这种痛苦吗？

戴旭东：人的感情是复杂的，也许不同的人对于情感和爱有完全不同的理解。

松坂庆子：难道你要让我接受，你可以同时爱两个女人的现实吗？

戴旭东：说真的，我也不知道自己该怎么对待你，对待玛雅。她很热情，像一团火；而你很温柔，像一池水。我不想用水来熄火，也不想用火来代替水。我该怎么办！

松坂庆子泪水涌出来，她把头靠在戴旭东的怀里，柔柔地说：让大海来决定吧。你想知道三丰港务集团的投资，我告诉你，两亿美金。其余都是由锡卡政府和融资来解决的。我有一种感觉，东瀛基金和大西洋基金并不是真的想在锡卡投资。

戴旭东：为什么？

松坂庆子：他们没有更长远的目标，不知道自己在印度洋要什么，或者说不切实际地想要遏制中国的发展。明知道竞争不过中国企业，但就是不肯放弃。所以，他们的方案实质上就是个搅局的方案，不会实施的。把亭可马里和核电站一起提出来，就是不想在短期内投资。

戴旭东用欣赏的口吻说道：哎呀！庆子小姐了不起，成战略家了！您这口气太像中国那些夸夸其谈的评论家了。

松坂庆子娇嗔：你这是夸我吗？！太坏了。难怪人家要让你等一千零一夜呢。

黄道明在观看寂静的达尔港码头，没有汽笛声，没有集装箱运输。

黄道明走到一处起吊台位置，看到底盘的螺丝已经生锈。

黄道明拨通孙跃民的电话：孙总，您在忙吗？我是黄道明。

孙跃民：道明，听到你的声音了，进展顺利吧。

黄道明：我在码头上，这里的黎明静悄悄，完全是个废弃的港口。心里好难受。

孙跃民：都是西洋人在作祟！巴布尔的朋友们明白了吧。听说他们正在洽谈收回运营权。

黄道明：集团指示我继续做配套工程。想请教您，配套工程最要紧的是什么？

孙跃民：当然是电厂了，达尔港的电网设计电力严重不足，会影响到整个运营。

黄道明：卡加奇正在修建核电站，二期工程，是华龙一号的三代核电技术，也许我们用得上吧。

孙跃民：傻兄弟，远水不解近渴，我听说二期工程2020年才可以运营供电。你必须先搞个独立的供电系统，短平快地解决达尔港的运营问题。

黄道明：火力发电的方案正在论证，但西洋人在捣乱。

孙跃民：我们在印度洋面对的是共同的敌人。主动出击，做通阿萨德部长和赛义德主席的工作，告诉他们利益何在，他们是明白人。

黄道明：谢谢孙总，我们常通通话，我心里踏实些。

孙跃民：我对达尔港有感情，他是我的初恋。哈哈，常联系。

达尔港港务局，黄道明和陈莹来拜访达尔港港务局主席赛义德。

黄道明：尊敬的赛义德先生，我想是时候讨论我们接管达尔港的运营问题了。我和我的团队去看了港口的现状，完全是个废弃港。码头的吊装设备和机械，基本是使用二十年左右的。估计他们的估价还不会低。我们是老朋友了，为了达尔港，您和我们一起奋战，我们为之流血流汗，甚至献出了生命！让他们这么糟蹋，心里很难受。

赛义德：亲爱的黄先生，我的心情和你一样，就像我们精心孕育的孩子，它的成长发育不良一样让人痛心。我们现在统计了他们三年的运营数据，没有一个商业订单。这个港务公司，无论他们的后台是谁，都太蔑视巴布尔政府了。总统和部长都已经明确指示，开始做收回经营权的工作。

黄道明：我也接到集团的指示，积极配合您做好工作，同时把配套电站、电网的工作先抓起来。

赛义德：我理解你们的想法，独立建电站是百年大计。但可能会复杂些，因为在达尔港运营权归属上，还有不同意见。

黄道明：谢谢您的坦诚和信任，我们会积极应对。

达尔港总调度室，白逸秋在召开运营调度会议，赛义德在旁听。

白领甲：我们渔船码头的停靠船只略有下降，上周只有四十六艘，平均每天不到十艘。

白逸秋：其中有多少远洋捕捞的？

白领甲：有三艘，但都是达尔港出发的。

白逸秋：集装箱码头怎么样？

白领乙：有两单正在洽谈，但他们觉得我们的吊装设备满足不了卸货的要求。到目前为止，我们还没实现零的突破，总裁先生，我们的设备太老化了，大部分是二十年左右的。还有，我们根本没有列入国际航运采购名单，在网上都搜不到。

白逸秋很难堪：不要说了，我知道！还不断在停电，夜间无法工作。主席先生，我们已经很努力了，许多员工从早上六点就开始工作，一直到晚上七点，太阳落山。

赛义德：白先生，我知道你是个很敬业的人，也很熟悉运营，但到目前为止没有一个商务订单，只能说明三丰港务公司是没有能力经营这个港口的。原因可能很复杂，但我们面对巴布尔近两亿人民，不能说，原因很复杂，可以没有业绩。

白逸秋：主席先生，我真的无言以对，我是负责执行的，我很惭愧。

赛义德：请您就目前没有商船订单的现状，给达尔港港务局写出正式的报告，我们要提交给港口航运部和国会。

赛义德拂袖而去，白逸秋很尴尬地留在原地。

达尔港三丰港务集团，桥本和小泉、舒卡拉、白逸秋在商议应对巴布尔政府的质询。

桥本：必须以攻为守，给他们提出配套工程的方案，建核电站。

舒卡拉：同时提出和俾省合作开发石油和天然气的方案，彻底把水搅浑，也是拖延的办法。

白逸秋：对不起，我认为这只是在自杀，巴布尔人不会相信的。我建议尽快投资解决吊装设备和港口机械老化的问题。

小泉：听说你的堂兄白逸轩在帮助中国嘉陵集团在推销电动摩托车。

白逸秋：他们的业务和我无关，也和今天的讨论无关。

小泉：我只是在提醒，港口的商务环境在发生变化，因为我们的三丰摩托也很有市场。我们的空调机和洗衣机在这里很受欢迎。临港工业区的建设比你经营的港口要繁荣得多。

白逸秋：我没有逃避责任的想法，我只是申请增加设备。

桥本：今天就不讨论这个问题了。小泉君请您尽快提出核电站的方案，和港务局切磋。

白逸秋悻悻然走出去。

剩余的几个人互相看看。

桥本：这是个华裔，要小心啊。

夜晚，达尔港海滨，白逸秋和白逸轩在海边散步，身后是大榕树庞大的树冠。

白逸秋：我在这里待不下去了，完全不知道他们要做什么。

白逸轩：他们不以营利为目的就很奇怪了。也许占领达尔港就是他们的目的。这就复杂了，也许是政治目的和战略目标，你的经营状况和他们的目标无关。

白逸秋：我要被他们毁在这里了！

白逸轩：下决心离开吧，你和他们不是一路人，他们也不会信任你的。

白逸秋：我这么灰溜溜地离开？

白逸轩：迷途知返，我想中国博海集团是欢迎你的，他们一定会要回达尔港运营权的。

白逸秋：兄长，拜托您和他们沟通沟通，我实在忍无可忍了。

两个人聊天时，忽然发现几个人骑着电动单车从他们面前经过，停稳后竟然把单车扔进海里。

白逸轩突然冲上去，拦住其中一个人质问：你们为什么要扔车？

几个当地的混混，并不回答他的问题，准备离去，白逸轩拦住不放，几个人上前三拳两脚把白逸轩打倒在地。

白逸秋冲过来大喊：抢劫、抢劫！

几个人丢下白逸轩，逃走了。

白逸秋一边扶起鼻青脸肿的白逸轩，一边呼叫救护车。

白逸轩：这一定是桥本他们策划的。

白逸秋听到这句话，想起小泉的话：听说你的堂兄白逸轩帮助中国嘉陵集团在推销电动摩托车。我们的三丰摩托也很有市场。

白逸秋：这些人，真是毫无道德底线。

救护车来，把白逸轩抬上去，白逸秋陪同奔往医院。

医院病房，被打伤的白逸轩头部受伤，包扎着半边脸。

戴娆守候在他身边。

戴娆：没想到，你还是个侠客，被人打得鼻青脸肿，头部是中度脑震荡，好可怜。

白逸轩轻声地说：我想到做贼心虚，没想到遇到的是强盗。

戴娆：我已经报案，偷窃电动单车和蓄意伤害罪。你的堂弟白逸秋在你昏迷时已经做了笔录。

白逸轩：指望警察破案本身就是幻想，在这里尤其如此。

戴娆：难道我们就这么白白受欺负？

白逸轩：我觉得，你要走两条路线。走上层路线，去找阿里夫，让他揪出幕后的黑手；也要走群众路线，我听说北京的红袖标大妈就很管用，大妈大嫂的管理可比你们的管理员有效多了。

戴娆：你有这么多主意，怎么遇到歹徒就一筹莫展呢，被打成这样。

白逸轩：唉，白某人适合运筹帷幄，不适合御驾亲征。

达尔渔村的曼扎拉和一些大嫂、大妈戴上红袖标，不断地在电动单车停放区走动，并且指挥人们把单车放好。

不远处，几个人鬼鬼祟祟地关注着曼扎拉大嫂的红袖标队伍，其中有那天晚上打伤白逸轩的人。

黄雀在后，白逸秋指点给几名警察看。几个混混在大街小商贩市场溜达，没有注意到身后的警察。

夜幕降临，曼扎拉大嫂的红袖标队伍离开后，几名混混跑过来，每人骑上一辆电动单车，集体奔向海边。

早已等候在旁边的一辆中型面包车开动，没有挂警车牌，但车上是全副武装的警察，若即若离地跟在后面。

大榕树下，几个混混看到左右无人，就开始把电动单车扔下海。突然，中型面包呼啸而至，武装警察下车擒拿几个混混。片刻工夫，全部就范。

夜晚，警察局，那瑟警长突审几个混混。

那瑟审问混混甲：为什么把电动单车扔到海里？

混混甲：想偷去卖钱。

那瑟：为什么要扔到海里？

混混甲：有人来打捞。

那瑟：谁来打捞？

混混甲：不知道。

那瑟给旁边的助理使个眼色。

助理上前揪住混混甲的头。

混混甲：我说，是有人给钱，要我们干的。给钱的人是拉姆的手下。

夜晚，拉姆匪帮新基地，拉姆接到手下报告。

匪徒甲：我们在达尔港的人坎昆说，他雇用的几个地痞被警察抓走了。情况不妙，他已经逃往边境地区。

拉姆：警方插手了，那就收手吧。

匪徒甲：那几个笨蛋会供出我们的，那个坎昆肯定被监控了，这个基地也一定暴露了。

拉姆略加思索：我们转移！让坎昆转告警方，别逼得太急，否则我们就杀回去，专门对付他们的家人。

匪徒甲：我们的家人已经受到威胁，坎昆说酋长萨巴德已经下令，发现在边境地区做生意的回家，一律要给酋长的手下报告，不然就不给他们家供水，还要断电。

拉姆：这个老不死的，等我回过头来再收拾他。

达尔渔村酋长家，原在孙跃民项目部开车的坎汉大叔来拜访酋长。

坎汉：酋长先生，我来是帮我的侄子坎昆求情的。他虽然回来过，但很快就走了，所以没有让您知道。他们家已经好几天没有电了，孩子要念书的。

萨巴德酋长：坎汉兄弟，我觉得你好糊涂。坎昆做什么生意你真的不知道吗？他一直在给拉姆贩毒品，最近回来很神秘，接着就发生了偷电动车的案件，还打伤了戴老板的男友。

坎汉：哎呀，酋长，您可不能认定这事是他干的。他从小胆子就小，不可能干这种事。最多也就是给人家买买东西，您家桑巴不也是跟人家跑运输吗。

萨巴德有点恼怒：桑巴和他一样吗！警察已经抓了坎昆雇用的人，专门把嘉陵电动车往海里扔，扔一个五十卢比。证据确凿，你还不好好劝劝他！你想想，那次爆炸事件，连你这样的人都差点送了命，他们有人性吗！

坎汉：您别生气，我让他妻子劝他回来，只是他还没有杀人，别把他抓起来。

萨巴德：只要他不再与达尔部落为敌，就还是一家人。

桥本办公室，桥本和木树清在通视频电话。

桥本：告诉你一个好消息，巴布尔总统让能源部组织论证核电站可行性，能源部让我们提供达尔港核电站有关资料。这是我们抓到的一根救命稻草，要不然，在达尔港败局已定。

木树清：我这里也是个好消息，锡卡能源部日前宣布未来要发展核电。他们已经派人和我们具体洽谈了。

夜晚，达尔港戴氏烤鸭店，伤愈出院的白逸轩和白逸秋、戴娆一起设宴，答谢那瑟警长、阿里夫特别助理，还有何瑾院长。

在包间里，墙壁上是郑和下西洋的写意中国画。

白逸轩举起杯来：主人奉觞客长寿。感谢那瑟警长、阿里夫特别助理、何瑾院长对我的保护和救治。由于你们的责任心和爱心，我才能够被救、被治疗。

那瑟警长：可惜，还没有破案，抓到幕后的黑手。

何瑾：唉，你们在海外做事真的不容易，多灾多难的。不过大难不死，必有后福。

阿里夫：你们一定要经受住考验，这世界本来就是个充满竞争的世界。

戴娆：感谢您的保护和厚爱，我先干了这一杯。警长、助理，我为你们准备了红茶，以茶代酒了。

几个人举杯示意。

阿里夫：本来不该在这个场合说的，但都是朋友了，也就没关系了。今天总统在视察卡加奇的核电工厂时说，要能源部开始论证在达尔港建核电站或建火力发电站的可行性。

白逸秋：总统认真了。

阿里夫：你的意思是说，不必认真？

白逸秋：我觉得更需要关心的问题是达尔港的运营情况。

那瑟警长：三丰港务集团提出核电项目来，只是缓兵之计。你们知道巴布尔政府在考虑收回达尔港的问题，所以抛出个诱饵来，并不是真的想搞什么核电站。

白逸秋：几天之前，也许我不会同意您的看法，但现在，我觉得您说得对。

戴娆：阿里夫助理，您看，连白逸秋这么纯真正派的人都开始发声了，不说明三丰港务集团是虚晃一枪吗？

阿里夫：戴小姐，他是身在曹营心在汉。

白逸轩：是出淤泥而不染。

阿里夫：好吧，黄道明要在就好了，他应该了解这最新的动向。

第七章

春寒料峭，阵阵海风袭来。

一名巴布尔男子骑着嘉陵摩托车在兜风，他的身后是穿着长袍的妻子。

他加快了速度，妻子兴奋地在他身后惊叫。

突然，摩托车的刹车失灵，冲向海边。骑手害怕掉下去，把车头转向海滨大道，结果撞向棕榈树丛。

骑手和妻子被撞得飞向空中，然后又落在地上。

一辆救护车呼啸而来，交警和法医在现场拍照。

记者们蜂拥而至。

警察署，那瑟警长在听案情分析。

警官甲：初步判定，不是操作问题，是刹车失灵。

那瑟警长：什么车？

警官甲：中国嘉陵，但刹车不是原装的。

那瑟警长：寻找那家修理厂，刹车配件是谁的？

警官甲：妻子还活着，可以找得到。

骑手的妻子带着警官甲和助理来到修车铺。

警官甲：你们的刹车是嘉陵的吗？

车铺主人：不是。

警官甲：那你的配件是谁提供的？

车铺主人支吾着：是水货。

警官甲：那你为什么要说是嘉陵的？

车铺主人：那样好卖些。

警官甲严厉地盯着他：还有别的原因吗？

车铺主人有点恐慌：没、没有了。

警官甲：那你就要承担刑事责任，你要对你的技术安全负责。

骑手妻子：你杀害了我的丈夫！你要偿命！

车铺主人慌了：是有人出钱要我们挂嘉陵牌的。

警官甲：你这是双重罪，以假充真，还使用令人致命的烂配件。跟我们
走吧！

警官助理给车铺主人戴上手铐，带进警车。

警察署，那瑟警长和警官甲在分析案情。

警官甲：车铺主人交代，是个当地人给他钱，让他把水货配件说成是嘉陵
的，附近的几个修车铺都是如此。

那瑟警长：很阴险啊。那个人什么特征？

警官甲：说乌尔都语，好像就住附近，没有联系方式。

那瑟警长：把拉姆手下的照片给他看，还有达尔部落在边境做生意人的
照片。

警官甲：是，我们马上去办。

警官甲让车铺主人指认照片，他看过几张都摇头，当看到坎昆的照片时略微
犹豫一下。

他回忆起，修车铺里，坎昆递给他几张卢比和一沓商标。

坎昆：所有的水货配件，都说是这个牌子，嘉陵。每个配件给你十卢比。

车铺主人：是这个人，他叫鲨鱼。

回到办公室，那瑟警长和警官甲分析案情。

那瑟警长：这是毁坏嘉陵品牌的系列案件。而且作案的人就是拉姆的手下
坎昆。

警官甲：我们安排缉拿他。

那瑟警长：早就逃亡了，肯定在边境拉姆的新基地。安排人在他家蹲守，之
后跟踪到拉姆基地，我们要接受前几次的教训，争取一网打尽，现在先不要打草
惊蛇。

达尔港商业街，戴娆和白逸轩边走边商量。

戴娆：那瑟警长说有人策划损害嘉陵的品牌，这一片修车的配件全是水货，但都说是嘉陵的配件。不知不觉间就被他们把品牌抹黑了。

白逸轩：下决心把他们全收购了，建立一条龙的服务区，让这些店各自负责一个到两个部件的修理，把它们变成一个大的4S服务店。

戴娆：出谋划策时，我总是觉得你很有气魄。就这么干了！姑奶奶花个几百万也值了，一统江湖。

达尔商业街，桥本和小泉在街头看到戴氏机动车服务中心的牌子，很恼火。

桥本：难道我们连个嘉陵都搞不定吗？

小泉：总裁先生，我们的重点是港口，这里不是主战场，换个打法吧，我们把三立、丰田这样的品牌引进来，给他们些补贴，一定能够占领市场。我们的技术和售后服务是成熟的，我有这个自信。

桥本：你去安排吧。把商务区里的预留地给他们一部分。

巴布尔能源部，能源部长拉贝和手下在讨论三丰港务集团的核电站方案。

公务员甲：专家论证的结果是选址和技术方案都可行，但工期太长，解决不了当下达尔港运营的电力需求。而且造价太高，用东瀛基金的低息贷款，也是要还的。

拉贝：达尔港目前没什么电力需求，他们几乎没有运转。如果有，可以直接从伊朗的恰巴哈尔买电，总的财政压力要小得多。我们还是支持三丰的计划吧，从长计议，他们的技术要比中国的好。

公务员甲：不一定吧，我听说英国也在中国的防城港搞模板呢。

拉贝：这也是平衡。

公务员甲默然。

巴布尔港口航运部，阿萨德和赛义德在商议三丰港务集团提出的方案。

阿萨德：这是他们打出的又一张牌，几年没有运营，把责任推到我们头上，提出我们的电力供应、公路等配套设施不到位。你觉得他们的核电站方案怎么样？

赛义德：完全是缓兵之计，十年后见了。我觉得应当发出最后通牒，让他们兑现承诺立即投资，要么就交出运营权，太愚弄我们了。

阿萨德：那这个与恰巴哈尔联营的方案呢？

赛义德：这是出卖主权，亏他们想得出来。我觉得不能再拖延了。

巴布尔大使馆，黄道明和陈莹等项目部的人来见商务处张处长。

黄道明：张处，情况很紧急。三丰港务集团得到巴布尔政府和军方要收回达尔港运营权的消息，打出一张投资配套工程的牌，提出修建核电站和恰巴哈尔港联营的方案，目的就是拖延。

陈莹：他们几年来的投资连承诺的十分之一都不到，根本不可能再投入。除非巴布尔把整个西部石油开采权交给他们。

张处长：你们来得很及时，中央政府对巴布尔工作有很明确的指示，要求我们把达尔港项目列为重点。巴布尔高层也已经统一认识，估计不会同意他们的方案，我们继续做工作，你们也做好准备。

亭可马里海滩，稀稀拉拉的游客。码头上间或有商船停靠。

舒卡拉和木树清在钓鱼，游艇已经行驶到深海区，旁边的水手帮着把成块的生肉倒进海里，招引鱼群。舒卡拉手拉钓绳，钓上来一条苏眉，红色的鱼鳞在阳光下闪闪发光。木树清、池田几人都向他表示祝贺。

舒卡拉得意地说：这钓鱼要下好饵，给鲜肉吃，再把握好时机，就可以钓到好鱼。就像我们给锡卡的核电投资项目，他们的能源部长已经在多个场合表示要发展核电了。听说巴布尔那里，三丰港务集团抛出的核电项目也很受关注。毕竟中国人的核电技术还是第二代的，和你们东瀛没法比，和大西洋集团就更没法比了。这个注下得很到位。

松坂庆子急匆匆跑过来，向木树清附耳低语。

木树清脸色突变，他打开电视，收看新闻。

电视屏幕里出现福岛海啸的画面，巨浪吞没了房屋、船只。

记者播报最新的消息：海水袭击福岛核电站，出现核泄漏事故，有关人员正在做事故处理。

舒卡拉的脸色变得很难看。

锡卡总统府，总统紧急召集能源部长、港口航运部长，还有莫拉图瓦大学的教授萨曼斯一起研究日本海啸对锡卡的影响。

总统：灾害的影响还在继续，我们要研究海啸是否会再度在印度洋发生。

萨曼斯教授：我们研究所一直在检测印度洋海底的应力变化情况，目前看，不会出现 2004 年那样的情况。

总统：那么，三丰置业提出的核电项目呢？

能源部长：不能再进行了，他们造成的核污染会损害整个海域。

港口航运部长阿贝：那我们就等着他们在亭可马里的投资吧。科伦坡港口城不要指望他们的投资。

总统：现在人们的认识统一了吧，还是中国的投资可靠。另外，我们也要对邻国的核电项目提出安全要求，不能离我们太近。

巴布尔总统府，沙拉夫总统在接见大西洋集团的总统特使文森特。

沙拉夫总统：特使先生，在日本发生海啸和核泄漏的时候来巴布尔，一定是有特殊的使命了。

文森特特使彬彬有礼：我是来忠告，你们在卡加奇的核电站项目采用的是中国华龙一号的技术，我们认为技术质量是不可靠的，希望你们不要继续和他们的合作。更重要的是，不要把达尔港的运营权交给中国人，这是总统让我转告给您的忠告。中国人进入巴布尔，将会影响大西洋集团和巴布尔在反恐方面的合作，也会影响到我们两国一直以来建立起的信任关系。

总统：特使先生，我希望大西洋集团了解巴布尔目前遇到的困难。我们需要建设资金、需要发展经济的基础设施。我们不能拒绝一个对双方都有好处的合作。

文森特：我们之间的友谊源远流长，不要有了新朋友就忘了老朋友。从上个世纪开始，我们就有人提出过开发达尔港的计划。

总统：是的，大西洋集团进入巴布尔一百年了。可你们给巴布尔做什么了，任何实际的建设投资都没有。达尔港的方案是给你们自己建一个军用港，我们的人民不让我们这么做！请转告总统先生，我们不能拒绝中国，也欢迎大西洋集团像中国人一样投资，巴布尔的大门始终是为友好的投资者敞开的。但达尔港的项目只能交给中国人了，请理解。

文森特特使：请您慎重！

马尔代夫四季酒店，阳光灿烂，一望无际的海疆伸展向天边。

舒卡拉在海里潜水，他的技术很熟练，在水里自如地滑翔。

沙滩上，阳伞下，一名手拿望远镜、身体曲线优美的白人女子在岸边欣赏他的泳姿。

舒卡拉在水里游戏一番之后，回到岸上。

他湿淋淋地躺在女郎身边，女郎欣赏地送他一个吻。

电话声传来，舒卡拉厌烦地看了看，扔在一边。

电话声再度响起，舒卡拉看看，不得不接听。

文森特冰冷的声音：你躲到哪里去了？很奇怪，坏消息一个接一个，你还能安心休假！

舒卡拉：舰长，我们的船已经沉在印度洋了，我还有必要为它殉葬吗？

文森特：你觉得沉船上还会有生还者吗？大西洋基金随时都可以把你推到印度洋里喂鲨鱼，事先在你身上划上几刀，血淋淋的，好吸引鲨鱼。

舒卡拉：船长首先应该喂鲨鱼，在达尔港一直不投资，没有一单商务订单，只给人家运尿素、种子，巴布尔会满意吗！我已经尽力了，核电方案遭遇的是飞来横祸，不仅反证了中国核电技术的可靠性，而且告诉全世界日本核电技术一流的神话完全破灭。我去巴布尔总统那里剖腹自杀也不管用啊。

文森特：你这匹野马！不要丧失信心，我们在锡卡还大有作为。

舒卡拉：我们已经无牌可打，东瀛集团像个吝啬的寡妇，答应在海上投资、给人家配备巡逻艇，但到现在没有下文。他们的兴奋点是自卫队在印度洋巡逻，为他们恢复军事地位服务。锡卡人凭什么相信一个只指责他们，对人家经济封锁的集团呢！

文森特：集团没有批评你的工作，也没有降低你的薪水，你用不着发牢骚来掩饰自己的失败。你的任务仍然是统筹协调印度洋的事务。我们要在锡卡打政治牌，情况你都清楚，一个月之后听你的汇报。顺便提一句，你和女友做爱最好别在沙滩上，因为你们亲昵的照片已经放在基金总裁的桌子上了。

舒卡拉：卑鄙！

文森特哈哈大笑。

舒卡拉对着女郎：我们的艳照已经上了基金头条，接着来吧。

舒卡拉和女郎在阳伞下亲昵起来。

黄昏，科伦坡海边，波浪翻卷。

孙跃民和黄翔在练习冲浪。

张诗仪和丁珂在拍风景，但注意力在孙跃民和黄翔的冲浪上。

孙跃民显得很笨拙，一次次地掉在水里。

黄翔在耐心地给他示范，姿势很潇洒。

孙跃民好像找到一点窍门，站在滑板上，刚有一个很潇洒的亮相，一个浪头袭来，又掉在水中。

张诗仪和丁珂看得哈哈大笑。

孙跃民又倔强地爬上滑板，他顺应着水势，压过浪头，成功地在波浪间穿梭。

黄翔也跳上滑板，冲进波浪里。

孙跃民和黄翔两人如鱼得水，在波浪里穿行，时隐时现。

张诗仪以十分爱怜的眼光看着波浪里的孙跃民。

丁珂为孙跃民的成功鼓掌，回过头来看到张诗仪的表情，又有点不屑，转身打开手机，观看新闻。

孙跃民和黄翔夹着滑板走向海滩。

丁珂吃惊地看着手机里的画面。

丁珂喊起来：快来看，达尔港运营权交给中国了！

手机视屏上出现新闻报道画面，中国博海集团和巴布尔港务局在总统府签署接受达尔港运营权的协议。

看完报道，孙跃民激动地把丁珂抱起来，转了两圈。

丁珂觉得不知所措，张诗仪则宽容地大笑、拍手。

黄翔也过来抱着丁珂转了两圈。

孙跃民对着大海大声喊：我们赢了，我们赢了！

孙跃民跪倒在沙滩上，无声地流着眼泪，其余几个人也默默地跪坐在沙滩上。

夜晚，科伦坡某茶室，松坂庆子和松田在聊日本往事。

松田：庆子，我和你爸爸当年一起在 NHK 做记者，由于日本国内出现右翼的声音，他们借整理历史的名义，对许多历史事件做了修改和新的描述。我和你爸爸就去做新闻调查，结果发现了许多疑点。

松田陷入回忆。

郭祥林在陆军档案馆翻看卷宗：猴子会说自己感觉体温升高了吗？

松田：难道不是猴子？

郭祥林：是人！只有人才会感觉自己的体温升高了。你看这里，用跳蚤做实验，跳蚤的临床反应与活体接近。

松田：活体！太可怕了，如果是猴子或者白鼠，就会直接说白鼠、猴子，不会说活体。

郭祥林和松田一起来到中国哈尔滨731旧址，对照陆军档案的记载，获得了实实在在的证据。

夜晚，郭祥林和松田在剪辑纪录片。他们在纪录片中披露了当时的队长松井雄一的照片。就是今天三丰基金的董事长松井。

大街上，报童手里的报纸，醒目的标题——731部队的真相。

夜晚，几名右翼分子袭击郭祥林的家，他们狂喊着向郭祥林家扔石块。

窗玻璃被砸碎，小松坂庆子在襁褓中哇哇哭叫。

郭祥林追出屋去，大声呵斥袭击者。

几名右翼分子冲上来，拳打脚踢，把郭祥林打倒在地。

郭祥林伤愈后驾车上班。

突然，一辆大卡车呼啸着从后面追来，他急忙给大卡车让道。他往左让，大卡车左偏，他往右让，大卡车右偏。

郭祥林明白，这是有意要与他相撞，急忙快速逃避，拐进了一条小巷，才侥幸逃脱。

夜晚，郭祥林与妻子惠理子告别：有人蓄意要害我，我出去躲一躲，避免伤害到你们母女。

惠理子：你自己注意安全，躲过风头就回来。

郭祥林吻别女儿，在暗夜中离去。

松井的别墅，惠理子的父亲穿上了旧军装出现在松井的面前。

惠理子父亲田中：松井君，前军士田中前来看望大佐先生。

松井讪笑：不必这样，就算是你救过我的命，也不用这么提醒往事。

田中：我只求您放过我的女婿女儿，他们只是个搞新闻的青年，不懂政治。

松井：这不是我的策划，他揭帝国的伤疤，得罪了上层。

田中：我不知道什么上层，就请您帮忙，高抬贵手。731的事情，没有一句是从我这里说出去的，今后也永远不会！

松井：你这是在威胁我吗？

田中：是请求，没有人再愿意提起战争。

松井：好吧，那我就试试看。但你要把你外孙女的监护权交给我，让郭祥林离开日本。

田中：给你个人质。没问题，我先写好遗嘱。

松井：要是我先离开人世，遗嘱作废。

田中：一言为定！

松坂庆子：您怎么知道我外公和松井的约定？

松田：你爸爸临走时让我转告你的外公，我们的纪录片副本他带走了。那时你外公已经成为金阁寺出家的净凡和尚。是他告诉我的，并且要我保守秘密，为了你和你妈妈的安全。

松坂庆子泪如泉涌，她哽咽着：这才是我真实的身世。我妈妈临死也不知道这中间还有这么多事发生。

松田：我们所有的人都应该好好反思，战争留给我们的都是灾难、仇恨，反人性、反人类的教训。今天的人们应该放弃对抗和战争，珍惜和平啊。

松坂庆子：那为什么松井先生还要给我安排就业呢？

松田深邃地看着天花板：人都有两面性啊。也许，也许他还有更长远的考虑。

夜晚，泻湖度假别墅，戴旭东、莎拉、乔虹、玛雅几个人在看电影《天空之眼》。

电影中的画面：实施打击恐怖分子的大西洋军官和女操作手，看到与嫌疑恐怖分子相距不远的女孩子，不忍下手，但上峰冰冷的声音在催促。操作手闭着眼按下按钮，女孩被炸得只剩下一只鞋和飘零在空中的头巾。

看完电影，三名女性泪流满面，相拥而泣。

戴旭东幽幽地说：大西洋基金以正义和反恐的名义伤害了多少无辜，多少人就这样不明不白地死去了。而许多恐怖组织因为反对大西洋基金不喜欢的政府，摇身一变就成了民主力量，受到大西洋基金的支持。莎拉，你说我们应该怎么看待这些事件？

莎拉显得有点虚弱：我现在是最糊涂的阶段，就像迷路的孩子，找不到回家的路了！但是，我还活着，这也许是上帝的旨意。我要回《大西洋时报》记者站找找感觉，找到自己的灵魂！

说最后一句话时，她眼睛放着光，似乎要挑战什么。

舒卡拉的办公室。莎拉突然出现在舒卡拉面前，舒卡拉惊诧地看着她，像在看一个怪物。

莎拉冷笑着：你们一定以为我已经死亡了，或者是永远失踪了。

舒卡拉解释道：一直在寻找你。锡卡内战结束后，我们专门派人去的，没找到。锡卡警方告诉我们，你失踪了。

莎拉继续冷笑着：我没有失踪，还在继续为《大西洋时报》工作，正在对印度洋的恐怖组织做深度采访和报道，这也是大西洋集团高层的指示。希望大西洋基金能给我补发这几个月的工资，并且给我加薪。

舒卡拉：说明我的猜测是正确的，你在为高层工作。当然，我们会给你加薪，并且补发这几个月的薪水，算在年薪里吧。但是，你至少要告诉我你的去向，而且也要完成我这里的工作。

莎拉：我知道自己应该遵守的规则，也会接受您的任务。

舒卡拉：现在全球都在关注印度洋的局势，围绕科伦坡的竞争希望你能写出有分量的、符合大西洋集团利益的报道。

莎拉：我不会让您失望的。

北京博海集团总部会议室，刘清云主持学习习近平总书记关于"一带一路"重要讲话精神，中国博海集团领导班子成员和二级班子成员参加。

台下出现一张张熟悉的面孔。陈可染、胡少峰、叶成修，还有孙跃民、黄道明、张诗仪等。

刘清云：习近平总书记9月7日在哈萨克斯坦纳扎尔巴耶夫大学演讲时提出共建"丝绸之路经济带"的畅想，现在在印度尼西亚又提出共同建设"21世纪海上丝绸之路"，这二者共同构成了"一带一路"重大倡议。我们这次学习的重点是要理解"一带一路"倡议的理念，深入领会习近平总书记关于建设人类命运共同体的思想。重新审视我们企业的经营理念和发展战略。希望大家深入讨论，真正领会精神，化作行动的力量。

听完刘清云的动员报告，孙跃民、黄道明、张诗仪几个人觉得很兴奋。

孙跃民：我说道明、诗仪，我们好久没在北京了，咱们是否该去撮一顿，我请客。

黄道明：好啊！去哪儿？

张诗仪：国贸三期的八十层去，还能看看北京的夜景。

孙跃民：太贵了吧！

张诗仪：抠门。

孙跃民：哈哈，走吧！

孙跃民、黄道明、张诗仪三个人来到国贸三期八十层的餐厅，走到窗前，俯瞰北京的夜景，五彩缤纷，流光溢彩。

孙跃民：站在这里，是不是觉得有种国际大都市的感觉了。

张诗仪：科伦坡的港口城就要建成这样的感觉，印度洋的时尚中心、商贸中心。

黄道明：达尔港也要建成转运中心、商贸中心，那岂不是都一样了。

孙跃民：达尔港通中亚、中国，是桥头堡、大码头，锡卡是大洋中的绿岛，补给中心，不一样。

黄道明：孙总，您说我们国家领导人这么一讲话，不是说明我们以前企业做的都成为国家行为了嘛！

孙跃民用河南口音说：那当然了！我骄傲！

张诗仪：刘总说要领会精神，理解人类命运共同体的思想，怎么理解？

孙跃民：哎呀，做政治工作的、学理论的高才生，竟然提这样的问题。那我就班门弄斧了。我对人类命运共同体的理解是，我们已经站在世界舞台的中心，提出重建国际秩序的新理念。

黄道明：有道理，变冲突对抗为合作共赢，这才是全球价值呢。

张诗仪：孙总，很冒昧地问您一句，平时没怎么看见您读书，怎么能有如此深的领悟？

孙跃民调侃：天才，与生俱来的悟性。

张诗仪：真谦虚，请我们吃什么啊？

孙跃民、黄道明、张诗仪几个人在中餐厅里觥筹交错，频频举杯。

张诗仪喝得有点多，回家后直接进卧室躺在床上，妈妈跑过来给她倒了杯水。

张诗仪妈妈是核工业研究所的退休工程师，爸爸是航天研究院的高级工程师。

张妈妈：诗仪，你这是怎么啦？竟然喝起大酒来了！

张诗仪坐起来：妈妈，我没事，和孙跃民、黄道明一起去国贸三期八十层，看北京的夜景，高兴了就喝了些啤酒，没醉。

张妈妈：你和他怎样了？还像大学生似的，就这么拖着，也没有个说法。

张诗仪：这样挺好的，他的心思在项目上，前女友从达尔港追到科伦坡，说是有业务。她也有男友，是个法国画家。但她一直在和他联系，看上去还有点旧情难忘。我为什么非要和他明确关系！

张妈妈：傻孩子，这些都不重要。关键看他对你有没有真情，来不来电。

张诗仪：我不知道，我就知道自己心里放不下他，越是有女孩惦记他，我反而越在意他。除了前女友，我们单位还有个时尚女孩，学外语的，好像有点暗恋他，老和我作对。

张妈妈：这个孙猴子，有那么大魅力吗？我去见见他，考考他，看他是不是徒有虚名！

张诗仪：妈妈，您别捣乱，他是个自尊心很强的人。这几年，一直走背字，先是在集团总部，印度洋撞船事故，被撞下海，差点被鲨鱼吃了。之后到达尔港搞开发，又遇到爆炸事件，死了人，还有人告状。现在到这里刚打开局面，还不知道结果怎么样呢！一个倒霉蛋，他老说自己是戴罪之身。燕然未勒，何以家为。

张妈妈：你能这么说，说明你理解他、懂他。你心里放不下他，说明你爱他。这个人，好像还是个有男子汉气概的人。你就等着吧，好事多磨。只是我和你爸爸要晚几年抱外孙了。

张诗仪：妈妈！我要睡觉了。

张诗仪妈妈微笑着离开女儿的卧室。

黄道明斜躺在沙发上听女儿黄韵秋弹琴。

黄韵秋：黄老邪，在国外有没有进步，听听这个曲子，看你知不知道是谁作曲的。

黄道明：没问题，我在国外没干别的，每天晚上都听钢琴曲、交响乐，那些个作曲家我全知道，你考吧。

黄韵秋坏笑着弹起琴来。

黄道明竖起耳朵仔细听着。

黄韵秋弹的是《梁祝》，本来是小提琴协奏曲，她把它改编成了钢琴曲。

黄道明听起来耳熟，却不知道是哪个作曲家的曲子。

朱浣悄悄走过来，听女儿弹琴。但女儿使眼色不让她告诉黄道明曲子的名字。

一曲终了，黄韵秋得意地问：什么曲子？谁是作曲家？

黄道明脱口而出：圣桑的《天鹅》。

黄韵秋：再给你一次机会，谁的？

黄道明：贝多芬的《月光》！

黄韵秋：黄老邪啊，黄老邪！你对音乐根本就没有识别能力，什么《天鹅》、《月光》，这就是中国的《梁祝》！哈哈。

黄道明：你可没说是中国乐曲，我一直都听的是西洋乐曲，没听中国的。

黄韵秋：别骗人了，你最多就在飞机上看了看交响乐介绍。还不错，能说出两个作曲家的名字和作品，饶了你吧，明天带我吃麻小。

朱浣：你爸爸本来是个音盲，现在能知道贝多芬、圣桑已经不简单了，你考他起重机和塔吊还差不多。

黄道明爱抚地摸摸女儿的头：等达尔港正式运营，爸爸就回来陪你练钢琴，你不是说要考作曲系，写一首交响曲《大海港》，还算数吗？

黄韵秋：算数！我就是要报考音乐学院作曲专业。

黄道明：那你直接到卡加奇去读大学吧，也许阿拉伯音乐会给你启发。

朱浣：别跟她这么说，你一个人还不够我们担心吗！

黄道明牵过朱浣的手：你受苦了！

黄土高原，蜿蜒不绝的山峦，一片丘陵，沟壑处是一眼眼窑洞。

孙跃民从一辆长途车上走下来，背着个双肩包。

他健步走向阔别几年的村子。

孙跃民家的院子是栅栏围起来的，走进柴门，院子里几只母鸡在悠闲地觅食。

孙跃民喊道：娘，我回来了。

白发苍苍的老娘从窑洞里出来，接声道：是安民？

孙跃民走到娘跟前：是我！跃民。

老娘颤巍巍地拉住孙跃民的手：都五年了，你才想着回来！你一走就是五年，连人影都见不着。进屋歇着吧，你爹走耀州拉瓷缸去了，准备酿醋。

孙跃民和老娘走进窑洞，老娘端来一小竹篮柿饼、核桃。

老娘：你在外国没有受罪吧？

孙跃民：娘，没有。吃得饱，穿得暖，现在也没人敢欺负中国人。

老娘：安民说你没事，咱娘儿俩通话都是你弟弟打电话，他老说拣要紧的说，电话费贵。那个女娃乔虹还跟你在一起吗？她人好，年年都给我寄燕窝来。去年开始，你们单位也给我寄燕窝了，有个半斤呢！该结婚了。

孙跃民略觉诧异：娘，我在国外没有完成任务，还不能结婚。那个女娃乔虹，留在法国了，没回来，我们就没在一起啦。

老娘：那你打算什么时候结婚呢？你们单位的人都不结婚吗？

孙跃民：娘，您别急，不用两年我就给您带个媳妇回来，肯定比那个乔虹好。比她懂事、比她长得俊，也会一直跟着我。

老娘：别哄娘，你爹说你们年轻人都不结婚就住一起，那人家娘家人会放心吗？

孙跃民：我们单位不兴那个，我们正式结婚时回村来拜堂。

老娘：你睡会儿，娘给你擀面，臊子面。

孙跃民：我不睡，我给您烧火。

孙跃民在灶台前拉风箱，柴火照得脸红彤彤的。

科伦坡机场快速路，孙跃民和张诗仪坐在奔驰车的后排，张诗仪探询的目光停留在他的身上。

孙跃民半睁着眼：你是不是给我们家寄燕窝了？

张诗仪羞涩地说：对不起，没有告诉你。是达尔港爆炸事件后，你弟弟孙安民打来电话问情况，我告诉他你平安无事。他说转告你乔虹姐寄来的燕窝收到了，我才知道伯母有肺病，需要燕窝滋补。后来，后来我怕她老人家断了顿，就寄了。别生气啊。

孙跃民深情地望着张诗仪，默默地拉过她的手，放在心口。

木树清的办公室，舒卡拉、木树清、池田、松坂庆子在收看电视报道，巴布尔、锡卡等"一带一路"国家加入亚投行的签约仪式。

　　舒卡拉：他们的野心是征服亚太，我们不能坐视不管。

　　木树清：但他们的武器是钞票、投资，不可抗拒啊，比原子弹厉害。

　　舒卡拉：但我们的武器是舆论、封锁和制裁，这是对印度洋事务的管理。

　　松坂庆子：人心也许会更重要。

　　池田：批评政府的人需要获得支持，某种方式的。

　　木树清：锡卡的民众尤其是建筑工人实际是支持我们的，你说呢，松坂庆子女士？好像你一直在和一位叫阿米拉的工头联系，也许你们该策划一场汉班托塔港施工人员的罢工活动，让这些有怨气、要争取休息时间和劳动报酬的人有机会公开表达，不然，建筑工会就变成黄色工会了，被中国人收买，不会替工人说话了。

　　舒卡拉：木树清先生，有时候我觉得你是个政治家。再过几年，你应该回去竞选总统。

　　木树清：那我们就等着松坂庆子小姐的好消息了！

　　松坂庆子：我会去安排。但请问木树清先生，监视部下是否意味着不信任呢？

　　木树清奸笑着：嘿嘿，付给阿米拉的劳务，财务是要报告的。

　　丰田车里，松坂庆子焦急地在打电话，但戴旭东的电话一直是忙音。

　　车子在一间咖啡馆前停下来。松坂庆子下车走进咖啡馆，她找了个角落坐下来。

　　阿米拉疲惫不堪地走进来，看到松坂庆子就抱怨：亲爱的小姐，我可从来就没有干过苦力活。这几个月扛了我前半生的麻袋、石块，每天都是混凝土、预制板、塔吊，我在码头再也坚持不下去了。你们给我的那点活动经费，还不够我吸一次白面的。太痛苦了！

　　松坂庆子：你不就是想多要点钱吗？你要不干，我就找别人了！

　　阿米拉：您别生气，这本身就是危险的行为，如果您能给两万卢比，我就会去收买几个人一起干，之后再给两万，就会确保不泄密。具体要我们干什么？

　　松坂庆子：罢工，到他们的项目部门前去，至少需要两百人以上。提出增加工资和减少加班的要求。

　　阿米拉：等等，就提一个要求增加工资吧，说多了，我记不住。

松坂庆子忍不住要笑：好吧，现在就给你两万卢比。

松坂庆子从手袋里掏出钱来，直接交给阿米拉。

阿米拉一脸谦卑的笑容，接过钱来，迅速离开了。

修车铺，阿米拉拿着两万卢比，直接到修车铺找哥哥阿努拉，他炫耀地晃晃手里的票子。

阿米拉：给我来两包白的，馋坏了。我做了一笔小生意。

阿努拉警告他：最近风声比较紧，警方可能盯上了这里，你来的时候没有引来跟踪的吧？那些水鬼们曾经来过，桑吉还带了个巴布尔人来过。听说他被警察抓进去了。

阿米拉不以为然地说：你别让搜出货来，就不会有事。

修车铺旁边，一辆不起眼的旧车里，两名便衣在监听阿努拉和阿米拉的对话。

锡卡警署，格兰警长约见戴旭东、孙跃民，有紧急情况要研究。

格兰警长：两位，我们监听到松坂庆子和阿米拉见面时的对话，他们在策划罢工。

戴旭东的眉毛往上一挑：我也获得了消息，但不具体。

孙跃民：那为什么不先动手，借毒品交易的事传讯阿米拉兄弟呢？打蛇打七寸。

戴旭东：阿努拉那里要钓的是大鱼，传讯他们就惊跑了。

孙跃民沉默了几分钟，很神秘地说出个主意来：实际上，在我们项目里的工人不想闹事，但有人发钱就能买出个事件来。但如果发钱的人消失了呢？

格兰警长和戴旭东会意地点点头。

拉纳宿舍，戴旭东敲门，拉纳开门看到戴旭东，露出笑容，他正在补渔网。

戴旭东：我看你闲的时间太长了，帮我去做件事情，活动活动筋骨吧。

拉纳：什么事？

戴旭东叙述一遍方案。

拉纳似乎有点兴奋：装醉可以，但我不喝酒啊。

戴旭东：你喝进嘴里再吐出来。

大街上灯火明灭，行人稀少。

格兰警长和戴旭东守候在一家夜总会外面，他们在一辆大箱车里待着。

拉纳和几个捕鱼队伙伴在夜总会外面的大排档里吃夜宵。

木树清办公室里。松坂庆子坐在木树清对面，表情复杂地汇报行动计划。

松坂庆子：约定的时间是明天，一共有三百名工人在中国博海项目部大楼前集结示威，要求加薪。

木树清淫邪的目光停留在松坂庆子的脸上：你的声音听起来比以往悦耳多了。

他说着从椅子上站起来，走到松坂庆子跟前，顺手去搂她的肩膀。

松坂庆子后退两步躲开：我还要安排记者出现，来不及了！

松坂庆子急急忙忙离开。木树清在她身后笑起来。

莎拉公寓，莎拉打不通戴旭东的电话，她想了想，拨通玛雅的电话：玛雅，我有急事要见戴旭东，电话里不能说。你知道他在哪里吗？

玛雅：他告诉我晚上有事情，不知去了哪里。我问问他身边的人吧。

玛雅问拉纳：戴老板在哪里？他去找过你。

拉纳：也许，他和格兰警长在一起，在海滨大道的夜总会附近。

玛雅：谢谢。

玛雅拨通格兰警长的电话：警长，莎拉要见戴先生，有紧急情况，您请他到海滨大道的咖啡馆找莎拉吧，挺急的。

格兰警长：好，我转告他。

玛雅又拨通莎拉的电话：莎拉，你去吧，他会在海滨大道的星巴克那里等你。

海滨大道星巴克咖啡店。

戴旭东看到莎拉急急忙忙走进来。

莎拉在他面前坐下，迫不及待地说：明天汉班托塔港的项目部大楼前有罢工示威，八点钟聚集，大约三百人，领头的叫阿米拉。

戴旭东感激地说：谢谢，你为什么要告诉我？

莎拉：信任。虽然你从来没有正式说过你是做什么的，但你救了我，本身就说明你值得信任。我现在发自内心地厌恶这种阴谋策划，我不会再去为虎作伥。

戴旭东：感谢你，但我希望你不要暴露自己的真实想法，否则很危险，可能会招来杀身之祸。

夜总会里，阿米拉和几个工友在喝酒，几个袒胸露背的陪酒女陪在身边。

阿米拉：明天成功后，再给大家发红包，今天我们就先快乐快乐，小醉一下。

阿米拉脚步蹒跚地从夜总会里走出来，几个弟兄们也脚步不稳。

拉纳和几个伙伴故意走过去拦住他们的道，阿米拉左躲右闪也避不开。阿米拉骂起来，他的弟兄忍不住动手，拉纳趁机还手，几个人七手八脚，变成一场街头斗殴。

格兰警长一声警哨，早已准备好的警察上前把他们统统带走。

办公室里，孙跃民和张诗仪、丁珂、黄翔站在落地玻璃窗前，俯瞰着下面示威罢工的人，脸上露出不屑一顾的笑意。

工人甲：阿米拉和几个领头的人怎么没有来？难道他们是骗我们的！

工人乙在拨打阿米拉的电话，一直是忙音：这可怎么办，我们不知道到这里说什么，这个阿米拉，太不可靠了。

莎拉、松田和《每日镜报》的记者走到人群前采访，没有人回答。

莎拉截住一个小伙子问：请问你们聚集在这里做什么？

小伙子：我也不知道，是他（指着工人甲）通知我们来的，说会发钱的，要不谁会放弃上班来这里。

工人乙一遍一遍打阿米拉的电话，一直接不通。

人们左等不来、右等不来，只好慢慢散去。

木树清在办公室，清楚地看到中国博海集团项目部门前聚集的人群慢慢散去。

舒卡拉质问松坂庆子：为什么领头的人没有出现？

松坂庆子回答：联系不上，一定是出了意外，有人前来聚集，说明我是做了有效工作的。

舒卡拉目露凶光：我们不会就这么罢休的！

看守所，阿米拉酒醒后大喊大叫，他的几个酒友还在看守所里酣睡。

阿米拉：快放我出去，我要去上班。

看守走过来，揶揄地说：你的弟兄们都在等着你发钱呢，你是不是把钱都花在泡妞上了，故意躲开的。

阿米拉听到看守的话，蹲下来抱头大哭。

拉纳在另一间屋子里睡大觉。

戴旭东约了松坂庆子、松田到无畏寺相见，他觉得那里安静点。

安静的茶室里，戴旭东先拿给松田看《东日新闻》和《每日镜报》的报道，大标题上写的是：科伦坡港口城可以停靠核潜艇和航母。

松田笑了：这是有人出钱买的文字啊。

戴旭东：难道就没有纯粹客观的报道吗？

松田：你不会这么幼稚吧，我也是因为反对右翼的军国主义主张才报道他们扩张野心的。所有的媒体，背后不是财团就是政府。

戴旭东看他如此坦诚，也以诚相见：松田先生，仅靠日本的国内力量是阻挡不住右翼企图的。我们现在就是要在国际范围内施加压力，揭露他们的本来面目和罪恶用心。中国企业本来就是在这里搞建设，被日本人造谣为珍珠链战略，屡屡发难。而日本则迫不及待地要参加印度洋的护航，还要给锡卡巡逻舰，这是多么露骨的军事企图啊。本来锡卡是一块净土，这么一捣乱，我的酒店也受到影响了。

松田原以为戴旭东是个跨国公司的少爷老板，没想到是个有头脑的儒商。

松田诚恳地说：从你这里，我看到东瀛集团的差距了，他们缺乏您这样有人文情怀的企业家，我知道孙跃民先生和您是朋友，您是想让我给他在媒体上说说话吧。

明月和尚似乎又闻到了气味，他从奉茶的僧人手里接过茶壶，进入戴旭东定的房间，假装奉茶。

但松田一眼就看到，这个僧人似乎是故人。

松坂庆子也觉得和尚看自己的眼神有点不太对。

戴旭东误会了和尚的意图，以为是乔装来的歹徒。

松田和明月对话，试探着问他可记得郭祥林君。

松田：这位师父，佛说相见即缘，前有因，后有果。今日在此吃茶，莫非我们有缘？

明月敷衍着：缘即是缘，不必有前因后果，混沌之初，何曾有前因？世世轮回，何曾知后果？

明月没有正面回答松田的询问和试探，却把目光集中到松坂庆子身上。

明月：这位施主，您可认识一名为惠理子的女子。

松坂庆子觉得很吃惊，但还是轻声回答：我的妈妈就叫惠理子，不知道你是何意？我的妈妈，多年前已经死于抑郁症。

明月听到惠理子已经死去的消息，顿时像遭雷打一样，萎坐在地。

突然，他大喊一声：你就是松坂庆子！

明月激动地站起来向松坂庆子扑过去。

戴旭东一时情急，出手拦住明月，不料明月也身怀武功，本能地和他过起招来。

松坂庆子明白这是误会，左拦右劝。

松坂庆子：戴先生，住手！他是我的爸爸。

戴旭东吃惊地愣在原地，明月也停下来，泪流满面。

松田早已明白，他拉着松坂庆子的手走到明月面前：郭祥林君，你让我们找得好苦，这就是你的宝贝女儿！

松坂庆子撕心裂肺地边喊着爸爸，边扑到明月的怀里。

明月抚摸着松坂庆子的头发，伤感地回忆着往事。

郭祥林乘坐邮轮离开东京，他站在船头，茫然地看着越来越远的城市轮廓。

香港街头，郭祥林衣衫褴褛，沿街乞讨。突然几个日本浪人冲过来，拳脚相向，郭祥林被打倒在地。一名锡卡僧人走过来，三拳两脚，赶走了日本浪人，把郭祥林扶起来。

无畏寺里，老僧人给郭祥林剃度。郭祥林安静地在禅室里诵经。

科伦坡港口，海鸥翔集，在阳光下、海空上展示出无数美丽的造型。

大大小小的船只往来于几个老码头。

孙跃民邀请莎拉和松田，以及《每日镜报》等媒体记者，到港口城正在建设的集装箱码头做前期报道。

孙跃民在港口城的规划模型沙盘前神采飞扬地介绍港口城项目：这里将出现印度洋最大的海上中心、金融中心、商业中心，还有娱乐中心。未来这里将创造八万个就业岗位。我们采用的技术是吹沙造地。

记者们到海边观看了大型挖泥船的试操作，万吨级的挖泥船在岸边喷出一道美丽的彩虹，记者们惊叹不已。

莎拉和松田边走边聊。

莎拉：松田先生，您觉得中国人在此建港口城，意味着什么？

松田：意味着印度洋格局发生变化了，靠军舰征服海洋的时代过去了，现在要靠钞票和投资来立足，只有给对方好处才可以登陆。

莎拉：凭您的眼光，这里确实不是用于停靠军舰的？

松田：停靠军舰对于锡卡没有实际的利益。四个集装箱码头，二百四十万个标箱的吞吐能力，那就意味着财政税收。你要是总统，会选择军舰吗？

莎拉：您还是没回答我的问题啊，这个港口是否可以停靠军舰？

松田：十米左右的深水港，停靠军舰当然也可以，但为了停靠军舰他应该再深点的。你写出来科伦坡港口不用于军事目的的报道，不会有人说是杜撰。

莎拉：您会告诉我您怎么写吗？

松田：肯定和你写的不一样。

木树清的游艇上，舒卡拉和木树清在用早餐，池田拿过《每日镜报》。

大幅标题——中国企业填海造地搞商业。

舒卡拉快速阅读。

木树清手里是一份英文报纸，标题——锡卡迎来"热岛效应"。木树清快速阅读。

舒卡拉：这个莎拉，很可能被中国人收买了，她的报道虽然指出中国企业修建港口城的潜在危机，会影响锡卡的经济独立性，但她又明确地说，港口城显然不是用于军事目的，因为它的码头不适合停靠航母。

木树清：莎拉失踪那段时间，我们不知道她在做什么。

舒卡拉：我们的情报部门告诉我们，她被中国人营救了，在某个地方疗养了一段时间。她出现在我们面前时，身体已经恢复，可能被洗脑了。

木树清：我们可以依靠的媒体人越来越少，这个松田本来就是反政府的异己。他的文章中说，锡卡正出现"热岛效应"，中国企业在锡卡的投资改变着印度洋的经济格局，但完全是商业的。他还批评有的国家只关心海上控制权，不管锡卡的发展。

舒卡拉：他们是被邀请到科伦坡港口城工地参观后写出的报道，我们应当做更有力的回应。我想起了那个苏哈教授。

木树清：我们是不是也该对内部做一下清理了。松坂庆子最近和戴旭东来往频繁。那次罢工消息，很可能就是松坂庆子泄露的。我的人发现她和松田一起在无畏寺见到一位和尚，经过了解，就是当年报道 731 事件的主谋郭祥林。

池田：松井老先生留着松坂庆子，也许就是个诱饵，当年追杀他多少次都被逃脱了。

舒卡拉：我们应当谋划一下，主动出击。

莫拉图瓦大学，舒卡拉在苏哈教授的研究室里出现，苏哈教授给他递过一杯咖啡。

舒卡拉：苏哈教授，大西洋基金已经批准了您的课题，特别赞赏您写的锡卡和印度洋投资的分析报告。我在想，您关于锡卡投资目前出现虚假预算的情况，披露出来对于锡卡未来的发展是很有警醒作用的。您这样爱国又有责任心的学者的见解应该让国际社会知道。

苏哈：感谢大西洋基金的信任和专业的评价，我的调查还需要一些数据支持。

舒卡拉：基金会当然会等待您的报告问世后发给您批复，不用着急。

苏哈：我会抓紧，只是我仍然不适应这种方式，请理解。

舒卡拉：这是国际惯例。

舒卡拉说完后，做个告别的手势离开了。

苏哈有点气恼地把脚跷在桌子上，躺在椅子上发呆。

戴旭东和玛雅、乔虹在考察茶场酒店。

戴旭东：玛雅公主，你带我到这里来，一定是有用意的。

玛雅神秘地一笑：我看你现在不在状态，索性告诉你我的创意。如果吸引中国的游客，光让他们去无畏寺和佛牙寺，加上亭可马里的沙滩，总消费也不会很高。但如果是和茶叶的贸易结合起来，交易额就非常可观了。

乔虹：我知道英国人的红茶相当一部分来自锡卡。

玛雅：还有俄罗斯、巴基斯坦、伊朗都是茶叶进口大国。

戴旭东：哎哟，公主，你太棒了。也许我们可以成为达尔港第一单茶叶商船的使者！

乔虹接到莎拉的电话，慢慢锁起眉头。

莎拉：发表在杂志和网络上的一篇文章，英文版的，被迅速转载。

乔虹：你和戴老板说说吧。

乔虹把电话递给戴旭东：莎拉。

戴旭东：你好，无冕之王，有什么好消息要告诉我吗？

莎拉：莫拉图瓦大学的苏哈教授，在建设杂志和镜报上发表了一篇文章，叫"建筑的水分"。他列举了许多公路、港口和基础设施项目投资预算的数字，预算与后来施工的数字明显不符，大于实际支出，包括中国企业承包的工程。他认为这是政府和建筑商勾结的结果。

戴旭东：他为什么不说是节约了成本，压缩了开支的结果呢？

莎拉：文章影响面很大，希望引起孙跃民先生的关注。

戴旭东：谢谢你，改天请你到我们的茶场酒家做客。

玛雅：你的孙猴子师兄又被诟病了，快去找他商量吧。我是否可以回一趟巴布尔，去谈谈茶叶运输的事情，如果达尔港能够承接，每年至少应该有几十万吨茶叶可以从达尔港运送到俄罗斯、伊朗和中亚。

戴旭东：顺便去看看我妹妹。

夜晚，科伦坡咖啡馆，孙跃民和戴旭东会面。

孙跃民：黔驴技穷，写这样的文章诟病我们，只会激怒他们的政府。当然，我们应该积极应对，谣言多次重复，人们就会信以为真。你的娘子军能再替我们写点东西吗？

戴旭东：哈，你现在是韩信，我们全是你的兵，一切由你调遣。

孙跃民讪笑：那我就不客气了。请莎拉和松田，还有《每日镜报》的记者，直接去南部那条公路采访，把项目实际成本公布于众，以正视听！

戴旭东：如果我们诉诸法律，把起诉造谣者的事情报道一下，是不是也可以。

孙跃民：等负面舆论已经形成，我们的法律程序也未见得能走完，还是提高效率吧。

戴旭东：好，我去找娘子军。

咖啡馆，戴旭东请莎拉喝下午茶。

戴旭东：非常感谢你的提醒，这个教授的科研课题好像正在接受大西洋基金的资助，所以，应该是有人授意的。不知道你可不可以去南部公路再作采访，把成本数字搞清楚，公之于众。

莎拉：戴先生，你是要让我彻底反叛了。我会去采访，但你要给我准备好退路，你们戴氏集团需要我这样的人吗？

戴旭东：没问题啊，你离开《大西洋时报》，可以到我的集团任公共事务部经理呀，年薪比你现在的提高百分之五十。

莎拉：这是个诱人的退路啊。

戴旭东：一言为定！

日本松井别墅。木树清来见东瀛基金总裁松井。

木树清：总裁先生，我在锡卡有意外的发现。您的小孙女松坂庆子在无畏寺见到了他的生父郭祥林。NHK 的记者松田竟然就是当年拍 731 纪录片的人，两名合作者在锡卡相会了。

松井眼睛放光，阴沉沉地笑了。

松井：当年在香港他被一名和尚救了，会武功，还以为是中国和尚呢。踏破铁鞋无觅处，得来全不费功夫。看来我这个监护人没有白做。

松井拿出一份早已准备好的文件，交给木树清。

木树清迅速阅读文件，然后抬起头来，说出四个字：嫁祸于人。

松井已经在闭目养神了。

木树清悄悄退出。

锡卡南部公路施工现场，莎拉、松田和镜报两名记者，锡卡国家电视台的摄像人员一起乘车来到南部施工现场。

头戴安全帽的项目负责人李伟在介绍情况：我们承接的这个项目是连接科伦坡和汉班托塔之间公路的延长线，只有七十八公里。当时的规划设计是根据几十年前英国人的地质资料设计的，早期的勘探资料显示这个地区有一段处在断裂和破碎带上，需要做防护，因此造价较高。但我们接手后精确地进行了勘探，实际探明的破碎带小于原来的地质资料，因此大大节约了成本。这本来是应该受到奖励的，不知道为什么有人反而诟病我们。

莎拉：您曾经向媒体披露过这个情况吗？

李伟：没有啊，一切权威合法的数据都由业主，也就是锡卡的公路局来对外发布，否则就是违法和不负责任的。

松田：你们有监理公司监理吗？

李伟：美国的一家监理公司在监理，他们是获得正式国际质量认证的企业。

松田：他们对你们的成本控制提出过什么意见吗？

李伟：美国公司的总监理师说我们是节约成本的典范，应当作为典型案例推广。他们认为我们改变了施工公司天然要通过施工获取最大利益的理论假设，可能将来要重新建立建设和施工制约机制模型了。

莎拉调侃：李伟先生，您不会把对你们的讽刺当作赞美理解吧？

李伟：戴维先生很诚恳的，他对很多人都这么讲过，包括锡卡政府的官员。

莎拉：我还是不理解，你们可以不这么做的。

李伟：我们企业的经营理念是合作共赢，通过节约成本，减轻业主的负担，就会赢得信任，会给我们提供下一个合作机会，乃至建立长远的合作关系。这样我们就会成为锡卡的战略合作伙伴，对于企业来讲，利益是长远的，这么说，您理解吧？

莎拉：和你们中国人对话很有意思，每个人都觉得自己是国家元首。

李伟：哈哈，那就对了，境界很高。

邮轮上，玛雅悠闲地坐在客舱的酒吧里喝茶，她手里拿着一份英文报纸。

报纸的标题：锡卡南部公路成本真相。

玛雅看过报纸，给戴旭东打电话。

玛雅：看到《星岛日报》了吗？你的娘子军说苏哈教授眼睛近视了，搞错了数字，中国路桥公司在那里是节约了成本。所以，苏哈教授对中国企业的指责，完全是子虚乌有。

戴旭东：谢谢公主对事件的关心，相信你的锡卡红茶一定会征服准岳父大人。

玛雅娇嗔：别贫嘴，戴老板的本事就是利用女人为自己做事，自己倒不需要什么本事。

戴旭东：哈哈，承蒙夸奖。

玛雅突然看见一个眼睛贼溜溜的人从她旁边经过，便不自觉地跟在了那人后面。

原来是基纳和一名手下从酒吧经过，看见冷艳的玛雅，不由得多看了几眼，引起了玛雅的注意。

基纳和手下来到客舱，下意识地看看自己的行李。

玛雅假装拍海景，从他们的舱房前经过，闻到一股鱼腥味。

玛雅回到自己的包房，拨通戴旭东的电话：我刚才看见有个眼神不正的人，跟在他后面看了看，怎么会带着有鱼腥味的行李坐邮轮呢？难道是随身带着海鲜？

戴旭东：留点神，能偷拍个照片更好，也许是走私毒品的，有的毒贩子，常把毒品放到鱼肚子里。

锡卡港口航运部，舒卡拉以大西洋集团特使的身份直接约见卡瓦拉部长和阿贝局长。

舒卡拉：我是大西洋基金驻印度洋的总代理舒卡拉，今天是以大西洋集团特使的名义来见二位的。我受国务卿的委托，就中国企业在科伦坡建港口城一事，转达大西洋集团的意见。大西洋集团经过研究和论证，发现科伦坡港口城和汉班托塔港的建设可能会影响印度洋海域的航空权以及大西洋集团的护航业务。所以建议你们慎重考虑港口项目，或者是改变原来的规划。

阿贝：舒卡拉先生，我们的规划丝毫没有影响到航空权。汉班托塔港需要一个配套机场，这个配套机场——马特拉机场建设可以有效地分流科伦坡的客流。

舒卡拉：本来许多航空公司的飞机是在印度加油的，你们现在抢走了他们的客户，不是影响到了航空权吗？包括一些军用飞机也会改变加油地点。

卡瓦拉：南太平洋和印度洋的飞机多了一个选择，是提供了便利。而军用飞机和军舰，据我所知，是在亭可马里的基地加油的。科伦坡港口城和汉班托塔港建设，完全是用于商业目标和民用功能的，严格说起来，是锡卡的内政。我们没有伤害第三国，也没有违背国际公法，因此，对这两个项目的过度猜忌是完全没有必要的。

阿贝：谢谢舒卡拉先生的来访，我们会考虑大西洋集团建议的。

莫拉图瓦大学，卡瓦拉部长和阿贝局长一起来拜见萨曼斯教授。

阿贝：尊敬的萨曼斯教授，现在科伦坡港口城项目引起了更多的关注，您觉得您在项目论证时有任何的勉强吗？

萨曼斯教授：局长先生，这个问题好奇怪。我是负责任的专家，联合国教科文组织认可的海洋环境专家，我们的评估是经得起检验的。

卡瓦拉：你可以就此发表一些文章或在媒体谈谈自己的观点吗？现在有人质疑我们的程序和专家评估。

萨曼斯教授：当然可以。

西瑟会长办公室，商务和贸易会长西瑟约见苏哈教授。

西瑟会长：尊敬的苏哈教授，我看到《星期日导报》发表的您的文章了。我想了解，您的数据是怎么得来的？

苏哈教授：会长先生，我不认为这是一个没有礼貌的问题。相反，我觉得这是一个严肃而负责任的提问。我是这样测算的，在几个项目早期启动的时候，媒体和官方披露过一组数据，之后在竣工的时候又披露过一组数据。前后对照，就得出了报价虚高的结论。

西瑟会长：谢谢您提供的研究成果。我想任何一个有责任心的人，都会对此提出质疑。我们虽然需要外资，但也不能够这么无原则地向投资人妥协。也许这里面还有更肮脏的交易，我们不能坐视不管。

苏哈教授：我知道您是个平民出身的社会活动家，会代表社会公平正义的声音。不知道您是否了解，这个情况引起了大西洋集团的关注。

西瑟会长：我知道西方的态度。

木树清的游艇上，舒卡拉和木树清在听池田的报告。

池田：现在锡卡的反对党在搜集总统的负面材料，卓有成效。他们等待时机发难呢。

木树清：现在要是再烧一把火，估计锡卡政府就会乱了分寸。舒卡拉先生，距您上次去交涉有两周了吧，还没听到回音。

舒卡拉：大西洋集团正在做高层协调，日本的首相将访问锡卡，他会实实在在地带来海上巡逻艇，并且在海上安全事务方面合作。

池田：这个动作还是有力度的。

孙跃民办公室，孙跃民、张诗仪、黄翔、丁珂一起在参加中国博海集团召开的视频会议。

刘清云：我今天带给大家的是福音，达尔港和科伦坡的港口城项目都列入了六大经济走廊工程，而且要把达尔港和锡卡港口城项目作为旗舰项目，因此要加快进度。你们的进度怎么样？

视频里出现黄道明：我们对所有港口机械和进港巷道进行了清理、维护和修缮，并且增加了门吊和塔吊，可以进行集装箱和大型货物的装卸了。现在，新疆正在做计划，派出第一支贸易车队，二百七十辆大卡组成的车队，试运行由喀喇昆仑公路到达尔港的公路运输，实现陆路和海运的衔接，打通大通道。

刘清云：你们要做好衔接工作，确保成功，这将是载入史册的。

孙跃民：港口城的项目实际上已经开始施工，只是还没有全面展开。目前各个施工区都部分开工，各方面情况良好，等待国家有关领导参加正式开工仪式。

科伦坡港口，孙跃民和张诗仪、黄翔、丁珂出现在科伦坡港口城工地上。孙跃民走上挖泥船，很兴奋地观看吹沙造地，听取施工队长关于工作进度的汇报。

孙跃民走进驾驶室，亲自操作，脸上露出天真的微笑。

张诗仪和丁珂给他拍照。

丁珂也去操作。

锡卡戴氏公司，戴旭东正在观看乔虹设计的酒店。

乔虹带着助理——一名法国青年在电脑上给戴旭东展示酒店的立体效果图。

乔虹在讲解：锡卡在马可·波罗的游记里被描述为印度洋上的眼泪，或者叫宝石岛。我们这个酒店就设计成了眼泪的形状，采用了大量佛教艺术的元素，外圆内通，回形结构。

戴旭东：看上去很舒服，但如果是中国人来居住，会有忌讳的。不如叫宝石酒店，会吸引游客的。

法国助理莫尼：如果是法国人来居住，就叫忧伤。法国人会觉得这里面有许多爱情故事的。

戴旭东：叫往事吧，中性一点。

戴旭东的电话响起，是玛雅来电。

玛雅压低了声音：看到了吗？

戴旭东：等等，急忙翻开手机，看到了基纳和他助理的侧面像。不要打草惊蛇，我会做安排。

戴旭东走到另外的房间，掩上门，接通阿里夫的电话：玛雅在邮轮上看见基纳，他们一定是有特殊业务的，可以派人跟踪吗？我觉得他们背后是一条走私通道，会摸着一条大鱼的。

阿里夫：我的情报是走私军火，你尽快和格兰警长沟通，锡卡那里需要关注他们的窝点。

戴旭东：好！

卡加奇码头，基纳和手下提着皮箱走下邮轮。

玛雅拖着个小拉杆箱走在后面。

她看到两名便衣不远不近地跟在基纳的身后，松了口气。

达尔港中国博海集团项目部，玛雅来见黄道明，白逸秋参加。

玛雅：黄总，我给您送来一个商务订单，是从锡卡的科伦坡港离岸到达尔港的茶叶集装箱船。一共是十五万吨，在这里上岸，运往中亚、俄罗斯。

黄道明：太好了，我们刚刚迎来第一批订单，您又送来大礼。白先生，您来安排吧。

白逸秋：我会做好服务。

达尔港戴氏集团，玛雅来见戴娆和白逸轩，商谈茶叶贸易的事宜。

戴娆：嫂子，听说你给我带来了好消息。

玛雅假装生气：谁是你嫂子！我还没想好呢。本人现在是锡卡戴氏集团负责贸易和旅游业务的副总裁。

戴娆：好吧，玛雅副总裁，我们可以谈到岸价格了吧。

巴布尔塔拉镇上到处都是卖军火的商店，时不时可以看见有人拿着新式的枪械从商店走出来。

那瑟警长派的两名便衣看见，基纳和手下手里只剩下一个小皮箱，他们走进一家门脸很小的军火商店。

片刻，基纳和手下已经换装，和店里的伙计一起从后门出来，提着几箱军火，装进一辆厢车，匆匆地开走了。

小店前面，两名便衣觉得不妙，走进小店去，店掌柜的笑脸相迎。

两名便衣没有看到基纳和手下，就询问小店掌柜的：刚才是否有人进来买货？

小店掌柜一脸茫然：没有啊，只有我的伙计在上货。

便衣甲掏出警察证来晃了晃：老实点，告诉我，刚才的人哪去了？

便衣乙直接闯进里间，穿堂而过，发现后门，走出去，另外一条巷子，空荡荡的。

便衣甲、乙急忙从后门的巷子追去。

那瑟警长在警署里骂人：你们这两个蠢货，跟丢了！回去审问那个店主。

小店掌柜在回答便衣甲的询问：我可能记错了，去了一趟茅厕，店里的伙计可能见到他们了。现在我也找不到他了。

夜晚，达尔港野码头，基纳的厢车匆匆赶到，几个人把军火箱子拎上一艘改装渔船。

改装渔船悄悄离开码头，驶往公海。

一阵汽车马达声在暗夜里由远而近。

阿里夫和那瑟警长带领的警车来到野码头，他们下车走到码头的栈桥上。

阿里夫用军用手电筒察看栈桥上的脚印，有明显的泥土印。

那瑟警长：是几个人的脚印。

远处已经是一片漆黑。

阿里夫：联系戴旭东吧，只能在他们那里追踪了。

马尔代夫，一片汪洋中有一个由礁石和沙滩组成的无人岛。无人岛上支着几顶帐篷，帐篷的颜色是伪色的礁石色。

基纳和几名手下正在训练一群长得像中国人的壮汉，但他们在说僧伽罗语。

基纳在教一名壮汉格斗，几次把壮汉摔倒在地，招手让他再来。

新手们在练习射击，远处的靶子应声而倒。

新手们在学习中国话：我是中国人，我们有纪律。

锡卡警察局，格兰警长和戴旭东在议事。

戴旭东：我们现在必须做最坏的判断，这批军火，没有散落在民间，而是用来集中武装一批人的，他们也许在策划某个行动。

那瑟警长：近期锡卡进入敏感期，日本的首相要来访问，之后你们的主席要来。这个时候，锡卡不能发生任何影响稳定的事件。所以，我们会对全境进行普查，会掌握线索的。

戴旭东：我觉得重点还是科伦坡周围，而且港口城是重中之重，我们应当专门研究那里的防范。耳朵都应该长长点。

格兰警长：情况比这个要复杂得多。

戴旭东用很深邃的眼神看着他。

夜晚，戴旭东的公寓，孙跃民、张诗仪、玛雅、黄翔、丁珂在聚会，茶几上散落着瓜子、花生、火腿、鸡翅，还有啤酒、饮料，杯盘狼藉。

戴旭东在学日本驻锡卡大使的模样，用日语在咆哮着抗议：在这个时候，让中国的核潜艇停靠，是对我们首相的极大的讽刺，不友好，是侮辱！

孙跃民举起酒杯：来，为核潜艇、为智慧的总统干一杯！

几个人端起啤酒一饮而尽，玛雅也端起茶杯示意，她以欣赏和爱慕的眼神看着戴旭东。

玛雅戏谑地说：戴老板，没想到你还有表演天赋，日本大使要知道你在这里丑化他，该拔出刀来了。

戴旭东：他顾不上的，这会儿可能正在接受首相的辱骂呢。他本来是和锡卡谈海上安全事务合作的，没想到中国的核潜艇这时候来停靠。

张诗仪：我听使馆的朋友说，纯属偶然。我们的核潜艇并不知道什么首相来不来，他们是按预定计划停靠补给的。

丁珂：对，是日本人打乱了我们的计划。

黄翔：他们不会甘心的，小心报复。

夜晚，公寓里，松田在看莎拉写的报道——南部公路成本真相。

他眼前闪过舒卡拉和木树清阴沉沉的脸庞。

他拨通了戴旭东的电话：戴先生，我觉得他们会报复莎拉，建议您对莎拉采取保护措施。

戴旭东：最近东瀛集团比较恼火，您也要注意安全，随时和我保持联系。

松田放下电话，略加思索，接通了堂弟浅野的电话。

松田：浅野，打扰你了。我想告诉你，不要被三丰港务集团利用。他们在巴布尔千方百计要挤垮中国企业，但手段不够光明正大，制造一些事端排挤中国的嘉陵品牌，不明真相的人以为是你在幕后操作呢！

浅野：谢谢兄长，我派团队去了巴布尔、越南、泰国，了解的情况也是如此。他们把做生意变成了政治，很危险。如果有机会，我想和中国企业家好好谈谈，实际上我们是可以合作的。

松田：你可以到这里来见一位戴先生，他是我新认识的朋友，去锡卡北部贾夫纳救过我的记者朋友，他似乎是国际刑警的外围人员。但父亲是地地道道的华商，在多国有餐馆、酒店，巴布尔达尔港的商务区，就有他们家一半。你可以和他谈谈合作。

浅野：看来你比较欣赏他。

松田：是信任，我凭第六感判断，似乎有什么事情要发生。那些高喊军事立国的人，在这里好像吃了哑巴亏，大概要报复一下。

浅野：兄长，注意安全，一定保重！

松田：我想他们不会把矛头对准我的，没有意义。如果要有什么麻烦，也许就是上次我说的郭祥林君在这里出现了，如果他们知道他还活着，会下毒手的。如果真有什么事，去找戴先生，我把他的联系方式发到你的电子邮箱里了。

夜晚，月光兔俱乐部，一辆旅行车在妓院门口停下来，一群身强力壮的小伙子走下来，吵吵嚷嚷地走进妓院。

领队的是基纳的手下匪徒甲。他走到前台交钱。

几个服务生过来引导这群人到接待大厅里。

大厅里十几名袒胸露背的妓女在等待着这些客人。

小伙子们急不可耐地走到自己看中的女人身边，双双对对地离开大厅。

无畏寺，明月和尚在禅室里等待着松坂庆子和松田的到来。

明月闭目诵经，他沉稳的声音弥漫在空中。

松坂庆子和松田的车子在通往无畏寺的路上颠簸。

远处，无畏寺的佛舍利塔隐约可见。

松坂庆子：木树清从京都回来后，看我的眼神有些变化，似乎很轻蔑。他要我再次策划罢工。

松田：他们要和锡卡在海上安全和环保事务上合作。据说要给锡卡投四亿美金。

松坂庆子：但他们谈论的是说要采取点行动。

松田警觉道：这个消息要告诉戴先生的！

松坂庆子：好的。

木树清的游艇，舒卡拉和木树清在听窃听器里的声音。

莎拉：戴先生，请教您个问题，最近科伦坡港将有什么重大事件发生吗？

戴旭东的声音：没有任何举动，你有什么消息？

莎拉：我接到通知，要我下午去科伦坡港口的集装箱码头，那里会有新闻报道。

戴旭东：谢谢，知道了。

木树清看着舒卡拉：看来你的判断还是准的，莎拉已经投靠中国人。你这是声东击西啊。

舒卡拉：中国人在日本首相来访的时候，成功地将核潜艇停靠在科伦坡港。他们的领导人来的时候，你们也应该回敬一下。中国人说，来而不往非礼也。

科伦坡大街上，戴旭东在轿车里接到松坂庆子的电话。

松坂庆子：舒卡拉他们要采取行动，你要小心啊。

戴旭东：谢谢，知道了，你在哪里？

松坂庆子：去无畏寺看看父亲，最近梦里老看见他被人追杀。

戴旭东：保重。

戴旭东和格兰警长在锡卡警署研究匪情。

格兰警长：有人报警，明天科伦坡港口城将有爆炸发生。

戴旭东：我也接到情报，但我觉得不知哪里有点不对劲，好像是有人故意要告诉我们似的。巴布尔那瑟警长告诉我们的是，基纳可能去运了一批军火到这里，但我们并没有搞清去向。

格兰警长：你是说，他们直接用来武装自己了？

戴旭东：完全有可能。

格兰警长：不管怎么样，我们先部署一下。直接派防暴队去港口城，先封闭排查。

戴旭东：还应该再有一支队伍，进入一级警备状态，完全有可能是声东击西战术。

　　科伦坡港口城，港口城集装箱码头，施工正在进行，中国工程师带领着施工队在浇筑码头。远处是万吨挖泥船在吹沙造地，运送石料的车来来往往，把成吨的石料填入海中。

　　警车轰鸣，一队防暴警察封锁工地，然后带着防暴犬搜查工地。

　　海边，拉纳和伙伴们拖着渔网准备出海，突然看到一群人从一辆改装渔船上走下来，他吃惊地发现，基纳竟然在其中。

　　基纳和手下提着行李袋急急忙忙钻进一辆厢式货车。

　　拉纳放下渔网，跑向自己的摩托车，紧急发动，紧跟厢式货车。

　　戴旭东在锡卡警署接到拉纳的电话。

　　拉纳：我见到基纳了，他和一群打手钻进了厢车，正在往北开去。快派人跟踪我，我跟着他们呢。

　　戴旭东：这才是他们要采取的行动。

　　格兰警长：走，跟着去！

　　科伦坡公路上出现追逐的情景。

　　前面是一辆厢式货车，离它不远是拉纳的摩托车，相对远一些的距离是警车。

　　厢式货车里，那些壮汉开始换上僧人的服装，基纳在一旁冷眼观察。

　　拉纳紧盯着远处的厢车。

　　警车里，格兰警长在听港口城的搜查汇报。

　　警官甲：警长，搜查完毕，没有发现异常。

　　格兰警长：你们暂时守在那里，不要离开。

　　无畏寺，明月和尚的禅室里，明月吟诵《金刚经》的声音突然中断。明月睁开双眼。

　　松坂庆子和松田走进来在蒲团上坐定。

　　明月：近日心惊肉跳，六神不定，可是有什么事端。

　　松坂庆子：木树清从京都回来，好像有点不一样，也没有像以往那样，转达松井会长的问候。

　　松田：松井就是当年731的部队长，现在是东瀛基金的总裁。

　　明月：难为他了，双手鲜血，还活这么长。我们应该离开这里，他会再下毒手的。

话音未落，一群僧人闯进来，大打出手。

一阵混战，明月施展功夫，打倒几人，但被围攻，最终还是被打倒在地。松田、松坂庆子也被打倒在地。

其中一名头目过来检查三人是否已经死亡。

拉纳、戴旭东和格兰警长带人闯进来，又一番格斗，警察们制服了这群僧人，将其带离现场，塞进一辆警车里，羁押起来。

在远处观战的基纳，偷偷溜出寺院。

戴旭东在血泊中抱起松坂庆子。

松坂庆子气息奄奄，勉强睁开眼，看到戴旭东，微弱地一笑，断断续续说出一句话：我——爸——爸呢？

戴旭东：他在那边。

松坂庆子：我——是——中国人。

她合上了双眼。

戴旭东泪流满面，他把松坂庆子抱上担架。

格兰走近明月和松田，他们身中数刀，已经死去多时。

警官甲在现场搜到两份文件，交给格兰警长。

格兰警长阅读遗书和秘密报告。

明月的遗书说自己当年受中国某机构派遣，打入NHK，是为了制造731细菌试验的假象，在世界上播种仇恨，但任务完成后受到恐吓，被中国人追杀。

而松田的报告则是发现港口城深水港的设计方案，专门停靠核潜艇和军舰。

戴旭东和格兰看出一身冷汗来。

戴旭东：如果让他们得逞，把这两份文件公之于众，后果不堪设想！阴险的东瀛集团。

格兰警长：他们的人在我们手里，会搞清楚真相的。

莎拉和一群记者来到现场。

莎拉看到松田躺在担架上，已经停止呼吸，内心里感到很悲愤。她拿过今日新闻记者的话筒，亲自去采访。

格兰警长接受采访。

莎拉：警长先生，您觉得这里发生的是一起谋杀案吗？

格兰警长：是的，我们抓到了冒充僧人的凶犯。

莎拉：那您可以告诉我们为什么会发生针对记者的谋杀吗？

格兰警长：案情还在调查中，我们会给社会一个负责任的回答的。

木树清的游艇。舒卡拉和木树清焦急地等待着消息。

舒卡拉接到基纳的电话。

基纳：我的任务已经完成，一周之内把尾款打到我指定的账户上，否则我会对外公布所有的内幕。

舒卡拉：我们还是给现金吧，你在哪里？

基纳冷笑：别耍花招，想要灭口？没那么容易！照我说的做，否则，消失的就不是我了！

舒卡拉和木树清接着看电视里的报道。

莎拉出现在屏幕里，她身后是无畏寺里处理凶杀案的现场，警察在搜索证据，一批身着僧人服装的壮汉被押解上警车。

莎拉：这里发生的是一起凶杀案，作案的是一群冒充中国僧人的匪徒。被害者之一是一名隐居在此的僧人，同时还有前不久报道过港口城的 NHK 记者松田，以及东瀛三丰置业的白领松坂庆子。警方表示将会尽快审讯罪犯，查清案情。媒体将会继续追踪破案动态，请观众予以关注。

舒卡拉：木树清先生，要赶快堵漏洞。能有什么办法让那些假僧人闭上嘴？

木树清：消灭肉体，没有别的办法。

舒卡拉：你还有什么人可以支配？

木树清：我会安排的，倒是你的记者，在推波助澜，要想个办法。

舒卡拉冷酷地说：如法炮制，你来安排吧。

戴旭东办公室，戴旭东正在和格兰警长研究锡卡的情况。

戴旭东：我们在这里遇到了日本右翼分子杀害当年披露 731 部队真相知情者的刑事案件，而且他们企图嫁祸于中国政府，伪造了被害者的遗书，想要为 731 部队翻案。被害的三个人中，两个是 NHK 的记者，他们当年拍过专题片。

格兰警长：我在情报部门的朋友告诉我，这是日本右翼分子有组织、有计划的活动，他们以各种方式在翻案。而且在恐怖分子中培养反华骨干，你们还要注意他们的跨国行动，他们在巴布尔和阿富汗边境地区有训练营和基地，专门策划恐怖事件。

戴旭东：我们发现了他们走私军火和毒品。但我们只能与当地警方密切配合，依靠他们来侦破案件，打击恐怖组织，防止恐怖事件的发生。不打掉这些恐怖组织，我的酒店就没法动工。

科伦坡的看守所里，格兰警长在审问这些歹徒。

格兰警长面前是一名身穿中国式僧装的人。

格兰警长用僧伽罗语问：你会说僧伽罗语吗？

匪徒甲摇头用汉语答：我是中国人。

格兰警长对外面招手示意。

戴旭东走进来，他在匪徒甲面前坐下，盯着他看了一会儿。突然用汉语发问：认识基纳吗？

匪徒甲完全没有听懂，只是机械地回答：我是中国人，我们有纪律。

戴旭东用英语对格兰警长说：他听不懂中国话。你要给他来点厉害的才行。

戴旭东说完就走出审讯室。

格兰警长对助手招招手。

两名警察上来把匪徒甲带走。

匪徒甲的惨叫声传来。

两名警察把匪徒甲拖上来，他耷拉着脑袋，露出十分恐惧的表情。

格兰警长拿过基纳的照片给他看。

格兰警长用僧伽罗语问：认识他吗？

匪徒甲点点头。

格兰警长：他是你们的头儿？

匪徒甲用僧伽罗语答：是的。

格兰警长：你叫什么，以前在哪里做事？

匪徒甲：我是泰米尔人，在北部贾夫纳做事，被他们逼来的。

格兰警长用泰米尔语问：为什么讲中文？

匪徒甲用泰米尔语答：基纳让我们学的，我也不知道为什么。

锡卡墓地，孙跃民、戴旭东、莎拉、乔虹、玛雅、张诗仪、丁珂、黄翔在参加明月、松田和松坂庆子的葬礼。

木树清和池田也站在一边。

一名特殊的人走过来，他是松田的弟弟浅野，现任三立电器的总裁。

浅野礼貌地向周围的人行注目礼后便直接走向戴旭东，和他握手。然后到墓前送上鲜花。

人们陆续离开，木树清走上前主动和浅野打招呼，浅野欠身回礼。

孙跃民的目光像刀子一样射向木树清，戴旭东横眉冷对，莎拉一脸讥讽的表情。

木树清急忙躲开，倒退着匆匆离开了，池田紧紧相随。

夜晚，酒吧的单间里，戴旭东和浅野相见，玛雅陪同。

浅野：我哥哥，松田预感到会有危险，他说如果有什么不测，让我来找你。

戴旭东：谢谢对我的信任。松田君的不幸与东瀛基金有关，它们被右翼分子掌控，要在印度洋谋取军事地位。松田君是一直反对军国主义的。由于他们发现了当年披露 731 部队的郭祥林先生还在，就动了杀机，策划了混淆视听的凶杀。幸亏锡卡警方已经破案，揭露了真相。但幕后的黑手还没抓住。

浅野：我是个本分的实业家，本来我们的产品在中国、南亚很有市场，但他们这些人把贸易与政治搅在一起，人家开始反感日本任何企业了。我们在巴布尔的销售也被搅得一团糟。请戴先生理解，我和他们不是一类人，大多数日本人和企业家也不赞成军事扩张，再走军国主义的老路，最终是走不通的。感谢您告诉我真相，希望继续得到您的关照。

玛雅：浅野先生，听到您刚才的陈述，我觉得您可以考虑在巴布尔达尔港和戴氏集团合作。如果是三立电器和嘉陵的合作，应该受到巴布尔和南亚的欢迎。

浅野：我会去那里的，希望得到您的关照。

戴旭东：我的妹妹在那里做商务，玛雅是我们的副总裁，她是巴布尔人，可以为您的业务提供帮助。

浅野：我们在那里相见吧。

夜晚，戴旭东听到轻轻的敲门声，他拿过手枪，从猫眼里看出去，是莎拉和乔虹。

莎拉提着个行囊，穿着男装。

乔虹紧张地走到窗户前，看看有没有人追踪。

戴旭东：是我考虑不周到，应该给莎拉提供保护的。我想你应该先休整一下，然后我们再研究下一步。

莎拉：我不仅仅是恐惧，而且是恶心，我再也不愿看到这些人了。灭绝人性、良知丧尽！

乔虹：我觉得他们能够对松田下毒手，就同样会对付莎拉。特别是莎拉还掌握着他们的罪证。

戴旭东接通格兰警长的电话。

戴旭东：警长先生，我想请求对莎拉女士提供特别保护。从松田遇害这件事看，那些人是丧心病狂的。

格兰警长：我们的总统已经给我们下了死命令，必须确保安全稳定，做到万无一失，否则就地免职。

戴旭东：我觉得要改变一下做法，不能老是被动地等待，应当主动出击，瞄准那些嫌疑人，先采取行动。

格兰警长：好主意，我们一起策划一下吧。我现在就派人把莎拉女士接到安全的地方去。

戴旭东：乔虹女士，你能陪同吗？

乔虹：当然，我们是好朋友。

汉班托塔港，池田乔装来到阿努拉的修车铺。

阿努拉停下手里的活计，挥手示意，让池田进里间说话。

池田：能找到桑吉吗？

阿努拉：您找他有事？

池田：担心他被警察盯上了。

阿努拉：他只是缺钱花，有奶就是娘。

池田：尽快让他找我。

贫民窟，穿过喧闹的小巷和污水沟，在一排棚子旁边，有个破烂的小屋子，池田找到桑吉。

桑吉毒瘾发作，正蜷缩在角落打摆子。

池田走上前，摇晃他。

桑吉睡眼惺忪，揉揉眼睛，看到池田。

池田低声告诉他：我是基纳的朋友。

桑吉一骨碌坐起来，紧张地说：他找我干什么，我可没有害他。

池田：他让我找你，去看看他的朋友。

桑吉：他的朋友在哪里？

池田：在警署的看守所里。

桑吉：为什么要让我去？

池田：因为你曾经进去过，对那里熟悉。

桑吉：我不敢去，他们会把我再关起来的。

池田：你化装一下，不会有人发现的。我们会告诉你去看望谁的。

桑吉：我现在连吃饭的钱都没有了，没有力气走到那里去。

池田掏出一沓锡卡卢比，递给桑吉：会有人和你联系的。

孙跃民老家的窑洞里，孙安民兴奋地在窑洞外面喊着：妈，大，我哥让看今天的电视，正在播放他们的开工仪式哩。

孙跃民的父亲母亲急忙打开电视，坐在板凳上，收看电视新闻。

开工仪式在隆重举行。

孙跃民到挖泥船上亲自操作，吹沙机在海面上划出一道美丽的彩虹，两艘万吨挖泥船在工作，一车车石料被填进海里。

孙跃民的弟弟孙安民看到哥哥头戴安全帽，登上挖泥船，亲自操作机械，十分兴奋。

孙安民：快看，戴安全帽的就是我哥，他正在表演填海造地技术呢！

孙跃民父亲骄傲地说：跃民就是有出息，到国外干大工程，中国人脸上有光哩。

孙跃民的妈妈看到儿子，激动得直掉眼泪：他从小就爱念书，比安民用功。怎么没有看见他那个对象呢？

孙安民：人家这是新闻，不是您想要看谁就给您照谁的。

第八章

夜晚，科伦坡鬼街，桑吉出现了，灯火明灭中，他走到一个小铺里，购买了一包大麻。

线人不远不近地跟着他。

桑吉迫不及待地走进临街的卫生间后直接冲进马桶间，把鼻子伸到一小包大麻粉里，一副陶醉的模样。

锡卡警署，格兰警长在听警官甲的汇报。

警官甲：我们跟踪桑吉的线人报告，昨天有人去找了桑吉。那人走后，桑吉就去了鬼街，买了些白粉，晚上还去了夜总会。

格兰警长：说明接到订单了，派我们的人盯住他。

木树清的游艇上，舒卡拉和木树清、池田在观看新闻。

视频里出现佛牙大会的盛况。

披挂整齐的大象走在大街上，后面是载歌载舞的人群。

屏幕上出现记者的报道，美丽的锡卡记者，身着民族服装，宝蓝色的裙服闪闪发光。

记者：本届佛牙大会，与往届不同之处，就是从中国北京八大处的灵光寺请来了佛牙舍利。据佛学家研究，现在仅存的释迦牟尼的两颗佛牙舍利，一颗在中国，一颗在锡卡。今年，实现了两颗佛舍利在锡卡的展出，乃是千年的盛会，象征着两国文化交流源远流长，两国的合作因缘深厚。总统先生亲自前往瞻拜。

科伦坡大街，池田在一个咖啡馆约见阿米拉。

池田走进去时，阿米拉早已经坐在角落里了。他点了很多甜点，正在津津有味地品尝，看样子好久没吃甜点了。

池田：你从看守所出来有多长时间了？

阿米拉：半年多了，现在没有工作，也没有收入，松坂庆子说过要再给我活动经费的。

池田：我来接替她的工作，这次比较轻松，但要严格保密，不能讲给任何人！

阿米拉：多少钱？

池田：两万卢比。

阿米拉兴奋地问：就我一个人吗？

池田：对，你只要去码头把一辆货车开到指定地点就行，但必须在指定时间开到，不能提前，也不能迟到。那里会有人接替你。

阿米拉：这么轻松的事！为什么不让一个人完成，再给我两万，我直接把货车开到目的地。

池田微笑：那不行的，为了安全起见，避免有人跟踪。

阿米拉伸出手来。

池田递给阿米拉一沓卢比。

科伦坡中心广场，某个竞选者的支持团队在演讲。台阶下是他的啦啦队。

竞选者：公民们，难道我们还能再忍受吗！有人拿国家的资产在挥霍，有人以权谋私，和投资者做交易。这样的政府已经不是人民的政府。

池田在远处观察着演讲人群的情况，然后悄悄地离开了。

锡卡总统府，秘书给总统递过当天的早报。

早报的标题赫然写着：竞选者批评政府舞弊。

总统仔细看过文章，皱起眉头。

总统叫过秘书：安排我明天去中心广场演讲。

科伦坡码头，阿米拉看看自己的手表，打开一辆厢式货车的车门，直接按要求开往市中心。

阿米拉想到这次的活儿很合算，轻松地吹起了口哨。

车子开得很快，马路旁的芭蕉树一晃而过。

科伦坡中心广场附近的大街上。桑吉在一边看手表，一边走着。

科伦坡中心广场，锡卡总统的演讲在进行，中心广场聚集的人越来越多，便衣警察分散在人群中，警惕地观察着人们的动向。

总统：作为一个负责任的政治家，我想要告诉选民们，几年来难道不是海啸后十年重建计划和马欣达愿景凝聚了人心，吸引了国际投资，为国家开辟了未来吗！我们贯穿南北的公路、提升吞吐能力的汉班托塔港，还有打造印度洋转运中心、商务中心的科伦坡港口城，提供了几万个就业岗位。同胞们，不开放，毋宁死！外国资金进入会把我们的建设周期提前二十年。当然，他们也是要赢利的，但对于我们来说，甚至是白手起家……

总统在慷慨激昂地讲述着他的主张。

阿米拉的货车停在广场的角落，他按要求躲在一旁。

桑吉按照电话提示：钻进货车，找到一个帆布手提箱。

桑吉：找到了，蓝色帆布手提箱。

陌生的声音：你把这个箱子交给另外一个人，他会去探监。现在他在广场的石阶下等你，就在演讲台的左侧，穿牛仔装。

桑吉提着蓝色帆布手提箱离开货车。

阿米拉按要求把货车开走了。

桑吉走到演讲人群旁边，在左侧寻找着那个穿蓝色牛仔装的人。

广场外，一辆雪豹车里，一名戴墨镜的人用望远镜看到桑吉已经走到总统演讲的台阶左侧。他嘴角抽搐了一下，按下了手里的遥控器。

桑吉手里的蓝色帆布手提箱突然发生爆炸，巨大的气浪把桑吉推向空中，总统被炸倒在地，桑吉身边的几名听众被炸得血肉横飞。

便衣警察们一拥而上，把总统从地上搀扶起来，急忙向警车撤去，警察封闭了演讲台。

救护车鸣叫着赶来，救护人员抢救伤员，几个担架抬走了伤员。警察在清理现场，搜索证据。

雪豹趁乱开走了。

格兰警长被记者们围住。

记者们七嘴八舌地提问：总统是否伤亡？是蓄意谋杀吗？

格兰警长：总统只受了轻伤，案情正在调查中。

木树清的游艇上，舒卡拉在看镜报，标题——自杀式炸弹总统受伤，民间怨气爆发。

木树清在吸雪茄。

舒卡拉得意地说：这个自杀式爆炸的威力不亚于核潜艇的威慑力。关键是媒体解读得好，民间怨气爆发。

科伦坡中心广场，演讲在继续，是商会会长西瑟的声音，台阶下面聚集了很多人。

西瑟做着手势：我们坚决反对恐怖袭击和对人身的攻击，我愿为总统先生祈福。当然我也不讳言，批评政府实际存在的弊端……

夜晚，孙跃民公寓里，孙跃民、戴旭东、张诗仪、玛雅、丁珂、黄翔聚集在一起观看新闻。

屏幕上出现新总统就职宣誓的场景。

戴旭东：他是个平民总统，主张不结盟。

张诗仪：良政是他的内部政策，也是他的竞选口号。

玛雅：平衡外交才是实质，他们和印度关系一直很好。

丁珂：听使馆的朋友说，他似乎上任后首先就要去印度。

孙跃民：我觉得我们需要深入一点思考，一个总统当然要有战略思维。他们和印度有几千年的交往，差不多相同的文化渊源，又有地缘关系，你看他们北部的海峡，只有不到二十公里，不重视相互的关系是不可能的。

丁珂：我只是告诉您个消息，并没有说他不该去，他后面还要去美国、日本、中国呢！怎么解释？孙总，您是外交部长吗？

孙跃民自嘲地一笑：哎，看来言论不能自由。我是随便发发议论，你是喜欢辩论。

黄翔：当年印度修核电站时，锡卡是反对和抗议过的，他们并不是亲如兄弟，一家人。

戴旭东：但当年印度是支持锡卡政府对付猛虎组织的，尽管他们国内有泰米尔邦。

张诗仪：印度也不希望他们国内有恐怖活动。

戴旭东：他们已经是上合组织的观察国了，我觉得印度的对外政策会更务实些，迟早会和中国合作的。

孙跃民：小丁，听见没有，这才是外交家、战略家。但我认为，锡卡和中国的合作、巴布尔和中国的合作更实在具体。只是，巴布尔人对中国更了解一些。我们要多向锡卡媒体介绍我们的项目，比如说，港口城项目是我们投资十四亿美金，这和其他的贷款项目可是不同的。贷款项目是锡卡政府要还款的。

张诗仪：港口城目前有近万名锡卡人在就业，大部分在我们的施工企业里，他们的待遇也是比较好的。

孙跃民：你看，我国领导人多次强调互利共赢，构建人类命运共同体，锡卡人的就业和工资就是活生生的体现，将来这里的经济繁荣就是体现。戴老板，你的酒店何时开工？

戴旭东：在等环评，他们重点要看酒店的排放，豪华游艇对鱼类、鸟类和海水的影响，很细。

孙跃民：之前有人就攻击过港口城项目，我们要把环评要求再进一步细化，评价是他们的事，但做好是我们的事。黄翔，你心里有数吧。

黄翔：那当然。

孙跃民办公室，张诗仪进来给他报告最新动态。

张诗仪：孙总，新政府派人审查过港口城项目，今天宣布暂停施工，理由是缺乏相关审批手续，要重审环境评估结论。正式的文件已到。

孙跃民眼睛里冒出火光来，但他的语气还比较平静：审批是他们的事情，我们是接到正式通知才开工的，他们的总统还参加了开工仪式，我们的主席也参加了，这是名副其实的国际玩笑！

张诗仪：我觉得这已经是国家层面的事情了，易大使他们已经在交涉了，据说我们的特使已经和总理、总统见面做了沟通。

孙跃民：他们是什么态度？

张诗仪：他们说不是针对中国企业的，是为了反对贪污腐败，叫停了绝大多数外资项目。

孙跃民：我觉得这个总统是个很有智慧的人。你看媒体上说的是，西瑟总统声明全方位外交并不是摆脱中国，叫停科伦坡项目并不是弱化对华关系。我相信他达到他的内政外交效果后，会很务实的。

张诗仪：只是，只是你又遇到挫折了，不顺啊！别人会不会以为是你性子急，没办好审批手续，没做好环评。

孙跃民语气变得轻松了：绝对不会！本人的业务能力和对国际惯例、法规的了解是不含糊的，专门学了七八年呢。是货真价实的专家型管理者！

张诗仪：说你胖，还就喘上了。看你怎么给集团领导交代！

孙跃民：哎哟！我得赶快向刘总汇报。

孙跃民拨通刘清云的电话：刘总，向您报告，锡卡新政府通知我们暂停港口城项目，理由是审批手续不完备，要重审环评报告。

刘清云：早知道了，境外的新闻比你快。国家有关领导已经做了明确指示，要求我们积极配合新政府的审核，全面具体地介绍情况，不要有任何的埋怨和指责。

孙跃民：我会坚决落实您的指示，只是心里觉得自己没完成好任务，给集团带来不必要的麻烦，给国家带来负面影响。

刘清云：自我检查就到此为止，你这个倒霉蛋，怎么海外企业的那些麻烦事就全让你摊上呢！我们已经在给中央政府写报告了，我们在锡卡的项目完全是合法合理的，目前锡卡出现的情况是每个国家政局变换之后都会出现的，我们建议通过政府间的协商对话解决。你们就在原地待命，等待峰回路转。

孙跃民泪光盈盈：谢谢您，我会坚守在这里。

张诗仪也被刘清云的话感动得眼睛湿润，她给孙跃民递过纸巾，让他擦拭眼泪。

科伦坡中心广场，上千名港口城项目的工人聚集在中心广场，他们在静坐，横幅上写的是：反对停工，我们要就业。拉纳和阿米拉竟然也在其中。

锡卡新闻的记者在采访一名工人，那名工人很老实的样子。

记者：请问，是谁组织你们来的？

工人甲：工会，许多人去工会要求他们出面给我们说话，我们没有工作就会挨饿，就没办法生活，这里虽然累，但收入高。

记者：你们知道这个项目有什么问题吗？

工人甲：不知道，和我们以前干活的项目一样啊。

阿米拉凑过来：我来说，有问题！这个项目是中国人投资的，买通了工会，多给工人钱，这样就可以让工人多加班，也想让人们感谢他们，跟着他们来抗议政府。你看，我们的诉求是让中国博海集团赔偿我们的损失。

记者看到英语写的横幅——中国人，赔我们的损失。

记者：你是在码头施工的工人吗？

阿米拉：是啊，浇筑码头的，活太累。我今天来这里静坐可不是抗议政府，是抗议中国企业让我们加班加点。

木树清的游艇上，舒卡拉和木树清、池田看到电视里阿米拉对镜头讲话。

木树清：舒卡拉先生您再次看到，松坂庆子选的这个线人，完全是一头猪，他不知道说什么，做什么。

舒卡拉：本来是让他说，这次示威是中国人组织的，怎么说成是抗议中国企业了？池田先生，我想你一定说得很清楚。

池田：让他混在里头说是中国企业组织的示威，他也表达出了一点意思了，但说乱了。对不起，是我没安排好。

木树清走过来，直接给了池田一个耳光。

池田笔直地站着。

戴旭东的办公室。戴旭东和玛雅在收看电视新闻。

电视里，拉纳接受采访。

记者在问同样的问题：谁让你们来抗议的？

拉纳：是自发的，工会解决不了我们的问题，大家没活干了就没法生活，请求政府提供生活保障。

记者：你认为这个项目有问题吗？

拉纳：没问题啊，开工仪式总统还参加呢。现在听说是审批手续不全！这和我们工人有什么关系，和企业有什么关系？没审批总统怎么会出席呢！

记者：听口音，你不是锡卡人。

拉纳：祖籍巴布尔，现在是锡卡人。我本来是渔民，听说这里要建港口城，就业机会一定多，就来了。我现在是电瓶车司机，专门运送施工材料的。锡卡有个这样的大项目很好啊，不知道为什么停工。他们完全是混混，不是真正干活的工人（拉纳指着阿米拉身边的几个人）。

玛雅看完采访，调侃道：这一定是你操作的抗议活动，拉纳都出现了，像个政治家一样在接受采访。

戴旭东：我什么都没做，真的是自发的，拉纳也一定是自愿的。

锡卡总统府，西瑟总统在看新闻，广场上科伦坡数千工人自发示威的场面。

记者：数千名港口城项目施工工人在科伦坡中心广场静坐，抗议政府叫停港口城工程，他们要求政府提供生活保障。但也有工人在示威人群里打出要求中国博海集团赔偿损失的标语。双方发生冲突，要求赔偿损失的少数人被示威者赶跑。

总统秘书走进来，递给他一份文件。

秘书：国际货币基金组织将锡卡的信用等级降为 B 级，前景展望为负面。金融界的议论普遍认为不应该停止港口城项目。基金会主席和投资委员会主席都表示担忧，他们主动给媒体解释，港口城项目是目前最大的外资项目，不会停下来，他们也不希望停下来。

西瑟总统皱着眉头听完。他在屋子里转了几个来回，紧张地思索着。

西瑟总统：让中国政府特使尽快来见面吧。

孙跃民办公室，黄翔敲门进来，孙跃民正在看新闻，示威者静坐的画面。

黄翔有点谨慎地说：孙总，您不要介意，我觉得群发这些短信的人，不一定是咱们公司的人。您还记得前几次都有人告状，说得有鼻子有眼的，但都查无实据。这次纯粹是为了造舆论。

孙跃民：说什么了？

张诗仪和丁珂也敲门进来，气氛有点压抑。

孙跃民拿过张诗仪手里的手机，翻看诋毁他的短信。

短信内容：孙跃民常败将军，在锡卡又为中国丢掉一城。这样屡屡败绩的人，为什么还能受到重用，就是因为买通了上级。

孙跃民看完哈哈大笑：这是举报，还是通报？太抬举我了，我从来没想到会受到如此关注。

张诗仪：戴旭东、玛雅他们也接到同样的短信，他们让我转告你，不要怕这些谣言，他们都坚信会云开雾散的。

丁珂：我觉得是竞争对手干的，他们使用的语言不是我们的方式。我们不会用为中国丢掉一城这样的词，只会说让国家或企业再失一城。

张诗仪：我也觉得是他们干的，和前几次一样。

孙跃民：谢谢，我会向集团报告的。现在我们需要给大使馆详细汇报一下，重点把环评的事情说清楚。

黄翔：我已经准备好，而且已经提供给锡卡的审查小组。

北京博海集团总部，刘清云和陈可染、胡少峰、叶成修也收到同样内容的信件。叶成修和胡少峰则接到短信。

刘清云：故技重演，扰乱军心。这次我们可以明确地说，是竞争对手干的，而且内容也没有什么要查的，要被查的是我，我会报告给国资委的。

叶成修：海外部也收到了。锡卡和巴布尔的一些人也收到了。说明他们是了解锡卡项目的人，也是了解孙跃民的人。

胡少峰：我们一直在和有关方面沟通，要给印度洋的海外企业提供安全保障，包括各种人身安全的保障，建立情报体系。但还在审批中，可能要和海军的护航、国际刑警的抓逃、打击三股势力结合。现在看起来很紧迫了，他们能够这么具体地掌握我们的人员名单和信息，也完全有可能造成人身伤害。

陈可染：刘总，虽然是造谣，但还是给孙跃民做做工作吧，这个同志是个性情型的。

刘清云：联系一下孙跃民，还是要给他撑撑腰的。

过了一会儿，秘书走进来。

秘书：项目部的人说，孙跃民在大使馆给大使汇报情况呢。

刘清云：好，在工作就好。

中国驻锡卡大使馆，孙跃民和张诗仪正在易北峰大使汇报。

孙跃民：正式的说法是审批手续不完善，环评报告要重申。我们已经向审查组提供了全部文件。

易北峰：你们的环评是谁做的？

孙跃民：锡卡港务局做的，这是合约里明确的，锡卡政府负责环评，但具体工作是我们对接的。环评报告负责人是莫拉图瓦大学教授萨曼斯，他是联合国教科文组织认定的海洋研究的权威，是联合国海啸研究的组长。他的报告很全面、具体。而且环评报告按规定履行了审批和公示程序。

易北峰：你们的市场调查和规划是谁做的？

张诗仪：市场调查是美国的世邦魏理仕，规划是瑞典的公司，规划审核是英国的公司，都是行业里认可的资深公司。

易北峰：很有说服力，不是中国人单干。

孙跃民：我们已经是国际化的企业，每个项目都集中了全球一流的团队和专业人士，所以我们绝对不会犯低级的错误。

易北峰：我会向中央政府报告这些情况。由于锡卡政府叫停几乎所有海外投资项目，所有中国投资项目，包括公路、机场都受到影响。中央政府已经派特使来和锡卡领导人沟通，很快就会见面。你们要有信心啊。

孙跃民从使馆出来，就和刘清云通电话。

他强压着怒火，用比较平缓的语气向刘清云汇报。

孙跃民：刘总，我刚给大使详细汇报了项目的情况。无论是从审批还是环评，我们企业都是没有责任的。他们也表示目前的停工，不是针对中国企业的。但这样的事情发生在我身上，又影响到了您，有人造谣生事，我不忍心让您被误解。您让我辞职吧。即使将来复工，这里的一切基础都是具备的，不会像达尔港那样，重新再修复。

刘清云：孙跃民，你个懦夫，临阵脱逃算什么本事！有本事让项目马上恢复。告诉你，我姓刘的不怕那些幺蛾子，你也别尿！光口头汇报不行，赶快给大使馆提供简单明了的项目介绍，我们的政府特使要去锡卡。同时也报给集团，我们要给中央政府汇报。

孙跃民哽咽着：我没想当逃兵，就是觉得太对不起您了，老惹麻烦。

刘清云：孙猴子，别挤猫尿，快去干正经事。

公寓里，孙跃民夜不能寐，瞪着眼躺在床上。在锡卡的一幕幕剪影般掠过眼前。

海啸后开着推土机清理倒塌的房屋；

在马欣达总统家做客；

科伦坡港口城项目开工，万吨挖泥船吹沙填海的场景。

孙跃民的电话响起来，是弟弟孙安民的来电。

孙安民：哥，你等会儿，娘要给你说话。

孙安民把电话拿到炕头，交给老娘。

老娘：跃民，听说你们的项目停工了，别和他们外国人一般见识。实在不行你就回来，我和你爹说，你从小学习好，回来当中学老师，也不用操那么多心。听你爹说。

老爹：跃民，你娘是怕你心里难过，睡不着，给你打电话。你不要回来，国家这么大的项目，不能撂下不管。听见你声音就行了，我们睡了。

孙跃民：娘、爹，你们别操心，有国家撑腰呢，我没事。

孙跃民想到爹娘的惦念，默默地掉眼泪。

孙跃民的电话又响起来，是乔虹的声音。

乔虹：你没事吧，又有人在和你打心理战了。

孙跃民：谢谢，我孙某人已经历经九九八十一难，修成正果了，不怕心魔来扰。看看这些妖魔鬼怪能蹦跶几天。

乔虹：知道你是孙大圣，斗战胜佛，越战越勇。但还是担心你心里过不去。我判断，谣言会不攻自破。锡卡很快就会顶不住压力的，外资撤了，就没有税收，财政会出现危机的。

孙跃民：你的逻辑是成立的，你们的酒店也被停了，但我想用不了多久，就会柳暗花明。我们陕北，三月正是山花烂漫的季节，春天是挡不住的。

乔虹：晚安，那就做个春梦吧，呵呵。

孙跃民接过两个电话后，心情好像轻松了不少，他走进卫生间刷牙，又听到电话铃响。

张诗仪：孙大圣，告诉你个好消息，特使和总统、总理单独见了面，他们说不是针对中国企业的，有关审核进行完就会给答复。

孙跃民：我们现在只能等着了，这滋味好难受。

张诗仪：黄翔和丁珂他们可不这么感觉，他们准备去马尔代夫玩呢，可高兴呢，好不容易歇一阵子。

孙跃民：没心没肺的。不许他们去，原地待命，你可不许随便准他们假。

张诗仪：那也别闷着，咱俩去钓鱼吧，静静心，或者和他们玩玩牌，这叫积极休息，明天就是周末了。

孙跃民：我先跟你学钓鱼吧。

鱼塘边，孙跃民打扮得像个渔翁，蓑衣草帽。他坐在小板凳上，目不转睛地盯着鱼竿。鱼竿稍有动静，他就起竿，结果空空如也。如此这般，半天也钓不上一条鱼来。

张诗仪看着他如此性急，就躲到一边去，在草地上采野花。

孙跃民钓不到鱼，索性把鱼竿固定起来，自己躺在草地上发呆。

张诗仪给他递过一根香蕉，他慢慢地吃着。

张诗仪坐在他身边，摘下他的草帽，给他盖上脸，挡住阳光。

孙跃民拉住张诗仪的手，放在自己的胸口。

张诗仪调侃道：心还在跳，只是不太均匀，因为没有钓到鱼。

孙跃民喃喃着：姜太公钓鱼，愿者上钩。

忽然鱼竿在剧烈地抖动，孙跃民一跃而起，拉起鱼竿，钓上来一条大草鱼。

孙跃民兴奋地大叫起来：这是我这辈子钓的第一条鱼！哈哈。

张诗仪拿过水桶，把鱼放进去。鱼扑腾了几下，把水溅在张诗仪的脸上和裙子上。

孙跃民拿过纸巾给她擦脸，却看到张诗仪的泪珠。

孙跃民：你，你怎么啦？

张诗仪：我没事，就是看到你这么轻松地钓鱼，觉得开心。

孙跃民：难道我该去发疯、酗酒吗？！

张诗仪：你是个男子汉，就是太倒霉。

孙跃民：你是个好女人、好婆姨，知道疼人。

张诗仪的眼泪夺眶而出，孙跃民急忙给她擦着。

流着泪的张诗仪梨花带雨，显得很妩媚。

孙跃民情不自禁地把张诗仪搂在怀里，一边给她擦着眼泪，一边低下头来，轻轻地亲吻着她的眼睛、脸颊，渐渐地热烈起来，亲吻着双唇。

孙跃民血脉偾张，呼吸急促，他去解张诗仪的衣服，被张诗仪拦住。

忽然，鱼竿又一阵抖动，张诗仪喊道：鱼上钩了！

孙跃民急忙去起竿，钓上来一只乌龟。

张诗仪咯咯咯地笑起来。

Ministry of Crab 餐厅，黄翔和丁珂正在吃大闸蟹，丁珂面带愁容。

丁珂正在给黄翔倾诉着：黄哥，我现在觉得自己好奇怪，不知道为什么看见孙跃民和张诗仪在一起，就有点那个，那个，不是不屑一顾，而是有点伤感。今天他们一起去钓鱼，我不知怎么就有些难受，难道我还会爱上孙跃民不成？

黄翔往嘴里送进去一块蟹肉，咽下去之后，回答丁珂：是暗恋到失望到伤感的完整心理过程。在达尔港你就喜欢上了孙总，之后以独特的方式表示了对他的关注，看到张诗仪和孙跃民的接触，到锡卡后两人的关系更进一步，就失望并伤感了。

丁珂：你说的独特方式是什么？

黄翔翻翻白眼，又往嘴里送了一块蟹肉，含混不清地说：是唱反调啊，不自觉地唱反调啊，以引起关注，显示个性。

两人正聊得深入时，张诗仪和孙跃民走进来。张诗仪一下看见丁珂和黄翔，就准备拉着孙跃民离开，没想到孙跃民反而走过去，加入他们的聚餐。

黄翔首先看到孙跃民和张诗仪，招招手。丁珂回过头去，略显尴尬。

孙跃民礼貌地询问：我们可以加入吗？

黄翔让出了自己身边的座位，他看看丁珂，丁珂也让出了身边的座位，并向张诗仪示意。

孙跃民挽起袖子：先来一扎啤酒，你们俩竟然没喝酒。

丁珂：吃海鲜喝啤酒易得痛风。

孙跃民：没那个，德国人天天喝啤酒，照样吃海鲜，关键是要运动，促进新陈代谢。

黄翔：我是刚才没顾上喝酒，这儿的螃蟹特肥。

张诗仪：我也来一扎。

丁珂：那就来四扎，谁怕谁啊，反正闲着没事干，也不让我们去马尔代夫玩，哼！

孙跃民乐了：要不咱们比比，你要是赢了，就去马尔代夫，输了就别嘟囔了。

丁珂兴奋起来：好啊，不过男女应该是二比一，或者是三比二才行。

孙跃民：三比二，没问题，但可不是光比酒，要比比国学。

丁珂：比什么？

孙跃民：诗词，我可是学理工的，你和张诗仪都是学文的。

丁珂看看张诗仪：咱们两个联手行不？

张诗仪含笑点头。

孙跃民：可以。每喝一个三比二，要说出同样比例与酒有关的诗句，如果能说出作者，就算胜过说不出作者的。

丁珂有点发怵：你这么设酒令，好像很厉害似的。

黄翔：好玩，有品位，我当裁判。

孙跃民：那就先来第一轮，用小扎量酒，我先开始，先说后喝。第一句，劝君更尽一杯酒，西出阳关无故人。唐代王维的。第二句，将进酒，杯莫停。唐代李白的。第三句，零落栖迟一杯酒，主人奉觞客长寿。唐代李贺的。

孙跃民连着喝掉三小扎啤酒。

丁珂嚷嚷着：你先说我就亏了，一会儿再反过来行不？我先说先喝。第一句，借问酒家何处有，牧童遥指杏花村。唐代杜牧的。第二句，今日听君歌一曲，暂凭杯酒长精神。唐代刘禹锡的。

丁珂说完，豪迈地喝掉两扎啤酒。

几个人很放松地喝起酒来。

巴布尔西南边境山谷，桑巴的越野车停在山坡上，公路延伸到这里，成了断头路。

他走下车子，扛着枪，在山头上用望远镜搜索着周围。

他在边境山谷里苦苦寻找拉姆的踪迹，一定要报仇。

太阳落山了，桑巴回到越野车里，开始吃干粮。越野车就是他的旅店，走到哪里就宿营在哪里。

深夜，狼叫的声音传来，桑巴在后座上翻了个身，又睡了。

又是一个早晨，桑巴开车到边境的一片森林边上。他在周围寻找水源，顺着湿地，找到一处泉水，兴奋地将水桶灌满。

桑巴抬起头来，隐隐约约发现不远处是一片房屋，他放下水桶，端起枪，悄无声息地走过去。

桑巴绕到木屋的后面，看到的是倒塌的房屋，还有烧毁的木屋，有的地方似乎还有未烧尽的灰烬。

桑巴在每个屋子里搜寻着，看有什么意外的发现。

靠边的木屋角落里，一块毡布下，他发现了一名西方人，神志不清，遍体鳞伤。摸摸鼻孔，还有一丝气息。他急忙把这个西方男人抱回车上，迅速返回达尔港，送到中国医疗队的医院治疗。

中国医疗队医院急救室里，病人逐渐醒过来。

病人嘴里呢喃着，含混不清。何瑾叫来桑巴。桑巴附耳过去，仔细听过后，才开始与他对话。

桑巴用英语说：现在你是在中国医疗队的医院里，放心吧。你想联系什么人，我会帮助你，我是巴布尔达尔部落酋长的儿子桑巴，我们都是善良的人。

病人得知这是中国人的医院时，才显得轻松些了。

病人：我的名字叫马克，之前在阿富汗研究宗教文化，在边境地区寻访古迹时，被劫持到基地，一直到基地被炸毁、废弃。我需要巴布尔政府的保护。

桑巴走出急救室，和拉纳通话。

桑巴：拉纳，我在边境寻找拉姆的营地，意外在一处废弃营地里发现个西方男人，是被劫持的，名字叫马克。他要寻求政府保护，我该怎么办？

拉纳：你先等一下，我和戴先生在一起，一会儿打给你。

戴旭东办公室，他正在和玛雅、乔虹、拉纳商议建立茶场酒店，和中亚地区做中亚茶叶贸易的事。

拉纳：桑巴在废弃营地里发现一名受伤的西方人，名字叫马克，他要寻求政府保护。

戴旭东：马克，这个名字怎么这么熟悉？

乔虹：好像，好像，莎拉失踪的男友，好像就叫马克！

玛雅：让桑巴问他，是否知道莎拉。

拉纳拨通桑巴的电话：桑巴，问问他，是否知道莎拉。

桑巴问马克：马克先生，你认识一位名字叫莎拉的记者吗？

马克激动得睁大双眼，挣扎着要爬起来：她在哪里？她是我的女友。

戴旭东办公室。

戴旭东：玛雅和拉纳，准备回达尔港，回去和戴娆谈茶叶运输的事。乔虹和我去泻湖找莎拉，也去达尔港，见她的男友。

戴旭东和乔虹匆匆走进一辆轿车，司机是个警察，他们急速地奔往泻湖。

行驶的轿车里，戴旭东和巴布尔的阿里夫在通话。

戴旭东：阿里夫先生，你一直寻找的线索来了。桑巴在边境废弃的营地里发现了西方记者马克，他是莎拉的男友，是个理想主义者。现在中国医疗队的医院里，要尽快采取保护措施。那些匪徒本来是要烧死他的。

阿里夫：我马上部署，从他那里可以得到很多线索，说明我们打击三股势力的计划见到效果了。而且我们可以和中亚国家联合执法，巴布尔很快就是上合组织的成员国了。

戴旭东：是啊，你们现在是上合组织的观察国，据说上合组织的条例正在修改，可以吸收新的成员国。明年就会在俄罗斯的会议上获得通过。你就大胆地干吧！

戴旭东的车子驶进泻湖别墅的院子，戴旭东下车后直接冲进别墅起居室。

莎拉正在画画，画板上是抽象的鲸鱼，在吞吐海水，很痛苦的样子。

戴旭东：快收拾行李，去达尔港，你的马克先生被救到医院了，我们去见他。

莎拉吃惊地张大嘴：天哪！是真的吗？！

巴布尔，中国医疗队医院，一辆警车开进来，戴旭东和莎拉从车子里下来。

医疗队医院加强了警卫，阿里夫站在门口迎接戴旭东，两人拥抱。

莎拉在何瑾的带领下走进急救室。

莎拉看到躺在病床上的马克，不顾一切地扑上去，和马克抱头痛哭。

虚弱的马克在默默地流泪。

平静下来，莎拉指着戴旭东说：戴旭东是中国朋友，他救过我的命，在猛虎组织控制的核心地带。我们完全可以信任他。

夜晚，病房，马克身体稍稍复原一些，他低声地给莎拉讲述自己遇险的经历，极端分子劫持了我，也让我了解了真相。

马克回忆：

在阿富汗和巴布尔边境地区，他去一个废弃的佛教遗址拍照，被一群武装的极端分子劫持。

在极端势力的营地，他看到日本右翼分子的身影，他们在给这些人洗脑，讲述着死后可以进天堂的谎言。

基地首领和他对话：你如果活着回去，就告诉人们我们是为信仰而战的，如果献出了生命，是可以进天堂的，那里可以有四个美丽的妻子和自己的村子。

马克：如果不是呢，还回得来吗？

基地首领：你是个没有信仰的人，不懂，现在我们还不想放你走，因为不知道谁会为你付赎金。也不想杀你，因为你如果接受了我们的信仰，就会得到一样的待遇，天堂那里也很拥挤。

马克讪笑，首领一个巴掌打过来，马克的嘴角渗出鲜血。

基地遭到袭击，房屋被炸、木屋被烧，马克躲在一块毡毯下面，才没被杀掉。莎拉很心疼地抚摸着马克的脸颊。

马克继续讲述：可能是极端组织之间的火并，很幸运我捡回一条命。你知道巴布尔分裂势力为什么很猖獗，许多基地和分裂势力，都是大西洋基金和东瀛基金支持的。我被劫持到他们的基地，但也拿到了确凿的证据。

莎拉：马克，你想要将这些公之于众？

马克：是的，让世人知道真相。大西洋集团一方面高喊反恐，一方面给别的国家制造恐怖事件。扶持分裂势力和恐怖组织。现在他们正在策划针对中国企业的人身伤害。那个基地的首领相信大西洋基金，正在串联其他的分裂组织，他们有效地使俾省的分裂势力相信，中国人是来垄断巴布尔的油气开发的。

莎拉：我支持你，但我们要做好回不去的准备，而且，生命会受到威胁。

马克：相对于披露真相，受到威胁也不算什么，我这条命，你的命，不都是捡回来的吗?！伸张正义、揭秘现实是新闻人的使命，也是生命。

莎拉：马克，我好爱你，一个勇敢的男人。

夜晚，巴布尔警署，戴旭东和那瑟警长、阿里夫一起碰头，研究阻挡针对中国企业的袭击行动。

那瑟警长：现在虽然有线索，但是我们仍然很难在边境围剿他们。边境线那面一直有大西洋集团的驻军，他们会干涉的。

阿里夫：大西洋集团要求加入上合组织，被拒绝了，他只会破坏这个机制，但我们还是可以找到机会的。

戴旭东：我想我们还是主动点，主动出击，引蛇出洞，释放点信息，让他们知道马克在我们手里，而且要披露内幕。他们一定会策划谋杀行动，我们做个假局，让他们进来，然后再放走他们，跟踪他们，找到拉姆和基纳，彻底打掉他们的基地。

阿里夫：警长，你那个拉巴尔还是可以用用的。他一定会找到基纳。而且坎汉大叔的侄子坎昆也一定知道些消息。多几条线索，就多几双眼睛。

那瑟警长：我会安排的。我们现在首先释放点消息出去，做个局吧。

木树清的游艇上，舒卡拉和木树清、池田在密谋。

舒卡拉：我们的情报人员披露，戴旭东和莎拉昨天在卡加奇的机场露面了。他们是去中国医疗队医院见一名受伤的白人，很可能是莎拉失踪的男友马克。

木树清：桥本先生已经和拉姆核实过，马克已经被烧死在另外一个基地了。

舒卡拉：他们这些土包子，消息不准确，何况又不是亲自处理的。必须进一步搞清楚。

池田：我和小泉先生联系。

夜晚，达尔港三丰港务集团，桥本和小泉正在研究情报。

桥本：你的情报准确吗？中国医疗队医院的白人确实和莎拉、戴旭东会面了？

小泉：是的，我找了拉巴尔，让他继续为我们工作，他从医院的清扫工那里得到的消息。

桥本：拉巴尔能从基纳手下逃回来，说明警方在保护他，小心他给假情报。

小泉：不会的，他是个见钱眼开的人，有奶就是娘。现在没有收入来源，谁给钱就替谁工作。

达尔港大街，拉巴尔再次到中国医疗队医院去等着清扫工萨姆。

萨姆干完活，走出医院，门口的武装警察注视着他离去。

萨姆刚转过弯，拉巴尔从黑暗中冲出来，一把揪住他。

萨姆看清楚是拉巴尔，恼火地说：干吗？别问我什么事，你不看警察看我的眼神都不对吗，别让我丢了工作。

拉巴尔奸笑着递给萨姆两张一千元的卢比。

拉巴尔：告诉我，那个白人走了吗？

萨姆低声：快了，好像可以下地走路了。有个白人女的一直陪着他，很风骚的女人。

拉巴尔：好吧，有动向告诉我，在电话里就说客人走了。

萨姆告别拉巴尔，哼着小曲离去了。

拉巴尔正准备离开，却感到背后有东西顶着他。那瑟低声说：别动，往后退。

拉巴尔听出来是那瑟警长的声音，听话地退到黑暗处。

那瑟让他转过身来，问他：有什么要告诉我的吗？

拉巴尔：我正准备告诉您呢，小泉找我了解中国医疗队医院最近为什么加了保安警察。我缺钱花，就答应了他，反正我告诉他的，也会告诉您。嘿嘿。

那瑟：还算老实。你现在想办法找到基纳，或者和基纳取得联系，告诉他自己混不下去了，要基纳给点钱，你可以给他提供马克的消息和住地。

拉巴尔浑身哆嗦：我可不敢再见他，他会要了我的命，现在他以为我已经死了呢。我不敢，坚决不干！

那瑟威胁他：你要是不干，就再把你关起来。你要是干，还会有点收入，给你一万卢比怎么样。

拉巴尔：好吧，但你们可不能不管我，我需要保护，还有，以后得有收入来源。

那瑟微笑着：你配合我们工作，是立功，不会亏待你的。

达尔部落酋长家，拉巴尔在敲门，桑巴走出来，看到拉巴尔大吃一惊，急忙把他拖进屋子里。

拉巴尔：我遇到困难了，你知道，我一直在为那瑟警长工作，他让我给基纳传个消息。但我找不到基纳，我也不敢见他。你以前找过基纳的妻子，能不能想个办法，一起去找基纳的妻子，让她把这个消息告诉基纳。

桑巴：他怎么会相信你呢？为什么把消息传给他？

拉巴尔：我也不知道，那瑟警长让我传给他的。

桑巴：好吧，我要请示一下。

桑巴走进里间自己的房间，压低声音和戴旭东通话。

桑巴：拉巴尔让我帮他找基纳的妻子，说是那瑟警长的命令，我该怎么办？

戴旭东：你去吧，但同时要找坎汉大叔，就说拉巴尔要见坎昆。我一会儿告诉你基纳妻子的位置。

桑巴走出来，对拉巴尔说：你先去找坎汉大叔吧，就说你要见坎昆，他现在是拉姆的心腹了。

拉巴尔在坎昆家客厅里坐下来，可怜兮兮地看着坎汉大叔。

拉巴尔：坎汉大叔，你一定要想办法让我见见坎昆。无论怎么说，我们也是一个部落的人。他们给许多地方都说，不让接受我工作，否则就要和人家过不去，我怎么生活呀！我还有老婆孩子要吃饭呢。

坎汉大叔：我确实不知道他的去向，也不知道他在干什么。他有那么大的本事吗，能替拉姆那些人做主？他不就是个跑运输的吗，和我一样，只会开车。

拉巴尔：大叔，不管怎么说，我最好是见见他，要不你告诉我，我去哪里找他。

拉巴尔说着哭起来：我实在是走投无路了！

坎汉大叔：可怜的孩子，要不你去找找他的妻子问问，她在河边村的娘家住。

拉巴尔连连道谢，告辞离开。

基纳开着一辆厢式货车进入拉姆新基地的院子。拉姆通过监视器看到他走下车来，打开车厢，拉出一个箱子，揭开箱子盖，是十几支美式卡宾枪，是以色列改装型的。

基纳做过这些才走向拉姆的屋子。

基纳走进拉姆的屋子，立即被两个匪徒架起来，然后再摔在地上，他一点都不反抗。

拉姆坐在椅子上，冷冷地看着他：为什么又要回来，不怕死吗？

基纳：我们现在受雇于共同的老板。舒卡拉本来要杀我灭口，但桥本又要我去替他做事，总比别人安全些。何况，老大，我虽然任务完成得不好，但没有伤害过你。所以你我之间没有仇恨，还可以共事。

拉姆：你拿这么几支破枪回来，就敢说共事？

基纳：行动经费的事，桥本一定和你说好了，我就管执行。

拉姆：好啊！看来抱上粗腿了。但在我这儿必须绝对听从我的命令，还和从前一样。

基纳：那是不是说你接受我回来了？谢谢老大宽宏大量。

拉姆：坎昆会配合你行动的，你们先碰碰头。

基纳作揖离去。

俾省边境公路上，桑巴和拉巴尔驾驶着越野车去找基纳的妻子。

基纳妻子一直在那瑟警长的监控中，很快就通过卫星定位找到了她。

戴旭东把定位提供给桑巴。

桑巴得到了具体的定位便和拉巴尔出发了。

拉巴尔：桑巴兄弟，你是怎么找到基纳妻子的行踪的？

桑巴狡黠一笑：我在拉姆那里有内线呀。

拉巴尔：那我们还找基纳妻子干什么，你直接给内线说不就行了。

桑巴：那我不知道警长的部署，也许你的消息更重要可信吧。

拉巴尔：我妻子阿尼亚去找坎昆的妻子，人家只说，等坎昆回来见面吧，现在坎昆不在家。

桑巴：她也许真的不知道坎昆在哪儿，只知道坎昆发财了，有钱给她买首饰。

拉巴尔：你说女人可怜还是男人可怜？我现在就比妻子可怜，要活命，还要养家糊口。

桑巴：认命吧，生为男人就要这样，所以你看我就没这负担。你准备好了吧？

拉巴尔：好吧，就算没问题了。

白沙瓦市，桑巴和拉巴尔的越野车停在清真寺旁，钟声中，人们在做早拜。

桑巴和拉巴尔也从车里出来，就地跪下，跟着人们一起做早拜。

基纳的妻子赫娜从清真寺里走出来，向停车场走去。

拉巴尔在停车场截住了她，礼貌地打招呼：尊敬的夫人，真主指引我来找您，向勇敢的基纳先生问候。

赫娜警觉地看着他：你是什么人？找他有什么事？

拉巴尔：我有重要的消息告诉他，关系到我的生命和许多人的安危。

赫娜：我不知道他在哪里，一般都是他打给我，请不要为难我。

拉巴尔：看在仁慈的真主的分儿上，我一家的生活都没有来源了，只要他听过这个消息，我就不会再到处流浪，被人歧视，没有工作。美丽善良的人，您忍心看着受苦的人遭受这样的命运吗！

拉巴尔说着哭起来，并且跪在地上，苦苦哀求。

善良的赫娜看拉巴尔一副可怜相，不由得同情起他来。

赫娜：他有那么大的作用吗？

拉巴尔哭诉着：他会把消息传给迫害我的人，他们知道我没做对不起他们的事，就不会让别人拒绝我，打击我，我就有了工作。我有了工作，就会有钱养活妻子孩子。挺复杂的，反正就是告诉他一个消息，他们就会原谅我，让我自由，让我得到解脱。求求您，善良美丽的夫人。

赫娜的心更软了，不由自主地拨通了基纳的私密电话。

接通了。

赫娜：基纳，实在是没办法，有个可怜的人说有重要的消息要告诉你，看上去很诚实。

基纳：让他和我说。

桑巴在车里看到赫娜拿起了电话，就拨通戴旭东的电话：赫娜和基纳在通话了。

戴旭东：知道了。

那瑟警长在警署里听监视器里的对话。

拉巴尔的声音：基纳先生，我是拉巴尔，巴布尔的渔船救了我。不管怎么说，我可没有害过您。现在达尔港的人看见我都以为看见了鬼，不敢和我接触。我没有工作、没有饭吃，只好再找您。

基纳的声音：你活着就是真主的恩典，我没有干涉你的生活。

拉巴尔：请拉姆先生下令，撤销对我的歧视和追杀，我会告诉您个特别需要的消息。

基纳：我做不了拉姆的主，也不知道还有这个命令。快说什么消息。

拉巴尔：那就给我钱吧，消息费用。

基纳：你真是一条癞皮狗，给你一万卢比。

拉巴尔：怎么给我？

基纳：赫娜会给你。

拉巴尔：中国医疗队救活的白人叫马克，是《大西洋时报》记者莎拉的男友，他掌握很多基地组织的秘密，可能也知道拉姆的情况，正准备对外公布内幕。

基纳：再给你一万卢比，打听清楚现在多少警察在守卫，何时离开医院。

拉巴尔：好吧，谢谢首领。

白沙瓦清真寺外停车场。

赫娜交给拉巴尔四张五千元的卢比，拉巴尔感谢后离开，向商场方向走去。

赫娜开车离开停车场。

拉巴尔看到赫娜的车子远去了，就转回来找桑巴。

达尔港警署，戴旭东、阿里夫、那瑟在商议行动方案。

阿里夫：现在看起来，舒卡拉雇用的还是拉姆匪帮，而且基纳也参与了。

戴旭东：这样心里就有底多了，可以有针对性地制定方案。

那瑟警长：基纳在边境那面，拉姆的新基地可能也是在那里。基纳已经离开拉姆很长时间了，可他随时都可以找到拉姆，可见有内线，但我们离开桑巴，就一点消息都得不到了。

戴旭东：实际上，通过坎汉大叔，是可以联系上坎昆的，我们下功夫就一定会找到内线，即使不会完全为政府所用，他也会给自己留后路的。

那瑟：那还不如把拉巴尔直接派回去方便，再观察一下吧。我现在的方案是，让拉巴尔提供马克转移的情报给基纳，然后设伏包围，打击主要力量后，放走几个卒子，随后跟踪，包抄基地。

阿里夫：我看可以，只是拉姆很狡猾，不会自己出马，而且每次行动后，他都会转移。

戴旭东：所以，我觉得应该做两手准备，一是直接打击来杀害马克的人，二是同时派队伍去包抄现在的基地。

阿里夫：这次行动，保护拉巴尔，让他以后发挥作用。

夜晚，中国医疗队医院，马克在病房里和莎拉发生争执。

马克：最好的保护方式不是躲起来，而是向世人公布内幕，这样，他们下手就会有所顾虑。

莎拉：大男孩，你好天真！

马克：这里就是安全的地方，中国和巴布尔都是可靠的朋友，我们就在这里披露那些真相。

莎拉：不行的，只有转移到中国境内，才是安全的。

马克：亲爱的莎拉，我实话告诉你我的感觉。转移到中国境内是最好的结局，但我们要做最坏的打算。如果我的发现不公布，他们在我转移到中国之前就灭了口，我们是不是很不划算，后悔也来不及。但如果我已经公布了真相，他们即使要杀害我，也算是我为社会做出了贡献，死而无憾了。小女孩，谁更智慧些？

莎拉沉吟片刻：你说得对，我来写吧。

达尔港三丰港务集团，舒卡拉来见桥本，亲自坐镇指挥。

舒卡拉：完全没有想到，一个小记者，搞得地动山摇。莎拉和马克联名在网上和一些媒体上发了文章《被操纵的分裂和恐怖》，又是那几张报纸。

桥本：我很奇怪，难道大西洋集团那么怕媒体吗？一直以来，我都认为你们可以随便让媒体指责，甚至直接骂总统的。怎么这么一个小小记者，就让你们如临大敌。

舒卡拉：不一样的，避免给对手国借口，更要避免国际舆论对大西洋集团不利。这会影响到外交、军事，特别是在印度洋和南亚的局势。

桥本：你们直接把太平洋舰队派回来就行了，管他什么中国、俄国的。

舒卡拉：看来你是对大西洋集团不满，热点地区太多，都要照顾好不容易，财力也顾不过来。实际上，印度洋对你们东瀛集团才更重要。你们进口石油的百分之九十都要从这里经过，不照顾好南亚行吗！中国人打通达尔港中巴通道，他就可以放弃马六甲，他还可以从缅甸的皎漂港上岸，从孟加拉国的吉大港上岸。你们可没有这么多的选择。所以，你们要不投资，将来这些地方全是中国人的地盘，任何时候，他都可以封闭印度洋。

桥本：我们是控制不了中国人从这里出海的，只有大西洋集团对巴布尔和锡卡有影响力。

舒卡拉：为了我们在印度洋的话语权，也不能让这个小丑乱说，还是动用你的老伙计拉姆吧，他知道怎么做。

桥本：谢谢，为了三丰港务集团在印度的高铁项目，我也有义务做啊，请别担心。

夜晚，中国医疗队医院，那瑟警长率领着护卫车队，有点张扬地把马克、莎拉接走。

莎拉和何瑾院长拥抱告别，马克也双手握着何瑾的手感激不已。

一阵警笛声，车队驶离医院。

黑暗中，几个匪徒的改装厢车不远不近地跟了上去。

萨姆拨通拉巴尔的手机：离开了。

拉巴尔：知道了。

拉巴尔在自己家里给基纳妻子赫娜去电话：客人离开医院了，告诉基纳。

赫娜：我不懂你们的事，告诉他就是了。

夜晚，基纳率领着小分队，从拉姆的新基地出发。出发前基纳认真地清点了枪支、弹药。

黑暗中，厢车摇摇晃晃，人们昏昏欲睡。

行驶近达尔港渔村路口前。基纳借口解手下车，坎昆也下车解手，他眼睛的余光监视着基纳。

基纳回过身来，用枪把子击向坎昆，坎昆被击倒下。

基纳上车，用枪逼着拉姆的几个手下，立即滚蛋。几个人哆哆嗦嗦地下车，被扔在黑暗中。基纳逼着司机开走车，很快消失在黑暗中。

拉姆手下的一个小卒子，被基纳放走后，立即给拉姆报告。

小卒子打通拉姆的电话：首领，基纳把我们扔下跑了，坎昆被做掉了。

拉姆：一群废物。

夜晚，拉姆在基地接到桥本的电话。

桥本：基纳失去联系了，你要亲自出马了，生死胜败，在此一举，不要让大西洋集团的人恨你。

拉姆：我马上行动，请把钱打在我的账户上，否则我就放弃行动。

桥本：放心，你会收到消息。

拉姆在屋子里踱步，几个来回，他叫来几名手下。

拉姆：库达，你立即领你的人马，带上我们最好的武器，还有火箭炮，准备和我一起去执行任务。

库达：是！两辆改装车？

拉姆：三辆，所有重武器。

库达离开去准备。

拉姆：鲇鱼，你带领你的人，收拾必用品，离开这里，转移到边境那边去，在那里等我。

鲇鱼：明白，等您出发后。

拉姆：基纳可能叛变了，要扔掉所有老手机，启用新手机和新号码，不要主动和我联系。我会找到你们。

鲇鱼：烧掉这里的一切。

拉姆：不要用炸药，用汽油烧掉。

鲇鱼：首领，您要小心，那个坎昆也是达尔部落人。

拉姆一愣：知道了。

拉姆穿上作战靴，走出屋子，跳上库达的改装装甲车。

一阵马达轰鸣，三辆改装车驶入黑夜中。

夜晚，基纳家，基纳匆匆忙忙敲门，闯进来，赫娜开门。

基纳：快收拾东西，离开这里，拉姆会派人追杀我的。

赫娜：你怎么又得罪他了？

基纳：你太傻，不知道拉巴尔是警察派来的吗？警方早就布好网，准备他上钩呢。我现在是两面得罪，拉姆受雇于大西洋集团，要我去卖命，警方会通缉我，或者直接击毙我。拉姆和大西洋集团的人等我做完这件事就会灭口，几次都要灭口，幸亏我跑得快。

赫娜：儿子在我娘家，别人不会找他麻烦吧？

基纳：他们不知道你娘家，我们快走吧。给拉巴尔打个电话。

赫娜拨通拉巴尔电话：基纳找你。

基纳：拉巴尔兄弟，知道你是警方的人，告诉他们，拉姆带人去袭击马克了，他们事先就有人跟踪。告诉警长，算我立功赎罪。先别通缉我，我会再立新功。

拉巴尔：首领，我可不是警方的人，但我可以让桑巴转告，谢谢您饶我一命。

基纳和赫娜收拾细软行李，开车连夜离开了白沙瓦的家。

夜晚，马克住地，铁丝网围起来的一处训练营地，里面是整齐的营房。

拉姆的改装车在远处停下来，跟踪的匪徒来和拉姆接头。

匪徒甲：报告首领，他们的车子驶进前面的营地了，这里似乎是个训练营地，四周有电网。

拉姆迟疑地看看前面电网围着的营地。

拉姆：你们确定是一直跟着的?

匪徒甲：是的，没有错。

那瑟警长和戴旭东在地下指挥部里监看着周围的摄像头，周边的一切都很安静。

黑暗中，一支部队在阿里夫的带领下，悄悄埋伏在公路两旁。

阿里夫和警官用夜视望远镜观看到几辆厢车停留在营地外面。

拉姆出现在镜头里，正在做部署。

拉姆：库达，你带几个人去侧面试探一下，进去后直接寻找马克住处，凡有人的地方，就炸掉。其余的人分别从四个方向进攻，进去后只要看到可能住人的地方，就炸掉。我的火炮组，会集中在最里面，从这里数第三排的营房。我们先开火，让他们摸不着头脑。

库达带领着几个人从营地侧面进攻，剪开电网，看到没有反应。

拉姆让用迫击炮和火箭筒开始打击第三排营房。

炮弹落在第三排营房上，一片火光。

地下指挥部里，那瑟看到拉姆的大队人马向目标靠拢了，就下令开火。

那瑟：火炮小组，直接对准拉姆的火力点，不要管周围的匪徒。

拉姆的火力点遭到警方火炮连续打击，很快就不能射击了。拉姆的人马倒下好几个。

拉姆让他们转移到厢车里，打开车厢门，在移动的车子里发射。

那瑟警长的火力很猛，不断地追击着拉姆的厢车。

同时，从地下工事里拥出许多警察，开始和进入营地的匪徒枪战。

拉姆看势头不妙，命令改装车掉转车头，悄悄跑掉了。他在车子里犹豫了一下，给匪徒甲说：给他们下令，各自撤退吧，毕竟是一条条命啊，我多年的弟兄。

不等拉姆下令，匪徒们觉察到拉姆的火炮停下来了，也纷纷逃跑。

埋伏在公路后面的部队，开始包抄匪徒。

拉姆让集中火力压制埋伏的部队，然后命令三辆改装车从不同的角度冲击。

拉姆自己的改装车从最左侧的小路逃跑了。

达尔港渔村山坡，拉纳妻子曼扎拉顶着水罐从山下的小河边回来，她欣赏着漫山遍野的野花，心旷神怡，嘴里哼着小曲。

突然，她发现草丛里有一个奄奄一息的男人，仔细看，是坎汉大叔的侄子坎昆。她放下水罐，把手放在坎昆的鼻孔上，还有一丝气息。

她急忙从腰里掏出手机来，拨给拉纳：拉纳，我在山坡草丛里发现了坎昆，他受伤了，还活着。你快回来看看吧。

拉纳：不要告诉任何人，我马上回来。

达尔港商务区，戴旭东、玛雅、拉纳和戴娆、白逸轩在商议茶叶贸易的事情。

玛雅：以往锡卡的红茶是从卡加奇上岸的，但主要是在巴布尔内销，如果往中亚或是俄罗斯、阿富汗去，就不如从达尔港方便，在陆上可以节省至少500公里，对于大宗货物来讲，这是一批不小的费用。

戴娆：可我们在这里的贸易渠道还没有建立起来，光是巴布尔西部和俾省是消费不了那么多茶叶的。

白逸轩：我查了一下中国社科院的蓝皮书，锡卡在全球的茶叶贸易额排第三，有时候比中国出口还多，主要是销往伊朗、俄罗斯、巴布尔和中亚，他们以前的渠道很杂，现在我们确实应该给提供个便捷的渠道。

戴旭东：看来我们应该成立一个运输公司，建立一支车队，专运茶叶。拉纳，你来干怎么样？

拉纳：我有个想法，除了一般的司机、搬运工之外，吸收一些流亡者参加，也许他们在关键时候会更有用。比如，坎昆、拉巴尔这样的人。

戴旭东：坎昆有事情做，拉巴尔、桑巴都可以进来，要有武装押运的。

拉纳：河边上的酒店快竣工了，那里是否可以作为公司和车队的总部。

戴娆：在港口好些，那里的环境最好不要破坏。当然，拉纳也是老板，你最后决定。

玛雅：那里作为茶叶的销售点和茶文化的展示表演区最好，未来达尔港的人口会超过五百万的。

戴旭东：那我们就开始从锡卡发第一批货，到达尔港上岸，再销往中亚。那里的销售请桑巴负责吧，要建立销售网点的。

白逸轩：桑巴可以直接和茶商联系，建立联营机制的。

戴旭东：运输公司我来投资，请拉纳做总经理。河边的酒店已经是戴娆做法人了，你和拉纳商量吧。

戴娆：从科伦坡离岸到达尔港上岸，你来投资。在巴布尔和中亚的销售我来投资。所以就是全部运输，包括海上和陆上的由你投资，所有销售由我投资。价格单议。今天要出个备忘文件。

戴旭东：哈哈，我同意，玛雅你看呢？

玛雅：我也同意，也就是说，在科伦坡一个离岸价，到达尔港一个到岸价，到白沙瓦一个落地价。戴娆的销售在达尔港发生就是到岸价，在白沙瓦发生就是落地价。

戴娆：我的妈呀，好厉害！算得这么清楚。就这样吧，我同意。

戴旭东：好吧，就按此拟定备忘录，就算开始了！

秘书走过来告诉戴娆：有位日本三立的总裁浅野要约见您，问您何时有时间。

戴娆皱起眉头：我不喜欢日本人，他们找我有什么事！

戴旭东：不，这个人不一样。他是 NHK 记者松田先生的堂弟。松田先生因为拍摄 731 部队的专题片，被排挤，和松坂庆子的父亲郭祥林一起被杀害在锡卡的无畏寺。他们这个家族是反战的。他在锡卡提出来可以和我们合作，我要他找你。实际上他是看中了中国市场和"一带一路"的前景。

戴娆：好吧，我们经营摩托车维修服务和销售确实不如他们，白教授，你说呢？

白逸轩：也是共赢，符合"一带一路"的思想。我们去谈吧。

夜晚，锡卡政府新闻发布会。

锡卡政府发言人拉吉塔满面笑容地走向发布台，他一边走，一边向海内外记者们招手致意。这是每周一次的政府新闻例会，记者们等在那里，准备听他的新消息。

拉吉塔：我首先想说的是，例会上通过了总理的提议，科伦坡港口城可以修建防波堤了，这个工程是需要很长时间的。

记者们议论纷纷，《卫报》记者提问：拉吉塔先生，之前政府叫停了港口城项目，要重新审核审批手续和环评报告，现在允许防波堤施工，是否意味着审核已经结束，可以复工了。

拉吉塔：我没有说审核结束，但确实决定防波堤可以施工了。

《华府邮报》记者提问：释放这个信号，是否和西瑟总统参加博鳌亚洲论坛，访华有关？

拉吉塔：我只知道这是政府的决定，当然是负责任的，至于和总统访华有没有关系，不属于我要发布的内容。

《卫报》记者：国际货币基金组织把锡卡的信用等级降为B级，是否因为行政干涉市场行为，影响投资信誉？

拉吉塔：我没有权利和义务回答这个问题，我只是发布政府决定做的事情。分析它的意义和原因是评论家和思想家的事情。谢谢各位的提问和关心，大家该回去休息了。晚安。

木树清的游艇，小餐厅里，舒卡拉在吃早餐，木树清坐在他对面，池田早已吃完早餐，但仍然守候在餐厅。

木树清：巴布尔警方抓获了极端分子拉姆的手下，但这名受伤的人拒绝回答问题，仍在医院接受治疗。之前他们袭击了一处警察训练基地。这是媒体发的消息。

舒卡拉：巴布尔发生的事情已经不重要了，我们的地盘已经被占领了，这不是我们这些人的失败，而是整个大西洋集团、东瀛集团的失败。我也不知道高层的这些蠢货是怎么经营的，把曾经的好友变成离心离德的陌生人，甚至对手。这里还在抢滩阶段，可以大有作为。而且，我觉得游艇的主人比地产商的主人要聪明很多。

木树清：谢谢夸奖。但昨晚这里也有个坏消息。锡卡政府宣布让中国人恢复防波堤施工。

舒卡拉：他现在刚上台，内政大于外交，外交是服从于内政的。港口城现在有一万名锡卡人在就业，中国人给他们的承诺是八万三千人就业。社会的期待超过了外交的平衡，你要是西瑟，天平的砝码往哪儿倾斜？

木树清：正是从内政考虑，我觉得我们的火烧得还不够。新政府的政治口号是惩治贪污腐败，如果查出来港口城项目有腐败行为，就会迫使西瑟政府不得不一直搁置港口城项目。他是打政治牌的人。

舒卡拉：好像你已经有方案了。

木树清：需要大西洋集团支持。在此之前，大西洋基金曾经向前总统提出过航空权会受到影响，而且，军舰停靠也是问题。您还记得，首相在这里访问期间，中国的核潜艇竟然停在这里。还有，本届政府完全可能重提核电站的问题，印度行吗？

舒卡拉：印度和锡卡前政府因为核电站发生过冲突，当时印度在南部泰米尔邦建核电站，锡卡表示过反对。但正式向国际组织提出抗议是因为印度在联合国投票谴责锡卡的人权问题。但这些已经是历史了，2月份，西瑟总统上任出访的第一站就是印度。印度有意向向锡卡出售核技术，建立小型核反应堆，作为民用。这是个很重要的事情啊？难道你要东瀛集团来做这件事？福岛核泄漏事件让东瀛的核技术名誉扫地。

木树清：那就让大西洋集团来做，总比中国人直接把巴布尔的核技术引进来好啊。

舒卡拉：他们的技术可能正在超过你们，连英国都在中国广西防城港做模板，你们的在哪里！当然，我会向基金反映你的意见，让他们给锡卡点甜头，再施加点压力。这样你的反贪污腐败计划就可以顺利实施了吧。

木树清：有些影响历史进程的事，不一定非要举行隆重的仪式，它照样发生。

锡卡茶场酒店，戴旭东、玛雅、乔虹在研究茶叶收集制作的方案。

玛雅：我专门考察了，这里的茶商是在采集季节收购，经过加工后储存，在茶城批发。

乔虹：也有茶商直接经营茶山的。这里的茶场酒店就是这种模式，现在有点变化，旅游的收入慢慢多起来了。

戴旭东：我们各种方式都用，另外，把这里变成新的茶城。一边成为收购茶叶的地方，茶叶集散地，一边成为展示南亚茶道和工艺的场所，把这里的酒店做大。

乔虹：这里离乌瓦省和卢哈纳距离适中，离海港也不远，旁边就是省会，可以有娱乐和商业。这个茶商的眼光还是不错的。

玛雅：乌瓦的高山茶品质不错，但中亚一带最喜欢的还是卢哈纳的茶，海拔在两千米左右。这个茶商一定是了解世界茶叶贸易情况的。为什么他要出让这块地方呢？

戴旭东：是因为资金问题，他本来是可以有个庞大计划的，但实力不支持梦想。所以现在提出和我们合作，他们以现有的土地和设施入股，我们来投资未来的酒店和茶叶加工厂。

乔虹：这个可以在网上和媒体宣传一下，很快就会火起来的，会有利于将来的运营。

戴旭东略迟疑一下：好的，可以给媒体一种印象，中国人并没有因为港口城和飞机场、铁路这些基础设施项目叫停，就影响了投资热情，他们的总统本周就会访问中国。

玛雅和乔虹对视一眼，会意地笑了。

玛雅：戴老板这会儿是外交部长。

锡卡三丰置业，木树清在听池田的方案。

池田：戴旭东最近去了茶场酒店，他准备和前政府某位部长的家族成员合作建立新的茶厂综合体。在锡卡和巴布尔之间建立海上运输通道，以茶叶贸易为主，由巴布尔的达尔港上岸，运送到中亚、俄罗斯。

木树清：这和港口城，和孙跃民有什么关系？

池田：戴旭东聘请的酒店设计师乔虹是孙跃民的前女友。

木树清：好！继续。

池田：这里的贿赂关系就形成了。

木树清：你搞阴谋比搞罢工要高明很多，一出南亚版的《阴谋与爱情》。哈哈。

孙跃民办公室，张诗仪敲门进来，扔给孙跃民一份报纸。

孙跃民急忙阅读报纸。

大幅标题：港口城审批内幕解密——孙跃民通过女友给前政府局长行贿始末。

文章披露港口城得到前政府批准的真相，是因为中方负责人孙跃民，很巧妙地给前政府局长送大礼，伙同华商给局长的茶场酒店投资。局长家族得到上亿投资，孙跃民得到项目，华商得到港口城酒店等低价土地，孙跃民女友得到大批设计酒店订单。

孙跃民看完讪笑：现在的媒体越来越喜欢孙某了，这下戴老板的项目一定火了，无偿的广告。

张诗仪微嗔：你还有心思笑！你完全没有意识到问题的严重性。本来锡卡总理那里刚刚释放出点好消息，让防波堤施工。现在这么一造谣，又会耽误港口城复工的决策。

孙跃民：既然是谣言，不攻自破！

张诗仪：谣言发挥过作用之后，是什么就不重要了，但现在它影响事件的走向和进程。

孙跃民：那怎么办？发表声明，此地无银三百两。

张诗仪：抗议啊，要公开起诉这家报纸和记者，诽谤！

孙跃民调侃：是啊，他们把我的女友都搞错了，明明是张诗仪。太失真的报道！

张诗仪：讨厌！假装轻松。

西瑟总统府，秘书递来当天的报纸和一封办公厅送总统过目的信件。

西瑟看着报纸，皱起了眉头。

他打开信件，是同样的内容。

信件具体地揭发了前局长阿贝家族的侄子，接受华商的巨额投资。承诺华商戴旭东低价取得港口城的商务酒店项目。而港口城项目负责人孙跃民的女友，高价得到港口城项目的设计订单。如此腐败的内幕，危害锡卡的国家利益，损害政府的形象，一定要严惩，等等。

西瑟总统拿起电话：请你们秘密调查华商戴旭东茶场项目，是否存在行贿嫌疑，结果直接报告给我。

黄昏，健身房，戴旭东和拉纳在对打，两个人戴着拳击手套和头盔，你来我往，汗流浃背，浑身冒着热气。

玛雅悄悄进来，看着他们的对打，手里拿着报纸。

戴旭东看见玛雅进来，一分神，被拉纳一个勾拳打倒在地，旁边的计分器发出声响。

拉纳扶起他来，骄傲地说：怎么样，我现在可以打倒你了，别看你受过训练。

戴旭东：要不是我好色，看见玛雅进来，你哪有机会！

玛雅微嗔：就算是你夸我，也别为自己找理由。你看看你的茶场愿景，被涂染上了色彩。

戴旭东认真阅读报纸之后，冷笑。

戴旭东：很有创意，醉翁之意不在酒，在乎影响总统决策。

玛雅：我想你应该通过使馆、外交途径沟通，指出背后的原因是有人故意混淆视听，影响与中国关系。

戴旭东：要直接起诉报纸和记者诽谤。

拉纳：应该还是大西洋基金的人干的。我们应该反击了，掌握那么多证据。

戴旭东：有道理，我来找莎拉。

夜晚，北京公寓，莎拉在电脑上写出揭露文章，马克站在她身后观看。

电脑上显示的标题：虚假数字的来源。

马克：这个标题太学术了，不如"虚假数字背后的黑手"更吸引眼球。

莎拉在电脑上修改了标题，回过头来，欣赏地看着马克。

马克轻轻地吻了吻莎拉的头发。

莎拉：我记得以前你是不会用黑手这样的词的，磨难会使人深刻。

马克：遭遇是最好的老师。

莎拉：这篇文章最好是发在锡卡的媒体上才会有直接的冲击力。

马克：戴先生应该知道哪些媒体是高层关注的。

莎拉：我知道。

锡卡总统府，西瑟总统在看镜报。

他手里的英文报纸标题——虚假数字背后的黑手。

文章披露，某教授在媒体上发表的关于许多政府工程预算数字虚假，明显高于实际的说法，并不是来源于任何合法权威部门的真实记录，而是教授自己的推测。他敢于把这样的推测公布于世，是因为大西洋基金资助他的一个研究课题。而大西洋基金要求他就中国企业海外投资的不规范和不成熟做出分析。

西瑟按铃叫来秘书：请建设部了解情况。

莫拉图瓦大学研究室，苏哈教授双手抱着头，仰望着天花板发呆。他面前是那份镜报，文章标题：虚假数字背后的黑手。

苏哈回忆：

舒卡拉骄傲的表情，舒卡拉的声音在空中回响：你的课题资助已经获得批准，但大西洋基金希望看到披露中国企业虚报预算的文章。

敲门声音，苏哈开门，是萨曼斯教授。

苏哈给萨曼斯教授倒了一杯红茶。

萨曼斯教授须发半白，他慈祥地看着苏哈。

萨曼斯：我相信你热爱我们的国家，但她2004年经受了海啸的打击，2009年才结束长达二十六年的战争，她现在最需要的是建设。我知道你的文章不是杜撰，一些工程企业在政府项目上做高预算是普遍现象。但严谨的治学态度是要在掌握真实的数据和证据基础上做分析，而不是做推测。

苏哈：萨曼斯教授，您是锡卡学术界的权威，我无意挑战您课题和服务的项目。我确实没有做深入具体的调查，但我也是出于维护锡卡的国家利益才写这样的文章的。

萨曼斯：但现在有人利用你的文章攻击港口城项目。港口城的项目是目前锡卡最大的外资项目。你知道，对于一个灾后和战后重建的国家，外资的进入是多么重要！其他项目政府都是要负债的。港口城要提供八万三千个就业岗位，一家四口人，就会涉及几十万人的生活。我们是在破坏这件事，还是在帮助这件事？这也是伦理，学术伦理。

苏哈：萨曼斯教授，我知道这不是简单的学术争论，不是关于工程建设评估方法的研究，会影响到高层的决策。我心里有一种说不出来的滋味，也不知道该怎么办。

萨曼斯教授：我有个建议，你的文章里没有涉及港口城项目，你不妨专门研究一下，发表点真实的感受，做点分析。

苏哈：要不是您在学术界的声誉，我就会怀疑您的动机和背景。

萨曼斯：新政府组织了审核小组，重点审核港口城项目的审批手续和环评。我作为环评的专家小组负责人，是有话语权的。但因为我们是港务局聘用的，他们没有要求我们说话，我就没必要说了。但你的文章是个人行为，已经受到关注，并且产生了一些误解，你有义务也有必要出来说说话。

苏哈看看萨曼斯，有些痛苦地用双手捂住脸。

萨曼斯教授走了出去。

莫拉图瓦大学研究室，两名建设部的公务员前来拜访苏哈教授。

公务员甲：苏哈教授，我们奉命来对您在建设杂志上发表的虚假数字一文进行调查，您能够告诉我们您文章中提到的几个工程数字的来源吗？

苏哈眼睛里布满了血丝：是在那些工程中供职的大学同学告诉我的，我没有进行核实，也没有从那些工程的监理部门去查阅数据。我想，大学同学，都是些知识分子，不会撒谎的。

公务员乙：那可不一定，有时候知识分子撒起谎来更可怕。您同学的说法是来自严肃的记录和相关文件吗？

苏哈：对不起，我不能提供这些情况。我没有触犯刑律吧？

公务员甲笑了：我们只是奉命来了解您文章中提供的情况，您现在回答了问题，我们的工作就完成了。

苏哈：请向政府转达我的歉意，我不了解国家需要投资的大局。

夜晚，私密的酒吧包房，孙跃民、戴旭东邀请格兰警长喝酒，张诗仪和玛雅作陪。

孙跃民：格兰警长、戴先生，今天我做东，向格兰警长对港口城项目的支持表示感谢，也为新政府让我们恢复防波堤建设表示庆贺。梅开二度更鲜艳。

格兰警长：我今天是以戴先生朋友的身份来的，您说的这个祝酒词很好，我们就喝酒吧。我和戴先生比比酒量。

孙跃民显得格外激动，先端起一大杯啤酒向格兰警长表示感谢。格兰警长也干掉一杯。气氛立刻就活跃起来。

戴旭东：我来敬第二杯，我和格兰警长已经是战友，在我们中国，如果是共同上过战场的，就是生死之交。来吧，战友、兄弟，我们干一杯。

戴旭东很潇洒地把一大杯啤酒灌下去。

格兰警长显得很激动，也豪爽地干掉一杯。

张诗仪很积极地端杯，喝下一大口。

玛雅很妩媚地端起红茶，表示敬意。

张诗仪：格兰警长，我很佩服您，掌握那么多案情，竟然能够很平静。要是我，晚上会做噩梦，我现在晚上还会想到发生在无畏寺的案子，松坂庆子血淋淋的样子。

玛雅看看戴旭东，戴旭东眼底燃烧起火焰。

戴旭东：格兰警长，警察的使命是捍卫法律和秩序，为社会和谐安定提供保障。我们在锡卡遏制预防了很多恐怖事件的发生，也破获了许多刑事案件，我们应该把真相告诉媒体和社会，让人们对锡卡的政府和环境有比较客观的评价和看法，否则会吓跑很多投资者、海外游客。

格兰警长：警察不要管政治，我们的任务是执行命令，不是教育公民。

戴旭东：我觉得至少可以把杀害中国渔民，袭击中国渔船"福远号"的真相公之于众了。那件事件的目击者拉巴尔可以提供所有的证据。

格兰警长：戴先生，中国人是讲政治的，您知道，这样做，大西洋集团认为新政府仍然是向中国一边倒的外交政策，会进一步给锡卡政府施加压力，继续对锡卡进行经济制裁。那我们就腹背受敌了。

孙跃民：格兰警长，您刚说完警察不管政治。怎么又让戴先生讲政治呢！哈哈，喝多了吧。

格兰警长不好意思：唉，不是的。作为警察不管政治，但不可以不懂政治。再说，我和戴先生只是朋友间的理论探讨，你们中国人说叫务虚，就是务虚而已。

玛雅：最近有媒体攻击港口城项目曾经贿赂前局长的家族，而且是茶场酒店的项目。格兰警长，您相信吗？

格兰警长：我当然不会相信这么荒唐的事。中国政府正在反腐败，要求海外企业依法办事，怎么可能在这里留下把柄！哈哈。

张诗仪：格兰警长变为中国通了。既然您都清楚这样的道理，为什么还要审查茶场酒店项目呢？

格兰警长：你的消息从哪里来的？

张诗仪狡黠一笑：我有很多锡卡朋友。

格兰警长：我讲实话，这可能是有人幕后操纵的诬告，我们的同事已经查明情况，要不然我也不会和你们喝酒。

张诗仪：这是做给大西洋集团看的吗？

格兰警长：我想大概不会拿十四亿美金的项目作为外交平衡的成本的，到现在为止，中国是锡卡最大的投资者。

玛雅：难道你是说你们的总统在耍魔术。

格兰警长：我觉得他是个很有智慧的人。你看，他和印度签了个小型核反应堆项目，估计变成原子弹，也就能覆盖六十平方公里。但他们就会打消疑虑。

玛雅：卡加奇的核反应堆规模可观，运转正常，可印度的核反应堆一直都是小型化的，日本福冈的就不敢恭维了。

格兰警长：它不是要技术，而是要和谐。

戴旭东：难道对中国不要和谐，只要投资吗？

张诗仪：我想说个大数据的故事给各位听听，有兴趣吗？

格兰警长：当然。

张诗仪：根据有关专业机构统计，世界上指责批评别国最多的国家是美国，除了英国、梵蒂冈之外，所有的国家都被指责过。其次是古巴，古巴指责美国一百六十七次，波兰指责俄罗斯二百一十七次。他们至少都有地缘关系。但还有一个国家就是北欧小国，排名第四，专门指责中国，一百四十九次。

格兰警长：哈，有意思。

张诗仪：但这个国家在过去六年里，三文鱼在中国市场的份额由百分之九十二下降到百分之十。这个数字有意思吗？

玛雅：现在锡卡投资的百分之八十来自中国，但如果要是停掉港口城项目，还有别的贷款工程项目，锡卡的外资总额就会下降到百分之二十。这不也是很有意思的数据吗？

格兰警长：我知道你们的意思，我们新政府的领导人也肯定会知道这样的道理。所以，你们就耐心等待吧。

孙跃民：我们是请格兰警长喝酒的，怎么变成了答辩会。来，为了这美丽的夜色，干杯！

戴旭东、张诗仪、玛雅都向格兰警长表示敬意。

人们向窗外望去，看见一轮明月悬挂在天上。

格兰警长办公室，警官甲向格兰警长通报调查结果。

警官甲：经济犯罪司对于戴旭东茶场酒店相关股东情况进行了调查，锡卡方面已经没有多少股份。原茶场酒店主人以土地和原来的地上物，包括房屋、设施等入股，仅评估五百万卢比，由于戴旭东投资了道路硬化、输电线路改造、新建茶工场及新的酒店，总投资已经超过一千五百万卢比，原股东所占股份被稀释，仅占百分之二十五。

格兰警长：原股东和原部长有亲属关系吗？

警官甲：原股东是印度南部泰米尔邦来锡卡投资的侨民，名字叫拉美斯贾兰，和阿贝局没有任何血缘关系，也没有和阿贝的家族有通婚的情况。他放弃这里是因为出现了资金问题，也为了躲开泰米尔人和僧伽罗人的冲突。

格兰警长：这才是案件的重点，说明没有行贿受贿的情况存在。啊，是谁让给我们司通报的？

警官甲：局长，局长说您需要了解这个案子的情况。

格兰警长：明白了，说明可以和戴旭东继续合作。

锡卡总统府，西瑟总统和总理拉尼尔在分析最近的形势。

拉尼尔总理：释放出防波堤施工的信号后，吸收了一千名左右工人施工。也解决了雨季到来侵蚀现有工程设施的问题。不会出现新的示威抗议了。

西瑟总统：但现在大西洋集团还在施加压力，他们依然认为会影响他们的军事存在。另外的压力来自中国，他们的大使已经多次约见我们的外交部长，要求对港口城项目停工做出解释，并且要求在访华时对此做出明确回答。

拉尼尔总理：我这里先后接到举报港口城负责人孙跃民向阿贝家族行贿的信件，举报中国公司虚报预算的信件。

西瑟总统：专案调查戴旭东案件的结论是没有行贿行为，港口城本身不存在虚报预算的问题，这是他们投资的项目，不是我们政府的贷款。我担心光是防波堤恢复施工的说法，在中国人那里过不了关。

拉尼尔总理：我们实际点考虑，中国人无论出于什么目的，在锡卡投资都是最大的，而且很多都是基础设施，投资回收的周期很长。但对我们来说，没有这些基础设施，经济就无法起飞，这是客观规律。大西洋集团和东瀛集团不断施加压力，但实际投资很少。日子还是要我们自己过的。现在国际货币基金组织对我们的信用评分降到了 B 级，在国际上融资已经很难了。新政府面临的最大问题，就是财政危机。总统，我们还是不要得罪有钱人啊。大西洋集团有权有钱，但对咱们只用权，不给钱。中国人有钱给钱，我们没有理由得罪他们。

西瑟总统：我们要向大西国学习，在理论上，就要讲得冠冕堂皇，八面玲珑，各方都不得罪，但实际操作上要和出资人打交道。中国现在有打通印度洋通道的计划，这就是我们吸引他们投资的机遇。在我访华之前，进一步释放信号，我们只要获得相关文件，就可以宣布恢复施工。

拉尼尔总理：那个苏哈教授，曾经写过一篇文章，批评基础设施预算虚报虚高的问题，当时不点名地批评了中国公司。但他最近写了一封信给我，表达的意思是说，当时有些数据的采用不够严谨，是推测出来的，不是工程管理部门的实际发生数据。请新政府决策时斟酌使用。

西瑟总统：我也接到了他的信，表示自己当时写那些文章是受了某个国际研究机构的影响。检讨自己的做法和观点影响了国家建设的决策。

拉尼尔总理：那就是大西洋集团了。他们真是精心设计啊。

西瑟总统：还会有的，我们只能左右逢源了。我们可以给中国人明确地说，港口城项目我们不会放弃。

拉尼尔总理：祝您访华顺利。

夜晚，北京张诗仪家，张诗仪的父母在观看《新闻联播》。

电视屏幕里出现西瑟总统访华的画面。

张诗仪的父亲张其庭：他们的总统这么一来，科伦坡港口城项目就得要复工了，你那个小女婿孙大圣就被松开紧箍咒了。

张妈妈：这个倒霉蛋，走到哪儿都遇到挫折。不过九九八十一难，也该到西天了。

第九章

　　夜晚，公寓里，张诗仪也在看《新闻联播》，她听到播音员说到科伦坡项目，非常激动。

　　张诗仪拿起电话，拨给孙跃民，占线。

　　张诗仪的电话响了，接通，是妈妈的来电。

　　张妈妈：你知道吗，锡卡的总统在北京专门说了科伦坡港口城的项目，说目前出现的情况，责任不在中方，是暂时的，短期的。告诉你的孙大圣，要坚持住啊。

　　张诗仪：谢谢妈妈，本来我们就没问题，他们是要治理自己的政府。只是这个倒霉蛋，这些死人的事、烦人的事全让他赶上了。

　　张妈妈：天将降大任于斯人，必将苦其心志，劳其筋骨呀。你爸爸说这个孙跃民经历过这么多磨难，会成大器的。你要理解他、帮助他，特别在他遇到挫折的时候，更需要精神上的支持。

　　张诗仪：知道了，只是他和前女友还保持联系，我心里很不舒服。前些天，有人写诬告信，还说他给前政府局长家族行贿，前局长亲戚把酒店设计订单给他的女友乔虹呢。

　　张妈妈：那这是事实吗？你不是说是诬告吗，竞争对手现在掌握了中国人的思维方式，专门制造点似是而非的谣言，扰乱视听，别上他们的当。

　　张诗仪：他当然不会做这么愚蠢的事，违法犯罪，但和前女友联系也是事实，我觉得他用情不专！

　　张妈妈：嘿，好啊，说明你们两个人有进展了！爱情也要讲策略的。你爸爸

321

当年风度翩翩，追求者无数，但他就是喜欢我。我的秘诀就是让他觉得我内心里很爱他，他和别的女孩接触，我不生气，而是很难过、很伤心，怨而不怒，老让他觉得我很忧郁、很委屈。懂吗？

张诗仪：妈妈，您可以去讲爱情心理学了，我没您那么灵活。

张妈妈：要懂得珍惜好男人。

张诗仪：行了，妈妈，我要睡觉了，您也别操那么多心了。晚安。

夜晚，公寓里，孙跃民靠在沙发上打电话。

乔虹：我知道你又经历了打击中伤，戴老板告诉我，他们说你给前局长的家族行贿，说我又从人家那里拿酒店设计订单。真是太无耻了！

孙跃民：还记得有个诗人说过，高尚是高尚者的墓志铭，卑鄙是卑鄙者的通行证。在市场经济的海洋里，也许就奉行恶的法则，恶人假设，竞争、冲突、不择手段，就是无耻者的天下。司空见惯，也就没什么了不起了。他们的总统能够公开宣称，责任不在中方，就等于宣布我们没有问题。静候佳音吧。

乔虹：我觉得你现在确实变得很坚强了，心硬了。我要不要和戴老板说，我暂时回避？

孙跃民：完全没有必要，那样反而倒让别人觉得我们之间有什么不可告人的事呢。实际我们很磊落。

乔虹：晚安。

乔虹放下电话，心里觉得很落寞。孙跃民的最后一句话在她耳边不停回响。

乔虹陷入回忆：

孙跃民和她在荷兰大学校园骑着自行车飞奔的场景。

孙跃民：我要回国，那里才是我的舞台。

孙跃民：实际我们之间很磊落。

乔虹不断地在擦自己的眼泪。

孙跃民接到张诗仪的电话。

张诗仪：马拉松电话，是你的小乔的深夜心灵鸡汤吧？我刚知道，你每天晚上还有这个功课呢。

孙跃民无奈地说：是乔虹的电话，她听戴旭东说了有人造谣诬告的事。

张诗仪：你们是每天晚上都要互致问候吗？

孙跃民：当然不是，哎呀，小女人，我们只是一般的朋友了。每天晚上互致问候的是你，我听不到你的声音睡不着觉。

张诗仪：我没那么温柔，我只是想告诉你，我爸爸妈妈都看到了新闻。总统明确地说，科伦坡港口城出现的情况是暂时的、短期的，责任不在中方。所以，你的姿态是否应当更积极点。

孙跃民：谢谢提醒，我已经和总统府的人约定，专门去拜见总统。

张诗仪：晚安，对不起，打扰你和小乔的联系了。

孙跃民放下电话，无奈地摇摇头。

达尔港商务区，浅野和戴娆、白逸轩一起商议合作的事。

浅野：由于对戴旭东先生的信任，我觉得我们可以开诚布公地谈一些事情。我的想法是，我们可以对达尔港未来的人口和消费能力，当然包括消费习惯做出分析，研究三立产品和嘉陵的深度合作问题。

戴娆：我们很愿意谈合作，只是一直没有遇到您这样适合合作的人。而且原来的注意力都在圈地上，要在这里抢滩。但是当时港口没商业订单，这里的商务区就进展缓慢。

浅野：正是因为这里的土地短缺，我们才有必要合作，节省空间。我的三立摩托车和电器完全可以和嘉陵共同搞 4S 店。这样我们就有了合作机制和模式，共同使用和拥有商务区。别的电器也可以放弃专卖店，搞成合作的商城。

白逸轩：你的方式很好，我们完全可以深度合作。

浅野：这里将出现的是五百万到一千万人口的城市，如同中国的深圳。所以，我觉得我们很有必要做个长远规划。

白逸轩：看来浅野先生对中国的城市做过研究。

浅野：做企业的人怎么能不研究中国城市呢！我们不了解中国，就不懂亚洲的市场。本来日本的产品在中国销路很好，但近几年来由于政治问题，日本企业很受损失。我的三立电器本来在中国销售很好，现在也很难进去了。

戴娆：咱们合作，树个新品牌，就叫三戴电器和三嘉摩托，那就可以进中国市场了。

浅野：也可以销往中亚、南亚和中东，中东地区美国的牌子不吃香。这是不是就是您的决定？

戴娆：让您的团队拟个草案出来吧，我们先在达尔港合作。

东京郊外别墅，桥本和木树清来见松井。

桥本：我们在巴布尔已经丢掉达尔港的运营权。

松井：但你可以把它变成一个死港，没有陆上、海上通道的死港。

木树清：会长先生，锡卡的港口已控制在中国人手中，锡卡总统访华，答应科伦坡港口城恢复建设。

松井：要舍得投资呀，东瀛基金答应给人家配备巡逻艇的，就要赶快到位。你的巡逻艇进去了，你的影响不就进去了。后面你再把航母送进去也有理由啊。

桥本：会长先生，我这次带来的方案，就是要利用中国人和巴布尔人来切断他们的陆上通道，实现您说的死港计划。有一个组织的幕后人物和我们接触，要我们提供经费。总预算是一亿美金。

松井：先预付五千万，值得！在达尔港的各方向通道实施断路计划，让通途变天堑。哈哈。

木树清：我们还在实施夺港计划，但现在看起来，这个西瑟总统在耍我们。

松井：不能放弃夺港计划，夺不了科伦坡，也要夺亭可马里，走北部通道。

锡卡茶场酒店，茶叶市场人来车往，熙熙攘攘。戴娆、玛雅、白逸轩在场子里行走，面带喜悦。

茶叶市场分布在长长的风雨长廊下，这里在批发茶叶，但更多的是在收购。长廊后面是封闭的仓库，里面已经堆放了大批打包的茶叶。

玛雅看了看正在装上集装箱货车的成包的茶叶，回头对戴娆说：锡卡总统访华后，我们在网络和媒体上做了宣传，这里很快就成为一个集散地了。这个月从这里发出去五万吨不成问题。

戴娆：我们已经和达尔港黄道明先生谈好，暂时用他的仓储，下半年我们自己的就建好了。

白逸轩：我们已经和巴布尔的几个茶商谈好合同，在白沙瓦建立中转站，负责供给阿富汗，中亚五国，并且逐渐打通通往俄罗斯的陆上通道。

玛雅：我们先运出第一批，把这条道走通。

巴布尔俾省山路上，拉纳和桑巴兄弟站在山路边上，看着一辆辆车在练习拐弯、盘山。那是几十辆中国生产的欧曼重型卡车。

桑巴招手，让一个司机停下来。

桑巴让他下来，坐到副驾驶的位置去，自己上去开车示范。

桑巴在一个拐弯的地方示意：盘山公路，上坡时拐弯，要加油门冲上去，拐的角度要大，特别是重载情况下，不能拐小弯，容易翻车！

下坡时要踩刹车，慢点拐，更要注意拐大弯。

新手在副驾驶位置观看着他示范，频频点头。

达尔港警察局，阿里夫、那瑟和戴旭东在研究匪情。

阿里夫：情报部门告诉我们，日本右翼分子控制的东瀛基金正在组织实施死港计划。他们正在训练一支队伍，专门对付达尔港通往各个方向的运输车队，同时大西洋基金资助的分裂势力和黑帮，也在组织遏制达尔港业务的行动，他们仍然是在煽动西部的分裂势力，采取针对中国人所谓的垄断西部石油、天然气开发的行动方案，主要是人身攻击和伤害。

那瑟：我们还是要采取主动出击的办法。部署力量去打击分布在边境地区的极端分子和组织。

戴旭东：上合组织已经在几个国家之间做了协调，他们同意配合巴布尔的打击行动。阿里夫先生，您应该知道部署吧？

阿里夫：这个任务已经部署给俾省军区和边境军区。我们现在的任务是怎么对付死港行动的这些人。

戴旭东：主动出击，引蛇出洞，埋伏打击，顺势追踪，包抄基地。上次我们对付拉姆就是这么做的，很有效果，尽管拉姆本人逃了。

那瑟：可每次都要冒很大风险。

阿里夫：值得，比大面积搜索、包抄要节省人力和时间。再说，我们的任务是打击这个行动，就需要有重点、有针对性。我同意制订引蛇出洞的方案，但戴老板，也许你就要增加成本了。

戴旭东：我的车队，首先要运送一批红茶到白沙瓦，然后发往阿富汗和中亚五国，还有和俄罗斯茶商的合作。如果能走通这条路，将来的利润会很大。

阿里夫：看来，巴布尔的红茶要降价了。

戴旭东：巴布尔是全球第三大茶叶进口国，排在俄罗斯、英国之后，比伊朗还多，每年都要进口十万吨左右。如果达尔港成为茶叶的上岸港，完全可以辐射这几个主要的茶叶进口国。

那瑟：有意思，我们就来试试茶叶的魅力。

巴布尔边境某基地，拉姆在指导数百名基地成员练格斗，招式似乎都是扼喉锁脖之类的致命狠招。来自中国的青年乌尔凯西是这群人的首领，他自己也在接受训练。

休息时，拉姆看到池田一直在旁边观察。

拉姆：这些人的作战能力不行，还需要训练至少两个月才可以作战。

池田：两个月？太长了，马上就有任务。

拉姆：那就半个月吧，把爆破和射击的训练提前。

教室里，池田在授课。

乌尔凯西听着池田的讲述，若有所思。

其他的人似懂非懂。

日本右翼分子出资支持极端组织，让他们与自己的国家为敌。很可悲的是，这些人不知不觉地变成了军国主义分子的工具和炮灰。

科伦坡港，戴娆、玛雅和白逸轩看着装着红茶的集装箱被吊上商船，心情格外愉快。

戴娆站在船头，让白逸轩给她拍下这历史性的一刻。

白逸轩拍过后，把手机递给戴娆。戴娆似乎很满意，在照片上加上一句话：戴氏商船起航于科伦坡港。

玛雅也让白逸轩给自己拍了张照片。

白逸轩把手机递给玛雅。玛雅把照片发给戴旭东。

达尔港戴氏集团办公室，戴旭东请拉纳、桑巴在沙盘旁边观看行车路线。

戴旭东用手中的指示笔指着沙盘上达尔港的位置，然后延伸到白沙瓦。

戴旭东：从达尔港到白沙瓦，一共一千四百多公里，都是山路，正在修高速公路。现在的路况，山区二级路，有的地方只有上下两车道，重载货车可能需要五天时间。

戴旭东的电话响了，是玛雅的来电。

玛雅兴奋的声音：戴老板，戴氏航船起航了，第一笔红茶贸易，几十个集装箱已经装上船，准备迎接我们吧！

戴旭东：公主辛苦了，我们正在研究运输方案，争取零库存。

拉纳：重要的不是路况，而是劫匪，我们要经过匪帮出没的地段。

戴旭东：军方专门派出警力，一路保驾护航。还有一些重点路段，警方都派兵把守。我和那瑟警长会一直跟着你们。

桑巴：那也要做最坏的准备，要有还击的能力。

戴旭东：谢谢，有你们的支持，首次运输一定会成功。

巴布尔三丰港务集团，舒卡拉和桥本、小泉、池田在研究死港计划。

舒卡拉：你们东方人说，姜还是老的辣，松井先生的见识非凡，这个方案的战略方向明确，整个方案重点很突出。

桥本：切断达尔港通往中亚的通道，这个港就废了。

小泉：这是一支运茶叶的车队，估计会有十五辆车。有专门的护送武装。

池田：格瓦尔是进入高原地带的关口，设伏很理想。拉姆带领那些中国激进分子实施打击。很有意义。

巴布尔西北格瓦尔山口，喀布尔河水蜿蜒而下，在巴布尔境内和卢姆河汇合，注入印度河，汇合处的格瓦尔谷口地形险峻，公路在这里变窄了。

拉姆和坎昆等几个人驱车来到格瓦尔察看地形。

拉姆看到山坡上放牧的羊群，眼前浮现出儿时自己挥舞羊鞭赶羊的画面：

赶着羊群从山坡返回的拉姆，愉快地在晚霞中哼小调。羊群把一位头顶着水罐的姑娘玛希拉围在中间，不能动弹。少年拉姆在一边看得很开心，哈哈大笑。美丽的玛希拉身穿破旧的孔雀绿裙子，裹着白纱质的包头巾。她的眼睛半嗔半怒地看着拉姆。那一刻，让拉姆触电了，他愣在原地，把那种感觉永远地留在记忆里。

回到现实，拉姆回头问周围的伙伴：怎么样？

坎昆：很理想，只是进攻容易，撤退难。

夜晚，拉姆基地，拉姆在吸毒，面前放着器具，他眼睛圆睁着，在沙发上辗转反侧。

他似乎忘不了玛希拉，又陷入回忆：拉姆去玛希拉家院子栅栏外等候着。黑暗中，玛希拉拎着个包袱偷偷跑出来。拉姆和她一起向黑暗中走去。突然背后传来声音：玛希拉，快站住。两人飞快地跑起来。身后追的人多起来，一片手电筒灯光。最终在河边被追上。几名身穿特别制服的极端分子，把他们带走，送进训练基地。拉姆和一群年轻人在基地接受训练，学习射击、爆破。

斯雷尔矫正中心的墙上，挂着巴布尔女警察、女飞行员、女政治家的像。

教室里，白发苍苍的老教授在讲解《古兰经》。

玛希拉身穿囚衣，和近二十个狱友一起在听课。

教授：《古兰经》博大精深，给不同的人留下了巨大的解释空间。但是，无论怎么解释，和平都是伊斯兰的灵魂。我们大家见面问候语，赛俩目，就是和平安好的意思，伊斯兰，在阿拉伯语里的意思也是和平。所以，那些告诉你们为了恢复绿色国度作战的人，完全是背离了《古兰经》教义。

玛希拉回忆：玛希拉和一群女兵，身穿迷彩服，在接受人体炸弹的训练。教官告诉女兵：进入对象目标附近，拉响导火索，三秒钟就可以爆炸。那时你们就可以到天堂去过幸福的生活了。

玛希拉和女兵甲在河边休息。

女兵甲：你相信我们可以去天堂吗？

玛希拉：不知道，我只是见不到我妈妈就心里难受，还有拉姆，那个疯狂地爱我的男孩子，他也被抓进了基地。我再也没有见过他，已经一年多了。

女兵甲：我知道这个基地旁边就是森林，如果我们趁天黑溜进去，躲过第一轮搜查，就可以逃出去了。

玛希拉：逃不出去就会被看得更严，再也没希望了。

黄昏，训练快结束时，玛希拉突然做出腹泻要大便的姿势，一副完全走不动了的样子，女兵甲过去扶着她，向教官示意，带她去大便。教官看看她们的样子，挥挥手，同意她们离开。

玛希拉在女兵甲搀扶下，步履艰难地走进森林。

教官看见玛希拉步履艰难的样子，便不再关注。

他带着女兵们继续训练，结束之后，大家返回营地，教官似乎忘了玛希拉和女兵甲。

夜幕降临，玛希拉和女兵甲在森林深处奔跑，她们准备逃往公路上。

玛希拉和女兵甲听到身后远处的声音。

一群武装的匪徒在追击她们两人。

声音越来越近，玛希拉示意女兵甲先藏起来，她们躲进了两处灌木丛中。

匪徒们到来，放出狼犬搜查，很快地，就找到了玛希拉，紧接着就是一顿拳打脚踢，玛希拉委顿在地。

女兵甲在高处的灌木丛中，看到玛希拉被抓，趁机悄悄溜走，开始竟然没有被发现，后来听到狼犬的吠叫声，她紧张地跑起来。匪徒们闻声追来。

女兵甲奔向崎岖的小路，那里通向悬崖。

追兵在后，女兵甲前面是悬崖，后面是狼犬叫和子弹射来的声音。一颗子弹击中她的右肩，她摇晃着走向悬崖。最后大喊一声，跳下悬崖。

玛希拉听到女兵甲撕心裂肺的呐喊，疯狂地跑起来，奔向悬崖方向。

看守她的匪徒，一枪托子把她打倒在地，玛希拉昏死过去。

巴布尔斯雷尔矫正中心，阿里夫带着女警官出现在中心办公室，阿里夫和女校长见面。

阿里夫：赛俩目，尊敬的校长，我奉陆军参谋部的指令而来，在这里约见一位女犯，女犯的原名叫玛希拉。也许您已经接到参谋部的指令。

女校长：我们已经查阅了档案，这个女犯是上次打击部落地区极端组织时在基地抓获的。她来自斯瓦特地区，是被强迫从事暴力活动的，但几年来还没有直接杀过人。

阿里夫：我们见见她吧。

穿着囚衣的玛希拉仍然显得很有风韵，长长的黑发披肩，一双褐色的眼睛。

阿里夫拿出拉姆的照片，推到玛希拉面前。

玛希拉看着留着络腮胡子的拉姆的照片，眼前掠过少年拉姆的脸庞，清澈的眼神。

玛希拉仔细看看拉姆的眼神，已经注入了贪婪和狠毒。

玛希拉：我不认识他。

阿里夫：知道你不会承认的，但我想要告诉你的是，他现在需要拯救。如果你出面说服他，也许他不会再去送死，不会让许多无辜的生命陪他去送死。当然，你要是不愿意去见他，也没关系。好像他现在还一直在寻找你。

玛希拉似乎心有所动，但还在沉默。

阿里夫：我知道你是不相信他们的说教的，但你现在也不相信我们。可是拉姆现在处于难以自拔的状态，要不是因为他还在思念你，他早就逃亡到中东去了。这里的人每雇佣他一次，他就多一分危险，因为出钱的人要灭口。

玛希拉眼前闪过少年拉姆的脸庞。

玛希拉痛苦地低下头，片刻工夫，她抬起头来：我和你们一起去寻找他的亲人。

阿里夫眼睛放光：好，他得救了！

达尔港码头仓储区，戴娆和玛雅、白逸轩在仓储库房前看着茶叶集装箱整齐地堆放在仓库里。几个人欢声笑语，抑制不住内心的兴奋。

另一侧，戴旭东和拉纳、桑巴在研究运送到白沙瓦的方案。

戴旭东指着面前的地图：这里，格瓦尔谷口，就是他们的设防地点。

拉纳询问的目光：能确定吗？

戴旭东：你大概忘了，曼扎拉救过一个人，他现在就在拉姆身边。

拉纳和桑巴似乎明白了。

戴旭东：既然是引蛇出洞，就要大张旗鼓，在媒体上炒作一番。但一定要先出现个假车队，做个诱饵。然后在外围布防，实施包抄。但我们的车队是真的要通过的，一个回合后，快速通过地形复杂的地段。车队的护卫警力不参战。

桑巴：戴先生，您怎么能够确保这一路就这一处抢劫？

戴旭东：我们只能根据情报了。军方正在通过搜集情报，获得边境和部落地区基地组织的情况，准备同时实施打击。

拉纳：好吧，我去准备第一支车队，桑巴准备第二支。第一支车队最好是抽调些警察做司机，普通司机经不住打击，也不能让人家参加战斗。

戴旭东：是的，我会和阿里夫先生去协调安排。总的方案是他们统筹指挥。我在想，这一次，拉姆不会再跑掉吧。

斯瓦特山区，山峰耸立，河谷纵横、森林密布，村落轮廓出现在山坡上。

伪装的警车在山谷里颠簸着，阿里夫和一名便装的女警官陪着玛希拉乘车前往玛希拉和拉姆的家乡。

车子在破落的村庄停下来。

玛希拉率先走进村庄，她快速走到自己家的栅栏门前，推门进去，里面已经破烂不堪，久无人迹。

玛希拉在屋子里翻看自己的东西，只找到一个小的编织袋。她拿着破旧的编织袋走出屋子，两眼空洞洞的。

阿里夫和女警官跟着玛希拉到村子的另一头，栅栏门里栽着鲜艳的素馨花。

玛希拉走进破旧的屋子，一名老妇人正在靠窗的椅子上编织小挂毯，她看到玛希拉走进来，抬起头来。

玛希拉：玛哈娜大婶，我是玛希拉，这村子里的人都去哪儿了？

老妇人掀开包头巾，揉揉眼睛，仔细地打量玛希拉。

老妇人：你不是被送到志愿军里了吗，还能活着回来？

玛希拉眼睛湿润了：我爸爸妈妈去哪里了？

老妇人：逃走了，村子被烧了。我是躲进森林后跑回来的，舍不得离开这里，现在，我的腿受了伤，也不能动了。

玛希拉：是被打伤的吗？

老妇人：是枪伤，逃跑时被打的。

玛希拉：拉姆有消息吗？

老妇人警觉地看看她：你不是来抓他的吧！他背叛了斯瓦特的首领，逃走了，好多年不知去向了。

玛希拉：我不会害他，我自己还活着，就说明他也会活下来。

老妇人：斯瓦特的首领带着人找过他，说他背叛了安拉，我已经不认他这个儿子了。

玛希拉：他是被逼的，斯瓦特的首领欺骗我们，说天堂里有牛奶流淌的河，蜂蜜注满的湖，素馨花开遍四季。但他们自己谁也不去当肉弹。斯瓦特的首领们不让女人跳舞，要穿紧包裹住身子的袍服，不许上学，但他们在基地随便强奸女人，然后把女人们送上战场，去当肉弹。

玛希拉说着说着，痛哭起来。

老妇人：那你是怎么逃出来的？

玛希拉：是政府军围剿基地，我们成了俘虏，但保住了命。

老妇人：苦命的孩子，你一定受了许多苦。但拉姆已经失踪多年，没办法了。

玛希拉：也许别人知道他的下落，我是劝他不要再替那些有钱人卖命了。

老妇人：政府给了我们救济，勉强可以活下来。也许，你在白沙瓦的茶馆里可以见到我弟弟，他不知道会不会知道拉姆去哪里了，城里人见识多。愿真主保佑。

玛希拉：大婶，如果我爸爸妈妈回来，告诉他们，我很快就会回来的。

玛希拉给老妇人留下几张卢比，告辞离开。

白沙瓦古城，轻便的双轮马车载着游客在老街上驶过，两旁是许多卖服装、地毯、银器、铜器的店铺。

市政中心广场边上，玛希拉带着便装的阿里夫和女警官来到茶馆。她示意他们留在外面，自己走进去搭讪。

玛希拉来到茶馆，她看到茶馆的主人萨曼大叔在擦茶壶，古铜色的茶壶整齐地摆在木架上。客人还不多。

玛希拉走上前：萨曼大叔，我是斯瓦特的玛希拉，我想要你告诉拉姆，快回家一趟，他的妈妈病倒了，想要见他。

萨曼大叔翻翻独眼，看看玛希拉。

萨曼大叔：我不知道他在哪里，我们没有关系。

玛希拉焦急地说：是玛哈娜大婶让我来的，她已经身患疾病，非常想见她的儿子一面。

萨曼大叔再看看玛希拉：我不知道他的去向，已经有好多人问过我了，真的不知道。玛哈娜患了什么病？

玛希拉：枪伤，不能正常行走。而且，生活完全靠政府救济。

萨曼似有所动：她还住在村子里吗？

玛希拉：是的，政府军赶走了斯瓦特武装分子，人们陆陆续续回到索姆村。

萨曼：我回去看玛哈娜，但我确实不知道拉姆的行踪。

玛希拉失望地告辞：如果有他的消息，就告诉我，我是他的女友，在等着他。

玛希拉递给萨曼大叔一个纸条，上面是她的电话。

白沙瓦茶馆，萨曼大叔收拾完茶馆内的桌面，自己坐下来喝红茶。眼前浮现出玛希拉忧郁焦急的眼神。

玛希拉的声音：她不能行走。我是他的女友，在等着他。

萨曼走到窗户前，看看外面，确认没有人偷听，便拿出电话，小心地拨通了拉姆的电话。

萨曼：今天来了一位姑娘，名字叫玛希拉。她说是你的女友，说你妈妈受了枪伤，不能行走，似乎是她在照顾玛哈娜。

拉姆：玛希拉？她还活着！

萨曼：我担心她是被警察收买了。但她似乎真的是从斯瓦特山谷来，还说出了索姆村的名字，一般人并不知道那个村子。

拉姆：不要轻信，你又不认识玛希拉。注意周围有人监视你。我会换电话，过几天再打给你。

萨曼不以为然地坐下来继续喝茶，眼前出现幻觉，玛哈娜痛苦的身影浮现出来。

斯瓦特山谷索姆村，玛希拉带医生来给玛哈娜大婶诊病，其他的几个人给他送来了生活必需品。

医生让玛哈娜大婶伸腿，玛哈娜疼得大喊起来。

医生给她留下服用的药。

萨曼的皮卡在斯瓦特山谷行驶，河水在山谷里流过，他感慨地看着漫山遍野的素馨花。

萨曼走进玛哈娜的院子，推开房门，玛哈娜坐在椅子上织挂毯。

萨曼：姐姐，我是萨曼。你的腿不是早好了吗？

玛哈娜站起来，生气地说：不说腿伤了，你能来看我吗！

萨曼：你不相信政府的人会放过拉姆吧？

玛哈娜：是的，以前是斯瓦特的首领们要抓他，现在是政府的人要找他。那个玛希拉还说是西洋人要他去搞爆炸，之后就会杀掉他。

萨曼：大概也对。基地组织这些人原来是被利用来参加对苏联的作战，那时西洋人给他们支持，给他们武器和资金。但把苏联人赶走了，美国人却留下来了。他们的存在受到威胁和歧视，就把枪口对准了西洋人。但斯瓦特的首领们像对待奴隶一样对待他们，让拉姆这样的人受不了，就逃走了。现在无家可归，靠绑架人质换取赎金，贩卖毒品和枪支来养活自己。西洋人反过来利用他们对付中国人，这和当年要他们对付苏联人一样。

玛哈娜：你都把我说糊涂了，中国人入侵巴布尔了吗？

萨曼：没有啊，他们在巴布尔做生意。

玛哈娜：为什么要对付做生意的人？

萨曼：啊，这个，西洋人也要做生意，和中国人竞争。

玛哈娜：拉姆着魔了，同样是在做奴隶。让他回来吧，和玛希拉在一起吧，那个姑娘看上去还是很善良的。

萨曼：拉姆现在不会相信任何人，他也不会回来的，他已经不习惯过去的生活了。玛哈娜，你的命真苦，你就忘了他吧。

玛哈娜：你告诉他，不要做坏事，安拉不会喜欢欺负人的信徒。他是因为被欺负才离开斯瓦特的，现在做别人的工具去欺负人，进不了天堂。

萨曼：我还会来看你的。

玛哈娜：走吧，我不会饿死，你告诉拉姆，永远都不要回来，我为他感到羞耻。

夜晚，拉姆带着坎昆、乌尔凯西来到月光兔俱乐部。

楼上，暧昧的玫瑰色灯光里，各种肤色、各种装扮的妓女搔首弄姿，准备迎接客人。

拉姆突然在角落里发现了酷似玛希拉的女人，黑色的头发像波浪一样披在肩上，褐色的眼睛满含忧郁和深情。她正专注地在看着进来的三个人。

拉姆对乌尔凯西和坎昆说：真神奇，她是我的女友啊！

坎昆和乌尔凯西两人看着他，觉得他还比较认真，就各自耸耸肩。

拉姆走过去，挽着女郎的腰，走向后面的房间。

乌尔凯西和坎昆各自挑了个金发女郎，也去后面的房间了。

拉姆在房间里看着酷似玛希拉的女人一件件地脱去外衣，妩媚地向他走来。

拉姆却抄起女郎的内裙，把女郎的头包起来，有点像包头的面纱。然后，他猛地将女郎扑倒在床上，疯狂地亲吻着，眼前不断浮现出玛希拉的形象，孔雀绿的裙袍，白色的头巾。他更疯狂地亲吻着女郎，之后是疾风暴雨般地做爱。

疾风暴雨之后，拉姆躺在床上，用普什图语询问：公主，你来自哪里？

女郎也用普什图语呢喃着：阿富汗贾德省，你要带我走吗？

拉姆苦笑着：我还不知道家在哪里！

女郎献媚地说：你好棒，我从来没遇到过这么强壮的男人，我跟你走，去那里都可以！

拉姆：不知道哪天，我的命就没了。你跟着我，没有好日子过。

女郎：总比在这里强，我被卖到这里四年了，像坐牢一样。你带我走吧。

拉姆：过两个月吧，那时我还活着，就来赎你出去。

女郎：所有的男人都会这么说，但再也见不到了。

北京，中央政府某部，戴旭东回京来报告工作，秦川副部长在听他的汇报。

秦川：你从巴布尔了解到的情报和我们掌握的一致。东瀛集团的右翼分子确实在资助基地分子，他们一方面在巴布尔策划组织针对中国人的袭击，对达尔港实施死港计划；一方面制造恐怖事件，试图配合大西洋集团对中国、巴布尔、锡卡等一些国家的人权谴责提案，进行经济制裁，遏制这些国家的发展。

戴旭东：巴布尔形势的复杂性在于大西洋集团在利用巴布尔西部分裂势力，他们有效地把分裂的目标和抵抗中国人的投资结合起来了，以为我们要去垄断他们的石油和天然气开发，这就损害了西部既得者的利益。

秦川：但是中央政府的决心已定，一定要打通通往印度洋的通道，通过建设中巴经济走廊，拉动巴布尔经济的发展，和巴布尔实现共赢。这样，整个南亚和中亚的战略格局就会发生根本性变化。所以，我们将贯彻上合组织会议的精神，开展经济、文化、社会等领域的合作。现在的反恐已经深化到思想和文化层面了，这也许正是治本之策。所以，希望你去伊斯坦布尔参加一下那里的论坛，这对于反恐具有重要的意义。我们的武器和战略战术都应该发生重大的变化。逐渐把工作做到人心中去。那里会有我们的人与你接头。你会有新的收获的。

戴旭东：我可以带几个外围人员去吗？

秦川调侃道：你那个一千零一夜公主，当然可以，她现在比你还忠诚于中巴友谊。

戴旭东：部长，我是说那两个西方记者，马克、莎拉。他们有时候会发挥不可替代的作用。

秦川：可以，但要注意安全。你的引蛇出洞计划，部领导完全赞同，但要以巴布尔军方和警方为主来实施。你可以以上合组织特派员的身份和巴布尔军方、政府沟通。也许，从伊斯坦布尔回来，你们的计划就更完善了。

戴旭东：谢谢首长，保证完成任务。

锡卡科伦坡郊外，孙跃民来拜访前总统马欣达，马欣达在花园里请他喝茶。

马欣达：感谢您，老朋友还是不一样啊！我记得，两年前在这里您说过，路遥知马力，日久见人心。

孙跃民：吃水不忘挖井人啊。没有您的支持和信任，就不会有汉班托塔港和科伦坡港口城的项目。我至今还记得您在汉班托塔港亲自登上货轮，开动机器卸下第一吊货。您是具有远见卓识的人，为锡卡规划了未来，奠定了发展的基础。历史会证明，您的决策是有利于锡卡民族利益的。

马欣达：希望锡卡人都有这样的认识。由于我的不周密，使港口城项目受挫，很抱歉。但我相信，没有哪个负责任的总统会放弃改变经济格局的项目。

孙跃民：尊敬的马欣达先生，我也同样相信港口城会恢复施工，我希望继续得到您的支持，您的影响力和对中国人的友谊就是最好的投资环境。特别是在您的家乡，汉班托塔港，那里的运营刚刚起步，一些配套还没有完成，在恢复之后，更需要当地的配合。

马欣达：请您相信老朋友，路遥知马力，日久见人心。只要您的项目给当地和民众带来实惠，就一定会得到支持。

孙跃民：谢谢您，我将向我锡卡的合作伙伴们转达您的承诺。

孙跃民告辞离去，马欣达站在那里，看着他的背影，沉思着。

夜晚，莫拉图瓦大学，苏哈教授在书房里写作，但他一直静不下来，书桌上，烟灰缸里堆满了烟头。

妻子苏珊拉走来，给他端来一杯红茶。

苏珊拉：我哥哥他们到现在还没有得到通知，锡卡在也门没有使馆，是通过阿曼的使馆联系中国驻也门使馆的。好消息是中国使馆答应帮助他们撤离，坏消息是战火已经烧到中国军舰停泊的亚丁湾了。

苏哈：中国人既然答应了，就应该没问题，也门交火的双方，也不会去惹中国人。

苏珊拉：你要不要去找找萨曼斯教授，让他给中国使馆的人说说话，接纳我哥哥他们一家，求求情。据说军舰的承载量有限，要限制名额的。

苏哈：萨曼斯教授只是和中国港湾集团的人熟悉，也不熟悉外交使馆的。

苏珊拉：亚丁湾那里不就是港湾吗，他们和中国海军有联系的。

苏哈：来不及了，关系也太间接了。你就相信中国人吧。

苏珊拉：你是不好意思找萨曼斯教授吧？写文章得罪了人家中国企业。这就是报应，我们现在需要人家中国海军帮忙了。因果因果，不可不信啊！

苏哈：闭上你的嘴，我已经在采取措施弥补了。

布迪卡带着妻子和孩子出现在亚丁湾的码头上，几十名滞留在也门的锡卡侨民焦急地等待在岸上，中国海军的护航舰正在引导侨民上舰。

岸上的枪炮声越来越近。

布迪卡进入船舱里的一刻，瘫坐在床铺上，半天说不出话来。

电话声音响起来，是苏珊拉的来电。

苏珊拉焦急的声音：哥哥，怎么样，您到哪儿了？

布迪卡：在中国军舰上了，放心吧！佛祖保佑，还是中国人有菩萨心肠啊。我当时给若干救援机构都打过电话，得到的回答都是，你下次再来问问吧。我都要绝望了，拨通了中国驻也门大使馆的电话，中国使馆的一位林先生告诉我，咱们是兄弟，中国会帮助你的。苏珊拉，患难见真情，不经过这些事情，你并不会真正了解中国人，他们真的很善良。

苏珊拉：这我就放心了，你替我们全家谢谢中国人。

布迪卡：我们会在吉布提靠岸，然后乘飞机回科伦坡。几天后我们就会相见。

苏珊拉：我会和苏哈一起去机场迎接你和嫂子。

从吉布提飞达科伦坡的飞机在跑道上平稳地降落了。

机场候机大厅出口聚集了许多媒体的记者，侨民的亲属。

苏哈和苏珊拉也在人群里，他们捧着鲜花。

从也门战火中归来的侨民们在机场出口出现了。他们加快了脚步，奔向等候的人群。

媒体的记者拥上去。布迪卡被记者围住了，他首先接受采访。

布迪卡：我是一名汽车司机，多年在也门工作，从来没想到会遇到这样一种孤立无援的情况。在那里打了三天电话，没有真正帮助我们的机构，最后才找到中国大使馆，一位姓林的先生竟然说，我们是兄弟，中国会帮助你的。如果没有中国军舰，我们就不会站在这里。

布迪卡打开一面中国国旗，激动地说：这是我从中国海军战士那里要来的，我要永远珍藏它，永远记住那句话，我们是兄弟。

每日新闻的记者提问：你回来后最想做的事情是什么？

布迪卡：我，还有他们（他指指那些同机返回的侨民），都要申请去中国企业工作。

木树清的游艇上，舒卡拉在抽雪茄，木树清皱着眉头。

电视屏幕上出现记者采访侨民亲属的场景。

苏哈教授接受采访：我们都很感动，看来中国人对锡卡是友好的，我们也支持他们在锡卡做的事情，希望政府尽快恢复港口城建设的项目。我想，即使是中国的军舰在这里停靠，也没有什么恶意，他们在亚丁湾扮演的角色也是和平使者。

电视屏幕上出现字幕，显示被采访者是莫拉图瓦大学教授苏哈。

木树清：这就是您亲自培养的代言人，哈哈，转得很快啊，因为他们的总统去中国了。

舒卡拉：情报部门说，他给西瑟总统写了个忏悔信。最好是让他收回来。

木树清：我们对他还有这样的影响力吗？

舒卡拉：我一直觉得上次无畏寺的策划很有想象力，可惜没有组织实施好。

木树清：你的意思是嫁祸于人比直接进攻要更有用。

舒卡拉：反间计也有各种实现的形式。

木树清：锡卡警方还在继续追查无畏寺的案件，我让池田不要回这里来。

舒卡拉：他在巴布尔发挥的作用更大。

晨曦中，一辆别克出现在地平线上。

苏哈教授驾车，和妻子苏珊拉带着布迪卡一家，去佛牙寺进香。

车上，几个人欢声笑语，其乐融融。

布迪卡：几年没回来，变化很大，这里的路况也好多了，以前有一段还是土路。

苏珊拉：将来这里会成为快速路，会更方便旅游者。

苏哈一行人进入佛牙寺，车子停在停车场。

苏哈一行人进入大殿，虔诚地在佛像前跪拜。

一名乔装为游客的人，走近苏哈的车子，蹲下身来，似乎在寻找什么，之后站起身来，快速地离去。

一家网络新闻编辑部收到署名苏哈的文章。编辑看见文章，竟然是打印寄过来的。标题——我不得不这么说，因为中国人！

编辑拨打作者的电话，一直是忙音。

他稍加思索，就签字发出去了。

丁珂在办公室看网页新闻，一条消息跳入她的眼帘。

标题：我不得不这么说，因为中国人！

丁珂快速地阅读完，立刻打电话给孙跃民。

孙跃民头戴安全帽，正在防波堤施工现场督战。黄翔和他在一起。

孙跃民叫过工地负责人询问进度：你们现在已完工的这段，高度是多少？

负责人：三点八米，有的地段可以达到四米。

孙跃民：没问题吗，对浪头做过测算吗？

负责人：设计方案是三点五米到四米，允许浪花过堤，规划时考虑景观要求，防波堤的天际线需要一个美观的造型，在海浪涌动的时候，有一点过堤的感觉。

黄翔：孙总，美国的监理公司同意这个规划参数。

孙跃民：好啊。

孙跃民的电话响起，是丁珂的来电。

丁珂：文章说，是中国港口城项目的人委托萨曼斯教授给苏哈施加压力，如果他不出面说一些忏悔的话，收回他对中国企业的指责，萨曼斯教授任主任的学术委员会，就不会批准苏哈作为交通工程的学科负责人，也就意味着他将失去在莫拉图瓦大学搞科研的权利。当然还有许多类似恐吓的忠告。但学者的良心让我坐卧不安，我必须把真相说出来。

孙跃民：你立即联系张诗仪，她可能去使馆商务处了。找到原来港务局的卡瓦拉局长，联系萨曼斯教授，把事情搞清楚再研究。

丁珂不满意地撇撇嘴：哼，又让我给她汇报。

佛牙寺停车场。苏哈、苏珊拉和布卡迪一家从佛牙寺走出来。

苏哈打开车门，坐到驾驶位置上，发动汽车，一声巨响，汽车爆炸了。苏珊拉和布迪卡接近车门，被气浪击倒在地，布迪卡妻子和女儿尖叫着趴倒。

科伦坡郊外墓地，苏珊拉和布迪卡、萨曼斯教授等人在苏哈墓前祭祀之后，走向停车场。

一群媒体记者拥上来。

《大西洋时报》的记者：请问苏哈教授是因为批评中国人的文章被害的吗？

苏珊拉：这不是我该回答的问题，你们应该去问警察。

《大西洋时报》记者紧追不放：您觉得苏哈教授得罪了什么人？

苏珊拉：我没想清楚这个问题，希望你们体会一个失去丈夫的妻子的心情，不要这么不人道！

布迪卡的妻子上来扶走了她。

伊斯坦布尔某会场，来自巴布尔的卡拉里教授正在发表演讲，会议室里坐满了来自阿拉伯国家的学者，很多女性裹着头巾。许多海外媒体记者在录音录像。

戴旭东、玛雅、马克、莎拉也出现在这里。

卡拉里：无辜的生命是神圣不可侵犯的。穆斯林的含义就是和平正义。

戴旭东和玛雅低声交谈。

戴旭东：你觉得这里会有极端组织的人来听讲吗？

玛雅：你太幼稚了，他们到这里来干什么？噢，不对，也许会来。他们同样要进行思想斗争。

戴旭东：还有，寻找与他们作对的人。

玛雅：有点恐怖的气息进来了，别说了，挺破坏感觉的。

伊斯坦布尔老城区，迪旺尤鲁大街上一家喧闹的中餐馆后面是个小院。戴旭东和玛雅、马克、莎拉几位来拜访戴鸿业。

戴鸿业请儿子的客人吃中餐。

戴鸿业：我的中餐馆开了快四十年了，在这里很有名气。许多社会名流堵在我这吃兰州拉面和羊肉串。你们看看这是他们在这里的留影。

马克看到了土耳其总统和夫人的照片，他指给莎拉和玛雅看。

玛雅很欣赏地看着墙上的照片，她兴奋地指出一张合影里有卡拉里的照片。

玛雅：老板，快看，今天发表演讲的卡拉里！

戴旭东仔细观看合影的日期，竟然是2015年3月，就是最近的照片。

戴旭东：老爸，他最近在这里吃过饭？

戴鸿业：他呀，老卡拉里，是这里的常客。这个合影是他带来了几个沙特的客人。他们非常喜欢我的拉面。

戴旭东和马克、莎拉都眼睛发亮。

玛雅：他会讲普什图语吗？

戴鸿业：我不太能分得出来，但他的父母是巴布尔白沙瓦出生的。他说他的亲戚里好多人深受极端组织的危害，在那个地区无法安静地生活。

戴旭东：我们能够拜访他吗？

戴鸿业：当然可以，我们经常联系，他住在图书馆附近。他还喜欢喝我的红茶。

玛雅微笑着说：我们这次来看望您，还想商量是否在这里搞个锡卡红茶的销售点。

戴鸿业：土耳其现在是红茶进口大国，如果从科伦坡港离岸，海路走红海、地中海、马尔马拉海到伊斯坦布尔，总的运价会低于从福建或广州。

玛雅：还有成本价呢。

莎拉：这才是"一带一路"的成效呢，中国人做印度洋和地中海的生意，共赢。

马克：只是不知道现在结算是用美元吗？

戴旭东：在"一带一路"的国家，逐渐开始用人民币结算。锡卡和土耳其已经在使用人民币结算了。

戴鸿业：意义深远，也就是说，亚洲人可以自己做生意了。我给你们准备了土耳其的烤肉和兰州拉面，不知道是否对胃口。

戴旭东、玛雅、马克、莎拉几个人兴奋地在餐桌就座，大吃大喝起来，戴鸿业欣赏地看着他们。

伊斯坦布尔某公寓，戴鸿业带着戴旭东来拜见卡拉里先生。

卡拉里看到戴鸿业到来，很热情地给他们泡了中国福建的金骏眉。

戴鸿业：卡拉里先生，这是我的儿子戴旭东。他是在巴布尔做餐饮酒店和茶叶生意的。现在他要在这里做红茶生意，也要在巴布尔的白沙瓦做红茶生意。有些想法想向您请教。

戴旭东：尊敬的卡拉里先生，我给您带来了锡卡的红茶，它的味道和中国红茶不同，您可以品尝一下。好像土耳其、沙特、伊朗、英国、俄罗斯这些茶叶消费大国，都比较喜欢锡卡的红茶。但是，以往我们的海上通道没走通，现在要开辟海上通道，一条是从科伦坡离岸经红海、地中海、马尔马拉海到伊斯坦布尔；另一条是从科伦坡到达尔港，再到白沙瓦，辐射中亚和中国西部，伊朗东北部。这大概是成本最低的。

卡拉里：实际上，无论是君士坦丁堡，还是奥斯曼帝国，都存在着地中海和印度洋的古老航道，但以前是消费国为主，现在变成生产国为主了。中国人在科伦坡修建港口城、在巴布尔修建达尔港，都是有长远眼光的。现在你们又要开辟航线和通道，沿途的经济就会被带动，就业机会就会多起来，这是造福于民的善举。我能为你们做点什么呢？

戴旭东：您知道，我的海上航线和陆上通道，都要通过一些冲突地区，会有风险。许多运输企业都雇用了当地的保安公司，但还是不断遇到问题。我冒昧地向您请教，您是否可以给我们雇佣的保安人员进行一些思想教育，让他们更理直气壮地为商队服务。

卡拉里：为了传播《古兰经》的和平思想，我愿意做任何事。

戴旭东：有您出面布道，一定会有非凡的影响和成效。

卡拉里：我交代一下这里的事务，和你一起回白沙瓦。

戴旭东：感激不尽，您将会在巴布尔西部开辟一条和平之路。

博尔普鲁斯大桥，玛雅和莎拉、马克在横跨欧亚大陆的桥上俯瞰伊斯坦布尔，著名的圣索菲亚大教堂和蓝色清真寺惊艳夺目。在阳光的照射下，显得格外壮观。

玛雅指着一片帆船和轮船停泊的港湾：我们的货物上岸地点在那里，港口。茶叶的销售点和仓库应该放在亚洲部分，因为主要销售地区在亚洲部分。

莎拉：我从这里看到了你们修建科伦坡港口城的意义，但戴先生绝不是仅仅为商业目的来的。

玛雅：我不了解细节，但他显然是要二位帮助他，因为我们要在达尔港和白沙瓦之间打通陆上通道，需要当地民众的配合。而从科伦坡港口起航到这里，将会经过亚丁湾，那是个海盗出没的海域。仅仅去靠武装力量护航，防不胜防，所以需要做人的工作，让索马里、巴布尔、锡卡、土耳其的民众和社会赞同这样的贸易。匪徒们要干扰也会心有忌惮。《孙子兵法》说，攻心为上，攻城次之。

莎拉调侃道：玛雅真成了中国人的媳妇了，连《孙子兵法》都知道。

马克：《孙子兵法》的作者到底是谁，是孙武还是孙膑？

莎拉：马克，你真了不起，竟然研究这么高深的问题，我好爱你。

马克：我知道戴先生现在正在准备实施反间计，要我们配合什么，现在还不知道。

玛雅：我也不知道，但到这里，你一定知道我们正在做的事情是什么了。

马克：好像清楚些了。

玛雅带着莎拉、马克在港口旁边察看适合建茶叶市场和仓库的地方。玛雅拍照后，登门询问废弃的厂房和仓库看守人员。

　　戴鸿业住在伊斯坦布尔的富人区，但他的别墅样子很独特，有点像中国北方的四合院，又吸收了徽派建筑的特点，院子中间有个很大的天井。屋宇雕梁画栋，还有一些砖雕。

　　戴鸿业在上房里等着儿子，他静坐在沙发上，目不转睛地看着墙上妻子的遗像，眼前浮现出以往的画面。

　　戴鸿业妻子在杭州老家带着戴旭东在池塘边玩耍。儿时的戴旭东非常调皮，飞快地在池塘边的竹林里穿来穿去，他妈妈气喘吁吁地在后面追赶。突然，小戴旭东不小心跌入池塘，妈妈惊慌失措，大喊大叫。小戴旭东在水里乱扑腾。戴鸿业从屋子里冲出来，跳入水中，把小戴旭东托起来，游到岸边。上岸后，让他趴在地上。戴鸿业用皮带抽打着他的屁股，妻子来阻拦，被推向一边，默默掉眼泪。

　　戴鸿业的续弦妻子，一名台北女子在帮助戴旭东收拾行装，旁边是儿时的戴娆，她依偎在妈妈身边，睁着大眼睛看着戴旭东。戴旭东去马尔马拉大学读书，他向继母告别。

　　戴旭东回到院子，走进上房。

　　戴旭东：姆妈回台北了吗？

　　戴鸿业：她的妈妈生病很久了，需要照顾一段时间。你在锡卡的商务区怎样了，听说让停下来了。

　　戴旭东：是港口城项目暂时停下来，要进行审批程序审核，还要审核环评报告。

　　戴鸿业：难道前政府没有做这些工作吗？

　　戴旭东：不够周全吧。好在防波堤工程已经复工。

　　戴鸿业：这里面有没有日本人捣乱？

　　戴旭东：东洋、西洋人合伙捣乱。一方面给锡卡政府施加压力，一方面制造事端，损坏中国企业形象，阻拦项目实施。前几天，一位披露事实真相的教授，莫名其妙地被炸死了。他本来为了接受大西洋基金的科研经费，说了些指责中国企业的话，充当了大西洋集团的代言人。但良心发现，就给政府写了信，并且在澄清一些事实。这个时候，就被炸死了，而且留下一封公开信，声明自己之前所说，是被中国企业要挟，在某个学术权威的逼迫下所为。其实，完全是东洋人的策划和幕后黑手。

　　戴鸿业：那你们需要得到锡卡政府的支持啊，不然白费功夫。

戴旭东：中国和巴布尔是铁关系，和锡卡的关系还在冶炼中，估计全部投资项目的能量都释放出来，就百炼成钢了。哈，只有永远的利益，才有永远的朋友。

戴鸿业：你成熟了。

戴旭东：我想要卡拉里先生去做那些地方武装力量的工作，让他们获得利益和收入，他们如果能和我们合作，就会化敌为友。我想西洋人、东洋人用金钱买来的暴力、阴谋，我们照样可以用利益对冲。不知道卡拉里先生能不能把长远的利益说清楚。

戴鸿业：我记得你们曾经和工商会和穆斯林商会的人签过合约，为什么不多方面争取支持呢！你的红茶通道如果是穆斯林商会和戴氏集团共同的生意，岂不是更安全。

戴旭东：老爸，您的智慧一定是来自于博斯布鲁斯海峡，两大洲交汇，黑海和地中海相通。

戴鸿业：不，来自于祖国，中国古老的哲学思想，和而不同，美美与共，天下大同，无往不胜。噢，还有玛雅，我觉得她很好，你姆妈和你的母亲如果看见她，也一定会喜欢的。

戴旭东：谢谢您。白天她一直在跑选址，没敢麻烦您。我这就去和她碰个头。

戴鸿业：去吧，明天我给卡拉里先生打电话，你再和他确定日程。

戴旭东：晚安，您早点休息吧。

夜晚，酒店客房，玛雅在整理白天的资料，比较着一处处选址。但似乎思想不集中，她呆坐在那里，看着窗外淅淅沥沥的小雨。

门铃响了，玛雅开门。戴旭东走进来，晃晃脑袋，头发上有些水珠。

戴旭东：下雨了，很舒服。

玛雅递给他一杯热水。

玛雅：你吃过晚餐了吗？

戴旭东定神想了想：好像没吃。

玛雅笑了：那你来碗方便面吧。

戴旭东：好！我喜欢那个味道，带了吗？

玛雅泡好方便面，递给戴旭东。

戴旭东接过方便面，狼吞虎咽。

窗外的雨越下越大，屋子里显得很静。

玛雅回想起他们初次见面时的场景：两人在大雨中住进达尔酒店，戴旭东敲门给她送来一碗方便面。

玛雅不知不觉有些伤感，她的眼睛湿润了。

戴旭东吃完方便面，把空碗放进垃圾筐，回过头来，看到伤感的玛雅，走过来，搂着她的肩头。

戴旭东低声问：怎么啦，我的公主，是因为雨天吗？

玛雅：我想到了几年前，巴布尔发洪水，大雨中我们一起在达尔港的酒店吃方便面的情景，就像昨天。跟着你，好痛苦，好惊险。想起你去索马里的日子，我多么孤独、担心。今天你单独去见卡拉里，我又有那种揪心的感觉。这样的生活什么时候是个头？

戴旭东更紧地搂着玛雅：我的公主，做事情总是要付出的，也不可能一帆风顺。盘算起来，我们的事业刚刚开始，眼看着通道就要建立起来了，想到我们的业务将要横跨欧亚，将要覆盖中亚，我就很兴奋。为了这个成功，再苦点、惊险点，即使出生入死也是值得的。英雄人物，没有一个会逃脱出生入死，置之死地而后生的命运。亲爱的公主，有你陪伴，有你见证，我斗志倍增，越战越勇！我爱你！给我激情和活力的公主。

戴旭东被自己的豪言壮语激动了，忘情地亲吻玛雅的脸颊。

玛雅泪光盈盈：我不要你做英雄，我只要你和我在一起，不论在哪里！

戴旭东看到玛雅梨花带雨，无比妩媚，他十分动情地亲吻着玛雅的眼睛、热唇、脖子，玛雅也被他带入激情澎湃的境地。戴旭东抱起玛雅，走进卧室，他一件一件去掉玛雅的衣服。玛雅害羞地用头巾捂住自己的眼睛，但身体却和戴旭东一起律动着。两个健美的身体在若明若暗的灯光下，勾勒出一个个唯美的剪影。

巴布尔白沙瓦茶馆，玛希拉和卡拉里先生来见萨曼大叔，萨曼把自己手里的活儿交给伙计，把他们带到里面的屋子。

玛希拉：萨曼大叔，我知道拉姆不相信我，但这次是卡拉里先生要见他，和他商量一起生意上的事情，您看该怎么办？我只是为他妈妈的病情难过，她实际上是想见他的。哪有不想见儿子的母亲。当然，我也很想念他。

萨曼：尊敬的卡拉里先生，我听过您的演讲，白沙瓦的许多穆斯林都是您的追随者。但您要和拉姆这样的青年见面，可能还是有障碍的。他们不会和您讨论教义问题，倒会怀疑您被政府收买了。

卡拉里：谢谢您的忠告，我恰好不是去谈教义，更不是被政府收买，而是去谈生意的。

萨曼略显吃惊：您要知道，他们背后有相对固定的雇主，源源不断给他们订单，所以胃口都很大的。

卡拉里：我就是给他们提供另外一个选择的，也许他们会动心。

萨曼：那您要等一等，我确实不知道他在哪里，只有等待他来找我。

卡拉里：好吧，我就住在白沙瓦，愿意等候您的消息。给您留下我的电话，随时听从您的召唤。

卡拉里和玛希拉从容地走出茶馆。

巴布尔斯巴雷改造中心，莎拉和马克在采访几名女性，玛希拉也在其中。

莎拉手持话筒，马克担任摄像。

莎拉：桑迪亚，我知道你家的男人在冲突中去世了，你能告诉我你的生活怎么安排吗？

桑迪亚挺着大肚子，流泪诉说着：他们是被带走的，给了家属很多承诺，但他的人再也回不来了。我的孩子永远见不到他的爸爸了，那些承诺也不知找谁兑现。倒是政府给了我一万卢比生活补贴。

莎拉：你今后准备怎么生活？

桑迪亚：中心教我们编织挂毯，我想让设计师给些新的图样，一个挂毯可以卖好几百到上千卢比呢。

莎拉采访玛希拉：你是个传奇式的女性，未来的生活怎么安排？

玛希拉：我这条命是捡回来的，未来我想要去奉劝那些被蒙骗上当的姐妹们，要珍惜自己的生命。

莎拉：听说你的男友还在基地，你准备放弃他出嫁，还是继续等他？

玛希拉泪流满面：我们已经分开很多年了，但如果他回来，我还会嫁给他。他是个好男人，不要给别人当奴隶了！拉姆，你回来吧，我等着你，你妈妈也在等着你，她不希望儿子为别人卖命！

夜晚，拉姆的新基地，他和坎昆在商量劫持红茶车队的方案，电视机开着。

突然，玛希拉出现在屏幕上。

听了玛希拉的话，拉姆心灵受到震撼，他走到电视机前，看着下面的报道。

莎拉在屏幕里出现，她在做解说：玛希拉和许多流亡在外者的家属都知道，流亡者处于进退两难的境地。继续流亡，前途渺茫，看不到希望。回到家乡，又担心被囚禁关押，失去自由。这就是目前流亡者的现状。但是，巴布尔政府和许多伊斯兰国家都信奉和平主义，反对激进主义，对流亡者采取了宽大的政策。自首的会得到宽大处理，戴罪立功的还会受到奖赏。

拉姆面无表情地看看坎昆，然后烦躁地挥挥手：等到消息后再说吧。

电话铃声响起。

萨曼大叔：拉姆，玛希拉把那个布道的卡拉里带来了，他说要和你做生意。

拉姆：什么生意？

萨曼大叔：他不说，我猜是政府派他当说客。

拉姆：您说，如果我自首，政府会赦免我吗？

萨曼大叔：不知道，你那里很困难了吗？

拉姆：我的雇主经常拖欠佣金，而且他们总想杀人灭口。最重要的是，阿富汗那面的朋友告诉我，他们的官方已经允许巴布尔过境执法，这些山谷里的基地就没有安全保障了。不知道那天就会被剿灭。

萨曼：那我劝你还是放弃给东洋人服务吧，最好是不要与中国人作对，巴布尔未来会和中国捆绑得更紧。

拉姆沉吟着：我好好想想，要不要见见那个卡拉里。

夜晚，达尔港桥本的公寓，桥本和小泉、池田在喝酒，突然看到玛希拉的镜头，莎拉的解说。

桥本：真有不怕死的，这个女人又出现了。

池田：他们现在和中国人打得火热，在北京被洗脑，已经成为中国人的喉舌。采访的这个地方，是军方的改造和驯化中心，有严密的保安措施，很难进去。

小泉：我觉得用不着和他们针锋相对，在这里搞阵地战。我们还是应该先打掉戴旭东的车队，再把基地的那些人派回去，让中国人的后院着火，才有杀伤力。

桥本：好，挺好！我发现，小泉最近的状态很好，是不是因为这里的女人滋养的啊？哈哈，小伙子，小心得病。

小泉：总裁先生，您光注意戴旭东了，不知道他的妹妹正在和浅野先生合作吗？他们在商务区已经开了一家店，名字叫佳丽。

桥本：浅野，是松田的侄子吗？

池田：是的，三立的总裁，他想进入中国市场，在这里找通道。

桥本：这个自私的败类，完全不顾大和民族的尊严和利益，我们不能让他成功。小泉你来安排这件事。

小泉：哈依。

达尔港仓库，黄道明和陈莹出现在储存红茶的仓库前，拉纳和桑巴指挥装卸工装车。

戴娆和玛雅发生争论。

戴娆：玛雅总裁，这部分仓储的租金是算在运费里的，我在这里并没有销售。

玛雅：当然可以，我会把它算在成本里，加上运费，让你付白沙瓦的销售价就行。

戴娆苦笑着：我哥哥要娶了你我就倒霉了。我从这里付可以吗，到岸价，运费单算。

玛雅：那也可以，我把仓储的费用算在到岸价里，你先付。一样的，或者你后付，白沙瓦的销售价。这一路风险，还不知道要发生多少费用呢。

白逸轩：戴娆，就付到岸价吧。到白沙瓦发生什么费用，由玛雅总裁承担，损失也包括在内。

戴娆在紧张地思索着，少顷：好吧，我按到岸价付款。

玛雅：包括仓储费用，我的业务员已经算好了，你可以安排人员对接。这里出仓的茶包，经过你的业务人员检验装车，到白沙瓦验货。戴老板，从现在起，我们就是被你雇用来运送货物的车队了。这些环节和性质是非常清楚的。

戴娆讪笑：亲爱的嫂夫人，我服你了，不会让我哥哥吃亏的！

玛雅：你哥哥还没娶我呢，我现在是他公司负责这个项目的副总裁。再说啦，亲兄弟，明算账，这样对大家都好，也能长远。我们毕竟是现代化的大集团，不是家庭作坊。白先生，您说呢？

白逸轩：赞成，高见。

戴娆：嫂夫人，生意归生意，亲情是亲情，我请你吃烤鸭去。

玛雅：好啊，正馋着呢。最好也请上他们。（她指指在装车现场忙活的黄道明、陈莹、拉纳、桑巴）

达尔港警署，戴旭东和那瑟、阿里夫研究引蛇出洞的方案。

戴旭东：坎昆传来的消息说，拉姆很烦躁，他看到了玛希拉的报道，内心触动很大，好几次问坎昆，这次行动之后，我们是否去欧洲做正常的生意。

阿里夫：但舒卡拉和大西洋基金不会放过他，一直要他制订具体的行动方案。而且，他绝对逃不出他们的视线。所以，我们只有促使他彻底放弃与他们的合作，回到我们的保护圈，才是根本的出路。

那瑟：不让他尝到失败的滋味，他不会轻易放弃的。

戴旭东：那就更需要先来一次空车计，由我们的武装人员去伪装闯关，再实施一次打击。

那瑟：我们还不如直接包围全歼，省去了很多事。

阿里夫：那就很难实现全局性的围歼计划，也不利于对这个群体的心理战，要动摇他们的军心，让他们看到出路，这样才能达到根除基地的计划。这就是中国人说的政策，也是上合组织国家的方针。

戴旭东笑了：很好，巴布尔很快就由观察国变为成员国了。所以，总统特别助理先生熟悉有关业务。总统会推荐你接任秘书长的。

阿里夫得意地扬扬头。

那瑟：增加了难度。但我们还是服从大局吧。我去安排伪装的车队。

达尔港码头。警察突然封锁了达尔港货运仓库，一队训练有素的汽车兵，一律便装，进入准备好的伪装运茶车驾驶室。

戴旭东和那瑟也进入其中的车厢。

车队浩浩荡荡地驶出码头，开往白沙瓦。

车队很快就消失在崇山峻岭之中。

格瓦尔山谷，喀布尔河和印度河汇流处，水势汹涌，公路沿着山谷盘旋北去。

拉姆带着他训练的恐怖分子和基地匪徒，骑着摩托车穿行在山谷里。

近处看，一车三人、两人，速度很快。

拉姆和坎昆则坐在越野车里，他皱着眉头，紧张地在思索着。

坎昆提醒他：首领，我们带了203mm口径的火炮，可以离得远点。这样，跑起来方便些。

拉姆：军方一直在监控我们，不会没有准备。再说他们的车队也有武器。你想过吗，之前有人一直在白沙瓦找我，怎么可能不监控我呢？

坎昆：不是说干完这一单就到欧洲去吗？

拉姆：脱身也难，西洋人下手都挺狠的，他们不想让别人知道，这个地区分裂的根源是他们在背后起作用。巴布尔要是安静了，一边倒向中国，他们心里不舒服。所以，现在的袭击目标集中在中国人身上。这个车队，要不是中国老板雇佣的，他们不会花那么大的代价。可这么一来，我大概就成了殉葬品。不死在军方和中国人手里，就会死在西洋和东洋人手里，反正是一死。

坎昆：别说不吉利的话，也许我们运气好，一击之后，顺利撤出。

拉姆目光炯炯地盯着坎昆：有什么办法给中国人通个信儿吗，我们假打，他们假跑，我给东洋人交了账，也让巴布尔军方放我一条生路，再也不干了，实在是受不了啦！

坎昆看看他，清晰地说：我可没那个本事。也许你找找玛希拉，还有可能。

拉姆狡黠一笑：我已经找了，不知道有没有效果。

白沙瓦公路上，运茶叶的车队进入西部边境省，公路实行了暂时的戒严。

一队军人等候在山口，边境省司令赛马德和阿里夫、戴旭东、那瑟见面。

阿里夫：赛马德司令，这是戴先生，他是这个车队的老板。当然，他也是反恐行动的志愿者，前维和部队的战士，退伍兵。那瑟是俾省的警察总监。

戴旭东：赛马德司令，谢谢您的支持。

赛马德：我接到总参谋长的命令是配合你们，引蛇出洞，诱敌深入，然后歼敌。至于对基地的打击，是联邦军队参谋长亲自指挥的行动。我这里的兵力是一个营，还有直升机配合。

阿里夫接到斯雷尔矫正中心校长的电话。

女校长：阿里夫先生，玛希拉接到拉姆舅舅的电话，说拉姆答应和卡拉里先生见面。并且说，他在这次行动中只是虚晃一枪，为了对付雇主的，请您谅解。拿到钱后，他就准备远赴欧洲，隐姓埋名，再也不干了。

阿里夫：那就立即回复他，同意他的意见，让他避免造成人员伤亡，政府给他出路。

女校长：好的，谢谢您对我们教养人员家属的宽容。

阿里夫苦笑着对赛马德司令说：这个女校长，竟然自己做主与匪首谈起了条件了。

赛马德：我们不能让他们牵着鼻子走，按既定计划，我们是引蛇出洞，然后跟踪围歼。要吸取历史上的教训，以前塔利班总是在陷入困境时，就提出谈判，然后获得喘息的机会，重整旗鼓，卷土重来。不能相信他们！

那瑟：这个拉姆团伙，是从塔利班里分离出来的独立势力，他们不仅是激进分子的异己，而且还接受东瀛、大西洋基金的资助，有奶就是娘。但现在是西方世界的工具。我们的情报显示，他们还参与了培训恐怖分子，这次参与袭击车队的就有他们的人。

赛马德：那你的意思是把他们放回去，采取分化的策略！这牵扯到改变方案，这要特别助理先生来决定，我们只是执行。

阿里夫：我来请示一下，大家还是先就位吧，原地休息。

凌晨，格瓦尔山谷，浩浩荡荡的车队缓慢地在盘山公路上盘旋。

车厢里，荷枪实弹的军士做好了随时投入战斗的准备。

赛马德指挥一支人马在两边的制高点上设伏，他也在制高点上指挥。

拉姆的先头部队在赛马德的视野里进入阵地，他们的后背基本暴露在赛马德的火力范围内。

赛马德在山头上冷笑着对身边的阿里夫说：草寇，看见了吗，完全是小毛贼的战法。

突然，他看见先头部队缩了回去，而且是缩到有树木遮挡的地方，在他的视线里消失了。

赛马德皱起了眉头：这是什么意思？

拉姆在树林里指挥把口径203mm的火炮架起来，他走到火炮手面前交代着作战意图，火炮手们连连点头。

乌尔凯西带领着机枪手在一个隐蔽的高地上设伏，从高地往下看去，可以清晰地看到下面的公路，但只看到拐弯的地方。

第一辆运茶车出现了，接着是第二、第三辆，大约有十辆车通过了拐弯的地方。

拉姆下令开炮，但炮弹只落在车队的前面和旁边，并没有击中车辆。但是有一辆车在下一个拐弯处翻车了。

乌尔凯西命令开火，但子弹只能打到车头前面，运茶车在拐弯处停下来，不再往前走了。

戴旭东在运茶车里用对讲机和阿里夫通话：助理先生，目前看，拉姆确实是在放空炮，给自己留了后路。我们可以反击了。

阿里夫：赛马德将军，我们开始反击吧，他们倒是兑现了诺言，在下面放了空炮。

戴旭东拨通莎拉的电话：莎拉女士，可以按照预定的方式发消息了。

莎拉：好的，那个地点是格瓦尔吗？

戴旭东：是的，三十多辆运茶车遭到袭击，伤亡人数正在统计中。

赛马德部队的炮火猛烈地撒向拉姆的火力点，拉姆在第一时间就下令撤退。

拉姆的嫡系和心腹们早就做好逃跑的准备，飞快地撤离阵地，驾着越野车和摩托车，沿着事先侦察好的路线，一溜烟地逃跑了。

乌尔凯西看到拉姆的人马逃跑，也命令自己的人撤离阵地，骑上摩托车，快速逃跑。

直升机在空中盘旋，追击着匪徒，但在一片森林地带失去了目标。

达尔港三丰港务集团，桥本和小泉在一起研究下一步行动计划。

桥本：拉姆要求我们付款，他说行动计划已经实现。

小泉：池田去现场了，他说需要观察一下实际情况，好像没怎么交锋就收兵了。

桥本：拉姆说是用了 203mm 口径的远程火炮，精准打击，所以打击很有效。

小泉：我就是觉得有点太顺利了，而且他逃得那么快。

桥本：你是说他在敷衍我们？

小泉：也许比这个更严重。当地的人告诉我，部落地区的许多组织，都是两面人。他们和政府之间也是，一会儿谈判，一会儿闹翻，打打和和。

桥本：好吧，我们等等结果再看。

白沙瓦茶馆，玛希拉和卡拉里教授来到萨曼大叔的茶馆，商量和拉姆谈判的事。

萨曼大叔：尊敬的卡拉里教授，是您的诚意和善良感动了安拉，安拉降旨给斯瓦特山谷的所有生灵，让大家珍惜生命、珍惜和平。拉姆和他的伙伴们想和能代表政府的人见面，不知道可不可以吗？

卡拉里教授：赛俩目，安拉的灵魂无处不在，斯瓦特的人民终于领悟了《古兰经》的真正教义。但我只是要代表一个商会和拉姆先生接触，不知道他们能不能代表政府。

玛希拉：我想，我可以把拉姆的意思报告给我们的校长，她是边境省的议员。她有一颗善良的心，我们都管她叫妈妈，古丽雅妈妈。

萨曼大叔：好吧，那我就先和他约定见面的时间地点。

奎达市，戴旭东和玛雅来见穆斯林商会的秘书长特拉。

特拉：亲爱的戴先生，我们有一个世纪没见面了，听说你要在科伦坡建酒店，那里将成为第二个迪拜。为什么不在达尔港建呢，这里将成为第二个深圳。

戴旭东：都要建，这里是我妹妹在建。但我的生意还在这里啊，今天我和我的副总裁玛雅女士就是要和您谈谈合作红茶生意的事。我研究了一下，红茶的销售巴布尔是大国，伊朗、土耳其、俄罗斯也是大国。所以，我要在白沙瓦建个茶叶市场和批发中心。那里的工作我们已经做过了，白沙瓦的商会很愿意与我们合作。但从达尔港上岸，到白沙瓦有千里之遥，我的运输需要您支持。能否考虑我们合作建立一个运输公司，共同经营。

特拉：哈哈，聪明的中国人。你的重点是要保障安全，那需要政府和军方的支持，花钱雇用专门的保安队伍。

玛雅：特拉先生，您知道的，这里的情况比较复杂，有一支当地人组成的运输队伍比较安全。

特拉：难怪戴先生有这么好的主意呢，你有这么聪明的副总裁。那我想知道，这个运输公司的股份怎么分配，总的注册资金是多少？

戴旭东：穆斯林商会可以占到百分之三十，您不用出资金，只要帮助协调各种关系。我们的注册资金是一亿美金，但现在都用人民币结算了，就是六亿多元人民币。

玛雅：目前最迫切的是需要招聘一支保安队伍，押运茶叶。

特拉：哎呀，这是个很麻烦的事情，我只能协助。玛雅总裁，您是巴布尔人，现在西部背后插手的人太多，我都搞不清楚哪个组织和团体背后的老板到底是谁。长途运输和红茶在巴布尔同样会有竞争，关键是有人在暗中和中国人作对。难啊！个人也有风险。

戴旭东：我听白逸轩先生说，您对于阿拉伯文化颇有研究。我们的茶叶运输，走的是一条特殊的"丝绸之路"，既是海上的，又是陆上的，它和历史上的贸易通道一脉相承，所以我们也要挖掘"丝绸之路"的文化，在习俗、生活方式等方面请您做顾问，这是有报酬的。我们的法律顾问的报酬是年薪一百万卢比，我想所有顾问的报酬，不应当低于这个数。

特拉：报酬意味着责任。我试试吧。和商会合作的事我需要报告给会长后才能最后决定。

戴旭东：我等您的消息再对外公布，之前我们会签个协议。

斯瓦特山谷，戴旭东和卡拉里、玛希拉与萨曼大叔一起乘坐越野车在山路上盘旋，司机是当地人。

萨曼大叔：这里是巴布尔最美的地方，有河流、森林和草地，可是阿富汗战火连连，这里成了难民的避风港，于是就再也不安宁了。可惜呀。

卡拉里：外在的世界总是千变万化的，但穆斯林的心里应该安静，因为先知说过，我们的乌玛是和平和正义的乐土。

玛希拉：卡拉里教授，经过战火和苦难的人能听懂您说的道理。您应该在斯瓦特山区办学校。

卡拉里：我的法特瓦印发了六百万份，不知道是否流传到这里。

玛希拉：没有，这里都是不识字的人。塔利班也不让女性读书。

去白沙瓦的公路上，拉纳和桑巴的车队在浩浩荡荡行走，巴布尔军方派的保安部队荷枪实弹押运。

池田和助理在格瓦尔的山头上出现了。

池田拿过望远镜，看到公路上有条不紊行进的车队。

池田：八嘎呀路！拉姆在欺骗我们。

边境某地，森林地带，高海拔山地，极端分子的某训练基地。

池田和助理与他们的首领乌尔凯西谈话。

池田：按照你的说法，拉姆根本就没有打算击毁车队。

乌尔凯西：因为他们心里没有仇恨，没有追求，只是为了佣金。

池田：我知道你们是了不起的人，你们知道吗？日本人，很欣赏你们，支持你们，给你们资金。我这次又带来了一些，以后还会源源不断。只要你们和我们一起对付中国政府，东瀛基金就会保障你们的经费。

乌尔凯西：我们的战场不在巴布尔。

池田：那也没问题，我们支持你们的每一个行动。

乌尔凯西：我相信，不久之后你就会看到我们的力量。

白沙瓦陆军西部司令部，中将司令在召集清剿部落地区巴塔的会议。第9师和第7师的师长、参谋长，几个独立旅的旅长们在听司令部署作战计划。

中将司令：这是拉瓦尔品第总部批准的计划，要求我们调集三万兵力对斯瓦特地区和边境地区的极端分子实施毁灭性打击，据目前的侦察和情报看，这个地区极端势力的总兵力不足万人，但他们的武器装备很好，战斗经验也比较丰富，唯一的不足就是缺乏统一的指挥，各自为政。我们已经把他们基地的分布图提供给大家，你们还要根据自己的任务，做具体的侦察、部署。这里有个政策需要大家把握，上合组织要求我们以压促变，争取瓦解三股势力，特别是做核心人物的转化招安工作。因此对于主动投降自首的，要给机会。

9师师长：司令，如果他们是为了拖延时间，为逃跑找借口呢？我们是有过教训的。

中将司令：知道你们因为陆军学校爆炸事件，心里有仇恨。但也要坚决执行政策，我们的目标是战略决胜，需要人心，需要他们自己的变化。以压促变，不变再打击，为时不晚。

拉姆临时基地。拉姆在监视器里看着萨曼大叔、卡拉里教授、戴旭东、玛希拉走出越野车，在一名手下的引导下向自己的卧室走来。他看到玛希拉时，仍然有那种触电似的感觉。

拉姆回头看看坎昆：看见没有，玛希拉，她还是那么迷人，浑身散发着浓浓的女人味。今天我要打败仗了。

萨曼走在最前面，进入屋子后，给拉姆一一介绍来客。

萨曼大叔：这是著名的穆斯林学者卡拉里教授，他的法特瓦传遍了伊斯兰世界。

拉姆向卡拉里先生行注目礼。

萨曼大叔：这位是戴旭东先生，在巴布尔投资的华商，他今天要和你谈生意。

萨曼大叔：这位是玛希拉，你还认识她吗？

玛希拉一直在看拉姆，觉得拉姆已经很陌生了。但她还在寻找少年时的影子。

拉姆从她进来的第一分钟，就强烈地感受到，他仍然很爱这个女人。但他一直没有正面看她，一副很不在乎的样子，眼睛的余光却一直就没有离开过玛希拉。

玛希拉：拉姆，你真的认不出我了吗？

拉姆故意很冷静地说：嗯，我想想，你是玛希拉。

玛希拉的眼泪夺眶而出。

拉姆转过头去，对着戴旭东：戴先生，我知道你不是个平常的华商，背后有中国官方很深的背景，所以，我很想知道，你拿什么项目和我合作？

戴旭东：运输车队。我在巴布尔和中亚做红茶生意，要在达尔港和白沙瓦之间运送红茶，在业务全面开展和成熟的时候，几乎每天都要有车队往返于两地。每年估计要有几万吨茶叶运送，所以需要一支专门的保安力量。特别请您来合作建立保安队伍。

拉姆轻蔑地说：哈哈，中国人就是聪明，你觉得靠你的几个小钱，就可以和我合作吗？

戴旭东柔中有刚：从长远来看，对您是有利的，是个出路。

拉姆：出路？没有人能够围困我们。

卡拉里教授：不，据我所知，军方的打击会是空前的。

拉姆：我出生入死，身经百战，什么样的打击没见过。

卡拉里：心灵的打击没见过。你的妈妈想念儿子，但见不了面，即使见了，她也不安，甚至会更担心你的生命安全。玛希拉也来到了你的身边，根据你的反应，先知告诉我，你内心里还深深地爱着她。曾经的恋人，却不得不拒绝相认，内心是受煎熬的。

拉姆的脸色有点难堪：别说了，这些已经打动不了我。我怎么知道，走出山谷，我还能活着回来。

玛希拉：拉姆，你没有别的选择，你逃出去，有人会追杀你的！

拉姆似有所动。

萨曼：拉姆，你知道，西洋人最翻脸不认人，走出沙漠就会吃骆驼肉的。

一名手下走过来附耳低语，拉姆看了一眼戴旭东，走了出去。

拉姆来到另一个房间，手下让他看三丰港务集团给他的信息、戴旭东的照片和情况。

拉姆：你们侦察过了吗，后面有没有人跟着他们。

手下甲：没有。我们的设备能看到半径十公里的范围。

拉姆：难道他们真的是来招安我的？不能这么轻信！先把他们扣下来，同时做好转移的准备。

白沙瓦警署，阿里夫和那瑟、9师师长一起研究清剿的方案。

师长：你们的引蛇出洞计划还是有用的，我们从格瓦尔的袭击事件里，找到很多线索，比如拉姆，还有极端分子的基地，也大致摸清了极端势力的兵力情况。我们的作战方案已经得到批准，两日后发起全面进攻。对于你们的力量渗透进去的基地，围而不打，以压促变。最好是裂变。

阿里夫：好吧，那就暂时不要动拉姆的基地，给他们做工作的时间，实在不行，就实施强制打击方案。

那瑟警长：我们的线人传来的动态是，拉姆犹豫不决，他本来就多疑多变。现在估计是要等待着政府方面给他个免死承诺。

师长：他的罪行够死十次了，但为了大局，瓦解人心，可以给他承诺啊，我们的承诺没用，他也不会相信。

阿里夫：我可以协调边境省给他个承诺函，但要附加条件，必须戴罪立功！

那瑟：对，让他再策反几个组织和团伙。

阿里夫：条件太苛刻他就不干了，只要他有反悔和立功表现就可以了，如果能够策反一家，就给他活命减刑。

那瑟：不知道那个女校长的武器发挥作用没？

阿里夫：会的，土耳其介绍的反恐经验就是亲情感化，最有效的就是妈妈喊话和妻子的眼泪。唤醒人性和良知。

那瑟：线人的观察，说他在袭击马克的行动中，表现出了人性的一面，对他的手下还表现出了真情。

师长：好，我们就等着人性的觉醒吧。

第十章

夜晚，拉姆基地房间，玛希拉和衣躺在地铺上，她回想着白天和拉姆相见的场景，心里很难受。拉姆面无表情的样子在她眼前闪现。

玛希拉想，难道他真的心如铁石了？她起身走到窗边。

突然，敲门声。

玛希拉转过身来，拉姆已经闯进来。

玛希拉吃惊地看着他。

拉姆走过来，看着玛希拉。

拉姆的眼前浮现出玛希拉身穿孔雀绿裙袍的样子。

眼前的玛希拉眼睛依然清澈明亮。

拉姆伤感地说：没想到，还能活着看到你。

玛希拉：知道你很难，是非要逃到欧洲去吗？

拉姆：在这里，两头都不会放过我。政府会因为我的过去囚禁我一生，西洋人会因为我知道得太多，杀人灭口。所以只有逃走一条路。我现在和姓戴的周旋，目的就是躲过这次清剿，然后顺利地逃出去。你要是爱我，我们就一起走。

玛希拉：我猜到了你的想法，但我不想跟你走，虽然我还爱着你。但爱一个人并不一定就要给他增加负担，你逃走吧，趁着军方还没有动手。

拉姆：你有一颗金子一样的心，我在欧洲安定后派人回来接你，因为我需要你的陪伴。

玛希拉：不，你快走吧，政府的大军就要到来，你一个人逃起来容易些。

拉姆眼睛湿润了，他动情地搂住玛希拉，温柔地吻着玛希拉的双唇。

玛希拉泪眼汪汪，两个人似乎心心相印，渐渐地激烈起来。

拉姆和玛希拉在地铺上完成了他们充满感情的告别仪式，然后安静地躺在一起。

夜晚，拉姆基地，卡拉里和戴旭东被安排在一个房间，打着地铺。门外是两个守卫。

卡拉里：你觉得拉姆会怎么决策？

戴旭东：他现在怀疑政府对他的宽容政策，更担心雇用他的人追杀他，免得他对媒体披露真相。所以，他现在选择的可能是安全地逃走，但仍然在观察，寻求最好的逃走方式。

卡拉里：那你们说的攻心战岂不是失败了？

戴旭东：已经成功了，他在袭击车队时选择了放空炮，没有造成人员的伤亡。而且，他和我们谈合作，说明已经动摇了。

卡拉里：明天他会要政府的承诺吗？

戴旭东：不会的，他知道那没什么用。但如果促使他立功，大概他就会相信承诺。

卡拉里：我看他眼神飘忽不定，对前女友也不相认，说明内心里的冷酷和脆弱。这样的人最容易出尔反尔。

戴旭东：现在他没有别的选择。

拉姆基地。拉姆回到自己的屋子，萨曼大叔和坎昆、小头目库拉在等着他。

拉姆：西洋人说，巴布尔陆军的清剿行动已经开始，出动兵力三万，有坦克、直升机和各种重武器。而且，西部军区和基地组织结下了梁子，两年前，在陆军学校实施了爆炸，死了不少人。这次9师、7师的好多人，是带着仇恨来的。

坎昆：那我们怎么办？

萨曼大叔：和姓戴的签合作协议，让他把你们带出去，从长计议。

拉姆：好主意。库拉，你带几个人，把戴旭东、卡拉里捆起来，押在一个越野车里，把玛希拉也捆起来，押在另外的车里。坎昆去安排弟兄们转移，除了武器和食物之外，统统扔掉。一小时后转移。

萨曼大叔：这会得罪他们的，以后就没办法合作了！

拉姆：先让他们做人质，逃出去再说。

坎昆：往什么方向去？

拉姆：帕米尔高原，那里人烟稀少，海拔高，先躲一躲。

戴旭东和卡拉里在睡梦中被叫醒，库拉带着人出现在他们面前。

库拉：跟我们走，上车。

戴旭东：去哪里？

库拉：不知道，别废话，把手机交给我，走！

戴旭东：好吧。

戴旭东和卡拉里把手机交给库拉，库拉伸手接手机的瞬间，戴旭东顺势牵过他的手，一个背摔把他摔在地上，同时把枪抢在手中，对着他的手下。

戴旭东：把枪放下，否则我就打死他。

库拉带来的人被这突然的变化惊呆了，没想到戴旭东有如此身手，顺从地把枪放下。

戴旭东：卡拉里教授，您去把枪捡起来，我们有用。

卡拉里过去捡起三把枪。

戴旭东：您看着他们，谁动就开枪打死谁。

戴旭东在房间里找到纸团，塞进匪徒嘴里，用几个麻袋，逐一套在他们头上、身上，然后用匪徒带来的绳子把麻袋扎起来。戴旭东又撕破床单拧成绳，把几个人的脚捆起来。

利索地完成这些后，他和卡拉里教授垂着手悄悄走出房间，快速地走向院子里的越野车。拉开车门，进入驾驶室。

他们听到另外的房间里，玛希拉挣扎叫骂的声音。

戴旭东跳下车来，几个箭步，来到出声的房间。

他一脚踹开门，用枪逼住动手捆玛希拉的两个匪徒。

一个匪徒从侧面扑过来，戴旭东闪身躲过，在他身后又加了一把力，匪徒撞在墙上。

戴旭东走到另一个匪徒面前，一个冲拳，把他打晕在地。

戴旭东拉着玛希拉冲出屋子。但库拉几人已经被人解开绳索，正在院子里寻找戴旭东，看到他和玛希拉一起冲出屋子，一起围上来。

戴旭东意识到他们不愿伤害玛希拉，开始施展拳脚，试图杀开一条路。他首先飞脚蹬倒两人，但很快有几人又扑过来。

戴旭东拉着玛希拉奔向越野车，但被阻拦。

拉姆在台阶上看着院子里的打斗，拿过一支步枪，在捕捉着戴旭东跳来跳去的身影。

坎昆在屋子里看着着急，紧急地给那瑟警长去电话。

坎昆：戴旭东被困在这里了，你要想办法。拉姆要逃走。

那瑟：明白。

坎昆从屋子后面绕过去，把一颗手雷扔在大门口。

手雷炸开，人们就地卧倒。

戴旭东拉着玛希拉跳进越野车，发动，冲向大门。

院子外面隐约传来坦克和装甲车的声音。

库拉架起火箭筒，准备射向越野车，被拉姆拦下。

拉姆举起步枪，精准地瞄向越野车轮胎，一枪射中，车子瘫在原地。

拉姆挥挥手，库拉带人冲过去，再次打斗，戴旭东腿部受伤，被匪徒们制服。

拉姆下令：出发！

他的手下，迅速地进入几辆越野车，打开院门，快速离开。

斯瓦特河谷，一支军车、坦克组成的队伍正快速逼近拉姆的基地。

那瑟和阿里夫在一辆装甲车里。

那瑟和坎昆失去联系。

那瑟：看来，拉姆把戴旭东劫走了，他还是要逃走。

阿里夫：派小分队追吧，他们不会抵抗大部队的。

夜晚，巴布尔军方的大部队开进斯瓦特山谷，轰隆隆的装甲车和坦克声响成一片，间或有直升机飞过。

9师师长坐在指挥车里，他戴着耳机、话筒，不断地在发布着命令。

9师的部队地毯式地在清剿基地。

拉姆的越野车急速地穿行在山谷和森林之间，巧妙地避开了大部队。

被捆绑的戴旭东和卡拉里被扔在一辆越野车的后座上，库拉和一名匪徒在看着他们。

玛希拉也被捆绑着，但她可以坐在后座上。

戴旭东眼前出现童年时的场景。

伊斯坦布尔的国际学校外，戴旭东和一名土耳其少年愉快地从校门出来，土耳其少年戴着民族特色的帽子，但遇到几名白人少年堵在他们面前。其中一名白人男孩挑衅地摘掉土耳其少年的帽子，踩在脚下。

土耳其少年冲上去，挥动拳头，却被几个人群殴，两个扭住他的胳膊，一个抱住他的腰，另一个在他的脸上吐口水。戴旭东眼睛冒火，冲上前去，抢起书包，砸向抱腰男孩的面部，那男孩口鼻流血。另外几个放弃土耳其少年，扑向戴旭东。

戴旭东继续用书包击打扑上来的几个白人男孩。土耳其少年也过来帮助他。

但几个白人男孩缠住不放，试图制服他们。

戴旭东鼓足力气，快速地轮打起来，对方稍往后退。

戴旭东拉着土耳其少年，一溜烟地跑掉了。白人男孩在后面追不上，站在那里骂起来。

戴旭东奇怪自己怎么回想起这么一段场景，脸上露出轻松的笑容。

玛希拉被捆绑着，她不愿意相信这是拉姆让干的。眼前浮现出昨晚的一幕幕。

玛希拉看看自己被捆绑的样子，眼泪不自觉地流下来。

凌晨，9师指挥部帐篷，师长在听作战参谋的汇报，阿里夫、那瑟在场。

作战参谋：昨晚突袭的总体情况是各团按预定计划实施了打击，歼灭了预定基地目标四个。但拉姆基地和基纳基地事先得到消息，正在逃跑。目前我们已经锁定逃跑的目标，可以发射导弹，进行打击。

师长：向司令部报告战绩，这两个目标，其中一个是阿里夫助理让特殊对待的。助理先生，现在怎么办，您的人性感化计划看来没有奏效。

阿里夫：戴旭东先生还和他们在一起，谈判还在继续，请给他们一些时间。

师长：好吧，打击其余的一支队伍。

作战参谋：是！

9师作战室，作战参谋给各团参谋长布置作战任务，他在军用地图上指着左边的红箭头和右边的蓝箭头。

作战参谋：按照师长的命令，部署导弹打掉基纳的队伍，继续追踪拉姆的队伍。

这个任务交给炮兵3团的导弹营。

炮兵3团的参谋长站在他对面，发问：是打击左边的这支队伍，跟踪右面的这支队伍吗？

作战参谋：是的。

凌晨，斯瓦特山谷，基纳出现在逃跑的队伍里，他率领着自己的人马沿着森林地带边上逃跑，速度不快，但比较隐蔽。

拉姆的车队速度很快，连夜在奔驰着。

拉姆在越野车里看到车队越过了边境的河流，即将通过喀布尔河，他轻松地长出了口气。

突然，一发发导弹准确地击中他的车队，几辆越野车顷刻间灰飞烟灭。

拉姆还没来得及反应，他的越野车就中弹了，击中了尾部，越野车的前半部分被爆炸的气浪掀到空中，之后翻倒在地。

戴旭东的越野车也被炸翻，幸好没有伤着要害。

戴旭东从车窗里爬出来，爆炸让他胳膊受了轻伤，但也炸掉了捆绑他的绳索。

他看看，卡拉里教授还活着，就使劲把他从另一侧拉出来，教授满身血污，但没有受重伤，只是脸部被血糊住了。

戴旭东看看四周，拉姆的车队基本上被摧毁了，越野车变成一个个篝火堆在燃烧。

他在一辆损坏比较小的车里找到两支枪，递给卡拉里。

戴旭东：教授，我们现在要去救人，看看还有几个活着的。

卡拉里：你们中国人说，上天有好生之德，《古兰经》说，要珍惜生命。我们去寻找吧。

戴旭东和卡拉里首先看到坎昆，他还活着，但已经丢掉一条胳膊。戴旭东撕破衣服，给他进行简单的包扎。包扎时，他似乎苏醒过来，睁开眼睛看到戴旭东，又放心地闭上眼睛。

戴旭东和卡拉里教授接着寻找玛希拉，惊人地发现，玛希拉早就从车里跑出来了，竟然毫发无损，只是满面尘土。

玛希拉没注意戴旭东和卡拉里，她在寻找拉姆。终于，在一辆炸毁的车里发现奄奄一息的拉姆。她摸摸拉姆的鼻孔，还有一丝气息，就想把他从车里拉出来。

戴旭东和卡拉里来到玛希拉身边，帮助她把拉姆从车里拖出来。拉姆血肉模糊，一条腿和一只胳膊受重伤。戴旭东找到一些破布，给他包扎好。

戴旭东问玛希拉：你知道这附近有村庄吗？

玛希拉哭丧着脸：没有，这似乎是开伯尔山口。一片森林和河流。

戴旭东和卡拉里商量：我们暂时到林子里去吧。

戴旭东找到几件睡袋，分别把拉姆和坎昆装进去，他和卡拉里教授分别拉着两人往林子里走去。

玛希拉背着一些捡来的食品，跟在他们后面。

斯瓦特山谷。导弹营的士兵驱车来到拉姆车队被摧毁的现场。

一队士兵在打扫战场，他们发现了萨曼大叔的尸体，拍照之后，就把他草草掩埋。再对战场巡视一遍之后，驾车离开。

9师指挥部，师长在发火，作战参谋垂着头，炮团3团的团长也肃立着。

师长：愚蠢，多么低级的错误！怎么部署的？

团长：我们的参谋长听到要打击左边的逃军，而他站在作战参谋的对面。正好相反。是我们的失职，我请求处分。

师长：立即去现场，看有没有侥幸活着的。

团长：已经去过了，一片死尸和废墟。但发现了一些比较完整的尸体，已经拍过照，对尸体做了处理。

师长：把照片提供给阿里夫先生，我向他检讨吧，继续推进。

锡卡。易北峰和孙跃民、张诗仪在谈港口城项目，商务处张处长在场。

易北峰：形势正在向好发展，锡卡总统访华期间专门谈到了港口城项目。他们的态度是明朗的，项目会在适当时候恢复，但要对社会和民众有个说法。主要问题是环评和审批程序的审核，有关手续的完善。总统对媒体也做了同样的声明。根据这样的情况，经研究，决定再派特使来，敦促此事，同时就中国的投资与锡卡政府形成具体意见。

孙跃民：我们了解到，东瀛集团正在策划在锡卡的战略项目上提出合作，我建议特使和总统、总理会谈时，整体提出锡卡交通枢纽的问题。我听说，汉班托塔港的配套机场就有可能被他们接手。

易北峰：这里的情况比较复杂，汉班托塔港的配套机场只是整个棋局里的一个眼。

张诗仪：我们通过外交渠道协商，以恢复项目的名义名正言顺啊。

张处长：但他们说这个项目前期论证不够，对客流量的测算有问题，现在每天只有一个航班。

孙跃民：也从政治角度提出问题了，怀疑其中有交易，涉及原政府的腐败质疑。但我们只是按照锡卡政府和我们协商的程序在进行，项目论证也是做得挺扎实的，全是第三方国际专业机构完成的。而且，现在对流量的测算，在方法和理念上存在很大的问题。任何一个专业机构，要论证新的机场，都是对可能性和未来的测算，而不是对以往实际流量的统计。一个新机场，从哪里去统计已形成的流量！

张诗仪：当时，法国的公司测算主要是对在印度洋加油补给的航班的测算，加上未来汉班托塔港形成的人流、物流的测算。从现在的实际情况看，汉班托塔港不到一年停靠大约两百艘轮船，未来还会以乘数效应增长，完全可以成为配套机场的客源。

易北峰：这是个很重要的说明。

孙跃民：配套机场距港口只有十七公里，完全是一个交通枢纽的半径范围，而且铁路和高速公路项目与之也是配套的。

易北峰：请你们回去就锡卡整个交通体系布局和建设写个说明，在此基础上提出汉班托塔港的配套机场问题，也把已经投资和开工的情况说清楚。我要提供给特使。

孙跃民：谢谢大使，我们中博的海外人员都很焦急地等着锡卡政府的消息，希望您理解我们的心情。

易北峰：相信与他们会谈后的变化，也相信他们的政治智慧，特使会帮我们打开新局面的。

锡卡某办公室，西瑟总统的特别顾问卡拉汉先生在和锡卡驻日本大使桑比研究日本首相特使来访的事宜。

卡拉汉：你能告诉我，特使来访的主要目的是什么吗？

桑比：主要是谈对锡卡的投资问题，长期合作的项目。

卡拉汉：我很想知道，他们的海上巡逻艇何时到位。

桑比：他们提出的意见是和联合军演一起考虑。

卡拉汉：也就是说，他们的军事力量也要进来。

桑比：目前只是军演的说法，也许会提出军用机场的问题。

卡拉汉：他们的要求总是很多，我会向总统报告。我们的新政府即将选出，需要一些振奋人心的消息。你回去继续和他们交涉，看能否在北部和东部旅游业，以及农业方面进行投资，注意，是投资，不是贷款。

桑比：我知道了。但是，也许他们的主要目的是要拉锡卡加入TPP，把这个泛太平洋经济战略伙伴关系协定扩展到印度洋来，用来对付中国的"一带一路"倡议。

卡拉汉：日本现在这么积极地推进这个，但我觉得不得要领，你不给成员国实惠，我们怎么可能加入你呢？何况，日本人是站在发达国家角度设计条款的，我们实际上受的限制大于好处啊。很简单，你让他们看看中国给"一带一路"国家的多边贸易和经济合作条件，具体研究一下对锡卡的支持就行。

桑比：美国会支持他们，首相很想以外促内，以对泛太平洋事务的参与来推动国内的修宪，所以他给锡卡支持就附加条件，强调防务合作和海上安全合作、军演等。这次他的特使大概是要锡卡配合他们围堵中国。

卡拉汉：太幼稚了，中国人给我们的是投资，港口城十四亿美金，他们能给吗？给贷款是需要还的。我们政府的负债率已经高达百分之六十了。再说，美国人就那么可靠吗？他们把宝押在希拉里上台上了，这个赌注也许下错了，美国政治总是富有戏剧性的。你转告他们，我们需要的是投资和支持。我们总统一直是奉行以亚洲为中心的中间道路，对于亚洲的重要国家印度、中国、日本、巴基斯坦一视同仁。尽管我们需要他们的资金。

桑比：好吧。

夜晚，孙跃民公寓，孙跃民、张诗仪、黄翔、丁珂几个人在一边看着电视新闻，一边打着双升。

孙跃民和丁珂对家，黄翔和张诗仪一伙。

孙跃民甩出一张大猫，张诗仪出了个2，黄翔出了个小猫，丁珂出了大猫。

丁珂：孙总，你太臭了。打无将牌怎么能先出大猫呢，这下没有制空权了，小猫还在张总那里。

孙总：我这是敲山震虎，怎么知道我手里没有比小猫更厉害的牌呢？

孙跃民出了个红桃A，被张诗仪的小猫毙掉。

张诗仪笑嘻嘻地甩出一串梅花来。

孙跃民和丁珂输了。

突然，电视里出现中国政府特使访问锡卡，和总统、总理会见的画面。

孙跃民等人马上放下扑克。安静地观看电视新闻，突然，孙跃民的电话响了，是易北峰大使的来电。

易北峰：孙跃民同志，感谢你们提供的关于锡卡交通体系建设的说明，我国特使和锡卡总统、总理会见时重点表达了你们的意见和方案，得到锡卡总统和新总理的认可。他们允诺加快对港口城项目的审核，也加快研究汉班托塔港配套机场恢复施工意见。谢谢你，也祝贺你，明天你要去政府见一下总统特别顾问，他是个经济学家，可能要和你具体讨论港口城恢复建设问题。

孙跃民：感谢中央政府，感谢大使，让这个项目起死回生了。我立即做准备。

孙跃民对张诗仪等人说：这就是辩证法，打牌，我输了，但我们的项目就要复工了，起死回生，明天总统特别顾问要和我具体谈港口城。哈哈，仰天大笑出门去，我辈岂是等闲人！黄翔，拿啤酒来；丁珂，到门口买只鸡；诗仪，你去拿几个杯子来，举杯欢庆一下！

张诗仪：你不需要准备一下吗？明天是见经济学家顾问，可不是一般人物。

孙跃民：放心吧，他的那些经济学知识全是纸上谈兵，我可是真刀真枪，市场经济汪洋大海里闯荡过来的，他们应该聘我做经济顾问才对，我会给他们提出我们特使不便提出的思路。喝酒！

孙跃民的电话又响起来，他看到是乔虹的电话，迟疑一下，还是接了。

乔虹：该祝贺你了，中国的特使来锡卡为你们做协调工作了，卓有成效。这是锡卡政府最高领导人的公开声明了。

孙跃民：我知道他们将陷入债务危机，如果没有能产生税收和财政收入的项目，很难躲过金融危机。明天我将要和总统特别顾问面谈。

乔虹：那就不打扰了，但我必须告诉你，戴旭东在巴布尔失踪了，有可能是被匪徒绑架了，玛雅和戴娆都很着急，你能否问问阿里夫先生。

孙跃民：我问问，谢谢你告知。

乔虹：晚安。

孙跃民看看张诗仪，有点尴尬，丁珂和黄翔已经出去买东西了。

张诗仪：藕断丝连，她是真的爱你，嘘寒问暖的。

孙跃民：他说戴旭东失踪了，可能是被匪徒绑架了。

张诗仪：我听见了，但我不担心。他是那么精明的人，绝不会让自己陷入被动。一定是和阿里夫商量好的什么计划。要不我问问玛雅？

孙跃民点头。

张诗仪拨通玛雅的电话。

张诗仪：玛雅，戴老板什么情况？孙总很关心。

玛雅：现在情况还不十分清楚，阿里夫说他们正在寻找，事先知道他们的行踪，不会有太大问题。谢谢孙总，有消息我第一时间告诉你。

丁珂和黄翔走进来，一个手里拿着一只袋装的扒鸡，一个抱着几瓶啤酒。

孙跃民：但愿他没什么事。我们这酒就算是为他祈福吧。

几个人端起酒杯，却不知该说什么。

丁珂：孙总，你不是说为港口城项目起死回生喝酒吗，怎么不说几句？

孙跃民：戴老板失踪了，估计和反恐有关系，不会有大问题，但我心里不知道为什么特别揪得慌。

张诗仪：说明你的心还在巴布尔，请集团把你再调回去吧，那里还有许多难忘的记忆呢。

孙跃民觉得张诗仪的话有点阴阳怪气的，猜到也许是乔虹的电话引起的，就微笑着举杯：戴老板不会有事，我们倒霉的日子过去了，大家都会好起来，让我们为他平安返回，为港口城项目早日复工，干他娘的一杯！

丁珂：滚他娘的烦心事，活着就要开心，干杯！

黄翔：我今晚觉得这扒鸡比我在国内吃到的好吃多了，为丁珂慷慨解囊，干杯！

孙跃民：不不不，今晚我请客，所有的酒，鸡，管够！我们已经时来运转了，同志们，我们不会再受窝囊气了。

孙跃民说着竟然流出眼泪来。

张诗仪低声但坚决地说：我请客，因为我赢了双升。这就意味着我们的事业和戴老板的安全双双利好，干杯！

大半夜时，孙跃民公寓内已是杯盘狼藉。

黄翔摇摇晃晃地走出去，嘴里呜呜啦啦：我喝多了，我要睡觉去了，孙总，您早点休息。

丁珂嘻嘻笑着：孙总早就让我给灌多了，睡着了，我也走了。张总，您是孙总的小棉袄，您帮着收拾吧。丁珂也摇摇晃晃走出去。

张诗仪收拾完桌子，走进里屋，看到孙跃民已经和衣睡在床上，就轻轻地给他盖上被子，然后熄灯走出房间。

孙跃民的梦境中，他和张诗仪、黄翔、丁珂几个人穿着超人一样的衣服，展翅飞向已经建好的港口城。

几个人在楼顶上俯瞰整个港口城，港口城高楼林立，五光十色。

集装箱码头，一艘艘万吨巨轮在港口进出。

一头大象插上翅膀，腾空飞起，在楼顶停下来，用长鼻子把孙跃民卷起来，送到背上，然后乘风飞去。

突然，海啸袭来，滔天巨浪，孙跃民被浪头卷入波澜之中。

孙跃民大喊一声，从梦中惊醒。他掀开被子，坐起来，揉揉眼睛，起身下床，走到客厅，看到收拾干净的茶几、桌面，脸上露出微笑。他走到窗户前，看到灯火明灭，明月高悬，不由得伸伸懒腰，然后走到桌子前打开电脑，在屏幕上敲出一个标题来——关于锡卡港口经济与自贸区建设的有关建议。接着紧张地写起了提纲。

锡卡总统特别顾问办公室，卡拉汉微笑着向走进来的孙跃民和张诗仪伸出手来，热情地与他们握手表示欢迎。

他请他们喝锡卡的红茶：尝尝我们的红茶，和你们福建的岩茶、云南的普洱不同，这也是高海拔山区的茶，我们叫高地茶，但味道不同。

孙跃民：我知道锡卡是红茶出口大国，有时候比中国出口还多，在世界上排名第二，肯尼亚是第一。

卡拉汉：你了解茶业的情况！那你知道我们的茶叶都销往什么地方？

孙跃民微笑着：俄罗斯、巴基斯坦、美国、英国、埃及。

卡拉汉吃惊地说：好像你是学习港口建设的，怎么会熟悉这些？

张诗仪：顾问先生，我们在论证航线和港口，自然要研究锡卡的进出口产品和贸易。

孙跃民：我的朋友正在锡卡建设茶场酒店，区别于拍卖的另一种销售方式，或者产业链。和科伦坡的茶叶拍卖中心不一样。

卡拉汉：是土耳其的华商戴旭东吧？以旅游促销售。

孙跃民：您知道他？

卡拉汉：有人告你们的状，总统要求有关部门很认真地做了调查，证明你们是清白的。

孙跃民：难怪。

卡拉汉：扯远了。我找你们来的目的主要是想就你们集团的几个重点项目交换意见。

孙跃民：我想您一定已经知道我国特使和总统谈的内容，我们提出的意见是一样的，那就是对锡卡交通网做总体系统的规划和布局，再分步实施。目前港口成为整个交通运输的枢纽，涉及的主要是汉班托塔港和科伦坡港口城。汉班托塔港一期已竣工，已经产生效益，但需要推进二期，完成配套项目。港口城还没全面恢复。这两个项目是中国政府一定要谈的。

卡拉汉：我们不能仅仅谈恢复施工，要谈条件和具体方案。

孙跃民：哈哈，谢谢顾问先生的信任，实际我知道您关心的是新政府将进入还债期，面临财政压力。而且，我也知道几个月来，锡卡的政要频繁地在印度、日本、美英寻找资金支持，没有多大的成效。由于锡卡政府这种休克式做法，国际货币基金组织将锡卡的信用评级已经降到 B 级，未来展望是负面的。客观地说，停掉这些项目，解决不了新政府面临的债务危机问题。

卡拉汉：谢谢，你可以直截了当地说你的想法。

孙跃民：我的想法是，您可以用基础设施来换取财政收入。比如，现在的汉班托塔港，港口是锡卡的，这是所有权。但使用权是可以换钱的，经营管理权的出让或者部分出让，就可以获得十几亿美元的现金收入。而所有权还在锡卡政府手里。我想，用这样的方法就可以部分解决政府的债务问题，也是基础设施集中投资后尽快产生效益，让基础设施发挥作用的良好途径。

卡拉汉：不错的主意。但巴布尔的达尔港有过不成功的经验。开始把使用权交给了新加坡的港务公司，几年都没有效益，最后又交给了你们集团，刚有点起色。你能确保，我们不会重复达尔港的命运吗？

孙跃民：顾问先生，我恰好参与了达尔港运营权转让的过程。

卡拉汉：你还有什么好的建议？

孙跃民：我知道，中国和锡卡之间关于自贸区的谈判被搁置了，我们的港口要是能和自贸区的建设同步进行，它的效益会更好。也许解决新政府债务问题的出路就在自贸区，有自贸区的拉动，这里才能成为真正意义上的航运、物流和金融中心。从自贸区和锡卡的地区战略地位来看，也必须加快港口城的建设。顾问先生，我准备了有关上述意见的文字材料，交给您吧。

卡拉汉：谢谢，孙先生，以后我们经常见面聊聊天吧，这样对于合作双方都是有利的。

孙跃民：召之即来。

卡拉汉：我们是朋友了，再会。

巴布尔斯瓦特山谷森林，玛希拉在给拉姆喂水喝，拉姆像个植物人一样躺在戴旭东搭的临时窝棚里，仍然神志不清，坎昆已经能半坐着了。

坎昆：你就是玛希拉，痴情的姑娘。

玛希拉：你们为什么不逃到欧洲去？

坎昆：没来得及。拉姆想得到这笔钱后再走。唉，没想到这么倒霉。

玛希拉：我们现在怎么能离开这里？会不会有人来袭击我们？

坎昆：不会的，他们在陆军的围剿中早就跑掉了。现在，我们需要想办法吸引人过来。

玛希拉：那就开枪，吸引狩猎的人过来。

坎昆：你想让拉姆先逃出去？

玛希拉：是的，他如果被政府关起来，还不如逃出去碰碰运气呢。

坎昆：那你就带着他先走吧，估计他苏醒后会去找他藏黄金珠宝的地方。你也没有归宿，跟他跑吧。

玛希拉：好的。

戴旭东和卡拉里在林子里寻找能吃的东西。

卡拉里教授在一丛灌木中摘酸果，他把摘好的酸果放在帽子里。

戴旭东爬上一棵树，从鸟巢里拿出鸟蛋来，也放进自己的帽子里。

两个人在草地上休息。

卡拉里：我们过起原始人的生活来了，也挺有感觉的。

戴旭东：从这里走到公路上需要多长时间？

卡拉里：两天，我只能大概判断一下。

戴旭东：没有办法。只能等拉姆的伤情好转，我们再出山。

卡拉里：我看到林子里有狩猎者的临时窝棚。也许还会有人来的。

白沙瓦9师指挥部，阿里夫和那瑟、师长商议寻找戴旭东。

师长：现场没有发现戴旭东、拉姆、卡拉里、玛希拉的尸体，但发现了萨曼大叔的尸体。两种可能，一种就是被炸成碎片了，那就没办法了。但现在看，似乎这些改装的车还有一定的抗爆炸能力，变成碎片的可能性不大。另一种可能就是活着，但仍然被劫持，很有可能已经进入阿富汗境内。

阿里夫：我们的情报机关，负责追踪拉姆的报告说，确实没有任何信息，拉姆最后的信息消失在斯瓦特接近开伯尔山口的地方，可能就是被导弹袭击的地方。另一支侥幸逃跑的基纳团伙，确实是在边境消失了。但情报机关发现号称基纳的人声音变成了另外一个人。要么就是狡猾的基纳找的替身，要么就是有人主动冒名顶替，试图让基纳现身，以迷惑我们。

那瑟警长：基纳的妻子是在土耳其，说明他本人应该逃出了大西洋集团的控制，但也没有投靠塔利班。我们安置在拉姆匪帮的线人，信号也消失了，是和拉姆同时消失的。

阿里夫：说明大西洋集团还在追杀他，那这个基纳可能就是个冒名顶替的。我们派一支小分队进山吧，在斯瓦特山谷戴旭东信号消失的地方。

达尔港三丰港务集团，桥本、池田和小泉在商议死港方案。

桥本：拉姆消失了，说明事先他和政府军已经串通好了。舒卡拉先生找的这个代理人不可靠啊。

小泉：很可能是因为政府方面找到了他的妈妈和情人，开展了心理攻势。他的舅舅也消失了，最初我们还从他那里获得过俄式武器呢。

池田：必须培养自己的队伍，我觉得乌尔凯西就很适合扶持，他一直想成为奥斯曼第二。

桥本：我觉得这样成本反而低，也可靠，只是他的重点在中国国内，对巴布尔局势影响不大。

池田：他为了资金，在走私毒品、军火，当然也可以被雇佣做武器。

小泉：很好的投资项目，执行死港计划是需要武器的。

玛雅、拉纳、桑巴兄弟以及几名持枪的车队保安出现在斯瓦特河谷，他们的改装车性能很好，在山路上跋涉。

玛雅：拉纳队长，您觉得戴老板如果没遇到危险，他会不和我联系吗？

拉纳：当然不会，很可能被拉姆扣押了。

桑巴：但拉姆的车队遭受导弹部队袭击，已经被歼灭，9 师的弟兄们说在现场没看到一个活人。

玛雅：但阿里夫表哥说，现场没有发现拉姆的尸体，当然也没有戴老板的，倒是发现了拉姆舅舅的尸体。我相信，他一定还活着。

桑巴安慰的口气：戴老板那么精明，不会有事的。

拉纳：对啊，如果是被绑架，拉姆应该要赎金了，不会这么安静。

桑巴：我想可能是受伤了，通信设备损坏，没法联系。我当时在边境寻找拉姆时，曾经遇到过类似情况。有一次被雨浇了，发烧，手机掉到河里了，不敢开车。在车里躺了两天，身体恢复后才把车开到有人的地方。

白沙瓦9师师部，戴鸿业和戴娆、白逸轩一起来见9师师长。

戴鸿业：尊敬的师长，我是戴旭东的父亲，我来这里是恳求您派队伍再次进山，帮我们再寻找一次，我愿意为军队提供经费。

师长：对不起，戴先生，让您受惊了。我们的搜救队伍已经出发，而且是总统的特别助理亲自带队的。根据目前的情况看，戴旭东先生的生命应该没有受到伤害。我们的小分队已经在边境地区寻找了。

阿里夫带领一支小分队，驱车行进在斯瓦特山谷的森林地带。

阿里夫和小分队再次来到拉姆车队被导弹袭击的地方。

阿里夫仔细查看被炸毁的越野车，在一辆损伤小的车前停下来，他看到有被扔掉的破睡袋。再往旁边看，似乎有拖拉的痕迹。他顺着拖拉痕迹往前走，发现通向森林方向。

阿里夫向森林地带挥挥手，小分队跟着他前行。

斯瓦特森林地带，戴旭东在临时搭的窝棚外坐着，坎昆斜躺在他身边。

窝棚里拉姆睁大眼睛在听卡拉里布道，玛希拉用清水在擦洗他的小腿伤口。

坎昆看到玛希拉没在身边，就悄悄告诉戴旭东：拉姆只是皮肉伤，他准备逃跑，不想把自己交给警察或政府军。

戴旭东：逃到哪里去？

坎昆：他可能有一些黄金或毒品藏在什么地方，他想取走后去土耳其。

戴旭东：我让他来召集流亡者，给我的车队护航他不干吗？

坎昆：他不会相信您。除非您答应他独立，让他自由，他只是给您提供服务。

戴旭东：我试试，你继续跟着他。

卡拉里给拉姆讲述《古兰经》后说：拉姆先生，你的母亲还在斯瓦特的村庄里等待你，你心爱的姑娘已来到你身边，祈求你珍惜自己的生命，也珍惜他人的生命。

拉姆目不转睛地听着卡拉里的讲述，脸上毫无表情。

黄昏祷告的时间来临，卡拉里跪下来，面向麦加方向，虔诚地祷告着。拉姆为之所动，也略微屈膝躬身，嘴里喃喃着祷告。

窝棚里的气氛好像轻松一些了。

戴旭东：拉姆先生，我想我们还是有缘分的。用中国话说，就是不打不成交，您可以考虑我的建议了。

拉姆：你救了我，我不会忘记恩情。但你不要想收买我给你当奴隶。要是愿意做奴隶，我早去塔利班了。

戴旭东：我可能没有表达清楚。我的车队运输需要保安，但我只要服务，并不要你成为我的部属。你知道中国历史上的镖局吗？这些镖局是独立的字号，就是今天的保安公司。你在我这里拿订单，为我的运输公司保镖，我给你付酬金。

拉姆：也就是说，你并不管我别的事情。

戴旭东：是的，当然我希望你是合法安全的，或者逐渐合法安全。

拉姆：政府不会让我合法，怎么办？

戴旭东：如果你戴罪立功，就可以免罪，变成合法的啊。

拉姆：立什么样的功才能免罪呢？

戴旭东：如果你能去策反另一支队伍，那就是立大功了。

拉姆：那是要用生命做赌注的！

戴旭东：我们可以以同样的条件去说服他们，他们是自由的，独立的，给我的车队做保镖，不过是从中国境内往达尔港方向走，但他们最好也是合法的。

拉姆眨眨眼睛：你不会说，让他们戴罪立功，再去策反一支队伍，让他们也来做你的保镖吧？

戴旭东：是的，让更多有不同背景的人，不同出身的人来从事保安和其他职业，获得稳定的收入，不用担惊受怕。这就不是用生命做赌注。

拉姆：听起来不错，不知道政府的人会让你这么做吗？

戴旭东：会的，他们也需要和平、平安。

玛希拉：拉姆，你就好好想想吧，你妈妈也想要过和平的日子。

拉姆：哎哟，这腿还是疼，我先睡了，明天再说吧。

夜幕降临，月光如水，透过窝棚的缝隙照进来。

戴旭东睡在最靠边的草堆上，手枪放在身边，发出了鼾声。

卡拉里很快也发出了鼾声。

玛希拉紧挨着拉姆，她安静地躺着，但并没有睡着。

坎昆睡在窝棚的另一边，鼾声如雷。

拉姆是最先睡着的。

但拉姆听到大家睡熟后，悄悄翻过身来，匍匐在地，爬到戴旭东身边，迅速地把枪拿在手里。

戴旭东依然酣睡着，翻了个身，又睡了。

拉姆紧张地用枪对着戴旭东。

玛希拉悄悄爬到拉姆身边，紧张地看着他。

拉姆紧张地在思考着，最后还是把枪放下了。然后，悄悄站起来，很利索地走出窝棚。他学了声蛤蟆叫，坎昆静悄悄地走出来，跟在他后面。

玛希拉也走出来，走到拉姆身边，低声说：我跟你走吗？

拉姆犹豫着：也许，我还会回来。我都不知道自己去哪里！

玛希拉：和戴老板合作吧，也许他说的是真的。

拉姆：我先走了，你留下来，他们不会伤害你。如果他说的是真的，就会找我。

他说这话时，下意识地看看坎昆。

玛希拉：萨曼大叔被炸死了，他找不到你了。

拉姆：我会找他。

拉姆腿脚利索地往边境方向走去，坎昆跟在后面。

玛希拉站在夜色里，看到他们走远了才回到窝棚里。

戴旭东笑嘻嘻地看着她，玛希拉大吃一惊。

玛希拉：您没有睡着？

戴旭东：刚睡醒。

玛希拉：拉姆还是走了，他不相信政府会放过他。但他说，也许他还会回来的。

戴旭东：他会回来的，因为你还在这里，他的妈妈还在村子里，他部下的家也在斯瓦特河谷。

玛希拉：戴老板，看来您是个有信仰的人。

卡拉里也坐起来，说：真主无处不在，拉姆用枪对着戴先生，但最后还是放下了。

戴旭东：我们去看看拉姆的妈妈吧。

玛希拉：那要走很远的。

戴旭东从草堆里找出个手机，拨通了拉纳的电话。

戴旭东：拉纳兄弟，麻烦你到开伯尔山口的森林来接我好吗，我的车子坏了。

拉纳：你好沉得住气，我们就在附近了。

玛希拉又一次吃惊地看着他。

中国驻锡卡使馆，孙跃民再次来见易北峰大使，他带来自己的团队，张诗仪、丁珂、黄翔，在会议室里给大使和商务处长介绍方案。

孙跃民：我和锡卡总统特别顾问卡拉汉先生做了深入的交谈，在谈话的基础上，形成了这个方案。

黄翔操作 PPT，屏幕上出现"汉班托塔港经营使用的一揽子方案"。

汉班托塔港的一期工程竣工运营后全年接待近百艘商船，已经看到效益。但是，目前锡卡政府进入还贷期，每年将有几十亿美元的贷款要还，而他们的经济总量较小，财政收入每年只有不到一百亿美金，政府负债高达百分之六十。国际货币基金组织建议他们减少负债。所以，我和总统特别顾问卡拉汉先生做了深入沟通，提出以使用权换资金的方案。这里是有关的数据。一期工程的两个十万吨级通用码头和一个十万吨级油码头已经投付使用，二期工程包含四个十万吨级码头，总投资八亿美元，目前主体工程的浇筑已经完工。看到这些效益和设施横空出世，他们的思路也打开了。

易北峰：好主意！他们已经做了深入具体的研究，正就他们总理访华的事项和我们沟通。我看到他们的方案有重大的变化，没有提出资金援助的要求，而是提出了新的机制，让我们把债权变股份。汉班托塔港的方案已经很具体了。我觉得这是个积极的方案。

孙跃民：易大使，我们现在很关心港口城何时能全面恢复施工。

易北峰：根据我们的观察，应该是在锡卡的总理访华之前，因为环评报告已经通过评审。我倒是关心另外一件事，我们要和他们谈自贸区的问题，现在已经有二十多个"一带一路"国家和中国签署或进行自贸区谈判，锡卡的谈判正在进行，如果我们将自贸区落实在服务平台上，应当是在港口城吧？

孙跃民：我们已经和港口城商务区规划设计方面沟通，计划尽快建立服务平台。

易北峰：我在想，没有大企业，大战略，也就没有大国外交。不知道你们感受到了没有，虽然锡卡是个只有六万多平方公里的岛国，两千多万人口，GDP只有八百亿美元，但它的战略地位越来越重要了。地理上，它是印度洋的十字路口，扼守欧亚海上贸易、能源通道，而且是东西方往来的海上补给点，已经成为连接东盟新兴经济体、西亚油气产区、东非大市场和欧洲发达国家的地缘区位中心。他们的提法——建成印度洋的转运中心、商务中心和金融中心，是符合实际和未来发展趋势的。我们要从这样的角度来理解中国和锡卡的合作。我们和他们的合作，对他们来说，会缩短建设周期，加快发展步伐。对我们来说，在这里投资建设基础设施，实际上是加速了锡卡的发展进程，这个进程顺利、成功，企业经营的空间就更大。

孙跃民：感谢大使，我们是该好好思考一下，我们怎么和这样的国家合作，怎样的模式更能促进双赢，让他们舍不得放弃和我们的合作，也离不开我们的合作。我们企业几十年来从承包工程的施工企业，到单独承接项目的建筑商，到可以进行地区性综合性开发的集团，确实要研究怎么顺应经济发展大势，以投资建设促共赢的合作发展模式。您有什么指导意见，请不吝赐教，我近期将回北京去汇报工作。

易北峰：不是赐教。我只是在想，合作方的需求已经发生巨大变化，我们作为供方，可能也需要一些变化，比如体制机制，是否可以更适合与第三世界国家合作，便于直接对接。汇报已经结束了，我说的是个人意见。

孙跃民微笑：我听说招我们回京就是关于集团合并的事。大使，您太懂领导艺术了，您一定是听到了关于海外企业改制重组的消息，才以这种方式给我们披露一些，免得我们没有思想准备。

易北峰：现在锡卡的工作正是要紧的时候，科伦坡港口城项目如果恢复，就不仅仅是个施工的问题，要考虑自贸区和商务中心的落地。而汉班托塔港的经营权要出让，中间会有复杂的谈判。这个时候，中国企业还是需要稳定的，要坚定不移地把我们正在做的事情进行下去。坚持到底，就是胜利！北京回来咱们再好好聊聊，那时也许锡卡总理也回来了，局势就更明朗了。谢谢你给我们这么智慧的方案。

北京中国博海集团总部，刘清云在办公室里和孙跃民见面。

刘清云：沧海横流方显英雄本色，你这倒霉的家伙，又扛住一次打击，峰回路转了。锡卡政府在总理访华前正式宣布科伦坡港口城项目环评通过。我看到你给他们开的药方了，良药，会缓解他们的债务危机。

孙跃民：您也得看到它们确实能够举一反三，他们提出了债权转股份的方案，看来是研究了我们中国的改革，我们解决债务问题时就这么干过。易北峰大使说，他们在锡卡总理访华的议题里，没有涉及请求资金支持和援助，而是要谈自贸区的关税问题。这样，我们就要考虑港口运营的问题。当然与这个具体项目有关的是，我们集团的架构和人员构成需要补充完善，增加运营方面的人员，熟悉商业和贸易的人员。一个项目部，已经不能适应目前的工作，特别是未来汉班托塔港如果真的交给我们经营，就更需要增加新的力量。

刘清云：我本来要告诉你的是，国资委已经提出把中国博海集团和原来搞路桥的合并为新的大型交通集团，名字仍然是中国博海集团。集团的领导班子将会有调整，目前考虑你到总部来任副总，管海外这一块，重点是印度洋，但暂时还要兼着锡卡分部的工作。

孙跃民：感谢组织信任，可我还是更适合在项目部做具体事，到总部搞统筹协调之类的工作，我可能搞不好。

刘清云：你这是骄傲，不要以为在几个项目上混过几年，就敢妄称适合搞项目。到总部来，也同样要搞项目，不搞项目的总部是衙门、研究院，不是要开辟海外市场的企业。

孙跃民：那我服从，就是说，达尔港的事情我也可以管了？

刘清云：当然。现在，巴布尔的情况比锡卡要复杂些了。我们在南亚和东盟国家遇到的共同问题就是政局变化对项目的影响。但锡卡是已经变过了，摇摆一下，还会回到正常合作的轨道上来。但巴布尔大选会在两年后举行，会不会出现锡卡的一幕，也很难说。何况，2009年猛虎组织被歼灭后，锡卡的安全形势明显好转，政府还是能够有效保障社会稳定的。巴布尔的安全形势令人担忧，分裂势力、极端分子、民族宗教纠纷，同时存在，而且现在有大西洋基金、东瀛基金在背后插手，增加了解决问题的难度。

孙跃民：我听上合组织的特派员戴旭东说，东瀛基金在组织实施一项死港计划，围绕破坏达尔港的运营，采取一系列针对中国企业和中国人的恐怖行动。

刘清云：我得到的消息是大西洋基金部署了针对"一带一路"的遏制计划，

破坏中巴经济走廊建设，不惜代价、不择手段地制造各种事件，而且把这样的任务分包给了西方的安全承包商、雇佣兵团伙和民族宗教极端分子。

孙跃民：如果人们视巴布尔为畏途，投资和建设都会受到影响，那就很麻烦。

刘清云：但这条走廊对于中国和巴布尔一样重要，我们的油气管道如果畅通，从达尔港上岸，走陆路到喀什，仅两千多公里，比绕道马六甲海峡要缩短百分之八十的路程，大大节省成本。而降低油价对我们来说意味着增加产品的竞争力，产生一系列连带的正效应。巴布尔由于有这条大通道，就会带动沿线的产业和重点地区的城镇化。因此，无论有多大的困难，遇到多大的威胁，我们都必须把这条通道建好，产生预期的影响。你要多去看看，研究解决建设中的问题。至于安全问题，巴布尔已经成立了一点五万人的保安队伍，你的朋友戴旭东本身就是上合组织的特派员，你多和他联系、协商。我判断，如果这条陆路和海路上的重要节点建成，容纳更多就业，当地经济社会繁荣起来了，恐怖分子存在的土壤就没有了，政府再采取清剿等措施，就会收到明显的效果。要有信心啊，真理在我们这边。

孙跃民：谢谢刘总，那我先去了解一下动态吧。

夜晚，北京乔虹家。乔虹的爸爸乔致远、妈妈冯翀正在看电视。
电视屏幕里是锡卡总理访华的场景。

乔致远：小虹在那里也有两年了，她的酒店设计很有创意，那个土耳其长大的华人老板说酒店的名字叫宝石，对法国人说就叫眼泪酒店，很有意思。这下可以开工建设了吧。冯翀老师，是不是这个戴老板更有艺术气质，比那个修港口的孙跃民强多了。

冯翀：法国的索内尔更有艺术气质，但他不离开巴黎，两个人不还是分手了。艺术气质并不能决定感情、婚姻，你有艺术气质吗，连古典舞和民族舞都分不清，不还是娶了我这个舞蹈家。再说了，据说人家那个戴老板，和一位巴布尔姑娘好上了，他在土耳其长大，人家看不上咱们的姑娘。小虹到现在还念念不忘那个修港口的，这可怎么办呢！

乔致远：让她回来吧，中国有的是酒店要设计。

冯翀：不管用，她的心在锡卡，那里有孙跃民，让她伤感的人，我看酒店叫眼泪就挺好，适合她这样的人去设计、旅游。我还是打个电话吧。

冯翀和女儿乔虹通视频电话。

冯翀：你爸爸刚从电视上看到锡卡的总理来访，宣布重启港口城项目，让我赶快告诉你。你的酒店该开工了，宝石酒店。

乔虹：是的，孙跃民他们已经接到正式通知，全面恢复施工，但可能商务区的规划设计要重新调整，给自贸区的平台让出点位置，风格上也要变化。

冯翀：小虹，业务上的事情我不管，你会很出色。但感情上不能这么藕断丝连，既然已经分开了，就不要再频繁联系，那样会害了自己，最后受伤害的都是女人。

乔虹：妈妈！您不要那么俗好不好，我和他联系就非要是为了婚姻吗！做不成恋人就不能做朋友吗？我给您明确，我这辈子就单身了！自由、孤独、享受。

冯翀：好吧，不和你说这事了，注意饮食，生活规律点。和你爸爸说话吧。老乔，过来，小虹的电话。

乔致远：小虹，你的酒店没有白设计。等过两年我和舞蹈家冯翀去住你设计的酒店。

乔虹：谢谢爸爸，会有那一天的。晚安。

科伦坡港口城施工现场，孙跃民头戴安全帽，走到万吨挖泥船上，亲自按下按钮。

万吨挖泥船又开始吹沙造地，吹沙机喷出的沙子在空中划出美丽的曲线，在阳光的照射下，宛如一道彩虹。

不远处，大型载重车将一车车成吨的石块，填入海里，溅起一波波浪花。

孙跃民走下挖泥船，张诗仪、黄翔、丁珂走过来和他合影。每个人，眼里都泛着泪花。孙跃民动情地和每个人拥抱。

美国南密西西比某小镇，舒卡拉来看女儿和前妻。

简陋的平房外，杂草丛生，看起来很长时间没有修剪了。

舒卡拉推开栅栏门，走进屋子。

已是少女的塞娜迎上来，打量半天，才认出来。

塞娜拥抱爸爸。

舒卡拉：你的妈妈呢？

塞娜：她被赶出去了，不，是她的丈夫被赶出去了。她丈夫是个墨西哥人，现在这里的种族歧视很厉害。原来的公司辞退了他，找不到新的工作，他只好回墨西哥城去了，妈妈跟着他走了。

舒卡拉：我给你的抚养费，够用吗？

塞娜：政府有福利，我还在一家俱乐部打工，每周去两次，可以有一百多美元收入。

舒卡拉：可怜的塞娜，你好好读书，把护理学校的学分拿到，我每月给你两千美元。

塞娜：谢谢，不用了，我已经到了自食其力的年龄。只要这里不歧视我。他们有人说，您是印度血统，对吗？

舒卡拉：是的，八分之一，会有人介意这个吗，在学校里？

塞娜：是学校的男孩子们讥笑我，他们说我是亚洲人。我的男友为此和我分手了。

舒卡拉皱起眉头：可我在大西洋基金工作，那里没有人问我是什么血统。

塞娜：这里是过去的种植园。

舒卡拉：读完护理学校的课程，到亚洲去工作吧，那里没有种族歧视。

塞娜：您是说中国吗？

舒卡拉：不，锡卡，那里正在发展期，医疗设施和医院正在建设，需要医护人员。

塞娜：我想去中国，那里的机会多一些。

舒卡拉讪笑：你为什么有这个想法？

塞娜：我在网上看到的。我的前男友，他爸爸的公司被中国的海尔集团收购了，那个海尔集团就在中国的海滨城市。

舒卡拉：你是说类似美国的通用电气吗？

塞娜：好像是，制造家用电器的。

舒卡拉：有意思，好好读书吧，拿到证书再说。我要去开会了，下次休假带你出去。问你妈妈好。

塞娜：爸爸，您注意安全，听说南亚和印度洋的海盗很厉害的。

舒卡拉：谢谢。

塞娜走过来，默默地拥抱爸爸。

舒卡拉离开女儿塞娜，有点落寞地走出去。

塞娜站在栅栏外，看着舒卡拉的车子消失在远方。

白沙瓦军部，阿里夫、戴旭东和萨拉汗将军、那瑟警长一起在商议下一步行动计划。

阿里夫：戴旭东先生深入虎穴，了解了极端分子的情况，我们需要一起研究下一步的对策和行动计划。

萨拉汗：大规模的清剿行动已经取得胜利，斯瓦特山谷和部落地区的基地已经全部被铲除。现在的问题是转移到境外，特别是帕米尔高原地带的流窜团伙，没有被打掉，还有一些隐藏在部落和村子里的以后还会再度聚集。军方现在没有很好的方案。

那瑟：我们了解到的是号称独立营的基纳团伙、极端分子，还有一些雇佣兵组织流窜在边境地区。可能需要我们采取更有针对性的打击行动，才可以有更好的效果。

戴旭东：根据我们这次和拉姆团伙的近距离接触，他们中间的绝大多数人不是亡命之徒，已经厌倦了流亡的生活，包括拉姆本人，现在也处于进退两难的境地。他现在的心理障碍在于，怕政府欺骗他们放下武器之后，终身囚禁或者被处死。我建议，给他们出路，只要他们主动放下武器，就给他们就业的机会，既往不咎。这将会瓦解绝大多数斯瓦特地区的武装人员。

阿里夫：这个方案，已经有人提出，著名的卡拉里教授专门给国防安全委员会提出了赦免主动放下武器人员的议案，他们近期会讨论这个议题。

那瑟：在这个政策出台之前，我觉得他们还会有专门破坏中巴经济走廊的计划实施，应该严密布防，加大情报搜集力度，把恐怖事件扼杀在萌芽状态。

阿里夫：是的，我会向总统汇报，调集警察部队，专门打击针对中巴经济走廊的恐怖活动。谢谢萨拉汗将军的部署和安排。

斯瓦特山谷索姆村，玛希拉和女校长，还有一名女军医一起来到拉姆家，看望拉姆的母亲。

拉姆的母亲还在织挂毯，她揉揉发涩的眼睛，看着玛希拉和女校长。

玛希拉：大婶，我们的校长来看望您，她给您带来了药品。还有女医生，给您看看腿部的伤。

拉姆母亲：玛希拉，先别看腿，我问你，你见到拉姆了？

玛希拉：是的。

拉姆母亲：他为什么不回来看我，是不是你们把他抓起来了？（她指指女校长）

女校长：我们不会抓他，我们是来告诉您，政府颁布了新的公告，凡是主动放下武器，向政府自首的武装人员，一律赦免，政府还会创造就业机会。

拉姆母亲：我管不了他的事，他自己会决定的。我只是在问他的女伴，玛希拉，他为什么不想念他的母亲。

玛希拉：他还有一些事情在办，很快就会回到您的身边。您先看看腿伤吧。

拉姆母亲伸出腿来，让女医生给她检查，但嘴里依然喃喃着：他为什么不想念他的母亲？

女医生检查她的腿部，有点诧异，她问：您受的什么伤？

拉姆母亲：是炮弹片炸的，好几年了。

女医生：您站起来试试。

拉姆母亲慢慢站起来，做出一副龇牙咧嘴的样子，嘴里低声呻吟着：哎哟哎哟。

女医生：大婶，您的腿不是因为炮弹片炸的，是小儿麻痹后遗症，可能您在年轻时就会有走路过多疲劳和站立过久腿部酸痛的症状，这是后遗症的表现。

拉姆的母亲：你是神医，我要不是走路别扭，早就嫁给酋长的儿子了，那就不会像现在这样穷，我的儿子也不会跑出去不敢回来。你们想想办法吧，这村子里有许多孩子也有这个病。

女医生：中国医疗队已经接受了开普省的邀请，很快就会来这里巡诊，他们很有经验。

拉姆母亲：真主保佑，救救这些苦命的孩子吧。

边境地区某山洞，拉姆和坎昆在吃东西，手里拿着锡铁制的水壶。

突然，装甲车的声音从山洞口传进来，拉姆和坎昆紧张地停止了动作，静悄悄地躺下来。

装甲车的声音渐渐远去，他们才接着吃起来。

拉姆：这就是丧家犬的感觉。

坎昆：如果逃到欧洲，是不是就没人追了？

拉姆：没有可能了，如果不得罪大西洋基金，恐怕还混得过去，如今他们恨不得立即把我的头割下来喂狼。大西洋基金绝对容不得别人欺骗他们，当然他们更担心我们向媒体披露真相。所以，我们这些单干的，最危险，他们随时都会杀人灭口。他们早就发现我们对姓戴的车队放了空炮，基地的那些亡命徒们也会告诉他们真相。所以，我们现在是腹背受敌，只有等着真主给我们启示了，也许等不到明天，下一支搜查队伍就会把我们堵在这里，用火焰喷射器把我们和山洞里的柴草一起烧掉。哈哈。

坎昆：不会的，等躲过大部队的清剿，您找到藏黄金的地方，给我一点就行，我逃到中国去。

拉姆：你还挺幽默，中国人首先就把你抓起来，还以为你是极端分子呢。

坎昆：那我就去难民营，到德国去，或者去土耳其，先装穷，以后再搞个小生意，也能活得不错。

拉姆：别做梦了，还是回达尔港去捕鱼吧，那里的人不嫌弃你。

坎昆：我也觉得还是家乡好，安全。

坎昆打着哈欠睡着了。

拉姆反复地想着怎么办，也迷迷糊糊睡着了。

拉姆梦到自己开着越野车，带着红茶、点心和鲜花回到索姆村，他看到村子里的人喜笑颜开，在夹道欢迎他。里面有玛希拉，还是少女时的样子，身穿孔雀绿色的裙服。

他走进自己家的院子，妈妈在编制挂毯，满院子的栅栏上全是挂毯，上面是鲜花编织的图案。

妈妈走上前来，满面泪水。

他走上前去拥抱自己的妈妈，却扑了个空，妈妈不见了，似乎走向远处。拉姆喊着妈妈，走向一处悬崖，看到妈妈在一块挂毯上坐着向他招手，他喊着妈妈往前一步，一脚踩空，掉入万丈深渊。

拉姆从梦中惊醒，一骨碌坐起来。

看洞外，天已经蒙蒙亮。

他把坎昆叫醒：你就在这里等我，我去找藏黄金的地方，两天就回来。

坎昆：好吧，别把我扔在这里。

斯瓦特山谷，拉姆等在公路边，远远看见一辆皮卡向他驶来，他就招招手，表示要搭便车。

皮卡在他面前停下来，他用普什图语搭讪：我要去白沙瓦，可以搭个便车吗?

皮卡司机招手让他上车,上车后几分钟,快到岔路口了,拉姆掏出手枪来,对准皮卡司机,示意让他下车。

皮卡司机眼睛里冒火,但看到他的枪口,只好下车。

拉姆坐到司机位置上,把皮卡开到通往斯瓦特山谷索姆村的道路上。

拉姆看到美丽的山谷、河流,眼前不断出现玛希拉孔雀绿色的裙子和白色的头巾,还有满脸泪水的妈妈。

他加大油门,向索姆村奔去。

拉姆把车子开进村外的森林里,静静地等待着夜幕降临。

村子里已经有不少居民搬回来了,一股亲切的感觉涌上心头,拉姆眼前出现幻觉,看到年少时的自己和玛希拉在草地上玩耍。

夜晚,拉姆悄悄走进自己家的栅栏门,走到房子的门前轻轻地敲门。

妈妈听到声音,走到门口,隔着门问:谁呀?

拉姆低声回答:妈妈,是我,拉姆。

妈妈急忙打开门,把拉姆让进来,迅速关上门。

妈妈看看拉姆,一言不发,紧紧地抱住儿子,泪流满面。

拉姆看到妈妈泪流满面的样子和梦境里一样,也禁不住潸然泪下。

妈妈让儿子坐下来,关切地问:你怎么敢回来?两面的人都在找你。

拉姆:谁来过?

妈妈:塔利班的人已经被赶跑了,以前找过你。政府的人来过多次,让我转告你回来登记自首。是那个玛希拉陪同来的,带着医生,是真的在给妈妈治病。玛希拉说,政府最近出了个公告,说只要放下武器,就免罪免坐牢。会是真的吗?

拉姆:有点像是真的。您是愿意我回来登记自首,还是愿意我去土耳其?

妈妈:孩子,妈妈当然愿意你在身边,在自己的家乡、自己的国家。但要是他们不放过你,你就远走高飞,妈妈自己能活下去。

拉姆:我不走了,我去白沙瓦看看,如果是真的给我们出路,我就回来,过安稳的日子。玛希拉您喜欢吗?她愿意嫁给我。

妈妈:好的,一切由你做主,妈妈对你没有任何要求,只要你过得好就行。我也喜欢那个姑娘,美丽又善良。

拉姆走过来再次拥抱自己的妈妈:我不能在这里停留,要尽快和有关人员见面，这样才安全。

拉姆悄悄开门，迅速消失在夜幕里。

白沙瓦，拉姆和坎昆来到萨曼大叔的茶馆，他们走进去，要了一杯红茶和水果，在那里等待着萨曼大叔的家人出现。

拉姆问坎昆：你确实问过姓戴的，萨曼舅舅死于导弹袭击，还是你亲眼看见的？

坎昆：我问过姓戴的，他说萨曼大叔已经去世了。

卡拉里从外面走进来，他满脸悲戚，直接向柜台走去。

突然，他发现拉姆和坎昆在喝茶，就主动走过去。

拉姆招呼卡拉里教授坐在他身边，也给他要了一杯红茶。

拉姆：是真主的安排，我本来是要等我表哥在这里出现的，但您却来了。

卡拉里：是安拉有灵，我想要告诉你，政府已经颁布了一项公告，凡是武装人员，主动放下武器，到政府登记的，都会获得赦免，而且可以安排就业。

拉姆：我这些天在境外转了一圈，心里觉得很难受。安拉启发我，应该回到自己出生的地方。我的舅舅因为要拯救我的灵魂，自己先去了天堂。我很想念我的妈妈，想过安稳的生活！

卡拉里：真主保佑。那个戴老板是个好人，他就是想在巴布尔做生意，想要依靠当地人给他保驾护航。

拉姆：您带我去见他吧，我愿意给他组建一支保安队伍。

卡拉里：好，真主保佑。

达尔港戴氏烤鸭店，戴旭东、玛雅、阿里夫和拉纳、桑巴一起等待着拉姆的到来。

戴旭东：拉纳兄弟，桑巴兄弟，就像我事先和你们说的，我们一定要以诚相待。尽管拉姆伤害过老酋长，也干过不少坏事，但他今天愿意与我们合作，他的做法将会影响一大批人。无数被卷进武装冲突和生命危险里的人，需要解脱。我们就算是做一件善事，宽容他吧。

拉纳：我知道这个道理，我们会真心对待他。

桑巴：我虽然心里有仇恨，但我爸爸还活着，就饶了他吧。

阿里夫：我们需要他的配合，影响一批人。

卡拉里领着拉姆和坎昆从外面走进来，拉姆看到戴旭东等人在迎接他，他大大方方地走过来。

拉姆首先和戴旭东拥抱、贴脸，互致问候，接着和阿里夫、拉纳、桑巴拥抱行礼，互致问候，向玛雅行注目礼。

卡拉里也一一和众人拥抱、贴脸、互致问候，向玛雅行注目礼。

卡拉里：真主安排了今天的日子，使迷失的羔羊找到了自己的羊群，游荡在外的孩子回到了家园。达尔港欢迎拉姆先生的到来。戴老板，我把斯瓦特河谷的儿子交给你了。

戴旭东：拉姆先生，欢迎你加入戴氏集团。首先我先介绍我未婚妻玛雅的表哥阿里夫和你认识。他的身份是联邦政府的官员，可以负责任地告诉你政府的政策。之后我们再谈业务。

阿里夫：拉姆先生，我今天是以双重身份来和你见面的。既是玛雅的表哥，又是政府负责安全事务的官员。我已经和俾省、开普省的军方和警方沟通过，他们授权我向你保证，在你走进戴氏集团的这一刻起，你就是个合法的公民了，当然也是戴氏集团的成员了。过去的事情一概不再追究，免去一切处罚。如果你能够带动一批人回来就业，政府将会奖励你。

拉姆：我是诚心诚意回来的，为了表示我的诚意，我还带回来一些武器，就在我的车子里。另外，据我了解，这次清剿行动，还是有跑掉的。有一支队伍，曾经和我们一起袭击过戴老板的车队，他们是大西洋基金和东瀛基金支持的极端分子，头目叫乌尔凯西，目前受雇于东瀛基金，正在策划针对中巴经济走廊的破坏行动。我这算不算立功？

阿里夫：当然算了，我会向政府申报。我想还必须告诉你，东瀛基金的人可能也在策划针对你的暗杀行动，我们需要保护你，也请你发现什么情况，尽快和我们联系。有个自称是基纳的人带走一支队伍，目前可能在帕米尔高原的某边境地躲藏。我们的情报部门提供的情报是，这个团伙接受了刺杀你的订单，要采取措施预防啊。

拉姆：真正的基纳是只狐狸，不会在这个季节出现的。冒名的基纳一定有所图，才用这个名字，我们也许会先找到他们，先下手为强。

戴旭东：我相信你的能力。你在我公司里的职务是保安公司副总经理，总经理由我兼任，因为注册法人需要我。我希望你能尽快招聘一支三百人的队伍，有过保镖和保安经历的更好。我们可以按照一周一万卢比的平均薪酬做预算，你看可以吗？食宿由公司统一提供。

我们的下一批货物下个月开始，要从达尔港运送到喀什，主要是水产品。所以有点着急，需要加快速度组建队伍。

拉纳先生是车队队长。

拉姆脸上露出笑容：我坚决服从总经理的指挥，忠诚于戴氏集团。因为我在这里感受到了尊严和价值。

玛雅：那么，欢迎宴会是否就可以开始了？

戴旭东：当然。

戴旭东、阿里夫、玛雅和拉纳、桑巴、卡拉里、坎昆一起入席，吃中国的烤鸭。

戴旭东：今天我们戴氏集团迎来了新成员，我们摆家宴欢迎拉姆兄弟加入！

大家举起饮料杯来，表示欢迎。

拉姆：我在这里还想表达一个意思，就是向萨巴德酋长致以歉意，请拉纳、桑巴兄弟原谅我。我那时只是为了赚钱，对酋长没有私仇和恩怨纠结。我以后将去登门谢罪，求得酋长的谅解。

拉纳：谢谢你的诚意，希望你今后多做善事，我们一起把公司的事办好。

锡卡总统特别顾问办公室，卡拉汉先生约见孙跃民，要和他研究下一步如何实现汉班托塔港的经营。

卡拉汉：孙先生，我们的建议被高层采纳了，您是什么心情？

孙跃民：我的心情很沉重，因为我以前到锡卡来，只是个建筑商，简单地就事论事搞工程，考虑不够周全。现在，我对锡卡有感情了，爱上了这块土地，爱上了我在这里浇筑的码头、公路，永远会记住我们一起战胜海啸，战胜谣言，战胜误解，现在我们成了朋友。哈哈。

卡拉汉：您这番表达怎么听起来像要告别的感觉，是要离开到总部去任职了吧？但您刚才还没说现在不是建筑商了，是什么角色定位？

孙跃民：我现在是个供应商。供应商和建筑商的最大区别是我要全面地考虑你们的需求和能力，考虑政府财政和债务压力，较为系统地考虑锡卡的建设周期，并且从基础设施释放出经济和产业效益的角度做测算。

这样，我提供的产品和服务就是适销对路的，是共赢的。也就不会让人们产生误解，让别有用心的人有机可乘。

卡拉汉：孙先生，我觉得你越来越有趣了，你的思想和我越来越接近了。实际上，对于一个城市或一个地区来讲，我们最适用的还是区域经济学。中国人喜欢说龙头项目，一个龙头项目带动相关产业发展，促进地区产业结构调整甚至更新换代，完全是可能的。汉班托塔港和科伦坡港口城，大概就是这样的龙头项目。我今天要和你讨论的是，在转让经营权之后，怎么还能再进一步增加税收和财政收入？中国改革开放几十年了，应该有成功的范例。

孙跃民：我是个外行，但我知道简单的刺激经济的三驾马车，一是外贸，二是投资，三是内需。最近我在研究你们的投资情况，并没有出现过度基础设施建设的问题，反而还不够，原因是你们的旅游产业设施还很落后，或者说不方便。你看，中国的海南，比你们的旅游人次多，而且人均消费也高。海口有个机场，相当于科伦坡有机场，但三亚也有机场，可你们的汉班托塔和亭可马里就没有全天候的机场。这当然影响旅游人次和收入了。如果加大投入，就会促进旅游业的发展。

卡拉汉：投资本身能够产生多大的税收效益？

孙跃民：投资形成的GDP本身就有税收效益，但我们讨论的是对外开放，让外商直接投资，这当然会全面增加经济总量，也降低了政府负债率。

卡拉汉：您这番话，不是专门为恢复汉班托塔机场项目做铺垫的吧？

孙跃民：亲爱的顾问先生，我是建港口的，运营港口也不是我的任务，但让港口发挥作用，产生效益才是建港口的价值。难道您觉得我说得没道理吗？

卡拉汉：太有道理了，咱们两个约定，每个月来个沙龙论坛怎样？下次我请你到亭可马里去。不过我要提醒你，在政府正式颁布汉班托塔港运营权交付给中国公司后，一定会有人反对的，有人会把运营权与主权联系起来。而且这样的声音一定是来自反对党，包括你的老朋友们也不一定就会喜欢你的建议。不当家不知柴米贵，这是中国的格言吧？

孙跃民：想当家更要知柴米贵，要不然怎么敢让他当家呢！这是孙跃民的格言。

第十一章

达尔港戴氏集团，白逸轩和戴娆在谈论与浅野合作的事。

戴娆：你觉得浅野的方案可以吗？他只要三立制造进来，不要商务区的管理权和股份。

白逸轩：我觉得这是个很智慧的做法，他的目标是进入中国市场，在这里做个示范，获得好感，就可以有下一步。我估计，如果运营得不错，他就会提出和戴氏集团合作，进一步在中国国内建立工厂和销售网。

戴娆：那我们也没什么损失，会借他的力壮大啊。

白逸轩：我甚至觉得你们应该和三丰实质性地谈谈合作，把他们拉过来，也是双赢。

戴娆：你不是汉奸吧！三丰本来就是在这里搅局的，他们的利益在印度，已经给了高铁项目。

白逸轩：但他的家用电器、摩托车和汽车照样有市场，如果和中国企业合作，完全可以出现新的市场效益。你看这里，夏天这么热，冰箱、空调一定走俏。

戴娆：海尔已经在拉合尔建立了工业园区。

白逸轩：再来一个又何妨！

戴娆：你今天怎么了，是不是想起当年你们白家和日本人的合作了？

白逸轩：白家没有和日本人合作，白家是和美孚石油公司合作，没搞成。袁世凯要借款，拿西北的石油开采权做抵押，但遭到普遍抵制。实际上，你们应该研究日本的 DOA—ADB 模式，日本政府采取的是援助资金、技术援助、贷款结合，而贷款则是通过亚洲开发银行实现的。他们搞了半个世纪了，如果他们的亚洲开发银行能够和中国的亚洲基础设施投资银行合作，整个亚洲的金融问题就可以得到基本的解决，你们也不用考虑融资的问题。

戴娆：我现在和这个浅野实际合作看看再说。

白逸轩：不懂利益何在，就不是真正的商人。

戴娆：先让他的摩托车和空调、冰箱进入吧。

白逸轩：这才像个跨国公司的老板。

戴娆娇嗔：哼！

达尔港戴氏烤鸭店，戴鸿业和太太一起宴请卡拉里，戴旭东、戴娆、玛雅和白逸轩作陪。

戴娆亲昵地扶着妈妈坐下。

戴旭东陪着卡拉里先生走进来和大家见面，寒暄之后坐下。

戴鸿业：尊敬的卡拉里先生，感谢您能到达尔港来，是您思想和精神的力量战胜了恶魔，化解了危机，拯救了灵魂，让戴旭东渡过了难关，感谢您。

卡拉里：让迷途的羔羊返回草原是我的使命。

戴旭东：卡拉里先生，您的思想会深入人心的，拉姆能够放下屠刀就是很好的例证。

戴旭东讲到这里时，白逸轩有意识地提醒戴娆，戴娆不以为然。

戴鸿业：听说日本的三立集团来谈合作了，说明共同的利益总是会吸引人的。中国的生意经实际很简单，那就是诚信为本，和气生财。

卡拉里：戴先生，有您这样的见识，戴氏集团一定会兴旺发达的。

夜晚，达尔港戴氏酒店，戴旭东、戴娆送戴鸿业和太太回酒店。

戴旭东自己驾车。

戴鸿业在后座说话：我觉得你们在巴布尔的业务已经进入新的阶段，最难的时候似乎过去了。

戴鸿业太太：小东，该考虑娶亲了。玛雅姑娘很好，巴布尔的女性都是很温柔的，也很贤惠。

戴娆：她可厉害了，还没过门就管起家了，经常和我算账，为了红茶的到岸价和我计较了半个月。

戴鸿业太太：这才好，是个会持家过日子的。

戴鸿业：你们要是觉得合适，就别再拖着了，戴家还需要延续香火的人呢。

戴旭东：我要正式向她求婚才好，不知她父母会不会同意她和一个中国人结婚。

戴娆：哎哟，我要准备好和嫂子开展经济斗争了！

戴鸿业太太：呵呵，家里可有个对手了。那个白先生，还没通过考试吗？

戴娆：我还不知道他到底可靠不可靠，再看看吧。

戴旭东：确实还不知道他的底细，我的朋友在打听。马尔马拉大学的人说他只是钻在书里面，很少和外界接触。但他确实做了本家兄弟的工作，那个白逸秋现在中国的公司工作，负责港务。

戴鸿业：交给他些实际的业务做做，看看品行能力再做决定。

戴鸿业太太：你爸爸说得对，但实际上女孩子是可以从细节上感受到的。

戴旭东：姆妈，就怕有的女孩子喜欢听甜言蜜语哟。

戴娆：讨厌。爸爸，你看他欺负我，讽刺我。

戴鸿业：不参与你们打嘴仗，我知道哥哥一直在帮你。

夜晚，达尔港酒店公寓，玛雅在等待着戴旭东，她已经换上了丝质的睡袍。

戴旭东敲门进来，玛雅递给他一杯红茶。

戴旭东：美丽的公主，我们在一起早就超过一千零一夜了，该开始讲我们新的故事了。

玛雅：你不要骄傲，你在锡卡的商务区还没有轮廓呢。

戴旭东：不要紧的，我们的红茶通道已经打开，商务区也很快就会发展起来。等到我们的孩子出生了，他会首先看到戴氏在科伦坡的酒店，它的名字叫宝石。

玛雅：我还没有征得爸爸妈妈的同意。

戴旭东：你是说我要按照巴布尔的礼节去登门求婚吗？

玛雅：当然。他们首先要接受你才行。

戴旭东：好吧，我们从锡卡回来就去拜见他们。现在，请亲爱的公主引路，我们一起去寻找开门的秘诀吧。

戴旭东上前把玛雅抱起来，进入卧室。

锡卡茶场酒店，茶场货场，是风雨大棚式的货位。茶叶包堆积如山，拉纳和桑巴在指挥搬运工人装集装箱。

玛雅叫来拉纳：要不要再加些人，雨季就要到来，最好是清仓，我们现在有海运条件。

拉纳：暂时还不要，我们还有一周的时间。装进集装箱就不怕了。

拉姆在巡视茶场周边的岗哨，他的保安队伍分散在各个哨位。

拉姆的表情轻松从容。

锡卡孙跃民办公室，戴旭东前来拜见孙跃民。

孙跃民：孤胆英雄，祝贺你，收服拉姆，史无前例！

戴旭东：是恰逢其时，没有巴布尔的清剿行动，没有大西洋基金的杀人灭口，没有塔利班的灭绝人性，拉姆是不会回头的。

孙跃民：听说他在你的保安公司里如鱼得水，很称职。

戴旭东：我来是想告诉你，化敌为友的时机应该抓住。

孙跃民：你是指三丰港务集团吗？

孙跃民：木树清怎么想的，桥本怎么想的，松井和东瀛基金怎么想的？这是我们研究问题的前提。

戴旭东：我觉得正在变化，特别是木树清，他的手下正在达尔港和黄道明谈水产品运输和销售的问题。他不是政治家，他的利益是具体的。

孙跃民：木树清在日本国内，不仅是东瀛基金的骨干，更是农业集团的代表。你觉得我应该主动和他合作？

戴旭东：有必要进行一些战略层面的思考。我想，我们也应当采用灵活机动的战略战术。孙大圣七十二变，见招出招、拆招啊。

孙跃民：从理性角度看是如此，但我这情感上接受不了。真佩服你，理性而冷酷，不讲感情，松坂庆子尸骨未寒，你就和她的仇人握手言欢！

戴旭东：讲感情是对的，但不能感情用事。我只是和你谈思路和观念，要与时俱进。

孙跃民：哦，了不起，你以为化敌为友那么容易！

夜晚，东京木树清家，木树清的妻子和女儿还在等着木树清，木树清带着醉意回来了。

木树清的妻子给他准备好浴袍，伺候他去洗澡。上大学的女儿沏好茶等待着爸爸。

木树清从洗澡间出来，坐在起居室喝茶。

女儿娟代问：爸爸，听说锡卡产宝石，您为什么不做宝石生意呢？我就很喜欢宝石，上次您带回来的这块红宝石，我一直戴着呢。你看，很光彩夺目的。

木树清：人只能去做自己熟悉的事，我是个捕鱼的，就只会捕捞，你喜欢吃鱼吗？

娟代：日本到处都是鱼，您的鱼卖给谁啊？

木树清：卖给中国，他们是吃鱼的大国。

娟代：是的，我去年去了北京，晚上篷街到处都是吃龙虾的店。印度洋的龙虾很多吧。

木树清：好主意，我正准备和中国人合作卖鱼呢，哈哈。

木树清妻子美惠子：和中国人合作？是基金会的项目吗？

木树清：是的，老松井也许得到元老们的暗示了，他提出改变打法和策略。和中国人不能来硬的，以合作为名，才能占到便宜，挤进锡卡，挤进中国，占领更大的市场。

美惠子：中国有四亿有消费能力的中产阶层，相当于美国、日本两个国家的总人口。

木树清："一带一路"会给中国带来新的市场和发展空间，但如果日本人想清楚了，借船出海，会比中国人有更多的机会。

美惠子：睡吧，会有人操这个心的。

木树清：哦，你们可以到锡卡去度假，那里的海滩确实很美。

夜晚，东京桥本家，桥本的妻子枝子在等待着桥本，她不断地在打盹。

桥本终于醉醺醺地回来了。

枝子急忙上前扶住，准备给他换浴袍，但被他推开，东倒西歪地走到榻榻米前，倒头就睡。

枝子给他端来茶水，桥本勉强坐起来，喝下一大杯，开始骂人：松井这个老东西，竟然不让我再管达尔港的事，给我个有名无权的印度洋协调局长虚职。一定是小泉这个家伙告我的状了。

枝子：别生气，印度就很好，我还没去过呢，泰姬陵，爱情的圣地。

桥本：不让中国人受点损失，我没有心情。

枝子：我最懂你，仇恨种在心里是会发芽的。可是，时代变了。桥本君，我多想和你朝夕相处，我们一起去周游世界吧，为什么非要去做那么难做的事。你别生气，我还特别想去看敦煌的石窟。井上靖先生拍过敦煌的电影，好迷人。

桥本：等我的愿望实现了，会陪你的。

枝子喃喃：那要多久啊！

汉班托塔郊区，远处是一片温室大棚，与热带棕榈林交相辉映。

木树清带着助理中村在蔬菜大棚里看种植的西红柿、辣椒、茄子。

一名日本园艺师陪同他。

园艺师：我们和在汉班托塔港施工的中国公司签订了协议，我们给他们配送蔬菜。每周两次。

助理中村：我们这里几十个大棚的蔬菜，基本上都让中国的工程公司包销了。根据需求，我们还想在科伦坡港附近再建一百个棚，那里的中国人更多。

木树清：很好，可以搞一千个棚，去年到锡卡的中国游客已经好几百万，仅次于印度，估计要不了几年，中国游客的数量就会超过一百万，要给他们准备好蔬菜啊。

中村：还有龙虾，中国人很喜欢。

木树清：可以开个海鲜餐馆。

中村疑惑地问：我们现在的营销策略是帮助锡卡出口吗？

木树清奸笑着：是钓鱼，我的本行是捕鱼。

卡拉汉的别墅，卡拉汉又找孙跃民来聊天，两人在庭院里喝红茶。

卡拉汉：孙先生，咱们快一个月没见面了，你要告诉我什么消息。

孙跃民：我要回总部任职了，分管海外项目，还兼着这里的主管。

卡拉汉：我刚找到个中国朋友，就要离开了。

孙跃民：天涯若比邻，何况我还要经常来这里。

卡拉汉：达尔港的事情也是你管了？

孙跃民：是的，我很想和你交流，我将要去巴布尔谈达尔港自由区的合作事宜。那里将会有一些企业进驻，包括商业贸易、加工制造、船舶运输等，我很想请您去参观一下。

卡拉汉：我会去的。但我很想知道，中国目前的自贸区如果受到美日的抵制和对抗，你觉得中国该怎么对待？

孙跃民：您是想了解锡卡和谁合作更有利吧？

卡拉汉：首先要搞清楚贸易全球化的格局呀。

孙跃民：这几年，中国贸易总额超过美国，而且和美国贸易连续顺差。

卡拉汉：我看到摩尔图瓦大学教授贾瓦德的文章，他分析中国现在和"一带一路"国家的贸易份额已经接近甚至超过中国和美国的双边贸易总额了。而且，锡卡近几年对华的贸易出口在增加，对华的贸易逆差在缩小。说明发展中国家的贸易前景广阔，而且是双赢的。日本人在南亚重点是援助印度，对于锡卡他们还没有认识到重要性，所以，政策取向不清晰，他们的几大商社，在锡卡投资的只有三立。

孙跃民：日本人是讲实惠的，他们太精明了，所以在锡卡这里还没算好账。

卡拉汉：锡卡处于什么地位，我听明白了。但买家总是需要货比三家，到底和谁谈自由贸易更好，那要看比较优势。

孙跃民：我今天不是向您推销自由贸易区的，但我很快就会提出汉班托塔港和科伦坡港口城招商融资的方案，我们要让它尽快繁荣起来，提供更多的就业岗位和税收。希望您能理解。

卡拉汉：这是我们共同的事业，你的朋友戴旭东已经打通了红茶通道，我们期待你开辟新的通道。

孙跃民：会的，我会尽快给您交卷。

夜晚，科伦坡海滨大道，孙跃民和张诗仪在海滨大道散步。

明月、海滩、港口，相映成趣，海风徐来，夹带着湿气。

孙跃民：我下周就要去达尔港看看了，那里的运营处在关键时期。

张诗仪：我懂，这里的事情也慢慢好转了，我会用心的。但还是希望集团总部能够尽快任命个总经理来，你也免得分心了。

孙跃民：刘总的意思是，让我兼管一段时间，再回总部。

张诗仪：这似乎是，你还把这里的局面没稳定住的意思。

孙跃民：不管怎么理解，我愿意做具体工作。

张诗仪：戴旭东这段时间一直在巴布尔搞商务区，玛雅说他要去求婚了。

孙跃民：你是说，我也要求婚？

张诗仪：我才不稀罕，你愿意求就求，不求还求不着了呢！

孙跃民讪笑：我心里一直有股气未出，我在这印度洋，受尽折磨，九死一生，这里的港口城还没见到轮廓，达尔港的运营才刚刚起步。现在结婚，好像有点缺陷似的，对不起自己的自尊和追求，燕然未勒归无计，范仲淹说过先天下之忧而忧，后天下之乐而乐。再过一年，行吗？

张诗仪：照你这么说，如果达尔港、科伦坡和汉班托塔十年竣工运营，我们就不结婚了，那会儿我还生得出孩子吗！

孙跃民笑了：哎呀宝贝，我忘了这些了，那明年吧，达尔港正常运营，科伦坡港口城竣工。

孙跃民搂住张诗仪的腰，带点歉意地看着她。

张诗仪：你不是因为还舍不得某人吧？

孙跃民：我的心里装不下两个菩萨。

张诗仪拉着他坐在路旁靠海的一块礁石上，面前晚潮袭来，海浪轻拍着堤岸。

张诗仪：看来，你认为我们都是菩萨，只不过心太小，装不下而已。你是孙大圣啊，还是旧情难忘！怀念你的花果山。

孙跃民：你真的不懂男人的心理吗？既然是旧情，过去就过去了，不会婆婆妈妈的，仅仅是朋友了。

张诗仪：那你再回这里时，给我搞个 party，宣布我们的婚期，我不愿意这样与你不明不白的。

孙跃民：那当然，无照经营当然不行，至少搞个临时执照。

张诗仪低声娇嗔：姓孙的都是猴子习性，好难听的比喻。

孙跃民把张诗仪紧紧地搂过来，张诗仪放松地躺在他怀里，两人默默地享受着月光下的海风。

戴鸿业和太太盛装出现在卡加奇阿萨德部长家，阿萨德和妻子也盛装迎接。玛雅穿上美丽的民族服装，环佩叮当，一起迎接戴旭东和他父母。

订婚仪式开始了。

按照巴布尔的习俗，男方母亲戴鸿业的太太要给女方玛雅戴上戒指。戴鸿业的太太笑眯眯地给玛雅戴上钻石戒指，阿萨德妻子也满面笑容地给戴旭东戴上宝石戒指。

戴旭东给玛雅递过一盒首饰，金光闪闪的项链、耳环、手镯，随后又递过一盒衣物，玛雅躬身接过。

阿里夫和玛雅的表亲们也在一旁见证订婚仪式，一片欢乐的气氛。

阿萨德：我们很高兴地接受戴先生带着妻子和儿子来求婚，我们喜欢这个女婿，他聪明能干。

戴鸿业：我也非常高兴看到亲家接受我们的请求，我们为能够有这样美丽聪慧的儿媳妇骄傲。按照我们家族的规矩，玛雅将来过门后，将会直接掌管家族的内部事务，这会减轻她的婆婆——我的太太的负担。因为我们的家族产业现在分布在中国、土耳其、巴布尔，还有锡卡等地，我的太太忙不过来。

阿里夫：我代表玛雅的亲族，祝福这对青年，我们等待着明年的开斋节后参加你们的婚礼，那时，你们的商船和商队也许已经打通了中巴经济走廊，在达尔港可以喝到锡卡的红茶，在喀什可以吃到印度洋的金枪鱼。把北京的簋街建到达尔港来，让淘宝商城建到科伦坡和卡加奇。

达尔港三丰港务集团，桥本和小泉、池田会面，气氛显得很严肃。

桥本：董事会决定成立印度洋的协调局，我做局长，主要是负责协调和大西洋基金会的事务，还有这个地区的重点项目。总的战略是让印度洋掌控在我们手里，基金会提出了达尔港变成死港、"一带一路"变成死路。但我们的名义是建立东瀛基金背景下的自由贸易区，在双边贸易和商贸区建设上与中国竞争，给出优惠条件，把水搅浑。

小泉：请问桥本先生，按照松井董事长的部署，这里的方式以经济手段为主了吧？

桥本：没有这样说，基地的人可以继续用武器讲话！把火烧到"一带一路"的起点去。

小泉：桥本先生，这里的事情还是您亲自指挥吗？

桥本：你指挥，但要服从印度洋协调局的安排。我们已经和东瀛基金的有关部门协调过，大西洋基金也会同意我们的计划，你开始启动吧。

小泉：好吧。

大西洋基金某办公室外，熙熙攘攘的大街上，舒卡拉西装革履从一辆林肯车上下来，他夹着公文包，面无表情地走进大楼。

舒卡拉从电梯里出来，直接进入文森特的办公室。

文森特请秘书给他倒了杯咖啡，示意他在办公桌前坐下来。

文森特面带笑容，亲切地说：你知道那个驻阿国部队的司令官被免职后又被起用的故事吗？

舒卡拉：听说新任的国务卿喜欢他，保了他。

文森特：不仅如此，还给了他一项权利，他可以采取他认为合适的一切手段的权利，这意味着，如果他高兴，可以下命令对巴布尔的核设施进行打击，并且摧毁。

舒卡拉：那将会爆发局部战争。

文森特：他不怕打仗，越打仗，军火就卖得越好。

舒卡拉：但现在印度和巴布尔很快就要成为上合组织的成员国了，也许军火不那么抢手了。

文森特：这就是大西洋基金存在的价值和业务空间，也许我们可以采取一切手段影响"一带一路"的进程。

舒卡拉：我的权力是什么？

文森特：大西洋基金印度洋事务总干事，协调组织重点项目，和东瀛基金、南亚国家、国际组织接洽，但重点是"一带一路"项目的"参与"！

舒卡拉：还是原来的职务啊，加薪吗？

文森特：增加百分之十。

舒卡拉：谢谢。我要招聘一些工作人员。

文森特：这是你的权力，但不能披露大西洋基金与政府之间的关系。

舒卡拉：当然！

文森特：祝你好运。

达尔港中国博海集团，孙跃民和黄道明、陈莹、白逸秋一起研究达尔港运营。

孙跃民：集团合并后成为真正意义上的供应商、运营商，当下的重点是解决正式运营后的问题。目前看，主要还是商务往来问题。

黄道明：商务往来与需求有关，需求是个动态概念。我们新疆方面和西部现在有需求，但面临着陆路路况差的问题，当然还有安全问题，所以现在从陆路出海的业务不多。戴旭东先生的红茶集装箱倒是走通了，已经成为我们的固定业务。

陈莹：远洋公司已经来考察过了，他们把这里的水产运往迪拜，每周都会有业务。

孙跃民：也就是说，水产是达尔港的出口产品。

陈莹：是的。

白逸秋：我们在这里建了个海水淡化水厂，日处理五百吨海水，还定期给附近的居民提供呢。水的问题基本解决，最主要是电的问题，从恰巴哈尔买电固然投资小，但很不稳定，经常停电。但比这个更为严峻的问题是，从中国和中亚到这里的商路没有真正打通，那么这个港就会重复新加坡港务公司的命运，闲置这个港。

孙跃民：您觉得我们会像以前的港务公司那么做事吗？我今天还想告诉大家的是，不仅火力发电厂很快投付使用，而且中巴铁路的项目也已经启动，开始做施工设计了。

黄道明：自由区的招商也有进展，IT企业、加工企业也陆续来考察了。但我想只要商路打通，这里的繁荣景象会很快出现的。

孙跃民：我看我们分工吧。第一是进一步完善港口和自由区的基础设施，重点解决供电问题；第二是招商，自由区需要加工企业和贸易企业，就地产生港务需求；第三是重点开辟几条商务贸易通道。那就请白逸秋先生重点抓基础设施，道明集中精力抓一下招商，开辟通道的事情我来联络。

黄道明：我记得当年我们搞过一个博览会，效果明显。现在，更需要搞个国际商品展销会，在自由区正式开园的时候举办，会有吸引力的。

孙跃民：很好，开始筹备吧。

白逸秋：胡布电厂的业务已经由中电国际投资兴建了，预计很快就会发电，从长远看，还需要水力发电，或者，应该研究下一个核电项目，从根本上解决达尔港和未来工业与城市用电的问题。

孙跃民：这是个大胆的提议，可能您还不了解卡加奇的核电，华龙一号已经有了二号、三号机组。估计短期内在这里建核电站的可能性不大，但也许会在附近再建一个。

白逸秋：电力的问题，是需要统筹考虑。

孙跃民：白先生，我觉得您还应该重点考虑炼油厂这样的项目，像马六甲一样。

白逸秋：我们正在编制达尔港的二期工程方案，很快就会让您过目。

孙跃民：今天就算是个新的开端吧。

夜晚，科伦坡海滨大道，张诗仪独自一人在海滨大道散步，她下意识地走到和孙跃民坐过的礁石边，然后坐了上去，面朝大海，听晚潮汹涌，海浪拍打堤岸的声音。

张诗仪拨通孙跃民的电话。

孙跃民在达尔港指挥部的办公室里，正在端详着沙盘。

张诗仪：大圣，达尔港的情况怎样，顺利吗？

孙跃民：谢谢，真温馨。这里的主要问题是运营，除了完善基础设施之外，需要招商，增加商务订单。

张诗仪：国内有很多出口业务，只是还不习惯走这条通道。你为什么不先从新疆的出口开始呢？

孙跃民：说得对，我已经和外运集团联系，让他们集中一批出口中东和波斯湾的货物，走一趟中巴经济通道。我要亲自去押运。

张诗仪：我一听到你去押运就恐慌，在海上押运，每次都是惊涛骇浪。能不能让专业的队伍去，自己有必要这么做吗？

孙跃民：这是首次从中国大陆发出的商队，不去体验，是不知道该如何开展业务的。

张诗仪：人家戴老板已经从达尔港走到了白沙瓦，有专业的运输团队，那个拉姆还专门带着保安公司去护驾，不比你更专业！

孙跃民：这是中国外运和达尔港合作的商队，需要建立自己完整的中巴运输体系，我不去是失职啊。

张诗仪：孙猴子，拗不过你，你注意安全啊，巴布尔不是有专门的保安队伍吗？

孙跃民：不仅如此，我们还会和西北省、俾省军方联系，请求保护。戴老板会发挥他的作用的，毕竟他现在是半个巴布尔人了，哈哈。

张诗仪：他有那么大的本事？

孙跃民：当然是借助于巴布尔政府的力量了，而且他还有拉姆这样了解极端势力情况的部下啊。港口城有情况吗？

张诗仪：日本人在这里搅局，他们扬言要在港口城北边建个集装箱码头呢。

那个木树清，在南部搞了许多蔬菜大棚，直接给中国的施工队配送。听说他还要和黄道明谈业务呢。

孙跃民：好啊！说明他们肯定港口城项目了。科伦坡成为名副其实的印度洋金融中心，那我们的项目就更有效益了。鼓励他们多参与，最好是直接和我们合作。

张诗仪：我会及时和大使馆沟通，向您老人家汇报的。

孙跃民：看到你长发飘飘，在海边上还很有点仙风道骨的感觉呢。

张诗仪：想我吗？

孙跃民：想得都吃不下饭了哟。

张诗仪：贫嘴，注意安全啊！

孙跃民：会的，婆姨。

喀什红其拉甫山口，远处是雪山，常年积雪的雪峰白雪皑皑，喀喇昆仑公路横亘在雪峰之间。

几十辆货车整装待发，货车上是运往达尔港的集装箱。巴布尔保卫部队守候在国界一边，等候着与车队随行。

孙跃民、达尔港港务局主席赛义德与中国宇飞远洋集团的严济民一起在检查车队，巴布尔武装部队的保卫部队司令萨立夫，和保卫部队随行。

许多中外记者在这里拍照采访，莎拉和马克出现了。莎拉向孙跃民挥手致意。孙跃民向莎拉和欢送的人群招手。

孙跃民：赛义德主席，快十年了，你看我们的航路已经开启。

赛义德：达尔港的商船也已经准备好，是中国远洋的商船。

孙跃民：再过几年，高速路和铁路贯通之后，达尔港就会显示出更大的作用。

赛义德：铁路的方案已经在论证了。

严济民：现在喀什正在成为货物集散地，今后货物运输将使这个城市更加繁荣，成为连接南亚、中亚的枢纽。

孙跃民：我们可以出发了。

严济民和孙跃民、赛义德走上指挥车，严济民挥动指挥旗，吹响哨子，车队浩浩荡荡地出发了。

车队出发了，首车上悬挂着中国国旗和巴布尔国旗。

其他货车上插着彩旗。

萨立夫司令和荷枪实弹的保卫部队在车队的前后行进，天上有两架直升机护航。

某国边境小镇，一处老式客栈，楼上的客房里，桥本和池田正在与乌尔凯西会面。

桥本：我们是印度洋基金的人，非常赞赏你们的行动。

乌尔凯西：但我作为一个有头脑的首领，还要思考有没有前途。

池田：你最近和塔利班的人接触得很多吧？

乌尔凯西：他们是有实力的，所以我们也要有实力，不仅做刀头上的生意，而且要做点来钱快的生意。希望你们支持我们，这样我们才会合作好。现在可以谈你们的生意了。

桥本有点吃惊地看着乌尔凯西，没想到这个家伙还很有头脑。

桥本：是这样的，我们在印度洋的利益、在巴布尔的利益和中国人是冲突的，达尔港现在掌控在中国人手里，如果让他们的港务和商业发展起来，中国商品就会占领巴布尔和印度洋国家。我们希望他们的首发车队遇到危险，甚至被毁掉。

乌尔凯西：这可不容易，巴布尔军方派了专门的武装保卫队伍，他们配备了精良的武器，还有直升机，接近他们都困难。打埋伏，一旦被咬住，我们就全军覆没了。

池田：你还是有办法的，上次巴布尔的利剑行动，出动三万名军人，你还是逃走了。

乌尔凯西：逃走和进攻截然不同。

桥本：我们出两百万美金，你一定就会有办法。

乌尔凯西：我搞自杀式爆炸是没用的，接近不了车队。但我要是联合其他团体，声东击西搞个针对首航的事件还是有可能的。

桥本：好吧，成交。希望我们能够长期合作。

夜晚，斯瓦特河谷，拉姆和坎昆带着几个手下在一个村子外蹲守，黑暗中，听到村边一处房子里有老人的咳嗽声。

屋子里，基纳的妻子赫娜在照看她的婆婆。

基纳妈妈：我没事，中国医疗队给我用的药很管用，喘得没那么厉害了。下周他们还来，你要是不走，就带着孩子去看看腿，他们治小儿麻痹还是有办法的，比小沙巴尔严重的都有治好的。

赫娜：是不是索姆村的拉姆——拉姆妈妈的腿疾就是他们治好的。

基纳妈妈：听说拉姆现在是一家公司的保安队长了。唉，不知道他们肯不肯放过基纳？

赫娜：沙巴尔的腿疾不严重，您保重身体。基纳远在土耳其，在做合法的生意，您不用操心。

基纳妈妈：可是政府的人来说，还有个叫基纳的在活动，和政府作对。

赫娜：那是冒名顶替的，为了让政府的人搞不清真相。

基纳妈妈：你不要再回来了，去找基纳，让他做合法的生意，过平安的日子。

赫娜：妈妈您多保重，我明天一早就去白沙瓦。

拉姆和坎昆等几人在窃听，窃听器里传来赫娜和基纳通话的声音。

赫娜：家里是安全的，妈妈的哮喘好些了，是中国医疗队治好的。

基纳：有谁来找过吗？

赫娜：政府的人来过，说有自称基纳的人在边境地区活动，还在和政府作对。

基纳：那是大西洋基金的人搞的，为了迷惑政府军和国际刑警组织。

赫娜：你小心点，是不是双方都在找你呀？

基纳：别害怕，我会找他们。听说他们在策划针对中国车队的事，想要嫁祸给我。我不能吃这个亏。

赫娜：沙巴尔在土耳其没回来，他在读书。我们母子需要你活着、平安。

拉姆狡黠地看看坎昆。

拉姆：怎么样，还是有收获的吧，咬住基纳的尾巴，就会摸到那个假基纳的行踪。

坎昆：这次护航结束，我们是不是可以放个假，你也该把玛希拉娶回家了吧。

拉姆：好，给戴老板报告吧。

夜晚，俾省警署，那瑟警长、阿里夫和戴旭东在一起商量为首发车队护卫的事。

戴旭东：我以首发车队安全相关人和志愿者的身份向你们两位报告，我的保安公司了解到，有团伙会以基纳为首的极端组织名义搞针对首发的行动，请密切关注上次漏网的基纳团伙。

阿里夫：你已经是我们的编外人员了，不用每次都说明。我了解到的情况是，大西洋基金编制了个"丝路花雨"计划，给了相当一笔预算。牵头人还是那个舒卡拉，但似乎那些基地的人们称他为猴子，而且以为他是我们邻国的人呢。他最近很活跃，去边境地区拜访了好多人，包括驻阿国的基地司令。

那瑟：三丰的桥本去了边境，去见了基地组织的人，还有几名极端组织的人，我们没有搞到他谈话的内容，但他接触的人里面有上次漏网的，是个自称是基纳的人。

戴旭东：这就对上了，嫁祸于基纳。我们的消息是真正的基纳在土耳其和伊朗做生意。

阿里夫：紧盯假基纳，派出特战队，在他们入境的第一时间将其消灭掉。

那瑟：我们的特战二队就在那里活动，他们配有先进的通信和特殊装置。

戴旭东：那好吧，我也去那里看看风景吧，秋天的俾省还是很美的。

阿里夫：随时保持联系，不要临时动议。

戴旭东：是！

夜晚，俾省公路休息区，月光皎洁，四周一片静谧。

车队成长蛇阵静卧在休息区。有的司机在车前打地铺躺着，有的干脆就在司机座上仰卧休息。人们神经紧张地预防着随时可能出现的袭击。

萨立夫将军带着几名校官，在四周巡视一圈。

车队宿营地的四周山头上都已经安排了游动哨和固定哨位。制高点上有小分队架着重机枪占领。直升机在附近的开阔地带待命。

孙跃民和严济民在车队前后检查了一番，然后在指挥车里坐了下来。

孙跃民：严总，您睡会儿吧，我来守夜。

严济民：睡不着，白天再睡吧。这条路，实际我走过，当年阿国难民聚集在巴布尔西北省和阿国边境，我带着红十字会的救援物资二十多辆车，经过红其拉甫山口到西北省，就到过这里。

孙跃民：您是说，我们应该发动民众，让他们知道车队运送的物资对他们有好处？

严济民：是的，国际贸易更要走群众路线，事实上，我已经和俾省、联邦商会打了招呼。我应该带你去拜访他们，求得支持。

孙跃民：向您学习，您是老巴商了。只是，现在我们把注意力都集中到防恐怖袭击上了。

孙跃民话音未落，就听到远处一阵枪响。

枪声来自距离车队一公里左右的山峰上，极端分子乌尔凯西带领着一支几十人的小分队正向公路休息区摸来时，被制高点上的哨兵发现。

制高点上的机枪手向乌尔凯西的队伍扫射。

乌尔凯西对手下说：我们顺来路撤退，可以交差了。

乌尔凯西手下努尔发问：我们还没见到车队的影子呢。

乌尔凯西：你以为我们真要消灭中巴车队！笨蛋，真消灭了，我们以后就没有生意做了。

努尔：对，我们的目标是制造混乱。

乌尔凯西冷笑着：你还是不开窍，那是我们用来骗钱的幌子！破坏"一带一路"项目，就会有人给我们资金，还会让我们做毒品买卖。懂了吗？用不着真玩命。

努尔瞪大了眼睛看着乌尔凯西。

乌尔凯西挥挥手：撤！

俾省公路，阳光明媚，和风徐徐，公路两侧的山显得很雄伟。

中巴联合车队又准备出发了，司机们已经发动了汽车。

孙跃民和严济民走到萨立夫将军身边。

孙跃民：感谢您，您的部署很有效，我们平安地度过了第一天。

萨立夫：我们已经击退了企图袭击的匪徒，没有人再敢向我们挑战。大胆地往前行进吧。

车队又浩浩荡荡地出发了。

黄昏，俾省某苏菲派穆斯林神庙内，正在举行达玛舞祭典。

一名少年悄悄走进人群，他默默地仰面看着屋顶，然后拉响了炸弹。

一声巨响，血肉横飞，人群里发出尖叫声。

警车和救护车呼啸而来，不断有死者和受重伤的人被抬出现场。

达尔港码头，中国外运的"瀚海号"停泊在达尔港，正在进行着紧张的装卸作业。起重机正在把一个个集装箱吊上远洋商船。

远处，中巴联合车队的集装箱被卸下，运往码头。

孙跃民、黄道明、陈莹和严济民出现在码头，他们欣慰地看到"瀚海号"在作业。

严济民：你们在这里奋斗了十几年，几经波折，不容易啊！

孙跃民感慨道：青山遮不住，毕竟东流去。我们终于出海了！

黄道明：但昨晚发生爆炸事件，有极端组织声称是针对中国企业的。这个问题不解决，会影响整个港务和未来发展的。

陈莹：他们的目的就是让人们不敢来这里投资置业。

孙跃民：这是一场旷日持久的较量，我们必须要有打持久战的思想准备。一个港口、一片海洋，是一场关于生命和发展的博弈。我们的目标是共赢，和巴布尔人共同富裕，但有人不想让我们这么做。但不管怎么说，至少，爆炸事件已经少多了，而且没在这条通道上发生。巴布尔政府正在采取治本的措施，会见到效果的。严总这次给我上了一课，最重要的通道，还在人心。我想，我们应该做些治本的事，广泛地联系当地的商会和民间组织，广泛地发动群众，因为我们的事业是惠及大众的，一定会得到民心！

达尔港首航仪式在举行。

中国远洋的"瀚海号"汽笛长鸣，在人们的欢呼声中离岸，驶入滚滚波涛之中。

孙跃民、戴旭东、玛雅、乔虹、阿里夫、黄道明、陈莹、赛义德、拉纳、桑巴、戴娆、白逸轩等人在码头上久久不肯离去。

孙跃民：戴老板，快把你的酒店也建起来吧，这里很快就会成为商贾云集之地。

乔虹在注视着孙跃民，她显得也很感慨的样子，孙跃民注意到她的表情。

戴旭东：也许建设你的自由区比酒店更迫切。

赛义德：这些天来谈合作、投资的人很多。

玛雅：我们合个影吧，再过十年，我们回到这里来，再看看是什么感觉。

人们聚集在一起，请工作人员给大家照了个合影。

达尔港三丰港务集团，舒卡拉和桥本、小泉、池田在看达尔港首航的新闻。

桥本：别看中国人得意一时，昨晚上的爆炸足以让人望而却步，看来只要给足够的利益，还是会有人献身的。

舒卡拉：持续地制造心理恐慌，这是个非常有效的阻挡武器。达尔港自由区正在招商，一次爆炸足够管一年。

小泉：但乌尔凯西很狡猾，他在那里虚晃一枪就撤了。如果他能把火烧到边境城市去，那这条路就会瘫痪。

池田：做这样的事，基地组织应该有积极性。

舒卡拉：我们还是要多几种武器，有时候需要站在巴布尔的角度来说话，更有说服力，美国议员写了一篇文章，把"一带一路"和中国人的援建、投资贷款说成是债务殖民主义，很有煽动性，我们要想办法让它产生放大效应。太明显的正面阻挡有时候不如把他们航行的方向搞偏更有用。否则巴布尔会有逆反心理，往中国那里一边倒的。

小泉：是的，这是制造选择性迷惑和疑虑，与心理恐慌有异曲同工之妙。

池田：铃木制造在这里与中国制造竞争，形成对比，也是给社会的暗示。巴布尔人会认为，与中国合作并不见得是最佳选择。我们的三立在这里已经稳居制造业销售的前列。三立的电器也要进来，不过他们可能要和中国人合作。

桥本：我们不应当让他们成功，为什么不和巴布尔人合作？

池田：他的目标是绕个弯，挤进中国市场。

小泉：这个弯绕大了，日本企业进入中国市场没有多少障碍。

桥本：他是那个松田的弟弟，想借着"一带一路"搭个车，开辟自己的海外市场，是个自私的家伙。

舒卡拉：没坏处，至少可以给日本企业树立个好的形象，到关键的时候再说。中国人说浑水摸鱼，得要先把水搅浑。

小泉：我们的修船厂也进来了，但目前只有渔船的业务，中国人不信任我们，远洋修船的业务他们自己承担了。但我们的制造业是很有竞争力的，汽车、摩托车、家用电器完全可以战胜中国产品。

舒卡拉：目前我们的战略目标仍然是阻挡"一带一路"的成功，让巴布尔产生疑虑、困惑，甚至放弃中巴经济走廊。所以，要让极端分子在边境城市点火，我们在巴布尔政界和业界煽风，在国际上制造"中国威胁论"，再给巴布尔点甜头，把日本的制造业输送进来。巴布尔的军心会动摇的，外面的投资者也会望而却步。让中国人在这里白欢喜一场，我们就可以在期待中享受了。

桥本：战胜者的哲学是在毁灭中获得新生，我们的摇篮在别人的坟墓里。

俾省工商会，巴布尔风格的屋子里，孙跃民和陈莹前来拜访俾省工商会长拉赫里，秘书长巴斯蒂安陪同。

拉赫里：孙先生，您终于又回来了，我们都很想念您啊。达尔港现在很了不起，解决了很多就业问题，吸引了许多投资的人来参观考察，实现首航，有您的功劳啊！

孙跃民：感谢您的夸奖。首先向您当选为联邦国会议员表示祝贺。也感谢您一直以来对达尔港建设的支持。我们今天来就是想请您再度合作，在自由区建设方面建立个合作的机制。自由区现在陆续有一些企业来，但他们对俾省的法律和商业都不是很熟悉，需要与当地企业联合，恳请您出面组织一些洽谈合作。

拉赫里：事实证明，俾省工商界和民众是拥护中巴经济走廊建设的，是喜欢中国朋友在达尔港投资建设的。捣乱的只是个别人，他们和国外有勾结。

巴斯蒂安：现在连日本人都来这里投资了，三立集团的浅野先生，前两天刚来拜访过拉赫里会长，他要在这里建家用电器和摩托车组装、修配厂。

孙跃民：我们愿意和他们合作，自由区的门户是敞开的，对所有有诚意办实业的人开放。

拉赫里：我会出面和他们谈合作的事情，我们当地的企业已经熟悉合作的方式。

俾省穆斯林商会，黄道明带领一名助理来见穆斯林商会的秘书长特拉。

黄道明：尊敬的特拉先生，今天拜见您，特别感谢您对于达尔港建设和运营的支持，同时请求您出面协商当地企业与中国企业合作，一起把达尔港的自由区利用好。

特拉：我是一贯支持中国朋友和巴布尔合作建设达尔港的，我也一直认为以中国企业为主运营达尔港对发展有利，当时有些人是反对的，所以把运营交给了新加坡三丰港务，他们怎么可能对达尔港有长远的计划呢！您还记得首席部长在你们展览会上讲的话吗，他说，中国企业有实力有愿望把达尔港建设成一个全球知名的港口，那就是我起草的演讲稿。怎么样，又回来了吧。很快就实现了首航,除了巴布尔自己,没有任何人比中国人更需要达尔港的繁荣和发展了。

黄道明:您是有远见的社会活动家。下一步达尔港的运营和自由区的建设还需要您的帮助、指点。现在有一些制造业的企业要到自由区来落户,很希望和当地企业合作,便于将来的招工和一些地方事务的协调,您可以出面帮我们做些协调工作吗?

特拉:当然,我会给他们做顾问。但你先听我说点别的情况,希望转达给你们的孙跃民老总,听说他已经是你们集团的副总了。

黄道明:是的,他是主管海外企业的副总。您请讲,我一定转达。

特拉:现在达尔港和中巴经济走廊的建设已经见到效果,很多人在你们的港口区就业,有很稳定的收入,当地居民和企业是拥护的。但是,有人在制造另一种舆论,希望你们重视。他们说,中国人拿走了达尔港收入的百分之九十,而且,巴布尔政府因为中国人的贷款项目,出现过度基建现象,政府负债累累。

黄道明:感谢您的提醒,需要像您这样有影响力的人来说明真相。中巴经济走廊二十二个项目,只有四个是贷款,巴布尔债务中中国只占百分之十左右,怎么能说是负债累累呢?!

特拉:我当然会说的,达尔港建设资金的一亿九千万美金是中国政府援助的,而且,接手运营后还要接着投资,不是贷款。倒是中国企业租用了自由区的用地,四十三年试用期,不仅缴租金,巴布尔港务局还有分红。这是共赢思想的体现。但光我说还不够,要重视媒体的作用,让他们来说才有影响力。

黄道明:谢谢您,我尽快向孙总报告。

特拉:还有,是哪个制造企业要来,我和他们对接。

黄道明:是三立集团,他们很快就会来这里。

特拉:静候嘉宾。

夜晚,达尔港戴氏烤鸭店,孙跃民、戴旭东、玛雅、赛义德在吃饭。

戴旭东:今天实现首航,同时我和玛雅也已经订婚,特别宴请两位好朋友,一起分享愉快的心情。

赛义德:首航祝福的话,中午宴请时我们已经说过了,我们克服了无数困难,终于扬帆起航了。现在正式祝福你们,我们阿萨德部长有了个好女婿,将来可以随时去中国旅游了。

孙跃民:祝福你们,志同道合,神仙眷属,期待着参加你们的婚礼。

玛雅：谢谢你们的祝福。

戴旭东：但我今天还想和两位说说我的计划，两位好朋友帮忙出出主意。

孙跃民：我想先请教赛义德先生一个问题，请戴老板和玛雅女士允许。

玛雅：当然。

戴旭东点点头。

孙跃民：我想请教赛义德先生，达尔港建设历经十年到现在，是否得民心？

赛义德：以前人们不了解，现在随着商务开展起来，越来越多的人在这里就业，得到好处，当然是得民心的。我想这件事情要与整个中巴经济走廊建设结合起来才说得清楚。中巴经济走廊虽然提出才几年时间，但给巴布尔人一个突出的印象就是中国人要打通一条通往印度洋的通道，虽然这个动议是巴布尔的领导人提出的。中国政府主导，中国企业积极参与，投资了很多战略性的项目，这些项目对于企业来讲都是中长期才能见到收益的。但对于当地就业和提升基础设施水平的效果是直接的，也拉动了相关产业，比如水泥、机械加工、中巴贸易总额在上升，等等。我知道，孙先生想要问的是有的人，具体说就是西方媒体和一些反华的政客在制造谣言，说中国人给巴布尔带来了债务。我觉得中巴经济走廊绝不是巴布尔债务的原因，反倒是解决债务问题、偿还债务的希望所在。有良心的人，不应当不负责任地乱发议论。

孙跃民：谢谢赛义德先生。我想现在巴布尔面临的最大问题是发展经济。现在巴布尔全面地对外开放，一定会迎来经济腾飞的日子。西方国家想要让巴布尔按照他们画好的圈子跳舞，跟着他们一起去参与中东地区的博弈，这是不符合巴布尔长远利益和民族精神的。具体说，就是伊朗的石油可能会通过巴布尔运往中国，而中亚的贸易通道将会在达尔港打开，这将给巴布尔带来巨大的发展机遇。别的国家想在这里插足、干扰、破坏，确实不符合巴布尔的利益。

玛雅：听说他们要投资八亿美金开发恰巴哈尔港，把那里变为波斯湾的中转港，绕开巴布尔和中国。

赛义德：这对于伊朗是个浪费，他们南北通道的海上起点在阿巴斯港，那里有苏联时期就建立的中亚国家与伊朗的铁路网，阿巴斯是中亚国家的出海口。有人投资恰巴哈尔，主要是为阿富汗服务的，作为阿富汗备用出海口的逻辑是成立的。当然，阿富汗北端是土库曼斯坦的石油嘛。

孙跃民：这就是冲突和对立带来的问题。本来土库曼斯坦的石油完全可以通过达尔港出海，波斯湾的石油也可以在达尔港中转、上岸，但有人就是不想让达尔港发展起来，从经济角度看是提高成本。凡是违背经济规律的事情总是不能实现的，或者是不可持续的。我相信达尔港运营起来后，那些人为的，为对立和冲突服务、不计成本的线路，一定会破产、失败，违背客观规律的做法不会有生命力。

戴旭东：只要安全问题得到基本解决，这里很快就会繁荣起来。目前最迫切需要的是生活服务业，我想手机、电脑等已经在年轻人中普及，我们应该把相关服务业搞起来。

玛雅：中国深圳的一家合资公司已经考虑在自由区建厂，他们是智能手机和游戏软件应用公司。

赛义德：我建议进一步扩大对农产品、水产品加工企业的引进力度，达尔港本来就是个渔港啊。

孙跃民：是的，去年开始，克拉玛依的超市就已经出现了达尔港的龙虾、石斑鱼，水产出口和加工会形成个巨大的产业链。而且，会直接给达尔港渔民带来收入。

玛雅：我在中国语言大学的同学下个月要来这里考察，准备在达尔港建个簋街，专门卖麻小。我告诉他，以后这里来旅游的游客会达到一百万，生意一定好。

戴旭东：今天就准备了麻辣小龙虾和石斑鱼，大家可以看看厨师的烹调水平。

赛义德：可我只需要牛肉就够了。还好，终于可以吃饭了，每次吃戴老板的饭，前面的议程总是太严肃，影响食欲。

孙跃民：对不起，是我有太多问题要请教，只是您不喝酒，要不然我可以敬酒赔罪的。

赛义德：那好办，我喝红茶你喝酒就是了。我问个轻松的问题，戴先生和玛雅已经订婚了，孙先生何时告诉我们类似的消息。

孙跃民：哎呀，这可不是个轻松的话题。我曾经给别人说过大话，印度洋的两大港口不实现运营目标，我就不结婚。

赛义德：我敢保证达尔港不会影响你的婚期，至于科伦坡港嘛，那要看那里人的工作能力了。

玛雅狡黠地说：赛义德主席，错了，不是看工作能力，是看人家着不着急出嫁。那里的负责人张诗仪就是孙先生的未婚妻。

赛义德：抱歉，那就没问题了，孙先生这样的男人，要是没有未婚妻，在巴布尔是宝贝。

戴旭东：哈，我们预祝一下吧。

夜晚，科伦坡张诗仪宿舍，张诗仪坐在写字台前，和孙跃民视频对话。

张诗仪：大圣，你这次押运中巴联合商队的货物车队是最幸运的一次，有惊无险。想想，马六甲和军舰相撞，差点喂了鲨鱼；亚丁湾遭海盗袭击，腿受了伤；只有这次，只不过有几个蟊贼骚扰。

孙跃民：哎呀，我的婆姨，但发生了针对首航的爆炸，死了几十人呢。这些恶势力最害怕我们把这条通道打通了，那他们就挡不住中国人走向海洋了。在南海、太平洋，他们已经没有办法。在印度洋，他们想尽办法堵截我们出海的通道，但他们又不能给这些合作国家长远的利益，当然就满足不了这些国家发展的欲望。缅甸的皎漂港，已经开始给中国的西南地区输油，那里建成了缅甸最大的港口，大批当地人就业，皎漂很快就会成为一个繁华的海港城市。要那里的民众反对"一带一路"项目就是砸自己的饭碗，怎么可能！

张诗仪：说起业务你就滔滔不绝，怎么不问问我这里的情况。

孙跃民：看到你的气色不错，说明项目进展顺利。

张诗仪：填海的进度比预期的快，来谈二期项目的大公司有几十家。但新的情况是，日本人在这里抛出一百亿美金来，要在科伦坡北边建个集装箱码头，投资搞燃气发电厂，还要开发亭可马里旅游。看来这里真的出现投资的热岛效应了。

孙跃民：我看是个好现象，这些投资叠加起来，会缩短锡卡的建设周期，早日实现经济的腾飞。那时候，反观我们中国企业做的事，就会更清楚，我们是在做双赢的事。

张诗仪：你想明白了，不是不愿意和日本企业合作吗！

孙跃民：我对日本人有一种根深蒂固的成见，但既然是做生意、合作，就依照市场规律办事，依法取利，也无所谓了。权衡利弊，和他们合作有利就做呗。目前看，在锡卡如果把电商搞起来，即使是销售日本的汽车、电器，也没什么了不起的。你应该赶快和杭州、深圳的公司联系，让他们进驻港口城，民间的消费喜好就是民心。

张诗仪：遵命！你大约什么时间过这边来？

孙跃民：我把招商会搞过，就到锡卡去。婆姨，很想你，想得晚上都睡不着觉。

张诗仪：陈词滥调，毫无创意。我不想你，但会梦见你。

孙跃民：哈，比我艺术，做个好梦吧。

夜晚，达尔港酒店房间，乔虹斜卧在沙发上，她眼前闪过孙跃民的身影，几次拨打孙跃民的电话，都是忙音。

终于打通了。

乔虹：孙总，还没向你表示祝贺呢，没想到晋升后还牵挂这里。首航实现了，你一定很感慨，看你白天那样子，眼泪都要出来了。

孙跃民：达尔港、科伦坡港，是我的生命啊！能不感慨吗？我从一介书生被摔打成了拳击手，伤痕累累。但骨头更硬了，皮肉更厚了，我为之付出的大海港，"一带一路"，生机勃勃，经受着风浪。能不让人潸然泪下吗！

乔虹：男人的思维方式和女人的就是不一样。女人从生活角度感知事业，而男人是从事业角度感受生活。

孙跃民：也不一定，很多女人都是事业型的，已经二十一世纪了。

乔虹嘲讽地说：你是说你的亲密战友张诗仪吗？军队的女儿。

孙跃民：航天工程师的女儿，火箭军的后代。别瞧不起人家。

乔虹：那怎么敢。你孙跃民看上的女性，一定是女中豪杰，巾帼英雄。

孙跃民：你是说，你也是英雄豪杰了。

乔虹：明日黄花，何论春秋。

孙跃民：我相信首航仪式后，达尔港酒店的灵感也来了。听戴老板说，你在科伦坡设计的酒店叫宝石，很有新意呀。

乔虹：叫眼泪，记录了伤感。

孙跃民：别这样，这里的酒店就叫浪花吧，喜悦的浪花。

乔虹：谢谢你的启发，也许叫海啸呢。这里发生的事情比锡卡惊险多了。

孙跃民：叫听涛吧，印度洋听起来很神秘，有过海啸，但仔细听，涛声如韵，正适合交响。

乔虹：大诗人，不骚扰你了，继续你的交响吧，我要休息了，也许梦中会出现个酒店的创意。

孙跃民：晚安，做个好梦。

达尔港中国博海项目部，孙跃民和黄道明、陈莹在议事。

黄道明：穆斯林商会会大力支持自由区招商，但特拉秘书长提醒我们注意舆论，他让我向您报告，一名美国国会议员甚至专门撰文攻击中国。

陈莹：巴布尔的媒体也有转引西方这种议论的。

孙跃民：人类许多进步事业都是在人们的怀疑、反对甚至是骂声中成长起来的。战略上，我们不怕，不会动摇我们的决心和计划，战术上需要采取针锋相对的措施。我看我们还是老招数，举办招商洽谈会，扩大舆论和影响，也促进自由区的项目落地。

黄道明：巴布尔也确实有很多优惠政策需要宣传。

孙跃民：在这之前，我们先到国内去搞个招商活动，我去和赛义德先生协调。

陈莹：我想起了莎拉和马克，他们对付负面舆论有经验，反戈一击更有力量。

孙跃民：是的，闻鼙鼓而思良将。你尽快联系他们。

新的战斗又开始了！

驻巴布尔大使馆，孙大使和商务处张处长在商议负面舆论的事。

张处长：美国议员的文章被他们广泛散布，被一些人利用来攻击我们，影响不好。

孙大使：是要认真地对待，明年又是巴布尔的选举年，各种声音都会出现，我们要争取舆论的主导，不能这么被动应付。现在，北京举办"一带一路"峰会，是个很好的契机。应该搞个专门的方案，打一场舆论战。

张处长：孙跃民同志这次到巴布尔来，研究提出了一个方案，就是达尔港自由区招商的方案，借机会宣传中巴经济走廊的发展，我觉得是个好主意。

孙大使：积极配合他们，同时多让巴布尔各界人士出来说话，比我们自己去说要有力量得多。

张处长：孙跃民还建议使馆，做巴布尔高层的工作，让他们在"一带一路"峰会期间多发声，有针对性地回答西方一些人的指责。

孙大使：让他们提供一些项目进展和工程成效的数字，我们报告给中央政府。

张处长：另外，他们还提出让原来西方的记者莎拉和马克回来撰文，驳斥对

"一带一路"的批评和诋毁，可能需要协调巴布尔对他们的保护，之前某个基金就曾经策划要刺杀她。

孙大使：这个情况我了解，我会去协调的。现在就可以通知他们，让他们撰文揭露大西洋基金等组织在幕后搞的恐怖活动，揭露他们对"一带一路"的破坏。

张处长：我去安排。

达尔港戴氏酒店，戴娆、白逸轩、浅野先生及助理一起商谈合作建厂的事宜。

戴娆：欢迎您的到来，我想您一定是有备而来，做了周密思考的，希望您坦诚地提出您的方案来，我们一起协商。

浅野：我们对巴布尔做了市场调查，感到应该在这里首先发展家用电器，还有轻型的交通工具，这些成本都不会很高，符合他们的消费水平。

白逸轩：浅野先生，这几年巴布尔的人均收入在增加，经济增长速度在南亚也是较快的，还要有一定的提前量。

浅野：有的。我的电冰箱里面可以有附加项目的，里面有蓄电池和储藏化妆品的单独格子，可以根据消费者的需求，变成几个价位的。

戴娆：日本制造业的造假丑闻反映了电器的普遍情况，日本的电器声誉受到影响。

浅野：没关系的，我们生产的电器，就是巴布尔的，是我们和戴氏集团合作的新品牌，不会受那些丑闻的牵连和影响。

戴娆：呵呵，您的头脑好灵活。

白逸轩：很有创意，就叫达尔港，一定会热卖。

浅野：那我们就尽快签约吧。

俾省工商会，浅野先生、戴娆拜见拉赫里，巴斯蒂安在场。

浅野：拉赫里会长，我们和戴氏集团合作建立家用电器生产工厂，进驻达尔港自由区，希望和当地企业联合，请您支持。

拉赫里：沙特王室在这里有个联合企业，你们可以和他们谈谈。达尔港夏季温度四十度，非常需要冰箱。

戴娆：我们也已经做过市场调查，大功率的洗衣机也非常受欢迎，洗大袍子的、洗地毯的，几乎家家都需要。

拉赫里：以前就有日本企业来做过调查，但他们考虑到巴布尔缺电，就放弃了这种大功率电器的生产计划。

巴斯蒂安：现在用电问题基本解决，卡西姆火电站将在年底发电，巴布尔南部的用电就会得到保障。

浅野：我们研究了用电情况，可以提供智能冰箱和洗衣机，在不同季节使用不同容量。

拉赫里：那价格是否就会增高。

浅野：我们采用了新的材料和技术，不会提高价格。

拉赫里：好的，我们会安排你们洽谈。

俾省穆斯林商会，中国临沂商城总经理张厚泽和助理来拜访特拉秘书长。

张厚泽：尊敬的特拉秘书长，我们要在这里搞个商城，想和当地企业联合，特别是与水产公司联合。请您支持。

特拉：你们很会做生意，当地最重要的产业是渔业，以前销路不畅。但达尔港实现首航以后，情况就变化了，现在人们已经习惯把达尔港的青龙虾和石斑鱼运往新疆。你们的宇飞集团已经在和当地渔民合作了。

张厚泽：我和他们已经谈过，他们组织了渔业合作社，和达尔渔村的人合作，他们有自己的冷库。我们要建更大的仓储区和展销区，面向各类企业。

特拉：我们穆斯林商会和你们直接合作，为你们组织当地的货源。

张厚泽：谢谢，这里日后会成为印度洋各类商品的集散地。

特拉：我是充满信心的。

达尔渔村，远洋集团严济民队长来拜见萨巴德酋长，拉纳和桑巴陪同。

严济民：尊敬的酋长先生，我代表中国宇飞远洋集团来向您致敬，我们和拉纳、桑巴先生决定成立渔业合作社，把渔民组织起来，请您做合作社的名誉社长。

萨巴德酋长：我已经听说了，达尔村的鱼不愁销路了，在中国新疆卖了好价钱。你们先搞起来，渔民们得到实惠，就会有更多的人来和你们合作。我会向沿海部落的酋长们介绍你们的做法。

拉纳：不光是巴布尔，还有伊朗沿海、东非、锡卡，甚至印度的渔业公司都会来合作，这里会是个大码头。

萨巴德：渔民不拒绝商人，自古以来，这里就是波斯商人出没的地方，中国的商人也到过巴布尔的。

严济民：我们正在和巴布尔合作建设中巴经济走廊，就是要重走这条丝绸之路。中国新疆还有许多地方很喜欢达尔港的海鲜。而我们的手机、电动车、家用电器在这里也很受欢迎。

萨巴德：互有需求，这条路就能走下去。我会尽快联络附近部落，支持你们和他们合作。

严济民：谢谢，我给您带来了中国的红茶，请您品尝。

萨巴德：巴布尔人喜欢红茶，谢谢。

国际商品展销会场，彩旗飘飘，大气球上悬挂着巨幅标语，用乌尔都语和英语写着达尔港国际商品展销会的字样。

展销会的装饰大门是伊斯兰风格的镂空格子门，上面是巴布尔国花素馨花的造型。

门口人头攒动，川流不息。入口处排着长长的队。

一百五十个展位前，身穿节日盛装的巴布尔男女老少充满兴趣地在参观、问询。

招商洽谈会分会场，三立集团和戴氏集团的签约正在进行。

身着西装的戴娆和西装革履的浅野先生在签字桌上签字，后面的孙跃民、赛义德、特拉、拉赫里、戴旭东、玛雅、黄道明、白逸轩站成一排，见证合作协议签字。

签字结束，戴娆和浅野握手。

孙跃民等人也举起香槟酒和红茶互致祝贺。

孙跃民、戴旭东与各位碰杯祝贺。

白逸轩的脸上掠过一丝难以察觉的尴尬，稍纵即逝。但被玛雅看在眼里。

孙跃民走过去向浅野、戴娆表示祝贺。

孙跃民：祝贺你们，达尔港牌电器将会热销整个印度洋！

浅野：谢谢，还要销往中亚、中东。

戴娆：一个新品牌——达尔港系列电器就要出现了！

人们举起香槟酒，碰杯。

桥本和小泉、池田也在达尔港国际商品展销会上出现了。

桥本来到一家伊朗公司的摊位前。他看到展板上的介绍，这是一家石油机械公司，招商石油天然气加工销售合作方。

桥本：请问，你们想要在哪个油田合作？

阿拉克公司代表：格什姆，在阿巴斯港附近。

桥本：怎么合作？

阿拉克公司代表：在格什姆建立一个深水码头、石油仓库和加工厂。

桥本：大约投资多少？

阿拉克公司代表：如果有兴趣的话，我们可以具体洽谈。目前看可能需要五亿美金。

小泉：我们听说你们在和一家中国公司洽谈啊。

阿拉克公司代表：是的，货比三家，看与哪个合作更有利。

桥本：请给我们一些资料，我们三丰港务集团会和你们具体洽谈。

阿拉克公司代表：期待与你们的合作。

莎拉和马克出现在达尔港国际商品展销会上，她正举着话筒采访阿萨德部长和港务局主席赛义德，马克现在是她的摄像。

莎拉：请问阿萨德部长，中巴经济走廊项目究竟投资多少，是否给巴布尔政府带来巨额债务？

阿萨德：投资一百九十亿美金，二十二个项目中只有四个是贷款，其余的项目都是中国政府投资和援助的，所以不能说给政府带来了巨额债务。

莎拉：巴布尔政府怎么解决债务问题？

阿萨德：我们没有别的选择，只有通过发展经济来解决债务问题。发展中国家通过国际融资来解决制约经济的能源和交通设施问题，几乎是必由之路，但一般来说，二十年之内一定会进入回报期。从2013年中巴经济走廊全面建设以来，巴布尔的经济总量逐年增长，而且，年增长都在百分之三以上，高于全球经济增长率。这几年有七万左右的人在这些项目上就业。我们预计中巴经济走廊未来一定会对巴布尔的经济增速作出更大贡献。

莎拉：您为什么这么预测？

阿萨德：因为现在的项目大多是能源和基础设施项目，建成后，将会进一步拓展巴布尔经济活动的空间，与中国、中东地区联系更为紧密。巴布尔这几年的贸易总量都在以两位数增速增长。今后若干年内，会出现投资和贸易双驱动的局面。

　　莎拉：你认为仅仅依靠中国，巴布尔能实现经济起飞吗？

　　阿萨德：不是这么个概念。中巴经济走廊建设，不仅不会影响和阻挡周边国家的发展，反而会促进周边与巴布尔共同发展。

　　莎拉：譬如说呢，你可以告诉我更具体点的情况吗？

　　阿萨德：就拿伊朗来说吧。伊朗的阿巴斯港是南部重要的出海口，但它的水深只有十二米，停靠不了超级巨轮，功能有限。但由于"一带一路"项目达尔港的建设，对于伊朗原油出口的需求增加了。他们就要考虑阿巴斯的升级改造，这次我们的招商会上就有格什姆码头项目。我们需要从伊朗进口更多石油给中国。建设格什姆港口的项目就会给伊朗带来巨大的效益，听说他们的预算是五亿美金。

　　莎拉：伊朗为什么不在恰巴哈尔建大型石油码头呢？

　　阿萨德：当然也可以建。但从近期运营看，还是应该和原有交通网络结合。阿巴斯是传统的交通枢纽，港口和陆路容易形成联运网络。而恰巴哈尔与周边交通网相距太远。

　　莎拉：谢谢您的回答。

　　夜晚，达尔港戴氏烤鸭店，戴旭东、玛雅和乔虹为莎拉、马克接风。还是那个郑和下西洋的包间。房间墙壁上，那艘乘风破浪的龙船很醒目。

　　戴旭东：亲爱的朋友莎拉、马克，你们又回达尔港来了，达尔港的景色吸引人啊。

　　莎拉：我们对这里有感情了，也有义务让国际社会了解这里的真相。根据马克的所见所闻，我写了一本书《操纵恐怖》，在巴黎发行，引起了极大反响，很畅销。

　　马克：巴布尔现在很安全，我不怕在这里露面。

　　玛雅：是对手改变策略了，靠爆炸、绑架、袭击得不到人心，巴布尔人在达尔港项目和中巴经济走廊就业了，原来这里饮水困难，现在有了淡水；原来经常停电，现在供电基本稳定，卡西姆燃煤电站解决了很大的问题，还有若干水电站。所以他们的武器现在是谣言和诋毁。美国议员撰文诋毁"一带一路"与中巴经济走廊和项目，完全是想影响巴布尔的政界和明年的大选。

　　乔虹：但现在已经产生了影响，我们巴黎事务所的同事问我，巴布尔酒店的设计会不会停下来。他们以为巴布尔政府会被美国人吓住，或者改变主意了。

戴旭东：现在是舆论战啊，谣言和谬论就是他们的武器。我们是应该采取点攻心战术，包括运用舆论工具，以其人之道还治其人之身。我们吃烤鸭吧，先预祝一下。

几个人开始愉快地用餐。

卡加奇书店，莎拉和马克、戴旭东、玛雅在中心书店举办授书仪式，玛雅在给莎拉做乌尔都语翻译。

一些大学生和白领，纷纷让莎拉签字。

莎拉在接受记者采访。

记者：请问您这本书是反映巴布尔恐怖组织的吗？

莎拉：不完全是。是反映阿富汗和整个中东、中亚、南亚交会地区的。

记者：为什么是交会地区？

莎拉：交会地区是各种力量渗透的重点，错综复杂，所以扑朔迷离，呈现出种种表面现象，实际背后的真相是惊人的。

记者：本书的事实依据是什么？

莎拉：几名记者的亲身经历和采访手记。

记者：谢谢。

戴旭东注意到三丰港务集团的小泉和池田竟然在书店里买走了这本书，但没有过来找莎拉签字。

戴旭东紧走几步追过去，想要和小泉搭话，但看到小泉和池田已经走进一辆轿车，离开了。

戴旭东看着他们的背影，若有所思。

夜晚，卡加奇阿萨德部长家，阿萨德、阿萨德夫人、玛雅在陪同阿里夫、戴旭东喝茶。

玛雅把莎拉的新作《操纵恐怖》送给爸爸。

戴旭东：这是一位《大西洋时报》原记者写的书，她根据自己和男友马克的所见所闻写的，揭露了包括巴布尔边境在内的恐怖主义为什么长期存在的内幕。

阿萨德：很可贵啊，巴布尔好多人不明白真相，以为是巴布尔政府在袒护恐怖组织，事实上是背后有人操纵。我想这本书，应该是写这个的吧，新闻里是这么说的。

阿里夫：我也很喜欢这本书，今天想向舅父请教一下，是否可以把它送给一些政要，特别是一些党派的领袖人物？

阿萨德：当然需要，你自己就可以给总统推荐。

玛雅：我们把它拍成电影怎么样？

戴旭东：那当然好，但太慢了。我们应该在北京"一带一路"峰会之前，就让更多的人了解真相，要人们知道有某种力量专门不择手段地破坏"一带一路"建设。

玛雅：可以同时进行啊。

戴旭东：好的，你来主持吧，电影名字就叫《操纵者》。

阿萨德：好，多重含义，有意思。

第十一章

第十二章

A 国边境，桥本和池田乘坐着越野车在山谷里奔驰，公路旁边是湍急的河流。

池田：桥本君，您有没有注意到舒卡拉的变化？

桥本：他在强调舆论的作用，似乎想放弃暴力。

池田：我们给基地投资有用吗？

桥本：当然，让中国企业产生恐慌心理，会有直接效果。

黄昏来临，桥本的车子驶入边境山区隐蔽的道路。

夜晚，桥本的车子驶入基地一片帐篷营地，紧靠着森林。

桥本被引导到一个大帐篷内。

基地的负责人乌尔凯西在等待着他们。

乌尔凯西穿着一身牛仔装，长长的头发在脑后打了个结，像是摇滚青年，眼光闪烁不定。桥本进去和他握手，池田和司机提着皮箱。池田打开皮箱，给乌尔凯西过目，箱子里是码放整齐的美金。

乌尔凯西：这个订单是什么要求？

桥本：如果在中巴经济走廊的起点死几个人，别的人一定不敢再去了。那些有钱有地位的中国企业家，绝不会拿自己的生命开玩笑，中巴经济走廊就会变成个画廊，画在云彩中的图画，哈哈，会被大风刮跑的。

乌尔凯西：你们为什么不把目标定在巴布尔！

桥本：但只有那样才会产生威慑作用。

乌尔凯西：算了吧，我不会相信这样的说教，咱们就当是做买卖吧。我知道怎么说服我的手下。

桥本：事情成功后，我们会把尾款打到你们的账户上，请提供一下。

乌尔凯西：不，我们会派人去找你们，仍然付现金。

桥本：祝好运。

夜晚，达尔港酒店公寓，舒卡拉和小泉在喝酒，他们面前摆放着莎拉的畅销书《操纵恐怖》。

舒卡拉：小泉先生，您那天说要找代言人，怎么安排的？

小泉：桥本先生习惯使用暴力方式解决问题，但巴布尔现在戒备森严，军方专门成立一支一万五千人的队伍，保卫中巴经济走廊的项目，很难直接在项目上下手。过多地用自杀式爆炸伤害无辜，会激起当地人的反感。所以我们的死港计划重点应该放在高层和煽动反华情绪上。代言人应该是身份特殊的人，足以让民众相信他的言论。

舒卡拉：我们之前一直以为拉赫里可以替我们说话，没想到他当选国会议员后，反而和执政党妥协了。真正的代言人应该在巴布尔，联邦高层有话语权，我们在等待新的力量。

小泉：我们需要换一个思路。让中国人内斗会比我们的工作更有效。

舒卡拉：除了告孙跃民、戴旭东的状，还有新招数吗？

小泉：如果在了解内情的人里面做工作，他们披露内情比我们更有利。

舒卡拉：很难。我们只能让他们提供一些情报，让他们站出来公开露面，反对自己的国家，几乎不可能。

小泉：难道就没有想闹独立的？

舒卡拉敏感地看着他：啊，你这个思路是对的。桥本就在扶持基地组织，但这些亡命徒只是要钱。而且，区区几百人想要征服天山南北，实在是蚍蜉撼树，对中巴经济走廊产生不了什么大影响。

小泉：台湾呢？

舒卡拉的表情模糊：你是说，台独的力量可以利用。但他们重点在中国大陆，不会到这里来。

小泉：您这么不信任我，那就不说了，咱们各自为政吧，反正我们的加工企业已经进驻，摩托车、汽车销售也不错。

舒卡拉：好吧，我去了解一下。但我们的重点还是对高层施加压力，民意表达只是辅助的。

夜晚，达尔港戴氏公寓，戴娆和白逸轩在商议公司的业务。

戴娆：和浅野合作，就可以把电动车业务恢复起来，并且可以扩展。

白逸轩：我们应该有个总体思考，难道中巴经济走廊没有个总体规划吗？

戴娆：有的，"一带一路"办公室和巴方有具体的协议。

白逸轩的眼睛不经意地看了一眼戴娆的眼神，但戴娆没有反应。

白逸轩：你也看不到这个协议，我们应该研究一下"一带一路"的政策，巴布尔给了什么承诺，这样就好和浅野谈合作的具体方案。

戴娆：我会想办法看到的。

白逸轩：和日本人的谈判是个漫长的过程，我想回台北去看看父母，半个月就回来。

戴娆：好的，带去我的问候。

突然，戴娆觉得有点恶心，她去卫生间呕吐起来。

白逸轩狐疑地看着她的举动。

戴娆从卫生间出来，白逸轩递给她一杯水。

白逸轩：你有情况了？

戴娆：也许是吃坏了肚子。以后还是采取措施吧，我们还没举行婚礼。

达尔港舒卡拉办公室，舒卡拉在和文森特通越洋电话。

文森特：国会议员的文章产生了很重要的影响，但你那里别的事情毫无进展，能够解释是什么原因吗？

舒卡拉：舰长，我们已经在制造恐慌和影响舆论两方面做了足够的工作，而且有很好的效果。达尔港的自由区到现在为止，只有中国和巴布尔自己的企业来投资，十几个项目，号称二点五亿美金，但许多项目还在观望，他们被这里的恐怖袭击吓住了，许多项目会被搁浅或放弃，"一带一路"已经受到重创。

文森特：你也学会了报喜不报忧。2016年中国与"一带一路"沿线国家的贸易总额已经达到九千多亿美金，而中国和美国的贸易总额只有五千亿美金。你知道这意味着什么吗？

舒卡拉：这个责任不在我，我建议高层要给巴布尔进一步施加压力，否则怎么也挡不住他们的合作。

文森特：我会去和高层谈，但你不要放弃。

中巴边境某城市美食街旁边的巴扎热闹非凡，有卖各式各样地毯的，还有卖银器的，等等。

今天卖鱼的摊位非常热闹，摊商大声地吆喝着。

摊商：卖鱼了，印度洋的石斑鱼、达尔港的青龙虾，新鲜的深海鱼。

卖鱼摊位前，顾客在挑鱼、过秤、付钱。

乔装的乌尔凯西和努尔出现在摊位前。

乌尔凯西：伙计，你的鱼是阿拉泰的冷水鱼吧？

摊主：我这里写着是深海鱼，达尔港的石斑鱼、龙虾，你不认识字吗？

努尔：现在骗人的太多，我怎么知道这么大的鱼一定就是印度洋的。

摊主：这是宇飞集团直接从达尔港运来的，三十四个小时，红斑鱼，很新鲜的，别的地方没有，想骗也骗不了。

乌尔凯西：那你们卖得贵吧？

摊主：当然比淡水鱼贵，但比从宁波上岸的鱼要便宜。一斤大带鱼十五元，从东南沿海过来要十八元。

乌尔凯西：要是批发价呢？

摊主：那可能就是十二元左右，在远洋公司冷库那里批发。

乌尔凯西：谢谢。

夜晚，郊外山坡帐篷，乌尔凯西和努尔、十几名极端分子在帐篷里藏身。

月色皎洁，山坡上一片寂静。

乌尔凯西走出帐篷，坐在山坡上，唱起了歌。

听到乌尔凯西忧伤的歌声，帐篷里的几个手下也悄悄地走出来，他们来到乌尔凯西的身边，坐下来轻声地跟着唱起来。

他们伤感地掉下了眼泪。

手下甲：头儿，我们必须要杀人吗？

乌尔凯西：真主给我们的旨意，那个巴扎里卖鱼的人，对真主不敬，我们要惩罚这些背叛真主的人。

手下乙（吾米提）：可那几个贩鱼的，看上去都是很老实的人。

乌尔凯西：你并不知道他们干了什么坏事，他们把印度洋的鱼运过来，就会打击这里的渔业，这就是犯罪。我们要替真主惩罚他们，中断这样的行为。每个为真主献身的人，都会进入天堂，那里会给献身的人准备好奶茶、四个美女。你们的家属也会得到一笔钱，五万元。

手下甲：头儿，我们不想去天堂，我们就想活着，之前不是说让我们去跑长途的吗？

乌尔凯西目露凶光：你们之前都发过誓的，谁在真主面前反悔，谁就是背叛！

吾米提：可是，我实在下不了手。

吾米提热泪盈眶，旁边的几个人也泪光盈盈。

乌尔凯西看见局面要失控，从皮靴里抽出匕首来，走向吾米提。

乌尔凯西：你有一颗善良的心，那就请你先去天堂吧。

乌尔凯西恶狠狠地把匕首捅进吾米提的胸膛，吾米提猝不及防，惊诧地张开嘴巴，身子扭曲着瘫倒在地上。

旁边的几个人表情各异，但都默不作声。

乌尔凯西对努尔说：把他扔到河里去，那里离天堂最近。

努尔和手下甲抬起吾米提的尸体，走向河边。

乌尔凯西回过身来，拿起热瓦普，在石头上摔得粉碎。

达尔港三丰港务集团，桥本和小泉、池田在观看法新社的新闻。

电视里出现美食街歹徒砍杀摊商和顾客后的场面，一片狼藉，血迹斑斑。

电视里的记者说：法新社报道了袭击事件，事件的受害者是美食街的摊贩。有某极端势力组织，声明为事件负责。当地已经采取了戒严措施。

桥本：怎么样，至少半年内没人再去投资了。这比什么找代言人、舆论战要直接有效得多。制造舆论热点本身就是舆论引导。

小泉：意想不到的效果，佩服。但基金会的方略似乎有变化，松井会长指示我们做浅野的工作，让他与三丰港务集团合作，不放弃巴布尔的市场。

池田：舒卡拉先生寄希望于巴布尔政局的变化。大西洋基金会在做工作，让巴布尔的高层和精英集团相信一种说法，中国人愚弄了他们。

桥本：巴布尔人会那么愚蠢吗！他们的经济在增长，南亚第二的速度，那么多的市场被中国人占领，卡加奇、拉合尔，还有核电站、水电站、铁路、公路、达尔港的石油码头，会给巴布尔带来好处。巴布尔的政客们不会放弃和中国人合作的。

小泉：桥本君，您的意思是继续执行死港计划、死路计划，可国内已经不支持我们了。

桥本：我们可以给基金会一个占领巴布尔市场的方案，但不打击和遏制中国人，就不会有占领巴布尔的前景。这么浅显的道理，基金会的人会不懂吗。丝路、死路！我们没有别的选择。池田，你的那个"基纳"，怎么样了？

池田：快出场了。

台北机场，白逸秋在迎接白逸轩，他接过白逸轩的拉杆皮箱，走向停车场。路虎车跑在桃园机场的高速上。

白逸秋在开车。

白逸轩：你觉得达尔港的前景如何？

白逸秋：现在已经有一些企业进驻，商务区的项目总投资三十多亿美金，应该会不断增多。

白逸轩：美国制裁伊朗，这个港会怎么样呢？

白逸秋：美国人不会制裁伊朗，伊朗是大陆进口石油的大国。

白逸轩：看来你对达尔港和中巴经济走廊充满信心。

白逸秋：这不是你几年前告诉我的吗，中国的发展势不可当，我弃暗投明了。我就要回巴布尔了，那里的集装箱码头最近业务多起来了，谢谢你让我有了这样的就业岗位。

白逸轩高深莫测地看看他。

台北某别墅里，白先臣白发苍苍，目光炯炯，耄耋之年，仍不显老。他拿起盖碗茶来，慢慢吸吮着，在听侄儿白逸轩说话。

白逸轩：达尔港进展缓慢，没有十年二十年发展不起来。

白先臣：那你在这样的地方干什么？

白逸轩：我在研究阿拉伯文化，在写一本关于印度洋文化变迁的书。

白先臣：我记得早年你很喜欢海上兵器，好像还写过帆船时代到核动力时代之类的文章。

白逸轩：那是因为我当时在了解"重庆号"，您说过曾经在那艘巡洋舰上服役过几个月。

白先臣：我在"重庆号"不是服役，是见习，为了参与修三峡大坝做准备。唉，可惜了钱昌照先生做了那么多的准备，对三峡大坝那么有感情，却没能看到大坝竣工。

白逸轩：那您赞成钱昌照投靠共产党政府了？

白先臣：那看怎么说了，论个人忠诚，当然应该忠于蒋公，忠于宋子文先生。但若说要忠于民族，祖国，钱昌照先生也是一种选择。

白逸轩：那您为什么不回大陆？

白先臣：我那时认为国民党是正统，我们迟早要打回大陆的，现在看起来很幼稚。

白逸轩眉间掠过一丝不快：那不一定吧，研究奥斯曼帝国的历史，我发现伊斯兰势力的崛起用了一个多世纪的时间。

白先臣：没那么简单。当年钱昌照先生主持三峡大坝工程方案，一腔热情，但最后也不得不放弃，因为国力不够。最后还是共产党把它修起来了，不服不行。

白逸轩：要是不知道您的历史，还以为您是个共产党。

白先臣：是不是军情局的人找过你？

白逸轩：那怎么可能！我是个学者，找我也没用。

白逸轩转移话题：您精神真好，看来多听听昆曲，还是有利于身心的。

白先臣立即兴奋起来：青春版的《牡丹亭》，风靡北美，中国的艺术还是有魅力的。我还没问你，何时把儿媳妇带回来，你的哥哥都有孙子了。

白逸轩：您已经儿孙满堂了，就别给我派单了，会遇到的。

台北东方文华酒店，小会客间，台湾军情局臧处长与白逸轩见面。

臧处长：本来没想招你回来，但美国人坚持要见面，所以请你谅解。

白逸轩：我也许会是为一种历史悲剧献身的殉道者，明知不可为而为之。

臧处长：不要忘了组织对你的培养，说说你那里的情况。

白逸轩：我现在了解到巴布尔的核电站和核动力只够威慑，没有更大的能力，他们也还不能制造氢弹。卡加奇核电站代表了大陆的核能水平，但我还没有得到资料。关于"一带一路"的相关文件很详细，已经交给总部。

臧处长："一带一路"的资料已经没有什么情报价值，不过也许会有别的用途。

舒卡拉从里面走出来，他面带微笑向白逸轩伸出手来。

舒卡拉：谢谢你提供达尔港的内幕，但现在恐怕要更直接一些才有效了。

白逸轩：我觉得从长远看是没什么用的。

舒卡拉：我是海军出身，攻击的方法就是击沉对方，无论什么方法。

科伦坡中国博海集团项目部，孙跃民和张诗仪、黄翔、丁珂在研究工作。

孙跃民：印度洋的风向变了，南风劲吹，科伦坡、汉班托塔港的往来船舶络绎不绝，预计很快就达产了。

黄翔：科伦坡南码头年底预计达到二百四十万标箱没问题，汉班托塔港达到二百万标箱也没问题。

张诗仪：只是港口城的进展还是缓慢，填海工程虽然完成了百分之八十，但商业城的规划刚刚批下来。

丁珂：康提省发生佛教徒与穆斯林的冲突，反对派借机提出要求停止港口城的项目。

孙跃民：这是有人在背后指使的。我们已经答应将原来给予中博集团的二十公顷永久产权土地，改为九十九年租赁土地。

张诗仪：这个项目还将会经受风雨的，最近美国的副总统发表演讲，攻击这个项目商业价值不明晰。

孙跃民：但目前锡卡政府的态度很明朗，他们认为这个项目是锡卡未来的希望。不管那么多了，我们尽快把已获批准的规划公布于众，广而告之，就会出现预期的效果。

张诗仪：汉班托塔国际机场恢复运营的计划已经提交。但一家印度企业提出以二点五亿美元价格收购这个机场，要与我们竞争。

孙跃民：很好，至少说明这个机场是有价值的。我会去和总统助理谈这个事情。

黄昏，科伦坡海滨，孙跃民和锡卡总统特别助理卡拉汉在海滨散步。

卡拉汉：孙先生，你是在锡卡季风已经过去的时候回来的，现在是和风细雨好时节，近看大海，一片诗意。

孙跃民：助理先生，说明您的心情很好。

卡拉汉：我注意到你没有说在巴布尔的石油开采。

孙跃民：我们中巴经济走廊建设项目不是为了巴布尔西部石油的开采，而是为了与巴布尔共同开发新的经济空间，激活中国西部的经济活力。

卡拉汉：我更关心中巴经济走廊建设给锡卡经济带来的影响。

孙跃民：可能时间会长些，但一旦中巴经济走廊打通，科伦坡和汉班托塔港的业务便会成倍增长。比如说，锡卡是世界上茶叶销售的大国，出口仅次于肯尼亚，而出口国主要是俄罗斯、伊朗、巴布尔，仅这项业务就会出现常年的运输需求。我想亲自去走一趟货，体会一下运输需求，以便更好地提供服务。

卡拉汉：要不是最近总统有事情要找我，我很愿意和你出海的。

科伦坡港湾木树清游轮上，舒卡拉和木树清、小野在议事。

舒卡拉：木先生，听说你最近和中国人合作得不错，中国建筑公司的大棚菜是你供应的，你的金枪鱼也被运往达尔港，买卖兴旺啊。

木树清：我们的首相已经变了口风，他不想失去中国这个贸易伙伴。

舒卡拉：我看你是为自己的失败找理由。

木树清：您还有能够挽救败局的绝招吗？

舒卡拉：《荷马史诗》里有个著名的战例，特洛伊木马计。它告诉我们城堡从内部最容易破坏。我们现在是没有木马，也要让对方怀疑有木马，每一次内部清查，电脑杀毒都会影响系统的运转，这比真正的木马要来得快。

木树清：当然，无论怎么说，东瀛基金还是配合大西洋基金的。我们基金会要求我们服从您的调遣。

舒卡拉：我知道你的渔船正在和达尔港合作，也许可以用一用。

木树清：是的，我的渔船正在与中国的宇飞集团合作，把印度洋的深海鱼卖到中国西部去。

舒卡拉：你应该邀请中博集团负责印度洋项目的孙跃民副总经理到你的船上走一趟。

木树清：这恐怕不是难事，他们有意愿要和我们合作。

舒卡拉把身子往前倾斜，和木树清低语着。

巴布尔边境塔拉小镇，乔装的基纳和几个伙伴出现在卖军火的一条街上。他走在前面，很熟悉地走进一家店来。

基纳和伙伴们走进去，掌柜的觉得面熟，还在发呆，伙计认出了是基纳，正要提醒掌柜的，基纳和伙伴们动手，控制了掌柜的和伙计。

军火店的伙计换成了基纳的手下。

里间屋子里，基纳在审问掌柜的。他用枪对着掌柜的脑门。

基纳：今天来这里接货的是谁？

掌柜：我不知道，原来以为是您的人呢！

基纳打开手枪的保险栓，装上消音器，对准掌柜的脑门。

基纳：告诉我实话。

掌柜的哆嗦起来：是库拉，他没死，被猴子收买了。他让别人叫他基纳。他说需要一批最新的 M92，最近要在城市里活动，需要短兵器。您怎么知道他今天会来？

基纳：他可以被猴子收买，别人也可以被收买啊。暂借你的地方用用。

基纳把掌柜的绑起来，扔到里间，一个伙伴看着他。

库拉的车子开到熟悉的军火店旁边，他大摇大摆地下车，和一名手下走进店内。

军火店里，基纳面带笑容地看着走进来的库拉。库拉走到柜台前，看见基纳，他似乎不敢相信自己的眼睛。

瞬间，他和手下就被控制起来，带进了里间。

基纳重新举起装着消音器的手枪。

基纳：认得吗，这是最新的 M92，它不会出现枪管爆裂的情况，而且消音效果非常好。告诉我，猴子是谁。

库拉：舒卡拉，以前和拉姆做生意的人。

基纳：为什么要用我的名字？

库拉：不知道，我是执行命令的，可能是为了吸引注意力，掩护别的行动小组吧。

基纳：他会到你的营地来吗？

库拉：也许会，不知道。

基纳用消音器敲敲库拉的脑门：什么叫也许？说出来我就饶了你。

库拉看看基纳的眼神，他看到一片寒光。

库拉：最近要绑架一个人，在达尔港，也许他会出现。

基纳：我们跟着你去，只要不是舒卡拉出现，我就不会干扰你的计划。

库拉：那会砸了我的生意。

基纳：我会给你钱，让你远走高飞，真假基纳都消失，这样我们才可以安全地活下去。我给你的钱会超过你的想象。我的钱足够养你一百年。

库拉：我不敢相信这样的承诺。

基纳：你没有别的选择，我既然能够知道你来这里的消息，就可以让你身边的人随时干掉你，当然还有别的办法。你知道，如果得罪了我，绝对逃不脱的。

锡卡孙跃民办公室，木树清前来拜见孙跃民，他带着小野，张诗仪和丁珂陪同会见。

木树清西装革履，很恭敬地递上名片。

木树清：尊敬的孙跃民副总经理，久仰您的大名。我们知道在科伦坡南码头和汉班托塔港目前正在运营的码头，都是您领军完成的杰作。很佩服您的效率和能力。我是从事海上渔业和农业的，也做一些地产，很想和您合作。

孙跃民：感谢您对海港项目的理解，目前的运转很正常，科伦坡南码头去年达产，二百四十万标箱，汉班托塔也达到二百万标箱，说明锡卡作为印度洋中转中心的功能定位是正确的，商业价值已经体现出来。您加入到固定的商业通道合作中来，对运输市场是个重要的示范，欢迎您的到来。

木树清：我给您提供的合作模式就是把深海鱼的运输和销售连为一体，通过您的通道，直接送到喀什和克拉玛依，乃至整个中国西部。

孙跃民：我们愿意与您合作，您还是有远见的。现在我们到喀什的运输，是空运，三十四小时从海里到商场的柜台。如果铁路通了之后，是一倍的时间，七十二小时，但成本会大大下降。

张诗仪：木树清先生，之前听戴旭东先生说，他要在达尔港复制一个篮街，需要你的青龙虾供应，不知是否有进展？

木树清：我们正在和戴旭东先生的妹妹戴娆谈合作，戴家好像把巴布尔的商务区生意交给了戴娆。我们这次很想邀请孙跃民副总经理到我们的捕鱼作业场去看看。

孙跃民：那就不用了，捕鱼的业务我很了解，之前我去过许多远洋渔场。现在，我对海上运输通道更感兴趣。

木树清：如果您有兴趣，我们发往达尔港的首批渔船即日起航，您可以随船考察。

孙跃民：好啊，我本来是要随运茶船走一趟的。你们可以先拟定和我们合作的合同，在汉班托塔港和达尔港之间固定往返、停泊。具体方案和条款我们再研究。

木树清：谢谢，您确实是个雷厉风行的人。

孙跃民有点得意：明天我就可以随你们的船起航。

夜晚，孙跃民和张诗仪在科伦坡海滨大道散步。

张诗仪：大圣，我怎么觉得今天你决策得太快了，我心里似乎有些不对头的感觉。

孙跃民：难道是因为我转变得太快了吗？之前你和戴老板都认为我对日本人有成见，感情用事。

张诗仪：我奇怪木树清为什么会突然想到要让你去考察渔场？

孙跃民：让我了解他的实力呗。

张诗仪：你和日本人深度接触，需要给使馆和集团报告的。

孙跃民：我这是在海外谈业务，不应该受限制，那样等审批完手续，早就错过商机了。我们现在是在运营达尔港和汉班托塔港、科伦坡港。达尔港的问题在于目前巴布尔腹地经济不能支撑达尔港的运营，而中巴经济走廊打通后的后发效应还需要一段时间，这个时间节点里，我们需要有一些固定的航班和经常性集装箱班轮挂靠，而日本人送来了这样的业务，我应该重视，而且应该自己去谈业务，这样才能使得达尔港的业务尽快多起来，这样的想法难道是错误的吗！

张诗仪：没有人说你的想法是错误的，但你靠个人的单打独斗是解决不了问题的。而且我是说你要给集团报告，这是必须的。

孙跃民：好吧。来不及了，我直接电话报告吧。估计刘总还没睡。

孙跃民拨通刘清云的电话。

孙跃民：刘总，打扰您了。向您报告一件事情。锡卡的一家日本公司，他们的主业是渔业、农业、地产，他们提出要和达尔港建立定期水产班轮挂靠，希望我去考察一下渔场和航运。我觉得这对达尔港运营招商是个引导示范，值得走一趟，特别向您报告。按照有关程序走手续来不及了。

刘清云：这家企业的背景你了解吗？

孙跃民：了解，原来是个与我们竞争的企业，现在看到大趋势，转而与我们合作了。他已经在汉班托塔给我们配送蔬菜一年左右了。

刘清云：好吧，你这种进取开拓的精神是很可贵的。我们达尔港和印度洋遇到的问题是暂时的。现在，锡卡的运营很好，连接达尔港的铁路、公路和高铁都在陆续动工，巴布尔经济的外向性正在增加。小伙子，撸起袖子加油干，再坚持几年，局面就会完全打开。我支持你去亲自走一趟，注意宣传，扩大影响，让示范行动有示范舆论和效应。也要注意安全啊，印度洋上还不是风平浪静的。

孙跃民：谢谢您的支持，我一定做好工作！

孙跃民挂掉电话，得意地看着张诗仪。

孙跃民：刘总是支持我的，他还要我扩大宣传。

张诗仪：我也奇怪，刘总那么深沉老练的人，怎么会喜欢你这么个毛手毛脚的孙猴子，除了勇气和胆量之外，没什么突出的优点。

孙跃民：哈哈，观音菩萨为什么派孙悟空去保护唐僧取经，就是因为他上天入地，降妖伏魔，有攻坚克难、克敌制胜的精神和能力。现在面对这么大的国内外压力，没有胆识，没有豁出去的劲头，什么都别想干成。我下一步目标就是广泛地去招商，特别是找日本人、韩国人，中日韩自贸区就是要给他们空间，这才能让达尔港繁忙起来，经济就会发展，谣言、批评、诋毁，不攻自破。

张诗仪：我有时候觉得刘总就像你爹，他愿意让你这么个淘气的儿子在外面闯荡闯荡。但你别忘了，之前是竞争对手，现在突然就要成合作伙伴，都是为了利益，小心人家的商务陷阱。

孙跃民：我知道！你真以为我是个大男孩吗？

张诗仪：好吧，小丁和你一起去，她会乌尔都语，英语也很好，可以帮忙交流。

孙跃民：谢谢婆姨，安排得很周全。

夜晚，台北某机构密室，白逸轩在电脑上操作着，他潜入了孙跃民的电子邮箱。

电脑上出现达尔港供电方案。

供电方案里清晰地出现，恰巴哈尔方案、卡西姆火电方案、卡加奇核电方案的栏目标题。

白逸轩脸上出现一丝阴沉的笑意。

他的电话响起来，是戴娆的微信来电，请求视频。

白逸轩等到铃声停止，然后打过去语音电话。

戴娆接听电话，戴旭东在一旁听着。

戴娆：老夫子，你在干什么？怎么不开视频？

白逸轩：视频信号不好。我是在陪爸爸，他的状况有点反复，再观察一周看看。

戴娆：那你辛苦吧。我想问你，浅野的施工方案出来了，你要不要看一看？

白逸轩：我当然要看看了，你发到我的电子邮箱吧。还有，上次说的中巴经济走廊的项目规划，你看到了吗？

戴旭东给戴娆示意可以给他发。

戴娆：看到了，打印版的，我给你拍照发微信吧。

白逸轩：谢谢，我看完后尽快给出意见，先预祝达尔港牌电器横空出世。

戴娆：早点回来吧，这里还有许多事情要商量的。

白逸轩夸张地说：遵命！

夜晚，达尔港戴氏集团总裁办，戴旭东看着戴娆把浅野的施工方案发出。

戴娆回过头来问哥哥：你觉得他有问题？

戴旭东：是的，我的朋友告诉我，白逸轩在马尔马拉大学没有正规的学籍，他和俾省穆斯林商会的秘书长特拉也不是同班同学，他们是后来自己拉扯上的同学。

戴娆：这能说明什么问题，闯荡江湖，拉扯些关系，很正常。

戴旭东：但阿里夫说他和舒卡拉可能在台北见面了，你还觉得正常吗？

戴娆吃惊地说：阿里夫在跟踪舒卡拉。但他怎么知道两个人在台北见面，如此机密的事。

没等戴旭东答话，戴娆略一思索，恍然大悟似的：我懂了，是舒卡拉在台北的行踪被记录了，其中识别出了白逸轩。好可怕，他是个间谍。

戴旭东：也许是个鼹鼠。

戴娆：可他要的这些项目计划之类的，毫无情报价值。

戴旭东：我们并不了解他的意图，现在只能猜想他大概是台湾军情局的人，是为了了解"一带一路"的内部情况和巴布尔的核设施而来的。

戴娆：不对啊，我是和他在伊斯坦布尔认识的，马尔马拉校园里偶遇的。

戴旭东：可爱的公主，你回忆一下，是不是在你已经决定要到巴布尔来的前夕偶遇的。

戴娆：记不太清了，好像是毕业前。

戴旭东：可爱的公主，我以前试过他会不会武功，觉得他是个白面书生。但阿里夫说，他的朋友给他展示了白逸轩格斗训练的照片。

戴娆：别叫我公主！玛雅才是你的公主，我是个大笨蛋。他一直在欺骗我，我还和他上了床。

戴娆说着眼泪夺眶而出。

戴旭东搂着她的肩膀，安慰道：他还年轻，也没有杀人放火，也许我们会把他争取过来呢，那就叫反间计。所以你现在要稳定情绪，我们慢慢感化他，让他转变立场，弃暗投明！

戴娆抽泣着说：我现在就只想揍他！

戴旭东：别冲动，打草惊蛇，会坏了大局。

科伦坡港，孙跃民和丁珂背着双肩包走上木树清的渔轮，他回过头向站在岸上的张诗仪、黄翔挥挥手，丁珂也在挥手。

木树清和小野满面笑容地把他们带进休息舱，安顿好包间。

一声汽笛，渔轮离开港口。

包间里，孙跃民在和乔虹通电话。

乔虹：孙老板，告诉你，我的渔人酒店设计完了，已经把方案报给了戴旭东，你何时回达尔港，可以帮我看看，提提意见吗？

孙跃民：我此刻在木树清的渔轮上，正准备去马尔代夫和锡卡之间的金枪鱼渔场去上货，然后去达尔港，几天后就可以到达尔港了。

乔虹：那太好了，我酒店的外形就是一条红斑鱼，是否该换成金枪鱼？

孙跃民：那倒不用，只要不是鳄鱼就行，金枪鱼和红斑鱼大小不同，但形状没有太大差异。

乔虹：鳄鱼挺好啊，别人容易留下记忆。

孙跃民：那就好玩了，锡卡的酒店叫眼泪，在印度洋你设计的两个酒店就成了鳄鱼的眼泪了。

乔虹：看来你的心情不错，美国议员的债务殖民重炮没有轰掉你的锐气。你和日本人合作心里没有障碍吗？这个木树清很可能就是策划刺杀松坂庆子和苏哈教授的日本右翼分子。

孙跃民：你读过那本名著吗，简·奥斯汀的《理智与情感》，我这么个性情中人，正在用理性来指导行动。为了印度洋的海港运转起来，我宁愿化敌为友，化干戈为玉帛，能够面对宿敌微笑的人才是真正的强者呢，他可以给业界发出一个强大的信号，日本的企业已经和中国企业合作了，这比放飞多少只和平鸽都更有意义。我已经通知赛义德和戴旭东，他们安排了许多媒体在达尔港等待采访。我希望他们看到，昨天的竞争对手，今天是以合作伙伴的身份出现的。

乔虹：《理智与情感》，有意思，两姐妹都朝着相反的方向努力了，结果出乎意料。我觉得虽然你的目标明确，应该以理性支配行动，但情感也不能忽视，因为情感是代表立场的、代表内心的，你时时刻刻都不应该忘记谁是你的敌人，谁是你的朋友。

孙跃民：谢谢乔老师。

北京某部，部长助理约见博海集团董事长刘清云。

部长助理：我们最近抓获一批台湾军情局的特务，从他们最近的信息往来获悉，我们在巴布尔"一带一路"的内部计划，与巴布尔合作核电站和军事方面的情报，均来自达尔港的一个工作站。而其中的一些文件是从我们项目部泄露出去的。

刘清云：是泄露，还是被窃取？

部长助理：从文件性质来看，很难说是窃取，比如关于达尔港供电方案，其中就涉及核电计划和技术。

刘清云：这部分内容都是公开的，会从各个渠道得到。如果是文件原件，另当别论，或者有其他的证据和线索，就会更具体点，便于开展工作。

部长助理：是的，有文件的原始文本。

刘清云：具体怀疑对象是谁？

部长助理：孙跃民，有人判断他在和外商、台商接触过程中被拉下水，不能自拔，可能提供了他认为不重要的文件。

刘清云：我们配合侦查，但要尊重证据，不要随便怀疑一个同志。仅凭判断和逻辑推理是不能认定事实的。在这之前，也有来信告他贪污受贿的，但经过调查，没有发现任何问题。

部长助理：您不要有想法，我们都是为了工作，避免国家利益受损失，当然也包括挽救我们的同志。

刘清云：请问下一步采取什么措施？

部长助理：需要我们对有关达尔港供电方案的文件来源查证后做出最后结

论，这之前，建议将孙跃民调离工作岗位，等待结论。

刘清云：好吧，我们配合，先让他去学习。

部长助理：谢谢您支持我们工作。

孙跃民和丁珂在木树清、小野的陪同下观看渔轮装货。

渔轮甲板上的塔吊不断地从周围的渔船里吊起冷藏的集装箱。

渔轮上一片繁忙。

孙跃民接到刘清云的海事卫星电话。

刘清云：跃民啊，你在海上吧，但你到达尔港后尽快飞回北京来，有新的任务。

孙跃民：还需要一天一夜到达尔港。什么任务啊？

刘清云：好事，尽快回来吧。

孙跃民一脸懵懂地面向大海，思索着。

丁珂在旁边偷偷给他拍照。

黄昏，白沙瓦某学校，基纳的妻子赫娜在学校门口等着接儿子。

赫娜的儿子沙巴尔背着书包往出走，后面几个孩子在喊：跛脚狗，跛脚狗。

接着是一片笑声。

沙巴尔气愤地冲那几个孩子挥挥拳头，急匆匆地离开，左腿不由自主地弯了几下。

赫娜接到儿子，关切地问：他们欺负你？

沙巴尔含着眼泪：他们嘲笑我是跛脚狗。

赫娜抚摸儿子的头，默默无语。

夜晚，赫娜在看电脑，儿子沙巴尔在床上已经睡着了。

沙巴尔在做噩梦，他在梦里重复着白天学校的一幕，几个孩子跟在后面喊：跛脚狗，跛脚狗。

沙巴尔猛然从梦中惊醒，从床上坐起来。

赫娜走过来，低声问：沙巴尔，怎么啦？

沙巴尔：他们欺负我。

赫娜：孩子，不要理他们，好好锻炼，也许会好起来的。

沙巴尔重新躺下。

赫娜回到电脑前，仔细查阅脊髓灰质病的治疗方式。突然，一条消息跳出来，标题是醒目的大字——中国医疗队在斯瓦特山谷给儿童接种疫苗，预防小儿麻痹症。

赫娜仔细地阅读起来。

夜晚，达尔港酒店公寓，乔虹在房间写字台上观看自己设计的渔人酒店效果图，并在电脑上做修改调整。

公寓前停车场，一辆越野车驶进来，几名西装革履的人，提着手提袋进入公寓，其中一人是拉姆曾经的手下鲇鱼。他闯进服务台，迅速地控制了服务生。

鲇鱼：乔虹在哪个房间？

服务生哆嗦着回答：312。

鲇鱼一拳把服务生打翻在地，随行的一人把服务生捆绑起来，嘴里塞上了毛巾。

鲇鱼带领着几个人来到三层，敲门。

鲇鱼：服务生，打扰您，送邮件。

乔虹打开门，被鲇鱼用枪顶住额头，推到里间。

鲇鱼：带上你的电话，跟我们走。

鲇鱼的同伴从里间拖出个箱子。

几个人拥着乔虹，似乎是跟着她离开酒店的样子。

鲇鱼到一楼时，走进服务台，砸掉了摄像头。

乔虹被带上越野车，疾驰而去。

夜晚，印度洋公海，木树清的渔轮上孙跃民在房间里辗转反侧，睡不着，他在给张诗仪打电话。

孙跃民：刘总通知我，立即回北京，说是有新的任务，不知道是什么任务，他说是好事，但又不告诉我。

张诗仪：我这里信号不清楚，你在海上信号弱，等你靠岸后再细说吧，会不会觉得这几个港口已经转入运营了，你可以到别的地区去工作了？

孙跃民：也许，晚安，不想它了。

一艘改装的海盗船，悄悄地接近木树清的渔轮，库拉带领着数十人攀上渔轮。

他们很熟练地分成几个小组，冲进舱内。

库拉和一名手下拉开孙跃民的舱门，走上前去，用麻醉毛巾一把捂住孙跃民的嘴。孙跃民没有反应过来，就昏迷了。

另外一个小组拉开木树清的舱门，同样是用麻醉毛巾捂住木树清的嘴。木树清顿时也昏迷了。

还有一个小组，以同样方式把丁珂麻翻。

库拉拿出衣袋里孙跃民和丁珂的照片，仔细看看，确认无疑后，让匪徒们把二人抬走。

改装船里，基纳扮作库拉的手下守在那里，孙跃民和丁珂在他面前经过，被抬到底舱里。

海盗船迅速离去。

曙光初现，一轮红日跃出海面。

木树清醒来了，他晃晃脑袋，急忙走出舱门，看到自己的手下逐个慢慢醒来，唯独不见孙跃民和丁珂。他急忙拿起海事卫星电话，报警。

木树清一边走着，一边报警：我是三丰置业的木树清，我们在接近巴布尔的洋面上遭到海盗袭击，船上没有人员伤亡，但有两名中国嘉宾失踪。

巴布尔警察：请告诉我你的方位，失踪嘉宾的姓名。

木树清来到驾驶室，他回答警察：我们在东经63度，北纬20度线附近的公海上，距达尔港大约还有200多海里，预计8到10个小时到达。失踪的嘉宾是中国博海集团的副总经理孙跃民和他的助理丁珂女士。

巴布尔警察：我们会和你们保持联系，并且开展搜救行动。你确认是在海盗袭击后失踪的吗？

木树清：是的。

科伦坡中国博海项目部，张诗仪上班来，打开电脑，一条消息从网页上跳出。

英文标题——中国科伦坡港口城承包商孙跃民海上神秘失踪。

张诗仪浏览报道的内容。

这家网媒没有披露消息来源，但披露了负责科伦坡和达尔港项目的中国博海集团负责人昨晚在一次袭击事件中神秘失踪，一起失踪的还有他的女秘书丁珂。

遇袭渔轮上的其他人安然无恙，只是被短时间麻醉昏迷后又苏醒了。

张诗仪急忙打开手机，试着拨孙跃民电话，不通，拨丁珂电话，不通。

丁珂昨晚发来的微信里有孙跃民凭栏远眺的照片，一副忧国忧民的样子。

张诗仪潸然泪下，她拨通了刘清云的电话。

张诗仪低声饮泣：刘总，网上报道，孙跃民和丁珂在海盗袭击后失踪了。我们也联系不上他们，请集团领导尽快通过有关部门了解情况，采取营救措施。

刘清云：小张，我们已经知道这个消息，有关部门正在采取措施，积极搜救。请你相信组织，会对每一个同志负责的。

北京某部，部长助理和刘清云再度见面。

部长助理：我们目前还没有确切的消息，同时失踪的还有孙跃民的前女友乔虹，失踪的方式也是被绑架。怀疑与孙跃民有交易的白逸轩也在台北消失了。

刘清云：首长，我们有办法知道孙跃民现在在何处吗？

部长助理：目前还不知道，没有人为此事件负责。但我们已经通过上合组织驻巴布尔和南亚的机构在做工作了。

刘清云：现在需要我们集团做什么？

部长助理：希望你们找相关人谈话，了解孙跃民、丁珂失踪前的情况，提供具体线索。

刘清云：能够对这次事件做出判断吗？

部长助理：复杂化了，如果说孙跃民是线人，没必要立即消失。但也有另外一种可能，您通知他回北京，他预感到不妙，就提前逃走消失了。而且这后一种可能性极大。

刘清云：要是我们做另外一种假设呢？那就是有人释放了假情报，当他们判断我们有关部门已经对孙跃民起疑心的情况下，就绑架了孙跃民和相关人，造成一种逃走的假象。

部长助理：也有可能，让我们产生错觉，影响面更大。我们首先应该想办法找到孙跃民。

刘清云：我们立即开展工作，绝不会因为个别人影响到中国企业的国际形象。但也请您费心，我们海外兵团的声誉关乎"一带一路"的大局，希望您理解、保护我们和我们的海外品牌。

部长助理：我们的想法是一致的。

达尔港渔船码头，木树清、小野的渔轮在渔船码头靠岸了，一大批媒体记者拥上来。

路透社记者举着话筒：请问孙跃民是什么时候失踪的？

木树清：具体时间不知道，我们遇到了海盗袭击，是在凌晨休息的时候，所有人都被麻醉了，醒来后就没有看到孙跃民先生和他的助理。

路透社记者：你觉得他们是事先安排好的海上逃跑吗？

木树清：我不能做这样的判断。

《大西洋时报》记者：孙跃民是否接到什么通知后才失踪的？

木树清：我不知道，我们没有进行过沟通，但他接过海事卫星电话。

小野让记者们让开，他和木树清迅速地登上一辆法拉利轿车离开了。

达尔港戴氏烤鸭店总裁办，戴旭东、玛雅和阿里夫紧急磋商应对措施。

戴旭东：这是个有预谋、有组织的陷害事件，白逸轩在台北隐匿不出，又绑架了乔虹，给外界造成一种假象，似乎是孙跃民叛逃，或者本身就是间谍。

阿里夫：现在我们要想办法找到孙跃民和丁珂，我判断他们就在巴布尔的边境地区，索马里的海盗不做这样的生意。

玛雅：现在媒体上铺天盖地诋毁孙跃民。

戴旭东：我们自己知道孙跃民是什么人，不会被他们搞乱的。现在恐怕要发动群众来寻找线索了。不仅找拉姆，还要找基纳的家属，一切可能的线索。

阿里夫：对，我们已经安排了对舒卡拉和桥本、木树清的全天候监听，同时在排查边境地区的极端组织情况，准备下一次打击。

戴旭东：我带拉纳、桑巴、拉姆，分头去寻找，您可以安排武装人员和我们联合行动么吗，我需要合法行动的授权。

阿里夫：我就此事已经向总统报告，他指示我全权处理。我会让警方与你共同出动的，目前还用不着大部队。

戴旭东：谢谢，我们分头行动吧。

斯瓦特山谷，在临近索姆村子的河边，何瑾率领中国医疗队在流动医院里为村民治病。

流动医院是一排活动板房和搭的帐篷以及专门的手术车、器材车组成的，就像战地医院。

战地医院外聚集了很多斯瓦特地区的妇女和儿童，她们在做早课。一片绿色的头巾，好像一片树林。

何瑾、吴怀湘等医务人员穿着白大褂在等待着，玛希拉也穿着白大褂，和另外一名姑娘给何瑾做翻译。

早课之后，人们开始在流动医院的车子前排队，为婴幼儿接种，打免疫针，预防小儿麻痹症。

不远处，基纳的妻子赫娜带着儿子在观看，她似乎有点犹豫。

玛希拉无意间看见赫娜，她走过来搭讪。

玛希拉：你是来看病的吧？

赫娜：是的，听说中国医生能够治疗小儿麻痹，不知道七八岁的孩子能治吗？

赫娜指指儿子的腿：不严重，但会影响他跑动，走路的样子也不好看。

玛希拉：让何医生给看看吧，她的针灸很厉害的，我看见过有的孩子，站都站不直，针灸一个月就好了，走起路来很正常。

赫娜眼睛放光，随同玛希拉来到何瑾面前。

何瑾和蔼地问赫娜的儿子沙巴尔：你的腿疼吗？

沙巴尔回答：不疼。

何瑾：那你走几步我看看。

沙巴尔在何瑾面前走起来，步子迈得很稳，但左腿偶尔会弯一下。

何瑾：好啦，停下来。

何瑾把头转向赫娜：是小儿麻痹的后遗症，不严重，但也不好治，需要时间。

赫娜恳求何瑾：您就费心给他治疗吧，我们有时间。真主保佑，让我们遇见了您。

何瑾：好吧，您住在附近吗？

赫娜支吾着：哦，不远。

何瑾：那就请您每天下午来，我们给他针灸，需要半个月。

赫娜：谢谢您，我们一定准时来。

何瑾：今天先扎一次试试。

沙巴尔安静地在病床上躺着，何瑾在他腿上扎了一串针。赫娜在一旁安静地看着，眼里充满了感激之情。

边境，远处是高山，喀布尔河把山切割成两半，靠巴布尔的这一边，分布着一片森林，是高海拔地区的云杉、冷杉和杜松混合的杂生林，河边是无数灌木。

库拉的营地在森林里，营地是一片帐篷、活动板房，但周围有铁丝网。

孙跃民和丁珂、乔虹被关在不同的板房里。

清晨，乔虹和丁珂听到孙跃民大喊大叫的声音从一处板房里传出来。

"给老子送吃的来。"

库拉的手下把一个扎巴迪（粗面饼）递给他，孙跃民拿过来啃起来，接着嚷嚷：老子要吃肉！快给我拿肉来。

看守耸耸肩，摊开双手。

丁珂站起来走到门前，从门缝里往外看，感觉孙跃民就在不远处。

她也大喊起来：孙总，我是丁珂，我也在这里。

孙跃民听到丁珂的声音，冲到门前，大声回应：小丁，我在这里。

乔虹在板房里受到感染，也冲到门前，大声喊起来：孙跃民，我是乔虹，被他们绑架到了这里。

孙跃民激愤地说：这是个阴谋，不要怕，他们不敢动你一根毫毛。

看守走过去把孙跃民捆起来，给嘴里塞上了毛巾。

乔虹和丁珂也被塞住了嘴。

基纳和库拉的手下在卸货，清楚地看到这一幕。

帐篷里，库拉和鲇鱼在一起商议，怎么对付这几个烫手的山芋。

库拉：舒卡拉要我们先看着这几个人，不用接触、不用问话，等他来了再说。

鲇鱼：但如果不转移营地，会被发现的，我看过两天还是换新的地方吧。

库拉：这里是三不管地区，没人会来的。

鲇鱼：那可不一定，如果是专门来寻找这几个人，就完全有可能找到这里。

库拉脸上闪过一丝不快：那好吧，反正这里是你的营地，我们看好了新地方，立即就转移。

鲇鱼：我看这个孙跃民不老实，怕他再搞出个动静来，不如把他单独先转移了为好。

库拉：伙计，虽然你比我人多，但这事是舒卡拉亲自交办的，没有他的话，恐怕不能随便动孙跃民吧，万一有个闪失，不好交差。

鲇鱼尴尬地说：那是，那是，我说多了。

鲇鱼默默地离开库拉的帐篷。

基纳住在库房里，他在接听电话，是妻子赫娜的声音。

赫娜：最近是学校放暑假的时候，我和沙巴尔在斯瓦特山谷索姆村附近住着，每天去中国医疗队给沙巴尔针灸，很见效，他现在走路腿一点都不弯。你什么时候回来看看吧。

基纳：我还在喀布尔和德黑兰跑生意，过两个月回去。你注意安全，不要和陌生人打交道。

基纳关掉电话，眼前闪过儿子沙巴尔摇晃着小腿走不直路的样子，有点伤感地走出库房，站在门口看天上的月亮。

库拉悄悄走到基纳身边，示意基纳回库房去。

两人回到库房。

库拉：舒卡拉不一定会来，你还是走吧，我们很快又要转移了。

基纳：他会来的，否则他策划这么个反间计就没有效果。

库拉：要是他派别人来呢？

基纳恶狠狠地说：你就把他扣下来，让他亲自来！

库拉：你要是不放弃，我就放弃了。

基纳：你跑不了，鲇鱼盯着你呢。你不要以为舒卡拉就那么信任你。

库拉不由得哆嗦了一下：有那么复杂吗？

基纳：你看，他们一边给巴布尔政府施加压力要打击基地组织，一边又在雇用你我给他们做事，这还不复杂吗？

库拉：那你说，哪里是我们的出路。

基纳：洗手不干了，到伊斯坦布尔做生意去。

库拉：我的钱还不够跑那么远。

基纳：你的命比钱重要。舒卡拉绑架孙跃民已经是孤注一掷了，他想要利用孙跃民达到他阻挡中巴经济走廊的目的，制造毁坏中国企业和巴布尔现政府的舆论，最后的决战了。

库拉：没搞明白，怎么是决战？

基纳：以前只是爆炸袭击，运输通道袭击，现在把人家的负责人抓来了，这就升级了。在巴布尔绑架中国企业老板是违法行为，现在也不得人心，西部好多人在中巴走廊项目打工呢。

库拉：那舒卡拉为什么要这么做？

基纳：他的主子急了，把他也逼急了，就不要命了。他绝不会让孙跃民活着回去，那样他就彻底失败了。

库拉：我开始懂了，舒卡拉一定会自己来。

基纳：我们的出路也许就在这里，你以为我们自己想洗手不干就行吗！之前，我不想干了，但舒卡拉不放过我，他让你借我的名义作案，就是想看我有没有反应，怕我泄密。巴布尔政府也不放心我们这些人，怕我们继续被别人雇用，与政府作对。不把这些事情都解决了，就不会全身而退。拉姆当时因为放走了那个中国退伍兵戴旭东，算是给政府表了态，才被宽大处理了。

库拉：你的意思是说，我们也要立功？

基纳：是的，否则没法全身而退。

库拉：可拉姆虽然得罪了美国人，他并没有暴露美国人，所以还比较安全。

基纳：我们也可以放走中国人，不暴露美国人。

库拉：很难办到。

基纳：你只要同意配合，我就可以做到，然后我们就远走他乡，去伊斯坦布尔做生意。

库拉：先保住命要紧，听你的，要防着那个鲇鱼。

鲇鱼在接电话，是拉姆的电话。

拉姆：你一定知道我给你打电话是为什么。本来我是不想打扰你的，没想到你又被舒卡拉缠上了。

鲇鱼：我也是实在没办法，不敢得罪他。

拉姆：但你现在得罪了中国人，也很麻烦，他们会不惜代价寻找到你们的下落。

鲇鱼紧张地说：我可没有绑架孙跃民。

拉姆：不要害怕，你要知道，我随便就可以找到你的新联系方式，警方还能不知道你在哪里吗！他们很快就会出现在你面前的。我是顾念旧情，告诉你，赶快脱身，否则大兵压境，你想跑都跑不了。舒卡拉办完事情，也会杀人灭口的。你大概不认识基纳，他就是个例子，舒卡拉让他去做事，之后就想要干掉他，幸亏他跑得快。

鲇鱼：我确实没参与绑架孙跃民，我会尽快脱身的。

鲇鱼挂掉电话，陷入沉思。

夜晚，奎达市警署，戴旭东、阿里夫、那瑟在监听拉姆的电话。

戴旭东：现在可以判断，基纳就和鲇鱼在一起，它们是在同一地点接听电话的。就是说，之前说有人冒充基纳，看来不属实，真的基纳就在营地里。

阿里夫：那不见得，我们现在还不知道孙跃民到底在哪里，只知道基纳和鲇鱼在同一地点出现，孙跃民是否在他们手里还是未知数。

那瑟：不，鲇鱼脱口而出他没有参与绑架孙跃民，说明他知道绑架了谁。我建议立即行动，包抄鲇鱼的营地，根据测算，有三百多公里的山路，有十个小时差不多能接近目标。

戴旭东：我同意，我想也随队前往，再把拉姆带上。同时建议采取策略，让基纳的妻子赫娜做他的工作。

阿里夫：从刚才拉姆和鲇鱼通话的情况看，他是比较可靠的。我同意多管齐下，但包围鲇鱼的基地要小心，我们一起去吧。

夜晚，喀布尔某酒店，舒卡拉和白逸轩在房间里见面。

舒卡拉：没想到你还是个电脑高手，现在该你发挥更大作用了，明天你带个摄像组去偷偷把你和孙跃民的谈话拍下来，再剪辑一下就好用了。

白逸轩：我明白，但必须答应我，这件任务完成后，批准我拥有美国国籍，万一有什么不测，也好保命。

舒卡拉：我们也不希望一个了解太多内幕的人被对手掌握，你放心。

舒卡拉拨通库拉的电话：猎人，情况有变化，你立即按照接应你的两辆车的指引，完成对大猎物的转移，剩下的小猎物会有打鱼的人来饲养。

库拉：遵命。

夜晚，库拉的营地，库拉带着人把孙跃民推进一辆装甲车里，基纳也跟着。

鲇鱼在帐篷前向基纳摆摆手，显得很淡定，似乎知道他离去的目的。

库拉的车子跟在一辆丰田越野车后面，驶入暗夜中。

夜晚，边境地区公路上，戴旭东和拉姆的车子跟在那瑟的车队后面，阿里夫和那瑟的指挥车行进在车队中间。

戴旭东的车子里，拉姆问戴旭东：老板，我们是去库拉的营地吗？

戴旭东敏感地问：你是说，孙跃民不会在营地？

拉姆：库拉一定会想到，虽然是在边境地区，但随时都会包抄他们。就算是他没想到，舒卡拉也会想到。而且，按习惯，要不断转移人质的。

戴旭东：我知道你的意思了。

戴旭东拨通阿里夫的电话：助理先生，我想请您注意基纳和鲇鱼现在的位置，如果有人在移动，那就说明孙跃民一定在他手里。

阿里夫：有道理，我马上了解。

那瑟问身边的助理：卫星定位怎么显示的？

助理走到负责监测警员身边，观看电脑上的图像。

助理向那瑟和阿里夫报告：基纳在移动，鲇鱼没动。

阿里夫：戴旭东的判断是正确的。我们兵分两路吧，你带人去包抄营地，我带个行动小组，一辆装甲车，里面有重武器的，和戴旭东一起去跟踪基纳。

那瑟：不，这辆车上有跟踪监视装置，你带走吧，还有2号车也跟您去吧。

阿里夫与戴旭东、拉姆会面。

指挥车、2号装甲车和戴旭东的车子一起离开那瑟的车队，向另一个支路驶去。

那瑟的车队继续往营地行驶。

凌晨，边境营地，鲇鱼命令手下立即转移，匪徒们把乔虹、丁珂塞进一辆车里，急匆匆地离开了。

鲇鱼在车里得意地对手下说：也许库拉正好替我们吸引了注意力，打了掩护。哈哈。

匪徒甲：库拉并不知道咱们也离开了。

阿富汗边境小镇，一栋孤立的院落里，白逸轩和一个摄制组早已等在那里。

被打了麻醉针的孙跃民还在屋子里酣睡。

阿里夫和戴旭东的小分队还在原野上奔波，几个人在指挥车上打盹。

孙跃民醒来，发现自己躺在床上，他晃晃脑袋，坐起来，向窗外望去。

孙跃民看到一堵高墙。

门开了，白逸轩端着早餐，笑容可掬地走进来。

孙跃民很吃惊地望着他。

白逸轩：您可醒来了，这些歹徒们给您打了麻醉针。我们做了很多工作，终于同意我来见您了。

孙跃民诧异地问：你怎么会在这里，这是哪儿？

白逸轩：我以一个劝诚者的身份进来了，一名普什图族的长老给提供的通道。他们是一个被雇用的团体，只要从你这里得到一份承诺，他们就会放了你。

孙跃民：什么承诺？

白逸轩：听长老的意思，是说承诺中国企业绝不在巴布尔西部搞油气开发，侵占俾省人的利益。

孙跃民：这太离奇了，我是搞港口的，当然不会去开发石油、天然气，要我做这种承诺，真的很奇怪。

白逸轩：那你可以告诉他们，中国企业是否可以在俾省搞油气开发啊。

孙跃民：搞不搞油气开发，和谁合作，是巴布尔人自己的选择。中巴经济走廊是中国和巴布尔共同受益的，所有的项目都是双方互惠互利的，绝不会侵占巴布尔人的利益。

白逸轩：互惠互利不就是分走巴布尔人的利益吗？

孙跃民：中国企业只是投资回报，不是单独从巴布尔当地的既有利益里分割，通过投资回报获得利益是天经地义的。所以并不构成对巴布尔人利益的侵占。

白逸轩：谢谢，孙总，我会向长老反馈，他会护送您离开这里。

孙跃民狐疑地看着他离开。

房屋隔壁，白逸轩带来的摄制组，在监视器里看到了所有的画面，他们互相点头致意。

夜晚，某酒店公寓，舒卡拉和白逸轩在看剪辑后的画面和对话。

孙跃民：搞不搞油气开发，和谁合作，是巴布尔人自己的选择。中国企业只是投资回报，通过投资回报获得利益是天经地义的。

舒卡拉：可以了，谢谢你辛苦一趟。不过，后面还需要你出面。

白逸轩：下一个回合。

夜晚，美国大西洋基金文森特办公室，文森特和助理也在看视频。

视频里，孙跃民和白逸轩在交谈，看起来，两人谈得很融洽。

文森特拨通舒卡拉的电话：很漂亮，连环计，我会向基金提请增加你的年薪。

舒卡拉：快给我准备退休金吧，孤注一掷，在这里待不下去了。后面还有一个回合。

北京中国博海集团总部，刘清云在主持党组的会议，气氛显得很严肃。

刘清云：今天要给大家通报一个事情，大家知道孙跃民和丁珂前几天在印度洋接近巴布尔的海面上遇到海盗袭击，失踪了。孙跃民去日本人的渔轮上考察是报告过的。但现在的情况比较复杂了。安全部门截获了他和台湾间谍白逸轩在一起的视频，怀疑他被台湾间谍策反了。之前也有怀疑他泄露中巴经济走廊计划和核电站技术数据的情况。所以，我们要尽快派出调查组去巴布尔和锡卡配合安全部门调查。请胡少峰同志带队到科伦坡去调查，陈可染同志带队去达尔港调查。

胡少峰：刘总，我可以带队去，只是我们调查的性质是什么，是纪律监察调查，还是配合刑事侦缉。如果安全部门有证据，不用调查啊。

陈可染：刘总，确实有个工作性质问题，不好把握。

刘清云：哪儿来那么多问题，就是去走访相关人员，了解孙跃民和台湾商人以及可疑人员交往的情况，回来如实报告，没有调查性质问题，就这么去执行！

胡少峰：好吧，我不是不执行命令，我是不太相信他被策反了！

陈可染：境外媒体还说他携带小秘出逃呢，我们都知道张诗仪是他的未婚妻。

刘清云：也不排除他遇到挫折过多，被组织调查后心灰意冷，一时糊涂。现在有一些在西方受过教育的，接受的价值观是极端个人主义。这个时候有人趁虚而入，是很容易动摇的。安全部门不会凭空猜疑的。我们不要先入为主也没错，让事实说话，按证据办事。

胡少峰和陈可染默然离开。

边境某营地，还是在临时搭的帐篷里，乔虹和丁珂正在看视频。

视频里，孙跃民和白逸轩在交谈。这是孙跃民和白逸轩在某基地组织的会面。

两人看过视频，鲇鱼走进来。

鲇鱼：你们二位看过视频有何感想？

乔虹：什么也说明不了，两个人的会面很正常。

鲇鱼：白逸轩是台北军情局的卧底，他们两个人在基地见面，不说明问题吗？这段视频已经在海外媒体上广泛传播，孙跃民一万张嘴也说不清了。

乔虹：那和我们有什么关系？

鲇鱼：大概你们还不知道内容，乔女士现在是贪官孙跃民的女友、合伙人，丁女士是孙跃民的情人、小秘，你们共同携款外逃，在境外寻求政治保护，试图借政治避难来掩盖贪污罪行。你们已经被中国当局列入红色追逃名单。

丁珂：卑鄙！

乔虹：这对于你们有什么好处？

鲇鱼：这只是我们的一单生意，保证你们不和中国人见面，我们就可以拿到报酬了。

乔虹：你告诉我们这些有什么用？

鲇鱼：下单的人需要你们的反应。

边境，戴旭东和阿里夫的指挥车、小分队停留在一块空地上休息。

戴旭东：他们还是比我们想象中要狡猾，又转移了。

阿里夫：鲇鱼也转移了，那瑟说他们正在向新的方向追踪。

戴旭东：助理先生，建议您协调阿方出动警力配合我们，一旦他们在阿境内出现，就正面包抄他们，围追堵截，才可以奏效。

阿里夫：他们转移得太频繁了，山区地形复杂，没有大面积的搜索，堵截是有难度的。我们还是应该依靠小分队跟踪，再进一步瓦解军心，也许就成功了。

戴旭东：好吧，人在疲惫的时候，也许就会放弃，妥协。

孙跃民被监禁在边境帐篷里，他大喊大叫要吃的，看守给他送过来粗面饼，他狼吞虎咽，咀嚼起来。

白逸轩又出现了，这次他端来一杯咖啡。

孙跃民看着他走进帐篷，二话不说，端起咖啡，直接喝下去。

孙跃民开始发问：大说客，今天你带给我什么好消息？

白逸轩：长老们对你的说法很满意，但现在外界的舆论对你很不利。我怎么都不理解，大陆不仅不想办法营救你，还派出调查组调查你，是否真的是和女友乔虹、情人丁珂一起携款外逃。

孙跃民听到这个消息，潸然泪下。

白逸轩接着发起心理攻势：说实在的，我看到你这么个忠心耿耿的人，屡屡被中伤，告状，造谣污蔑，还被上级和组织误解，实在是为你难过，好让人寒心啊！

孙跃民正色道：没什么了不起的，有人群的地方就有斗争、冲突、竞争，误解、曲解、理解，我孙某人不怕这些！我很奇怪，白先生能通过长老来营救我，戴旭东他们呢？

白逸轩：他们正在对付北京方面对你的调查呢，还顾不上你的死活。

孙跃民：呵呵，那你是什么身份在这里随意出入呢？

白逸轩讪笑：实话告诉你，我是被台北派来陪伴你的。我的任务就是在你身边出现，他们以视频形式泄露给大陆安全部门，你就被涂上了浓厚的色彩，再也洗不掉了。

孙跃民：把我涂黑又能怎样？

白逸轩：这可是个撒手锏。你大概还不知道你心爱的达尔港和科伦坡港口城一片混乱，"一带一路"、中巴经济走廊，被你孙跃民就这么毁了，巴布尔和锡卡民众认为"一带一路"就是贪官工程，所有国家都举起了反腐败的大旗，就是以其人之道还治其人之身，让你们的项目进行不下去。而你亲爱的组织正在调查你是否被台北策反。

孙跃民：卑鄙，看来戴旭东对你的怀疑是有道理的，玛雅说你的眼神飘忽不定，必有不可告人的心思。

白逸轩：孙先生眼光放远点。

孙跃民怒视着他，不再答话。

雨天，科伦坡中国博海集团项目部，胡少峰和叶成修在与张诗仪谈话，窗外雨雾弥漫，海浪拍击着堤岸。

吹沙船在风雨中顽强地工作着，吹沙船突出的弧线被风吹得弯弯扭扭，但还是结结实实地落在海边，人工造田的面积在扩展。

胡少峰：诗仪同志，我们受组织委托，前来了解孙跃民在人际交往方面的情况，请你理解。他失踪后，国资委和商务部的领导积极协调外交、安全部门和上合组织秘书处，采取了许多措施搜集情况，发布公告，请社会和民间协助提供信息。组织和上级对于孙跃民是负责的。但我们也需要进一步了解情况，以便获得具体线索。

张诗仪未开口已哽咽：感谢集团领导，我确实觉得很意外。他在之前是坚决反对和日本企业合作的，因为他认为达尔港针对中国工程技术人员爆炸的幕后黑手就是大西洋基金和日本右翼在巴布尔的人。包括日本右翼支持极端分子袭击，在中巴经济走廊的起点制造事端。但他为了大局，还是和日本企业谈合作了。令人没想到的是，他在海上遇到袭击。我认为，这是一起有预谋的绑架事件，应该通过国际刑警组织和上合组织去做工作。我这里能提供的就是，他和日本企业没有任何个人的来往。木树清是之前给中博集团配送蔬菜的供应商，在锡卡和马尔代夫之间有渔场。当然，之前我们怀疑他是日本右翼分子，但他主动提出与中方合作了。情况就是如此。

胡少峰：那么，他和戴娆的男友白逸轩之间有过交往吗？

张诗仪：没有更深的个人交往，他只是通过戴旭东认识了白逸轩。对了，在争取达尔港运营权时，曾经请白逸轩帮过忙，因为当时参与竞争的新加坡公司聘用的总裁白逸秋是白逸轩的堂弟。白逸轩确实起了作用，白逸秋后来离开了那家公司，现在中国达尔港港务集团工作。这里面，没有什么个人的交往。

叶成修：这个白逸秋现在达尔港吗？

张诗仪：达尔港运营公司的副总裁。

胡少峰：据你所知，孙跃民有海外的亲戚吗？

张诗仪：没有。

胡少峰：他的前女友乔虹也被绑架了，你怎么看这件事？

张诗仪：那更说明是阴谋了，故意制造假象，企图混淆视听，告诉人们孙跃民在荷兰学习时就是间谍，和前女友一起在中巴经济走廊项目上刺探情报！太明显的骗局，如果孙跃民要出逃，他首先应该带上我才符合逻辑！

胡少峰：你就那么相信你们之间的感情？

张诗仪：我不仅相信我们之间的感情，相信他爱我，而且也相信他爱自己的国家，爱达尔港、汉班托塔港、科伦坡港，爱大海港！他对于祖国、亲人是忠诚的，不应该怀疑他！

张诗仪的眼泪夺眶而出，不断用纸巾擦拭着。

胡少峰：诗仪同志，不要过于激动，了解清楚情况，也是对孙跃民同志负责的一种方式。

雨天，科伦坡中国博海集团项目部，另一个屋子里，调查组的另外两个同志在和黄翔谈话。

甲：我们受组织委派，来了解孙跃民同志的一些情况，希望您能配合。您了解孙跃民和日本人交往的情况吗？

黄翔：了解啊，他所有的业务联系都是我在负责。这次邀请他去考察的木树清集团，是长期在印度洋做渔业的企业，他们之间没有个人交往。还有在巴布尔和戴氏集团合作的浅野集团，是做制造业的，仅仅是见过面，没有个人交往。

乙：您了解他和台北白逸轩交往的情况吗？

黄翔：知道啊，他和戴旭东是至交，戴旭东曾经在马六甲救过他的命。而白逸轩是戴旭东妹妹戴娆的男友，当然熟悉。当时在争取达尔港运营权时曾经请白逸轩帮过忙。那时的竞争对手新加坡的一家港务公司聘请的执行总裁是白逸秋，白逸轩的堂弟。那时有过一些业务接触，没有发现有更深的个人往来啊。白逸轩怎么了，犯事儿了？

甲：白逸轩也失踪了。

黄翔：乔虹也失踪了，这很可能是个阴谋。

乙：我们不去做猜测和推理，还是要从事实出发。

黄翔：应该让安全部门了解啊，到现在为止，没有任何组织声明为绑架负责。

甲：这就是问题所在，我们还得不出结论。

黄翔：我希望向组织正式反映，孙跃民绝不是携款外逃的贪官，更不是间谍。如果没有任何证据表明他做了损害国家利益的事，就应该把判断建立在组织对他的日常评价上。我们这些"90后"的，也都相信人的政治选择和做人是一体的。他在印度洋上，九死一生，在马六甲差点喂了鲨鱼，在索马里被炮击受重伤，但仍然坚持工作，多少挫折，多少困难，咬着牙把局面撑到今天这个程度，前途光明，他没有任何理由放弃自己为之流汗、流血、流泪的事业。这么个热血汉子，绝不会背叛自己的祖国。我觉得应该将精力花在营救上。

甲：我们会反映你的意见，关于丁珂你有什么情况要说的吗？

黄翔：我同样觉得应该相信她，无辜被卷入事件，应该同情，尽快营救。

甲：谢谢，就到这里吧。

达尔港中国博海集团项目部，陈可染、人事部一位干事和黄道明在谈话。

黄道明：我觉得孙跃民同志绝对不可能是携款外逃，更不是被策反的间谍。他与日本企业的来往，充其量就是个业务关系，过于大胆，但以为是勾结在一起失踪就太荒唐了。我们在海外工作，要失踪容易得很，不用这么兴师动众。一个中国人，失不失踪，看他的心。我觉得孙跃民心在祖国，不会背叛，也更不是贪官。组织应该信任他。

陈可染：你能给我们分析一下以前几封告状信的情况吗？

黄道明：现在情况应该明了，白逸轩在这里草拟了几封看似内部人写的告状信，制造了混乱。

陈可染：你怎么会这样判断？

黄道明：因为在这里，有动机反对他的人只有我。本来我在这里主持工作一年多，结果他空降过来，而且脾气还不好，刚来就给我个下马威，说我主持制定的竞标技术方案里，没有考虑海啸对印度洋的影响，用了原来的老数据。咄咄逼人，盛气凌人。但他为人坦荡，不记仇，技术上确实很强，也敢担当，甚至是在组织上调查他和戴旭东有经济来往、有交易，让他养伤休息，我主持工作。他当时不仅没有怀疑我，还很用心地帮我策划争取运营权的方案。从那时开始，我从心底认可这个男人，他是一条响当当的血性汉子。陈总，您一定懂得，要让一个男人服一个与自己有竞争关系的男人，是多么不容易！

陈可染：现在戴旭东、戴娆也不见了。

黄道明：这个我倒是知情，戴旭东和阿里夫一起在营救孙跃民的路上。戴旭东是退伍军人，曾经与阿里夫一起在联合国的维和机构工作过，有基本的信任。在恐怖组织存在的情况下，老戴还真是很有作用的，以前的匪帮头目拉姆硬是让他给感化了，估计这次救他命的，还是戴旭东。

陈可染：你在这里要稳定职工的情绪，中巴经济走廊已经取得最重要的成绩，得到了巴布尔特别是西部省份的民心，当地人从我们的项目中得到了收入，在其中就业，这比别的更有说服力。坚定不移地把港口的业务搞起来，和巴布尔腹地经济发展互动起来，敌对势力再破坏都没有用，发展趋势不可逆转。

黄道明：请组织放心，我们海外兵团是打不散、压不垮的。

台北桃园机场，戴娆匆匆走出机场出口，她远远看见白逸秋在出口处等着她。

白逸秋接过戴娆的行李箱。

白逸秋：我已经安排你住在台北的东方文华酒店，那里离白家的别墅也很近。

戴娆：我现在就要去拜见白先臣老先生。

白逸秋：已经给你约好，明天上午十点去见。

戴娆：我可跟你说好的，我是以白逸轩的未婚妻，白家的准儿媳身份来拜见公婆的。

白逸秋：我已经把这个情况给伯父报告过了，他大骂白逸轩不孝不仁。

戴娆：而且，我现在身怀有孕，是白家的骨血，本来不想说的，但现在不得不说了！

白逸秋：猜到了，要不然你不会冒险来台北。我又返回和你来的消息，只有白家的人知道。

戴娆：谢谢，我这个嫂子提前上任了，别瞧不起我。

白逸秋：心里很敬佩，我并不赞成逸轩兄的主张，更不知道他被军情局的人缠上了。糊涂啊！

戴娆：咱们两个现在是一条战线的。

白逸秋：伯父嘱咐，保障你的安全。

戴娆：看来白逸轩还有救。

台北白家别墅，白先臣老先生在别墅前的小院子里打太极，白衣白裤，胡须飘飘，颇有几分仙风道骨的味道。

一趟拳打过，他回卧室更衣。

客厅里的留声机传来老唱片昆曲《桃花扇》的唱段。

俺曾见金陵玉殿莺啼晓，

秦淮水榭花开早，

谁知道容易冰消！

眼看他起朱楼，

眼看他宴宾客，

眼看他楼塌了！

这青苔碧瓦堆，

俺曾睡风流觉，

将五十年兴亡看饱。

那乌衣巷不姓王，

莫愁湖鬼夜哭，

凤凰台栖枭鸟。

残山梦最真，

旧境丢难掉，

不信这舆图换稿！

诌一套《哀江南》，

放悲声唱到老。

白先臣换了衣裤，听着这清朝戏曲家孔尚任写的南明往事，不胜感慨，自言自语起来。

白夫人端过茶来，放在一旁，听他自言自语。

白先臣：这《桃花扇》，越听越有味。

白夫人：我觉得听戏比打拳更有益于你的健康。打拳就是活动活动筋骨，听戏直接就疏肝清心了。

白夫人突然话锋一转：你不要瞒着我，逸轩是被军情局的人缠上了吧！

白先臣：当时我也不清楚，他上次回来是有些怪。我以为他是和大陆富商的女儿谈恋爱，两个人闹意见了。白逸秋告诉我，戴小姐联系不上他，说他失踪了。

白夫人：人家来是讨债的。

白先臣：也是好事啊，白家的下一代先来见爷爷奶奶了。

白夫人：别得意，戴家也不是好惹的。他们家在罗马、巴黎、荷兰都有生意。

白先臣：人家能来就是善意，现在的年轻人，知道你有毛病，早就说拜拜了。

白夫人：这样啊，还是有胆识的。

白先臣：有点像你啊，当年的重庆小姐，偏偏看上了这个冒牌海军。

白夫人：你要是能去修三峡大坝，大概就不会憋在这里唱昆曲了吧。

　　白先臣：那可不是，昆曲是又一座大坝，更立西江石壁，截断巫山云雨。这昆曲就是巫山云雨，就是一江春水，就是源源不断的乡愁，是长江、黄河、渭水！青山遮不住，毕竟东流去。江晚正愁余，山深闻鹧鸪。想念故土啊。

　　白夫人：问君能有几多愁，恰似一江春水向东流。我们该回大陆去看看了，不过你先看看这大陆来的儿媳妇吧，来势汹涌，她可不是一江春水。

　　白先臣：哈哈哈，好。

第十三章

　　台北白家别墅，戴娆在白逸秋陪同下走出轿车。她今天着意打扮一番，穿着裁剪合身的杭绣旗袍，身材窈窕，气度优雅。

　　进入别墅的大客厅，白先臣和白夫人已静候在那里。

　　戴娆走进门来，欠身问候：伯父伯母好，逸轩未婚妻戴娆前来请安。

　　白先臣站在那里，挥挥手，示意戴娆坐下说话：欢迎你来，我们等候很久了，遗憾的是逸轩不在家。

　　戴娆：我是来认宗的。戴娆不孝，本来早该回来请安的。我阿妈也是台北出生的，她是花莲人。

　　白夫人让保姆端过一碗燕窝递给戴娆，含蓄地说：巴厘岛的燕窝，润润肺。

　　戴娆听懂了其中含义，略倾上身：谢谢伯母仁怀慈爱。

　　白先臣：总是有缘啊。

　　戴娆：不怕伯父伯母笑话，我最近已经联系不到他。我心中担忧，坐卧不安，所以回台北来拜见伯父伯母，特别告知如此变故。

　　白先臣：逸秋说了你们的事，谢谢对白家的包容，我已和你伯母商量，若方便，就请你在家居住一段时间。我会和逸秋一起去找他回来见你。

　　戴娆听了此番话，起身正对着白先臣和白夫人屈膝跪下。

　　戴娆热泪盈眶：感谢伯父伯母，我只希望他能够平安归来。我会到花莲外婆家去看看，然后回到这里来等他，不见不归。

　　白先臣也很感动：快快起来，好孩子。

　　白夫人把戴娆扶起来。

夜晚，台北东方文华酒店，中餐包间里，白逸秋请台北军情处臧处长喝酒，白逸秋的同学、臧处长的朋友李世秦作陪。

白逸秋：臧处长，我是受伯父白先臣委托和您见面的，他老人家要我向您表示感谢，感谢您多年来对逸轩兄的照顾，提携。但他也让我恳求您让他回来一趟，他的妻子身怀有孕，现在白家保胎。

臧处长看了一眼李世秦：这话从何说起！世秦兄，不是说西北乡党要来叙叙旧，谈谈生意的吗？

李世秦讪笑：哎，这个，我们本来是要谈在横琴岛澳门大学校门口食品一条街开台湾牛肉拉面馆和武圣羊汤馆的，逸秋兄，怎么上来就说这个了！

白逸秋：臧处长，我从小就知道你。世秦兄的祖辈、我们白家和你们臧家是世交，所以，直言不讳，请您见谅。

臧处长：可对于逸轩兄，我实在是无以答对，他不是我们的人，请您理解。

白逸秋：好吧，那就算我没说过，我们喝酒。我和世秦兄要在横琴岛投资，把台湾和兰州的拉面馆，还有关圣故里的武圣羊汤馆开在那里去。

李世秦：我堂弟李世海在巴布尔开拉面馆、烤肉馆，生意很好，不仅在伊斯兰堡、卡加奇有铺面，而且在新的达尔港也有，生意很好。我祖上是山西人，再加盟开个羊肉快餐馆。学生们很爱吃的。

白逸秋：为了我们的生意，来喝一杯吧。

臧处长举起杯来，与白逸秋和李世秦碰杯，一饮而尽。

巴布尔边境某营地，高山林子里，有几个临时帐篷。

孙跃民在帐篷里呼呼睡大觉，基纳给他端来一盘粗面饼和泡菜，趁看守不注意，把他摇晃起来。

孙跃民慢腾腾地坐起来，看着基纳。

基纳：这是斯瓦特山谷的面饼和泡菜，估计你喜欢吃的。

孙跃民有点诧异：你是说我们离白沙瓦不远。

基纳：你想念你的兄弟了，你的兄弟也想念你了。快吃吧，你需要体力。

基纳说完就离开了。

白逸轩又走进来，他似乎很得意的样子。

白逸轩：孙先生，真佩服你，千里奔波，竟然倒头就睡。

孙跃民：现在是我度假的好时期，免费旅游。雪山冰峰，大漠草甸，高原美景，风光无限，足以让人沉醉啊。

白逸轩：不知孙先生睹物览胜之余，是否思念远方的佳人？你心爱的张诗仪女士，已经被解职了，并且已经声明和你断绝关系；你心爱的乔虹女士正在经受着心灵的折磨，她被告知，你早就是大西洋基金的线人了。

孙跃民一阵怒火涌上心头，但他强压住自己，不要发作。

孙跃民：哈哈，你告诉我这些，不知道想要达到什么目的？要我恨共产党，还是恨女人？

恨他们，对于你们要做的事，毫无帮助。你们不就是要我背上个罪名，携款外逃吗！这和恨不恨共产党，恨不恨女人毫无关系。难道还想要我永远不回国？你直接把我扔进印度洋不就完事了，搞这么复杂，我觉得太烦琐。

白逸轩：你不觉得共产党很不讲人性吗！你在印度洋九死一生、鞠躬尽瘁，转战两国，受命于危难之时，把达尔港建起来了，开始运营，把锡卡的港口建起来了，汉班托塔、科伦坡南码头，已经达产二百五十万标箱，但丝毫不影响共产党调查你，怀疑你，你现在命都保不住，他们不仅没有营救你，而且还在调查你。你不觉得寒心吗？

孙跃民心潮起伏，但语气很平静：儿女不会为父母错怪自己，就不认爹娘。错怪是恨铁不成钢，并不是赶出家门。我对自己父母之邦的情感是不会动摇的。

白逸轩：我目前是没有找到你贪污的证据，但你和三个女人之间玩感情游戏这个事情是我亲眼所见。我最讨厌你们这些风流才子，自命不凡，玩弄、欺骗女人的感情，知道吗？那些告你贪污、受贿、出卖情报的人就是我。怎么样，你效忠的共产党组织，弃你如粪土。你以为会对你痴情的女人，一个也没有。你觉得你还能活着回去吗？

孙跃民：原来你有这么多的感触，幸亏和戴娆没打过交道。实话告诉你，我不是在几个女人之间玩游戏，而是觉得女人比男人更善良，有恻隐之心，不忍心伤害她们。而男人大多数无情无义。像你，戴娆那么天真地爱着你，把你当大宝贝欣赏，她哪知道你内心这么阴暗！听戴旭东说，她可能已经怀上了你的孩子。你还在这里为美国人卖命，还在这里犯傻。

白逸轩吃惊：是真的吗？别骗我，说这种谎话是要下地狱的。

孙跃民：信不信由你。我告诉你，我一定会活着回去，因为你的主子不想杀我，那样就达不到他们毁坏中巴经济走廊的目的。活着可以诱使我说出对"一带一路"不满，或者对党组织不满的话来，那样至少可以配合美国人打舆论战，涂黑中国海外形象。杀掉我只是再一次告诉人们，你的主子更害怕"一带一路"取得成功。所以，杀掉我，不划算。你这个弱智，难道不知道你正在做的事就是让我出现口误吗？告诉你，我会让你们失望的，当年本人在学校里是演讲比赛的冠军，辩论赛的最佳辩手，正没机会展示才华呢。哈哈，白痴，自己的未婚妻不知腹中孩子的爸爸去哪儿了，那才是致命的恐慌，快回去吧，换个人来比赛。

白逸轩：别得意，你活着出去，共产党依然会怀疑你，生不如死！

孙跃民：孟子说君子可以舍生取义，但既然活着更能证明道义，我为什么不让生命与道义并存呢！只有现在的中国人，才可以这么骄傲地说，没有人敢再轻视中国企业家的生命，明的暗的，也得要有个交代。哈哈，我让你们难堪了。真为戴旭东难过，有你这么个不明事理、不识时务的妹夫。

白逸轩：好吧，时间会证明，你是不是真正的男子汉。

黄昏，台湾花莲，青山滴翠，一溪流水蜿蜒而下，奔向出海口。

山间别墅前，戴娆和妈妈坐赏晚景。

戴夫人：你怀孕了，你爸爸听到会生气的。

戴娆：妈妈，我反复想，白逸轩对我是真情感，我不相信他是为了接近哥哥和孙跃民才找我的！

戴夫人：人的感情是复杂的，但他对孩子的态度应该可以检验出此人的人性如何。

戴娆的电话响了，是白逸轩打来的海事卫星电话。

白逸轩：娆娆，实在对不起，我从台北直接去了印度洋上的孤岛，这里只能用海事卫星电话，我听白逸秋说，我们有喜了！太感谢你了，我在这里跪下了，对天地行三拜九叩之礼。

戴娆：你这个骗子，告诉我你到底在哪里！

白逸轩：在无名岛上，考察阿拉伯人当年在这里的踪迹。

戴娆：你回来吧，不要给别人当工具。无论你做什么选择，但你的亲人、你的骨血是不能选择的。你现在没有别的权利，因为你的孩子需要你活着，需要你养育他，需要你尽父亲的责任。所以，绝不能做冒风险的事，你知道该怎么做。

白逸轩被触动：你放心，我没那么愚蠢，我很快就会回台北去见你。

戴娆挂断电话，泪光盈盈地看着妈妈：他被台北军情局的人缠住了，不知道能不能生还。

戴夫人：不管他了，我们回浙江去，我看你这样子是个女孩，那里山清水秀，会滋养她的，就像你小时候一样。

边境某帐篷营地，鲇鱼在接电话，是拉姆的来电。

拉姆：鲇鱼，给你个立功的机会，悄悄把乔虹和丁珂放了，戴老板给你同样的佣金，你还可以避免被追捕。

鲇鱼：我很愿意听您的指挥，可是大西洋基金会放过我吗？

拉姆：你看看我怎么做的，现在不是很安全嘛！事实上，我们的弟兄们不会与你为难，他们给多少佣金也没用。政府的追踪部队掌握你的所有行踪，正在和阿国协调，你怎么转移也逃不掉的。

鲇鱼：我把她们送到斯瓦特河谷索拉村附近，您让别人接应。我需要一笔资金才可以遣散我的手下。

拉姆：你告诉我账户，戴老板会在二十四小时之内汇出的。

鲇鱼：好的。

鲇鱼拨通舒卡拉电话：老板，我这里很麻烦，巴布尔警方好像掌握了我们的信息，在阿国境内也在追踪我们，我坚持不了几天，就不得不弃票了。

舒卡拉：再坚持几天吧，一周后你可以弃票，但不许发声明或者泄露，那你就会惹麻烦。

鲇鱼：您放心，我们是老手了，只要您的尾款即时到账，我们的消息一点都不会走漏。

舒卡拉：二十四小时到账，这个手机就停用了。

鲇鱼：真主保佑。

鲇鱼挂掉电话，兴奋地伸展双臂，喊叫着：赛俩目！

鲇鱼走出自己的帐篷，去看看那两个被绑架的人。

帐篷里，乔虹看到鲇鱼，用英语发问：你们到底要什么，把我们关在这里。

鲇鱼：我们只是在执行命令，刚接到通知，让你们在这里待一周，你就安静地在这里休息吧。

乔虹：你们的老板是谁？

鲇鱼：哈，中国美人，你觉得我会回答这么愚蠢的问题吗？我倒是想问，你的情人是谁，你真的了解他吗？

乔虹眼前不由自主地出现孙跃民的身影：这是你们老板的问题，还是你个人的问题？

鲇鱼：你回答对你也没坏处。

乔虹：我没有情人，只有前男友，你们为什么绑架他？

鲇鱼：这是老板的安排。但我是个善良的人，假如你愿意和你最亲近的人通话，我会给你创造条件的。

乔虹为之一动：那就让我和父母亲通话吧。

鲇鱼：那我要做一下安排，确保我们是安全的才可以，俩小时以后。

鲇鱼来见丁珂，丁珂侧卧在帐篷角落里。

鲇鱼：小姐，难道你不想念你的家人吗？

丁珂坐起来：蠢驴，你以为我会上你的当吗。你既然好几天都没有说赎金的问题，现在跑来假慈悲，是不是想来榨点油水？姑奶奶是孤儿，没有父母亲人，也没有人会为我付赎金，死了这条心吧！

鲇鱼奸笑：好吧，那我就关心别的问题了，不知道丁珂小姐还是不是处女，好神秘呦，我想看一看。

丁珂紧张：早就不是处女了，没意思，而且小心我有病。你要是敢动我，我立刻就会咬舌自尽！

鲇鱼：别紧张，我们会在你睡着的时候测试的，就像请你们来的时候一样，你会睡得很香的，哈哈。

丁珂怒目相向：有人会找你算账的！少做点坏事，可以减轻你的罪！

鲇鱼：哈，别害怕，我是会算算账的。

巴布尔警方的指挥车里，戴旭东和阿里夫在研究行动方案。

阿里夫：这里的监测显示，鲇鱼又转移了，似乎是在往巴布尔这一边移动。那瑟他们还在跟踪，但估计短时间内很难追上，这里完全是山谷森林，河谷在中间穿过，要到对岸去就要绕很远的路。

戴旭东：我们现在可以做出判断，他们此次绑架就是为了配合大西洋基金的舆论战，抹黑中国海外企业的形象。你看西方媒体一直在攻击中国企业的工程，全是靠行贿、腐蚀"一带一路"沿线国家的政府官员拿到的项目。孙跃民成为又是贪官又是行贿高手的奸商了。而内部同时在散布他是台北军情局和大西洋基金的双料间谍。这个局做得狠啊，是要置孙跃民于死地。

阿里夫：但不是还有你这样坚信孙跃民品格的朋友，而且刘清云和中国博海集团的领导也没有放弃营救孙跃民！大使已经正式向巴布尔联邦政府提出营救中国企业领导人的要求。你觉得对方的初步目标已经实现的情况下，会怎么对待孙跃民？

戴旭东：杀掉孙跃民，谣言就不攻自破；放掉孙跃民，就会真相大白，前功尽弃。所以，现在孙跃民的处境很危险，他们会在所需要的口供和假证据已经获得的情况下，采取让孙跃民丧失记忆的做法，把一个失去记忆的孙跃民放回来。

阿里夫：很残忍，但很合理，我们要尽快靠近他们，赶在他们动手之前营救孙跃民。今晚我们就不要休息了，直接往斯瓦特河谷方向去，他们的路线是往这里靠近。

戴旭东：也许我们的另一条战线会发挥一定作用。

夜幕降临，一小队车子在崇山峻岭间盘旋而上，车子发出的灯光刺破夜空，像一道道闪电。

夜晚，北京张诗仪家，张其庭和夫人在客厅里呆坐着，电视里在播新闻，声音很小。

张妈妈突然激动地站起来，从旁边拿过手机。

张妈妈：是诗仪的电话。

张其庭急忙关掉了电视。

张诗仪：玛雅来电话，说在边境地区发现了绑匪的行踪，巴布尔警方正在追踪，戴旭东和他们在一起。

张其庭拿过电话：孙跃民确实是在他们手里吗？

张诗仪：据玛雅说是，戴旭东判断，孙跃民的失踪已经配合他们完成了舆论战，下一步该对他动手了。因为孙跃民的口供和假证据在他们手里，他们不能让他活着回来。爸爸，您能不能通过您的老首长，找找特战队和边防局的首长，采取特殊措施，从绑匪手里把孙跃民救出来！

张其庭：我了解过了，安全部门已经通过上合组织和国际刑警与巴布尔、阿国对接，他们派出的就是特战队。

张诗仪着急：他们的特战队没有中国特战队厉害，武器也没有中国的先进！求求您，找老首长出面，派我们自己的特种兵来。美国的海军陆战队可以全球营救，我们的怎么就不行！

张其庭：孩子，你的心情爸爸懂，我恨不得自己去营救他。但在别的国家作战，必须要经过人家的允许，而且，现在巴布尔的特战队，作战能力和武器不比中国差，他们还熟悉地形。你们的朋友戴旭东也会发挥作用，据说他的实战能力很强，虽然退伍了，但已经得到巴布尔的许可，也在配合行动。要冷静，一个坚强的人应该能够经受任何考验，包括生死的考验！

张诗仪哇的一声哭起来：我不要接受生死的考验，我要他活着回来！

张妈妈拿过电话：宝贝，别哭，你哭得妈妈心都碎了。你爸爸这个木头桩子、老教条，他不懂女儿的心。但他确实去找了老首长，而且看着老首长给现任的领导打了电话，正在采取有效的措施。我们都相信孙跃民是真正的男子汉，吉人天相。我想提醒你，戴旭东招安了以前极端组织的人，他应该懂得怎么营救人质的。

张诗仪抽泣着：谢谢妈妈，我提醒他吧。

夜晚，边境公路一辆改装车里，鲇鱼和另一个匪徒押着乔虹在紧急转移。

鲇鱼：乔虹女士，你现在可以和你父母通话了，让他们拿赎金一百万卢比到白沙瓦附近接你。

乔虹盯着鲇鱼看了很久：你自作主张，还是雇主的意图？

鲇鱼：你就不要管那么多了，叫你打就说明可以打。

乔虹拿过电话，拨通爸爸乔致远的手机。

卡加奇领事馆办公室，灯火通明，老外交官乔致远和夫人正在和中国驻巴布尔孙大使见面。突然看到来历不明的电话，乔致远犹豫一下，接听了。

乔虹：爸爸，我是乔虹。

乔致远听到这个声音一下子站起来：乔虹，我是爸爸，你在哪里？

乔虹：我被他们绑架了，现在车上转移。他们要一百万卢比的赎金，送到白沙瓦，会有人接应。

乔致远：孩子，答应他们，我们很快就赶到白沙瓦去。

乔虹：我没有背叛祖国，也没有做任何坏事，我是个有骨气的中国人！

乔致远：我和妈妈相信你，孙大使也相信你。

冯翀：坚强点，我们等着你。

鲇鱼兴奋：你有个有钱的爸爸，很好。真主保佑，不要有人破坏这个交易。

孙大使对武官李晟说：立即报告给巴布尔警方，追踪这个电话。

冯翀：大使，乔虹还在他们手里，别惹恼他们，会危及孩子的生命。

孙大使：大姐，您放心，我们处理过这样的事件，不会那么莽撞的。现在我们是要仔细分析一下，之前完全没有信息，现在突然要赎金，也就是说他们不需要乔虹充当别的角色了。

乔致远：他们做文章的重点是孙跃民，抹黑孙跃民的目的已经达到，乔虹就没那么重要了。这个绑匪，也许是自己想要再捞点外快。

孙大使：那岂不是很危险，雇主给他的命令一定是别的，他们不希望乔虹披露真相的。

乔致远：但刚才乔虹已经说出了真相。

孙大使：那就更要请求巴布尔警方尽快采取行动，确保乔虹安全返回。李晟，快去交涉。

李晟：是！

斯瓦特河谷索姆村附近，中国医疗队的临时医院里，何瑾在给基纳的儿子针灸，基纳的妻子面带微笑看着儿子沙巴尔在接受治疗。

何瑾拔掉沙巴尔腿上的针，让他站起来，在屋子里走动，沙巴尔感觉很轻松。

沙巴尔来到屋外，赫娜和何瑾看着他，他开始快步行走，接着飞跑起来。

赫娜高兴地流出眼泪，她走到何瑾面前行礼。

临时医院远处森林边上，拉姆和穿着白色大褂的玛希拉在关注着这一幕。

拉姆：是时候告诉赫娜基纳的行踪了，可以直接说，希望他帮助孙跃民逃脱。

玛希拉看看拉姆：你确定基纳和孙跃民在一起吗？

拉姆：是的，库拉的手下很多都是我的伙伴。基纳潜伏在库拉身边，要报复舒卡拉，那个要杀他灭口的人。

玛希拉：你回村子里去吧。

玛希拉走回临时医院，正好看到沙巴尔骄傲地回到妈妈赫娜身边。

玛希拉：赫娜大姐，祝贺你，沙巴尔终于康复了，将来也许要做板球明星呢。

沙巴尔：是的，我喜欢板球。

玛希拉：沙巴尔，你应该去向医院里其他大夫告别，吴大夫还给你刮过痧呢。

沙巴尔：是的，我喜欢吴大夫。

沙巴尔走进屋子里。

玛希拉把赫娜拉到一边，低语着。

玛希拉：听拉姆说，基纳现在和库拉在一起，他们绑架了中国企业的老总。

赫娜大吃一惊：不会吧，他在喀布尔和伊朗跑生意啊。

玛希拉：可靠消息，拉姆的手下透的信儿。他要等待时机报复那个要杀他灭口的人。

赫娜：太可怕了！他斗不过那些西方人的。

玛希拉：如果他有机会解救那个中国人，就立了大功，政府一定会赦免他。中国人是在帮我们做事。

赫娜看到沙巴尔和何瑾、吴怀湘大夫拥抱告别，心中充满感激之情。

赫娜：我会告诉他的。

赫娜和沙巴尔走进自己的车子里，再次挥手，向站立在临时医院门口的何瑾、吴怀湘、玛希拉告别。

巴布尔边境某部落酋长家，达尔部落酋长萨巴德与两个儿子拉纳和桑巴带着瓷器、红茶和丝绸等中国产的礼物来拜见斯瓦特部落卡巴汗酋长。

卡巴汗酋长和萨巴德酋长拥抱、贴脸，互相寒暄。老酋长让萨巴德和两个儿子坐下。

萨巴德：尊敬的卡巴汗酋长，我们来是请求您给我们帮忙的。一周前，我们的中国朋友孙跃民被绑架了，到现在为止，没有人声明为事件负责。但拉姆的手下说在你们部落的库拉营地里见到了孙跃民。库拉是你们部落出去的，您说话他一定会听的。

卡巴汗酋长：这个孙跃民是做什么的？

萨巴德：他是来达尔港建设港口的，现在搞达尔港的运营，为我们做了不少好事。我儿子拉纳的孩子，就是他们医疗队在洪水中接生的，我得了疟疾，也是他们帮我治好的。达尔港的渔业现在很兴旺，直接可以卖到喀什、克拉玛依。我们也可以从他们那里得到淡水，还有学校等，这些都是他们带来的。他们是我们的朋友，所以请求您给库拉说句话，把孙跃民放了。

卡巴汗酋长：哈哈，看来你说的是真的。我也听斯瓦特河谷的人说，中国医疗队治好了很多小儿麻痹症患者，还有说那个坏家伙基纳的儿子也是中国医疗队治好的。

萨巴德酋长：您为中国人求情，也是斯瓦特河谷村民们的意愿。

卡巴汗酋长：库拉现在想回部落，但他过惯了有钱的流浪生活，不喜欢过穷日子。而且大西洋基金不会让他回来的，怕泄露他们的秘密。

萨巴德：到喀布尔去做生意也比给他们卖命强，随时都会丧命。实际上也没有自由，大西洋基金把他们当工具在用。大西洋基金的人要是遇到危险，首先会把他们抛出来做替罪羊。

卡巴汗酋长：我让他把中国人放了再逃走，不知道听不听我的话。

夜晚，边境某帐篷营地，基纳提着装饭的篮子，走进关押孙跃民的帐篷，看守揭开篮子看了看。

看守：给好吃的了。

基纳：库拉的命令。

基纳把饭篮子放在孙跃民身边，孙跃民端坐在那里。

基纳低语：明天转移，会有人解救你。

孙跃民睁大眼睛问：你是谁？

基纳：拉姆的朋友，你要多吃点。

孙跃民点点头，拿过粗面饼，大口嚼起来。

营地另一个帐篷里，白逸轩和库拉在吃饭，他们的伙食是手抓饭。

白逸轩：明天你能派车把我送到白沙瓦吗？

库拉：当然可以，我还要把孙跃民也送去呢。

白逸轩探寻着他的目光：是舒卡拉的指令？

库拉：您说呢？

白逸轩：就这么放人？

库拉：您说呢？

白逸轩：不会，他一定还有别的安排。

库拉：他需要放回去一个活着的孙跃民。

白逸轩：不会，还有别的安排。

库拉：中国人果然聪明，这个任务交给你了，给他注射一针迷魂制剂。

白逸轩：别开玩笑了，这技术活，会交给我？

库拉瞪着眼睛：就交给你了，不干就把你放到沙漠去，看你怎么办！

白逸轩：岂有此理，我可不是你的部下，我是大西洋基金的人。

库拉：在我这里，只有听我话的人和死人。

白逸轩脸上冒出了虚汗：你是要造反了。不过，我倒很想体验一下，那种感觉也许很独特，给别人注射！

库拉：谢谢，白博士果然很懂变通。

库拉站起来，头也不回地走出去。

白逸轩呆坐片刻，拿起电话，直接拨了出去，电话里出现白逸秋的声音。

帐篷外围林地，基纳在和赫娜、沙巴尔通电话。

沙巴尔在家里来回走动，他拿着电话：爸爸，你回来就可以看到，我可以跑百米，没有一点不舒服的感觉，我要做板球明星！

基纳：好孩子，会的。让你妈妈接电话。

赫娜：真神奇，中国医生的针灸，一个月就完全好了。我们全家都应该感谢人家。有机会，我们一定要报答中国人啊！

基纳皱起眉头：赫娜，有人找过你吗？

赫娜支吾着：没、没有，我就是担心你别再被人利用，那就永远回不了家了。

基纳：你觉得我那么蠢吗！这两天，你尽快收拾行李，我们到一个安全的城市去。

赫娜：哪里？又要走啊！

基纳：到时候你自然知道，不要说给任何人！

基纳放下电话，眼前出现儿子沙巴尔活蹦乱跳的画面。

库拉悄悄走过来，两人对视一眼，往林子里走去。

库拉：你的儿子是中国医疗队治好的？

基纳：谁告诉你的？

库拉：传遍了斯瓦特河谷，部落的老酋长都知道了。你还不觉得自己处境危险吗？

基纳：我们两个是一丘之貉，小心别人的子弹。

库拉：如果你有渠道，就告诉他们，我会把针剂换过来，但必须有人接应，因为我换的是麻醉剂。

基纳：那个白逸轩怎么办？

库拉：捉摸不透，他是舒卡拉派来的人，他拍的录像似乎已经到了北京。那段在巴布尔开采石油的对话，估计要孙跃民在公众面前出现时派上用场。他会在白沙瓦附近自己离开。

基纳：那就不能让他回去乱说了！

库拉：他要是失踪，不好给舒卡拉交代，舒卡拉会找我们算账的。

基纳：我们也应该来个反制措施，让舒卡拉失踪才对。你可以把白逸轩交给我吗？

库拉：他必须活着啊。

基纳：会活着的，你的特效药呢？

库拉似乎明白了什么：哦，在，也许对你有用。

北京某部，部长助理秦川和中国博海集团董事长刘清云在看录像。

视频一：孙跃民和白逸轩在交谈，看起来，两人谈得很融洽。

视频字幕：这是孙跃民和白逸轩在某基地组织的会面。

视频二：孙跃民：搞不搞油气开发，和谁合作，是巴布尔人自己的选择。中国企业只是投资回报，通过投资回报获得利益是天经地义的。

秦川：从两个视频的情况看，孙跃民确实和台北军情局的人接触了，后面发表的开采巴布尔石油的看法似乎默认了中国是从中牟取利益的。

刘清云：首长，这有没有可能是拼凑的呢？就像电影，不同的剪辑就有不同的效果。

秦川：我们总是要进行多角度、比较充分的分析判断啊。目前，营救工作也在进行，巴布尔派出了特战队，而且在多种渠道采取行动。我们还是要抓要点，就是必须要白逸轩和孙跃民活着，而且回到我们手里。戴旭东那里报告说，他的妹妹已经怀上了白逸轩的孩子，动之以情，白逸轩有变化的可能。孙跃民那里要靠招安的拉姆做工作了，信息已经沟通，但做不出准确的判断，也没有把握确保孙跃民能活着回来。您那里有什么好的建议吗？

刘清云：孙跃民在洪灾期间救援过的村民行动起来了，他们纷纷通过亲戚朋友在做极端分子的工作，撒了大网，不知道能不能捞到鱼。我们去调查的同志回来得到的结论是孙跃民绝对不会叛国，也没有贪腐。这些调查支持这起案件是西方敌对势力策划的阴谋判断。我觉得应该加大追抄匪帮的力量。

秦川：谢谢您的建议，首长很重视。我约您来的目的是要按照目前动态做好消除国际影响的预案，把工作做在前面，这也是有关领导同志的意见。

刘清云：好的，我们立即研究，争取主动。

北京中国博海集团总部，小会议室里，班子的会议在进行，会场气氛有点紧张。

胡少峰：我觉得，上级领导的意图是首先把孙跃民的行政职务免掉，免得出状况时被动。

陈可染：啊呀，这个不太好吧。我们目前得到的消息只是他失踪了，情报部门也没有判断他就是间谍。我们两组人去调查的结论是没有发现贪腐行为。现在就处理，为时过早吧。

胡少峰：已经有他和台北军情局间谍接触的视频，之前还有从他那里获得重要文件的判断，虽然不能说就是间谍，但极有可能出问题啊。

陈可染微笑着：这就是莫须有啊。

胡少峰正色道：我这是发表负责任的意见，要维护企业的整体形象，避免被动。我也去调查了，从表现看是个好同志。但感情不能代表政策，成绩不能抵消负面影响。我建议做组织调整。

陈可染有点尴尬：我只是说要慎重，人的问题要慎重。孙跃民是个有影响的实干家，在没有充分证据和理由的情况下，不要给出一个贬低性的信号，那样会影响干部的积极性，让干部寒心的。党的政策也历来是历史地、系统全面地考核评价干部啊！

刘清云：好啦，就这么办吧，调离岗位学习，暂时免去职务。你们谁去宣布一下？

胡少峰：刘总，恐怕说调离岗位不合适吧，他现在人在何处，我们都不知道呢。

刘清云泪光盈盈地说：那就说，集团安排孙跃民去学习，免去行政职务。你去宣布吧，给大家提点要求，重点是科伦坡的项目部，要稳定军心，请可染先去监管一段吧，达尔港有黄道明好点。

胡少峰：刘总，那我是否就不用去了，陈总自己宣布不就可以代表集团吗？

刘清云：你这个当兵出身的，怎么也不懂执行命令。我只是说让他监管，并不是说他马上就去科伦坡。可染，你立即去达尔港，和大使馆的人一起研究营救方案，再想方设法和当地人接触，和酋长家族接触，和戴旭东招安的那个人见面，把孙跃民找回来！今天的会就到这里。

夜晚，库拉的帐篷基地，白逸轩在和戴娆通电话。

白逸轩：公主，你回到台北了吗？

戴娆：我回达尔港了，浅野的工厂要开业了，电动车的修配厂也开业了，我要在这里盯着。你知道吗，孙跃民和乔虹、丁珂他们几个人已经失踪一周了，还没有消息。

白逸轩：好像是，唉，孙跃民这么个硬汉子，可惜了。如果是一周了，估计很难生还。

戴娆：乔虹也失踪了，据说是一起失踪的。好可怜，她追随孙跃民，从巴布尔到科伦坡，挺痴情的。也许他们会走到一起。

白逸轩：这个孙跃民怎么那么讨女人喜欢？

戴娆：男人味，有阳刚之气啊，不像你，说话都娘里娘气的。

白逸轩：这叫修养！唉，大陆的国学修养太差了，影响了你们的审美观，以粗犷为美。

戴娆：别废话了，你在哪儿，怎么还不回来！

白逸轩：还有点资料要收集，估计本周内会回去的，我直接回达尔港，帮你料理商务区的事。

戴娆：再不回来，就把你从公司除名了。

白逸轩挂掉电话，眼前出现想象的画面。

白逸轩给孙跃民注射特效药后，孙跃民迟缓地走在达尔港的码头，目光呆滞。乔虹和张诗仪在他的左右，问他话，他浑然不知，只会摇头。

白逸轩脸上露出微笑，进入梦乡。

库拉出现在白逸轩帐篷里，睡梦中的白逸轩惊醒。

库拉：走吧，不然我们就会被警察装进铁笼子里。

白逸轩揉揉双眼，起身整理行装。

库拉把一个微型注射器塞给他：现在就去给孙跃民注射，他还没有醒来，今天的饭里有麻醉药。

白逸轩眼前闪过幻觉：孙跃民目光呆滞，走路迟缓。

白逸轩来到关押孙跃民的帐篷里，他看到基纳也在一边，似乎是收拾东西。

白逸轩挥手让基纳离开，基纳露出谦卑的微笑。

白逸轩走向酣睡的孙跃民，拿出注射器，但手在颤抖，他眼前又出现幻觉，孙跃民目光呆滞，行走迟缓。

白逸轩站在那里，很纠结。

他眼前又出现幻觉：孙跃民潇洒地出现在人们面前，在对媒体讲述他的传奇故事，指责白逸轩。

幻觉中的白逸轩站在那里挨批，人们在嘲笑他。

嘲笑他的人里有戴娆、乔虹、玛雅和张诗仪、丁珂，一群女人的嬉笑声。

白逸轩回到现实中，他对准孙跃民的臀部，很快地做了注射，然后惊惶地离开了。

站在帐篷门口的基纳看完了这完整的一幕。

白逸轩走出帐篷门口时，被基纳绊倒在地。

基纳很熟练地在他臀部注射了液体。

白逸轩昏倒在地，爬不起来了。

库拉指挥手下把白逸轩和孙跃民抬上改装车，很快就消失在暗夜中。

斯瓦特河谷公路上，鲇鱼的车队在暗夜中行驶，乔虹、丁珂被捆绑在座位上。

鲇鱼在座位上打盹，他梦见在白沙瓦清真寺旁，乔虹的父母送来了赎金，手下接过皮箱，在他面前打开。

看到皮箱里一沓沓钞票，鲇鱼开心地笑出声来，他醒了。

鲇鱼回过头来看看乔虹和丁珂，发现匪徒甲正在把手伸向乔虹的胸前，乔虹惊醒，扭动着身子抵抗；而匪徒乙则把手伸向丁珂的裤裆，丁珂低下头来，在匪徒乙的胳膊上狠狠咬了一口，匪徒乙更疯狂地撕扯丁珂的裤子。

匪徒甲乙看到鲇鱼在注视自己，就停止了动作。

鲇鱼奸笑起来：没问题，可以发泄一下。

听到鲇鱼的指令，匪徒甲乙更加肆无忌惮起来。乔虹和丁珂继续挣扎着。

那瑟警长的车队车速很快，在暗夜中追踪。

那瑟的车队和鲇鱼的车队相向而行，越来越接近。

那瑟回过头来下命令：做好战斗准备，目标是从对面过来的，注意不要用火箭炮，最好是抓活的，要注意保护人质。

装甲车里，战士们开始整理武器。

鲇鱼的车子里，匪徒甲撕开乔虹的上衣，贪婪地揉搓着，乔虹拼命挣扎，用头攻击匪徒甲。

匪徒乙已经脱掉丁珂的裤子，露出白皙的大腿，他压在丁珂身上，要强奸这个桀骜不驯的女人。丁珂满脸血迹，大声地喊叫着。

改装车司机被丁珂的叫声吸引，不时在后视镜里看一眼，乔虹白皙的胸部和丁珂细长的大腿在后视镜里一闪一闪的。

改装车外，河对岸一股亮光扫过鲇鱼的小车队。

改装车司机发现后，惊慌地报告：头儿，对面似乎是军方的车队，速度很快。

鲇鱼在窗户前看看，冷笑着：他们要过河，还需要两个小时，那时我们早跑远了。他们也不敢发射导弹，我们手里有人质。哈哈。你们好好玩吧，别给弄死了就行。

装甲车司机继续前行，不时在后视镜里看后面的刺激场面。

河谷对面，那瑟警长在下命令，喊话让他们停下来，如果不听，就对准轮胎射击。

鲇鱼听到对面用普什图语和乌尔都语交替的喊话：停下来，接受检查，我们是警察。

鲇鱼哈哈大笑：我们看见岔道就拐弯，别让他们真的用导弹干掉我们。

鲇鱼的话音未落，子弹打在车子上的声音就传了过来，与此同时，丁珂歇斯底里的声音震耳欲聋。

改装车司机注意力分散，一不小心，车子冲向河谷。他急忙打方向盘、刹车，但已经来不及。

改装车在山坡上翻了几个个儿，掉进河谷。

剩余的几辆车被那瑟警长的炮火击中，瘫在河边的山路上，阵阵硝烟，山坡上一片寂静。

白沙瓦某清真寺旁，一辆货车驶来，是个带封闭车厢的货车，停在清真寺前面的广场上。

司机下车后离开了，似乎是去吃早餐。

一名巡警走过来，看到驾驶室里没有人，就拍打车厢，没有人响应，他打开车门，看到两个在车厢里酣睡的中国人。

几辆警车急速驶进广场，戴旭东和阿里夫带着特种兵包围了货车。

戴旭东和阿里夫跳上货车，发现孙跃民和白逸轩在酣睡。

戴旭东走过去，摇晃孙跃民。

孙跃民睁开眼睛，看见戴旭东。他一把拉住戴旭东：老戴，救命恩人，你怎么来了！这是哪儿？

戴旭东：白沙瓦。你是个交了狗屎运的傻福将！

孙跃民起身去摇晃白逸轩：快起来吧，大政治家，你大舅子来了。

白逸轩睁开眼睛，目光呆滞，嘴里含混不清地问：你是谁？

戴旭东和阿里夫凑过来盯着他看。

白逸轩：你们是谁？

戴旭东：这一定是被注射了毁坏记忆神经的药！

孙跃民：那他们为什么不给我注射呢？

孙跃民和白逸轩被搀扶下车，走进警车。阿里夫的人马在勘查现场。

阿里夫的指挥车里，孙跃民上车后似乎清醒了，他看看变得痴呆的白逸轩，似乎紧张地思考着什么。

阿里夫在接那瑟的电话。

孙跃民听到乔虹、丁珂的名字。他焦急地揪住阿里夫问：告诉我，乔虹和丁珂在哪里？

阿里夫让他冷静，说：那瑟在追踪鲇鱼，还没有发起攻击，鲇鱼的车子就从山路上掉入河谷，乔虹因为被绑在座椅上，幸免于难，但仍然昏迷不醒，脑部受了重伤。丁珂被匪徒强奸时解掉了绳索，在车里翻了几个跟头，颅骨骨折，没有抢救过来。那辆车里还有一个活着的，就是司机，也在抢救。

孙跃民抓住阿里夫：助理，让我去看乔虹，去看丁珂，我要见她们！

阿里夫：你现在是重点保护对象，还不能走漏风声，如果有人知道你还活着，他们会策划新的事件灭口的。

孙跃民声泪俱下：我不管这些，我要见为我丧命受伤的人，求求您了！

戴旭东抱住他，回过头来对阿里夫说：我们满足他的要求吧，反正乔虹那里也是特殊保护。如果现在不去，很难说，还能不能再见到了。

阿里夫转过身给作战参谋下达命令。

白逸轩目光呆滞地看着这一切。

车头掉转，奔向巴布尔陆军医院。

巴布尔陆军医院重症监护室，陆军医院新加了保卫力量，特战部队的巡查在重症监护室的楼外来回走动。

阿里夫、戴旭东和孙跃民被军官带进重症监护室的楼层。

孙跃民迫不及待地走在前面。

乔致远和冯翀夫妇在楼道里等待着大夫会见，他们远远地看到孙跃民走来。

孙跃民也看到乔致远、冯翀夫妇，他快步走过去，紧紧握住乔致远的手，百感交集：伯父、伯母，是我害了乔虹！

乔致远：不要说这些，你能活着回来就是万幸。

孙跃民走过去在玻璃门前看着病床上的乔虹。

乔虹戴着呼吸机，几名大夫正在给她做全身检查，何瑾也在其中。

几名大夫和何瑾走出来，他们把乔致远、冯翀和阿里夫、孙跃民、戴旭东带到办公室。

一名巴布尔陆军主任医师介绍情况：是严重的胸骨损伤，被重物击伤的，好在颅骨没有受重伤，现在昏迷的原因是失血过多。何大夫，您说说治疗方案吧。

何瑾：目前的救治方案是先输血，恢复体力，之后再做胸骨手术。

孙跃民：脱离危险没？

何瑾：还没有脱离危险，但输血后血压回升，也有意识恢复迹象，是向好的趋势。

阿里夫：我代表总统和联邦政府请求你们全力以赴，救治乔虹，她对于我们很重要。

陆军主任医师：我们会尽全力的，陆军长官也给我们提了要求，请助理先生放心，家属放心。

孙跃民：我是否可以在这里陪床？

何瑾：不可以，也没有必要。我们会定期通报情况。

乔致远和冯翀表情复杂地看着孙跃民，冯翀情不自禁地流出眼泪。

戴旭东：你还有任务，我们要尽快搞清楚情况。

孙跃民泪光盈盈：她这样躺着，我怎么能够离开！

乔致远走过来：孩子，你走吧，国家需要你去做更要紧的事。正在节骨眼上，不能感情用事。

冯翀流着眼泪：这里有我们，我们懂你的心。乔虹要是清醒，她也会要你去做更重要的事的。

孙跃民给乔致远和冯翀深深鞠一躬，和戴旭东、阿里夫离开了。

孙跃民、戴旭东、阿里夫在陆军人士引导下，来到医院地下室的太平间。

身穿白大褂的陆军军医打开裹尸布，经过整容的丁珂平静地躺在棺材里，她的脸庞栩栩如生，脖子上还有划痕，但整个人显得很秀丽。

孙跃民来到丁珂身边，紧紧地抓住她的手。

孙跃民自言自语：小珂，我孙跃民对不起你，躺在这里的应该是我。是我连累你们，跟着我这个倒霉蛋到处碰壁，坎坎坷坷，最后丧失了生命。请你放心，我今后就是你父母的亲儿子，我知道他们在外国语大学住，今后我抚养他们，替你养老送终。等过两天，我送你回国！

戴旭东拉走了情绪激动的孙跃民。

夜晚，白沙瓦警署，阿里夫、戴旭东、那瑟在听孙跃民介绍情况。

戴旭东接到张诗仪的电话，他把孙跃民叫到一边。

张诗仪的哭声在电话里颤抖着。

孙跃民：婆姨，我活着回来了，苍天有眼，估计是那个基纳做通了拉姆原来手下库拉的工作，故意给我注射了麻醉剂，得以生还。我这里的事情处理完，就去科伦坡找你们，那里的局面需要进一步打开。

张诗仪：你先休息吧。胡少峰副总刚在这里宣布过你的免职决定，让你去学习。我们回北京见吧。

孙跃民有点诧异，但他很快就调整情绪：没关系的，我学习回来，再申请回印度洋，回这些港口来，这里不发展起来，我死不瞑目！

张诗仪：不要再说死不瞑目了，你已经死过太多次了，我希望你活着，知道吗！

孙跃民流出眼泪：这里的阎王爷不要我，怕我跟他们捣乱。我们回北京见吧，你，多保重。

孙跃民：我很奇怪，他们为什么把白逸轩弄成那样？

戴旭东：你别不好意思说，他们本来策划的是让你失去记忆。这样，你的真实身份就永远是个谜，大西洋基金正好借此做文章，继续抹黑中国的海外企业和"一带一路"项目。但库拉和这个家伙改变主意了，很多人做的工作起作用了，他们就掉了包，把他们不喜欢的白逸轩搞成了失去记忆的人。我可怜的妹妹，竟然怀了这个白逸轩的孩子。这个伪君子、妄想狂，他咎由自取。

阿里夫：但也是我们的损失，根据目前的证据还不能驱逐舒卡拉。

那瑟：继续追踪库拉，会获得证据的。

孙跃民若有所思。

夜晚，达尔港三丰港务集团，桥本、舒卡拉、小泉、池田在密谋。

桥本：舒卡拉先生，您亲自出马，果然不同凡响。主流媒体纷纷报道中巴经济走廊项目负责人携款外逃，两个情人在逃窜过程中死伤，他本人不知去向。

舒卡拉却高兴不起来，他慢悠悠地说：没那么幸运，情报部门得到信息，孙跃民活着回来了，在军方手里。

小泉：那就很麻烦了，他会发表声明的。

池田：当初不如搞死他，免了许多麻烦。

桥本：现在弄死他就没用了，他该说的都说了。

舒卡拉：你们想想，我们做好的局，为什么会变呢？

小泉：当然是他们买通了库拉，这个库拉活腻歪了。

舒卡拉：失败了不要抱怨，要积极地想办法谋划成功，这是哈佛的理念。《孙子兵法》说，不战而屈人之兵为上，对付中国人还是要用中国的智慧啊。

桥本：我真是佩服舒卡拉先生，每次失败，您都不以为然，很快就会把大家带入未来成功的期待和喜悦中。愿听高见。

舒卡拉：你不要讽刺我，我们要研究的是怎么摆脱困境。这次孙跃民的脱逃，至少说明一个问题，他与恐怖组织有密切的关系。我们本来在巴布尔设立了反恐机构，美国政府还给了专项经费。这不是送上门来的案例吗，直接把他当作恐怖组织的幕后出资人，就简单了。美国人可以在任何地方逮捕他。到我们手里，就好办了。

小泉：在巴布尔不容易吧，他们和中国是铁哥们儿。

池田：巴布尔会对他实施特级保护的。

舒卡拉：我们用不着交涉，直接派自己的人逮捕他。

小泉：可是在这里不容易实现，你甚至不能接近他。

舒卡拉：听说他是个多情的人，他的前女友乔虹还在陆军医院治疗，而他的小情人丁珂将要被送回国。孙跃民随时都有可能在这些地方出现。

桥本：看来您已经想好了方案，我们就等着好消息了。我们的业务开展得很顺利，拉晶集团和我们合作的制造业项目已经开工。拉晶的网络覆盖项目正在谈，对手又是中国人，华立电信。

舒卡拉：那是你的战场，你们的死港计划，有死有活才对，否则无法在巴布尔立足。可惜，你的对手可能要变成戴旭东了，不是那个任性弱智的戴娆了，不好玩了，小心点。

白沙瓦陆军军营，戴旭东和孙跃民在房间里争吵。

孙跃民：我要护送丁珂的灵柩回国，这过分吗！我们一起并肩战斗，一起浴血奋战，一起在这印度洋上搏击风浪，比亲兄妹还要亲！

戴旭东：我难道不知道这些吗？但你更应该知道的是，你需要安全地回到北京，那里需要你提供具体情况。你提供的情况就是最有力的武器，会粉碎那些诋毁中巴经济走廊和"一带一路"项目的谣言。

孙跃民：那和我护送灵柩不矛盾，护送灵柩就不安全吗？那我更要去护送了，为了丁珂的在天之灵，即使粉身碎骨，我孙跃民心甘情愿！

戴旭东：你这个混小子，明确告诉你，情报部门截获的情报显示，大西洋基金已经把你列为恐怖组织的出资嫌疑人，他们完全可能对护送灵柩的军用飞机发射导弹。你的护送，会让丁珂的灵魂不得安宁，甚至尸骨不存！

孙跃民：这还是文明社会，还是 21 世纪的地球吗！我们中国难道就这么软弱，这么被人欺凌，在我们的铁哥们儿、好兄弟的国家也没有人身安全！我就去，让他们发射导弹，这也许会警醒世人，不要对老牌帝国主义抱任何幻想，豺狼总是要吃人的！

戴旭东：你应该知道怎么做对国家最有利。巴布尔警方已经安排了秘密通道，安全地把你送回北京，组织上需要你活着，需要你的汇报。

孙跃民：可我是在丁珂面前说过要送她回国的。我要亲自告诉她，我要做她父母的干儿子。

戴旭东急躁：那就去参加一下遗体告别仪式吧。你在给人家添麻烦！为了你的心灵安静平衡，需要一系列特别的保卫措施。

孙跃民：我就求您了，让我参加一下，否则，我会疯掉的。

戴旭东：好吧，一切听安排。我还需要处理白逸轩的后事呢。

夜晚，达尔港某公寓，舒卡拉在电话里向文森特请示。

文森特：我们已经知道了你的败绩，这件事情很快就会发酵。说说你的挽救措施吧。

舒卡拉：我的部署没有错，是中国人买通了那些基地的人。

文森特：没有人会听你解释理由，结果是最重要的。说你的方案。

舒卡拉：既然孙跃民被极端组织的人放回来了，那就可以说他们是有联系的。这个地区长期存在着恐怖组织，孙跃民就是典型的幕后策划者、出资人。美国驻阿富汗的基地司令可以下命令追击这个组织，当然可以名正言顺地以嫌犯名义逮捕孙跃民。

文森特：这个想法很大胆，实施起来有难度。巴布尔一定会认为主权受到侵犯。现在为这么个小人物，大动干戈，悍然出兵，不现实。

舒卡拉：如果是在其他国家动手了呢？比如在锡卡，那里有他们的项目。

文森特：锡卡政府绝不会配合我们对中国人动手。他们不会因为一个孙跃民就损失几十亿美元的投资和援助。

舒卡拉：那我就没有办法消除影响。

文森特：你的思路还是没打开。你为什么不想想你那可爱的莎拉女士呢？她的《操纵恐怖》已经成为畅销书。她《操纵恐怖》的续篇可以把孙跃民、戴旭东作为主角啊。不用出书，发消息就足以引起轰动效应。逮捕和引渡孙跃民，成本太高，太烦琐。直接让他们消失，然后捏住莎拉、马克两人的手，就可以再度抹黑中国海外企业的形象。中国人说，跳进黄河都洗不清。跳进印度洋照样洗不清。

舒卡拉：我已经没有经费做这样的事情。

文森特：大西洋基金还预付这笔款项。

舒卡拉：看来您还是个好船长。

巴布尔陆军营地，莎拉和马克被带到孙跃民的临时驻地，他们在交谈。

莎拉：孙先生，你经历的事情惊心动魄，我受戴先生委托，来做访谈，把这些公布于世，对于和平和世界新秩序的建立会起到促进作用。在一些国家，还是冷战思维。你不介意我用录音笔吧？

孙跃民：谢谢，不介意你录音，也不介意你把它公布于众。

木树清的渔船上，舒卡拉来见木树清，二人密谋。

舒卡拉：本来我觉得你可以置身事外的，但中国的情报机关盯上了你，因为孙跃民活着回来了。

木树清微笑：你大概又有事情要我做，我们东京的朋友已经告诉我你知道的所有消息和细节。舒卡拉先生，交友不慎啊，最后环节，他们出卖了你，愚弄了你。

舒卡拉：所以，我们现在被逼无奈，只好让他们消失了。

木树清：我最近经费很紧张，没有这个预算。中国人找我也没用，我不知道海盗的行动，光明正大。我在印度洋的口碑还是不错的，连索马里海盗都感谢我给他们安排了就业。

舒卡拉：别紧张，不要你出钱，中国人暂时还不会找你。我现在需要索马里海盗，他们很讲信用。我记得有个鲨鱼和上尉还活着，应该出来了。

木树清：不太好办，他们一直以为哈桑是美国人害死的，你现在找他们不方便。

舒卡拉讪笑：你找他们就可以了，经费我负责，让他们到巴布尔来观光，给足了钱，他们会喜欢的。

木树清：我试试吧。

索马里街头，一家卖饮料的商铺，一名穿黑色包身服的女人坐在地上看摊。几个当地人在吃卡特叶子，一副满足的样子。

木树清走进来，他用英语询问：有冰吗？

女人引导他来到里间，指着一个盒子给他看，里面全是针剂、针管，还有小包的粉末。

木树清递给她十张一千面值的索马里先令。

女人给他拿大麻的注射剂，木树清摇摇头。

木树清：最近看到鲨鱼了吗？

女人警觉起来：你是谁？

木树清：他的老朋友，他在我的船上干过。

女人回答：不知道。

木树清又递过一摞一千面值的索马里先令。

女人：今天是周五，他一会儿会来。

夜晚，肯尼亚某俱乐部，热烈的非洲歌舞在进行，手鼓激烈的节奏中，一群身材苗条的肯尼亚姑娘扭动着腰肢和胯骨，观众席是几十个餐桌，乌尔凯西和一名同伴在喝酒，他们不时看看台上的表演。身穿一身白色休闲装的舒卡拉穿过餐厅，来到乌尔凯西面前。

乌尔凯西没有搭理他。

舒卡拉：我是桥本的朋友，他告诉我你在这里。

乌尔凯西：说吧，找我什么事？

舒卡拉：一单生意，二百万美金。

乌尔凯西：先付定金再谈。

舒卡拉招手，站立在观众席外的助理提来一个箱子。

舒卡拉让助理把箱子递给乌尔凯西。

舒卡拉：这是一百万。

乌尔凯西站起来：我们到外面去。

舒卡拉和乌尔凯西的同伴提着箱子跟随他走出表演场。

停车场，乌尔凯西带着舒卡拉走进一辆豪车。

乌尔凯西坐下来：你怎么知道我在这里？

舒卡拉微笑：桥本告诉我你在这里做白面生意。

乌尔凯西：胡说，那他也不知道我会在内罗毕出现。你们美国人好卑鄙，一直在监视我。

舒卡拉：你应该知道，大西洋基金一直在保护你。

乌尔凯西：算了吧，不可靠。谈生意吧。

舒卡拉：我需要你去跟踪一名叫鲨鱼的索马里海盗。

乌尔凯西：海上不是我们的专业，骑骆驼还差不多。

舒卡拉：鲨鱼这次的活动范围是在巴布尔白沙瓦附近的塔拉小镇。

乌尔凯西：知道，卖枪支弹药的军火小镇。

舒卡拉：希望你在三天后追踪他，干掉他的人。

乌尔凯西：来不及了，第四天吧。

舒卡拉：第四天也行，第三天更好。这之前发生任何事情你都不要管。

乌尔凯西看看手表：知道了，现在是子夜，从肯尼亚时间计算第四天。你们给他安了跟踪器吗？

舒卡拉：你使用雷达扫描就可以发现，是这个识别号。

舒卡拉递给他一张卡片。

乌尔凯西：尾款何时给？

舒卡拉：第五天。

夜晚，索马里酒店，木树清请鲨鱼和上尉喝酒。

木树清：看来你们二位的日子过得不错啊。

鲨鱼：没有钞票、没有女人，什么好日子！

上尉：现在白面生意也不好做，警察盯得很紧。

木树清：还是干自己的专业好。

鲨鱼：我没有资金买快艇和武器。

上尉：没有资金，弟兄们都散了。

木树清：我给你们带来一笔生意。

……

白沙瓦陆军营地，白先臣、白夫人、白逸秋、戴娆、戴夫人一起来见白逸轩。

戴旭东把白逸轩从里屋领出来，白逸轩目光呆滞、行动迟缓，他不认得面前的人。

白夫人走过来，拉住他的手摇晃着：小轩，你不认得妈妈了！小轩，小轩！

白夫人痛哭流涕。

戴娆看到白逸轩这样，也走近他，摇晃着他的肩膀：老夫子，你不认得我吗？我是你孩子的妈妈。老夫子，你醒醒！这可怎么办啊！

戴娆痛哭起来，戴夫人挽住她。

白先臣颓然地坐在椅子上，白逸秋急忙扶着他。

白先臣定定神：都不要哭了！这就是天意！看看，被别人利用，厄运就会降临。

白夫人：老头子，你的亲生儿子，你要咒他吗？

白先臣：走，回台北去，找老中医想想办法，在这里哭有什么用。

戴夫人：白先生，和我一起回浙江吧。那里有个老中医，是专治神经性智障和呆滞的。

戴旭东：逸秋先生，请您陪同走一趟，照顾好逸轩和二老。

戴夫人：小东，你爸爸已经做好安排，他会在浙江等我们。

戴娆：哥哥，我陪他们回浙江，这里的事情先请玛雅代管吧。

白先臣看看戴旭东：那好，我们就随亲家母去浙江了。你多费心，善后就交给你了。

戴旭东：警方会提供特别保护。

夜晚，白沙瓦警署，阿里夫和那瑟、戴旭东在分析情报，研究应对方案。

阿里夫：监测到舒卡拉与木树清在海上会面，之后木树清直接去了索马里，见到了哈桑以前的部下鲨鱼和上尉。

那瑟：鲨鱼和上尉的人马昨夜已经入境，鲨鱼在塔拉附近隐藏，离这里不远。上尉的人马在卡加奇附近。

戴旭东：鲨鱼显然是来袭击陆军医院的，主要目标是孙跃民。显然走漏了风声，知道孙跃民坚持要来遗体告别。

那瑟：这里的保安措施和军方的保卫措施，他们是进不来的。

阿里夫：还是要主动出击，防患于未然，避免他们发射导弹等，会造成伤亡。孙跃民到现场后派专门的小组保护，快速离开。

戴旭东：这个孙跃民，真麻烦！不过，主动出击，权当把孙跃民当作鱼饵，再钓一次大鱼。最好是能抓活的，拿到证据，把舒卡拉送上法庭。

阿里夫：另一支队伍跑到卡加奇去干什么？

那瑟：这太难猜了，没有任何情报。

戴旭东：这几天孙跃民都接触了什么人？

阿里夫：查一下吧。

警长助理拿过记录，念起来：上合组织秘书处陈克难、哈木汗，国际刑警组织拉桑巴尼，媒体记者莎拉、马克。

戴旭东打断：等等，我想起来了，他们要写报道，回卡加奇了。

那瑟：上尉找他们有什么用？他们的书已经出版了，《操纵恐怖》。

阿里夫：来这里的几个人，平时有在卡加奇办公的吗？

警长助理：都在那里办公。

阿里夫：复杂了，还是主动出击，不等他们出手就抓住他们。

戴旭东：舒卡拉在哪里？

那瑟：不在巴布尔，去非洲了。

阿里夫：去非洲了？哪个国家？

那瑟：不清楚。

阿里夫：舒卡拉不可能不关注木树清策划的行动，他的行动也必然与此次行动有关。应该监视他的所有行动。他入境后就全面监控。

那瑟：已经做了安排。

夜晚，达尔港三丰港务集团，桥本和舒卡拉密谈。

舒卡拉：你这里有好的写手吗？

桥本：写什么类型的东西？

舒卡拉：纪实文学。

桥本：有的是，很多记者都很擅长写这样的东西。

舒卡拉：找一个可靠的，文笔好的，尽快找我，给他交代写作思路和要求。稿酬从优，五万美金。

桥本：当然可靠，你知道派到这里来的，都是受过培训的，忠诚于帝国，有信仰的青年。

舒卡拉：明天我在酒店等着。

桥本：那就是说别的事情在按计划进行着？

舒卡拉：哦，对不起，大西洋基金不同意国家层面直接出面逮捕孙跃民，但授权大西洋基金可以根据国家安全报告提到敌对国情况和动向，方便处理。大西洋基金为此次行动提供了资金。我已经做了安排。

桥本：这个记者，也在安排计划里？

舒卡拉：是的。

夜晚，桥本公寓里，灯光微弱，卧室里有点暖昧的色调。

桥本和一名日本女士在床上缠绵，不断发出快活的呻吟。

事情告一段落，女士伏在桥本胸前呢喃着：这里好没意思，全不像你所说的惊险刺激，充满挑战。骗子！

桥本：有个事情，很刺激，有挑战性，但我担心你陷进去就出不来了，而且会有生命危险。

昭惠子：快说快说，我不怕，我需要挑战性的工作。

桥本：有个美国基金组织，要写一本纪实性的书，但要按照他们提供的资料和思路去完成，也许要得很急。

昭惠子：你知道，一个记者，能够写出畅销书来，是莫大的荣耀，那个《喀布尔书商》，就是一个女记者写的，还有许多，都是写纪实文学出名的。

桥本：好吧，那我就成全你。明天你去见个美国人，他会告诉你细节。

昭惠子很兴奋：老板，你真好。

她疯狂地在桥本身上吻起来。

舒卡拉酒店公寓，舒卡拉在屋子里梳洗，他下意识地刮了胡子，在镜子里看看自己的模样，然后梳梳头。穿上白色的休闲西服，显得很潇洒。他到厨房给自己冲了一杯咖啡，似乎把几天前失败带来的坏心情都抛到脑后了。

门铃响了，他走过去开门。

进来一位女士，她穿着巴布尔风格的白色长裙，裹着孔雀绿的纱巾，戴着墨镜，挎着个时尚的手袋。

舒卡拉喜出望外，不禁上前拥抱了一下来客。

昭惠子：桥本董事长让我来的，他说您需要写纪实文学的人，我正好在这里，是财经新闻的记者昭惠子。请多关照。

舒卡拉看到摘掉眼镜的昭惠子，一双美丽的眼睛，调皮又风骚。

舒卡拉：请坐，来杯咖啡还是果汁？

昭惠子：都要，可以吗？

舒卡拉微笑：当然。

舒卡拉端来果汁和咖啡，开始讲述他的想法。昭惠子打开电脑做笔录。

舒卡拉：我要讲述的是两个中国人和一个极端组织的故事，这个故事的主人公叫孙跃民、戴旭东。孙跃民在印度洋是个传奇人物，他和我们的军舰相撞，掉在海里，险些就要被鲨鱼吃掉，被戴旭东救了，戴旭东那时是一名中国军人，在一次海上演习时巧遇了撞船事件，他驾驶直升机救了孙跃民。而我由于撞船事件被解职，到大西洋基金工作。

昭惠子：太有意思了，你们的相遇很戏剧啊！

舒卡拉：后来他们都到巴布尔工作，遇到当地恐怖组织的袭击，深感困扰。这两个人就开始策划，出资控制恐怖组织，这个地区后来发生的许多袭击事件，都是他们出资支持的极端组织干的。

昭惠子表示很吃惊地张大嘴巴。

舒卡拉滔滔不绝地在口述，昭惠子在记录。

夜晚，白沙瓦塔拉小镇附近一片林子里，停着几辆改装车。乌尔凯西和努尔在一辆改装车上研究方案。

努尔：雷达扫描到了，鲨鱼就在塔拉旁边的一个废城堡里。今天已经是第三天了，再过一会儿就是第四天了。

乌尔凯西：不，已经是第四天了。巴布尔比肯尼亚早两个小时。而且舒卡拉当时还让我在第三天动手呢。夜长梦多，我们去放几炮，尽快撤离，边境那边安全些。

努尔：要不要确认一下时间？

乌尔凯西：会招来巴布尔警方的监视和追踪，舒卡拉肯定是重点监控对象。

努尔：好吧，干完这一票，咱们去月光兔放松放松。

乌尔凯西拿过地图：先要活着回去。这里是那个土城堡，夜晚周围不会有人出没。这里，是后城门，一片废墟，我堵住他们，在那里炮击。你在前面虚晃着，让他们听到马达声。炮击后就各自往边境撤离。

白沙瓦附近一座古旧土城堡，鲨鱼的几辆厢式货车停在城堡里。夜深人静，周围一片寂静。

车厢里，鲨鱼和几个手下在喝酒，他们面前是牛羊肉。

海盗甲：头儿，还是你有本事，没有这笔生意，我们还得去海上打鱼，日子太苦了。

鲨鱼：可这事情很危险，我们必须对着陆军医院的太平间开火，距离太远打不准，太近我们就逃不掉了。

海盗乙：我们在海上常常声东击西，这里也可以试试。

鲨鱼眼睛放光：把地图拿过来。

海盗乙拿过地图，鲨鱼在上面寻找着陆军医院附近的设施。

几辆车从林子里出发。努尔和几个基地分子一马当先，快速行驶在前面。乌尔凯西坐在车子里，旁边是几个抱着火箭筒和迫击炮的手下。

鲨鱼：好，明天一早，九点前，你们先到旁边清真寺去对空射击，引起混乱，那时我们再开炮，估计就能够趁乱跑掉。

鲨鱼和两个海盗继续喝酒。

乌尔凯西的改装车已经来到土城堡后门，他们悄悄从车里搬出重武器，架在废墟上，对准城堡里的车辆。

努尔的车子出现在土城堡的正面，故意把马达声音开大。

鲨鱼和手下听到马达声，警觉地告诫：注意隐蔽，不要出声，别被发现。

达尔港酒店酒吧里，舒卡拉和昭惠子在喝酒。

昭惠子目光迷离：舒卡拉先生，今天是我海外生涯的新开端，充满了神秘感和诱惑力。

舒卡拉：应该说你本人就充满了神秘感和诱惑力。你是我在东方见到的最性感、最有魅力的女性。

昭惠子咯咯咯地笑起来：你撒起谎来也好可爱。说说看，哪儿性感了？已经子夜了，新的一天开始了，也许你会给我新的感觉。

舒卡拉看看手表：子夜！对不起，我要去打个工作电话。

他掏出另外一部手机，熟练地把一张新卡装进去，走到酒吧外面。

舒卡拉拨打乌尔凯西的电话，无人接听。他焦急地在酒店外面踱着步。

土城堡外，乌尔凯西压低声音说：瞄准这些货车，从前往后，一共五辆车，分别是一到五，告诉你我你们各自瞄准了哪一个。我们只能一次齐射，否则会有跑掉的。

匪徒甲：我瞄了五号，最后一个。

匪徒乙：我瞄了最前面的一号。

匪徒丙：左后二号。

匪徒丁：右后三号。

匪徒戊：最后并列左四号。

乌尔凯西：每个人都发射两次，用火箭筒保险点。开火！

一片火光和炮击声，鲨鱼的五辆车子灰飞烟灭。

两轮齐射后，土城堡里，血肉横飞，一片残迹。

乌尔凯西果断地下令：撤！

乌尔凯西的车队在公路上风驰电掣，努尔的车子也追上来了。

乌尔凯西准备给舒卡拉报信，看到陌生电话，他仔细看看，是舒卡拉约定的新号。

电话又打过来了，他接听，是舒卡拉的声音。

舒卡拉：我是要告诉你，要在他们行动之后再动手。

乌尔凯西：你不是让我们第四日行动吗！我可不知道他们是行动之前还是之后，你也没告诉我他们什么行动啊。

舒卡拉：那你就先推迟十二小时动手。

乌尔凯西：长官，已经结束战斗，还推迟了两个小时呢，按巴布尔时间计算的第四天动手的。干干净净，不留任何痕迹，您可以向上级请功了。

舒卡拉气急败坏：操蛋！你是故意的吗？

乌尔凯西：你不要想赖账，尾款后天不到，我自然会提供证据让巴布尔警方通缉你，在网络上给你亮亮相。晚安，做个好梦，我们也要回去睡觉了。

舒卡拉惘然若失，他愤怒地在棕榈树上击打着。

过了一会儿，他掏出电话来，拨通上尉的号。

舒卡拉：伙计，明天要不惜代价，把那两个人干掉！

上尉：是这样的方案。

舒卡拉平静一下情绪，走回酒吧。

昭惠子看到他回来，递给他一杯白兰地。

舒卡拉一饮而尽。

昭惠子兴奋：真是个猛男！你处理公务的时间太长了，要是别的事情上也这么长时间，倒不错。

昭惠子本来穿的是白色的巴布尔服装，上边有纽扣扣着，好像旗袍的改装。但酒过三巡，她觉得很燥热，解开了脖子上的扣子，露出白皙、骨感的脖子，目光迷离地看着舒卡拉。

舒卡拉心不在焉，但他还是礼貌地请昭惠子跳舞。舒缓的音乐中，昭惠子紧贴着舒卡拉的肩膀摇摆着。

昭惠子已经完全陶醉，她低声说：我就想这样跳到天亮。

舒卡拉还没有来得及回答，电话又震动了，他拿出来看，是文森特的来电。

舒卡拉急忙走到一边，接听。

文森特：无论你在哪里，都回到办公室去，接听保密电话。

舒卡拉接完电话，走到昭惠子身边，低语：对不起，有突发事件发生，我必须回办公室去。抱歉，我顺便送你回去。

昭惠子撒娇：我陪你去。

舒卡拉：你知道，这是内部事务。

昭惠子吐吐舌头：对不起，我睡不着，就在这里等你，或者我在你的房间等你，行吗？

舒卡拉：你是个很迷人的小兽，我现在就想要你，但有突发事件，很破坏情绪，改天我们来点刺激的。

昭惠子：好吧，你先忙去。我自己会回去的，冷酷的家伙。

舒卡拉走过来，不由分说，狂吻昭惠子。

片刻，他转身离开了。

昭惠子在他身后怅然若失：没劲！奴才、囊虫！

达尔港海滨，舒卡拉开着车奔向办公室，他内心烦躁，打开窗户，任海风吹进来。

桥本坐在车上，和舒卡拉相向而行，他去接昭惠子。

昭惠子在卫生间里呕吐一番，擦擦脸，重新化妆，并且扣上了裙装的扣子。

昭惠子走出酒店，优雅地上了桥本的车。

凌晨，土城堡，警笛鸣叫，警车、消防车、救护车聚集在土城堡，警察在周边拉起了警戒线。

阿里夫和那瑟警长出现在现场。

那瑟在破碎的货车边见到几片卡特树叶，他拿起树叶，在阿里夫面前晃了晃。

阿里夫：也不能说就是索马里来的呀，东非、肯尼亚也出售这种东西。巴布尔人也可能带进来这种东西。

那瑟：我们自己判断就行了，和监测到的情况一致，不是对外口径。

阿里夫：好吧，你有经验，去应付记者吧。我们能判断这就是针对孙跃民的袭击团伙吗？

那瑟：不好判断，他被谁袭击，搞成这样呢？

阿里夫：也许是内部火并，在这里爆发了。

那瑟：如果是那样，我必须说，孙跃民是一员福将。

阿里夫：不可大意，安全措施还是不能减少的，不能靠运气。而且，卡加奇那里更需要采取主动。我会立即飞到那里去，这里就交给你了，白沙瓦的警方已经协调好，统一归你指挥。

那瑟走出现场，记者们围上来。

路透社记者：请问警长先生，这里发生了什么？

那瑟：正在调查中，从现场看，是一起恐怖袭击，双方都拥有武器。

路透社记者跟着问：冲突双方是谁？

那瑟：现场没有存活者和完整的尸体，目前还判断不出双方的身份。

那瑟不等再有提问，就快步走向指挥车，一阵风似的离开了现场。

阿里夫则在土城堡的后面，登上了直升机。

直升机升空，盘旋而去。

凌晨，舒卡拉办公室，舒卡拉脱掉外套，拿过一瓶矿泉水，一仰脖子灌下去。他拿起保密电话，拨通文森特办公室。

舒卡拉：长官，我是准备情况告一段落跟您报告的，您有新的指示？

文森特：我们已经得到情报，白沙瓦郊外发生交火事件。

舒卡拉：我请求辞职，很抱歉，屡屡失误。

文森特：我说的是对外的口径。你先不要着急辞职。上次的计划继续进行，现在有新的目标。

舒卡拉：是新的任务吗？

文森特：情报部门提供的情况表明，中国在南亚有一个大的网络覆盖计划。连印度这样的国家，都已经不住诱惑，允许中国的马里和马腾两家企业竞标。巴布尔他们更是志在必得。你要知道，他们已经提出了从中国铺设光缆到巴布尔的方案，不用海底电缆，不经过第三国。关键是不使用原来的网络系统和路由器。

舒卡拉：啊，这是谁想出这么大胆的方案，了不起！哈哈。

文森特：你的任务是去阻止这个计划的实施。

舒卡拉：不可能，巴布尔人会直接把我绞死的。

文森特：你可以和桥本直接组成一家通信网络公司，以巴布尔达尔港为起点，提出巴布尔西部的网络覆盖计划，包括光缆网络的铺设。向巴布尔政府直接提出要求。

舒卡拉：他们会相信这个方案吗？西部没有客户，没有人在这里投资铺设光缆，搞网络覆盖。

文森特：中国人已经在这么做了。自古以来，也没有过什么先天存在的路。重要的是，我们要占领有可能被中国人垄断的领域和地区。

舒卡拉：我执行，预算呢？

文森特：只有前期竞标的预算，后面进入实施阶段再说。联邦政府会以反恐的名义要求巴布尔政府解决网络覆盖的问题。

舒卡拉：是的，我的团队进入俾省和西部省之后就几乎失去了联系，出现失误也有客观原因。

文森特：你说话越来越像中国人了，事件发生时，你在搂着日本女人跳舞。

舒卡拉吃惊：基金会这么不信任部下，我那是在部署下一步的工作，执行您的命令，搞出个基金版的《操纵恐怖》，没想到，恐怖就在身边。

文森特：不要发牢骚，很多人在监督你。这是你最后一次机会了，你应该懂我的意思。

舒卡拉：好吧，您还是我的船长吗？

文森特：当然，没有我这个船长，你早沉入印度洋了，我不希望看到那样的景象。

舒卡拉：好吧，我去挣回点加分来。

凌晨，桥本公寓，桥本穿着睡衣，给昭惠子倒了一杯果汁。

昭惠子穿着睡衣，半躺在床上，慢慢地吮吸着果汁。

昭惠子：舒卡拉的计划是写个大西洋基金版的《操纵恐怖》，把中国人描述为因为深受其害，转而变为拉拢、利用、支持操纵恐怖组织。

桥本：他写得出来，美国人就是这么做的，有体会、有细节。

昭惠子：还有，他中间出去通了两次电话，一次较长，好像是坏消息，一次是上司的命令。这些你都听见了，那个窃听装置在哪儿啊，我都不知道。

桥本：要不是突发事件，你这会儿就和他上床了。

昭惠子：这不是你的策划吗？我倒是很想尝尝西方猛男的滋味呢，扫兴。

桥本：他的上级已经和老松井沟通过，要开辟新的战场，开发巴布尔西部的通信网络系统，真是隔靴搔痒。

昭惠子：我不想听什么新战场，我只想知道，当你的女人将要和别人上床，你是什么反应？

桥本一把推倒昭惠子，疯狂地亲吻她的脖子和脸颊。

昭惠子眼前闪现出舒卡拉的脸庞，做出了激烈的反应。

白沙瓦陆军医院，丁珂的遗体停放在太平间里，那里简单地设了个灵堂。

陈可染、叶成修、黄道明、陈莹等人在向遗体告别。

丁珂的父母，一对灰白头发的老教授，神情凄然地坐在一旁的椅子上。

陈可染等人向老教授夫妇表示慰问，并且送上了集团的抚恤金。

孙跃民跌跌撞撞地冲进来，戴旭东跟在他后面。

孙跃民扑到丁珂身边，号啕大哭：小珂，我对不起你，我接受不了这样的现实，为什么不是我去死！我连累了你们大家。我一定要送你回国！

戴旭东和黄道明上前拉走了他。

孙跃民走到丁珂父母身边，深深地鞠躬。他泪流满面：伯父伯母，请您原谅孙跃民带给丁珂的不幸和灾难。我给丁珂发过誓，您二老就是我的亲生父母，我为您二老养老送终，请接受我一拜。孙跃民说着激动地跪在地上。

丁教授拉他起来，他跪着不肯起来。

丁教授深沉地说：孩子，你的心意我们领了，知道你是个讲感情的同事和领导。但你不要这么脆弱，我的女儿离开人世，我的心里不难过吗，可这是她的命运，到这里来工作是她的选择。既然选择了，就会有各种情况出现，我们能撑得住！你们把这里的事情搞好，搞得红红火火，才不枉我的女儿为它献出生命！起来吧，年轻人，国家会给我们养老，去做更重要的事情吧，逢年过节的时候来看看我们就足矣。

孙跃民在地上连磕三个响头，站起来，深深地又鞠一躬，被拉走了。

卡加奇郊外，上尉和他的手下在货车厢里玩扑克，几个人完全沉浸其中。

海盗甲过来提醒上尉：头儿，你让我提醒你的，十一点了。

上尉放下手中的牌，严肃地对着手下说：鲨鱼死了，不知道死在谁手里了。我们要换个玩法了。把所有的手机都扔在这里，包括海事卫星电话。让警方到这里来找我们，扑个空。我猜，对付我们的警察已经在路上了吧，尽管我们转移到这里不到一小时。

海盗乙：头儿，我们放弃吧，回索马里继续干我们的老本行，反正现在有武器了。

上尉：没那么容易，他们会要我们的命，鲨鱼都已经死了。我们改变个打法，声东击西。先去清真寺旁边放把火，另外的人在莎拉夫妇出没的地方蹲守，化整为零，把那个女的干掉就收兵，各自撤离，我们到码头去集合。

海盗甲：我们几个人跟着你，那就不要重武器了。

上尉：要，在清真寺开火之后，把武器扔在车上。你不要跟着我，你去清真寺放火，我们几个去解决莎拉。

海盗们按照上尉的命令迅速行动起来。他们把手机等物品扔在其中的两辆车上，之后跳上另外两辆改装车，迅速地离开了。

卡加奇公路上，阿里夫和特战队的指挥官萨拉汗率领着几辆军车疾驰在公路上。

指挥车上，阿里夫和萨拉汗在研究作战方案。

阿里夫：情报部门监测到，目标一直在转移，一小时前才停留到这片林子里。大概拥有重火器，火箭筒，还有可能有远程火炮等，他们在海上习惯用这个。

萨拉汗：我们的作战任务是消灭他们，不需要抓活的吧。

阿里夫稍犹豫一下：先进行一轮打击，之后喊话，如果不奏效，就歼灭，避免人员伤亡。

萨拉汗：好的，我去部署。

萨拉汗走到指挥车后座，开始发布不同的命令。

卡加奇某公寓，马克给莎拉端来早餐，是咖啡和一个煎蛋。莎拉在写字台前伸伸懒腰。

马克温柔地亲吻一下莎拉的褐发。

马克：我想这篇通讯比之前的《操纵恐怖》要更引人关注，孙跃民亲身经历的事情，更真实、更震撼。

莎拉：我已经发给几家报社和媒体了。

马克：这文章的名字很有冲击力，《揭开黑幕》。你没有提到舒卡拉吧？

莎拉：没有指名道姓，但用了猴子的绰号，这里的人们会知道的。

马克：我是说，美国的法律，避免他找我们家人的麻烦。

莎拉：他将来会被这里的人绳之以法的。

马克：休息一下吧。

莎拉：我想去做件衣服，那天我看见他们的外交部长希拉巴尔·汉娜的衣服真别致，连衣裙服，上身是中国的旗袍，下身是巴布尔的长袍。上身能够衬托出女人的柔美，下面则是浪漫与风情，白色的、蓝色的、孔雀绿的丝巾，简直美极了。

马克：再美的衣服也需要人的气质做铺垫，没有优雅美丽的心灵，豪华的装束只是一层硬壳。真正的美丽，披上麻袋也仪态万方。

莎拉：我不要披麻袋，我要做衣服。已经联系了一家裁缝店，就在商业街。

马克：戴旭东说，要我们注意出行安全，出去要带保安，给他打招呼。

莎拉：我们已经不是关注重点了。《操纵恐怖》出版后，我们反倒安全了。大西洋基金辟谣说我们是杜撰的，也就不了了之了。带着保安去吧。

卡加奇郊外的林子里，萨拉汗带领的特战队员按计划进入阵地，阿里夫从望远镜里看到林子里停放着两辆厢式货车。

萨拉汗下令：瞄准目标，开火！

他身边特战队员的小口径火炮发出几发炮弹，货车被炸，其中一辆被炸翻。

萨拉汗开始喊话，乌尔都语和英语交替着：我们是警察，请立即放下武器！主动放下武器，从宽处理。

林子里没有反应。

萨拉汗继续喊话：请立即放下武器，宽大处理。

萨拉汗看见还是没反应，就下命令：开火！

一阵炮火，两辆车被炸毁。

萨拉汗指挥着士兵摸索着行进，逼近车辆，冲进车厢，空空如也。

士兵们从一辆相对完好的车厢里，搜出一堆手机，已经被炸得不成样子。

阿里夫看到如此情景，急忙联系戴旭东。

戴旭东正陪同孙跃民搭乘民航飞机回国，两人都乔装出现在机舱里。

阿里夫：请立即告诉莎拉夫妇，绝对不要出去，会有危险的。

戴旭东拨打莎拉的电话，没人接听。他拨通玛雅的电话：快告诉莎拉，待在屋子里，哪里也不要去！

玛雅：知道了。

喧闹的商业街，莎拉和马克正在一家裁缝店里和裁剪师讨论衣服的款式。

一名持枪的保安站在裁缝店门口。

莎拉指着裁缝店里一款白色的裙袍：我喜欢这样的颜色，显得很雅致。

裁剪师：用什么料子呢？

莎拉在旁边的布料柜上，挑拣着。

乔装后的上尉从一辆货车里走出来，他走到裁缝店旁边的水果店假装在挑水果，几名乔装的海盗在附近溜达。

突然，不远处传来消防车的声音，大街上的人群慌乱地躲避着。

裁缝店的保安急忙端起枪来，守在门口。

莎拉的电话响了，是玛雅的来电。

玛雅：你在哪里？戴旭东让我通知你不要去任何地方，舒卡拉他们会伤害你！

莎拉：谢谢你，我在裁缝店，有保安跟着。我马上就回公寓。

阿里夫带领特战队的车辆进入商业街，萨拉汗从车上跳下来，迅速向裁缝店跑过去。

上尉看到远处出现的特战队，就交代几名海盗，分头行动。

海盗甲迎着特战队跑过去，然后扔出两颗炸弹和烟幕弹。

上尉对准裁缝店门口的保安，一串点射，保安倒在血泊中。

上尉冲进裁缝店，到里间寻找莎拉，看到莎拉躲在衣服架后面，他开枪射击，莎拉应声倒地。

马克出现在上尉身后，用一个瓶子砸在他头上，上尉摇晃两下，倒在地上。

马克冲过去扶起莎拉，歇斯底里地呼唤着：莎拉，莎拉！

莎拉勉强睁开眼睛，吐出半句话：舒卡拉是……

裁缝看见上尉挣扎着要坐起来，就拿过板凳在他头上又来了一下。

上尉彻底地安静了。

几名海盗没有逃脱，被萨拉汗的特战队抓获。

阿里夫和萨拉汗冲进裁缝店，走到莎拉跟前，她已经停止呼吸，马克抱着她，一动不动。

北京某部办公室，部长助理秦川和中国博海集团董事长刘清云在谈话。

秦川喜笑颜开：刘董事长，祝贺你啊，有这么好的部下。经过多方查证，孙跃民没有任何涉嫌出卖情报、贪污腐败、携款外逃的行为。

刘清云：感谢安全部门给我们做了一次体检，给了我们一次报告队伍建设的机会。不管敌对势力怎么诋毁我们，我可以负责任地说，我们的海外兵团是出色的，他们可以代表当代中国企业人的形象和修养。有机会，您去给我们的干部讲讲国际形势和敌情。

秦川：我们还会找孙跃民了解一些情况，只是为了帮助我们工作，请您理解。

刘清云：今天的谈话就是正式通知了吧？

秦川：当然，是部长特意让我给您汇报的。之前也没有就此下过文，现在也就不必了。

刘清云：说句题外话，您觉得，我们应该怎么使用孙跃民？

秦川：哦，既然是个人意见，我就大胆说了。您应该把他派回印度洋去，大海港的建设现在还在创业时期，需要这样有胆识、敢担当的干部。他对这个项目、对这项事业有感情，比什么都重要。我是瞎说，你们更了解，我只是从调查案情这个角度看到这个同志有那么一股劲，仅供参考。

刘清云：谢谢，我还以为我是感情用事呢。

夜晚，舒卡拉公寓，舒卡拉坐在黑暗中，他的面前堆着一堆烟头。

舒卡拉眼前闪过上尉被砸死的画面，他似乎听到文森特的吼叫。

电话铃响了，是女儿塞娜。

大洋彼岸，公寓里，塞娜半卧在沙发上，旁边是几个啤酒罐：爸爸，你在忙吗？

舒卡拉抖擞精神：在休息，宝贝，你好吗？

塞娜嘟囔着：不好，我又失业了。

舒卡拉：还是要稳定一点好，总不工作，人会颓废的。

塞娜：不是我不想工作，这家公司在做医疗机械，面试通过后，老板就暗示我要和他上床。可他大腹便便，很恶心。我就多次拒绝他，他竟然借口我是有色人种，把我炒鱿鱼了。

舒卡拉：老子在前方给美国卖命，我女儿却在受欺负，混账！

塞娜暗暗高兴：爸爸，我准备去学驾驶游艇的技术，也许就不会失业了。您能先给我点钱吗？

舒卡拉：好的，还是那个账号吧，给你一万美金，半年之内不能再要了。

塞娜兴奋地说：谢谢爸爸，真爱您！

塞娜拿起啤酒，一饮而尽。

第十四章

夜晚，北京刘清云家，刘清云夫妇请孙跃民、戴旭东吃饭。

刘夫人在厨房忙着做饭，刘清云在壁橱里找酒。他拿起一瓶看看，摇摇头，接着再找。

门铃响了，他急忙去开门。

孙跃民和戴旭东拿着一盒锡卡红茶走进来。

刘清云把二人让进客厅。他站在孙跃民面前端详着，然后狠狠地在孙跃民胸前给了一拳。

孙跃民一动不动，潸然泪下。

两人紧紧拥抱。

戴旭东也感动得流下热泪。

刘夫人从厨房出来，给他们端来茶水。

刘夫人：也是红茶，云南的，你们尝尝。

孙跃民看到刘清云头上的白发。

孙跃民：我让您操心了，您头发都白了。

刘清云：也好，更有沧桑感。这些天，惊涛骇浪，波澜起伏，但总算是稳住了局面。

戴旭东：刘总，孙跃民能有您这样的领导、前辈，真是他的福气。

刘清云：也有你这样的兄弟、朋友，他才大难不死。今天你们哥俩在我这开怀畅饮，一醉方休，那屋里可以睡。驱驱晦气，散散霉气！

刘夫人端上凉菜：你还没喝呢，就高了，小心血压。你们喝吧，很简单，自己家，随便。

刘清云到橱柜里拿出一瓶酒来。

刘清云：来，咱们喝这个，西凤酒，我们老家的名酒，兼具清香和浓香的特点，1956年就评了名酒的。来，干一杯，为这九死一生，痴心不改，干了！

孙跃民和戴旭东两人一饮而尽，戴旭东喝得直咧嘴。

戴旭东：您这是凤翔县送来的吗，怎么像是二锅头。

刘清云乐了：这是我们老家的人送的，管他呢，假酒真情。要不给你换别的，你自己去橱柜里挑。

戴旭东：喝完这个吧。

孙跃民：刘总，我这次有个特殊的感觉，就是我们把港口建起来，还远远不够。首先这通信网络就极不方便，所以那个地区谈不上监控，打击不力与通信网络覆盖有直接关系，当然，更重要的是经济发展与网络覆盖有直接关系。

刘清云：接着说。

孙跃民：巴布尔和许多"一带一路"国家一样，面临的是跨越式发展的局面，不仅要解决工业化的问题，还有信息化的问题。以前说，要想富，先修路，指的是公路、铁路，加上海路、航路，但现在还必须加上信息高速公路。否则，就不能和全球经济融为一体，经济发展不起来的。

戴旭东：但现在也有困难，马里和马腾两家公司分别去做了考察，巴布尔的终端用户只有三千多万，增长速度倒很快，但西部只有两三百万，要是在人口稀少的不发达地区铺光缆，划不来，短期内收不回投资。

刘清云：光靠两匹马是跑不起来的，他们就算是有千万亿的资产，相对于一个地区的开发，还是远远不够的，这应该是国家行为。现在有些个奇怪的理论家，在国内不说民营企业、市场主体激发经济活力，只在国际市场说民营企业，好像国家行为和国际市场无关。我看中巴经济走廊还是应该花大财力开拓建设的，战略投资，二十年周期。

戴旭东：我拥护您的观点，而且您的港务公司，首先就应该把光缆网络，所有的配套一起搞起来。国内土地一级开发，讲究七通一平，国际港口经济区，更应该考虑水电气热道路交通和网络，不然我们就不会吸引投资，就不会促进经济发展。现在，水的问题解决了，电还不够稳定充足，光缆网络没有自己的是不行的。

刘清云：我们下一步混合所有制改革，你和我们达尔港运营公司合作怎样？

我们搞个联营公司，把电信、石油、远洋运输的都结合起来。

戴旭东：把锡卡的科伦坡运营和开发也纳入吧。我们在那里的酒店就要开工了。

刘清云：可以啊，你们马上就提个方案，我们尽快研究。

戴旭东：但我有个条件。

刘清云：十个都答应你，说吧。

戴旭东：我希望和孙跃民合作，别的人需要从头再来。

孙跃民：老戴，你这是给我们刘总出难题。我不喜欢跟你合作，血雨腥风的，老出幺蛾子，虽然你老救我。

刘清云：你们哥俩，今天不是来看我，是演双簧啊。先研究混改方案，尽快改，有利于未来国际市场竞争。人选问题不能许诺。但我个人认为孙跃民是一员虎将，放在哪里都能够斩关夺隘。来吧，喝酒。

几个人又干一杯。

刘夫人在一旁调侃：你们年轻人，多喝几杯。他这老滑头，酒实心不实。我看跃民就是最好的人选，开创局面，缩手缩脚，开得了吗！我投跃民一票！

刘夫人端起杯子干了一杯。

刘清云：你今晚做的菜很适合下酒，咱们再来一瓶吧。旭东，你帮着去挑挑。

戴旭东挑了瓶十五年茅台，吐吐舌头。

刘夫人：旭东，别不好意思，没准这也是假的。

几个人哈哈大笑起来。

夜晚，北京中国博海集团宿舍，孙跃民进门脱掉自己的衣服，在淋浴间冲了个澡，穿着睡衣躺在床上。他拨通张诗仪的电话，二人视频。

张诗仪：狠心的家伙，回北京就把我忘了。把衣服往下拉点，嗯，看着还挺结实的，没有严刑拷打你吧？

孙跃民：没有，放心吧。

张诗仪：照说是有点奇怪，那个白逸轩本来是他们一头儿的，怎么就糊里糊涂变成了痴呆。

孙跃民：戴老板说是基纳起作用了，他妻儿打动了他的心。他儿子的小儿麻痹症是何瑾给治好的。

张诗仪：拉纳说萨巴德酋长带着他和桑巴专门去见斯瓦特的酋长卡萨汗，让他帮忙做库拉的工作，库拉是他们部落出去的。

孙跃民：拉姆也联系到库拉了，库拉以前是拉姆的部下。

张诗仪：全靠这么多亲朋好友的帮忙。你什么时候来看我，我这里离不开，商业大楼要竣工了，戴老板的酒店也要开工。可惜，设计者乔虹还在昏迷中，你心里难过吗？

孙跃民：当然难过。本来我觉得和她就是一般的朋友了，但这次事件让我成为和她有亲情的人了。她很无辜地被当作我的情人受尽了折磨。他们车上的司机在驾驶位上有保护，只是受了伤。他交代，乔虹和丁珂都在被匪徒强暴。乔虹是因为绑在椅子上，匪徒没有得逞就翻车了，相当于系了个安全带，捡回一条命，但还是被砸伤了胸骨。丁珂被匪徒解掉绳索，扒掉衣服要强奸，翻车后就在车里翻跟头，被撞身亡。我对这两个人都有负罪感，也有亲情，我要好好善待她们的父母，为他们养老送终。

张诗仪：以前你要是说对乔虹有亲情，我会很反感、生气，但这次的感觉完全不一样。我完全理解你的心情，要是我，也会那么做。而且，别得意啊，我觉得你是个有情有义的好男人。

孙跃民：我希望科伦坡的酒店开工时，乔虹能够康复，出现在开工仪式上。也许，我也可以参加。

张诗仪：刘总说了对你的安排了吗？

孙跃民：没有啊，他只是请我和戴老板喝酒。特搞笑，他精心挑选一瓶当年当施工队长时人家送他的西凤酒，戴旭东忍不住说那是二锅头，刘夫人后来也说是假酒，喝得龇牙咧嘴的。最后戴老板和刘夫人去挑了瓶十五年茅台，以为是假的，结果是真的。哈哈，假作真时真亦假啊！

张诗仪：大圣，别感慨了，你的工作怎么安排？

孙跃民：王顾左右而言他，没准信儿。我还是愿意回到海港去，回到印度洋，那毕竟是我为之流血、流泪的地方啊。

张诗仪：我凭一个女人的感觉预言，你一定会回来的，我们一起在海滨散步，让海风吹在脸上，再怎么艰难、被诋毁、被打击，都无所谓。

孙跃民：好婆姨，好好睡吧，做个好梦。我明天去看看岳父岳母。

张诗仪：讨厌，一点都不浪漫。他们才不稀罕你呢。晚安。

夜晚，达尔港舒卡拉公寓，舒卡拉刚接完女儿电话，听到敲门声。

他开门，竟然是昭惠子。

昭惠子穿了件藕荷色的纱丽，像印度女人一样把丝绸裹在身上，全身曲线毕现，散发着一股风骚韵味。舒卡拉半拥半抱，把昭惠子拉到沙发上。

舒卡拉：你是东方的妖魔，把厄运带给了我。

昭惠子：那是因为你冷落了仙女，上帝对你的惩罚。我知道你有办法化险为夷，而且你的上级仍然信任你。

舒卡拉：尽管我知道你是桥本的人，我还是抵挡不住你的诱惑，我们之间所有的事情，我的上级了如指掌。

昭惠子：我们都是一家人，我们在这里有共同的利益。

舒卡拉：我看了你写的初稿，尽快把它抛出去。加个编者按，一个记者的临终手记。

昭惠子：我马上就发，莎拉的男友还活着，不碍事吗？

舒卡拉：水搅浑了，谁也不知道真相是怎么回事。再说，没有多少人知道，《操纵恐怖》是马克的亲身经历、所闻所见，他当时为了避免被追杀，没有那么直截了当，这就给我们留下了空间。《揭幕黑暗》是它的续篇。前者写的是西方人操纵恐怖，后者写的是中国人操纵恐怖，很合逻辑。

昭惠子亲吻了一下舒卡拉：你真是个天才，天生的骗子。

舒卡拉：为了争取主动，你就在这里操作吧，直接发给你熟悉的媒体和网站。

昭惠子：好吧，先做事，要有奖赏的。

昭惠子在电脑前工作起来。

舒卡拉给她端过一杯果汁，电脑上出现"揭幕黑暗"突破重围，艰难问世的字样。

舒卡拉拨通桥本的电话。

桥本：先生，我这是保密号，你可以讲了。

舒卡拉：我是希望和你约定明天讨论光缆和网络的竞标方案，我的助理已经把要点发到你的办公邮箱。

桥本：我看过了，很有想象力。但团队不应该仅是熟悉海港的人，要有熟悉通信和网络的人，就像您在海上用了山地的人，在城市又用了海盗一样，没有天时地利，不熟悉业务。

舒卡拉：你又开始奚落我了，告诉你，乌尔凯西这个家伙迟早会背叛你的，这次又是他捣的鬼。

桥本：别争了，咱们是一家人。晚安，明天见。

月光兔俱乐部，夜色温柔，宽敞的大屋子里一片香艳的氛围。

乌尔凯西和努尔在泡温泉。几个半裸的混血女郎在给他们服务。一名披着纱巾的女郎给他们端来两杯香槟，放在水池的边上。

乌尔凯西端起一杯，慢慢品尝着。

努尔：头儿，你是真的不知道第四天前后发生什么吗？

乌尔凯西：没想去深究，反正舒卡拉说的是第四天动手。巴布尔与肯尼亚差一个时区，当然还要早两个小时了。

努尔：可他们那样子，不像是完成什么行动啊。

乌尔凯西：你要干什么，是舒卡拉派你来探底的吗？

努尔：当然不是，他已经把尾款打到我们那个账户上了。我们几年不干活也不会影响享受了。我只是心里没底，未来在哪里？

努尔端起酒来，一饮而尽。他又向半裸女郎招招手，示意再来一杯。

乌尔凯西：我也不知道，也许我们需要遣散队伍，到土耳其去做生意。中国已经回不去了，我们的手上沾满了同胞的血。

努尔：我的父母还以为我真的失踪了。

乌尔凯西：那个喜欢我的姑娘，已经考上了电影学院，并且成为当红的明星。

努尔：是谁？

乌尔凯西：古丽雅，她性感迷人，眼睛一转动就会让你心跳两百下。我以为她会跟我走的，但被她拒绝了。她说我太粗野，喜欢打架，不懂浪漫。我在操场上对她唱情歌，还没唱完，她就跑了。

乌尔凯西伤感地低声唱起来，努尔也跟着他唱。

弟兄们听到乌尔凯西忧伤的歌声，也悄悄地走出来，他们来到乌尔凯西身边，坐下来轻声地跟着唱起来。

乌尔凯西和他们反复地唱着这首歌，最后伤感地掉下了眼泪。

努尔也流下了伤感的眼泪。

乌尔凯西唱完歌，端起香槟一饮而尽。

乌尔凯西：我想回家！我想杀人！

努尔：我也想回家。

乌尔凯西拍手，让那几个混血女郎过来。

混血女郎走到池边，询问需要什么服务。乌尔凯西一把把一个丰满的女郎拉下水来，粗暴地狂吻起来。女郎发出职业的呻吟。

另外几个女郎也扔掉纱巾，进入温泉池子，在努尔和乌尔凯西身边厮磨着。

舒卡拉公寓，昭惠子伸伸懒腰：我把文章发出去了，给多少稿酬？

舒卡拉：十万美金，明天就到你的账上。

昭惠子：谢谢，不算多，我不会拒绝的。别的呢？

昭惠子挑逗地看着舒卡拉。

舒卡拉：还有男人的激情。桥本说，咱们是一家人，那我就不客气了。

舒卡拉走过来，一把把昭惠子抱起来，进入卧室。

中国博海集团班子会场，刘清云、陈可染、胡少峰、海外部主任叶成修、人事部主任苏韵梅等参加。

刘清云：大家都看过文件了，国资委和交通运输部已经批准我们的方案，决定在南亚和印度洋成立综合公司，业务由港口建设、运营扩展到配套的相关领域，如通信网络、加工制造、航运陆运、电力电网等。这样就是区块产业链和区域经济结合了，以适应"一带一路"经济走廊建设的实际，便于协调统筹。我们的领导方式和体制也要做相应的转变，集团逐步由生产建设向资本运作转化，由建筑商向供应商转化。今天我们需要研究这个集团的领导班子构成。请人事部把方案说一下吧。

苏韵梅：这个方案，上过书记会之后，征求了有关部门的意见，没有明显的不同意见。董事长人选孙跃民，总经理黄道明，副总经理张诗仪、黄翔。孙跃民兼任党委书记。黄翔属于新提拔的，已经进行了考察和任前公示，没有明显的反对意见。

刘清云：没有明显的反对意见是什么意思，还有不明显的反对意见？

苏韵梅：是一些同志存在顾虑，但不反对这个方案。胡总，您说吧。

胡少峰：安全部门虽然证明孙跃民没有间谍行为，我们调查也没有贪腐行为，但这个同志还是不够稳重，容易引起关注。他的做派有点个人的东西在里面，比如讲义气、重个人感情、好说大话等。特别是这次被绑架，一个情人、一个小秘的传闻，影响面很大。这么快就给以重用，会不会有负面效果？

刘清云：可染，你的意见呢？

陈可染：我的意见是大胆使用。这样的同志，生死考验都经受了，敌对势力已经帮我们考察了，是个对党和国家忠诚的好干部。我们的队伍里有多少人能经受住生死的考验，这还不够吗？至于说一个情人、一个小秘，本来就是敌对势力造的谣，我们要是信了，岂不是上了他们的当！我们考察时，大家都知道孙跃民和乔虹、丁珂的关系，没有任何暧昧的成分。我们的同志已经献出了生命，难道还要背黑锅不成？至于说，讲义气、重个人感情，我没觉得是什么问题。对不起，胡总，我不是在反驳您，我只是在表达自己的看法。

刘清云：对一个同志有不同看法是正常的。那少峰你的最终意见是什么？

胡少峰：我只是有些顾虑，并不反对这个方案。您是统揽全局的，还是您最后决策吧，我们不会有任何想法。

刘清云：那就这么定了，让他任董事长兼党委书记。不过要提醒他，不要吹牛说大话，特别是不要用文学语言来讲管理的问题，也不要刻意树立自己是性情中人，儒商之类的领导形象。可染，你给他转达一下这个意思吧。对，还有，人事部没说，他集团副总的职务恢复，国资委党委来文了吧？新成立的公司叫中国博海集团印度洋公司，不会让人想起英国的东印度公司吧？反正总部设在科伦坡，巴布尔和锡卡原来的公司还不动，作为子公司照常运转，新的公司重点开辟新的业务领域。可染去科伦坡宣布一下吧。今天的会就到这里。

刘清云离开会场，回到办公室，秘书递给他一份网上下载的文章。英文标题，满满的几页纸，后面附着中文翻译稿。

一波未平，一波又起。昭惠子的署名松田的文章又传开了。文章说，死去的西方记者莎拉采访了孙跃民，终于发现个天大的秘密，原来中国企业家和巴布尔的黑社会、恐怖分子有这么紧密的联系，他们已经改变了被恐怖袭击的被动局面，变为一些恐怖组织的出资人和幕后黑手。孙跃民在极端分子的基地进出自由。

刘清云看完之后，扔在一边。

秘书看着他。

刘清云：他妈的，还没完了。不理他，直接在网上公布今天党组研究决定的消息，特别是孙跃民任职的消息。把叶成修给我找来。

桌上的手机响了，刘清云接电话。

秦川：我们得到情报，大西洋基金策划了新的谣言，是以记者莎拉的朋友松田的名字发出的。而且，大西洋基金和东瀛基金联合成立通信网络公司，已经向巴布尔有关部门提出方案，还在抢滩啊，供您参考。

刘清云：秦部长，谢谢您的电话，很及时，我这里刚刚开完会，要给孙跃民新的任命，要不是您的电话，又会议论纷纷。

秦川：既然已经决定了，就告诉我吧，我对孙跃民的任命也很感兴趣。

刘清云：新成立的印度洋公司董事长兼党委书记。

秦川：好，赞成，他会开创出新局面的。

刘清云：谢谢您的支持。

刘清云放下电话，似乎更有底气了。

叶成修敲门进来。

刘清云：你现在抓紧做一件事情，就是找几个笔杆子，尽快整理孙跃民的事迹，写成宣传稿，上报给国资委、中宣部，同时开始在媒体广泛宣传，特别是海外媒体，与西方媒体的谣言来一场交锋和较量。你拿回去看看这个，研究一下。具体做法不用报告我了，直接告诉我结果和效果。

叶成修：我就去安排。

北京张诗仪家，张其庭让张妈妈给孙跃民沏茶。

孙跃民毕恭毕敬地坐在沙发上。

孙跃民：伯父，我带来的是锡卡红茶，有点高山茶的味道，是在锡卡西部海拔一千米左右山地种植的茶树。他们的红茶出口俄罗斯、伊朗、土耳其等，是第二大茶叶出口国。

张其庭：第一是哪个国家？

孙跃民：肯尼亚，他们也是高原，海拔一般在一千米以上，内罗毕一千六百米左右，很适合种植红茶。

张其庭：马赛马拉动物大迁徙就是在肯尼亚吧？

孙跃民：是的，和坦桑尼亚交界的国家公园。

张妈妈端来沏好的茶，随口介绍：这是你伯父的战友从福建龙岩带来的岩茶，很有味道，你尝尝吧。

孙跃民：谢谢，这几年让您二老为我和诗仪操心了，很不好意思。

张其庭：我们很自豪，我经常给战友们吹牛，告诉他们，我的女儿女婿就在"一带一路"项目上工作，是当代最能体现综合国力和国家形象的海外事业。就像我们这些人，当年在国防工业战线工作，自豪得很，废寝忘食，不计较个人的得失，却得到全国人民的尊重。

张妈妈：你们现在比我们面临的形势要复杂，要危险得多。你看你们经历了多少事情、多少风浪。你被劫持的那些日子，我们整夜都睡不着觉。你爸爸妈妈也一定更操心。

孙跃民：陕北农村，消息闭塞，我弟弟知道情况，没敢告诉他们。

张妈妈：可诗仪不行啊，就像是丢了魂，她急得要她爸爸给老部下打电话，请求人家派特种部队去营救你。一边哭着，一边打电话催老张去找人，我可怜的女儿，我生怕她扛不过去，病倒了。

张妈妈说着不禁流出了眼泪。

张其庭：电话打了，人家国防部的人说不会有危险。国家安全部门掌握情报，上合组织秘书处和国际刑警组织与巴布尔联系紧密，随时通报情况。但亲人还是担心啊。

张妈妈：诗仪和你都不小了，商量何时结婚吗？我们等着抱外孙呢。

孙跃民：还没来得及，我回科伦坡就和她商量这事，您放心，我们是患难之交，情深义重，没有什么会使我们分开的。

张妈妈：那就好，我们身体都很好，支持你们工作，不要为我们操心。

杭州马里集团，戴旭东来拜访马里集团董事会主席马里。

马里：没见你之前，我奇怪领导怎么专门打电话让我见一个退伍军人。见到你，我已经明白八分。

戴旭东：你是我们浙江人的骄傲，有人说你的智商是全中国第二。

马里：哈哈，这也太夸张了。第一是谁？

戴旭东：是我，他们当着我的面，不敢说你是第一。

马里哈哈大笑起来：你这个人，有意思。快喝茶吧，龙井，会让人提高智商。

戴旭东：我找你是希望你去巴布尔、锡卡，还有印度洋的港口城市和地区做电商生意。

马里：我猜就是这个。

戴旭东：但我们的做法是要自己搞光缆和路由器，避免受制于人。

马里：是的，华为在全球就这么搞，他们在南美和非洲之间搞海底光缆，六千公里。美国人很恼火。

戴旭东：我们不管美国人恼火不恼火，我们和巴布尔的光缆铺设不需要他们批准，只需要资金和技术。现在巴布尔经济增长速度在南亚第二，接近五了。互联网用户增长到四千万了。你注意到没有，这些人口过亿的大国，经济发展起来，增长速度就会很快。所以，该不该投，是个算术问题。

马里：我们已经与巴布尔、印度等许多人口大国接触了。巴布尔是我们看好的地区，你不来，我也会去和达尔港商务区谈的。这个国家现在具备天时地利人和。你的想法不妨讲讲。

戴旭东：从基础设施入手，铺设中国喀什到达尔港的光缆。我们目前出境的海底光缆主要集中在东南部，青岛、上海、汕头。现在需要在西北部、西南部布局，更有利于使用和安全。光缆和设施可以使用亚投行的贷款，我和中国博海集团印度洋公司来运作，网络系统和电商、服务系统你来搞，我们合作成立一个中巴经济走廊网络公司。

马里：那我直接从亚投行贷款不就行了吗？你来我集团任职。

戴旭东：行不通，民营企业在海外没有国家背景，寸步难行。你看美国正在打压华为，全是国家行为。

马里：有道理，我们自己在国际竞争的舞台上太渺小了。那还是我们主导吧，至少百分之五十一。

戴旭东：可以的，我回去就拿具体方案，让团队对接。

杭州栖霞岭紫云里，紫云洞不远处，一家被改造过的院落，在竹林掩映之中。

程莘大师正在竹林里打太极，一招一式，颇具风姿，仙风道骨。

白夫人、戴夫人和戴娆、戴旭东带着白逸轩驱车前往紫云洞。

戴娆的肚子已经有点显形。戴夫人走在她身边，轻轻挽着她。

白夫人牵着儿子走在最前面，她在试探白逸轩的反应。

走到竹林边，白夫人有意停下来，观看程莘大师打太极。白逸轩看看太极，回过头来傻乎乎地看看妈妈，一脸的懵懂。

白逸轩趴在床上，程莘大师开始针灸，他进针很快，一会儿工夫，白逸轩的背上就排列起二十四枚针。

程莘：这就是二十四式，重新激活神经中枢，避免肌肉萎缩。你们来过几次了，今天进行下一个疗程，在头部用针，直接刺激脑部神经。失忆症的机理在于让小脑神经受损，丧失记忆。但可以用综合方法修复脑神经损伤的。就像电脑修复漏洞。

程莘大师很快拔掉背部的针，让白逸轩仰卧，在印堂穴和百会穴用针，并轻轻地捻转着。

白逸轩竟然随着程大师的捻转，哼哼起来。眼神也渐渐晴朗些了。

旁观的几个人都觉得很惊奇。

程莘拔掉针，白逸轩停止哼哼，眼神变得像婴儿一样，还是一脸懵懂。

程莘：《黄帝内经》的《素问》和《灵枢经》说，元神元气，要调理养护，指的是对于身体内部的神经中枢进行养护。针灸就是直接施加影响、刺激于神经的。用现代科学的原理解释，就是促进身体内部产生生化反应，修复有关技能。看来有希望。

白夫人：谢谢大师，您对白家有再造之恩。这些针灸费，您请收下。

白夫人递过一个红包。

程莘：这就不必了，戴先生已经预付了。

白夫人执意要给。

程莘：这样吧，最后看疗效，一起付。您的红包，可以去下面的岳王庙捐点功德。

白夫人：好的。

卡加奇警署，那瑟和助理在审问海盗甲。

那瑟用英语问：你叫什么名字？

海盗甲假装听不懂，他用索马里语在嘴里支吾着。

那瑟对助理说：找翻译来。

助理带着身穿警服的女翻译走进来。

那瑟：问他叫什么名字。

翻译用索马里语重复问他。

海盗甲以为那瑟不知道自己是索马里人，还故意装傻，不回答问题。

那瑟对助理说：给他上刑。

助理带来两个警官，把海盗甲带到一旁。

只听到一声惨叫，接着是一连串的惨叫声。

翻译用索马里语问：你叫什么名字？

海盗甲低声回答：鲨鱼。

那瑟开始询问：鲨鱼已经死了，说你的真名字。

海盗甲：萨兰。

那瑟：谁带你们来的？

海盗甲：上尉，他也死了吗？

那瑟：知道是什么任务吗？

海盗甲：不知道，只是让我在街上放烟幕弹。

那瑟：你要是不老实，就把你关在这里，用最古老的酷刑对付你，你一定是想尝尝那种滋味。

海盗甲：我要是说了，能放我走吗？

那瑟：那要看你说的是不是真话，说了真话，就可以减轻你的罪行，不然，我们的酷刑你才刚刚领教。

海盗甲：是个美国人，不知道叫什么，他到索马里贩毒的小店里找到鲨鱼，然后联系了上尉，答应事成给我们每人两万美金。后来，我们在商业街扔炸弹，便被抓了。就这些。

那瑟站起来：想起来再说，你们头儿和这个人通电话时，你在旁边的。

浙江绍兴沈园，沈园亭台楼阁古香古色，一池春水，垂柳掩映着小桥流水。

白先臣和白夫人在戴鸿业、戴夫人陪同下游沈园，戴旭东在一旁陪同。

白先臣站在岸边垂柳下，看见小石桥，不由感慨，吟诵起陆游的名句。

城上斜阳画角哀，

沈园非复旧池台。

伤心桥下春波绿，

曾是惊鸿照影来。

戴鸿业跟着吟诵：

梦断香消四十年，

沈园柳老不吹绵。

此身行作稽山土，

犹吊遗踪一泫然。

白先臣听到戴鸿业吟诵《沈园二首》，不禁刮目相看。

白先臣：哎呀，亲家公原来是个儒商，饱学之士，失敬、失敬，大不敬，班门弄斧。

戴鸿业：不敢，在小学教过书，语文。不过钱穆先生也教过十来年小学咪。

白先臣：钱氏家族，都是文化巨匠，钱锺书、钱穆、钱伟长。一个家族的名望就看子孙的造诣成就。您多包涵，我这不争气的儿子啊！

戴鸿业：听旭东说，程大夫治好过很多失忆症，他说逸轩扎脑针时已经有反应，完全有可能治愈。我们为他祈祷吧。

白先臣：谢谢亲家公为他安排的一切，但愿他能够恢复记忆！

戴旭东：伯父，您尽管放心，精诚所至，金石为开。程莘大师会尽全力的。

夜晚，绍兴戴家别墅，戴鸿业、戴夫人和戴旭东在谈话。

戴鸿业：白逸轩看起来有救了。

戴旭东：听孙跃民说，他听到戴娆怀孕的事，很吃惊的。戴娆也说他很高兴，说了许多感激的话。这么多的人劝说他，亲情攻势，他不会执迷不悟的。

戴鸿业：我接到集团联络部报告，说你们的对手又在造谣，说你和孙跃民涉黑，从被恐怖袭击到与恐怖组织合作，变为出资人和幕后黑手。这招挺狠的，国际刑警组织随时都可以拘捕引渡你们，要小心啊！

戴旭东：我已经和国家安全部门的领导汇报过情况，他们也已经和巴布尔、锡卡有关部门、警方做过沟通，目前不会有问题。

戴夫人：旭东，你爸爸说得对，要加倍小心。还有，老戴，我看到戴娆这样，心里很不安，能不能让旭东尽快和玛雅把婚事办了，戴家也好有个延续香火的。

戴鸿业：你妈妈说得对哦，回去就和玛雅商量，尽快把婚事办了。

戴旭东：好吧。我明天就返回达尔港，那里还有戴娆的许多业务。和浅野的合作很顺利。我想下一步把通信网络也引进过去。

戴鸿业：业务上的事情你没问题。我就等着参加你的婚礼了。

远处是蓝色的海，港口码头上停泊着一些船只。近处是山坡，一片墓碑。

孙跃民、戴旭东、玛雅、赛义德、黄道明、陈莹等人在参加莎拉的葬礼。

马克默默地站在那里。

牧师诵经之后，在灵柩上洒过圣水，殡葬师们在灵柩上盖上了石板。

参加葬礼的人在墓碑前献上鲜花，莎拉的照片镶嵌在墓碑上，她在沉思，似乎还在探寻着什么。

孙跃民走近马克，默默地握紧马克的手。

马克突然说：那篇文章署名松田，显然是日本人操纵的。松田本来是反战的，已经被杀害了，在锡卡的无畏寺。

孙跃民：不理他，我们还有更重要的事要做。

戴旭东过来搭话：巴布尔的媒体和中国的媒体已经在辟谣了，他们不敢站出来的。

马克：不，莎拉最后的一句话说的是，舒卡拉是，可能是幕后的凶手。

戴旭东：快了，该把他送上法庭了。

马克：我有自己的方式。

戴旭东：要小心，做什么事要让我知道。

白沙瓦陆军医院，重症监护室，何瑾和主任医师在给乔虹做检查，她的左胸留下一道伤疤印。

乔虹慢慢睁开眼睛，感激地看看何瑾和主任医师。

何瑾询问：胸部有痛感吗？

乔虹：还有一点，不是很痛。

何瑾：伤筋动骨需要一百天痊愈，痛感七七四十九天才会消失。

乔虹：您好像说过，孙跃民来看过我，他还活着。

何瑾：是的。他现在可能去科伦坡了，他们集团新成立了印度洋公司，任命他为董事长。

乔虹流出了眼泪。

重症监护室外，乔致远和冯翀在等待着检查结果。

卡加奇机场，孙跃民、戴旭东、玛雅在候机，孙跃民接到何瑾的电话。

何瑾：孙总，祝贺你履新，媒体已经公布了印度洋公司成立的消息和你的任职。我把这个消息告诉了乔虹，她高兴得哭了。现在她的意识不仅恢复了，胸部骨科手术也顺利，估计很快就能下床行走了。

孙跃民：谢谢您，医术高超，起死回生。我刚知道，我的命也是您救的。电话里，不便多说，我还会回到巴布尔，两边跑，一定去拜访您。转告乔虹，祝贺她康复，希望在科伦坡酒店开工时看到她。

戴旭东和玛雅在聊天。

玛雅：白逸轩能治好吗？

戴旭东：针灸后有反应，但还不明显。

玛雅：有一种刺激神经恢复记忆的方法，就是让他的中枢神经兴奋起来，在脑部损伤恢复的前提下进行，会有效的。

戴旭东：如果被注射了损害脑神经的药物，估计不会是致命的损伤吧，损害程度会小于车祸等脑部直接创伤。你说你的刺激方法是什么？

玛雅：让他看女人的身体，裸体的，试试效果。

戴旭东：女人的身体？他这么个学究，古董，会对女人的身体感兴趣？

玛雅：你看到的都是表面现象，之前你能想到他会是台北军情局的人吗？知道他会武功、受过训练吗？知道他野心勃勃吗？

戴旭东：那你也不能把他当小白鼠、测试器啊。

玛雅：我这么说是有依据的。你记得你们和浅野举行的达尔港牌电器合作项目签约仪式吗？当时我觉得很尴尬，好像没我什么事，局外人，我以为白逸轩这么个学究不会有这种感受。但我观察他的表情，很典型的尴尬表情。后来我就想，这个人隐藏得比较深，实际有很强的权力欲，也有别的欲望。我继续说下去，你不要不冷静。

戴旭东：别卖关子，继续说。

玛雅：有一次，是你去斯瓦特河谷找拉姆的日子。我和戴娆、白逸轩谈红茶海上运输的到岸价和离岸价，戴娆去卫生间的间歇，我去屏风后面整理胸罩。解开上衣扣子，露出脖子和半个胸部，当时感觉周边似乎有人。我抬起头来看，发现白逸轩竟然躲在屏风一侧，在悄悄拍照。我就冲过去，不客气地说：删掉！白逸轩笑得很猥琐，说，删了，逗着玩的，你很美。

玛雅：他竟然偷看我的胸部，还偷偷拍照。这是你眼中的老夫子吗？

戴旭东笑了：哈哈，说明你很有魅力啊，是我也会拍照的。我知道了，下次试试这个法子，那时你再去他面前整理胸罩吗？

玛雅：讨厌，一丘之貉。

戴旭东：说正经事吧，我父母让我和你商量何时结婚。

玛雅：不想和你这种猥琐的男人结婚。

戴旭东：别生气，开玩笑的。你看我从来不看你的敏感部位，那是对女人的尊重。

戴旭东的电话响了，是阿里夫。

阿里夫：有新的突破，情报部门得到了舒卡拉给极端组织付款的线索，我们需要直接采取行动，希望你参与。

戴旭东：我要去科伦坡筹备酒店开工。

阿里夫：交给玛雅，她全干得了。

戴旭东：好吧，我马上到你办公室。

孙跃民从机场书店出来，拿着一本英文版的《操纵恐怖》。

戴旭东迎过去：阿里夫来电，要对极端组织的基地采取行动了，他希望我参加，好协调中国的特战部队。

孙跃民：好啊，等你凯旋，为你摆庆功宴。

戴旭东：你帮玛雅筹备酒店开工。玛雅，有事和他商量。哥们儿，等我回来和你喝酒。

戴旭东匆匆离去。

孙跃民和玛雅登机。

阿里夫办公室，阿里夫、那瑟和戴旭东在研究敌情。

那瑟：目前审问突破了，有线索表明是舒卡拉策划组织了针对中国企业和孙跃民的绑架、暗杀事件。我们只需要抓获极端组织的乌尔凯西或者努尔这两个头目就可以把舒卡拉送上法庭。

阿里夫：现在有个机会。驻阿富汗美军在兴都库什山地围剿基地组织训练营时，被困在山洞地区，他们现在抽不出大规模的救援部队，所以向中国和巴布尔申请紧急救援。中国方面已经同意派部队救援，已经作了部署，24 小时之内会到达作战地点。我们要想办法和他们取得联系，系统作战，争取抓几个活的，最好是抓到乌尔凯西和努尔，那就把舒卡拉的证据坐实了。

戴旭东：好复杂，也就是说舒卡拉他们利用极端组织在巴布尔搞恐怖的事情，驻阿富汗的司令部不了解情况？

阿里夫：完全有可能不通气儿，也可能上面知道，下面不见得清楚。

戴旭东：为什么不是大西洋基金看势头不妙，要抛弃舒卡拉呢？

那瑟：这个猜测更合逻辑。

阿里夫：就算是这样，我们的目标和方案是不变的。

戴旭东：你说舒卡拉就不会背叛大西洋基金，供出更大的后台？

阿里夫：还是更稳妥些吧，把判断建立在他不变上，更主动。

戴旭东：好吧，老规矩，我和你一起去。

阿里夫：当然！

阿富汗兴都库什山地，乌尔凯西和努尔带着训练营的匪徒们转移到另外一个洞子里，他们在那里休整。

阿里夫和戴旭东的小分队也已到达洞穴地区。

阿里夫：我们现在需要混进去，直接找到乌尔凯西和努尔。

戴旭东：特战队里有很多普什图族人，他们可以带路混进去。问题是，你确定乌尔凯西和努尔就在这伙匪徒里？

阿里夫：我们对舒卡拉进行了精准的监测，他用新手机号联系过的人，告诉他把尾款已经打进那个账户。而他联系的人和努尔联系了，那时到现在，努尔的定位显示，他现在在这里。在卡加奇郊外，那瑟从林子里的货车上，捡回来一堆海盗的手机。通过对海盗上尉扔下的手机分析，发现上尉的手机里有舒卡拉另外的手机号，经过跟踪，发现就在舒卡拉的公寓里。舒卡拉这只猴子，没有及时扔掉和海盗上尉联系的手机，他不知道那么快，上尉的手下就被我们撬开了嘴巴。

戴旭东乐了：要是不了解情况，真让你给说晕了。不就是跟踪了舒卡拉的旧手机号，确定了具体的公寓房间，监测了公寓房间的电话，确定是舒卡拉的手下给努尔付了尾款，跟踪努尔到这里的。

阿里夫也笑了：这至少说明舒卡拉的证据掌握在努尔和乌尔凯西手里，也说明继续跟踪努尔就可以精准打击、追捕。

戴旭东：我们白天化装进入吧。

阿里夫：好，老规矩，一起去。

戴旭东：这可不行，我带三个人，身手好点的，想办法偷袭，悄悄抓回来。你要在这里坐镇，正面佯动，转移注意力。

阿里夫：好吧，我这里化装成基地组织成员，搅搅浑水。让他们怀疑。等到你得手了，我们就开火。

　　戴旭东穿上阿富汗的包身服，扮成一位妇女和三个普什图族战士化装成山民出现在牧场。战士乙还牵着一头驴。

　　一位阿富汗老者在山坡放羊，几个人走过去搭讪。

　　战士甲向老者行礼，他弯腰鞠躬：赛俩目，我们从巴米扬那里来，准备出山去，哪条路安全些。

　　老者打量着他：赛俩目。不要走左边这条路，那里正在打仗。走右边，都是洞穴。听说巴米扬大佛在修复，我们这里也有人在打工。

　　战士甲：是的，巴米扬客栈也在修复，有人做生意。

　　老者：你们做什么生意？

　　战士乙：手机。

　　战士甲拿出几个手机来，是阿富汗通用的罗善牌，还有南非的一款。

　　老者微笑：年轻人喜欢，这里的信号不好，他们用手机拍照、听音乐。塔利班的人也喜欢手机。你们可以去给他们推销。但是女人不要去，有麻烦。

　　战士甲：你可以带我们去吗？卖了手机给你提成。

　　老者微笑：我要放羊，他们会吃掉我的羊。我带你们走到洞口地区，进入山坳就是了。

　　戴旭东等四人跟随着老者的羊群，走到山坳入口。

　　戴旭东和三名普什图族战士出现在山坳的道路上，战士乙依然牵着驴。

　　乌尔凯西在望远镜里看到几个背着行囊的人，一头驴子的背上搭个褡裢。其中那个女的，全身包的只剩下眼睛了。

　　努尔接过望远镜看了一眼。

　　努尔：有驴子和女人，估计是做生意的。

　　戴旭东等几个人走进洞穴地区，看到一连串的洞穴，洞穴内部似乎是相连的，但外面是土山夹杂着乱石。

　　努尔和几名匪徒走过来询问。

　　突然，前面传来装甲车行进的声音，并且有子弹飞过来。

　　努尔及手下和戴旭东一行急忙躲进洞穴。

　　乌尔凯西命令：不要理装甲车，我们在洞穴内转移，到他们屁股后面去出击。

　　洞穴内的匪徒们拿起武器，在洞穴里转移。

戴旭东四个人也牵着驴子跟着走。

前面的对射似乎更激烈了，努尔正要往前冲，被戴旭东一个锁喉，快速拿下。几个人趁人不注意，堵上他的嘴，捆绑起来，装进麻袋，搭在驴背上继续在洞穴里移动。

山坳的公路上，是中国特战队的坦克车和装甲车在洞穴外面作战，一炮炮轰炸在山体上，压迫得基地分子不能出洞穴。

乌尔凯西看不见努尔，骂起来：努尔这个懦夫，躲到哪里去了？

乌尔凯西看见了坦克车上面的中国标志，他立即停止吼叫，拿过望远镜。

望远镜里，看到几辆装甲车也是中国标志，正在山坳中行进。

乌尔凯西感觉不妙，对手下说：克星来了，我们撤，离开这里，从雪山翻过去就安全了。把我的命令传出去，立即行动。

训练营的匪徒们，纷纷从洞穴里爬出来，往雪山逃窜。

特战队从雪岭上出现，看到爬上雪山的匪徒，精准射击，弹无虚发。雪地上倒下一片尸体。

乌尔凯西虽然给人们下命令从雪山逃跑，但他自己却带着几名心腹，往洞穴深处跑去。

一阵战车轰鸣过后，乌尔凯西带着手下悄悄溜走了。

战斗结束，特战队押着几十名训练营的匪徒出现在公路上。

戴旭东和三名巴布尔特战队员带着努尔，直接上了阿里夫的指挥车。

达尔港三丰港务集团，桥本、小泉、池田和舒卡拉、舒卡拉的助理一起研究竞标巴布尔西部通信网络系统的方案。

桥本：舒卡拉先生，你的《揭开黑幕》很有成效啊，这几天，孙跃民和戴旭东已经在巴布尔消失了。我们可以在这里和达尔港、港口航运部谈新的项目了。

舒卡拉：桥本先生，您要是收起您那一副讥讽人的笑脸，会很可爱。

桥本：舒卡拉先生，我们必须要面对危机啦，请你看看最新的消息。

池田给他展示笔记本上的画面和新闻。

舒卡拉看到网络上的消息，极端组织训练营被剿灭的英文标题赫然在目。

舒卡拉：这个消息我知道。这对我们正在进行的事情有什么影响？

桥本：目前没有乌尔凯西和努尔的消息，很可能在他们手里。

舒卡拉：这并不能说明大西洋基金就不能在巴布尔立足了，也不能说明三丰港务集团就不可以光明正大地竞标巴布尔的光缆和网络设施。大西洋基金正式授命我和巴布尔官方谈这个事情的。

桥本：那好吧，只要你心里有底，我们就放心。我们谈细节吧。小泉君，说说你的意见吧。

小泉：我们目前拿出的这个方案的技术局限性很大，4G 很快就要被淘汰，5G 在这里只有一个选择，就是用华为的技术，连高通都在和华为谈合作，他们从苹果那里收取专利费和在华为那里收取专利费没什么区别，谁的市场份额大，就和谁合作，对于他们来讲，并不存在排他性。如果你们美国人有本事让巴布尔把华为赶出去，我们就把琅金引进来。

舒卡拉：美国政府会向巴布尔政府施压的，还有印度洋的所有国家，以及一些销售大国。这是另一场世界大战。

桥本：那么，我们是否按照引进琅金的方案来做呢，直接做 5G 设备方案？

舒卡拉：你们觉得我们在巴布尔彻底失去控制力了吗！

桥本：我们正在失去控制力，也许会有人来代替我们了。但我们不要放弃最后的战斗。

舒卡拉：这是你今天说的最有用的话。

桥本：我怕没机会了。

达尔港警署，那瑟和助理警官在审问努尔。

那瑟：告诉我，那笔尾款是谁打给你们的？

努尔：我只想知道，我还能活着出去吗？

那瑟：要看你的表现。中国人常说，坦白从宽，抗拒从严，你一定很熟悉。我们是一个政策。

努尔：我必须得到准确的回答，我还能活着出去吗？

那瑟：只要你如实交代，就会活着出去。

努尔：好吧，那笔款是舒卡拉，一个外号猴子的人打给我们的。

那瑟：一共给过你们多少次经费？

努尔：我只知道三次。但说实在的，在巴布尔的两次行动，我们都没有伤害中国人。一次是袭击中巴联合车队，我们虚晃一枪，放了空炮就撤了。一次是前几天，目标是海盗鲨鱼的团伙。事后才知道，舒卡拉是为了杀人灭口，但被乌尔凯西故意提前了，这应该算是立功吧？

那瑟：你怎么知道乌尔凯西是故意提前？

努尔：我专门问过他，他默认了。因为猴子是在肯尼亚给他说的第四天动手，巴布尔和肯尼亚有两个小时的时差。他故意不问别的情况，在白沙瓦郊外，巴布尔时间第四天的第一秒就动手了。那个时候，他故意没接舒卡拉的电话，把鲨鱼干掉之后，才给舒卡拉装傻。这是不是有点像是你们的卧底，或者内线，算立功吧！

那瑟：还有一次呢？

努尔的脸色变得很难看：那是在边境城市。如果说有罪，我觉得这是一次真正的犯罪。

那瑟：为什么把地点选在那儿？

努尔：因为那里靠边境，便于逃跑，更重要的是，那是中巴通道的起点，更符合大西洋基金的要求，对于阻挡中巴经济走廊项目的推进产生的影响更大。

那瑟：日本人给过你们什么资助？

努尔：这次事件就是桥本出资的，他是日本的右翼。

那瑟：你杀害自己的同胞，心里什么感受？

努尔流着泪：心如刀割，真切地觉得自己是罪人！

助理警官带走了努尔。

那瑟来到办公室，戴旭东和阿里夫一直在监视器里看他审讯努尔。

阿里夫：现在证据确凿，完全可以拘捕舒卡拉和桥本了，我明天就向总统报告。现在需要派人对他们进行监视，不能在我们视线里消失。

那瑟：我立即安排。

戴旭东：谢谢你们，这下我可以安心做我的生意了。很快，我在达尔港的渔人酒店就会开工，在锡卡的珍珠酒店也会开工，欢迎你们去参加开工典礼。

阿里夫：我更想参加你和玛雅的婚礼，你让一个巴布尔姑娘等得太久了。

戴旭东：她说过的，阿拉伯人的爱情故事要讲一千零一夜的。

大西洋基金总部，亚太部主任文森特在总裁门罗那里报告巴布尔的动态。

文森特拿给门罗看极端组织基地被剿灭的新闻。

文森特：看来他们不知道舒卡拉和这个训练营的特殊关系。但这个团队的2号人物被活捉了，并且在巴布尔警署被诱惑，交代了所有与舒卡拉的联系，还有和东瀛基金桥本之间的联系。巴布尔警方只要愿意，随时都可以以支持参与恐怖罪拘捕他们。

门罗：1号人物呢？

文森特：1号人物乌尔凯西逃走了，联系不上。

门罗：找到他，让他发表声明说努尔说的全是假话，巴布尔警方就前功尽弃了。

文森特：这个家伙已经耍了舒卡拉两次了，不会再往火坑里跳的。

门罗：那就找人干掉他，再代表他发表遗嘱，嫁祸于人，把脏水泼给中国人。

文森特：恐怕时间来不及了，舒卡拉被拘捕的直接影响就是，大西洋基金支持恐怖组织在巴布尔搞分裂和破坏活动的舆论成立。

门罗：看起来你真是个很好的船长，哪怕船沉了，你也可以保证自己得救。你的意思是把舒卡拉抛出去？

文森特：这是救急的措施。

门罗：你去操作吧。我们的目标是阻挡中巴经济走廊，为了目标，可以不择手段。

文森特：谢谢您的宽容。我们关于巴布尔通信网络的方案，还需要高层去施加压力。

门罗：现在不要和巴布尔彻底闹翻，它们面临着大选，也许喜欢我们的人会上台，要留有余地。

夜晚，东京郊外松井别墅，小泉被召回东京，秘密来见松井。

松井：你应该知道，招你回来的意义。本来是要桥本去做些宏观的战略研究之类的事情，就像国史研究会的那些人，也有出头露面的机会。但他不甘心，现在只好用别的办法了。

小泉：一切听会长的安排。

松井：现在巴布尔掌握了桥本支持恐怖组织的证据，他随时会被巴布尔警方拘捕。那样我们损失就太大了。大西洋基金的态度也是不要和巴布尔联邦政府彻底闹翻，我们的死港计划很有成效，华人视巴布尔为畏途，达尔港的运营状况很差。但现在看来，光让他死是不行的，也死不了。所以就要改变打法，去占领市场。你们提出的琅金通信网络就很好，拿着这个筹码，还有日本政府，亚洲开发银行的低息贷款，就可以占一席之地。话语权就有了。我老了，刚开窍。

小泉：我们会尽全力的。

松井：那就不能让巴布尔人反感我们啊。这个桥本，很任性、很固执啊。现在捅了马蜂窝，不好收拾了。我要是他，就自杀了。

说到这里时，松井看着小泉的目光泛着寒气。

小泉心领神会：是的，他会自杀的。

松井：武士道的传统不能丢啊，他怎么说也是军人的后代。你说他会继承传统吗？

小泉：昭惠子会帮助他的。

松井：你还是很有智慧的，有办法！那里的事情就都交给你啦。我老了。

松井挥挥手，开始闭目养神。

小泉起身，倒退着离开了。

美国加州南密西西比清水小镇，室外大雨滂沱，棕榈树在风雨中摇摆着。

马克和舒卡拉的女儿塞娜在喝咖啡。

马克：我是你爸爸的朋友，在迈阿密做事情，就顺便过来看看你。

塞娜调侃：难道他没有给我带什么礼物吗？

马克：我带了，是两篇不同的文章。

马克递给塞娜两份打印好的文章。

塞娜接过来，放在一边。

马克：你来点什么？

塞娜：鸡尾酒。

马克招呼侍者给塞娜点了鸡尾酒，自己要了杯白兰地。

塞娜看见他要白兰地，友好地对着他笑笑。

塞娜：这文章是说什么的？

马克：你回去看看就知道了。

塞娜：我懒得看，你说吧。

塞娜举起鸡尾酒示意，然后喝了一大口。

马克：这两篇文章说的是，巴布尔西部的恐怖组织，不断袭击中国人的事情。但两篇文章叙述的故事不同。一篇文章是《大西洋时报》的女记者采访手记整理的，是一个中国人的叙述，他前不久被恐怖分子绑架了，后来被营救。另外一篇文章是一名署名松田的记者，叙述的同样是这个中国人被绑架的故事，但他说这个被绑架的中国人之前就收买了恐怖组织，因为躲避国内对他的某种指控和审查而制造了绑架的假象。

塞娜：我听明白了，前者是中国人揭露绑架事件真相，后者是揭露中国人与绑架者的关系。这有什么用？

马克：因为这篇文章，这个女记者已经被杀害，而你爸爸就是幕后的黑手。

塞娜吃惊：这绝不是真的，我爸爸多么善良。

舒卡拉在接听文森特的电话。

文森特：情报机关报告，努尔在巴布尔警方手里，他提供了所有的证据，对你很不利。请你赶快对文件做必要的清理，他们随时都会找上门来。

舒卡拉：你是说基金会要让我个人独立应对吗？

文森特：当然不是，驻巴布尔大使会去交涉。你不要担心。只要回答与大西洋基金无关，就会非常主动。

舒卡拉：谢谢，我知道你是个被撞坏军舰的舰长，懂得怎样让船沉下去，自己逃命。

文森特：知道囚徒逻辑吗？那就是口供越多，罪行越重！我们随时都会为你提供保护，但首先是自己懂得保护自己。祝你好运。

舒卡拉放下电话，紧张地思索着，然后开始清理文件。

舒卡拉的手机响起来，是女儿塞娜。

塞娜：这里有一位先生，说要用美国的法律控告你，希望你能够配合。

舒卡拉：他是谁，为什么？

马克要过塞娜的电话：我是莎拉的朋友，我来找你的女儿，是让她知道，你遇到了诉讼。在巴布尔你会有外交豁免权，但在美国，你犯有蓄意杀人罪和诋毁他人罪、侵犯著作权罪等，迈阿密的律师很熟悉这类案子。顺便告诉你，你的女儿很善良，但她由于有墨西哥血统，不断在失业。这就是你为之卖命的人对你的奖赏。

塞娜接过电话：爸爸，他说的是真的吗？您回来吧。

舒卡拉的办公室，有人敲门。

舒卡拉看到几名警察。警察出示逮捕证，把他带走了。

夜晚，桥本公寓，桥本穿着和服坐在半明半暗的灯光里，眼前放着酒店送来的寿司、三文鱼和辣白菜。

昭惠子也穿着和服，在给他斟酒，是著名的清酒獭祭。

桥本：今晚你为什么送来这么可口的饭菜？

昭惠子：让你轻松轻松，日本的男子汉喝了清酒就会雄姿勃发，豪情万丈，不怕任何困难。

桥本：你知道舒卡拉被带走了？

昭惠子淡淡地说：知道。

桥本：下一个就是我，也许他们一会儿就会闯进来，你还不快离开。

昭惠子莞尔一笑：我想多陪你一会儿，你想要我吗？

桥本哈哈大笑：给我跳个舞吧。

昭惠子打开手机，放出《樱花》歌曲，她踩着节奏舞起来，木屐在地上踢踏作响，别有一番韵致。

桥本眼前出现幻觉：是每年春季京都樱花谷里樱花绽放的景象。

桥本自斟自饮着。

一曲终了，昭惠子依偎着桥本，也喝起酒来。

昭惠子略有醉意：桥本君，不要害怕，我和你一起去。

桥本：不要去，他们会欺负你的。

昭惠子目光闪烁：他们会欺负你，会打你耳光吗？会朝你脸上吐口水，会在你身上撒尿吗？

桥本：八嘎呀路！别说了。

昭惠子哭泣着：他们不会造你的谣吧，随便诋毁你的形象，再传回东京去，好可怕。

桥本看着昭惠子表演，长叹一口气：你是松井会长派来的人。告诉我，他说什么了？

昭惠子战战兢兢地走到外间去，她拿进来一个精致的盒子，放在桥本面前。

桥本打开盒子，是一把精致的匕首，上面放着个纸条，写着：武士道精神永在！

桥本看到这个盒子，明白了松井的用意，他拿过酒壶来，一饮而尽，然后再看看昭惠子。

桥本：你是个好女人，哈哈哈。

桥本说完就把匕首捅进自己的腹部，又使劲转了一下，血从他的腹部慢慢地流出来。

此时，昭惠子已经换上休闲装，拎着手袋，开门走了出去，只回头看了一眼，眼睛里早就没有泪水了。

科伦坡，陈可染带领叶成修、苏韵梅一起召开中国博海集团印度洋公司的成立大会。孙跃民、黄道明、张诗仪、黄翔坐在主席台上。数百名员工坐在小会议室里，听陈可染讲话。

陈可染：我首先提议集体起立，为郭孟竑、丁珂等为大海港项目牺牲的同志们默哀。

人们默默地伫立着，进入一种肃穆的氛围中。

默哀毕，人们落座。

陈可染开始讲话，他的声音从容坚定：今天印度洋公司正式成立了，它标志着我们进入了一个新的阶段。我们当了几十年的建筑承包商，但市场的变化，要求我们成为开发商、服务供应商。同时，市场的变化也要求我们从熟悉港口建设到运营，熟悉港口到经营城市，熟悉开发区到整个区域经济。从一个港口到整个大海洋是一场革命，我们要尽快适应，调整知识结构，积累新的经验、探索新的规律，成为真正的国际市场的弄潮儿。新任命的这个班子，都是久经沙场的勇士、智者，他们对自己所从事的事业充满了感情，拥有经验、挫折和教训，已经是成熟的团队。他们的能力素质和精神情怀是能够开拓新的局面的。

下面就请董事长孙跃民同志发言。

一阵响亮的掌声。

孙跃民站起来，先向大家鞠了个躬。

孙跃民：站在这里，心潮澎湃，真切地感到祖国就在身后，党就在心中。我们的国家已经强大到在任何地方、任何遭遇中你都能感受到她的存在，我们的党已经成熟到做任何事情、遇到任何挑战你都能感受到她的影响。让我们这些海外兵团的战士，百战不殆，百折不挠，百炼成钢，不断去开拓进取，创新实践，搏击风浪。我们将要与巴布尔、锡卡的合作者一起把科伦坡、汉班托塔和达尔港港口的运营搞起来，将要把港口与城市的产业搞起来，把港口与区域经济搞起来，真正实现"一带一路"的带动作用，把印度洋变成未来全球瞩目的璀璨明珠。感谢集团领导对我们的信任，感谢各位对我们的支持、理解、包容。因为我们失败过，因为我们跌倒过，因为我们受过挫折、苦难，所以，我们没有理由不砥砺前行、艰苦奋斗。我们要带领大家在印度洋上劈波斩浪，耕耘出一片新天地来。

人们站起来鼓掌，张诗仪、黄翔、陈莹等人眼睛里闪烁着泪花。

白沙瓦陆军医院，乔虹在病房里走路，虽然显得虚弱，但步履是稳定的。

走了几个来回，她伸伸胳膊腿，活动比较自如了。

乔虹坐在床上，定定神，拿起电话，拨通孙跃民的号。

孙跃民：是乔虹吗？

乔虹：是我，我没事了，可以下床走路了，这条命算是捡回来了！你好吗？

孙跃民：我挺好的，现在科伦坡商量海港城招商的事呢。这里的商业楼已经竣工，但还是缺酒店配套，戴老板正在筹备开工仪式，遗憾的是你不能参加了。

乔虹：我能参加，我现在行走自如，胸部痛感消失，完全可以乘飞机。

孙跃民：你需要康复啊，身体还弱。

乔虹：不，我要去参加开工仪式，那是我的心血。而且，施工方案还需要做些微调。我要去，我也想见到你，腹藏万语千言。

乔虹说着哽咽起来。

孙跃民：好吧，你做好安排，照顾好自己，我去机场接你。

乔虹：不用，不要让诗仪误会，我只是想见到你，不要有负担。

夜晚，孙跃民挽着张诗仪在科伦坡海滨大道上漫步，海风徐来，张诗仪的长发在风中舒卷着，她贴着孙跃民的肩。

走到他们曾经坐过的石头前，两人很默契地在石头上坐下来。海浪拍打着海岸，远处不时有船驶过。

张诗仪：曾经有几次，我觉得再也见不到你了，也许你就永远失踪了。

孙跃民：可能他们认为那样效果不好，不如让一个失去记忆的人出现更有说服力，可以让他们随意编造事实，都说是我讲出来的。

张诗仪：可怜的戴娆，以前都以为这野蛮女孩找到了一个儒雅郎君，真是天造地设的一对。没想到他隐藏得那么深，竟然是个间谍。

孙跃民：你大概不知道他指责我什么？

张诗仪：当然是你这个陕北的土包子竟然当上了总经理，他们白家这些贵族瞧不上你们这些暴发户。

孙跃民：你是这么看的！有道理。他说的是我欺骗女人的感情，在三个女人之间玩游戏，很不道德。

张诗仪娇嗔：我觉得他说得对，你是在骗我。当时你失踪传出来的消息是和情人乔虹、小秘丁珂携款外逃。想想你给人的印象是什么！

孙跃民：对手的谎言，做出来的局，你也信？

张诗仪：但我心里很难受，别人会以为我受了骗，被一个花花公子给耍了。

孙跃民：有这么土的花花公子吗？

张诗仪：心花啊。你今天怎么把话题引到这里来了？这是要告诉我，乔虹康复了，她要来参加酒店开工吗？

孙跃民：不是故意引什么话题。但她确实要来，和我通了电话。我能理解她作为一个设计者，酒店开工时的心情，中间还经历了那么多的事。

张诗仪：我懂，但她也更想见你。经过这一次被绑架，在舆论上，你们也被绑架为情人了。这是一种感觉，内心里的东西被唤醒了。也许这些天，她在反思，当初造成你们分手的原因不就是要不要回国来工作，而现在，她虽然公司是法国的，但项目是中国的，人也回来了，当初分歧的基础已经冰释，理当鸳梦重温。

孙跃民：你说的这些，我都没想过。我只知道当年我们的感情遇到了考验，去与留只是表象，说明人生的选择和理解是不同的。时过境迁，对于往事的理解可以变化，但能拿今天的理解代替曾经的感情体验吗？什么叫覆水难收！人不可能两次踏进同一条河流，这是古希腊哲学家赫娜克利特的名言。要不，既然你那么理解她的感情变化、心路历程，你去和她谈恋爱吧，惺惺相惜，无病呻吟。

张诗仪扑哧一声笑了：我又不是同性恋。你的逻辑还挺清晰的。你又不是学哲学的，干吗拿古希腊哲学家吓唬人啊。你说谁是无病呻吟啊！

张诗仪摇晃着孙跃民。

孙跃民被摇得心旌荡漾，情不自禁地把她拥在怀里亲吻起来。

夜晚，科伦坡玛雅公寓，一阵狂风刮过，暴雨顷刻而至，戴旭东和玛雅驾着车子驶进酒店，如同几年前在达尔港的雨夜。

玛雅进门来，疲倦地脱掉外套，直接歪在沙发上。

戴旭东去烧开一壶水，泡好两碗牛肉面，端过来。

戴旭东：公主，吃点牛肉面，暖和暖和。

玛雅坐起来，伸手拥抱戴旭东。

戴旭东把她扶起来：乖乖，吃点东西，你都没吃午饭，太辛苦了。

玛雅接过牛肉面，狼吞虎咽，戴旭东很欣赏地看着她的吃相。

窗户外面雷电交加，雨越下越大。

玛雅吃过方便面，来了精神，她开始给戴旭东布置工作。

玛雅：我们现在面临的是戴娆将要生孩子，估计会很长时间不能管事，那个白痴，对不起，白逸轩还需要人照顾。但不能眉毛胡子一把抓，要有个系统的考虑。

戴旭东：你果然有想法，好啊。

玛雅：现在我们开展的这些业务，都是港口建设初始阶段逐渐出现的，带有很多随机性。戴氏集团的经验也是从开餐馆开始积累的，很多是作坊式的思维，一个连锁店一个连锁店地去搞。电动车业务也没有形成产业链，没有集团自己的制造业，酒店也没有品牌目标。我接管这些后，觉得像一团乱麻。

戴旭东：看出问题来了，就可以改了。我爸爸对企业的管理没有提过任何具体的要求，他的理念就是让儿女们自己去悟、去闯。你放开手脚干吧。

玛雅：那好，我觉得现在科伦坡最主要的是把度假酒店做起来，兼有商务酒店的功能，然后围绕这个主业搞旅游、商贸。而达尔港则是多种经营，制造业、通信网络还有商务餐饮，是板块经济。我们不能乱投资，现在为止，有回报的还是餐饮和电器服务。

戴旭东鼓起掌来：老板娘、总经理，没人任命你已经上任了。向你汇报，我这次去杭州，已经见了马里，让他把电商服务系统搞到达尔港，可能需要和孙跃民商量，那是需要独立的光缆设施的，中国电信已经在设计从喀什到达尔港的线路，我们只要对接就好了，会省一大笔钱。而制造业，和浅野合作，不断更新技术，推出适合巴布尔市场的产品，就可以有自己的品牌。我们在这里先把酒店搞起来。现在可以说是，万事俱备，只欠东风。

玛雅：欠什么东风？

戴旭东搂住玛雅：还缺一个婚礼，一群儿女。

玛雅娇嗔：看你美的！

戴旭东不由分说，把玛雅抱进了卧室。

大西洋基金总部，门罗召见文森特。

门罗：你的预防工作做得不错，舒卡拉在巴布尔的警署里只承认自己的商业行为，不承认和恐怖组织有任何交易。瑞士银行的账号来往也不能证明就是他的交易。暂时还撑得住。但新的麻烦出现了。那个莎拉的男友在迈阿密以蓄意谋杀罪和诽谤罪起诉舒卡拉。反对党会借题发挥，诋毁现政府的亚洲政策和印太战略。要想办法来制止这件事情发酵。

文森特：不能用简单粗暴的方式。我想到了，当年舒卡拉是在印度出生的，母亲是印度人，他有印度血统。

门罗：我记得你说他有八分之一的印度血统，怎么又变成二分之一了。

文森特：你的记忆力真好，我并没有说他有几分之一印度血统，他的母亲本来就是英国人和印度人的混血，而他爸爸是白人。不知道移民局有没有办法，注销他的美国国籍，这就好办多了。

门罗：你去拿具体方案。

文森特：好吧。

科伦坡孙跃民办公室，秘书告诉孙跃民，木树清到了。

孙跃民与木树清握手，让秘书给他端来茶水。

木树清：尊敬的孙跃民董事长，听说你安全返回，真是吉人天相，大福之人。

孙跃民：看来上天有意让咱们继续合作啊。我记得你说过要和戴老板联营渔业，还要在达尔港开日本料理呢。

木树清：这就是来和你商量的。科伦坡港口城的商业大楼已经竣工，八万平方米，我们一起来经营好不好。

孙跃民：你倒是会抓商机。但这里已经没有多大空间，金融中心需要许多办公的空间。既然你对商业楼有兴趣，咱们合作在达尔港搞个商业中心怎么样？

木树清面有难色：这里的人气旺一些，投资回报快，再说也安全。

孙跃民：我始终觉得你是个有眼光、懂得变通的人。在索马里，你很成功地安抚了海盗；在锡卡，你又开辟了金枪鱼渔场；你的同事和我们竞争的时候，你已经在给我们种菜了。从长远看，你当然能够预见到达尔港的经济和市场前景。为什么放弃那里的机会呢？

木树清：那里还是不安全，桥本已经死在自己的公寓里了。

孙跃民冷笑：木树清先生，我觉得你本质上是个商人，所以我还愿意和你打交道。你今天来就是为了要经营港口城的商业大楼？太可笑了，我们请英国和新加坡的设计事务所对七十四块地做了详细的规划，2020年将全面完成水电气热道路宽带等"六通"，土地一级开发要完成了，你说来参与商业大楼的经营，不现实，也不厚道啊。说说你的本意吧。

木树清狡黠一笑：我可能没有讲清楚，我是想申请承包商业大楼的服务，如果认为我们做得好，就让我在港口城多做一些服务业。不是要所有的经营权。

孙跃民：我个人认为是可以的，你参加竞标吧。但我还是想让你在达尔港投资，别忘了，我可是在你们的渔船上失踪的。绑架我的匪徒还活着呢，他们认识你。上次既然都没有选择你，以后也不会绑架你，你在巴布尔是安全的。我也是安全的，因为舒卡拉也被关进监狱了。

木树清：我回去好好研究你的提议，做出个在达尔港搞商业中心的方案来，我们一起合作。

孙跃民：浅野已经和我们合作了，不久，新的达尔港牌家用电器就将问世。桥本临终留下的遗产是给巴布尔港务航运部的通信网络竞标方案。从善若流，你也来吧。

木树清：谢谢指教。

港口城商业大楼，孙跃民带着张诗仪、黄翔等人在巡查大楼，他们在顶楼的沙盘前停下来。

黄翔汇报：目前，吹沙造地工程已经完成百分之九十二，市政水电气热道路宽带"六通"将在2020年全面完成。现在商业大楼竣工后，对于金融中心进驻的要求越来越多。可能有些工作要交叉进行了，比如招商就应该提前。

孙跃民：诗仪，你有什么想法？

张诗仪：我觉得招商是应该提前，但还有一项工作也很急迫，就是要尽快培养一些当地人参与到港口运营中来，我们应该办些短训班，让他们尽快熟悉港口运营业务。

孙跃民：咱们就在这里开个小会，把几个事情定下来吧。黄翔去筹备招商会，以港口城未来规模和功能需求列出招商目录来，先在网络上建立服务平台。诗仪去筹备培训班，面向"一带一路"国家和地区招生，以港口运营为主题设计课程。请国内几所海事大学的教授来授课，同时请港口运营第一线的管理者来现身说法，再去参观上海港、宁波港、青岛港等，尽快让学员进入角色。招商会筹备两个月，培训班筹备一个月。

黄翔咧咧嘴：孙总，这也太快了吧，两个月一晃就过去了。

孙跃民：要有紧迫感。你看木树清那个王八羔子，上午找我来，要承包港口城的服务业。社会是有需求的。你，你就抓紧点，可以招兵买马，尽快拿个预算出来，动起来。

张诗仪看着黄翔，两人交换眼神，无可奈何地笑了。

杭州紫云洞，白夫人陪同白逸轩在程大师家针灸。

程大师这次直接给白逸轩扎头针。

程大师的手捻着针在转动，白逸轩反应比以前强烈，全身颤动起来。

程大师凝神聚气，使用抖针手法，白逸轩竟然坐了起来，他喊出声来：哎哟！

程大师大汗淋漓，喜出望外：看来他的脑神经系统修复得很快，痛感神经已经比较灵敏了。

白夫人：谢谢您，白逸轩如果能康复，我们一定给您在这里再修个房子，多看些病人，广济众生！

程大师：再来两次，就会有明显效果。

东京郊外松井别墅，小泉和昭惠子穿着和服来见松井。

小泉：桥本走了，走得像个武士，他用您送的短刀结束了自己的生命，是他的荣幸。

松井：那是他爷爷的佩刀，还给他了。好不容易有个愿意用刀结束生命的人。

昭惠子听着松井的话，毛骨悚然。

松井突然剧烈地咳嗽起来，脸憋得通红。昭惠子急忙给他捶背，但松井已经没气了，颓然倒在茶几前。昭惠子吓得大叫起来：快来人啊！

日本军国主义的见证者、捍卫者松井，在桥本自杀之后，也离开了人世，似乎象征着军国主义必然灭亡的命运。

第十五章

科伦坡海滨大道，小雨沥沥，海风徐来。

咖啡馆里，孙跃民在等乔虹，他在看当地的报纸。

标题：科伦坡港吞吐量增速惊人，排名持续前进。

乔虹在窗外出现了，还是那件白色的风衣，撑着把蓝色的雨伞。

孙跃民注视着她，走进来了，步履显得很轻盈。

乔虹脱掉风衣，穿着件紫罗兰色的连衣裙。

乔虹要了杯咖啡。

孙跃民：你恢复得不错，步子很轻盈。

乔虹莞尔一笑：心里不轻盈。

孙跃民：曾经沧海难为水，除却巫山不是云。经历过的固然刻骨铭心，未来才热血沸腾。相对于我们将要拥有的，失去的算得了什么。我们九死一生，失去了对灾难的恐惧感；我们历经坎坷，失去了选择的困惑。现在是开辟新领域，创造新业绩的大好时机，生逢其时，是人生之大幸。你想想，你的酒店，设计得好好的，突然听到港口城项目暂停的消息，现在不仅港口城要加快速度，你的酒店要开工，而且达尔港的酒店已经在施工了，人家拉纳兄弟可没有那么多俗套。想想前景，你正在做的事情，多么有成就感！这不是心里轻盈不轻盈的问题，而是快感和激情，要大干一场的感觉。人生能有几回搏！

乔虹：大诗人，别害怕。我不是唐婉，来给你说《钗头凤》的，你也不用做出陆放翁的姿态来，大谈国事，英雄豪气，金戈铁马，冰河入梦，三万里河东入海，五千仞岳上摩天。我只是觉得想见你，我们毕竟一起经历了一场生与死的劫难，这场劫难使我觉得你的选择是正确的，一个人漂泊在外不要紧，关键是生命受到威胁时，谁是你坚实的靠山。我真切地体会到，祖国、强大起来的祖国，是我的靠山。那些日子里，我想他们不敢轻易对我们下狠手，就是因为幕后的人不敢把事情做绝，他们害怕中国政府不会善罢甘休，会一追到底，把他们揪出来。而你孙跃民就是我心中的硬汉子，大英雄。你在那里喊，给老子肉吃，多么豪气！我妈妈说，你跟他们说要给他们养老送终，多仗义啊。我敬佩你，愿意和你一起做事情，干事业，这珍珠酒店、渔人酒店，都是我心里的血涂染的，有感情了，愿意看着她立起来，也愿意与她长相厮守。就是心里头压着这些话，想对你说。

孙跃民：百感交集，一言难尽！我们共同见证了历史，经历了风雨！惊涛骇浪，终生难忘！我发现你的诗词功底见长了。但我用的是元稹的句子，别拿陆游和我对话，陆游就是写得多、活得长，一万多首诗呢。我知道，你已经获得了灵感，或者说到了新的境界。一个人的成长也许就是这么实现的。

锡卡总统特别助理办公室，卡拉汉看到孙跃民走进来，上前热情地拥抱。

秘书给他们端来红茶。

卡拉汉：恍若隔世。孙先生，你经历了一次印度洋历险记啊。那些天，我突然觉得我竟然很挂念你，心里很难受。

孙跃民：谢谢您的惦念。我们之间的友情早就受到考验了。

卡拉汉：我们这两年虽然因为干旱、洪灾，农业损失很大，经济有点下滑，但我们的产业结构调整效果明显，旅游业和港口服务业大幅度上升。我们科伦坡港的吞吐量在全球已经排到二十二位，并且是以百分之十的速度上升的，别的港口只有一位数的增长速度。港口城的商业大楼已经竣工，现在找我们投资入驻的人多起来了。这就是转型调整期的景象，从港口城和港口经济看，风景这边独好。我们总统喜欢读毛主席的书，这是毛泽东的诗句。凡是有文化思考的领导，都会有远见卓识。当年新中国成立，西方国家都不承认。戴高乐就首先和中国建交了。我们这里百分之七十的人在使用华为提供的网络，百分之四十的人在使用华为手机。为什么不呢，很好用，很方便啊。哈哈，我一看见你就滔滔不绝，你最近有什么高见。

孙跃民：我是来和您沟通两件事情的。第一是我们要搞个国际招商活动，请锡卡政府参加，我们联合主办。您刚才谈到，找来谈合作、谈投资的人多起来了，我们搞个招商会，提供个平台，建立个日常的服务机制。可以说，科伦坡已经进入大规模、大范围招商期。第二是中国民营企业投资的酒店要开工了，请您出席。未来科伦坡一片国际酒店，就像马尔代夫、中国的三亚，那将会大大吸引中国人来过冬。

卡拉汉：我当然赞成你的主意，支持你说的事情。老朋友见面，你不想来段畅想曲，纵横天下事？

孙跃民：卡拉汉先生，不要诱惑我。我最明显的缺点就是喜欢侃大山。真说上瘾了，您就别想干别的了。

卡拉汉：现在的国际舞台，就像是一台好戏，很有看点。你经常到我这里聊聊，我们两人都是不错的剧评家。哦，忘了祝贺你，担任印度洋公司的董事长。

孙跃民：谢谢，珍珠酒店开工典礼上见吧。

卡拉汉：不，周末，搞个 party，要交流交流。

孙跃民：好吧。

达尔港警署，那瑟和助理在审问舒卡拉。

那瑟：舒卡拉先生，你肯定知道怎么配合我们的审讯对你最有利。所以，请你如实地交代如何策划组织针对中国企业和中巴经济走廊恐怖活动的事实。

舒卡拉：首先，作为一个美国公民，我要提出外交豁免。

那瑟：很有意思，我们现在是在审讯触犯了巴布尔刑律，同时也触犯了国际刑律的嫌疑人，外交豁免有什么用。美国人不是经常根据美国的法律在世界上到处抓人吗？再说了，大西洋基金方面告知我们，早已把你从公司除名了，你的所有行为都是个人行为，和基金会毫无关系。美国使馆方面也告知我们，查阅了你的国籍档案，你是在印度出生的，当时在美国登记的是双重国籍。根据最新规定，出生地不在美国的移民的国籍要重新审核登记，你也被除名了。现在你是个有待于印度承认的无国籍的国际流民。由于这些情况的存在和确认，你还提什么外交豁免权的问题，给你哪个国家的豁免权？好好交代吧。

舒卡拉眼睛冒火：老子干的所有的事情，都是大西洋基金的业务。他妈的，直接指挥的就是大西洋基金的秘书长文森特。

那瑟示意助理给他端来杯咖啡。

舒卡拉在激动地叙述着，助理在做着记录。

偶尔，那瑟提问。

舒卡拉：总之，我没有直接伤害任何一个人，所有的策划、实施，都是大西洋基金的业务。你们要追究我个人的罪，很荒唐。

那瑟：你不要想得太乐观了，现在大西洋基金在撇清和你的关系，他们不会轻易认账的，你需要给我们提供进一步的证据。

舒卡拉：好吧。

夜晚，迈阿密酒店，马克在接戴旭东的电话。

戴旭东：舒卡拉承认了策划实施针对中国企业的恐怖活动，但他说那都不是个人行为，是大西洋基金的业务。他也被移民局注销了美国国籍。因为他是在印度出生的。这也许对你有用，注意安全啊。

马克：这就是美国政治的黑暗，《揭幕黑暗》应该接着写，舒卡拉一定会成为畅销书作者，收入会高于他策划杀人放火。

东京郊外墓地礼堂，松井的葬礼在进行。小礼堂里悬挂着松井的遗像，家属选择了一张他心事重重的照片。

松井躺在那里，接受人们的悼念。

一些政界的要人表情沉重地向松井的遗体告别。但一走出礼堂，就谈笑风生了，如释重负。

木树清献的花圈很大，上面写着挽联：您带走了一个时代和风范。

木树清毕恭毕敬地给遗体鞠躬行礼。

随后是小泉、池田，还有昭惠子。

东瀛基金总部，木树清在召开东瀛基金高层的会议。小会议室里坐满了人。小泉、昭惠子等人也在座。

木树清：感谢基金会的元老们对我本人的信任，我诚惶诚恐地接受董事局主席的职务。我想这也是时代给我的要求。松井会长生前和我就基金会的未来方略做过深入的探讨，所以我今天在这里所说的也是他的遗愿。

冷战时代已经结束了，不承认和留恋是没有用的。现在的世界、市场、顾客不喜欢冲突、战争、恐怖，我们就不应该反向投资，那是愚蠢的。

我在索马里做了一件事情，就是让海盗们放下武器来给我捕鱼，收入比做海盗稳定，小毛贼们是接受的，久而久之，大海盗会逐渐失去人力支撑。

我认为今后基金会要尽量以合作的面孔示人，把资金投在那些赚钱的项目上去，更重要的是占领市场。

当前的大问题是要不要和中国人深度合作。我觉得是有利可图的。中国是个大市场。

跟中国企业在海外搞"一带一路"项目更合算，他们投资搞那些周期长的港口、铁路等项目，我们搞服务业，短平快，何乐而不为，就是西方人经常说的，为什么不呢！有钱不赚是蠢货。

他说的时候，人们在下面交头接耳，下属们触动很大。

现在中美起冲突，正是日本发展的好机会，谁都不得罪，埋头赚钱是硬道理，照样有尊严。

具体的事情大家分头去办吧。

夜晚，科伦坡卡拉汉别墅，卡拉汉为孙跃民举办了个party，他请来了中国驻锡卡大使易北峰、商务处长李海涛、戴旭东、乔虹、玛雅，还有萨曼斯教授、张诗仪、黄翔。

卡拉汉端着一杯葡萄酒，在别墅外面的草地中间致辞：朋友们好久都没有聚会了，因为我的好朋友孙跃民被别人请去做客了。现在请他的朋友又被别人请走了。我们就轻松一下吧。告诉大家，我们科伦坡港口的集装箱码头已经提前达产，二百四十万标箱，很稳定，在全球排位二十二，吞吐量增长百分之十，飞速前进。大家见个面，交流交流，可以开怀畅饮。

孙跃民走到易北峰大使面前：谢谢大使对我们集团和我个人的关怀、帮助。

易北峰：锡卡已经度过了最艰难的时候，他们现在坚定地和我们站在一起，积极地推进"一带一路"项目。好消息是，最近东瀛集团的情况也发生了变化。老松井去世前把木树清列为接班人，这是出乎人们意料的。也许是识时务，反正他交代要转变策略，和中国人合作，也不拒绝美国人。我很赞成你们的国际招商会和港务培训班。先把这里搞得热热闹闹的，有人气就有商机。

孙跃民和易大使交流着想法。

张诗仪走到乔虹身边，递给她一小盘点心。乔虹点头致谢。

张诗仪诚恳地说：乔姐，你是个了不起的女性，巾帼翘楚，我知道，你实际上比我们想象的要坚强得多。

乔虹：我是误打误撞，被卷进了重要的事件，稀里糊涂就过来了。不是什么巾帼翘楚，但那时心里确实有不同的感受，觉得自己作为一个中国人，还是很自豪的。不身临险境，不知道父母之邦的含义。我现在，再也不愿意离开祖国了。我已经说服我巴黎的事务所，让他们在印度洋开个分所，跟着"一带一路"项目走。

张诗仪：让你受拖累了。

乔虹：孙跃民没什么错，他是个硬汉子、好男人，我不怪罪他。只是我们不合适。你更适合他，好好珍惜吧。你的衣服总是显得很雅致，你看，我就只会把紫罗兰布料剪裁成连衣裙，你就会把它变成衬衣。上班时可以加个西装外套，party 就披个纱巾。你是个多么细腻的女孩儿啊。

张诗仪：谢谢，你才是搞设计的，明天看你的酒店开工。

玛雅走过来，她穿着纱丽克米兹，很惊艳的感觉。

玛雅：我觉得这里的空气新鲜湿润，让人的皮肤都变得滋润滑腻了。

乔虹：玛雅，你真美，难怪戴老板要听你讲一千零一夜的故事呢。

玛雅：谢谢，戴老板过来了。

戴旭东端着香槟，微微欠身，向乔虹和张诗仪致意，然后就搂住玛雅的腰。

戴旭东夸张地抒情："长发飘柔的妇人，把纱丽从屋顶栏杆上挂下来"，这是泰戈尔赞美巴基斯坦女人的诗句。我的公主玛雅就是那屋顶的栏杆，又高又瘦。

玛雅嬉笑：讨厌，喝点酒就癫狂。

戴旭东：我向你们两位女士正式发出邀请，请你们参加我们的婚礼。

乔虹：好啊，什么时候举办？

戴旭东：你问她。我再去拿杯酒。

张诗仪：是在达尔港举行吧？

玛雅：还没有确定地点，要等渔人酒店竣工吧。

乔虹：那里已经开始装修了，竣工之日就是开业之时，我会去督促他们的。

玛雅：谢谢您，他真是这么想的，要在那个酒店举行婚礼。因为我们几年前就是在达尔港酒店的雨夜结识的。

张诗仪狡黠地说：那不会也要等下雨的日子再举行婚礼吧？

玛雅笑了：没看出来，你还挺坏的。那里夏季炎热干燥，冬天才会降雨，你是说我们必须等到冬季才结婚了。

张诗仪：我听你的意思是，强调酒店和雨夜，那就是酒店开业，下雨喽。哈哈。

戴旭东、孙跃民和萨曼斯教授聊天。

戴旭东：萨曼斯教授，您放心好了，我们这次环境设计和评估是英国的公司、新加坡的公司同时做的，比选之后，采用了两个方案中的优点。不会再出现让您多次评估的情况。

萨曼斯教授：我们国内现在对于建设开发的国际惯例已经熟悉，而且，更重要的是，社会期待港口城尽快繁荣起来，绝大多数民众拥护这个项目，而且许多人已经在这里就业。

孙跃民：谢谢您，有您这样的权威坐镇，我们就更有信心了。

黄翔把孙跃民拉过一边：孙总，明天木树清要参加珍珠酒店的开工仪式，可以吗？

孙跃民：当然可以，他接任东瀛基金董事局主席了，我们要有胸怀和气度的，对竞争对手露出笑脸的人最可怕，最有本事！

卡拉汉拍拍手：下面请欣赏我们艺术家的歌舞。

一队身着锡卡民族服装的女郎，跳起了欢快的舞蹈，随着节奏的加快，姑娘们的腰肢扭动得更剧烈，激情四射，一片妖娆。

夜晚，迈阿密酒吧，大雨滂沱，雷电交加。

马克和塞娜在酒吧喝酒。

塞娜面前摆了很多空啤酒瓶子。

马克：你爸爸现在变成了受害者，我想，如果把他掌握的黑幕披露出来，一定会引起轰动。他就会成为畅销书的作者之一，会有一大笔收入。

塞娜：他会不会因为披露内幕被追杀？

马克：你好幼稚，现在他要是出来，一样会有人要他的命，然后再来个假声明，推翻他在巴布尔供出来的真相。

塞娜：好恐怖。

马克：出了书，有了影响力和知名度，反而是某种保护。

塞娜：好吧，我去说服他。可我没有去那里的旅费。

马克：我可以先给你预付一些稿酬。

塞娜：谢谢，那就先帮我把房租付了吧。

马克：好可怜。我们后天就出发。

塞娜：好。

两人举杯。

夜晚，达尔港酒店，小泉请池田和昭惠子在日本料理喝酒。

小泉：变得太快了，太突然了。木树清这个家伙，是个阴险的人。要不是松井会长去世我在场，还以为是他害死的。

昭惠子：听说他也参加了许多极端的事件，怎么一下子就变成菩萨了！

池田：他不会是真的和中国人和好的，只是骗骗中国人，好做生意。他会那么傻吗，让中国人占便宜？小泉君，说话要小心点。这日本料理就是木树清手下开的，听说他要在这里搞个食品酒吧街的。

昭惠子：也是的，首相不也去和中国人谈生意了吗？松井最后还在骂他没骨气。可骨气有什么用，每年和中国的贸易顺差才有意义。

小泉：昭惠子，你真是个变色龙，随便就想通了。来，我敬你一杯酒。

小泉和昭惠子干了一杯清酒。

池田：昭惠子，我也敬你一杯酒。你很了不起啊，竟然把桥本给骗得那么勇敢地离去了，有智慧！

昭惠子：那可不敢，我只是执行，导演是小泉君。

池田惊诧地看着小泉：敬佩，您真是深藏不露。

小泉：不是我的主意，是松井先生的命令。他才是总策划，总导演。昭惠子是个好演员，佩服。来吧，再喝。你说，木树清先生会不会要你做他的秘书？

昭惠子嘻嘻笑着：那当然不会，他知道我实际上不是记者，是你的私人秘书。

池田又一次惊诧地看着小泉，随后举起杯来敬酒：小泉君，今后池田坚决效忠于您，赴汤蹈火，在所不辞。

池田起身去卫生间。

小泉一把搂过昭惠子：好不容易，物归原主。

昭惠子搂住小泉的脖子撒娇：我喜欢年轻强壮的。

科伦坡戴氏集团宽敞的大厅里，摆放着珍珠酒店的规划模型和沙盘。

戴旭东、玛雅、孙跃民、张诗仪、黄翔、卡拉汉、萨曼斯教授和港务局的官员们在观看酒店规划设计造型。来自中国西安的李世海先生也在配合讲解。

乔虹在讲解：这个酒店的设计思想，是按照酒店的功能定位确定的。它是按照大型商务酒店兼具度假功能设计的。

五万平方米的建筑群分布在海滩上。主建筑象征着锡卡在印度洋方位的珍珠外形，里面有可容纳一千五百人的大宴会厅，还有五个小会议室，可以配备六国语言的同声翻译声道。五百套各种标准的客房，还有各种风味的餐厅、酒吧、咖啡厅和商务设施区。

度假功能主要体现在户外的沙滩游泳项目上，以及酒店园林区的高尔夫球场。这里四季如夏，平均二十八度的室外温度。每年1月到次年1月是过冬的好选择，7到8月是这里的佛牙节，非常壮观，全球唯一。此去不远，一百一十公里就是东晋法显大师译经的无畏寺。为了表达对他的纪念，酒店设有小型的法显大师纪念馆。

餐厅外面直接连接食品街，是由来自古都西安的李世海先生筹建。

李世海接着讲解：我们在这里修建食品一条街，这是许多国际旅游城市必须有的配套，特别是东方国家。锡卡是多元文化的汇合地，所以也是多种食品餐饮展示地。未来商业街有僧伽罗族的当地餐饮，有穆斯林的清真餐，还有日本料理、韩式烤肉，以及中国餐饮的几大菜系，川菜、粤菜、淮扬菜、鲁菜等。计划今年佛牙节开街。

卡拉汉：你们这里应该加上锡卡的表演，表演区在哪里？

乔虹：在地下一层，有KTV、大表演厅和标准舞台，两千平方米的剧院式展示表演厅。

戴旭东：我们已经和"锡兰之地"艺术剧院签约，他们的节目在我们这里可以同时上演。而且，我们会和世界各国的艺术团体合作，你可以在这里看到音乐剧、舞剧，时装展示和电影的首映式。他们的剧院里有五百个座位，我这里可以有一千多的座位。

卡拉汉：我希望在这里看到中国的演出。

珍珠酒店工地，酒店开工仪式在户外进行，远处是港口城已经竣工的商业大楼。木树清、格兰警长、玛雅、孙跃民、张诗仪、黄翔、卡拉汉、萨曼斯教授等在人群里出现。

红色的台子上，易北峰大使在致辞。

易北峰：2月是锡卡最好的季节，温暖如春。许多事情都是在这个季节开始的，今天，2月7日就是锡卡与中国建交的纪念日。一个酒店的诞生意味着交往交流的发展。西瑟总统就任以来，中锡关系进入了新的阶段，港口城的轮廓已经显现出来，商业大楼已经竣工，酒店开工预示着印度洋金融中心建设已经拉开序幕。中国驻锡卡大使馆继续做好服务工作，我们是建设者和投资人忠实可靠的朋友。预祝工程建设顺利，早日亮相。

戴旭东致辞：我真切地感觉，酒店建成后，这里就是印度洋的中心，金融中心、休闲娱乐中心、购物中心，有雄心的、野心的，都来吧，我们一起随着海浪跳动！感谢大家对酒店的支持。

卡拉汉和易北峰、戴旭东、孙跃民一起为酒店开工奠基。卡拉汉拿起铁锹，给基石培了第一锹土。

一大群记者围住戴旭东和乔虹。

路透社记者：请问乔虹女士，这个酒店，有你个人股份吗？

戴旭东抢过话筒：我来回答，这个酒店是我们戴氏集团独资酒店，是给科伦坡的投资，不是贷款，没有任何附加条件。路透社的朋友，请你客观点报道这里发生的事情。

戴旭东扬长离去。

路透社记者还是追问乔虹：能告诉我们，你遭受绑架时，是谁解救了你吗？

乔虹：巴布尔的酋长和人民，还有我们的大使馆、戴旭东先生。"一带一路"国家的善良人太多了，他们救了我！谢谢。

乔虹她走进一辆轿车，直奔机场。

乔虹、玛雅和戴旭东、孙跃民等人把科伦坡的轮子转起来了，又直飞巴布尔，开始新的航程。

达尔港港务公司，孙跃民、黄道明、陈莹等和港务局主席赛义德在开会。

孙跃民：尊敬的赛义德主席，自从达尔港首航之后，每周都有班轮从卡加奇分流到这里，我们的货物量在增加。但是，最重要的是中巴经济走廊的通道效果还没有显现出来。铁路、公路到2025年后才会全线贯通，所以我们的货物总量还上不来。

赛义德：你说的有一定的道理，腹地经济刺激是一个重要因素，但也不完全是这个原因。世界上很多港口的腹地经济也不发达，有的甚至是无人区。港口的功能在于海运的便利，我觉得商务策划和组织是同样重要的，当然，这涉及配套服务设施的升级。前面的那家港务公司，把这里变成了个死港。现在我们在激活，需要强刺激，就像中国的针灸，治好了我们西部省份的好多小儿麻痹症一样。

黄道明：我赞成赛义德先生的意见。这段时间，我一直在研究这个港口的特点，在石油和燃气没有形成吞吐量时，我们打什么品牌。

孙跃民：好啊，有结论了吗？

黄道明：我认为应该把机电产品和纺织品销售展示中心建在达尔港。几年来，巴布尔出口的前两名就是纺织产品和机电产品，而且国内市场也正在形成。

赛义德：我们有完整的纺织产业链，机电产业也在发展。

黄道明：我的想法是，在达尔港举办纺织和服装销售博览会，现在亚太地区的消费能力提高了，但还是欧美的老品牌。我们完全可以请全世界最好的服装设计师，在这里大显身手。把这里变成一个时尚之都，像米兰、巴黎、首尔、上海一样。

孙跃民：把环球小姐、国际小姐、世界小姐比赛，选美也搞到这里来。

黄道明：首先搞时装设计大赛，后面就是一个产业链和销售链。你看巴布尔的外交部长西娜尔，她的衣服多有东方色彩，时尚、大方、美丽。说明这里完全具备作为时尚之都的元素。

赛义德：很好，届时我们请西娜尔来参考颁奖活动。

孙跃民：豁然开朗，功夫在诗外。跳出港口经营港口。机电产品展销会你就不用说了，几年前我们搞展销会时，就搞过港口机械的主题，现在汽车、电动车会员下中亚、中东。赛义德主席，您觉得把达尔港建成印度洋的销售展示中心，应该是成立的吧？

赛义德：当地的商会会欢呼的。

达尔港机场，马克和塞娜走出机场，戴氏派坎昆来接他们。

坎昆自己开车，行驶在海滨大道上。

塞娜：我们这是去哪里？

马克：我朋友公司的公寓。

塞娜：那里安全吗？

坎昆：当然安全。桥本自杀了，新换的董事长木树清正在和戴老板合作搞商业街。

马克：坎昆是当地人，了解历史，很有发言权的。

大西洋基金总部，门罗和文森特密谋。

门罗：你知道吗，总统竞选人正在从一名叫马克的学者手里寻找我们的证据。

文森特：什么证据？这是水中捞月。

门罗：没那么简单，他们说巴布尔的恐怖分子手里有最新款的M92手枪，美国人给他们提供的。他们试图让选民相信，总统不仅和克格勃有交易，而且和塔利班有交易，驻阿富汗的美军司令部只是前总统留下的烂摊子。

文森特：交易！哪个总统没有暗中交易。水门事件、窃听门事件、多少个丑闻了。只要不被抓住把柄，就没有问题。

门罗：现在就是要消灭把柄。

文森特：把柄在舒卡拉嘴里，我们已经有效地让他失去作用了。他说他的行为是公司的业务，我们给巴布尔政府的答复是这个人早就被我们除名，而且早就注销了国籍。他在巴布尔的活动，完全是个人行为啊。这些年，巴布尔那些吃这碗饭的人，都以为舒卡拉是印度退休海军军官，绰号猴子，哈哈。

门罗：这个马克是莎拉的男友，他已经联系上舒卡拉的女儿塞娜。他们要去找舒卡拉，对外披露真相。最好是不要让他们在大选之前搞出点什么热点新闻来。

文森特：赶快堵截啊。

门罗：已经在巴布尔了，被戴旭东保护起来了。

文森特：那就比较麻烦，变成个人行为了。引渡吧，就说他是前中央情报局的人员，掌握美国国家安全秘密。

门罗：双管齐下，巴布尔不会真听美国的，不像有的国家那么弱智。

达尔港看守所，舒卡拉被监禁在一个单间里，他在看英文报纸。

看守开门，把他往探视室带。

看守：有人探视。

舒卡拉来到探视室，隔着窗户看到女儿塞娜坐在窗前。

舒卡拉潸然泪下：塞娜，你怎么来啦？

塞娜哭腔：南加州将我妈妈遣返回墨西哥城，找不到稳定的工作，举目无亲，在美国待不下去了。

舒卡拉：你在这里找个事情做吧，也许三丰港务集团可以帮帮你，那里有个叫小泉的，是总裁。你就说是我的女儿，希望他帮忙给找个工作，你可以帮他联系美国的业务和商务。他会帮忙的，我们共过事。

塞娜有点犹豫：爸爸，我到这里来，是那个马克带我来的，要不然我也没有旅费。

舒卡拉吃惊：他恨我，要在迈阿密起诉我。

塞娜：他后来知道了您的遭遇，就出主意让我来找您，把经历写出来，一定是畅销书，我们就有了收入。我是从生活角度考虑的，他的建议不坏，至少比你这样被大西洋基金抛弃要好。

舒卡拉：我们之间是有个人恩怨的，他的女友莎拉死在我策划的行动里。难道他会帮我摆脱困境？你让我好好想想，下次让他单独来见我。

塞娜：爸爸，您保重，至少您身边还有我。

杭州栖霞岭岳飞墓，白先臣、白夫人和戴夫人带着白逸轩、戴娆在岳王庙上香。

白夫人嘴里念念有词，在虔诚地祷告后，在岳飞像前三拜九叩。

戴夫人在一旁看得心里难受，扶着戴娆进香之后，就离开坐像。白逸轩傻乎乎地被戴娆牵着出去了。

白先臣也跪下行礼。

白先臣走出庙门，和白夫人一起追赶戴娆母女，她们已经带着白逸轩在车子里了。

宽敞的七座公务车，盘旋而下。

白先臣感叹：可惜岳飞，天纵神勇，没有逃过奸臣的嫉妒陷害。一颗忠心，把儿子岳云也连累了。可怜天下父母心，儿子英雄，老子担心；儿子狗熊，老子操心。

白夫人：今天程大师说了，他的脑神经已经修复了。现在需要帮助他恢复记忆，到那些熟悉的地方，容易留下记忆的场合去走走，有可能激活大脑。

戴夫人：我最近想和他们去巴布尔看看，也许有帮助，旭东要和玛雅姑娘办婚礼了，戴娆还要去过问一下生意，他爸爸已经先去了。

白先臣：我们目前还不方便出面，先祝福他们了。逸轩交给你们，我放心的。

白夫人：辛苦亲家母，您多操心。

达尔港渔人酒店，戴旭东、玛雅和拉纳、桑巴在观看酒店施工的情况。

戴旭东：拉纳，想不到你的速度这么快，连装修都开始了。

拉纳：这是搞食品街的李世海交给我的法子，他说只要结构主体完工，就可以同时搞装修，特别是那些壁画，雕塑，等完全竣工后，反而不好施工。他的食品街就是一边搞结构，一边搞装修，工期会缩短一半时间。

玛雅：谢谢您这么用心，我也想早日看到这个酒店的开业呢。

戴旭东：咱们是合作伙伴，你还记得，当时我们两个在山坡上说的话吗，这个酒店实际上就是兄弟酒店，你和我是兄弟，桑巴也是兄弟。你要让你的律师认真地看看合同文本。这是我们三个人的酒店，渔人港湾的渔人酒店，在河边、山坡上迎来送往。哈哈。

桑巴：不用看，我们相信你，比我们想得周全。估计再有两个月，就会全面完工。你可以在这里举行婚礼。

玛雅兴奋：桑巴，你真是好兄弟。

达尔港商务区，孙跃民、黄道明、陈莹在陪同嘉陵董事长江一鹤参观浅野的厂子，浅野边走边介绍。

生产电冰箱的流水线，已经实现全自动化。

一行人来到总装车间，看到操作工正在擦拭商标上的污渍。

达尔港商标，很简约的造型，一艘轮船，一片汪洋，既写实又写意。

江一鹤：这里的用电情况怎么样了？

浅野：基本解决了，卡西姆燃煤电站已经开始供电，鲁姆河水电站也于近日并网发电。所以整个南部开工不足的问题就解决了。

孙跃民：还有个好处，用电问题解决了，电价降下来，就可以生产大功率洗衣机和电冰箱、空调了。这里夏天四十度高温。

黄道明：电费降低了，人们就会购买大功率洗衣机洗袍子。

江一鹤：浅野先生是个有眼光的人。

浅野：我知道中国人在这里修了很多电站。

江一鹤：孙总，我带了一个团队，他们正在论证发展新兴的客货两用车，江海牌。

我们的研究所提供的资料是他们的机电产品出口阿联酋、沙特，土库曼斯坦。巴布尔国内需求也在增加。

孙跃民：很好啊。这里将会成为机电产品的集散地，中东那里自己建厂不如在这里采购。你看阿联酋、沙特，包括土库曼斯坦都是资源大国，他们有需求，也有购买力。

江一鹤：您会给我什么优惠政策？

孙跃民：巴布尔给了达尔港二十年的免税政策，您觉得还不够吗？如果您需要资金，请直接和亚洲基础设施投资银行申请。他们一定会给您满意的回答，因为您的项目很有市场前景。

夜晚，达尔港酒店，塞娜和马克在酒店酒吧见面。

塞娜：我爸爸说他要考虑考虑，他说你们以前有过恩怨，不知道为什么你要帮他。

马克：我现在这么做，首先是帮自己。因为之前他授意一个记者发表了另外的文章，歪曲了事实。这个黑锅让莎拉背着。现在他把这纠正过来，我才会得到解脱。

塞娜：太复杂了，我听不懂。

马克：我可以去见他，告诉他我的想法。

塞娜：这样比较简单，我们还是喝酒吧，这里的酒不错。

侍者给塞娜端来一大杯扎啤。

马克也来了一扎。

两个人轻松地喝起酒来。

达尔港看守所，探视室里，舒卡拉和马克见面，隔着铁窗在对话。

舒卡拉：你为什么这么做？

马克：这是我们共同的出路。之前我是准备起诉你谋杀莎拉的，但我发现，你已经被大西洋基金抛弃。对于莎拉来讲最好的结局不是你倒霉，而是她的名誉得到维护。我从复仇的情绪里走出来是很痛苦的，但怎么对莎拉更好呢？需要理性。

舒卡拉：听起来是个好主意，怎么操作？

马克：告诉我那个署名松田的人是谁，我去和他谈条件。

舒卡拉：太复杂，而且，她不一定会配合我们。你直接找孙跃民、戴旭东、乔虹了解事实的真相，我写个说明，说之前署名松田的文章是虚构的，可以吗？

马克：也可以，但如果能够争取到执笔人的佐证，就会更有说服力。

舒卡拉：你自己决定吧。请你给我女儿找个事情做，她需要工作和报酬。

马克：我会安排。

达尔港戴氏集团，马克来见戴旭东。

戴旭东：舒卡拉肯配合吗？

马克：他被大西洋基金抛弃了，只有这条出路。现在他说可以写个说明，解释以前发表的文章是虚构的。

戴旭东：这样很苍白，不如直接找到当时执笔的人说明原委更有力，当然，也勉强，但会有效果。

马克：舒卡拉说是个女的。

戴旭东：巴布尔情报部门掌握，是一名叫昭惠子的，当时桥本推荐给舒卡拉的。这个人长期在《读卖新闻》，但真实的身份是小泉的心腹，她暗中在为小泉工作，监视桥本和其他的人，也是东瀛基金会的嫡系人员。

马克：我们可以说服她吗？

戴旭东：说服不了，她听小泉的，但可以威慑她，直接让警方传讯她。把她的口供写在书里，或者更直接，单独报道虚构"操纵恐怖"情节，捏造事实，制造谣言的真相，也很有力啊。

马克：为什么之前不传讯她？

戴旭东：大概还没来得及问这些细节。

马克：我的工作已经完成了，剩下的就是把报道写出来，我不用看她的口供，也知道是舒卡拉授意写的歪曲事实报道。

达尔港三丰港务集团，塞娜来见小泉，小泉轻松地安排见面。

塞娜：我是舒卡拉的女儿塞娜，我爸爸说您是他的朋友，希望您能给我安排个工作，我可以做文秘、公关，还懂西班牙语。

小泉：你爸爸还好吧？他身体一直很棒的。我会尽快研究，给你答复。你把自己的资料提供给我的秘书就可以了。

塞娜：谢谢，您费心，我很能干的，不会让您失望。

小泉：祝好运。

小泉叫来池田。

小泉：可能要安排一下舒卡拉女儿的工作，否则，他会乱说一通，把我们牵扯进去。现在的木树清主席是不会保护我们的，他正好借口换自己的人。

池田：美国人那边呢？他们还想让我们扮演印度洋代理公司的角色，为他们堵上舒卡拉的嘴呢。

小泉：告诉他们，现在的木树清主席不赞成使用非法手段开展业务，我们得听主席的。当然我们也没有必要激怒他们，拖着不办就是了，舒卡拉女儿的事情也只做不说，我们现在要韬光养晦，夹起尾巴做人。

池田：哈依。

达尔港戴氏烤鸭店，戴旭东招待戴夫人、戴娆和白逸轩吃烤鸭。

戴旭东：白逸轩看见我，似乎有点反应，现在可能进入记忆恢复期了，需要提供一些给他留下记忆深刻的场景唤醒记忆。

戴娆：大夫是这么说的。说他的智力已经达到五岁孩子的水平，但记忆没有恢复。我带他回这里来，就是让他找找感觉，死马当活马医，看天意吧。

戴夫人：不要丧失信心，现在不是比以前好多了，知道自己的名字叫轩轩了。轩轩，快吃烤鸭，这是烤鸭。

白逸轩迟钝：轩轩吃烤鸭，烤鸭好吃。

戴旭东：你让我带他两次，找个场景刺激一下试试。

戴娆：好吧。听说渔人酒店就要开业了，真快！说明你选拉纳、桑巴兄弟合作是对的。他们在你遇到困难时，总是很给力。

戴旭东：浅野的冰箱、洗衣机和空调流水线也已经投产，销量见涨，巴布尔的用电价格降下来了，也稳定了，制造业是有前途的。你现在是名副其实的资本家了，在搞资本运营了。

戴夫人：谢谢你对小妹的照顾。我们也是来参加婚礼的，你爸爸不是说要先来看看吗。

戴旭东：婚礼还需要两个月，我想等渔人酒店开业，那样感觉好些。所以就让爸爸替我去土库曼斯坦了，看看那里对汽车的需求。重庆的江一鹤来这里谈合作了，他要把电动车制造升级为客货两用车，牌子的名字都起好了，江海牌。这几年，巴布尔的汽车销售主要在阿联酋、沙特、土库曼斯坦。土库曼斯坦自从发现了天然气，很快就富起来了，他们的购买力正好适合汽车和中高档的家用电器。

戴夫人：我还不知道你爸爸是去干这个了，他很高兴的，说以前没有去过土库曼斯坦，很美。就没有说他在给你当差，哈哈。

戴娆：我们家的事业蒸蒸日上，谢谢哥哥。我嫂子呢？

戴旭东：去科伦坡的茶场了，到了上货的时间了，拉姆和坎昆在帮她。价格还按照你们说好的办。

戴娆：她真能干，我是坐享其成了。

达尔酒店健身房，戴旭东让白逸轩穿上拳击的服装，在健身房里单独待着，他隔着玻璃墙在观看他的反应。

白逸轩穿上拳击服，开始慢慢活动手脚。

戴旭东突然打开门，上去就是一个冲拳，白逸轩迅即做出反应，用拳头来抵挡，显然是受过训练的。

戴旭东继续和他对打，白逸轩灵活地躲闪起来。

戴旭东停下来，大声喊：白逸轩，再来！

白逸轩没什么大反应。

戴旭东自言自语：看来动作记忆好恢复，语言记忆不好办。

戴旭东看到拉巴尔在一旁等待，就走了过去。

拉巴尔低语，戴旭东笑了。

夜晚，达尔酒店房间，拉巴尔把白逸轩带到酒店客房，开始给他放毛片。

拉巴尔走出房间，把门带上。

酒店监控室里，戴旭东打开特殊装上的摄像头，看白逸轩的反应。

白逸轩看到屏幕上出现日本 AV 女优的形象，无动于衷。

接着屏幕上出现欧洲女郎的形象，接着是大尺度的表演，白逸轩还是无动于衷。

屏幕上出现做爱的场面，呻吟的声音，白逸轩依然无动于衷。

戴旭东在监控室里皱起了眉头，他觉得白逸轩的记忆很难恢复了。

科伦坡，"一带一路"港务人才培训班如期举办。

来自"一带一路"沿线十多个国家的几十名学员在聚精会神地听课。拉巴尔和桑巴也在其中。

孙跃民用英语在授课，大屏幕上是中英两种文字的标题：港口、港区和城市。

孙跃民：世界上所有大的港口城市，都走了一条看似弯曲，实际笔直的路线，那就是港口的修建和使用，带动了港口地区的加工贸易，聚集的人群的生活需求又带来了商业和服务业，于是港口城市形成了。鹿特丹、旧金山、新加坡、上海、纽约等无不如此。在港口和城市之间搭起桥梁的就是我们今天称作港务的业务。狭义的港务是指为港口运输服务的业务，广义的指的是包括加工区和自贸区在内的业务。把港务发展起来了，就会产生辐射作用，在周边形成产业聚集，带来商业服务业。我们要用十天左右的时间告诉你们，怎么做到这些。

来自巴布尔、锡卡、泰国、吉布提、孟加拉国等十二个国家的学员在听课。玛希拉和拉巴尔也在听讲，他们似懂非懂，但很认真。

孙跃民做完动员，萨曼斯教授开始给学员上第一课。

科伦坡商业大厦，孙跃民和黄道明、黄翔、张诗仪、陈莹等人在观看港口城国际招商展会现场布置情况。

黄翔在汇报：根据您的指示，我们这次招商活动，立足科伦坡，面向印度洋，安排了若干专题展区和洽谈区。科伦坡重点在金融、期货、证券，锡卡还有旅游专区。巴布尔重点在纺织服装、机电产品，当然还有石油天然气加工储运设备等。

黄道明：我们这次在这里小试牛刀，布置了一个时装和纺织产品洽谈专区，请米兰和巴黎的设计师用巴布尔的面料设计了一系列时装，名字叫印度洋风。没想到，纺织和服装企业的积极性很高，中国的如意、日本的美姿都参加。我在达尔港和戴老板商量，先搞个休闲时装公司，让巴布尔的时装模特在这亮相。

孙跃民：很好啊，来个外交部长时装系列，请一些女外交官、大使夫人来参加，一定轰动。给服装界来一次美学冲击，东方美学闪亮登场，哈哈。

张诗仪：格兰警长来过几次了，他说他们装了安检门，同时派了防暴警察。

陈莹：科伦坡现在风平浪静。

黄翔：拉巴尔和桑巴在这里接受港务人才培训，回去说，科伦坡南码头就是未来的新加坡，而达尔港就是蛇口。他们参观了这些港口。

张诗仪：那玛雅参加过招商会，该说科伦坡就是未来的米兰，达尔港就是巴黎了。

孙跃民：所以，一个城市，在于活力。我记得当时在欧洲，分别去了里斯本、马德里和鹿特丹，我选择了荷兰去学习。到里斯本，感到那个城市一片沉寂，港湾里的设施已成陈迹，只能感受到昔日辉煌。西班牙的马德里倒是很有活力，但那是因为足球，马德里、巴塞罗那的港口地位已经下降。而鹿特丹港口的吞吐量遥遥领先。

张诗仪调侃：我还以为是因为阿姆斯特丹的橱窗女郎呢？

孙跃民：你怎么不说是因为郁金香和鲜花市场呢，那里还挨着钻石之都安特卫普呢。

陈莹：孙总，这是个产业链，鲜花、美女、钻石。

孙跃民：哈，荷兰的面积四万多平方公里，比锡卡少两万呢。现在连美国、日本都在说印太战略，是有一定道理的。现在全球港口吞吐量前二十名的几乎全在亚洲，欧美只有洛杉矶和汉堡。

陈莹：我觉得黄总这个时装秀肯定火爆，人家一下子就觉得达尔港原来这么时尚呢，就会产生旅游和购物冲动。

黄道明：招商展示会名字叫印度洋博览会吧，以后持续用这个名字，容易有品牌效应，我建议。

孙跃民：好啊，今天变成神仙会了。

陈莹：今天就我一个兵，跟着你们老总们讨论半天。孙总，都是达尔港的老人了，你还不掏腰包，请我们去吃顿像样的?

孙跃民：好，晚上我请客，李世海在港口城边上新开了家羊肉泡馍，特好吃。

陈莹：真抠门。

科伦坡郊外墓地，细雨蒙蒙，汽车沿着一条林荫道驶往郊外。

戴旭东单独乘车前往松坂庆子的墓地。

往事在他眼前浮现。

松坂庆子身穿宝蓝色的西装，给他递过自己的名片。

在戴氏烤鸭店给松坂庆子过生日时，她说：我爸爸是中国人。

无畏寺，松坂庆子倒在他怀里，气息奄奄，断断续续说：我——是——中国——人。

戴旭东坐在车里，眼睛湿润了。

细雨中，戴旭东捧着一束鲜花，伫立在松坂庆子的墓碑前。

戴旭东眼前出现幻觉：

松坂庆子穿着紫罗兰花色的裙服，在雨中若隐若现。

松坂庆子幽怨地说：你把我忘了! 木树清就是杀害我的人，你和他握手言欢。

戴旭东：我想杀了他，我又不能。

松坂庆子：他会接着谋杀你，真傻，别被他的笑容欺骗。

戴旭东：我很难过，很尴尬，谢谢你的提醒。

松坂庆子：我只能给你带来烦恼和劫难，抱歉，玛雅真的更爱你。

松坂庆子在雨中消失了。

戴旭东怅然若失，他把鲜花放在墓碑前，深深地鞠一躬，离开了。

有情有义的中国男人，在印度洋的波浪中经受着情感与理智的考验，也备受道德和情感的煎熬。

科伦坡港口城商业大厦，盛大的印度洋国际招商展示会在举办。

展会内，五彩缤纷，各个展区各具特色。

德国港口机械的印度洋总代理曼海姆在机电产品展区介绍他们的产品。

中国如意集团在纺织服装展区展示他们智能化工厂的模型。

科伦坡金融招商洽谈区人来人往，卡拉汉特别助理在那里介绍情况。

黄道明和陈莹带着"印度洋风"时装模特队出现在 T 台上，人们在欣赏她们的走台表演。

先是一组南亚东南亚风格的服装，僧伽罗、傣族、高棉、马来族的。接着是中亚、中东；最后是职业时装，外交官、白领等，赢来一阵阵掌声。

北京中国博海集团总部，刘清云在审批文件。他让秘书叫来叶成修。

刘清云：印度洋公司关于把举办国际招商展览会作为品牌活动纳入集团计划的议题，已经讨论过了，尽快发文。先口头通知他们，同意明年在巴布尔达尔港举办。

叶成修：孙跃民说要请您去视察一下，有几个港口经济的大事要给您当面汇报，或者他回北京来。

刘清云：我去，你们海外部和投资规划部的人跟着。我答应过他，让他站在南亚和印度洋角度思考一些战略性问题，三个月之内给我汇报。请陈总也去。

叶成修：好，我尽快安排。

夜晚，达尔港戴氏烤鸭店，戴旭东、玛雅请孙跃民、阿里夫吃饭。

戴旭东：我的酒店就要开业了，和浅野的合作顺利，下一步就是"江海牌"汽车投产，食品街开街。我觉得局面已经打开，港口商业区的轮廓形成了。因此，特别请两位战友来喝杯酒，聊聊天。唉，心里好沉重，嗨不起来呀。

阿里夫：你需要把过去的事情放在一边，面向未来。酒店开业时，和玛雅成亲，你的新生活就开始了，准嗨得起来。

玛雅：你们可能不知道他心里的纠结。他现在要和木树清合作建食品街，木树清任东瀛基金董事局主席后，直接要参与到中巴经济走廊项目里来了，他很不适应。

孙跃民：当初是你劝我，要放下成见，情感服从于理智，和木树清合作，做个引导。看来你自己的问题并没有解决。我觉得还是应该保持清醒的头脑，时刻不忘我们的主导权，不能犯幼稚病。

阿里夫：哈哈，你要是在我身边，就不会让你去木树清的渔船去考察体验，这是正儿八经地上贼船。

玛雅：可现在，贼还在外面逍遥。你们还要和贼合作。我们戴老板，能不纠结吗！

阿里夫：对于巴布尔政府来讲，我们的职责是保一方平安，让中巴经济走廊建设顺利推进。这是大局，其他的就是小局了，小局当然要服从于大局。

孙跃民：我看阿里夫先生可以做我们的党委书记，你去给我们讲党课，一定比我讲得精彩。哈哈，戴老板，你长期没有组织关心，有些思想疙瘩解不开，多请我们吃几次烤鸭，我们帮你排解。这个木树清，他是绑架我的同谋，他还以为我们都是傻子。那天他竟然厚着脸皮来见我，说要承包科伦坡的港口城，试探我的态度。我想真会摘桃子，当年你们造谣污蔑、策划罢工、绑架、恐怖袭击，无所不用其极，没坏得了我们的事，现在要拣块肥肉吃，门儿也没有！但转念一想，他不是服软了，来道歉了，也说明他看清了形势。以前我们开展了许多工作，不就是想要把竞争冲突转化为合作共赢吗？我们害怕什么木树清！我就将他的军，答应给他商业大楼服务业竞标的机会，但要在达尔港投资。而且，我暗示他，基纳和库拉都还活着，随时都可以出来坏他的事儿。这不，来了，在这里开日本料理，还和远洋集团合作，拓展渔业港口业务。

玛雅：戴老板对木树清的仇恨和你不一样，那是杀妻之恨。哈哈，当时我不知道，戴老板是这么有情有义的男人，以为都像阿里夫表哥那样的，老想多娶几个妻子呢。现在还在纠结与木树清合作，是不是对不起松坂庆子呢。我理解，我也喜欢这样有情义的人，但你别影响到做事情。你看人家孙总，和前女友，很大方坦诚地相处。

阿里夫和孙跃民相视一笑。

阿里夫：你们领教了吧，谁说巴布尔的女性没有嫉妒心。为了自己的身心健康，你还是应该娶一个像我表妹这样的就够了，美丽大方、多愁善感，所有女人能给你的感受，她都会给你的。要不然，你就倒霉了，家里天天都是阴天，都会下雨，见不到阳光。

玛雅：讨厌，阿里夫表哥是在讽刺我吗？

阿里夫：在恭维你。当然她会电闪雷鸣，也会驱散乌云，阳光灿烂的。戴旭东，男人嫉妒你才对。

戴旭东：谢谢你们表兄妹给我演的双簧，要不是我了解玛雅，还以为你们是借机会给我进行婚前教育呢。我明白了，大局、小局。不仅是对木树清，对于舒卡拉也应该网开一面，利用他，而不是仅仅惩罚他才对。

阿里夫：他现在被大西洋基金抛弃了，美国大使馆给我们的回复是，舒卡拉不是合法的美国公民，他的行为是个人行为，没有任何组织会为他承担责任。不知道是大西洋基金就有这种机制，还是早为他做好预案，一旦出现被抓的情况就抛出来这个说法。

玛雅：真够残酷的，怎么处置他？

阿里夫：他一口咬定，所有的行为都是大西洋基金的业务，没有任何个人的动机和因素。我分析，最后的情况是被驱逐出境。

孙跃民：我知道，你们挺为难的，美国人借口停掉了他们对巴布尔的军事援助。但最根本的原因是因为中巴经济走廊，中国和巴布尔不仅是铁一样的兄弟关系，而且加上了钢。现在巴布尔经济增长到百分之五，已经进入快速发展期。美国人和日本人只能望洋兴叹。舒卡拉让他们也很难受。他是个人才，知道那么多秘密，也熟悉很多专门的业务。

阿里夫：我们的新总统和总理，对美国政府的认识很深刻。他们继续为美国反恐提供支持和帮助，但他们不会为有人不高兴就停掉我们的项目。目前在中巴经济走廊三十九个项目直接就业的就有两万多人，这背后就是两万个家庭。而且现在随着鲁姆河水电站并网发电、北部铁路开工、喀喇昆仑公路升级改造，每年都出现上万个新的就业岗位。每年来自中国的总投资已经达到一百多亿美金。为什么要停掉！只有蠢驴才会那么做。

孙跃民：现在中巴经济走廊已经产生投资的热岛效应，沙特阿美集团和美孚石油公司要在这里建个石油城。美孚公司在俾省发现了储量在二千二百多亿桶的原油和天然气，再加上沙特现有的原油出口，我们期待的达尔港成为中国石油天然气输送新通道实施的条件就更充分了。构想正在成为现实。还有浙江杭州的马里也要来搞网络电商，重庆的江一鹤也要搞"江海牌"汽车。戴老板，你的人气很旺耶，赶快扩充你的业务吧，未来的巴布尔巨商。达尔港人民要为你建纪念碑的，哈哈。

阿里夫：这么明朗的局面，我们不为难，舒卡拉的事情法庭会做出最后判决。

戴旭东：在我们的海外公司给他个养老的地方吧，也许某种时候用得着他。

孙跃民：放下屠刀，立地成佛。戴老板就可以度他成佛。

玛雅：你心里对他没有仇恨？

戴旭东：有！他是杀害松坂庆子、莎拉、松田，包括一系列恐怖事件的主谋。但留着他意义更大，我们的大局是中巴经济走廊，是"一带一路"，是印度洋。要在印度洋立足，先赢得人心！喝酒吧，阿里夫先生，你破个例。

阿里夫：我已经醉了。现在你应该叫我表哥。快给戴家生个接班人。

玛雅：别说了，喝茶。请你参加我们的婚礼。

几个知心朋友一起举杯，祝福戴氏集团和达尔港的未来。

在达尔港渔人酒店的商务会议室里，达尔港商务区和几家企业的签约正在进行。

总统特别助理阿里夫、巴布尔武装部队特别保安部队司令、中国博海集团董事长刘清云、俾省首席部长阿贾伊、俾省工商会会长拉赫里、俾省穆斯林商会秘书长特拉、达尔港港务局主席赛义德、中国博海集团印度洋总公司董事长孙跃民一起在台上见证签约。渔人酒店总经理拉纳西装革履在台下服务，玛雅和陈莹在组织签约。

第一组是沙特阿美石油公司与达尔港港务公司总经理黄道明、港务局主席赛义德签署三方协议，建设达尔港石油城。

第二组是中国杭州马里集团董事长马里和黄道明、赛义德签署建立达尔港网络电商服务系统的协议。

第三组是中国重庆嘉陵集团董事长江一鹤和黄道明、戴旭东签署"江海牌"汽车制造厂建厂协议。

第四组是东瀛基金董事局主席木树清和丝路畅香集团董事长李世海签署建立达尔港食品一条街的协议。

第五组是中国时尚杂志社社长刘海和戴旭东、中国如意集团巴布尔公司总经理签署成立新丝路时装公司的协议。

众多的海外记者拥挤到台前，用摄像机和照相机记录这历史性的场面。

签约人被记者包围，首先是马里在回答问题。

美艳的昭惠子拿着话筒发问：我是《读卖新闻》记者昭惠子，请问马里董事长，电商进入达尔港是否意味着得到承诺，要垄断巴布尔的电商市场？

马里微笑：这是什么逻辑！市场本身就是不能垄断的。除非有人强行干预，不让某国的产品进入某个市场，搞点歪门邪道、霸权主义。巴布尔这么充满智慧的国家，而且正处于发展期，没有任何必要拒绝别的商家进入。你们日本是这么做的吗，政府干涉某种产品进入，代行市场功能？

昭惠子：你觉得你和亚马逊，谁会在南亚胜出？

马里微笑：太有意思了，我没有这么思考问题。我不会那么幼稚地认为巴布尔的跑道上只有我们和亚马逊两个选手，超过他我就是第一。过去若干年，美国一直是全球贸易总量第一，但前五年，中国贸易总量超过他了，变为全球第一，但现在又被美国反超了。这能说明什么问题！我们的电商是关乎千家万户的服务业，可不是百米竞赛，是马拉松、万里长征。所以，胜出是个肤浅的概念。我只会到欢迎我投资的地方，有市场前景的地方去做战略投资、长期投资。一个奔跑的人，顾不上考虑别人怎么跑。跑就是了，看谁的速度快、耐力久。对于巴布尔来说，让大家都在这里跑就是成功。

路透社记者在向沙特阿美公司经理提问：沙特搞石油城的重点是销售自己的，还是开发巴布尔的石油？

经理：我们面向市场啊，谁给的价格合理就和谁做，但主要是卖给中国，我想从这里出发，比绕马六甲总是要便宜许多的。中国石油的价格会下降。

路透社记者：听说你们要和美孚公司联合开发巴布尔的石油，什么时候开始？

经理：我不负责那个工作，你问别人吧。

达尔港中国博海集团港务公司办公室里，刘清云、陈可染、叶成修等人在听孙跃民关于印度洋港口发展的汇报。

黄道明、张诗仪、黄翔、陈莹等人参与汇报。

孙跃民：我们在修建达尔港和科伦坡港口城的时候，十分突出地感受到，要把具体的港口建设和印度洋的港口体系、港口经济结合起来，通盘考虑。尤其是我们集团已经由建筑承包商变为开发商、供应商、服务商的时候，这种感觉更强烈。

刘清云：你汇报没有时间限制，但也别从哲学给我们讲起啊。

孙跃民讪笑：我抓紧，但我必须说印度洋周边这几个国家，尤其是人口大国，市场潜力巨大。全球上亿人口的大国十三个，这个地区就有印度、巴布尔、孟加拉国，沾点边的还有东南亚的印度尼西亚、菲律宾。五个人口大国，这几年经济发展速度都高于全球平均水平，在百分之五以上，这就意味着市场的潜能即将被激活。所以我们布局的时候，应该着眼于购买力和贸易特征。现在，我们的布局偏于石油运输的考虑居多，但实际这段时期，进出口贸易排在前面的还是机电化工产品、纺织产品等，因此，我想关于港口规模、功能定位和布局分工的理念，就很有必要了。我正式向集团领导提出，港口码头的规模、专业分工、功能定位理念。不一定都去搞综合性的港口。从目前实际出发，石油运输应该集中在达尔港、缅甸的皎漂港。皎漂港的石油管道已经通到云南，达尔港的石油在不久的将来也会通到喀什。其他的就搞成集装箱码头，综合性的可以分散。

刘清云：你说的不就是现状吗。

孙跃民：我说的重点是规模！港口的规模要超前，不能根据现状。我觉得未来印度洋最大的港口是达尔港，其次是吉布提。吉布提背后是非洲大陆，又是通往地中海的大通道。我们港口的规划至少应该看五十年。

刘清云：我们听明白了，你是说你的印度洋公司业务范围应该包括非洲。有道理，可染、成修，你们研究一下，确实应该考虑印度洋各个通道和腹地经济联系的问题。把那里的项目部变为综合性的开发公司，把港口、工业区和城市融为一体，做综合性的考虑。是这个意思吧，跃民，你这个大印度洋。

人们哄笑起来。

孙跃民着急：我还没说完呢。刘总，更重要的是达尔港现在搞得有点夹生了。这是早期形成的，但现在应该整合，一揽子考虑港口、工业区和城市的长远发展问题。把水、电、气、热、道路交通、网络覆盖的建设和利用通盘考虑。他们这些单项都是白手起家，立足达尔港，面向巴布尔，所以不单单是个港口建设和土地一级开发的问题。

刘清云：你还嫌你的官儿小，事儿少。

孙跃民：我是说要向中央政府反映，我们给人家建的可不光是个港口，是一条经济发展带。

刘清云：你不用再说了，刚才我已经看了你的各个子项目的预算，基本上是主导各子项目的思路。这就是你说的规模统筹的概念。狡猾，狡猾啊。不过我同意你的思路，我们也可以搞资本运作。你们几位还有什么补充的？

黄道明等人都摇头。

刘清云：可染，你说说。

陈可染：我赞成这个思路和预算，应该这么干，我们不可能每个专业领域都熟悉，但可以用资本把它整合起来。

刘清云：我们的生产方式在发生变化，市场需求也在变化，所以我们的理念和经营模式也要发生变化。就这么定了吧。该让我们吃饭了。

孙跃民：刘总，您这才是哲学，管理哲学。

刘清云：孙猴子，报复我。

夜晚，达尔港海滨大道，孙跃民和张诗仪在月光下散步，他们相挽着，不知不觉就走到了大榕树下。

孙跃民：哦，又来到大榕树下了，你离开这里三年多了！

张诗仪：想起来你是个身经百战的人了，历经风浪，生死线上打转好几趟了。

孙跃民：值得，花钱都买不来的体验，情感经历。

张诗仪：我一直没问你，你对我们的未来怎么规划？

孙跃民：我在你们家说了，和你商量，选择时间结婚。

张诗仪：可你没和我商量啊。玛雅已经在准备嫁妆了，她让阿萨德部长买浅野工厂的"达尔港"电冰箱给她做嫁妆。

孙跃民：戴旭东不需要准备彩礼？

张诗仪：有啊，渔人酒店的一半股份，算给玛雅的婚前财产，给阿萨德部长一车红茶。

孙跃民：戴老板挺精明的，一半股份没给老丈人。要是我，就送更新鲜的。

张诗仪：什么新鲜？

孙跃民：马尔代夫的金枪鱼一条。

张诗仪：抠门。

孙跃民：好几百斤重呢。

张诗仪：戴旭东在科伦坡专门去墓地给松坂庆子做了祷告。

孙跃民：有情有义的男人。你怎么知道的？

张诗仪：玛雅告诉我的，她让我陪她去茶场酒店看上货，路上司机告诉她，戴老板去墓地了。办婚礼前，他梳理一下心理和情感，向过去告别了。

孙跃民：也可以这么理解。玛雅更适合他，热情开朗，美丽大方，里里外外一把手，适合老戴这么多愁善感的人。松坂庆子很细腻温柔，但两个人都要多愁起来，这日子不阳光。

张诗仪：你是不是也要向过去告别？

孙跃民：咱俩很合适，我是个比较粗线条的，你是个细心眼儿的，粗细搭配合适。我说今天怎么吃完饭也不说啥，信马由缰就走到这里来了，没想到你这早就想好的情景再现。大榕树下，张诗仪及时出现，挽救了我的生命，让我在感情危机的边缘，悬崖勒马。哈，你是在这里对我进行婚前心理检查、婚前情感教育呢。好导演。

张诗仪：讨厌，贫嘴，那我们家什么时候才能吃到你的金枪鱼呢？

孙跃民：明年，科伦坡港口城亮相，达尔港初步达产。那时我的心里也敞亮啊。

张诗仪：我还以为你说要等到两个百年目标实现呢。

夜晚，戴旭东来渔人酒店公寓看望戴鸿业、戴夫人。

戴旭东：酒店在试运行了，目前看运转正常，有一些海外商社和公司长期包租，已经入住了。您可以长期住在这里，很方便，也很安静。

戴鸿业：很好。我关心的是婚礼。阿萨德先生同意举办这种形式的婚礼吗？他们的传统婚礼很复杂的。

戴旭东：他同意，现在城里的年轻人也已经简化了形式。但他坚持要给嫁妆。玛雅同意他购买浅野和我们合作的冰箱作为彩礼，"达尔港"牌，很有意思。我按照您的意思告诉玛雅，把渔人酒店的一半股份送给她作为彩礼，送一船红茶给岳父母，就一吨红茶，他们家族人很多，是锡卡的高山红茶。将来锡卡的茶场酒店、达尔港电器工厂和食品街的股份留给戴娆。

戴夫人：谢谢你对妹妹这么好。可惜她的命不好。

戴鸿业：白逸轩已经大有好转，如果他能恢复记忆，摆脱台北军情局的纠缠，完全可以在这里做事的。

戴旭东：看天意吧，我已经想了很多办法，但效果不是很明显。

戴鸿业：从目前你的布局，看不出未来印度洋的总部放在哪里？

戴旭东：从长远看，还是放在达尔港好。这里的起点低，但未来规模会很大，人口估计会在五百万左右，它的腹地不仅是两亿人口的巴布尔，实际还依托中国大陆。现在沙特阿美和美孚公司已经投资石油城。未来巴布尔会进入产油大国行列，达尔港的石油加工运输会成为印度洋最大的港口。而且，出现极端情况、战争，这里会比其他国家安全。

戴夫人：但现在屡屡出现恐怖事件啊。

戴旭东：少多了，而且民间反对恐怖的舆论很起作用的。西部的年轻人在中巴经济走廊项目上就业的越来越多，分裂势力越来越没有民间基础。有人背后插手也不可持续了。军方专门有保卫中国人的特战队一万多人呢。会越来越安全。

戴鸿业：我赞成把总部放在这里。你可以把业务领域加宽，学会资本经营。

戴旭东：我在学习、尝试。

夜晚，阿萨德家，玛雅回家给父母说婚礼的事情。

玛雅：戴旭东送给您一船红茶作为彩礼，大概有一千公斤，您可以招待客人，送给亲友。

阿萨德：我送给你的冰箱可是我自己付钱，不要给你们做广告。

阿萨德夫人：你爸爸还准备了一些手工编织的地毯，铺在你们的新房吧。你们的新房安排在哪里？

玛雅：妈妈，在渔人酒店的公寓。

阿萨德夫人：都结婚了，连个房子都没有，住公寓。

玛雅嬉笑：那是我们的酒店，戴旭东送给我渔人酒店一半的股份，我就是酒店的主人。

阿萨德夫人：那另一半呢？

玛雅：是达尔部落酋长萨巴德的儿子拉纳和桑巴的股份，那块地是他们提供的。

阿萨德夫人：你是半个主人。

阿萨德：现在的股份制企业都是这样的，还有四分之一个主人的。时代不同了。

玛雅：以后科伦坡的珍珠酒店，就我一个主人了。

阿萨德夫人：嫁给中国人好，他不会再娶另外的妻子了。要不然，你就永远是四分之一个主人。

阿萨德微笑着看着夫人：你越来越聪明了。

达尔港看守所，马克和塞娜一起去探视舒卡拉。

塞娜：马克先生把《揭幕黑暗》改写完了，他希望你写个说明，这样就可以交付给出版社了。我已经拿到第一笔稿酬。

舒卡拉：估计我也快被判决了，还不知道去哪里，无家可归，你就替我写个说明吧，我会看书稿，但不会提什么意见，我相信他的人品。他可以同时送出版社，尽快出版，拿到一笔钱，好找居住的城市。

舒卡拉说着说着，眼泪就掉下来了。

马克凑到铁窗前：舒卡拉先生，问你个私人问题，如果有公司聘请你去某个港口做事，你会同意吗？

舒卡拉喜出望外：当然愿意，总比无家可归好。谢谢。

马克：这本书出版后，你就没有退路了，真相大白。

舒卡拉凄然：还能退到哪里去！我有准备。

达尔港码头，戴娆带着白逸轩来到码头，看到进出的轮船，指给他看。

戴娆：老夫子，那是轮船，轮船！

白逸轩傻傻地说：轮船，轮船。

戴娆：你还在这里背过诗的，孤帆远影碧空尽，唯见长江天际流。

白逸轩：天际流，天际流。

戴娆失望地哭起来，白逸轩无动于衷，傻傻地陪她坐在地上，一直到黄昏日落。

渔人酒店宴会厅，戴旭东和玛雅的婚礼在进行。

阿萨德和夫人带着娘家人坐在宴会厅的左边，阿里夫也在其中，男人们在一起，女宾们在一起。人们手里都拿着小花环，是花店定制的鲜花花环。右边是戴鸿业、戴夫人和戴旭东的朋友。

戴娆带着白逸轩也来参加婚礼，他们和戴鸿业、戴夫人坐在离主持人比较近的一桌。

孙跃民、张诗仪、黄道明、黄翔、陈莹也来参加了。

乔虹、何瑾、白逸秋也来了。

酋长萨巴德在拉纳、桑巴的陪同下也来出席婚礼。他坐在赛义德的旁边。

拉姆和坎昆、拉巴尔西装革履，在帮着戴卫东引导照顾客人。

婚礼是中国和巴布尔婚礼的结合。

七名美丽的伴娘，身着巴布尔的盛装出现在宴会厅的中央。在她们的引导下，盛装的玛雅披着面纱来到宴会厅中央。

另外一边，七名英俊的小伙，身穿节日的盛装，引导着戴旭东出现。

戴旭东穿着巴布尔的民族服装，金光闪闪，红色的长袍绣满了金丝线，头上有帽子，上面竖着头饰，远看就像奥斯曼大帝苏莱曼一世的造型。

婚礼音乐响起来，人们开始抖动手里的花圈，和着音乐的节奏。

盛装的阿訇前来诵经。

之后是伴娘们引导娘家人推出嫁妆。嫁妆放在推车上，分别是地毯、冰箱和五彩缤纷的女装。

伴郎们展示彩礼，是包装精致的红茶和中国点心，之后是象征着酒店的一个模型。

人们欢呼起来。

戴旭东挽着玛雅走到宴会厅中央，分别向双方亲人鞠躬行礼。

这时，戴旭东撩开玛雅的面纱，给她戴上钻石戒指。

大蛋糕推上来了，两人准备切蛋糕。

戴娆牵着白逸轩的手：快看，玛雅好美，赛过天仙。

白逸轩眼睛亮起来，他眼前出现记忆的画面：

屏风后面，玛雅在整理服装，蓝色的西服，白色的衬衫，半个胸部露在外面。

他产生幻觉，玛雅披着白纱走过来，身体的曲线若隐若现。

白逸轩的记忆一下被激活了。

白逸轩一下站起来，踮起脚来看玛雅美丽的曲线。

戴娆拉他坐下。

白逸轩眼神很灵活地看着她：玛雅真性感！

戴娆吃惊：你好了！她是玛雅！

白逸轩：我们是在参加她的婚礼。那戴旭东呢？

戴娆：身旁的新郎就是啊。

白逸轩：没认出来，他穿得像奥斯曼大帝，很威风。我想起来了，他和我对打，我还手了，让他知道底细了。告诉我，孙跃民还活着吗？

戴娆：活着，他也来了。

白逸轩：后来发生了什么，你要听我解释。

戴娆：先吃蛋糕吧，以后慢慢说。

戴旭东和玛雅给戴鸿业、戴夫人送去蛋糕，深深鞠躬。

他们来到戴娆和白逸轩面前。

戴娆说：哥哥，他醒了，认出玛雅了。

白逸轩尴尬地说：祝福你们，像做了一场梦。

戴旭东和玛雅交换了下眼神，玛雅向戴旭东挤眉弄眼。

戴旭东和玛雅来到孙跃民面前。

孙跃民接过蛋糕，向他们表示祝福。他的下属们齐声祝福。

戴旭东和玛雅来到萨巴德和夫人面前，阿里夫也凑过来。

萨巴德：你们使我们家族感到骄傲。

音乐再次响起，宾客们跳起了欢快的巴布尔舞蹈。

夜晚，达尔港戴氏酒店，戴娆挺着大肚子挽着白逸轩走下轿车。

戴娆和白逸轩回到房间。

戴娆：老夫子，你可醒了！给我去倒杯热水吧。

白逸轩：好的，你走起路来显得好吃力。

白逸轩把热水给戴娆端过来。

戴娆：你这个骗子，为什么不告诉我你是军情局的人。

白逸轩大吃一惊：他们缠着我，我实在没办法摆脱，只好听命于他们。

戴娆：我哥哥已经准备招安你的老上级舒卡拉，你也跟着我们戴家做生意吧。你在最傻的时候，我哥哥一直在帮你治病，他知道你的真实身份后依然宽厚待人。看看他怎么对待拉姆、坎昆、舒卡拉，就知道什么叫厚德载物了。

白逸轩：我好好想想，以后做什么，我要活得有尊严。

戴娆：你有尊严？我有尊严吗！我怀着你的孩子，名不正言不顺。但我想只要你活着，是弱智白痴都可以，我的孩子至少有个爸爸在。

白逸轩：对不起，我太自私了，你别生气。

戴娆突然肚子痛，觉得腹中的胎儿在剧烈动。

戴娆：快叫救护车，送我去医院。

救护车的声音刺破夜空，戴娆躺在救护车的担架上，临产的阵痛发作。

白逸轩在担架旁直冒虚汗。

夜晚，戴旭东和玛雅的新房，红色的床罩、被褥和垂帘。

戴旭东深情地走到玛雅身边，轻轻地吟诵着泰戈尔的诗句：长发飘柔的女人，把纱丽从屋顶的栏杆上挂下来。他慢慢地去掉玛雅的面纱，揭开玛雅的衣服。两个人相拥着进入帘幕中的新床。

戴旭东轻柔地说：这故事讲了一千零一夜，好神奇、迷人，如梦境一样，再也不想醒来。

玛雅娇柔地说：还要再讲一千零一夜，不要你醒来。

两个人的声音渐渐变得急促起来。

突然，戴旭东的手机刺耳地响了。他爬起来，是戴夫人的来电。

戴夫人：戴娆生了，是个男孩子。我和你爸爸过来看看，你就别过来了，有白逸轩在陪床，只是让你知道一下，分享一下好消息。

戴旭东：祝贺，母子平安就好。

戴旭东放下电话，又钻进帘幕内。

玛雅：是你那个伪君子妹夫打来的吧？

戴旭东：他应该感谢你，是你美妙的身体让他恢复了记忆。

玛雅：胡说什么呀，是他自己的龌龊、嫉妒心、偷窥心理，让他那么阴暗，躲在背后放冷箭。上天对他还不错，恢复了记忆，还得了个宝贝儿子。你妈妈是真的兴奋了，也不管我们新婚之夜，正在讲一千零一夜的故事呢！

戴旭东：凌晨时的故事更美妙，薄雾弥漫，海风夹着细雨，摇动着带露珠的花瓣。

戴旭东温柔地把玛雅拥在怀里，摩挲着她的长发。

达尔港看守所，那瑟警长找舒卡拉谈话。

那瑟：法庭对你的最终判决出来了，因为你从事危害巴布尔国家安全的活动，所以驱逐你出境。你还有什么要说的吗？

舒卡拉似乎无动于衷：大西洋基金有什么别的意见吗？

那瑟：没有，他们重申，你在这里的所作所为是个人行为。

舒卡拉：他妈的！就这样吧，我服从，签字。

那瑟的助理让舒卡拉在一个文件上签了字。

那瑟：你现在就可以离开了，但必须在四十八小时之内离开巴布尔。

舒卡拉：我要等家人来接我。

渔人酒店戴旭东办公室，戴旭东请拉姆谈话。

戴旭东：拉姆队长，很感谢你这两年对我这里业务的鼎力支持。但我想派你去开发一块新的业务，在吉布提组建一个子公司，在那里把红茶收购、电器销售和旅行社也建起来。

拉姆：我在这里刚熟悉业务，不知道那里好不好搞，再说我也不懂啊。

戴旭东：你有锡卡茶场酒店收购红茶的经验就足够，肯尼亚红茶出口比锡卡还多，你在那里以合理的价格收购，一定会成功。然后我们返回来卖给巴布尔、伊朗、俄罗斯、中亚，这些地区都是红茶销售大国，关键是我们的通道已经打开。

拉姆：好像可以。

戴旭东：接着卖达尔港牌的电器，浅野把非洲的销售交给我们了。至于旅游，重点为中国的游客服务，把锡卡、肯尼亚、巴布尔的旅游设计个七日游、十日游，游客会很多。

拉姆：这个我也不会干，但听起来不错，这几年到白沙瓦旅游的中国游客多起来了。

戴旭东：玛希拉没有告诉你吗，她在科伦坡参加了培训，拉巴尔也去听了课。把他们派去当你的副手。玛希拉搞旅游，拉巴尔卖电器。

拉姆开始兴奋起来：好啊，玛希拉会高兴的。

戴旭东：还有个重要人物，舒卡拉，他被驱逐出境，大西洋基金不承认他是他们的成员，美国移民局不承认他的国籍，舒卡拉成了一个自由人。他很熟悉港务和商务，你知道的。他现在愿意到我的公司来工作，做你的手下。

拉姆吃惊：这太有意思了！好吧，我觉得我们有可能把事情做大，首先您有大海一样的胸怀。

戴旭东：先给你五百万美金去搞个基地，准备好办公区、公寓、办公设备。人员经费给你三百万，尽快招兵买马。后面专项单做项目预算。

拉姆：两个月后，请您去吉布提挂牌，戴氏集团非洲公司成立。

戴旭东：现在你做好安排，明天带着舒卡拉的女儿塞娜去把他接出来，一起前往吉布提。

拉姆：好。

斯瓦特河谷索姆村，玛希拉来看望拉姆的妈妈。

拉姆妈妈在编制挂毯，上面是一只鹿的造型。

玛希拉带着红茶和点心进屋。

玛希拉：妈妈，我回来看您了。

拉姆妈妈：玛希拉！看见拉姆了？

玛希拉：我们在一起工作，他是戴氏公司的保安队长。

拉姆妈妈：那就好，你们什么时候结婚啊？

玛希拉：我的嫁妆还没攒够呢。

拉姆妈妈：不用，我等着抱孙子呢。

玛希拉：妈妈，拉姆让我告诉您，我们明年再结婚。他要去非洲开个新公司，需要一年时间开张。

拉姆妈妈：还是这个戴老板的公司吗？

玛希拉：是的，他是出资人，就是给钱开公司的。

拉姆妈妈：现在的中国人就是不一样，他们是真的信任巴布尔人。那个何大夫在斯瓦特河谷治好了好多孩子。

玛希拉：是的，我还在她的医院工作过一段时间呢，现在我要和拉姆去吉布提，是新的业务，搞旅游。

拉姆妈妈：好，好，你们只要平安快乐就好，明年回来结婚。

玛希拉：拉姆让我给您留些钱，您收着。

玛希拉把一个信封交给拉姆妈妈。

拉姆妈妈：你要照顾好拉姆。

玛希拉：您放心，中国老板很厚道。

达尔港看守所，舒卡拉拎着个袋子走出看守所的铁门，塞娜和马克迎过来。

塞娜接过舒卡拉的袋子。

马克：舒卡拉先生，我就不送你了，书很快就出来，我会在巴黎搞首发式，稿酬已经在塞娜那里了，后续的我会直接打给你。

舒卡拉：谢谢你，没想到我们还能这么合作。

马克挥挥手：祝你好运。

舒卡拉和塞娜走进一辆宽敞的公务车。

拉姆和拉巴尔微笑地看着他。

拉姆向舒卡拉伸出手来。舒卡拉颤抖着抓住拉姆的手。

拉姆：我们又见面了，不过是去吉布提，做愉快的事情。你是我们公司聘请的专职顾问。年薪六十万元人民币，以后会逐年增长，我们现在结算都用人民币了。

舒卡拉：谢谢，我现在没有资格讨论薪酬。

拉姆：还有，你的女儿塞娜如果愿意，可以在我们公司工作，她似乎懂西班牙语，英语也没问题。

塞娜：我可以做您的助理吗？我熟悉公共关系、文秘，等等。

拉姆：好啊，玛希拉会喜欢你的，她是负责总部业务的，一周内她会到达。

拉姆的车子在海滨大道上跑得很快很稳，渐行渐远。

达尔港孙跃民办公室，乔虹带着马龙来见孙跃民。

孙跃民：马龙先生，欢迎你回到达尔港。

马龙：是这里的景色太迷人了，印度洋太神秘了。

乔虹：他同意把我们的设计事务所搬到达尔港来，因为他看到这里的前景，至少会有二十年的订单。

马龙：本来我们是搞城市规划设计的，但乔虹女士向我们证明了，酒店设计才是我们的长项。而孙先生，你才是城市规划设计的专家。

孙跃民：不，我是识别天才、发现天才的专家。中国唐代有个著名的散文家韩愈说过一段很精彩的话，千里马常有，而伯乐不常有，所以，世界上不是没有千里马而是缺善于发现千里马的伯乐。你马龙先生就是千里马，我快成伯乐了。记得在戴老板的烤鸭店你和玛雅女士有过一次很精彩的对话，是你第一次把玛雅称作一千零一夜里的公主的，以后戴旭东和我们都沿用了你这个称呼。一千零一夜里的公主前些天结婚了，她一定是受到这个称呼的启示，才把自己打扮得那么古典，把戴老板打扮得像奥斯曼帝国的君王，穿着苏莱曼一世的王服。

马龙：可是我记得玛雅公主很不客气，说我就是那个被国王杀掉的人。我回去专门研究很长时间，一千零一夜故事里，没有被国王杀死的好男人。但我却被阿拉伯故事吸引了，这是我回到这里的重要原因。

孙跃民：东方文化有独特的魅力，既然你已经研究了一千零一夜，那么我建议你在吉布提设计酒店时参考"航海家辛巴达"的故事。

马龙：好主意，故事中航海家们是为了追寻法宝——"和平之书"。而现在，那里驻扎着维和部队和护航的各国海军。

乔虹：不见得每个人都知道一千零一夜的航海家故事，也很少有人理解故事中渗透的阿拉伯民族精神，那是正义战胜邪恶，追求美好和平的寓意。

马龙：孙先生，你做总策划师好了，这个创意是你提出的。

孙跃民：不，我要做出资人，我们集团已经批准我们在那里建酒店，开展港务和商务。在阿拉伯海，是要体现阿拉伯文化真谛的。

马龙：好刺激的设计。乔虹女士，咱们下周就去勘测吧。

乔虹：不，你先去，我要帮莎拉的男友马克去巴黎办新书的首发式。他写了新的一千零一夜故事——《揭幕黑暗》。

孙跃民：谢谢你们给我个交流的机会，我在吉布提的合伙人是戴旭东先生，他主导酒店项目。也许你可以去问玛雅，她是否喜欢航海家的故事。

乔虹：请放心，戴先生和玛雅会喜欢我们的设计思想的，因为我们更懂大海。

一年后，达尔港戴氏酒店公寓，白逸轩抱着周岁的儿子出现在客厅，白先臣和白夫人激动地走上前去，白夫人接过孙子，喜笑颜开。

白逸秋带着西安老乡李世海前来祝贺。

李世海拜见白先臣、白夫人，给孩子送过一盘金锁、金项圈。

李世海：伯父伯母，这里的食品商业街开街后很火爆，比日本人搞的篷街要吸引游客。我请你们去品尝西安回民街的老李家羊肉泡馍。

戴鸿业从屏风后走过来：不是老孙家羊肉泡馍吗，怎么成了老李家羊肉泡馍了？

李世海讪笑：嘿嘿，我现在把李家做成招牌了，很火，吃饭要排队。

玛雅和戴旭东拿着一大堆东西，在地上摊开，有足球、板球击球板、童话书、糖果、小旗子、鲜花等。

戴娆把儿子抱过来，放在地毯上。小家伙环视一周，向一个红色的小旗子爬过去，一把抓在手里，摇晃起来。

人们看到，他竟然抓着一面五星红旗。

客厅里响起一片掌声。

白先臣：还是因为这名字起得好啊，白汉卿，将来不是艺术家，就是外交官。

戴旭东：昨天，达尔港"一带一路"文化研究院已经成立，首任院长白逸轩教授在那里发表了长篇演讲，从张骞通西域，讲到东晋法显、大唐玄奘、一千零一夜的故事，一直到中巴经济走廊。旁征博引，纵横捭阖，受到热烈欢迎。

白逸轩：惭愧，上天给我的关爱已经很多，亲友给我的帮助已经很多，逸轩毕生难忘。

五年后，万吨油轮在达尔港油码头停泊，进入泊位，原油通过码头设备输入储油库。

一列旅游专列呼啸而来，在高铁站进站。

张诗仪在迎接孙跃民的父母，孙跃民弟弟孙安民带着孙跃民的父母走出车站。

张诗仪迎上去：爸爸、妈妈，累了吧？

孙跃民妈妈：不累，睡一晚上就到了。

孙跃民爸爸：跃民呢？

张诗仪：不在达尔港，过几天就回来，您先好好转转。

吉布提航海家酒店坐落在岸边，一望无际的万里海洋，间或有轮船驶过。

航海家酒店的专用垂钓码头上，三个人在垂钓。

孙跃民渔夫装扮，默默地坐在码头上。

舒卡拉中世纪侠客的穿着，甩出去一根长长的鱼饵线。

戴旭东是船长的装束，也在默默地盯着钓竿。

突然，舒卡拉的钓竿在剧烈颤动，他急忙收线，但收不动，一条大鱼拽着他的钓竿在水里挣扎，舒卡拉在用力，一不小心被拽下水去。

孙跃民在一旁哈哈大笑。

戴旭东拿过一根竹竿伸向舒卡拉，舒卡拉被拉上岸来。

这几个人经历过惊涛骇浪，风云变幻，情仇恩怨，在印度洋又相逢了，不过这一次，被救的不是孙跃民，而是舒卡拉。这就是大海的神秘，大海的辩证法。